KB253128

잊혀진
미래

People of the Deer

Copylight ⓒ 1951 by Farley Mowat
Published by arrangement with Farley Mowat c/o Farley Mowat Limited
All right reserved.

Korean edition ⓒ 2009 by Escargot Publishing Company

The Korean edition published by arrangement with Farley Mowat c/o Farley
Mowat Limited throught Imprima Korea Agency

이 책의 한국어판 저작권은 Imprima Korea Agency를 통해Farley Mowat c/o Farley
Mowat Limited와의 독점계약으로 달팽이출판에 있습니다.
저작권법에 의해 한국 내에서 보호를 받는 저작물이므로 무단전재와 무단복제를 할 수 없습니다.

잊혀진 미래

시슴 부족 이누이트들과 함께한 나날들

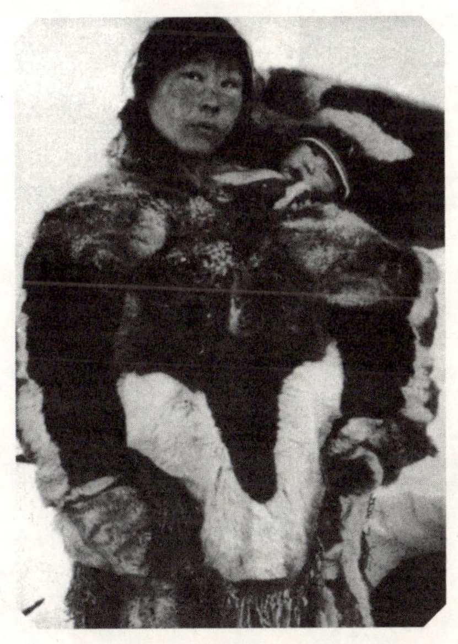

팔리 모왓 지음 | 장석봉 옮김

달팽이출판

차례

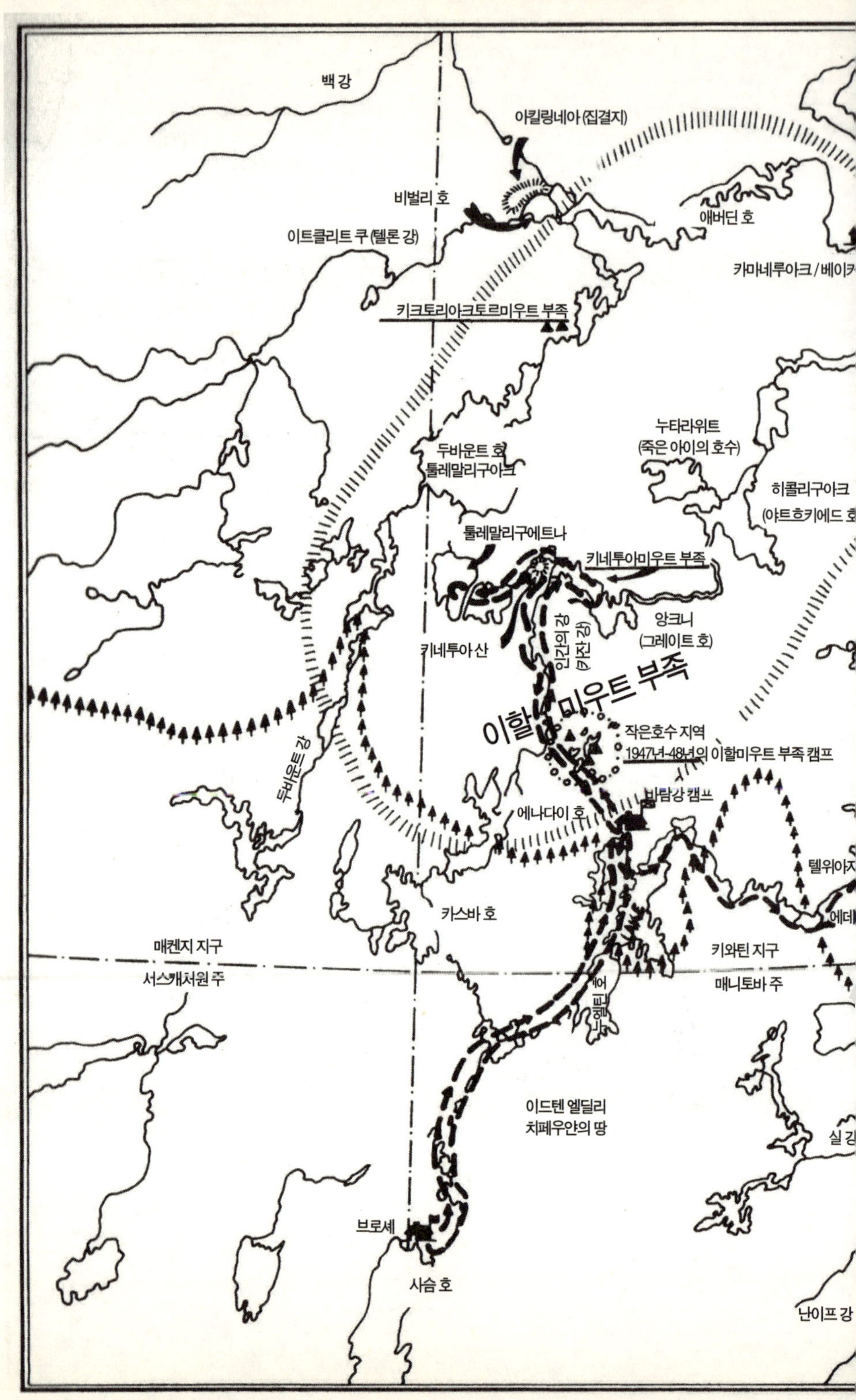

백 강
아킬링네아 (집결지)
비벌리 호
애버딘 호
이트클리트 쿠 (텔론 강)
카마네루아크 / 베이커
키크토리아크토르미우트 부족
누타라위트
(죽은 아이의 호수)
두바운트 호
톨레말리구아브
히콜리구아크
(야트흐키에드 호
톨레말리구에트나
키네투아미우트 부족
앙크니
(그레이트 호)
키네투아산
이할 미우트 부족
작은호수 지역
1947년-48년의 이할미우트 부족 캠프
바람강 캠프
에나다이 호
텔위아즈
두바운트 강
카스바 호
키와틴 지구
에더
매켄지 지구
서스캐처원 주
매니토바 주
이드텐 엘딜리
치페우얀의 땅
실 강
브로셰
사슴 호
난이프 강

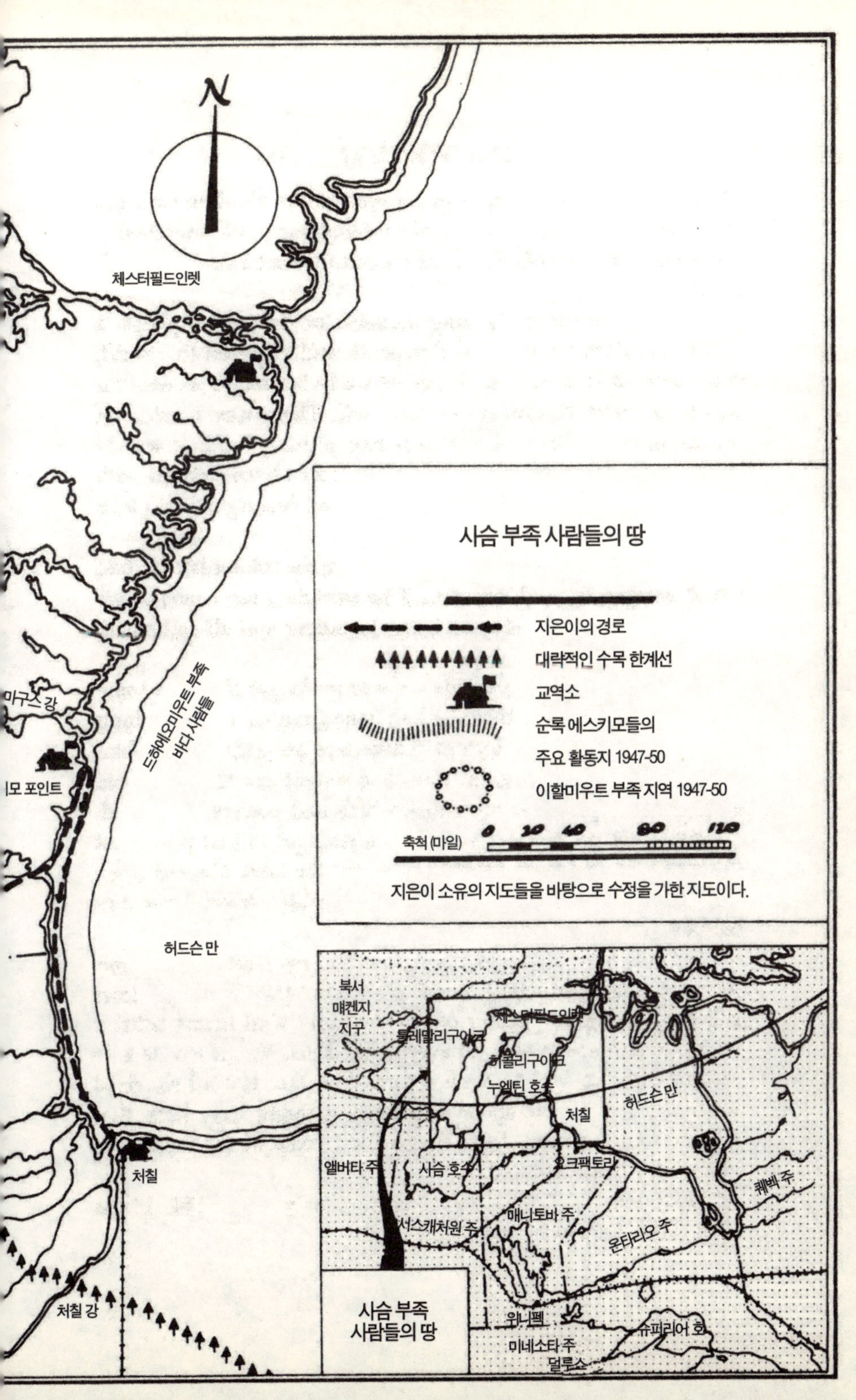

체스터필드인렛
마구스 강
에스키모 포인트
드랍헤오미우트 부족 활동지
허드슨 만
처칠
처칠 강
사슴 부족 사람들의 땅
지은이의 경로
대략적인 수목 한계선
교역소
순록 에스키모들의
주요 활동지 1947-50
이할미우트 부족 지역 1947-50
축척 (마일)
0 20 40 80 120
지은이 소유의 지도들을 바탕으로 수정을 가한 지도이다.
북서
매켄지
지구
통레달리구이크
체스터필드인렛
허콜리구이크
누엘틴 호수
처칠
허드슨 만
앨버타 주
사슴 호수
오크팩토리
퀘벡 주
서스캐처원 주
매니토바 주
온타리오 주
위니펙
슈퍼리어 호
미네소타 주
덜루스
사슴 부족
사람들의 땅

머리말

태양이 지평선 가장자리 위로 맴돌던 어느 저녁 무렵, 나는 나 같은 백인이 아닌 한 남자 곁에 앉아, 말로 표현할 수 없을 정도로 압도적인 거대한 장관을 지켜보고 있었다.

우리 아래로, 동토의 땅을 넘실대며 뒤덮은 어둠 위로, 남쪽 어슴푸레한 곳에서 흘러나온 생명의 물결이 그 땅을 뒤덮더니 완전히 삼켜버려, 생명의 바다 밑으로 땅이 가라앉고 말았다. 생명이 내쉬는 숨결로 대기도 후텁지근했다. 숨을 내쉬고 몸을 움직이는 소리가 바람이 일어나는 소리처럼 들렸다. 그것은 마치 차갑게 죽은 바위껍질이 생기의 정수로 흠뻑 젖어 생명에 대한 당당한 권리를 주장하기 위해 일어서는 듯했다.

내 옆에 앉아 있던 남자는 우리를 향해 거침없이 밀려 내려오고 있는 그 일렁이는 무리를 주시하고 있었다. 그 물결, 소용돌이 속에 휘몰아치며 모든 것을 덮어버리고 있는 물결을 향해 마치 영혼의 팔을 쭉 펴고 있는 듯했다.

나는 두려웠다. 내 옆에 있던 남자는 더는 그곳에 없었다. 깊이를 가늠할 수 없는 어떤 방법으로 내게서 사라진 그는 생명의 급류 속으로 몸을 던져버린 것이다. 그러자 그에게서 어떤 환희가 솟아났다. 더는 내 곁에 없는 그의 영혼은 자신의 땅을 차지하고 있는 이 무정형의 살아있는 실체와 바라던 대로 연합을 이뤘다.

그 땅에 속하지 않은 이방인인 나는 이해할 수 없었지만, 내 곁에 있던 남자는 그 땅에 속한 사람이었다. 아니, 그 이상이었다. 그는 내가 보고 있는 이 심오하고 놀라운 광경 그 자체였다.

어둠이 완전히 우리 위로 내리자 그가 내게 돌아왔다. 평원 위로 불빛이라고는 전혀 찾아볼 수 없었지만, 수만 개의 살아있는 심장이 눈에 보이지 않는 그림자 속에서 약동하는 희미한 소리가 사방에서 들렸다. 너무나 어두워 볼 수 없었지만 남자가 나를 향해 고개를 돌려 내 눈을 바라보고 있음을 알았다. 너무나 조용히 그가 이야기했기에, 내가 전에 경험한 바 있는 기괴한 초자연적인 힘이 나타나 갈라진 목소리로 이야기하는 것을 듣는 듯했다.

"툭투 – 미에 …" 그가 천천히 입을 열었다 … "사슴의 군대 – 바로 이 땅의 주인입니다 …"

1974년 판에 붙이는 머리말

『잊혀진 미래』가 출판된 1952년에는 책 내용의 대부분을 문서로 보강하고자 자료를 구하려 해도 불가능했다. 모든 공식 '증거'를 자기들끼리만 보유하고 있던 북극의 옛 제국 ─ 선교회, R.G.M.P.(지역 성장 관리 계획), 교역회사, 그리고 연방정부 ─ 을 나는 책에서 가차 없이 다뤘다. 그들은 자신들이 태만하게 저지른 범행에 대한 잘못을 문서로 남긴 증거에 대해서 나의 접근을 허락하지 않았다. 그래서 나는 다소 신중한 방법을 취할 수밖에 없었다. 몇몇의 이름은 가명으로 기록해야만 했다. 게다가 발생한 사건의 시간과 장소를 정확하게 기록하는 것을 때로는 참아야만 했다.

1959년 『절망적인 사람들』을 썼을 때 상황은 완전히 바뀌어, '사실의 증명' 문서인 필요한 서류를 얻을 수 있었다. 그래서 당연히 『절망적인 사람들』에 나오는 모든 이름은 실제 이름이고, 일어났던 사건도 실제 장소와 시간에 따라 기록했다. 이 두 책 사이에 명백히 불일치하는 부분이 있다면 『절망적인 사람들』에 나와 있는 것이 맞다.

1959년, 『잊혀진 미래』의 후편인 『절망적인 사람들』의 머리말에서 나는 다음과 같이 썼다. "캐나다 북극의 어두침침한 지평선 위로 이제야 뒤늦게 빛이 밝아오는 신호가 보인다. 그러나 이것도 극지방의 겨울에 나타나는 가짜 일출의 환영에 불과할지 모른다."

이 머리말을 쓴 지 15년이 흐른 지금, 그 일출은 완전히 환영으로 밝혀졌다. 금세기 첫 50년간 우리 사회가 에스키모들에게 가한 물리적 파괴행위는 물리적 태만으로 에스키모들이 죽는 일이 거의 없어질 만큼 개선되었다. 대략 1960년부터 우리는 에스키모들의 생존을 보증하기 위한 상당한 노력을 기울여왔다. 그러나 동시에 그들을 정신적으로 파괴하는데 아주 효과적인 정책을 추구해버렸다. 옛날부터 내려온 에스키모만의 생활방식과 사고방식을 빼앗아 버리고는 우리의 근대적 기술사회의 틀로 억지로 끼워 맞추는데 가혹하고 획일적인 노력을 해 온 것이다. 우리의 목표는 융화였지만, 그 목표는 참혹하게 실패해버렸다. 1974년 거의 모든 캐나다 에스키모들은 (더는 자신들의 땅이 아닌) 고향의 도움으로부터 분리 돼 버린 채, 캐나다 북극의 가장자리를 따라 자리 잡은 겨우 열두 개 남짓한 인공정착촌의 빈민가에서 (대부분은 흑인 빈민가와 다를 게 거의 없다) 빽빽이 모여 산다. 더 이상 땅과 바다로부터 생계수단을 얻지 않고 대부분 이런 저런 복지수당에 의존하며 산다. 사실상 그들은 그저 목숨을 연명하는데 기본적으로 필요한 것들은 공급받지만, 자신들만의 삶을 이루고 지배하는 자유는 빼앗긴 채 경비원 없는 강제 수용소에 살고 있을 뿐이다. 더는 그들이 명백한 굶주림으로 목숨을 잃지 않도록 했다는 것으로 우리는 국가적 양심을 달래고 있으나, 그들 자신의 타고난 필요(자신의 욕구와 능력에 따라 자립적인 인간존재로서 기능할 수 있는 권리)에 맞춰 살아갈 권리는 에스키모들에게 절대 주지 않는다.

대량학살은 다양한 방법으로 자행될 수 있다. 1952년과 1959년에 걸쳐 내가 글로 썼던 그 절망적인 사람들은 여전히 절망적이다. 그런데 이제는 인디언, 에스키모, 그리고 혼혈에 이르는 캐나다 모든 원주민이 포함된다. 서구 인간들의 2류에 불과한 모습으로 변해야만 자신들을 받아들여주겠다는 사회에로부터 떨어져 나와, 그리고 그러한 사회에도 불구하고, 살아남기 위해 어쩌면 사력을 다한 마지막 노력을 지금 하는 중이다. 자신들이 어떠한 삶을 살아야 하는지에 대한 그들만의 고유한 생각에 맞춰 세계 속에 존재하고자, 아마도 최후의 싸움을 지금 하고 있다. 자기 자신이 될 수 있는 자유를 얻기 위한 어쩌면 마지막 노력을 기울이고 있는 것이다.

우리나라가 자유의 제단에 바쳐진 민주주의 국가라는 점을 우리는 오랫동안 자랑했다. 그런데 누구를 위한 자유인가? 다른 사람을 희생해서 하고 싶은 대로 하는 우리만의 자유에 불과하다면, 우리가 가진 훌륭한 태도는 어떤 명백한 폭군의 태도보다 훨씬 모순이다. 왜냐하면 우리의 태도는 비열한 위선 위에 자리 잡고 있기 때문이다.

자유를 가지기 위해서는 자유를 주어야만 한다. 자유에 대한 우리의 과시적인 믿음을 시험해보자. 이 땅의 원주민들에게서 빼앗은 자유를 돌려줘보자. 만약 그렇게 할 수 없다면, 그들이 불운하게 되는 것은 물론, 우리 스스로가 우리 자신을 불행하게 만들 것이다.

시간이 얼마 남지 않았기에, 바로 지금이 그때이기에, 그리고 두 번 다시 이 시간이 찾아오지 않을 것이기에, 바로 이곳, 우리의 조국, 자유민주주의 국가라는 방패 아래에서 우리가 저질러온 인간성을 거스르는 범죄 … 더욱 교묘한 위장 속에 아직도 우리가 저지르고 있는 범죄를 깨닫고 인정하는데 도움이 될지도 모른다는 희망 속에서 이 책을 재발행한다.

1974년 3월
온타리오, 포트 호프
F.M.

<h1 style="text-align:center">왜? 그리고 무엇 때문에</h1>

1935년 봄, 아직 몸집도 작은 열다섯 살 때 나는 처음 북극 땅으로 여행을 떠났다. 아마추어이긴 했지만 새라면 만사를 제쳐두고 하나라도 더 알려고 애쓰는 큰삼촌과 함께 간 여행이었다. 야생에 대한 프랭크 삼촌의 왕성한 관심은 내게도 그대로 이어졌는데, 나 역시 새 스커툰(캐나다 서스캐처원 주 중남부에 있다 - 옮긴이)의 집 근처 완만한 대초원에 출몰하는 온갖 동물들에 여섯 살 때부터 대단한 관심이 있었다.

도시 서쪽에 있는 우리 집에는 아주 오래전부터 스컹크, 코요테, 까마귀, 땅다람쥐, 정체불명의 방울뱀 등이 함께 살고 있었다. 심지어는 내 인간 친구들도 덩덩 인디언 보호 구역에서 사는 반쯤은 야생 동물이라고 해도 진배없을 정도로 남루한 아이들이 거의 다였는데, 왜냐하면 광활하게 펼쳐진 대초원이 주는 막연한 자유에 이상하리 만치 매달리는 방랑자들의 자식들이 가진 기질이 내게도 똑같이 있었기 때문이다. 원시적인 것이라면 사족을 못 쓰는 내 기질은 아버지한테 물려받았지만, 그것이 제대로 모양을 갖추고 방향을 잡은 것은 큰삼촌 프랭크의 영향이었다. 그는 해마다 가는 북극의 장구한 툰드라 순례길에 어머니의 부탁을 받고 나를 데리고 갔다. 우리는 그곳에서 인간이 탄생하기 전부터 자기들 나름의 방식으로 살아온 그리고 나로서는 처음 들어보는 신기한 이름을 가진 북극의 새들과 함께 여름을 날 예정이었다.

1935년 5월 첫주에, 초원종다리들이 새스커툰에 봄소식을 알렸고, 곧이어 프랭크 삼촌에게도 봄이 찾아왔다. 호리호리한 몸에 햇볕에 검게 탄 피부를 가진 삼촌은 앨버타 주에 있는 밀 농장의 거친 땅에서 오랜 세월 동안 그 고생을 하면서도 버틸 수 있게 해주었던 기력을 아직 하나도 잃지 않고 간직하고 있었다. 그는 오랜 싸움 끝에 우박과 마름병에 잘 대처할 수 있게 되었으며 60대 후반이 된 지금 자신의 평생 취미를 마음껏 즐길 수 있게 된 덕분에 봄이 되면 매년 꽤 먼 곳까지 여행을 떠나 자신이 그토록 알고 싶어 하는 새를 관찰했다.

내 어린눈에 비친 프랭크 삼촌은 늙은 올림픽 선수 같아 보였고, 그 옆에 선 나는 고목나무에 매달린 매미처럼 보잘것없어 보였다. 하지만 나보다 엄청나게 키가 큰 그가 나를 아래로 내려다 보았을 때, 그는 어느 정도는 만족한 것처럼 보였다. 그래서 우리는 그가 새스커툰에 도착한 바로 다음날 북극 지방의 중심 관문인 위니펙을 향해 출발했다. 긴 모험은 그렇게 시작되었다.

위니펙부터 철도는 서쪽으로 완만한 곡선을 그리며 평탄하고 기름진 밀밭을 지나는데, 그곳은 최후의 빙하와 함께 말라버린 거대한 옛 애거시 호수의 바닥이다. 철로는 다시 북쪽으로 구부러지고, 기차는 흔해빠진 탑 모양 건물과 사각형의 거대한 양곡기 건물만이 그나마 눈길을 끄는 작은 마을들을 지나 작은 평탄한 농장 지대를 통과한다. 숲이 농장의 검은 토양을 잠식해 들어가다가 결국에는 꽉 채워버린다. 대초원은 사라지고 이제 아무렇게나 빽빽이 우거진 숲만이 남는다.

기차는 이제 좀더 조심스럽게 달린다. 이방인들에게 적대적인 땅에 들어서고 있기 때문이다. 기차는 크리 인디언 부족의 본고장인 낮은 숲지대를 통과해 북쪽으로 달려가다 마침내 국경 도시인 더파에 정차해 잠시 꿀맛 같은 휴식을 취한다. 한 무리의 쇠락해가는 건물들이 서 있는 이곳에서, 위니펙 기차는 다시 남쪽으로 방향을 돌려 이름 모를 숲과 소택지들이 어지러이 널린 지역을 뒤로 한 채 서둘러 떠난다.

그러나 더파, 국경이 북쪽으로 더 밀리자 활기를 잃고 쇠퇴해 이제는 초라하게 변한 그곳이 철도의 끝은 아직 아니다. 대신, 그곳은 정치가들의 허튼 수사이긴 해도 '허드슨 만 철도회사' 로서 캐나다의 수도로 자랑스럽게 불리기도 하는 남쪽 시발점이었지만, 사실은 '머스켓 특급열차' 덕분에 살아가는 땅으로 더 잘 알려져 있다. 시베리아의 야생 지대에 결코 뒤지지 않은 만큼 거칠고 험난한 곳에 철도인 머스켓 특급열차는 이 대륙 안에는 대적할 만한 상대가 아무것도 없다. 철로는 황량한 지역을 통과하며 북쪽으로 500마일을 더 가 허드슨 만 해변에 닿는다. 열차는 수백 마일을 단 한 번의 방향 전환도 없이 달린다. 일정한 속도로 내달리는 육중한 몸을 쉴 겨를도 없이 말이다.

그 길의 이곳저곳은 오래된 초탄덩이를 노반으로 삼아 닦였는데, 이 초탄 역시 오래전에 사라져버린 빙하를 어두컴컴한 구렁 속에 마지막으로 간직하고 있는 물이끼 덮인 소택지와 늪의 영구빙하층 위에 아슬아슬하게 놓여 있었다.

기차 승객이 앉을 유일한 좌석은 승무원 칸에 있었다. 그래서 프랭크 삼촌과 나는 2박 3일의 여행기간을 그곳에서 지냈다. 1마일마다 표시해 놓은 흰색으로 칠해진 조그마한 표지판을 계속해서 살피고, 기차가 지나갈 때마다 열에서 벗어나 탄환처럼 공기 중으로 쌩하고 사라져버리는 1마일 당 박혀 있는 선로 대못의 수를 세면서 시간을 보냈다. 아무런 변화 없이 어둠침침하게 뻗어 있는 숲속을 통과하여 북쪽으로 향하는 그 여행의 단조로움을 벗어날 방법은 거의 아무것도 없었기 때문에, 표지판과 대못이 고마웠다.

그런데 410마일 시섬에서 일이 생겼다. 여전히 몇 년 앞의 먼 미래에 놓여 있는 상상도 할 수 없는 세상으로 나를 이끌어줄 어떤 일이. 400마일 지점에 가까이 왔을 무렵, 사람을 미치게 할 정도로 지루하게 늘어서 있던 가문비나무들 사이로 북서쪽에서 마치 손가락처럼 뻗어온 기다린 공간들이 생겨나기 시작한 것이다. 프랭크 삼촌에게 그것들을 가리키자, 우리가 배런스라고 부르는 거대한 북극 지방의 평원지대가 남쪽으로 밀고 들어와 생긴 얇은 촉수라고 설명해주셨는데, 손가락처럼 뻗어 있는 그것들이 보이기 시작한 것은 이제 우리가 숲의 세계를 지나쳐 나오고 있음을 알려주는 것이었다.

새롭게 나타난 땅을 더 잘 보기 위해 나는 차창차의 전망실에 있는 높은 의자에 올라가, 410마일 표지가 시야에 들어올 때까지 그곳에 머물러 있었다. 그때 기관차의 낡은 엔진에서 나는 녹슨 기적 소리가 시끄럽게 울어대기 시작했다. 증기압력 따위는 전혀 아랑곳하지 않은 채 앞으로 30분은 족히 계속될 소리였다. 처음 그 소리가 울렸을 때 나는 화물열차의 둥근 등들 너머 앞쪽을 바라보았지만 기적 소리는 더 이상 들리지 않았다.

갈색 빛을 띠며 흐르는 강이 보이는가 싶더니, 이내 숲 가장자리에서부터 거침없이 밀려나와 앞쪽 눈덮인 노반 위를 가로질러 돌진하고 있었다. 폭이 넓고 요동치는 이 갈색 리본은 한 틈새에서 달려나와 아직도 서리로 완전히 뒤덮여 있는 땅의 눈 위에 구불구불한 자국을 남기며 남동쪽으로 이어졌다. 이 강은 물이 흐르는 강이 아니라 생명이 흐르는 강이었다. 재빨리 쌍안경을 눈에 대고 렌즈를 들여다보니, 그 흐름이 수없이 많은 부분으로 쪼개어지면서 하나하나가 긴 다리를 가진 사슴모양으로 나타났다!

"사슴 무리군요!" 내 옆에 선 프랑스계 캐나다인 보조차장의 말을 듣자 내가 보고 있는 것이 무엇인지 이해가 되었다. "바로 그 사슴떼군요!" 그 말은 초기 프랑스 탐험가들이 우리 대륙이 알고 있는 가장 위대한 살아 있는 광경일지도 모를, 셀 수도 없이 많은 캐나다 북극 순록인 카리부 무리로 이루어진 도무지 믿겨지지 않는 대이동을 보았을 때 자신의 일기장에 적은 바로 그것이었다.

점점 더 화가 쌓여 치밀어 오른 기차는 기적소리를 멈추지 않고 울려댔지만 밀려드는 카리부 떼는 인간보다 앞선 자신들만의 우선 통행권에서 벗어나지 않았다. 우리가 다가가도 사슴들은 끊임없이 큰 발걸음으로 가볍게 걷는 것을 서두르지 않아, 기관차 엔진은 그 사슴떼를 위협하려고 했던 헛된 시도를 포기한 채 체념어린 증기소리를 내며 멈춰 섰다. 한참을 멈췄다. 우리는 한 시간 동안 그곳에 머물렀고, 그 시간 동안 폭이 반마일에 달하는 카리부 강은 엄청난 행렬을 이루어 북쪽을 향해 전혀 서두르지 않고 흘러나갔는데, 그 크기가 너무나 압도적인 나머지 내 감각을 거의 믿을 수 없을 지경이었다. 그러다 갑작스럽게 그 강은 가늘어지면서 눈 속으로 짓밟힌 넓은 길만 뒤에 남겨둔 채 몇 분 만에 사라져버렸다. 낡은 기차는 사그라져가는 힘을 다시 모았다. 차를 끓이기 위해 기차를 내렸던 승객들이 다시 타자 우리도 역시 북쪽으로 계속 나아갔다.

키 작은 나무들이 다시 가까워지면서 하얀색 거리 표시판은 스롱의 풍경이 마치 시간적으로나 공간적으로나 환영인 것처럼 빠르게 지나쳐 사라졌다. 하지만 그것은 환영이 아니었다. 환영이었다면 그 광경이 지금까지 그토록 자세하고 선명하게 남아 있을 리가 없다. 그것은 어떤 소년, 혹은 남자에게 잊지 못할 광경이었다. 내가 410마일에서 목격한 광경은 여러 해가 지난 후에도 나를 사슴의 땅으로 어김없이 되돌아가게 해주었다.

숲을 벗어난 머스켓 특급열차는 얼음으로 뒤덮인 허드슨 만의 풍경으로 들어서더니 제때에 우리를 여행의 종착지로 안내해주었다. 나는 그 해 처칠(캐나다 중부 매니토바 주 허드슨 만에 접해 있는 도시로 캐나다에서 유일하게 북극권에 있는 항구를 가진 곳이며 가을에는 북으로 이동하는 북극곰의 길목이 되고 있어 "세계 북극곰의 수도"로 불린다. - 옮긴이)에서의 여름을 삼촌의 끝없는 가르침에 따라 미친 듯이 새알을 찾으며 보냈다. 잊을 수 없는 휘파람 소리를 내는 캐나다산 마도요, 흑꼬리도요, 그리고 흰멧새와 긴발톱멧새 같은 수없이 많은 처음 보는 새들의 울음소리가 흠뻑 젖은 소택지에 가득 찼기 때문에, 사슴 떼가 펼쳤던 장관은 내 생각 밖으로 사라져버렸다. 북극의 남쪽 변두리인 그곳에서는 볼거리도 많은데다 들을 것도 아주 많았던 것이다.

1935년의 여름날을 그렇게 보낸 나는 다시 머스켓 특급열차에 올랐으며 아련한 반스의 변경 지대는 내게 십여 년간 과거의 일로 남게 된다. 나는 새들의 알을 담은 커다란 상자, 여섯 마리의 나그네쥐들을 넣은 양철 깡통, 재거(사냥꾼)라는 생김새는 갈매기 같지만 행동은 매 같은 희한한 새를 넣은 나무상자를 들고 집으로 돌아왔다.

그뿐만 아니라 나는 수많은 다양하고도 생생한 추억거리를 가지고 돌아왔다. 하지만 그 가운데서도 시간이 흘러갈수록 더욱 뚜렷이 떠오르는 것은 410마일 표지 근처에서 보았던 거대한 순록 무리에 대한 기억이었다. 그처럼 특별한 기억이 생생히 살아남아 내가 나이를 먹어갈수록 내 마음 속 깊은 곳에서 더욱 강력해졌던 것은 북극해가 내 마음 깊은 곳에 심어준 막연한 동경이 세월의 흐름 속에서도 열기를 잃지 않았기 때문이었다.

내가 짐작컨대 그것은 북극 열병이라는 일종의 병으로서, 어떤 현미경으로도 바이러스를 발견할 수 없으며 그런 것은 과학의 석학들에게나 해당하는 일이다. 북극 열병은 인체에는 아무런 영향을 끼치지 않고 오로지 의식 속에만 머물며, 발병자들에게 드넓게 펼쳐진 툰드라 땅 위를 카리부 떼들이 살아 있는 강물처럼 흘러다니는 광대한 공간을 다시 한 번, 아니 영원히 배회하고 싶다는 목마른 열망에 부풀어 오르게 한다. 그것은 상상 속의 질병이지만 평소에는 전혀 상상적이라 여겨지지 않던 사람들도 공격한다. 이 미지의 질병은 과묵한 백인들을 해마다 투박한 통나무집으로 되돌아가고, 기나긴 겨울밤의 절실한 삶으로 되돌아가고, 회색빛 눈을 헤치고 흰 여우와 담비를 좇는 바람과 탐색으로 되돌아가게 한다. 이 질병은 거대한 힘을 지닌 질병이며 발병자는 생명이 떠나는 순간까지 병에서 헤어나지를 못한다.

그 병은 나에게 전염돼 수년간의 잠복기를 거쳤다. 1935년에서 1939년까지 내 인생에는 수많은 일들이 있었기에 북쪽에 있는 척박한 대지의 외침은 내 의지를 흔들어놓을 만큼 강력한 위력을 발휘하지 못했다. 그 시절 동안 나는 학업을 계속하고, 휴일에는 너른 들판에서 지내며 동으로는 산에서 서로는 숲에서 지냈지만, 북쪽에 있는 순결한 평원은 결코 잊어본 적이 없다. 그 시절 나는 새들과 포유류들을 공부하면서, 장차 동물학자가 되어 평생 동안 동물 연구를 하며 지내기로 결심했다.

그러다 열아홉이 되었을 무렵, 헤이스팅스 앤드 프린스 에드워드 연대의 군인이 되면서 낡은 내 엽총을 리엔필드 소총으로 바꿔야만 했다. 대초원과 산맥을 보병연대라는 답답한 범위 안으로 바꾸고 나니, 군대라는 좁은 경계 너머로 자리 잡게 된 자연은 내게 이제 두렵고 이해할 수 없는 미칠 것 같은 악몽의 현장으로 바뀌어버렸다. 1941년, 나는 2차 세계대전이 답보 상태에 있던 포니 전쟁 기간 동안 남부 잉글랜드에 주둔했는데, 사람들의 토막 난 시체 위로 거대한 도시의 벽이 무너져 내리는 것을 짧은 휴가 기간 동안 보면서도 이해하지 못했다. 그러다 고의적으로 세계를 파멸시킬 수도 있는 유일한 생명체가 인류일지도 모른다는 사실에 대해 내가 품은 비이성적인 반항심에서 불쾌하게 썩어 들어가는 두려움이 생겨나는 것을 깨닫기 시작했다. 전쟁은 걷잡을 수 없이 확전되었다. 우리 연대는 이탈리아를 거쳐 프랑스로 북상해 벨기에로, 네덜란드로 그리고 마침내는 나치 독일 영토까지 이동했다. 그러던 어느 날 더 이상 대포 소리가 대기 중에 들리지 않더니 마침내 전쟁은 끝이 났다.

1946년 봄, 조국으로 돌아왔지만 1935년 고향으로 돌아왔을 때와는 아주 달랐다. 전쟁의 메아리가 들리지 않는 조용한 은신처로 피하고만 싶었다. 이 때문에, 나는 결국 과학 연구를 위해 먼 장소로 떠나 희귀한 표본을 수집해서 돌아오는 '과학 수집자'가 될 준비를 했다. 현실에 깊이 뿌리박은 어떤 안정적인 일을 절박하게 찾던 나머지, 그 자체로 엄격한 지식 탐구라 여긴 그 일을 할 기회를 붙잡게 된 것이다.

그래서 1946년 말 롱주 호(湖)라 불리는 북부 서스캐처원의 한 삼림지대까지 이르게 됐다. 명목상으로는 박물관에 제공할 새를 수집하기 위해 간 것이었지만, 전쟁 기간 동안에 이미 살상은 저지른 터라, 곧 '과학적인' 파괴를 충분히 수행한 나는 총을 치워버렸다. 평온함을 찾기로 희망하며 과학 분야로 들어왔지만 실패하고 만 것이다. 왜냐하면 생명의 파괴로부터 보호한답시고 돌로 된 벽 뒤 철제 캐비닛 속 어두컴컴한 선반 위에 보관될 작은 새 미라를 무분별하게 수집하는 일이 이제는 잔인하기만 한 헛된 것으로 보였기 때문이다. 그래서 나는 크리 인디언 혼혈이 사는 외딴 정착촌에서 아무 특별한 목적도 없이 그저 살기 시작했다. 그런데 그곳에서, 잔인하게 변한 채, 문명화된 삶에서 찾을 수 있는 모든 악한 것들로 타락해 버려 쇠퇴의 길로 접어든 그 종족 한가운데서, 방향과 새로운 목표를 우연히 내게 알려준 한 남자를 만났다.

생의 대부분을 최북단 삼림 주변 지역에서 보낸 나이 지긋한 인디언 혼혈 헨리 모벌리에게서 나는 다시 한 번, 수년 전 내가 보았던 카리부 이야기를 듣게 된 것이다. 헨리는 내게 그 '사슴'에 관한 생생한 이야기를 들려주었고 그러자 '사슴떼'에 대한 기억이 놀랄 만큼 또렷하게 되살아났다. 그러자 그동안 잠잠했던 북극 열병이 내 안에서 새로운 생명을 얻어 꿈틀대면서 새로운 나를 온통 사로잡기 시작했다.

영적인 부적처럼 마음을 강하게 사로잡고 있던 사슴에 대한 영상을 간직한 채, 겨울을 지내기 위해 도시로 돌아온 내 마음은 지난 6년의 시간보다 평화를 아는 데 더 가까워졌다. 대학으로 돌아간 나는 사슴 연구자가 되기에 적당한 동물학 강의를 수강했는데, 당시 카리부의 습관과 생활은 해결을 기다리는 거대한 미스터리로 남아 있었기 때문에, 나는 그 같은 미스터리를 해결하는 일에 도전하기로 마음먹었다. 완전히 순수한 동기라고만은 할 수 없는 이유는, 나에게 사명이라 할 수 있는, 북극으로 돌아가는 일을 위해서는 사슴만큼 좋은 핑계가 없다는 것을 그 시절에도 어렴풋이나마 알고 있었기 때문이다. 그럼에도 그 해 겨울 내내 나는 열심히 학업에 몰두했고, 틈이 날 때마다 북극에 관한 책이라면 가리지 않고 손닿는 대로 구해 읽어나가다 마침내 숨어 있던 그 단어 뒤에 놓여 있는 어떤 개념을 잡아가기 시작했다.

공부를 해가면서, 북극이 얼어붙은 강의 세계이기도 하지만 살아있는 강과 호수의 세계여서 그곳의 푸르고 깊은 물 양 옆으로 여름철 꽃과 넓게 뻗은 푸른 풀밭이 펼쳐져 있음을 알게 되었다. 북극에는 극지방의 절대 추위를 떨치는 기간뿐만 아니라 벌거벗은 채 걷기만 해도 땀이 날 정도로 상력한 열기를 뿜어내는 기간도 있다. 그리고 그중에서 가장 중요한 것은 북극이 얼음 덮인 세계의 꼭대기이기도 하지만, 한여름 더위 속에서는 생명으로 우글거리고 수없이 많은 만개한 식물의 빛깔로 빛나는 거의 200만 평방마일에 달하는 완만한 평원지대라는 것도 알게 되었다. 내 관심을 특히 끈 곳이 바로 이 평원지역이었는데, 지도에서 그 부분을 찾아보니 매켄지 강 하구와 알래스카 경계에서 그리 멀지 않은, 서쪽 북극해 연안을 가리키는 좁은 꼭짓점을 가진 거대한 삼각형을 이루고 있는 것을 알 수 있었다. 이 삼각형의 밑변은 허드슨 만의 서쪽 연안을 따라 놓여 있었고 두 팔은 서쪽을 향해 뻗어 하나는 수목한계선을 따라, 다른 하나는 북극해 연안을 따라 이어졌다. 그렇게 나무 하나 없는 이 거대한 지역의 이름은 배런랜즈(Barren Lands, 캐나다 북부에 있는 동토의 툰드라 평원 지대. 줄여서 배런스라고도 하고 배런그라운즈라고도 한다 - 옮긴이)이다.

내 마음의 눈으로 그곳은 거대한 땅이자 낯선 땅으로 보였다. 지질학적 시간으로 따져보자면 그곳이 빙하의 무게 아래서 드러난 것이 불과 얼마 전의 일이고, 거대한 빙하산맥이 그 땅의 표면 위를 긁으며 지나간 이래 오늘날까지 거의 그대로의 모습으로 남아 있다. 수평선을 이루지 않는 물결 모양의 평원이자, 거대한 빙하의 힘에 의해 일정한 형태 없이 획일적으로 깎인 낮은 구릉 땅이다. 자갈과 모래, 잘게 부서진 회색빛 암석들의 땅이며 우리가 생각하는 흙 따위는 존재하지 않는 땅이다. 민물의 바다에서 빠져나오기 위해 발버둥치는 곳처럼 보이기도 하는데, 셀 수 없이 많은 호수와 강으로 인해 거의 반쯤은 물로 덮여 있기 때문이다. 그리고 이 땅에서 나는 카리부를 찾아야만 했는데, 이곳이 바로 그들의 땅이기 때문이다.

그 해 겨울이 끝날 무렵 나는 옛 전우를 만났다. 전쟁이 끝나고 광산 기술자로 일하던 그에게 나는 북극에 대한 내 관심사를 털어놓았다. 부유한 전후 벼락경기 속에서 지난 5년간의 망명 같던 종군생활의 덕을 거둬들일 수 있는 때, 누군가는 북극으로 향할 수도 있다는 생각에 그는 조금 즐거워했다. 하지만 그는 그 자신의 생각보다 내게 훨씬 더 많은 도움을 주었다. 그는 자신의 아버지가 가지고 있던 과

거 정부 시절의 오래된 광산 보고서 뭉치 하나를 내게 주면서 내가
북극에 대해 알고 싶어 하는 것들이 그 안에 있을지도 모른다고 말
했다. 그의 말이 맞았다. 곰팡내 나는 그 오래된 서류더미 속에서 사
슴의 땅으로 나를 잡아끄는 자석을 발견했기 때문이다.

친구가 준 소책자며 서적더미를 살펴보았다. 그 중 가장 때 묻은
것 중 하나에는 『두바운트, 카잔, 퍼거슨 강 그리고 허드슨 만의 북서
부 해안에 관한 보고서』라는 무미건조한 표제가 달려 있었다. 1896년
에 출판된 그 책의 표지만 보면 다소 흐리멍텅한 어떤 정부관리가
철지난 자료들을 무미건조하게 엮어놓은 것으로 보였다. 하지만 겉
보기로는 알 수가 없는 법이다. 조지프 버 티럴이라는 저자의 이름을
확인한 순간, 나는 어렴풋이 어느 글에선가 티럴의 환상적인 키와틴
중앙 툰드라 지대 탐험에 관한 오래된 기사를 읽었던 기억이 떠올랐
다. 티럴은 배런스 전체를 남에서 북으로 종단한 처음이자 마지막 인
물이었기 때문이다.

서둘러 그의 보고서를 펼쳤다. 정부 공식 보고서의 통상적인 흐름
괴는 사뭇 달랐다. 티럴이 광물학과 지리학이라는 학문을 여신과 같
이 열렬히 신봉하긴 했어도, 엄숙한 표지와 정부 인장 사이 그 어디
에도 속하지 않을 것 같은 열정과 흥분을 작은 목소리로나마 담아
기록했기 때문이다. 자신이 검사한 광물을 두고 기록한 끝없는 목록
미저도 흥미롭고 신선하게 보이게 만들 정도로 그의 글에는 어떤 순
간적인 특징이 있었다. 하지만 이 두바운트 보고서에는 극지방의 실
제 모습에 대한 짧은 단서와 함께 자신이 부딪혔던 위험과 고난에
대한 내용만 있었을 뿐이다.

이곳저곳에서 드문드문 사슴에 대한 언급을 발견했는데, 한 부분
에서, 티럴은 어쩌면 백인이 볼 수 있는 가장 거대한 단일 짐승무리

(얼마나 거대했으면 지표면이 살아있는 짐승들의 그림자에 수 마일이나 어둡게 뒤덮일 정도였다!)를 관찰한 것을 간결하게 적고 있었다. 이 어머어마한 장관을 머릿속에 그려보니 배런스를 향한 내 욕망을 부추겼지만, 내 결심을 최종적으로 굳힌 또 다른 하나가 티럴의 보고서에 숨겨 있는 것을 발견했다.

티럴은 또한 '사슴 부족 사람들[People of the Deer]'에 대해서 언급하고 있었다. 그는 그 끝없이 펼쳐진 땅을 흐르는 카잔이란 강을 따라 인간이라고는 전혀 살 수 없을 것이라 여겨지는 곳에서 한 종족을 찾은 것이다. 그런데 티럴이 오기 전까지 세상과는 완전히 단절된 채 남아 있던 이 사람들에 대한 기록은 그가 작성한 암석 목록과 뒤섞여 단편적이고 감질나게 했다. 그 잊혀진 종족은 두바운트 보고서를 통해 우리 눈앞에 처음으로 나타났다. 게다가 이 사람들은 바이킹들이 긴배를 타고 북아메리카 동쪽 연안을 치음으로 발견하기 이전과 똑같이 살고 있었을 것이 분명하다. 인색하게도 간결한 문장 몇 개만을 할애했을 뿐이지만, 배런스에 살고 있는 사람들이 또 다른 세계에 살고 있는 거주자들이란 사실을 환상적일 정도로 충분히 설명해놓았다. 분명 이들은 배런스의 무자비한 자연에 대항하여 힘들게 투쟁하며 사는 데 온 힘을 쏟아부어온 사람들이어서, 서로를 해치는 데 그 힘을 사용하려는 결심이나 바람은 가져본 적이 없을 것이라는 생각이 내게 스쳤다. 만약 내 생각이 사실이라면 이 사람들이야말로 내가 알고자 하는 종족임이 분명했다.

하지만 내륙에 사는 이 에스키모 종족을 티럴이 발견한 지도 반세기나 흘렀기 때문에 그 기간 동안 그 땅과 그 거주민들은 필연적으로 엄청난 변화를 겪었을 것이다. 티럴이 만난 사람들과 땅에 대해 얼마나 알려져 있는지 찾아보기 위해 북극에 관한 자료조사를 다시

해보았지만, 이 사슴 부족 사람들이 자신들의 숨겨진 세계 속에 여전히 살고 있음을 확신시켜주는 충분한 소문과 간접 보고서밖에는 티럴이 만난 종족에 대한 더 자세한 글은 나의 은밀한 만족을 채워주는 듯 더 이상 찾을 수 없었다. 나는 중앙평원에 대한 최신 지도를 오타와에 있는 정부기관에 의뢰했다. 나는 지도가 도착하자 바닥에 펼쳐놓고 살펴보며 흥분에 달아올랐다. 왜냐하면 반세기 전 티럴이 희미한 점선 모양으로 표시한 것 외에 새로운 부분이 전혀 없었기 때문이다. 지도의 대부분은 백색으로 남아 있었으며, 작은 안내 글씨만이 인쇄되어 있었을 뿐이다. '지도 미작성 지역'

그 미지의 영역 북쪽의 대륙 연안 해안가는 정확히 그려져 있었으며 우리 백인종과 백 년 전에 접촉한 바 있던 에스키모들의 정착지가 산재해 있는 지역이었다. 허드슨 만의 해안선을 따라 동쪽으로도 역시 마찬가지 모습이었다. 남쪽으로는 수백 년 전 삼림지를 탐사했던 뱃사공들의 숲과 그들이 이용하던 옛 강길이 있었다. 그리고 멀리 서쪽으로는 풍부하고 복잡한 매켄지 강 유역이 펼쳐져 있었다. 하지만 그 힌가운데 부분은 지도에서뿐만 아니라 책에서도 백지 상태로 남아 있었다. 그럴 만한 이유가 있었다. 그 지역의 주변 일대를 살펴본 최초의 백인들은 그곳을 '배런스'라고 이름 붙였으며 그 지역이 지닌 날것 그대로의 무시무시한 야생성에 치를 떨었다. 따라서 그들은 그곳을 외면하였으며, 그곳은 깊숙한 안쪽에 생명의 강물을 품고 있다는 사실을 결코 깨닫지 못했다.

정체 모를 두려움에서 비롯된 그 같은 장벽의 존재를 알게 된 것은 그곳에 들어갈 방법과 수단에 대한 정확한 정보를 찾는 과정에서였다. 책을 찾아보았지만 이번에도 역시나 별 도움이 되지 못했다. 배런스의 변경 지역을 몇몇 사람들이 실제로 여행을 다녀왔고, 심지어 그 중 몇 사람은 수목 한계선과 해안선 사이에 좁다랗게 놓여 있는 평원의 서쪽 지협까지 깊숙이 들어가기도 했다. 그러나 자신들이 발견한 것을 기록하고자 시도한 이들은 가장 깊이 받은 인상을 글로 표현하려고 애쓸 때마다 모두 하나같이 애매모호한 마비상태에 빠져들었다. 자신들의 마음 속으로 배런스가 불어넣은 감정을 표현해줄 단어를 찾기 위해 헛되이 어둠속을 더듬고 있는 듯 보였다. 게다가 모두들 분명히 말해보려 노력했지만 실패했다. 그들 대부분은 자신들이 느낀 감정을 글로 표현하고자 하는 시도를 포기한 채 땅이 어떻게 구성되었는지에 대한 하찮은 묘사를 하는데 그쳤는데, 그것마저도 오로지 전체로 봐야만 거대한 북극 평원의 실제 크기를 아는 것이 가능할 것이다.

그것은 내게 커다란 미스터리처럼 느껴졌다. 그것은 그 같은 임무에 자신들의 모든 감사와 지각을 집중한 사람들에 의해서도 조금도 해소될 수 없었던 불투명하고 흐릿한 대상으로 남아 있었다.

하지만 1947년 봄 어느 날, 북쪽을 향해 떠날 준비가 거의 완료되었을 무렵 나는 그 같은 미스터리의 정체를 풀 최초의 실질적인 단서를 전달받게 된다.

그것은 전쟁 기간 중 알게 된 전직 캐나다 왕립 기마경찰 관계자의 편지 한 통에 담겨 있었다. 북극해 평원지대에 대해 개인적인 경험이 있는지를 묻는 나의 편지에 그는 자신이 살인 용의자를 찾기 위해 서부 배런스로 갔던 적이 있었다고 말해주었다. 적어도 경찰에서 탈주범이 발생하였고 내 친구는 해안가 교역소의 피난처에 도착하기도 전에 굶주림과 살을 에는 듯한 추위로 자칫하면 목숨을 잃을 것 같아 적당한 시점에서 되돌아왔다. 나에게 쓴 답장에서 그는 배런스 전체를 다음과 같은 짧고 노골적인 몇 마디로 일축해버렸다.

"텅 빈 공간이라는 사실, 그게 나를 가장 못 견디게 했던 것 같아. 망할 놈의 얼어 죽을 빈 공간, 그게 한도 끝도 없이 이어지면 너는 막판에는 소리를 지르거나 비명을 지르거나 아니면 네 모가지를 분지르고 싶어질 거야."

텅 빈, 소름 끼치는 공간! 그런 것이 바로 배런스를 알고 있는 몇몇 백인들의 머릿속을 지배하던 상상이었다. 하지만 그 공간 깊숙이 감춰진 어딘가에는 생명이 존재하고 있었다. 만일 거대한 사슴떼는 물론, 사람들 즉 사슴 부족 사람들 역시 여전히 살아 있기만 하다면.

2

얼어붙은 땅, 배런스로

　1947년 5월 아침, 나는 기차를 탐으로써 내 가슴 속에 자리한 열병에 몸을 내맡겼다. 여행을 위한 준비는 극도로 단순했다. 군용상품 판매점에 가서 낡은 군복 몇 벌과 싸구려 침낭도 구해둔 터였다. 간단하게 찍을 수 있는 다용도 사진기는 이미 있었고, 거기에 쌍안경과 필름 십여 통이 더해졌으니 나로서는 과학 장비들도 완벽하게 갖춘 상태였다. 내가 챙긴 유일한 무기는 미국제 기병총인데 그건 내가 전쟁 중에 내내 지니고 다니던 것이었다.

　내 실제 계획은 내 장비만큼이나 변변치 않았고 내가 가고자 하는 곳이 몇 천 평방마일 안에 있다는 것은 알고 있었지만, 그곳에 어떻게 갈지는 여전히 막연한 생각밖에는 없었다. 동쪽과 북쪽 경계 역시 불가능했는데, 왜냐하면 바다로 흘러내려가는 배런스의 강들은 거센 물살 때문에 저 높은 내륙 고원에 있는 수원지까지 거슬러 올라갈 수 없었기 때문이다. 그리고 서쪽에서 육지로 들어가는 길은 너무도 험난하기 때문에 애초부터 내가 시도할 일이 못 되었다.

하지만 남쪽 땅에는 이미 봄이 한창이었기 때문에 더 이상 고민할 시간이 없었다. 그래서 5월 어느 날 아침, 나는 낯익은 이름인데다 북극에서 내가 아는 유일한 곳인 처칠로 가는 표를 한 장 샀다. 처칠은 배런스의 경계에 있었고 그래서 나는 열차의 종착지에 도착하면 내륙으로의 내 여행을 완성하기 위해 어떤 방법이든 알아낼 수 있게 되기를 희망했다.

이번에도 나는 위니펙과 더파를 통과했다. 북쪽으로 숲을 관통하는 좁은 길을 굽어보며 감시병처럼 서 있는 흰색 이정표들도 또 보였다. 머스켓 특급열차는 이제 512마일 경계판이 보이는 곳으로 접어들었다. 우리는 여전히 얼어붙어 있는 정착지 위로 굽이치며 다가오는 회색빛 차가운 안개 아래의 처칠로 방향을 틀었다. 한동안 나는 쌀쌀한 바람에 덜덜 떨며 서서 소년기의 강렬한 추억이 깃든 이 장소를 자세히 살펴보았다. 하지만 그 추억은 현실이라는 가혹함과 부딪치자 이내 형체도 없이 사라져버렸다.

처칠 항은 기대한 눈더미에 반쯤 묻힌 외양간들의 가련한 응집체였다. 얼룩얼룩한 눈더미들은 기다랗게 흉물스러운 판잣집들의 코앞까지 돌진해 있었다. 허드슨 만에서 시작된 차가운 안개가 그 추한 모습을 가리고, 처칠이 존재해야 할 유일한 이유를 부여하는 특색 없이 거대하기만 한 콘크리트 양곡창고를 감추려고 최선을 다했다. 왜냐하면 연중 고작 몇 주 동안에만 튼튼한 화물선들만이 허드슨 해협

항로를 통해 만으로 들어와 화물을 선적할 수 있다는 사실에도 불구하고 처칠은 명목상으로는 분명 외해 항구였기 때문이다. 1948년 5월 이 '외해 항구'는 인간이 만들어낸 가장 처량한 곳이었다.

배낭을 어깨에 메고, 나는 얼어붙은 바퀴자국이 나 있는 처칠 유일의 도로를 따라 터벅터벅 걷다가 맥주 집을 발견했다. 들어가자마자 난로 가까운 곳에 편안히 자리 잡고 앉자, 무뚝뚝한 종업원이 칙칙한 색의 에일 맥주 한 병을 가져다주었다. 잔도 없이. 약한 맥주를 마시며 나는 지저분한 창문을 통해 차디차고 녹슨 보일러들, 방치된 보조 엔진들, 멈춰선 건설 장비들을 바라보았다. 이런 좌절된 야심을 드러내는 이 폐철 더미들을 헤치고 배런스로 가려 하다니 도대체 어쩌자는 건가 하는 생각이 들었다. 맥주를 몇 병 더 마셨지만, 가능한 일인지는 몰라도 아무튼 맥주가 점점 더 싱거워져 갔고 사기는 점점 떨어져만 갔다.

그때 문이 활짝 열리며 갑작스럽게 쿵하는 소리와 함께 덩치 큰 스칸디나비아 사람 하나가 술집 안으로 몸을 비틀거리며 들어왔다.

나를 본 그의 눈에 알겠다는 빛이 확 피어오르는 순간, 처칠의 음침함은 순식간에 사라져버렸다.

"당신 돌아온 거야! 그래! 난 당신이 그럴 줄 알았어." 그가 우렁찬 소리로 말했다.

그는 존 잉거브리스턴으로, 그를 마지막으로 본 것은 열네 살 소년이었던 내가 처칠 항으로 그의 배를 보러 갔을 때였다. 그보다 몇 년 더 앞서, 더파에 살던 그는 자신 안에 흐르는 노르웨이인 피의 부름이 부인할 수 없을 정도로 강해지자 바다에서 500마일이나 떨어진 자신의 뒷마당에다 항해용 배를 지었다. 길이 40피트짜리 오토 스베르드럽 호는 완성된 후 무개화차에 실려 바다가 있는 북쪽으로 갔다.

이 배에 대한 모든 이야기는 그 믿을 수 없는 만의 바다에서 낚시를 할 작정이라고 존이 발표했을 때부터 시작된 노르웨이인의 무용담이다. 과학자들은 퉁명스럽게 허드슨 만에서는 잡을 만한 식용물고기가 없다고 말했지만, 어쨌든 존은 그물을 내렸고, 매주 멀리 떨어진 위니펙에 있는 시장으로 좋은 생선을 짐으로 부쳤다. 왜냐하면 존은 과학에는 그다지 뛰어나지 않았어도 분명 어부였기 때문이다.

옛정을 생각해서 몇 잔을 마신 뒤 존은 나를 자신의 집으로 데려갔는데, 놀랍도록 깨끗한 작은 집으로 그의 부인이 나를 환영하면서 훌륭한 음식을 대접해주었다.

식사를 마치고, 존 부부의 기운 넘치는 아이에게 둘러싸여 커피를 마시면서, 왜 내가 처칠로 돌아왔는지, 그리고 어디로 가고 싶은지를 설명해주었다. 말을 마친 내게 전세 비행기를 빌려야 한다고 존이 제안하자 확신이 서지 않았다. 우선 북극 지역을 비행하는데 드는 비용이 엄청나게 비쌌다. 다음으로 조종사에게는 뚜렷한 목적지가 필요한데 내 마음속에는 그 어떤 목적지도 없었다.

우리가 이야기를 나누고 있는데, 호리호리한 체격에 짙은 눈동자를 가진 청년이 방으로 조용히 들어왔다. 청년은 자신을 전직 캐나다 공군 선도기 조종사이자, 현재는 세계의 하늘 위를 부정기적으로 날며 있음직하지도 않은 화물 운항으로 불확실하게 생계를 꾸려가는 낡은 쌍발 비행기의 기장이자 승무원인 조니 부라소라고 소개했다. 부라소는 즉시 토론에 빠져들었고 우리 셋은 지도를 꺼냈다.

많은 이야기가 오고갔다. 존은 나를 전혀 말리지 않은 채, 내가 무엇을 하기 위해 계획을 짜는지 확실하게 알아야 한다고 결심한 것이 틀림없었다. 그는 1920년대 후반 겨울에 툰드라로 출발한 존 혼비라는 영국인 이야기를 우리에게 들려주었다.

조국을 막 떠난 두 명의 젊은 영국인과 함께 혼비는 떠났다. 그 세 사람은 커다란 노예 호수에서 출발했지만 그들의 여정에 대해서는 정적만이 떠돌았다. 일 년 동안 그들이 어떤 운명을 맞았는지 아무런 소식이 없다가 마침내 전해진 이야기는 무서웠다.

다음 해 여름, 텔론 강을 따라 카누를 타고 내려간 한 무리의 시굴자들이 수목 한계선 북쪽으로 수백 마일 떨어진 조그만 숲 지역에서 혼비의 오두막을 찾아냈다. 배런스에 도전한 세 명의 시신이 그곳에 있었다. 그들의 이야기는 열여덟 살이었던 에드거 크리스천의 일기 속에 기록되어 있었는데, 비극적인 결과만큼이나 간단했다. 그 세 사람은 사슴의 거대한 가을 이주를 놓치고 말았는데, 사슴이 매년 똑같은 길을 항상 따라가는 것은 아니기 때문이다. 사슴을 놓친 그 침입자들은 새하얀 평원지대에서 사람의 생존을 유일하게 지켜주는 고기 없이 긴 겨울을 맞이했다. 겨울은 빠르게 찾아왔지만 그들에게는 개도 없는데다 겨울 툰드라를 걸어 나갈 수는 없었기에 되돌아갈 수 없었다. 결국 시간 문제였다. 하지만 실낱 같은 자신들의 목숨을 근근이 이어나가면서, 희망 없는 싸움을 하고 있음을 언제나 깨닫는 긴긴 시간의 문제였다. 결국 그들은 아주 천천히 그리고 엄청난 공포 속에서 죽어갔다.

존이 이야기를 마쳤을 때 침묵이 맴돌았다. 혼비를 생각하던 내가 속에서 솟아나는 의심을 깨뜨리려 애쓰고 있을 때 늙은 존이 낮은 목소리로 중얼거리기 시작했다.

"디민츠." 그가 말했다. "디민츠와 금으로 된 커프스 단추도 찾았다는군!"

무슨 말을 하는 건지 우리가 물어보니 시신을 찾은 사람들이 호화스러운 저녁식사를 할 때 꼭 필요한 것들도 대부분 발견했다는 소문을 존은 들려주었다. 배런스의 늑대 굴에서 저녁 만찬 예복이라니!
내 앞에 놓인 현실과는 전혀 상관없는 터무니없이 소름끼치는 생각
이었다. 단호하게 혼비를 내 생각에서 밀어낸 나는 다시 지도로 돌아
왔다.

한 가지 생각이 떠오른 나는 티럴이 본 적이 있는 신비한 에스키
모에 대해 존이 무엇을 알고 있는지 물어보았다. 물론 전부 소문으로
들은 것이긴 했어도, 존은 놀랍게도 꽤 많은 것을 알고 있었다. 티럴
이 최초로 내륙 거주민들을 만난 카잔 강 상류에서 그리 멀지 않은
키와틴 배런스 남쪽 경계지역에, 1920년대 호황기 시절, 교역소가 실
제로 세워졌다고 한다. 비록 가장 가까운 더파의 공급사무소와는 카
누 길로 700마일이나 떨어져 있긴 했어도, 모피 가격이 급등하는 동
안 이 외떨어져 있는 교역소도 잘 되었다.

그러다 모피 시장이 폭락하자 이 교역소 또한 충분한 이윤을 내지
못했다. 그래서 사무소는 폐쇄되었는데, 만약 크리 원주민 여자와 결
혼해서 독립적으로 이 교역소를 유지하고자 완고하게 고집을 피운
독일 이민자가 아니었나면 내륙에 사는 그 에스키모사람들과의 짧
았던 접촉은 다시 놓쳐버렸을 것이다. 수년간에 걸쳐 불규칙적으로
툰드라의 에스키모들과 접촉을 유지했던 그 남자는 이제 더 이상 그
땅에 살고 있지 않지만, 덫으로 북극여우를 사냥하고 그 원주민들과
는 이따금씩 교역을 하며 생계를 유지하는 자신의 아들을 툰드라의
경계에 남겨놓았다는 소문이다.

존은 누엘틴 호라 불리는 거대한 호수로 흘러들어가는 바람강
[Windy River]에 있는 그 버려진 교역소를 지도에서 가리켰다.

누엘틴은 그 자체만으로도 거의 전설적인 장소여서, 1947년 당시
도 여전히 탐험이 이루어지지 않아 알려져 있지 않은 지역이 대부분

이었다. 하지만 그 지역에 할당된 대충 점선으로 그려진 지도 위 윤곽선만 봐도 참으로 분명 거대한 호수였는데, 적어도 120마일에 이르는 길이 중 1/3은 숲속에 자리 잡고 있었고, 나머지 2/3는 툰드라의 열린 평원 속으로 북쪽을 향해 펼쳐져 있었다.

바람강 교역소가 존재한다는 사실을 듣게 된 나는 누엘틴을 바로 내가 가야 할 목적지로 삼았다. 운이 좋다면 아직도 그곳에 산다고 믿어지는 반은 인디언이고 반은 독일인인 젊은이를 찾을지도 모른다. 그리고 그가 도와준다면, 내 꿈을 이룰 수 있을지 모른다. 하지만 나 혼자라면 툰드라에 대항했다가 실패한 사람들의 으스스한 이야기에 또 한 단락을 덧붙이는 꼴이 될 것이다.

따라서 누엘틴이야말로 논리적으로 옳은 선택이었지만, 그곳에 이르기 위해서는 중간에 놓인 350마일에 이르는 얼어붙은 평원을 어떻게 건너야 하는지 별로 대수롭지 않은 문제가 여전히 남아 있었다. 생각에 잠긴 채 조니 부라소를 쳐다보던 나는 그런 비행을 위해 요금을 얼마나 그가 요구할지 궁금했다. 그러나 질문할 필요가 그다지 없어 보였다. 왜냐하면 봄철 해빙기가 곧 다가온다고 일기 예보관이 경고하는 바람에 체스터필드 후미로 가는 운항을 막 취소했기 때문이다. 북극에 봄철 해빙기가 찾아오면 적어도 한 달 동안은 모든 항공운항이 중단되는데 예외는 없었다. 하지만 물어본다고 해서 손해 볼 것도 없었다.

"조니," 나는 물어보았다, "혹시 내일 누엘틴으로 위험을 무릅쓰고 여행해볼 생각 있어요?" 지도에서 눈을 뗀 그는 한참을 생각하더니 "한번 해봅시다"라고 말했다. 그는 운항 비용으로 200달러를 요구했는데 배런스 비행치고는 엄청나게 저렴한 금액이었다.

다음날 완벽한 아침 날씨 속에서 우리는 이미 풀린 물길을 따라 앤선 호가 대기하고 있는 착륙 지점의 호수로 향했다. 이동이 쉽도록 가볍게 줄였던 짐이 남쪽을 떠나 잠시 처칠에 머무는 동안 괴물처럼 불어났다. 그곳 캐나다 군 당국자들은 내가 과연 무사히 살아돌아 올 수 있을지 염려하면서, 내게 연기 발생기가 들어 있는 100파운드짜리 상자(몇 대의 비행기가 중부 배런스 위를 날아다니게 된 후였으므로 먼 거리에 있는 에스키모들과 신호를 주고받을 때 사용하는 물건인 모양이었다), 믿을 수 없을 정도로 둔하고 비대해 보이는 군용 방한 복, 누엘틴 호에서 (만약 날씨가 허락한다면) 기상 상태를 세심하게 살피는 데 쓰일 복잡한 기상학 도구들이 담긴 상자 등의 물품들을 얹혀 주었다. 처칠에 있는 허드슨 만 회사 상점에서 구입한 물건들로 이미 전체적으로 짐이 초과했을 뿐만 아니라 내게는 필요도 없는 물 건이었지만 그들의 친절에 나는 그 모든 것들을 사양할 수가 없었다.

내가 그렇게 막대한 물량을 구입한 이유는 나로서는 누엘틴의 젊은 덫사냥꾼의 위치를 파악하지 못하고 준비한 식량으로 나 혼자 생존해야 할 것이 뻔했기 때문이다. 조니는 결빙기 동안에는 나를 데리러 가기가 어려울 터이며 얼음 상태가 다시 스키를 타기에 적당해지는 12월 말까지는 내가 준비한 식량으로 버텨야 한다는 사실을 알려줌으로써 내 짐에 불필요한 무게를 한층 더 보태주는 도움을 베풀었다.

그 결과 나는 밀가루, 라드(lard돼지기름 - 옮긴이), 설탕, 차, 베이킹파우더, 베이컨, 소금에 절인 돼지고기 등을 포함해 4분의 1톤이나 되는 식량을 샀다. 이에 더해 상당한 양의 건조과일과 채소(이 말을 들으면 내 나이 많은 북극 친구들이 어떻게 쳐다볼까!) 그리고 과일 주스도 한 상자 샀다.

누엘틴에 사는 그 젊은 청년 앞으로 지난 가을 도착하여, 어떠한 운송방법이라도 나타나기를 기다리며 창고에서 썩어가던 500파운드나 되는 짐 때문에 내 장비는 더욱 늘었다. 되는 대로 아무 방법이나 동원하는 것이 일상적인 북극의 운송방법임을 생각하면, 배달 가능성이 내게 있었기 때문에, 그 짐을 전달하는 몫은 모두 내 일이 되었다.

내가 내 짐에 마지막으로 추가한 품목은 두말할 나위 없이 가장 중요한 것이었다. 그것은 법규에 어긋나지 않도록 '과학 실험 전용'이란 표시를 붙인 에틸 알코올 3갤런이었다.

앤선 호에 장비가 모두 실리자 조니는 엄청난 덩치의 짐에 깜짝 놀란 기색을 보인 후 휙 몸을 틀어 엔진의 시동을 켰다. 과중한 짐을 실은 비행기가 호수 아래를 따라 쿵쿵거리며 움직이자 직접 만든 비행기 추진 장치는 우리를 차가운 연무로 감싸며 눈이 녹은 진창길을 바깥쪽과 위쪽을 향해 내달리기 시작한다. 그렇게 이륙한 우리는 다시 한번 쓸쓸하고 황량한 처칠 상공을 지나쳐 갔고 덕분에 잉거브리스턴 가족이 작별의 손을 흔들 수 있었다. 앤선 호는 북쪽의 얼음에 갇힌 해안을 향해 기수를 돌렸다. 부빙이 모인 얼음덩어리 너머로는 바다가 내려다보였고 몸을 돌려 육지를 바라보자 길다란 숲이 시야에서 사라져 갔다. 앤선 호는 서쪽으로 방향을 틀어 바다에서 멀어지며 배런스로 향했다.

부릉거리며 앤선 호는 앞으로 계속 나아갔다. 조니는 무릎에 지도를 펼쳐 놓고 보면서 그 막연하게 펼쳐져 있는 광활한 지도 위로 바람강이 있어야 할 곳을 직선 나침반 거리로 그어보았다. 하지만 머리 위 나침반은 바보처럼 빙글빙글 돌기만 했는데, 그처럼 자극에 근접한 경우라면 어떤 나침반이라도 아무리 좋게 말해도 미심쩍은 도구에 지나지 않게 되기 때문이다. 하지만 해안을 벗어나면서 우리는 해를 등지게 되었을 뿐만 아니라, 눈을 잔뜩 품은 두터운 구름에 가려 시계도 불투명한 상황이라 길잡이로 삼을 만한 다른 방법은 없었다. 그래서 우리는 길을 잃지 않기 위해 지상을 내려다보기로 했는데……

우리는 부드럽고 새하얀 악몽 속을 비행하고 있었다. 단조로운 백색 물결이 모든 형태와 색깔을 뒤덮었다. 땅도, 낮게 펼쳐진 구릉도, 호수도, 강줄기도 우리 시야에는 아무것도 보이지가 않았다. 살아 있는 생명체가 움직임에도 그 구분 없는 상태는 깨질 기미도 없이 계속 이어졌다. 이 지역에서는 겨울이 되면 동물들도 하얗게 되기 때문에 그들은 눈 위에 그림자에 불과할 따름이었다.

160여 마일의 비행에 변화는 없었으며 그 같은 단조로움에 내 감각은 무디어지기 시작했다. 조니가 나에게 지도를 건네주었는데 거기에는 그가 십자 표시를 해놓은 비행경로와 함께 연필로 적은 설명이 있었다. '절반 지점. 정오가 조금 지나 도착 예정.'

나는 창가로 몸을 돌려 아래에 펼쳐진 백색 속에서 무언가 시선을 확실히 고정시킬 만한 대상을 찾고자 애썼다. 그러다 전방으로 눈길을 옮기던 도중 정말 기쁘게도 희미하게 가물거리는 지평선이 눈에 띄었다. 그것은 서서히 형체를 드러내면서 울퉁불퉁한 모습을 띠더니 마침내 저 멀리 구릉들의 선이 나타났다. 그것은 누엘틴 호와 카잔 강이 웅크리고 있는 거대한 고원의 가장자리였다.

이제 우리 아래편의 새하얀 덮개가 비로소 가시기 시작했다. 거대한 산악의 시커먼 등뼈가 눈을 뚫고 튀어 오르기 시작했다. 지표면의 융기는 마치 폭풍우에 밀려오는 바닷물이 넘실거리며 치솟기 시작하듯 점점 가팔라지고 있었다.

다시 지도를 살펴보았다. 지금쯤이면 누엘틴 상공을 지나고 있어야 했지만 지도상에서 우리의 위치를 식별할 만한 대상은 하나도 찾을 수가 없었다. 나는 조종석 쪽으로 다가갔다. 조니는 초조하고 긴장된 표정이었다. 얼마 후 그는 가솔린 게이지의 흔들거리는 바늘을 가리켰다. 우리의 연료는 반으로 줄어들어 있었고, 나는 비행기가 기울어지는 것을 느꼈다! 내 눈앞에서 나침반의 지침면이 제멋대로 춤을 추는 광경이 펼쳐지더니 비행 방향은 남쪽으로 그러다 동쪽으로 그리고는 다시 바다 쪽으로 향했다.

우리의 길찾기는 한계점에 도달했으며 분간 없는 방황 속에서 우리는 우리가 어디에 있는지 혹은 우리의 목표 지점이 어느 쪽인지에 대해서도 전혀 알지 못했다. 우리는 이미 배런스의 경계선 안쪽으로 들어와 있었지만 배런스는 인기척도 느끼지 못하고 있었다. 그곳은 우리의 침범에도 여전히 굳건한 모습이었다.

어두운 구름은 차츰 낮아지고 있었으며 동쪽으로 방향을 틀면서 우리는 500피트 아래로 비행하고 있었다. 그렇게 아슬아슬한 고도로 비행하던 우리의 눈에 갑자기, 바위 언덕과 눈 없는 언덕이 벽처럼 둘러싼 커다란 계곡이 드러나 보일 정도로 넓은 육지의 틈이 내려다보였다. 그 순간 순식간에 무엇인가가 내 눈을 스쳐지나갔다 ……
"조니!" 내가 외쳤다. "오두막 …… 저기 아래야!"

사전 비행 따위로 귀중한 연료를 낭비할 수는 없었다. 엔진 소리는 급격히 둔탁해졌으며 우리는 계곡 양쪽 벽면 사이로 무겁게 가라앉았다. 우리 앞에는 키 작은 가문비나무가 비실비실 힘없이 서 있었으며, 강 하구에는 아직 얼음이 녹지 않았다. 그리고 분명 오두막 지붕이라고 여겨지는 것의 맨 꼭대기 부분 일부가 눈더미 위로 살짝 삐져나와 있었다.

우리는 긴장된 채 얼음으로 뛰어내려 악수를 나누었다. 내가 목적했던 곳이 틀림없었기 때문이었다. 주변 200마일 이내에 서 있는 오두막은 이곳이 유일했다.

하지만 우리를 맞이해주는 것은 바람뿐이었다. 오두막에는 살아 있는 것의 흔적은 없었다. 우리는 미끄러운 눈 위에서 속수무책으로 넘어지고 비틀거릴 수밖에 없었으며 난관을 뚫고 목표물을 찾았다는 희열은 이곳이 얼마나 황량하기 그지없는 곳인가를 깨닫는 순간 빠르게 사라져갔다. 우리는 한 주먹도 되지 않는 앙상한 나무들에 희망의 눈길을 던져 보았지만 그중 10피트를 넘는 나무는 단 한 그루도 없었으며 그마저 눈 밖으로 머리끝만 내밀고 들쭉날쭉한 환영 인사를 건넬 뿐이었다. 하늘은 잿빛으로 저물어가고 있었고 바람은 여전히 거셌다. 주위를 살펴볼 시간은커녕 눈 위에 짐을 내려놓을 시간밖에는 없었다. 조니는 비행기 문 앞에 한참 동안 서 있기만 했다. 내게 생각이 바뀌었는지를 물을까 말까 고민하는 눈치였다. 고맙게도 그는 내게 묻지 않았다. 그렇지 않았다면 나는 내 능력을 벗어난 유혹을 받았을 것이다. 하지만 그는 그저 손을 흔들어 작별인사를 고하고는 비행기 안으로 사라졌다. 그런 다음 앤선 호는 심술궂게 덜컹거리며 만 아래 쪽으로 내려갔다.

앤선 호는 어두운 구름 속으로 무섭도록 빠르게 사라졌다. 유령 산(Gohst Hill)에서 강풍이 불어왔지만 단단한 눈은 내 쪽으로 거의 소용돌이치지 않았으며 나는 내가 마음을 정해두었던 땅에 들어서 있었다.

하지만 지금은 독백이나 하고 있을 때가 아니었다! 몸을 피할 곳이 필요했으며 따라서 나는 반쯤 잠긴 오두막으로 향했다. 출입문은 일 미터 깊이 남짓한 눈에 파묻혀 있었으며 눈을 파내 길을 냈지만 그 길에서 내 눈앞에 나타난 것은 눅눅하고 어둠침침하고 썩은 내 풍기는 통나무 동굴이 고작이었다. 그런 축축함은 오랫동안 사용하지 않았을 때나 풍기는 퀴퀴한 축축함이었으며 나는 냄새의 진원지가 마룻바닥 밑에 수년 동안 쌓인 겨울 음식물 쓰레기라는 사실을 쉽사리 알아낼 수 있었다.

한쪽 벽면에는 거대한 난로가 있었다. 하지만 전혀 기뻐할 일이 아니었다. 내가 아는 한 그 커다란 입을 채워줄 연료는 없었기 때문이다. 밖에는 바람이 불고 안은 차갑고 축축하고, 불에 대한 생각이 어여쁜 여인에 대한 생각처럼 아른거릴 수밖에 없었지만 그것은 도무지 이루어질 수가 없는 꿈이었다.

오두막의 벽면에는 모피가 둘러져 있었다. 늑대와 북극여우 모피인 그것은 초겨울 눈처럼 새하얗고, 오두막 벽면을 둘러싼 채 물기에 젖지 않았으며, 그것들이 있는 것만으로도 오두막이 완전히 삭막하게 느껴지지는 않았다. 이후 일주일 동안 내가 그것들을 애정 어린 눈길로 바라보았던 것은 그것들이 그것들을 가져온 미지의 사람과 연관이 있어 보였고 또 진심으로 바라건대 그가 너무 늦지 않게 돌아왔으면 했기 때문이다.

기다리는 동안 할 일은 꽤 많았다. 우선 바람만[Windy Bay]의 얼음에서 내 모든 장비를 끌어내야만 했고, 낮 동안에는 캠프 가까이 보잘것없는 작은 나무를 보호하고 있는 바람에 날리는 눈 속을 엉덩이 높이, 때로 어깨 높이까지 빠져가며 어기적어기적 걸어 다니는데 시간을 보냈다. 세 시간을 힘들게 일해도 겨우 자그마한 취사용 불 하나 지필 만큼의 푸른 가문비나무와 아메리카 낙엽송 가지를 모을 수 있었지만, 그렇게 연료를 모으다보니 활활 타오르는 불을 쬐고 있는 듯 몸이 데워졌다. 결국 연료 문제도 이런 식으로 보충되었다.

내 도착을 예고해 준 폭풍은 사흘 동안 꼬박 계속되더니, 나흘째 되는 날, 날씨가 갑자기 바뀌면서 북극의 봄이 격렬히 분출하듯 솟구쳐 올랐다. 6월 1일이 되자, 열대 지방에서도 만나기 어려운 열기로 태양이 나를 향해 내리쬐었다. 그러더니 태양은 하루 스물 네 시간 중 열여덟 시간을 계속해서 빛났다.

봄의 둘째 날, 오두막 옆 산등성이에 올라간 나는 눈앞에 펼쳐진 풍경에 압도당했다. 해안을 따라 두껍게 깔려 있던 눈 아래로 얇은 막처럼 물이 흘러나오고 있었고, 강의 얼음 밑에서는 감추려고 해도 드러나는 소리가 속삭이듯 들리기 시작했다. 얼음 위로 상당한 크기의 개울이 만을 향해 고함치며 내려가더니 호수 위로 호수처럼 퍼져나가 걸어 건너기에는 너무 깊을 만큼 되었다.

내가 오른 산등성이를 두르고 있던 눈이 반나절 만에 12피트는 낮아지면서, 보글보글 끓는 주전자에서 증발되듯이 자갈과 죽은 이끼가 드러나기 시작했다. 보고 있자니 기분이 이상해진 나는, 설명할 수 없고 믿을 수 없이 빠른 속도로 무너져서 녹아내리고 있는 얼어 있던 세계의 꼭대기에 앉아있는 기분이 들었다.

밤을 향해 다가오는 짧은 해질 무렵에도 쉼없이 빠르게 속삭거리는 물의 흐름을 모든 구멍과 저지대에서 받아주었다. 얼음은 썩기 시작했다. 반짝거리던 표면이 칙칙한 납빛으로 변하더니 셀 수 없이 많은 조그마한 조각으로 갈라져나갔는데, 오직 서로를 향한 압력만으로 버티고 있었다. 나무를 찾아 눈 위로 기어 다니는 일도 얼마 있지 않아 불가능하게 됐는데 그것은 축축해진 눈이 내 몸무게를 견디지 못했기 때문이다. 눈 속에 머리를 두 번이나 쳐 박고 나서야 축축하고 차가운 눈 속에 질식될까 두려워 나뭇가지 찾는 일을 포기했다.

그리고 새들이 찾아왔다. 어느 날 아침, 나는 어릿광대처럼 들뜬

목소리로 키득거리며 미친 듯이 웃어대는 소리에 잠을 설치다 깨어
났다. 문을 확 열어젖히고 눈부신 빛 속을 쳐다보니 몸이 떨어져나간
오십 개나 되는 머리에 달린 눈동자들과 마주쳤다. 머리는 닭을 닮았
지만, 머리가 떨어져 나간 몸뚱이의 칙칙한 붉은 피로 물들어 있는
듯했다.

공포에 가까운 감정을 느끼며 그 섬뜩한 방문객을 바라보자 녀석
들도 광기어린 작은 눈으로 나를 쏘아보면서 온 계곡이 쩌렁쩌렁 울
리도록 웃어젖혔다. 그 중 한 녀석에게 얼음덩이를 던지자 새떼는 단
숨에 일제히 날아올랐다. 눈 속에서는 보이지 않던 녀석들의 날씬한
흰색 몸뚱이가 땅위로 날아올라 내 눈에 들어오고 나서야 나는 녀석
들이 북극의 자고인 뇌조 무리임을 알게 되었다.

그렇게 해서 내가 맞이한 첫 번째 주는 끝이 나게 되었는데, 그 땅
의 자연이 하도 변화무쌍해 그 변화의 크기를 차마 이해할 수 없을
지경이었다. 변화의 속도에 압도된 데다가, 얼어붙은 땅과는 이제 겨
우 익숙하게 된 터라, 나를 고립시키고 있는 물의 흐름을 어떻게 이
해해야 할지 혼란스럽기만 했다.

하지만 봄날 농경지에서 느낄 수 있는 따스하고 촉촉한 공기처럼
익숙한 느낌도 존재하는 것도 사실이었다. 물론 천 배쯤 과장된 표현
이기는 하지만 말이다. 겨울동안 숨도 쉬지 않은 불모의 땅이 이제
깊이 숨을 들이쉬자, 그 숨결은 마치 격정에 사로잡힌 강한 여인네의
숨결 같았다.

긴 어둠의 겨울이 마지막으로 남아 있던 짧은 어스름 동안에도 나
는 어떤 초조함과 거대한 불안감에 잠을 이룰 수 없었다. 외로움은
내게서 사라졌다. 그 땅의 다른 모든 것처럼 나 역시 우리가 알지 못
하는 어떤 것을 기다렸다. 그 깨어남은 아마 배런스라는 무형의 실체

일 것이다.

6월 4일, 캠프 너머로 놓여 있는 땅을 살펴보기 위해 나는 오두막 뒤편의 바위 언덕을 한참 동안 올라갔다. 뜨겁게 내리쬐는 태양을 피해 커다란 바위 그늘에 앉아 있는데 반쯤 얼어붙은 강 저 너머로 개들이 짖는 소리가 들렸다. 미리 예상한 흥분에 내 정체를 드러내야 하는 이상한 주저감이 뒤섞여 그 즉시 혼란스러워진 나는 다가오고 있는 그 낯선 사람을 볼 때까지 그러고 있었다. 나는 언덕에서 달려 내려가기 시작했지만 내가 서두르고 있다는 것을 깨닫고는 다시 바위 그늘 속으로 초조해 하며 물러섰다. 아홉 마리의 엄청난 녀석들이 길이 20피트나 되는 썰매를 끌고 있었는데, 썰매에 비한다면 그들이 오히려 작아 보일 정도였다. 성긴 가로대를 단 두 개의 육중한 썰매 활주부는 사슴 가죽 한 무더기를 싣고 있었고, 그 가죽위로 사람의 모습이 보였다.

썰매개들은 표면 위로 녹아 흐르는 개울과 기슭의 젖은 눈을 피하기 위해 강가를 따라 움직이고 있었다. 썰매가 내 반대편에 이르러 썰매를 끄는 사람이 에스키모가 아니라는 것을 볼 수 있을 때쯤, 개들은 기슭 가까이로 들어와 오두막 마당에 멈춰 섰다. 그럼에도 불구하고 나는 바위 은신처에 여전히 있었다, 이제 그 순간이 다가오니 한 해 동안 낯선 사람을 전혀 만나지 않고 고립된 채 살아가는 이 남자를 내가 어떻게 맞아야 할지 아주 혼란스럽기 시작했디. 그래서 민 나는 그 순간을 무기력하게 연기하면서 썰매에서 천천히 내린 그 사내가 오두막 문을 주의 깊게 바라본 채 썰매 옆에 서 있는 것을 지켜 보았다.

만약 그가 도착한 바람에 내가 충격을 받았다면, 그것은 적어도 예상하고 있던 충격이었다. 그러나 집에 와보니 자신의 캠프에 어떤 사람이 살고 있다는 사실은 충격이자 공포 그 자체였을 것이다. 그는 몇 분 동안 그 자리에 꼼짝 않고 서 있었다. 그러다 썰매 위로 몸을 숙여 상자에서 소총을 꺼냈다. 손에 총을 든 채, 내 도끼가 놓인 곳으로 걸어 나오더니 그것을 집어 들고는, 마치 하늘에서 떨어진 천상의 물건이라도 되는 양 뚫어지게 바라보았다. 한참 후에야, 집에 도착해서 발견한 낯선 방문객의 말없는 증거를 발견하고는 자신의 마음속에 일어난 혼란을 해결하는 것이 왜 그렇게 힘들었는지를 그가 내게 털어놓았다.

여러분도 이해하겠지만, 그가 평생을 산 그 땅은 다른 별의 마법이 아니고서는 이방인이 도착하지 않는 곳이다. 썰매개의 흔적을 찾아보았지만 전혀 찾을 수 없었던 그는 겨울의 바람강으로 사람이 찾아올 수 있는 다른 방법은 전혀 알지 못했다. 바위투성이의 언덕 가운데 살면서 사람의 세상에 속하지 않은 눈에 보이지 않는 이들을 생각해보지 않는 한 그 땅에는 어떤 이방인도 올 수 없는 것이다.

손에는 소총을 쥐고 마음에는 두려움이 쌓인 채, 오두막 문을 열어본 그는 안으로 들어갔다. 내 잡동사니 소지품과 낯선 장비가 흩어져 있는 것을 보고 완전히 넋이 나갔을 텐데도, 그는 안에서 나오지 않았고, 그래서 나는 언덕을 내려가기로 결심했다

3

침입자들

나를 본 개들은 내가 썰매에 이르기도 전에 사납게 짖어대어 팔에
소총을 껴안은 무표정한 얼굴의 사내를 문간으로 불러내고 말았다.

긴장되고 어색한 만남이었다. 혼자서 너무나 오랫동안 사는 모든
사람들이 그러하듯이, 프란츠(사내의 이름이었다)는 사람들과 접촉
할 때 우리에게 생기는 딱딱한 겉껍질이 없었다. 이렇게 고립되어 지
내는 사람들은 외부에 대해 무르고 무방비 상태라, 우리에게는 일상
적인 친구들과의 가벼운 만남도 십중팔구는 두려워하게 된다.

하지만 이런 두려움도 프란츠 같은 사람들이 낯선 사람에 대해 느
끼는 적의의 일부에 지나지 않는다. 다른 것도 있다. 지독히 고립된

이런 생활 속에서 느낄 수 있는 유일한 감정이란 모든 낯선 이들을 잠재적인 적으로 여겼던 원시 시대를 연상케 하는 자신과 똑같은 부족에게마저 느끼는 두려움이라 나는 생각한다.

최선을 다해 나 자신을 소개하고 오두막에 나타난 이유를 설명하기 시작했지만, 내가 늘어놓는 말들은 다소 서투른 소리들이었다.

내가 날아왔다는 사실을 알고는 프란츠는 안도감을 내비쳤지만, 도움은 전혀 주지 않았다. 내가 말을 마쳤는데도, 족히 5분은 한 마디 말도 없이 나만 멍하게 쳐다보며 서 있었기에, 내게는 그를 살펴볼 시간이 충분했다.

그는 아주 젊었지만, 깔끔하지 못한 인상 때문에 내가 보기에 훨씬 더 나이가 들어 보였다. 키는 크지 않았지만, 유연하고 호리호리한 몸에 거친 인상을 지니고 있었다. 정체를 알 수 없는 뒤죽박죽의 다듬지 않은 가죽옷과 백인 옷차림을 한 그는 도시 아이들이 거리에서 쓰고 다니는 낡은 비행 헬멧을 쓰고 있었다. 한 가운데가 푹 꺼진 헬멧은 그의 얼굴을 반이나 덮어버렸다. 얼굴의 그늘진 곳에 검은 색 눈동자가 있었고, 눈 아래로는 게르만계가 틀림없는 툭 튀어나온 코가 아시아계 인디언의 부드러운 얼굴에 자리 잡고 있었다.

그가 눈 하나 깜박이지 않고 나를 뚫어지게 쳐다보는 바람에 순식간에 기운이 빠진 내게 좋은 생각이 떠올랐다. 북쪽에 대해 내가 항상 들었던 내용을 기억하면서 나는 더듬더듬 호의를 베풀어달라고 간청했다. 아무 표정이 없던 얼굴이 변하며 약간 미소를 지어보인 그는 내게 들어오라고 손짓을 하며 오두막 안으로 들어선다.

독한 술을 마셔야겠다는 기분에 가지고 있던 여행 장비를 뒤져 병을 꺼냈다. 프란츠에게 묻지도 않고, 각자를 위한 술을 따랐다. 내 생각에 그는 처음으로 술을 마셔 본 것 같았다. 술을 꿀꺽 삼키자 기침을 하면서 눈물을 훔쳐낸 그의 얼어붙은 과묵함이 녹기 시작하더니, 새봄 첫 햇살을 받은 눈처럼 거침없이 녹아내려버렸다. 처음에는 딱딱하게 어색한 단음절로 이야기하기 시작했지만 천천히 말의 앞뒤가 조리 있게 연결되었다. 에스키모와 크리 부족 말이 영어와 뒤섞여 있었는데, 대화가 유창하게 흘러나오자 원주민의 말은 사라지고, 그동안 거의 사용할 필요가 없었던 영어 실력이 그에게 돌아왔다.

이상한 것은 내가 처음에 설명한 내용 이후로는 나에 대한 질문이나 호기심을 그가 전혀 내비치지 않았다는 점이다. 대신에 자신이 막 끝낸 긴 여행에 대해서 이야기하더니, 겨울로 거슬러가서는 수년 전 과거 속으로 그의 이야기는 이어져갔다. 마침내 새벽이 밝기 시작했을 때쯤에는, 어린 시절의 기억을 회상할 만큼 먼 과거에 대해 이야기했다. 그 밤에 그와 나는 놀라운 경험을 함께 나누었다. 다른 어떤 이의 말을 한 번도 들어본 적이 없는 것처럼 나는 그에게 귀 기울였고, 프란츠는 어린 시절 이후로 한 번도 이야기 해 본 적이 없는 사람처럼 이야기를 했다. 그의 이야기는 이 땅에 들어온 침입자들의 이야기이지, 그들이 이 땅을 자신의 것으로 만들고자 벌인 악전고투에 대한 이야기였다. 그리고 그의 이야기는 배런스 지역이 침범당하지 않으려 저항했던 사람에 대한 냉정한 통찰력을 나에게 주었다.

프란츠가 절도 있는 우직함 때문에 존경하는 그의 아버지 칼은 30년 전에 독일에서 캐나다로 왔다. 이민자들은 분명화된 곳에서 살았던 시절의 기억을 가지고 들어왔지만, 어떤 이유에서인지, 그는 남부 캐나다의 반쯤 문명화된 생활을 버리고 북쪽을 방랑했다. 이윽고, 그는 고지대의 북부 삼림지역 남쪽 가장자리에 살면서, 선교사들에게 교육을 받은 크리 부족 인디언 중에서 아내를 맞이했다. 칼의 아내는 좋은 여자였고, 어느 인종에게도 뒤지지 않는 최고의 크리 부족 혈통으로 자녀들을 양육한 훌륭한 어머니였다.

1930년 경, 누엘틴 호수에 있는 무역 회사에서 칼에게 관리를 맡아달라고 부탁했다. 그 제안을 받아들인 칼은 가족과 함께 브로셰에서 북쪽으로 3주간 카누 여행을 하여 바람만에 도착했다. 하지만 칼의 기대와는 달리 경쟁 교역자가 살던 통나무 건물이 불에 타 잿더미로 남아 있는 우울한 상황이었다. 가을이 되어 이미 평원지대의 난쟁이 관목이 말라가고 있었지만 칼과 7명의 아이들은 부족하나마 찾을 수 있는 나무들로 겨울 집을 지어야만 했다.

방 한 칸짜리 오두막이 완성되어 카리부 가죽으로 지붕이 얹혀졌고, 칼은 사업을 시작할 준비가 되었다. 반경 200마일 이내에 교역업자라고는 자신밖에 없었기에, 에스키모들과 거래를 하는데 방해 될 것이 없다고 그는 예상했다. 그리고 그의 손님들은 내가 만나기 위해 찾아온 사람들, 바로 배런스 지역의 사람들이었다.

프란츠와 동생들은 이상한 어린 시절을 보냈음이 분명하다. 심지어 에스키모들과도 떨어져 지냈다. 이 조그마한 교역소를 '외부에서' 방문하는 이는 해마다 여름이면 카누에 겨울 물품을 싣고 브로셰에서 찾아와 그 해 여우털을 가지고 돌아가는 무리뿐이었다. 몇 달이 모여 몇 년이 되는 나머지 시간동안 사슴무리만이 칼의 가족과 함께 했다. 아무런 간섭 없이 침입자들을 강타한 이 땅의 엄청난 힘은 그들을 몰아냈다. 하지만 계속되는 고립 속에 어린 시절을 자란 아이들은 이 땅에 천천히 적응해갔다.

30년대만 해도, 배런스 사람들의 수가 충분했기 때문에 각 가족의 가장인 40여명 되는 사냥꾼들은 여우 털을 거래하기 위해 이 작은 교역소를 찾아왔다. 그러나 세월이 흐름에 따라 사냥꾼들도 세상을 떠났다. 교역소의 '채무 장부'에 적힌 그들의 이름이 하나씩 지워져

나갔지만, 그 자리로 들어오는 새 이름은 거의 없었다. 세계 시장에서 여우 털 가격이 떨어져 교역소의 이윤도 줄어들었다. 마침내 회사는 철수를 결정했고, 오래지 않아 그 소식이 칼에게도 전달되었다.

그해 겨울에 아내가 세상을 떠나자, 이 땅에 대한 자신의 두려움을 결코 없앨 수 없었던 칼은 이제 절망스러울 만큼 외로워졌기에 그 소식을 기꺼이 받아들였다.

그리하여, 가을이 찾아왔을 때 바람만 기슭에 자리 잡은 이 작은 오두막은 바람 속에 텅 빈 채 서 있게 되었다. 에스키모 사냥꾼들이 여우 털을 들고 남쪽으로 찾아왔을 때, 그들이 발견한 것이라곤 열린 문과 방안에 쌓여있던 눈뿐이었다. 에스키모들은 자신들이 의지했던 식량과 탄약 없이 돌아갔고, 봄이 되었을 때는 살아남아 사냥을 할 사람들이 별로 없었다.

비록 칼은 커다란 안도감 속에 이 땅을 떠났지만, 그의 자식들은 그렇지 않았다. 수많은 교역소와 사람들이 있는 삼림지역으로 내려온 프란츠와 동생들이 발견한 것은 자신들이 좋아하지 않는 삶의 방식이었다.

대부분의 혼혈아들과 달리, 프란츠는 오랜 고립 생활을 한 탓에 인종의 장벽에 부딪칠 준비가 아직 되어 있지 않았다. 혼혈아들을 '야만인들'이라 부르는 것에 익숙하며 그들과는 항상 거리를 두고 지낼 정도로 인종주의에 젖은 교역소의 백인남지들로부터 필연적으로 프란츠가 받을 수밖에 없었던 따돌림은, 배런스에서라면 절대로 있을 수 없는 대우였다.

프란츠는 자신을 백인이 아닌 인디언, 혹은 튀기로 생각하도록 배운 적이 없었다. 그는 기껏해야 어느 쪽도 아닌 경계선상의 비참한 존재로밖에 여겨지지 않는 '튀기'라는 부류에 자신을 일치시킬 수

없었다. 그 대신, 자신만의 가치를 가지고 살았던 끝없는 땅, 북쪽의 광대한 평원을 기억했다. 그리고 어머니를 사랑했던 프란츠였기에, 버려진 오두막 옆 무덤도 역시 기억했다.

맏이여서 다른 동생들보다 프란츠가 그것을 더 깊이 느끼긴 했지만, 나머지 동생들도 인간에 대한 사회적 구분을 알게 되었기에 그들 역시 행복한 시절을 추억하는 어린이들의 슬픔으로 배런스를 회상했다.

30년대 후반, 아이들의 소망에 마음이 꺾인 칼은 바람만 기슭으로 돌아가는 긴 여행을 시작했다. 하지만 아이들의 행복에 대한 염려가 다는 아니었다. 여우 털 가격이 폭등을 하게 되자, 칼은 자식들이 가진 덫으로 사냥하는 기술을 이용하는 동시에, 상당한 이윤을 얻으면서 에스키모들의 사냥감을 모을 수 있는 자유 상인으로 돌아가고자 했다. 프란츠와 동생 한스가 여우를 잡는데 능숙했기에 칼은 전혀 실망할 일이 없었다. 게다가 덫사냥에 함께한 두 명의 큰 딸들도 곧 능숙한 전문가가 되었다.

그러나 프란츠에게 누엘틴에서의 새로운 삶은 이전의 삶과 똑같지 않았다. 남쪽 정착지에서 받았던 쓰린 상처를 이곳까지 가지고 온 데다가, 에스키모 캠프까지 이르게 될 때까지 끊임없이 덫의 경계를 평원으로 뻗어나갔던 그는 그들에 대해 두 마음을 품고 있었다. 에스키모들은 프란츠를 명예로운 손님이자 자신들과 같은 사람으로 대접했고, 그들의 환대는 프란츠의 자존감이 회복되고 상한 마음이 낫는데 도움을 주었다. 그러나 백인 상인들이 자신에게 보였던 똑같은 우월감이 에스키모를 향한 프란츠의 마음을 막을 수는 없었다.

이 같은 갈등과 상처받은 자존심을 회복하려는 절대적인 필요 때문에, 자신이 새로 찾은 친구들을 장기간에 걸쳐 냉혹하게 파괴해 가고 있는 운명에 대해서는 프란츠가 눈이 멀었던 것 같다. 에스키모들에게 가져다 준 것이라고는 굶주림밖에 없는 듯 보이는 그들 삶의 분명한 무계획성을 그는 확신하고 있었다. 자신의 친구를 '무지한 원주민'이라 부르는 프란츠는 자신을 얕잡아보던 백인들의 생각과 어쩌면 자신의 아버지의 생각을 그대로 반영하고 있었나. 배런스의 사람들을 파괴시키는 이 사악함의 성질을 이해하려고 노력도 하지 않았다.

에스키모들이 보여준 우정으로 회복되고 되살아난 자신의 일부로 그들의 긴박한 필요를 돕기 위해 애썼지만, 한편으로는 자신만의 방식으로 사악함에 공헌하고 있었다.

물론 교역소는 다시 문을 열었고 배런스 사람들 중 살아남은 12명의 사냥꾼들은 또다시 여우 털 사냥을 위해, 음식을 위해 사슴을 추적하는 것을 포기했다. 사냥꾼들은 털을 칼에게 가져왔는데, 그들을 향해 우정도 연민도 없었던 칼인지라, 오로지 털에 대한 값만 지불했다. 또다시 배런스 지역에 살게 된 칼은 아내에 대한 기억과 아이들이 함께 해주지 않는 외로움에 괴로워했다. 그는 이 땅을 증오했기에 영원이 이곳을 떠날 수 있는 충분한 돈을 벌기만을 바랐다. 자유 상인인데다 자신의 거래 원칙을 감독할 이가 아무도 없었으므로, 북쪽에서는 합법적으로 여겨지는 어마어마한 이윤을 남길 수 있었다.

그러던 1943년, 칼이 이 거대한 평원을 떠날 결심을 하게 된 사건이 발생했다. 그의 큰딸이자 가장 사랑하는 스텔라가 보름 동안 배런스의 겨울 속에 실종된 것이다.

딸아이는 멀리 고기를 숨겨놓은 곳을 갔다가 돌아오는 길이었는데, 오빠 한스가 모는 개썰매를 따라 자신의 썰매를 몰고 있었다. 한스는 열여섯 살이었고, 스텔라는 열다섯 살이었다.

바람만에서 약 30마일정도 떨어진 곳에서 심한 눈보라가 그들을 에워쌌다. 한스는 동생의 썰매를 끄는 개들 중 우두머리 개를 자신의 썰매 뒤쪽과 줄로 연결해 묶고 난 후, 바람의 방향이 변하지 않아 방향을 잃을 일은 없을 것이라 믿고 썰매를 끌었다.

시작된 지 몇 분 만에 눈보라는 격렬하게 고조되어 하나의 성난 돌풍으로 변했다. 한스는 여동생을 볼 수 없었고, 스텔라도 오빠를 볼 수 없었다. 바람이 너무나 강렬하고 지면에 흩날리는 너무나 짙은 눈발에 한스는 여동생이 끄는 썰매의 우두머리 개와 그 다음 개의 줄이 끊어진지도 몰랐다. 한스는 앞으로 나아갔고 단 한 마리만이 끊어진 줄을 끌며 그를 따라왔다.

줄이 끊어진지 몰랐던 스텔라도 썰매에 앉아 지독한 광풍으로부터 자신의 얼굴을 가린 채 계속 나아갔다. 소녀의 개들은 어렸기에 우두머리 개가 없어지자 한스의 썰매가 지나간 후 몇 분 만에 바람이 불어 지워져 버린 썰매자국을 곧 잃어버리고 말았다.

그러다 바람은 남쪽으로 방향이 바뀌었다. 그 변화를 알아챈 한스는 썰매가 올바로 가도록 유지할 수 있었지만, 스텔라의 개들은 방향이 바뀐 살을 에는 바람 속을 단호히 계속해서 걸어 나갈 뿐이었다. 마침내 한스가 교역소에 도착했을 때, 그때까지 모르고 있던 사실, 즉 자신이 혼자 돌아왔다는 것을 알아챘다.

다시 돌아간다고 해서 찾을 수 있다는 희망은 없었다. 점점 더 심해지는 폭풍 속으로 들어간다는 것은 생각만으로도 자살행위였다. 그래서 가족들은 불가 주변에 앉아 바람이 그치기를 기다렸다.

눈보라는 단지 하루 동안 불었지만, 스텔라가 캠프로 돌아오는 데는 보름이 걸렸다. 이 소녀가 거의 아무 음식도 없고 침구도 없이 2주 이상을 지내며 툰드라의 한겨울을 살아남을 수 있었다는 것은 얼마나 그 아이들이 이 땅의 한 부분이 되었는지를 보여주는 진정한 척도다.

자신이 길을 잃었다는 것을 안 아이는 그 상황에서 단 하나, 판단력 있게 할 수 있는 일은 캠프를 만드는 일이었다. 눈 칼을 이용해 바람막이용 눈 벽돌을 몇 개 잘라내어 바람을 피해 숨었다. 폭풍이 가라앉자 벽돌사이에서 나온 아이는 자신이 어디에 있는지 알기 위해 애썼다. 그러나 겨울에는 눈 위로 솟아나 있는 풀 말고는 표지가 될 만한 것이 없다.

바람의 방향이 바뀐 것을 몰랐던 스텔라는 자신이 현재 있는 곳보다 하루 정도 더 북쪽으로 멀리 떨어진 곳에 있다고 믿었다. 낮 동안 소녀는 4시간 정도 해를 기준으로 남쪽으로 내려갔지만, 첫째 날의 하늘이 흐려지더니 그 후로 일주일 동안 해가 나지 않았다. 사흘이 지나자 썰매에 싣고 오던 고기를 오래전에 버린 뒤라 너무나 굶주린 개들은 썰매를 더 이상 끌 수가 없었다. 개들을 풀어주면 녀석들 혼자서라도 집으로 가는 길을 찾을 것이라는 희망 속에 몇 마리의 끈을 잘라내 버렸다. 나머지 세 마리는 고기가 필요했기에 죽였다. 그러고 나서 소녀는 썰매를 버리고 걸었다. 등에 진 얇은 덮개와 고기 뭉치 말고는 아무것도 없이 말이다.

소녀는 남쪽으로 엄청나게 돌아 안전을 전혀 보장할 수 없는 여행을 했다. 얼어 죽는 걸로 끝나버릴 수 있는 졸음이 밀려올 때까지 소녀는 걸었다. 그런 위험이 찾아오면 멈춰서는 조심스럽게 휴식을 취했다. 이따금씩 언덕 꼭대기를 덮고 있는 눈 속을 파헤쳐 시들어버린 월귤 나무 몇 개나, 일종의 이끼인 석이 한주먹을 찾아내곤 했다. 자신이 누엘틴 만을 잃어버리기는 했어도, 머물러 있는 것은 곧 죽는 것이라는 사실을 아는 소녀는 충분히 힘이 생겼다는 느낌이 들면 덮개를 들고 남쪽을 향해 걸었다. 소녀는 거의 5만 평방마일에 이르는 지역에서 길을 잃은 것이었기에, 자신이 아는 한 그 넓은 지역의 어디에 있는지 모르는 처지였다. 그러나 소녀는 멈추지 않았다.

100마일 이상 누엘틴 호수의 전체 길이를 걸은 소녀는 마침내 그 호수의 남쪽만으로 나오게 되었다. 그러나 스텔라는 그 사실을 깨닫지 못했을 뿐만 아니라, 그해 얼음과 눈이 깊게 물위를 덮은 탓에 그 호수가 자신이 돌아다니던 곳인지도 몰랐다. 소녀는 앞쪽에 있는 숲과 섬에 있는 숲을 본 뒤 마지막 힘을 다해 가문비나무숲 가장자리에 도달하여 잠이 들었다. 기적이 없었다면 영원히 잠이 들었을지도 모른다.

이 먼 북쪽까지 겨울에 한 번 찾아왔던 덫 사냥꾼이 참으로 우연히 그 날 숲이 있는 섬 주위로 개를 몰았다. 그는 100마일 이상의 반경 내에서 유일한 살아있는 사람이었고 그가 끄는 썰매는 곧장 소녀를 향해 나아갔다. 소녀가 도착한 지 한 시간 이내에 사냥꾼은 아이를 발견했고, 자신의 캠프로 데려가 아이를 돌보았다.

그러나 이 이야기의 믿을 수 없을 정도로 놀라운 부분은 이제 시작이다. 단 하루 만에 스텔라는 기운을 차리고 집으로 돌아가기를 간절히 바랐다. 실종된 지 16일째 되는 날, 따뜻하게 몸을 감싼 채 혼혈인 덫 사냥꾼의 작은 마차를 타고 북쪽으로 향한 소녀는 17일째 되는 날, 바람만에 있는 집에 도착했다. 늙은 칼은 딸을 보자 눈물을 흘렸다. 남자애들도 역시 울었지만 벌써 여러 날째 눈물을 흘린 터였고, 텅 빈 평원을 2주 동안이나 허무하게 수색을 한 뒤에 찾아온 견딜 수 없을 정도로 괴로운 설맹으로 고통을 받고 있던 터라 슬픔 때문에 운 것만은 아니었다.

봄이 찾아오자, 칼은 영원히 이 땅을 떠날 준비를 했다. 프란츠와 한스에게 이야기했지만, 그들이 남쪽으로 가고 싶어 하지 않았기에, 매년 여우를 넉넉히 잡는 일을 아들들이 계속 할 것임을 안 칼은 결국에는 두 아들을 남겨놓고 떠났다. 칼은 어린 자녀들과 그 해에 잡은 털을 실은 채 남쪽을 향해 카누를 저어나갔다. 프란츠는 남쪽으로 돌아가는 것을 마주할 수 없었기에, 그리고 한스는 자신만의 수수께끼 같은 이유로 뒤에 남았다.

저 멀리 바깥 세상에서는 전쟁이 막바지를 향해 몰아치고 있었지만, 툰드라의 고요 속에서는 전쟁의 숨죽인 울림마저 들어서지 못했다. 1947년, 내가 바람만에 갑자스럽게 차륙하기 전까지 수년이 흐른 세월동안 이곳의 삶의 흐름은 어떤 변화도 겪지 않았다. 일 년에 한 번 카누에 짐을 싣고 가장 가까운 교역소가 있는 남쪽까지 내려가는 프란츠와 한스는 재빨리 털을 내린 후 한 해 동안 필요한 물품을 구입하고 나면, 북극의 평원을 향해 숲을 통과해 도망치듯 황급히 되돌아온다. 그러면 남은 해 동안 겨울에는 썰매를 끌어, 여름에는 걷거나 한 떼의 개를 끌고 배런스 지역을 돌아다니는 것이다.

이상한 일이지만, 형제는 각자의 삶을 따로 살았다. 지독히도 조용해져버린 한스는 며칠이고 한마디도 하지 않기도 했다. 서로가 다른 지역에 자신만의 덫을 놓았기에 겨울이 되면 형제는 한 달 내내 다른 지역으로 떠나 오두막을 종종 비웠다. 동시에 오두막으로 돌아오는 때도 있었지만 오두막으로 잠시 돌아오는 기간에 서로를 만나지 못하는 경우가 더 잦았다. 외로움의 무게가 형제를 항상 짓눌렀지만, 인디언 어머니로부터 물려받은 힘과 툰드라 사람들과 점차적으로 쌓아나간 친밀감으로 프란츠는 가까스로 이 외로움을 조금이나마 덜어내면서, 고독한 사람들의 머릿속을 비집고 들어오는 광기를 피했다. 자신만의 방어벽을 만들어 가지를 친 그는 사람에 관계없이 뿜어내는 평원의 적의로부터 자신을 지킬 수 있었다.

에스키모 사이에서 무리 중 하나로 여겨지게 되었지만, 꼭 그렇지만은 않은 것이, 다른 모든 인간들과의 접촉이 거부된다 해도, 자신이 지니고 있는 인종적 우월감의 뒤틀린 방어벽을 그가 여전히 고수하고 있었기 때문이다. 그럼에도 불구하고, 배런스의 사람들이 그 파괴적인 외로움에 대항하는 자신의 유일한 성채였기에, 프란츠는 우월감을 버렸다. 그들과 함께 있기는 했지만 결코 그들의 일부가 되지 않았던 그였기에, 외로움의 손길에서 완전히 벗어난 적은 결코 없었다. 그것은 자신 속에서 맹렬히 몰아치면서도 통제된 굶주림이었고, 끊임없는 불안감은 결국 고뇌의 모습을 가지게 되었다. 자신의 사냥 범위를 넓혀 그것을 달래보기 위해, 바람만의 교역소에서 더욱 더 멀리 떨어진 새로운 땅을 헤매고 다녔다. 그러나 먼 곳으로 뛰어드는 프란츠의 불안한 욕망은 자신의 문제를 결코 이해할 수 없는 탓에 그에게 어떤 위안도 되지 못했다. 비록 자신이 이 땅에 사는 것을 배우며 암석과 자연력의 적개심과 자신 사이에 불편한 휴전을 맺긴 했지만, 이 모든 것에도 불구하고 자신은 여전히 침입자라는 사실을 프란츠는 알지 못했다.

4

살아남은 아이들

처음 자신의 이야기를 쏟아놓은 뒤부터, 내가 끊임없이 묻는 질문을 침묵 속에서 피하며 단음절로 프란츠는 답할 뿐이었다. 아마도 술에서 깬 사람이 자신의 술주정을 생각하면 창피한 것처럼, 낯선 사람에게 자신에 대해 너무 많은 것을 드러낸 첫날밤의 일을 부끄러워하는 듯했다. 아니면 동생의 도착이 지연되는 것에 몰두하고 있는지도 모른다.

매일 아침, 오두막을 나선 그는 따스한 봄날이면 남동쪽의 얼음 덮인 만의 더러운 수면 위를 바라보던 망보는 언덕으로 올랐다. 한스가 너무 늦는다. 이른 봄, 그는 작은 섬에 남겨놓은 겨울 저장품을 찾으러 가기 위해, 백마일 떨어진 누엘틴 호수의 남쪽 끝을 향해 여행을 떠났다. 얼음이 완전히 만을 벗어나버려 개썰매 여행이 불가능해지기 전에 돌아오려면 한스에게는 겨우 며칠의 빠듯한 시간만 남았을 뿐이다.

우리가 함께 망을 본 셋째 날 아침, 비가 내리기 시작했다. 이 땅에 자기가 가진 것을 모두 다 쏟아 붓기라도 하듯 엄청난 세기로 쏟아졌다. 프란츠와 나는 비가 새는 오두막으로 쫓겨 들어갔다. 순록 가죽으로 만든 지붕 위로 빗물이 만들어내는 무기력한 드럼소리를 들으며 앉아 있을 때, 우리는 갑자기 퍼붓는 빗소리 사이로 희미하게나마 새어나오는 새로운 소리를 알아차렸다. 그 소리가 강의 얼음 위로 눈이 녹아내린 물이 졸졸 흘러내릴 때 나는 소리라는 걸 알아차릴 때까지 나는 주위 깊게 귀를 기울였다. 내가 아는 소리였지만 그 소리에는 달라진 깊이가 있었다. 그 물 소리가 커지는가 싶더니 울려 퍼지면서 곧 묵직한 소리가 나는 포효로 바뀌었다. 오두막이 흔들리자 탁자 위에 있던 양철 접시가 미끄러지면서 마치 지진이 일으키는 불규칙한 리듬에 맞춰 춤이라도 추듯이 땡강거린다. 퍼붓는 비에 아랑곳하지 않고 프란츠가 밖으로 달려 나가서, 그를 따라 내가 나갔을 때, 적어도 두께가 10피트는 되는 엄청난 크기의 무시무시한 얼음이 우리 문에서 스무 걸음도 채 떨어지지 않은 강에서 솟아오르고 있는 것을 보았다. 그 거대한 얼음 덩어리는 거대한 묘비처럼 한쪽 끝으로 잠깐 서더니 앞으로 넘어져 내렸는데, 떨어지는 얼음덩어리 너머로 엄청난 회색 물줄기가 높게 솟구쳤다. 오랫동안 갇혀 있던 강물이 부서져 내리는 유빙 사이로 쏟아져 내리더니, 몇 분 후에는 우리 아래 비탈을 향해 올라와 오두막 문 가까이까지 얼음덩어리를 밀어 올렸다.

솟아오른 물이 거의 내 발까지 밀려오는 동안, 희뿌연 빗속으로

이 대홍수를 바라보았다. 무슨 일이 곧 일어날 건지 우리를 경고했던
그 최초의 소리는 이제 거대한 드럼소리같이 강 위를 휘젓고 있었다.
소리가 지나가자, 우레같이 거칠게 울리는 소음을 내며 거대한 얼음
파편들이 얼어붙은 만을 향해 육중이 흘러내려갔다.

흘러가는 얼음의 힘은 저항할 수 없는 듯 보였다. 하지만 강이 만
과 만나는 지점에서 엄청난 크기의 저항이 일어났다. 앞쪽 가장자리
를 따라 만을 덮고 있는 얼음이 강에서 흘러내린 유빙에 맹공을 가
해 엄청난 압력으로 부서뜨려, 쏟아 붓는 비에도 아랑곳하지않고 얼
음수정의 미세한 가루를 공기 중으로 흩뿌렸다. 건물 크기만 한 유빙
덩어리가 찰나에 불과한 순간에 잘게 으깨져 사라지면서, 만에 자리
잡고 있던 완강한 얼음 방벽을 강어귀로부터 거슬러 천천히 움직이
게 만들던 다른 덩어리들에게 자리를 내주었다.

마침내, 만의 얼음은 더 이상 자리를 내주지 않았고, 작은 부빙 판
들이 덜거덕 거리며 강을 따라 내려와 만에 합류했다. 그들 뒤로는
물이 너무나 빠르게 솟아올라 오두막을 무릎 깊이까지 잠기게 했고,
강의 깊이도 15피트가 아닌 30피트가 되버렸다. 큰 얼음 덩어리들이
얼음 댐 뒤에서 몰아치는 소용돌이 속을 헤매고 있었는데, 그 중 하
나가 마치 코끼리 수놈이 자신의 힘을 서 있는 나무에 대고 시험해
보듯, 오두막의 통나무 벽을 밀어댔다. 산등성이로 도망친 프란츠와
나는 오두막과 우리 소지품을 잃어버리게 될지도 모른다는 걱정은
하지도 않고 점점 고조되는 흥분감에 휩싸였다.

좁은 강어귀를 가로질러 생긴 얼음 댐의 크기가 점점 불어났는데,
상류 쪽에서 끊임없이 충돌하는 새로운 얼음 덩어리로 높이가 더욱
높아질 때마다 흔들흔들 거리면서 심술궂게 우르르 거렸다. 그러다
가, 미친 강으로부터 오두막을 구해 낼 것이 더는 없어 보이자, 댐은

물러서기 시작했다. 한 덩어리로 움직이면서, 아직 깨지지 않은 만의 얼음 위로 미끄러져 내렸다. 십만 톤의 장애물이 고삐가 풀린 강의 힘 앞에 천천히 자리를 내준 것이다.

댐은 너무나 쉽게 무너져서, 힘들이지 않고 부드럽게 분해되는 듯한 인상을 줬다. 그러나 작은 집채만한 얼음 덩어리 하나가 컬링경기에 쓰이는 둥글고 무거운 화강암처럼 갑자기 내려오자 그것을 바람만의 삐걱거리는 얼음을 가로질러 거의 반마일이나 날려 버렸을 때 댐이 가진 광포함의 참된 크기가 나타났다. 그 시커멓게 썩어가는 수면 위를 회전하던 거대한 얼음덩어리는 작은 바위 암초에 부딪히면서 마침내 멈췄고, 태양이 그것을 완전히 녹여버릴 때까지 여러 날 동안 그 자리에 머물러 있었다. 그 자리에 놓인 얼음덩어리는 이 땅이 가진 힘을 보여주는 적절한 표시였다.

프란츠와 나 둘 다 얼음 전쟁이 만들어낸 소리와 광포함에 너무나 몰두한 나머지 우리가 피해 있던 산등성이를 따라 개들이 다가오는 소리를 듣지 못했다. 나무 썰매가 자갈길을 쓸며 올라와 우리 옆에 시기전까시는 그것을 보지 못한 것이다.

개들은 끄는 줄에 묶인 채 자리를 잡고 앉았고, 빼빼마른 소년이 일어나 우두머리 개 옆에 서자 나는 그가 한스라고 추측했다. 그의 얼굴에서 그늘진 인상을 짧게 받았을까, 썰매에서 뭉치 두 개가 벌떡 일어서너니 그 중에 하나는 털옷을 입은 꼬마의 모습으로 튀어 올라 프란츠에게 단번에 달려가서는 너무나 행복해 하며 그의 팔로 몸을 던졌다. 두 번째 뭉치는 정체를 알 수 없는 짐 사이에서 나와 약간은 조심하며 우리를 향해 다가오다가 내가 그곳에 서 있는 것을 보고는 갑자기 멈춰 섰다. 이 뭉치는 사슴 가죽옷을 입은 13살 난 소년이었다. 프란츠 옆에 어색하게 선 아이의 미소가 점점 커지면서 아이의 윗입술이 납작한 코 위까지 말아 올려져 코를 거의 덮어버렸다. 소년의 크고 고른 이빨이 나를 향해 반짝였고 나는 넋을 잃은 채 그를 쳐다보았다. 왜냐하면 내가 찾고자 했던 사람들의 아이들임을 알았기 때문이다.

프란츠의 품에 안긴 작은 여자아이는 그를 다시 만났다는 기쁨을 감추지 못한 채, 몸을 옴죽거리며 재잘댔다. 프란츠의 검은 눈동자에 눈물이 맺혔다. 마침내 그가 아이를 내려놓자, 나는 그 여자아이가 다섯 살도 채 안된데다가 그 나이에 비해서도 작다는 걸 알았다. 여자아이는 소년에게로 갔고, 처음으로 내가 있다는 것을 알아챘다. 여자아이의 충만한 기쁨은 곧 사라져 버렸고 아이는 마치 언덕 위에 놓인 작은 조각상 같았다.

"쿠니." 여자아이를 가리키며 프란츠가 이렇게 말하고는, 남자아이를 향해서는 "그리고 아노테엘리크"라고 했다. 인색한 소개말이었지만, 한동안은 그것에 만족해야만 했다. 오두막의 피해를 살펴보고 난장판이 된 것을 청소하기 위해 언덕 아래로 우리 모두가 내려갔을 때, 나는 쿠니가 프란츠의 아이가 될 수 있는지 궁금해졌다.

내 존재로 아이들은 부끄럼을 타는 정도가 되었지만, 한스의 경우에는 참을 수 없는 구속이 돼 버렸다. 오래 전에 자기 자신 안으로 너무나 깊숙이 움츠러들었기에 형 프란츠와의 흔하지 않은 접촉마저도 거의 참을 수가 없는 한스다. 그러니 백인에다가 이해할 수 없는 낯선 사람인 내가 곁에 있게 되자, 한스는 완전히 자신 안으로 물러서버렸다. 나에게는 한 마디 말도 하지 않았지만 자신의 황량한 땅에 사는 어떤 위험한 동물을 쳐다보듯이 오두막의 어두운 구석에 혼자 앉아 나를 노려보았다. 형보다 훨씬 더 짙은 색의 피부는 마른 얼굴의 가늘고 약한 뼈 위로 너무나 팽팽히 당겨 있었다. 내 얼굴에서 시선을 뗀 공허하고 고요한 깊이를 가진 그의 텅 빈 눈은 다가오는 적에게서 시선을 옮긴 덫에 걸린 여우의 눈이나 다를 게 없었다.

하지만 아이들의 부끄럼은 또래 아이들이 느끼는 부끄럼 정도였을 뿐이다. 얼마 있지 않아 오두막을 휘젓고 돌아다닌 아이들은 내 존재에 대해서는 분명 안중에도 없이, 서로서로 소리 없이 싱긋거렸다. 아노테엘리크는 젖은 난로로 다가가 불을 지폈고, 아주 작은 여자 모형인 쿠니는 강가로 달려가 물을 떠와서는, 얼마 후에 우리 모두를 위해 차를 끓였다.

차를 양철 컵에 붓고 나서, 아이는 프란츠의 무릎위에 편하게 자리를 잡고서는 담배를 멋지게 말기 시작했다. 프란츠가 불을 붙여주고 나서, 아버지가 딸에게 이야기하듯 낮은 목소리로 중얼거리는 동안 여자 아이는 행복하게 담배를 피웠다. 그러자 내 호기심은 더 참을 수가 없게 되었다. "프란츠," 나는 물었다. "당신 딸입니까?" 그는 나를 쳐다보지는 않았지만 천천히 고개를 끄덕였다. "네." 그가 답했지만 적의를 품은 그의 목소리는 그 전에 나와 이야기했던 상냥한 목소리와는 완전히 달랐다. "그렇소, 아이는 내 딸입니다. 내가 저 북쪽에서 이 아이를 찾았으니 이 아이는 내 것이란 말입니다."

그이 말끝에는 적극적이다 못해 어떤 맹렬함이 담겨 있었는데, 마치 이 놀라운 아이에 대한 자신의 권리를 위해서라면 나와의 논쟁이라도 무릅쓸 모양이었다. 그런데 놀랍게도, 곧바로 뒤이어 쿠니와 그녀의 오빠 아노테엘리크를 만난 이야기를 내게 해 주기 시작하는 것이 아닌가. 그 뒤에 나는 에스키모인들한테 더 많은 자세한 이야기를 들었다.

습한 평야와 자갈이 많은 산등성이를 가로질러, 바람만에서 약 60

마일 북쪽으로 가면, 우리가 카잔 강이라 부르지만 사실은 이누이트 쿠, 즉 인간의 강이라고 부르는 강 둑에 가깝게 작은호수들이 모여 있는 곳이 있다. (이누이트는 이 사람들이 자기 부족을 가리켜 붙힌 고유의 이름이다. 그것을 번역하면 인간이라는 단순한 뜻이다. '에스키모' 라는 용어는 이들이 사용하지 않는 말로써, 인디언들이 날고기를 먹는 사람이란 뜻으로 붙인 이름이다.) 작은호수들의 물은 에나다 이 호수에서 발원한 인간의 강으로 흘러드는데, 수 세기 동안 호수가 모여 있는 이 지역과 그 주위를 둘러싼 작은 언덕들이 이 내륙 문화의 중심이 되어왔다. 사람들은 완만하게 솟아 오른 땅에 자리 잡은 호수와 강 주위로 그들의 캠프가 세워지기 전까지는 인간의 강 위 아래로 흩어져 살았다. 그들은 자신들을 이할미우트라고 불렀는데 이것은 다른 사람들이란 뜻으로 해안가에 살면서 바다문화를 가지고 있는 에스키모들과 구별시킨 이름이다.

이할미우트 부족이 그 땅을 알고 끝없는 공간을 돌아다닌 모든 시간 동안 드넓은 카잔 강 옆에 자리 잡은 작은호수들은 그들의 마음을 끄는 특별한 힘을 행사했다. 그러므로 배런스가 알고 있던 그 어떤 힘보다 더 큰 힘으로 형세가 그들에게 불리한 쪽으로 바뀌어, 전염병과 기아가 그들의 캠프를 강타했을 때, 이할미우트 부족이 후퇴하면서 이 지역으로 물러선 것은 충분히 자연스러운 일이다.

1940년이 될 때까지, 멀리 떨어진 나머지 캠프들마저 붕괴되었다. 내륙 부족의 붕괴에서 살아남은 소수의 사람들은 이전에 그들의 조상이 했던 것처럼, 다시 한 번 작은 언덕들 아래의 우테크, 할로, 그리고 카키미 호수 주위로 돌아왔다. 그 지역은 그 땅에 살고 있는 사람들의 마지막 요새로써 공격을 받았다. 그 지역은 사방을 둘러싼 압도적인 무게의 무서운 포위에 대항하여, 사그라지고 있는 생존의 의지만이 뿜어낼 수 있는 보이지 않는 방어의 힘으로 유일하게 지켜지는 성벽 없는 요새였다. 적의 숫자도 많았지만, 맨 앞장을 선 기아와 질병이 둘 다 이 땅에는 낯선 것이었기에, 오래 전에 이할미우트가 피하는 것을 배운 기본적인 적들보다 더 무시무시했다. 1946년 늦가을이 되자 남은 사람들은 이 적들의 끝없는 돌격을 온 힘을 다해 피하기 위해, 작은호수들의 황량한 연안으로 모여 들었다. (1947년 여름동안 80여명의 이할미우트 남자 여자가 대부분 디푸테리아로 죽었다.)

그곳에 모여든 사람들 중에 안글레얄라크 가족이 있었는데, 그의 텐트에는 아주 나이가 많은 어머니와, 이크투크라 불리는 아내, 그리고 그의 세 아이인 쿠니, 아노테엘리크, 그리고 파마가 살았다. 비록 자신의 입에 대고 있던 흰 여우 털이 선홍색 피로 물들지 않고는 멈추지 않는 잦은 기침으로 힘을 잃긴 했어도, 이크투크는 아이들에게 훌륭한 엄마였고, 남편에게는 좋은 아내였다. 안글레얄라크는 훌륭한 사냥꾼이었지만, 황동으로 된 긴 탄약통에 화약이 없어 그의 오래된 총을 발사해도 사냥감을 쓰러트릴 수 없었기에, 사냥감을 잡으려는 그의 노력은 자주 허방으로 끝났다. 안글레얄라크의 노모는 자신보다 어린 300명의 부족사람들보다 오래 살아서, 죽음의 기이한 응시를 받고 싶어 이제는 거의 조바심이 난 상태였다. 해마다 겨울이면 새 봄을 보지 않기를 소망했지만, 다시 봄이 찾아오면 또 다시 겨울이 찾아오는 것을 볼 만큼 살았다. 아노테엘리크가 충분히 나이를 먹어 놓쳐 버린 사냥감의 이야기 말고는 가족들의 배를 채울 게 없는 긴 사냥여행을 아버지를 따라 종종 나가긴 했어도, 쿠니와 아노테엘리크는 아직 조그마한 아이들이었다. 네 살이었던 쿠니는 벌써부터 캠프 내에서 자신이 가진 여자로써의 책임을 진지하게 생각했다. 나이 많은 할머니가 땔감으로 쓰기 위해 버드나무 가지를 모으는 것을 도와드리는가 하면, 강에서 물을 기르거나, 어머니 입에서 피가 너무 많이 흘러 나와 더 이상 서 있지 못할 때면 음식을 익히는 불을 지켜 보았다.

안글레알라크의 이글루는 우테크의 호수라는 뜻을 가진 우테크 쿠마니크의 북쪽 가장자리에 서 있었고, 그 주위로는 세 개의 다른 캠프가 서 있었다. 안글레알라크의 호수에서 몇 마일 떨어진 곳에 있는 다른 호수에는 이글루가 여덟 개 더 있었는데, 이 모두가 살아남은 사람들의 짧은 명단 전부다.

1946년 늦겨울, 안글레알라크와 그의 이웃, 우테크는 함께 사냥 여행을 나갔는데, 그때쯤에는 작은 언덕들 아래 이글루의 음식이 거의 동났기 때문이다. 개에게 줄 먹이도 귀했기 때문에, 두 남자는 개 세 마리가 끄는 썰매 하나만 가지고 나갔다. 그리고 그들은 프란츠의 오두막이 있는 남쪽으로 여행을 했다. 그 넓은 땅을 훑어 봐도, 사슴 한 마리, 아니 사슴의 흔적도 찾을 수 없던 그들은 겁에 질려있었다.

그들이 오두막에 도착했을 때, 우연히 프란츠는 집에 있었고, 두 방문객들은 그와 함께 하룻밤을 보냈다. 아침이 되었을 때 자신도 넉넉하게 가지고 있지 않은 저장품 중에서 음식을 조금 추려낸 프란츠는 그것들을 방문객에게 주어 보냈다. 하지만 그들이 가고 나서, 자신에게 그들이 한 말을 생각한 프란츠는 복잡한 예감을 느꼈다. 그는 이할미우트 캠프의 사슴고기가 거의 바닥난 것이 분명하다는 것을 알았는데, 왜냐하면 그 해 가을의 사냥이 신통치 않았다는 것을 알고 있기 때문이었다. 그리고 가장 최근에 이할미우트 땅을 통과해서 여행을 했을 때, 개 먹이로 그 해 전 가을에 숨겨놓은 사냥한 사슴 몇 마리가 없어진 것을 발견했다. 그 고기가 사람 뱃속으로 들어간 것이

틀림없음을 그는 깨달았다. 이할미우트 사람들은 도덕마저 비웃어버릴 정도로 죽음이 가까이 오지 않고서는 도둑질을 하지 않을 무리란 걸 프란츠는 또한 알고 있었다.

한겨울 프란츠를 방문한 안글레알라크와 우테크는 사슴이 이 땅을 떠나버렸다고 말하면서 봄이 일찍 찾아오지 않는 한, 따뜻한 태양이 사슴을 다시 불러 모으기 전에는 자신들 역시 떠날 것이라고 했다.

이 예언을 듣고 있던 프란츠의 마음에는 분노가 연민을 거의 능가해버렸다. 이 '야만인'들을 향해 그가 느껴야 하는 책임과 의무감이 바로 분노였고, 백인인 자신이 하는 것처럼 가까운 미래를 바라보고 준비하지 못한걸 보니 그들이 너무나 어리석게도 장래를 대비하지 못함이 틀림없다는 것에 대한 분노였다. 게다가 그들이 자신이 숨겨 놓은 고기를 훔쳐가 버려, 자신의 생계가 달린 덫을 놓은 길을 따라 여행하는 것이 더 힘들게 돼버린 것에 대한 분노였다. 그리고 아마도 이 젊은 덫 사냥꾼을 가장 화나게 만든 것은 바로 이곳에 그가 존재한 사실 때문에 치명적인 불행이 이 사람들을 덮치도록 도운 것이라는 끈질긴 느낌이었다.

이할미우트 부족에게 모피를 한 번 샀던 그의 아버지와 다른 무역업자들은 그들이 고기를 뒤쫓는 것보다 여우 털가죽을 뒤쫓는 것이 훨씬 바람직하다고 말했다. 그래서 수십 년 안에, 이 부족은 해마다 가을이면 했던 좋은 고기 사냥을 무시하는 것을 배웠다. 그리고는 오히려 흰 여우 덫을 놓는 법을 배워 그 털가죽을 밀가루, 조개, 총으로 거래하는 것을 배워버렸다. 이할미우트 부족의 생각에, 무역업자들이 온 이후로 더 적은 노동으로도 그들의 단순한 필요를 채울 수 있게 되었기에, 그 교환은 만족스러운 것이었다.

그러나 높은 수익을 더 이상 얻을 수 없게 되자, 큰 회사는 사무실을 철수해 버렸고, 이 부족이 순수하게 배운 새로운 삶의 방식은 이제 파멸로 이르렀다. 한 때는 위대한 사슴 사냥꾼이던 사내들이 이제는 위대한 여우 사냥꾼이 돼버렸지만, 사람이 여우 털가죽을 먹을 수는 없는 일이었다. 이 사람들이 또 다시 자신들의 방식을 바꿀 수는 없다. "분명, 올 겨울에 덫을 놓아 여우를 잡고 나서 그 털가죽을 남쪽에 가져가면 교역업자들이 돌아온 걸 찾을 수 있을 거다"라고 그들은 생각했다. 하지만 사냥꾼들이 남쪽으로 여행을 갔을 때, 교역소는 오랜 배고픈 세월동안 그 자리에 서 있었던 탓인지 텅 빈 채로 허물어져 있었다.

교역자들은 자신들의 수익을 보장받는 기간에만 짧게 머물다가 이 땅을 버리고 떠나면서도, 자신들이 어떤 파괴도 일으키지 않았다고 생각했다. 프란츠는 여전히 이곳에 살고 있었다. 그는 잘못을 저질렀다는 숨겨진 생각을 지울 수가 없었다. 아마도 안글레얄라크와 우테크가 거의 빈손으로 작은 언덕들로 돌아갔을 때 프란츠의 마음에는 그들을 향한 분노가 끓어올랐기 때문이리라.

겨울은 천천히 흘러갔고 더는 도움을 요청하지 않았다. 마침내, 3월 초가 되었을 무렵, 프란츠는 이할미우트 캠프가 있는 북쪽으로 여행을 떠나 오래된 헤크와우의 이글루에서 하루를 묵었다. 여기서 프란츠는 항상 그들의 음식을 같이 먹었지만, 이번에는 그 음식이 그의 왕성한 식욕을 위한 요기가 되지 못해서, 그는 재빨리 말을 둘러대고 캠프를 나섰다. 자신이 놓은 가장 먼 덫이 있는 북쪽을 향해 그는 여행을 계속 했는데, 또 한 번 숨겨놓았던 많은 고기가 사람에 의해 도난당했음을 발견했다.

3월 중순, 아이들의 장난감 활보다 조금 성능이 괜찮은 조잡한 활

을 지닌 채 총 없이 떠났던 안글레얄라크가 성과 없는 사냥여행에서
돌아왔다. 왜냐하면 이할미우트 부족 사내들은 활이 필요없어진 긴
세월동안 뿔로 빈틈없는 활 만드는 법을 잊어버린데다가, 반짝반짝
빛이 나는 총과 조개를 털가죽만 있으면 바꿀 수 있었기 때문이다.
안글레얄라크는 뇌조 두 마리를 사냥해 왔는데, 겨울 동안 굶주린 이
새 두 마리만이 다섯 명의 식구와 세 마리의 개가 가진 음식의 전부
였고, 그들 중 몇몇은 더 이상 음식이 필요없어질 때를 맞이하게 될
지도 몰랐다.

　안글레얄라크가 마지막 사냥감을 가지고 오기 전 한 달 동안, 식
구들은 한 입 거리 음식으로 하루를 버텨왔기에, 그의 마지막 사냥은
창자가 천천히 말라 들어가는 것을 막기 위한 최후의 필사적인 노력
이었다. 실패하는 게 당연한 그 사냥은 실패해버렸고, 그가 아무리

애를 써 봐도 이제는 바꿀 수 없는 필연적인 길을 따라 일은 진행되고 있었다. 죽음이 그들 위에 머물러 있었고, 식구들이 할 수 있는 유일한 일은 죽음의 길을 돌려 삶을 유지하기에 가장 중요하지 않는 사람이 먼저 죽게 하는 수밖에 없었다.

그 문제에 대해 입을 열고 이야기할 필요가 없었다. 그나마 안글레얄라크가 살아 있는 동안은 희망이 있다. 하지만 사냥꾼인 그가 죽어버린다면, 작은 언덕들로 많은 수의 사슴이 돌아온다 할지라도 가족은 소멸해버리고 말 것이다.

사냥꾼 다음으로는 이할미우트 부족의 사그라지고 있는 생명의 의지를 보여주는 아이들 쿠니, 푸마, 그리고 아노테엘리크였다. 아이들 뒤로는 아내이자, 엄마, 새로운 삶의 원천인 이크투크이지만, 아이들이 엄마의 도움 없이도 살 수 있을 만큼 충분히 자랐기에 그녀의 역할은 이제 거의 다 끝난 셈이다.

그 다음엔, 한 때는 멋진 무리를 이루었지만, 이제는 그 중에서 세 마리만 살아남은 소중한 개들이 있다. 이 세 마리의 말라비틀어진 것들은 바꿀 수 없는 보물이었다. 이동 가능성이야말로 가족에게는 잠재되어 있는 힘이었고, 얼어붙은 땅을 건너서 이동할 수 있는 그들의 힘이 없다면 아무리 위대한 사냥꾼이라도 오랫동안 살아남을 수는 없는 노릇이기 때문이다.

늙은 할머니 에피트나를 제외하고, 이렇게 한 가족이었다. 그녀의 자리는 어디에 있는가? 그녀를 위한 사랑과 자식으로서의 애정보다 더 안전한 것은 없었지만, 이러한 감정은 이미 냉혹한 굶주림 앞에 죽어버렸다.

새 두 마리를 가지고 안글레얄라크가 돌아온 날 밤, 할머니는 잠을 자지 않았다. 지금이 바로 수많은 굶주림의 세월을 지나면서 그녀가 기다려 왔던 바로 그때였다. 이제껏 죽음만을 한결 같은 평온함으로 바라왔던 그녀였기에 오늘 밤 눈으로 둘러싸인 이 벽에서 자신의 바람이 이루어질 것이다. 그러나 그 시간이 되고 나니, 나이가 들었어도 너무나 강한 두려움, 위험에 빠진 젊은이들을 창백하게 보이게 하면서도 엉터리같이 보이게 만드는 두려움의 공포가 그녀 안에서 솟아오른다.

그녀의 가족들이 굶주림의 고통에서 벗어나기 위해 잠속으로 피해버린 지 얼마 되지 않아서였다. 늙은 할머니는 자리에 앉아 조용한 그들의 모습 너머를 멍하니 바라보았다. 그녀는 어린 쿠니의 흐느낌과 아들인 사냥꾼의 염려스러운 중얼거림을 들었다. 그러나 무엇보다도 그녀가 선명하게 들은 것은 결코 멈추지 않고 부는 바람이 이글루의 매끈한 곡선 지붕을 따라 돌때 들린 모래 같은 눈의 속삭임이었다.

더 이상 식구들의 조그마한 소리를 의식할 수 없을 때까지 그 거칠게 스치는 소리가 그녀를 가득 채워버렸다. 시끄러운 눈의 소리가 점점 더 거저갔고, 그 소리가 커질수록, 죽음에 대한 그녀의 두려움도 커졌다.

해골만 남은 개들이 문간을 지키고 있다가 수척한 머리를 들어 그녀가 자유롭게 지나가도록 얼음벽 쪽으로 몸을 움츠렸을 때 그 긴 밤은 거의 끝나가고 있었다. 그리고 그 늙은 할머니는 이글루에서 나가 어둠 속으로 들어갔다. 몰아닥치는 눈이 바닥에서부터 그녀를 휘감아버렸고 그녀 주위로 어둠이 짙어졌다. 털바지만 입은 채 서 있던 그녀가 바지마저 벗어버리자, 그것은 조용히 눈발을 따라 사라져버렸다. 바람은 고통에 처한 짐승처럼 애처로운 소리를 냈고, 어둠은 그녀의 연약하고 고통 받은 몸을 덮었다.

아침이 왔을 때, 가족 중 누구도 할머니에 대해 말하지 않았다. 어린 아이 쿠니마저도 할머니 얼굴이 보이지 않는다고 말하지 않았다. 하지만 나중에 짧은 시간이나마 낮이 어슴푸레 밝아졌을 때, 안글레얄라크는 눈 속으로 홀로 나가서, 허리 주위로 부적 허리띠를 세게 묶고는 바람을 마주하고 섰다. 그러고 나서 부족이 크게 번창하던 어린 시절 배웠던 말들, 새로 죽은 자를 향해 말하라고 배운 그 말들을 하기 시작했다.

그때가 3월 중순이었다. 낮이 약간은 더 길어지고 영원할 것만 같은 겨울바람이 점점 약해지면서 연달아 며칠 동안 멈추는 때였다. 하지만 올해는 바람도 자신의 자리를 잊어버리고 계속해서 거세지더니, 툰드라 전체 세계가 끊임없이 포효하며 이는 단 하나의 바람이 돼버렸다.

사냥할 사냥감이 있다 해도 그 누구도 감히 사냥을 하기 위해 나가지 못했을 것이다. 안글레얄라크의 이글루에선 가족들이 모두 모여 잠자리의 가죽 덮개를 덮고서는 기다렸다.

낮에는 얼음집의 고요한 어둠을 밝혀주는 희미하고 창백한 빛이 있었다. 하지만 밤이 되자 조그마한 등에 태울 사슴 기름이 남아 있지 않았기에 그 빛마저 사라졌다. 악마와 같은 집요함으로 얼음벽을 쳐대던 바람 소리도 마침내 가라앉더니 침묵만이 남았다. 개들은 더 이상 꿈틀거리지 않고 꼬리 밑으로 코를 박은 채, 반쯤 언 공 모양으로 몸을 단단히 말아 허기짐이 극에 다다랐을 때 찾아오는 의식불명의 잠에 빠졌다.

새 두 마리를 먹었다. 아이들은 고기를 나눠 먹었지만, 안글레얄라크는 조금밖에 먹지 않았다. 내장과 깃털은 개가 먹었고 이크투크만이 아무것도 먹지 않았다. 남편이 자신의 몫을 그녀에게 먹이려 했지만 그녀는 남편에게서 얼굴을 돌려 피를 토해내며 기침만 하면서 아무것도 먹지 않았다.

노모가 세상을 떠난 후 1주일이 지나자, 이크투크는 기침할 때를 제외하고는 몸도 움직일 수 없었다. 이때쯤 겨우 몇백 피트 떨어져 있는 우테크의 이글루를 향해 안글레얄라크가 집을 나섰지만, 결코 멈추지 않고 땅을 스치며 이는 눈발이 짙은 안개처럼 길을 덮어버리자 이글루를 찾는 일에 애를 먹었다. 이글루에는, 우테크, 그의 젊은 아내 호우미크, 그리고 엄마의 말라붙은 젖을 여전히 빨고 있는 아이가 있었다.

우테크는 12일째 아무것도 먹지 못한 상태였고, 한 쪽이 없이는 결코 살 수 없는 나머지 둘은 마지막 남은 한줌의 버드나무 가지로 오래된 가죽옷 조각들을 긁어모아 삶아 먹었다. 이 아이는 여태껏 낳은 세 명의 자식 중 한 해를 고스란히 살아낸 우테크의 첫 번째 아이였다. 굶주림이 다른 두 아이를 데려가 버리자, 우테크는 이제 사냥꾼이 먼저 먹어야 한다는 법 따위는 무시하기로 마음먹었다.

안글레얄라크와 우테크는 말과 말 사이에 오랜 간격을 두고 앞으로 나아가야 할 방향에 대해 조용히 논쟁을 벌였다. 그들은 프란츠가 멀리 있는 덫을 향해 떠난 것을 알았고, 한 달 이상은 자신의 오두막으로 돌아오지 않으리란 것도 알았다. 그러면 너무 늦어버릴 것이다. 하지만 지금 우테크는 동쪽으로 약 열흘만 여행하면 도착하는 곳에, 때로 바다에서 육지로 겨울을 나기 위해 찾아오는 연안에 사는 에스키모들과 교역하기 위해, 최근에 한 백인이 작은 교역소를 지었다는 것을 들은 사실이 생각났다.

우테크가 보기엔 죽음에서 도망치기 위해선, 작은 언덕들을 버리고 동쪽으로 떠나야만 했다. 그러나 안글레얄라크는 이 제안을 들었을 때 동의할 수 없었다. 이크투크가 더 이상 걸을 수 없고 썰매를 끌 힘이 남아 있는 개도 없는 상황에서 우테크나 다른 사람들과 합류할 수 없다는 것을 그는 잘 알았다.

한 주가 지나서 우테크의 호수에는 여전히 이글루 네 채가 있었지만, 그 중에 한 곳에만 사람이 살았다. 다른 세 집 식구들이 생존을 위한 비참하고 거의 희망이 없는 사투를 위해 동쪽을 향해 떠나버린 길 위에는 냉정한 파괴의 그림자가 가까이 내려앉았다.

홀로 남은 이글루에서, 이크투크가 갑자기 깊은 잠에서 깨어나더니 자신이 본 공포에 비명을 질러댔지만 가는 핏줄기가 목에서 치솟아 올라 그 비명을 막아버렸다. 그녀 옆에 잠들어 있던 다른 식구들은 움직임이 없었다. 왜냐하면 이크투크만이 그녀에게 찾아온 악마를 보았기 때문이다.

끔찍하게 몸부림치며, 그녀의 꽉 막힌 폐로부터 잠시나마 안정을 찾았지만 거친 발작을 일으키며 가슴에서 피를 쏟아내 버렸다. 그녀의 벌어진 입 새로 심하게 쏟아져 나온 피는 잠자는 선반 가장 자리 너머로 뚝뚝 떨어지더니 바닥에 닿자마자 그대로 얼어붙어버렸다.

다음날 한 낮이 되었을 때, 잠에서 깨어난 안글레알라크는 선반 아래 눈 바닥에 기괴한 모양으로 비틀어진 채 얼어붙어 있는 아내의 시신을 발견했다. 아이들이 깨기 전에 이글루 밖으로 아내의 시신을 꺼내기 위해 필사적으로 애를 써 보았지만, 생명에 대한 마지막 사투를 벌이느라 발버둥 쳤던 팔과 다리를 구부릴 수가 없었다. 아내를 움직일 수 없었기에 그는 짧은 시간동안, 다른 모든 사람들을 동쪽으로 데리고 가버린 희미한 희망을 따라가는 대신, 이곳에 감히 남아 있을 수밖에 없을 정도로 자신이 너무나 사랑한 여자의 피범벅이 된 얼굴을 내려다보았다.

그날 밤 개 한 마리도 역시 죽었기에, 그것을 먹어버렸다. 굶주림에 죽은 개의 마르고 쓴 고기는 아이들이 먹고, 안글레얄라크는 남아 있는 힘을 겨우 움직일 수 있을 정도만 먹었다. 또 한 주가 지나자 너무 말라 가족이 먹기에 완전히 쓸모없어지기 전에 남은 개 두 마리도 죽여서 먹어버렸다. 3월이 지나 4월이 되자 마침내 바람이 물러갔고, 낮 동안에는 겨울이 사라진 하늘 위로 높게 솟은 태양이 눈부시게 빛났다.

마지막 남은 개고기도 먹어치운 어느 날 아침 안글레얄라크는 낡은 사냥총을 꺼내들고 한낮의 빛을 향해 터널 문밖으로 기어나갔다. 사냥꾼은 다시 한 번 사냥을 할 생각이었다. 총을 끌면서 얼음같이 딱딱한 눈 위를 힘없이 백 야드쯤 기어갔을까, 자신 앞에 선 산등성이에서 뭔가가 움직이는 것을 보자 그의 눈은 빛으로 반쯤 멀어버렸다. 수척함과 희망 속에서 몸을 부들부들 떨면서, 그는 오래된 자신의 사냥총을 들어 올려 짧게 고정한 다음 자신 앞에 기적같이 나타나 경계하며 서 있는 순록의 모습을 향해 총을 발사했다.

그러니 아무것도 발사되지 않았기에, 이글루 안에서 함께 웅크리고 있던 아이들은 총소리를 듣지 못했다. 사슴 따위는 없었기에 아이들은 그 날 어떤 고기도 먹지 못했다. 대낮의 새하얗고 환한 빛 속에서 안글레얄라크는 점점 굳어져 갔다. 그 옆에는 그가 사슴을 마지막으로 본 새하얀 눈바람 속을 여전히 가리키는 낡고 쓸모없는 총이 놓여 있었다. 다음날 새벽이 막 밝았을 때, 프란츠가 우테크의 호수에 도착했다. 곧장 우테크의 이글루로 향한 그는, 눈으로 출구가 막힌 걸 보자 사람들이 아마도 할로의 호수 같은 다른 곳으로 떠났다는 것을 깨닫고, 멀리 떨어진 자신의 오두막을 향해 남쪽으로 다시 떠날 준비를 했다. 호숫가를 따라 방향을 튼 프란츠는 개 중 한 마리가 고개를 들어 긴 소리로 짖자, 옆을 향해 시선을 옮겼는데, 눈 위로 갈색의 형체가 솟아 있는 것을 보았다. 처음에는 울버린이라 생각해서 사냥총을 준비했다. 하지만 그 갈색 물체는 움직이지 않았고, 그것에 가까이 가보니 다름 아닌 사람이었다.

자신의 인디언 피가 또 다른 자신의 백인다운 생각의 이미지 속으로 강하게 흘러들어갔기 때문에 프란츠는 죽은 사람을 두려워했다. 그는 얼어버린 시신을 만지지 않고, 개의 방향을 틀어 안글레얄라크의 이글루로 향했다. 밀려든 눈바람에 입구는 좁은 틈만 나 있었다. 이 조용한 얼음집 아래로 무엇이 놓여 있을까 두려워하며, 프란츠가 크게 소리를 질렀지만 답이 없었다. 몸을 돌려 이곳에서 도망칠 수도 있었지만, 불구가 되어 죽기만을 기다리는 짐승의 것과도 같은 희미한 소리를 그는 듣게 되었다.

프란츠는 개를 묶었다. 그런 후에, 자신이 가진 모든 용기를 모아, 밀려들어온 눈에 거의 막혀 버린 긴 입구 아래로 천천히 기어 들어갔다. 어린 아이들을 구할 적기에 그가 찾아온 것이다.

아이들은 아빠를 기다리며 둘 다 깨어 있었다. 어렴풋이 그가 돌아온 것을 보게 되자, 어린 딸아이의 흐느낌이 커졌다.

프란츠는 잠자리 선반에서 가죽을 떼어서 파마의 얼어붙은 시신과 이크투크의 끔찍한 시신을 덮은 후, 그 이글루에서 종일 머물렀다. 휴대용 석유난로에다 스프를 끓여 자신이 찾은 뼈만 남은 두 아이에게 먹인 뒤에 두 아이가 다시 헛구역질을 하는 동안 잠자코 기다렸다. 그런 뒤에 아이들의 놀란 위장이 영양분을 받아들일 때까지 아이들에게 한 번 더 스프를 떠 먹였다.

이글루의 어두침침한 벽이 밝아지고 온도 상승으로 벽에 얇은 얼음 막이 생길 때까지 프란츠는 조그마한 자신의 휴대용 난로를 최대한 키웠다. 어린 소녀가 서리가 덮여 하얗게 된 조그만 두 손을 떨면서 꺼내 놓자, 프란츠는 온기를 되찾을 때까지 두 손을 부드럽게 문질러 줬다.

다음날이 되자 아이들은 벌써 회복되는 모습을 보여주었다. 프란츠는 썰매에 개먹이가 전혀 없었고 자신이 먹을 음식도 거의 남아 있지 않았기에 더는 지체할 수가 없었다. 또한 이크투크와 파마, 그리고 안글레얄라크의 시신이 남아 있었다. 프란츠와 바람강 캠프 사이는 백마일 떨어진 거리였고, 여행을 시작하기 위해 그는 안달이 났다.

그는 얼어붙은 흰 여우 열두 마리의 시체를 썰매에서 내려 땅에 파묻은 후, 그 자리에다 자신의 가죽 옷을 펼쳐 두 아이를 조심스럽게 덮어 주었다. 그런 뒤 우테크의 호수에서 남쪽을 향해 썰매를 이끈 그는 이틀이 지나서 바람만의 난로에 장작불을 밝힐 수 있었다.

얼마 있지 않아 한스가 덫을 따라 간 여행을 마치고 돌아왔는데, 오두막에 아이들이 있는 걸 보고는 놀랐을지 몰라도 그런 기색을 하진 않았다. 며칠 후, 그 아이들과 함께 남겨진 사실을 발견한 프란츠는 이할미우트 부족을 향한 오래된 분노를 잊어 버렸음을, 그리고 그들의 장래를 대비하지 않는 삶의 방식에 조급해 했던 자신의 모습을 잊어 버렸음을 알았다. 쿠니와 아노테엘리크를 찾은 것은 그에게 놀라운 변화를 일으켜 끈 자신이 없어도 아이들이 안전하리라는 것에 안심한 프란츠는 개를 다시 몰아 작은 언덕들을 향했다.

카쿠미 호수 둑에 있는 카텔로의 이글루에서 죽음이 찾아오기 전 극한의 상태에 이른 굶주림의 현장을 발견했다. 프란츠는 가지고 온 밀가루와 고기 일부를 나눠주고 나서, 찾을 수 있는 한 사람이 사는 모든 이글루에 들러 임박한 재난을 피할 수 있는 만큼의 음식을 나

뉘주었다. 우테크의 호수와 할로 호수에서는 여전히 생명의 흔적이 없었기에, 그곳에 살던 가족들에게 무슨 일이 일어났는지 프란츠가 알 방법은 없었다.

자신이 가진 음식 전부를 모두에게 나눠주려니 조금씩밖에 줄 수 없었던 그는 다시 한 번 바람만으로 돌아와 하루를 쉬고는, 백인이 사는 가장 가까운 거류지가 있는 남쪽을 향해 300마일의 여행을 떠났다. 그곳은 사슴 호수[Deer Lake]에 있는 조그마한 교역소였는데, 이곳에 사는 혼혈 남자는 비록 겨울에는 완전히 세상과 고립되어 살지만, 오래된 단파 무전기를 가지고 있었기에 때때로 더듬거리나마 모스 부호를 보낼 수가 있었다.

7일 만에 프란츠는 사슴 호수에 도착했는데, 그 7일 중, 3일은 봄이면 부는 심한 눈보라와 싸우는데 보냈다. 일단 교역소에 도착하자, 그와 혼혈관리인은 바깥세상을 향해 이할미우트 부족이 처한 곤궁한 상태를 신호로 보내느라 애썼다. 이 메시지는 내륙 평원에서 수세기 동안 숨어 살던 부족이 처음으로 도움을 구하는 첫 번째 외침이었기에 엄청난 중요성을 가지고 있었다. 프란츠는 이 부족과 그들이 처한 어려운 상황을 들은 교역인, 덫 사냥꾼, 선교사들 중 그들을 위한 도움을 직접 찾아 나선 첫 번째 사람이었다. 그 부족을 처음으로 돌본 사람이었던 것이다.

단어 하나하나를 두세 번씩 친 끝에 세 번에 걸쳐 천천히 모스 부호로 전송되었다. 그리고 처칠에 있는 큰 라디오 방송국이 그 전파를 듣고 그것을 남쪽으로 중계했다. 여러 날이 지나도 되돌아오지 않는 답신을 프란츠는 사슴 호수에서 기다렸다. 며칠이 흘렀다.

그 메시지에 무슨 일이 일어났는지 누가 말할 수 있겠는가? 우선, 의심할 여지없이, 관리들은 그 메시지의 진실성을 의심했고, 어떤 경우라도 정부의 기금을 쓰기 전에는 반드시 조사가 선행되어야 했다. 또한 내륙의 사람들에게서 관리들이 받은 첫 번째 메시지였기에 그들은 이렇게 생각했다. "그 오랜 세월이 지나고 왜 이제야 그들이 도움을 필요로 한단 말인가?" 하지만 마침내 도움을 향한 바퀴가 구르기 시작했다. 한 메시지가 더파로 발송되었다. 비행기 한 대가 고용되어 비행 일정이 잡혔다. 하지만 그 비행은 실패했다. 두 번째 비행이 마침내 누엘틴의 맨 끝에 착륙해서 보급품을 내렸다.

그러는 동안 프란츠는 처칠에서 가장 빠른 직선 항로를 따라 비행기가 올 것이라 예상하고 있었기에, 그 대신 누군가가 더파에서 비행기를 보냈다는 말을 들었을 때, 목적지에서 200마일 떨어진 곳에 묻어 놓았던 저장품을 찾기 위해 사슴 호수를 떠났다. 시간이 촉박했다.

프란츠는 100마일을 여행해서 은닉품을 찾았지만, 그 대부분은 캠프에서 죽어가는 여자와 남자들에게는 도움이 되지 못했다. 그것들은 흰콩 자루였다. 얼음과 눈의 세계에서 불을 지필 연료도 없는 그들에게 무슨 소용이 있겠는가.

쓸모 있는 몇 가지를 지친 개들에게 싣고 나서, 북쪽을 향해 다시 달린 프란츠는 따뜻한 봄 날씨로 눈이 녹아내린 가운데 진행하기가 매우 힘든 여행을 200마일에 걸쳐 나아갔다.

시간이 자꾸 흘러갔다.

프란츠는 그 사람들을 위해 거의 1000마일을 여행한 셈이다. 그가 캠프로 다시 돌아왔지만, 자신이 잘 알고 있던 사람들 이푸크, 아주트, 우크틸로히크, 엘라투트나, 에피트나, 오키누크, 오퀴누트, 그리고 호모굴루크는 그를 기다려 줄 수가 없었다. 봄이었다. 이들의 시신은 눈이 녹은 산등성이 바위 무덤 밑에 묻혔다. 무덤에 묻히지 못하고 늑대와 울버린에게 먹힌 이들도 있었기에, 그 영혼들은 올바르게 매장된 이들에게 일어난 일을 결코 모를지도 모른다. 사람들이 죽어나간 캠프에서는 그들을 매장해 줄 수 있는 사람이 단 한 명도 남아 있지 않았다.

프란츠는 이할미우트 부족을 위해 많은 일을 했고 그렇게 함으로써, 자신을 위해서도 많은 일을 했다. 백인으로부터 물려받아 자신의 방식대로 처리한 그 오래된 비통함과 분노는 모두 사라졌다. 아니, 모두 사라져 버린 것이 아니라, 더 이상 작은 언덕들에 사는 사람들을 향한 분노가 아니라 그런 분노를 받아야 마땅한 이들에게 적의를 품었다.

이할미우트 부족에게는 지난 반세기동안 그들이 겪었던 마흔 번의 봄과 다를 바가 없는 또 하나의 봄이 찾아왔다. 이제 구조 요청이 이 땅에서 흘러 나왔기 때문에, 이번에는 장부의 수지를 계산 할 것이 있었다. 이제 정부는 더 이상 이 사람들을 무시할 수도 없었고, 백인의 법에 보호를 받고 있는 혐의에 대한 무죄를 주장할 수도 없었다. 구조 요청이 전해졌다. 그것에 대한 응답은 너무나 늦었고 심하게 망쳐져 버렸지만, 적어도 응답은 있었다. 마침내 정부는 이 거대한 평원에 정부의 선거구가 되는 사람들이 살고 있다는 것을 인정한 것이다.

티럴이 이 부족을 처음 방문한 때 그리고 이들이 뒤늦게 인정받은 때 사이에는 50년이라는 어두운 세월이 드리워져 있었다. 이제 반세기에 걸쳐 그들을 무관심하게 잊고 지낸 세월이 끝나고, 긴 역사동안 우리 땅에 불법 점거자로 살던 이할미우트 부족에 대해 두 번째로 그들의 존재가 받아들여졌다. 그리고 분명 이것으로 인해, 너무나 늦게 도착했기에 작은 언덕들에서 마지막으로 남아 경련을 일으키며

죽어가던 사람들의 목숨을 잠깐이나마 붙어 있게 한 것 말고는 아무
것도 하지 못했던 인간양심에 그늘이 지거나 어둠이 내린 것이 아닌
하나의 희망찬 승리가 되었다.

<h1 style="text-align:center">5
사슴의 땅</h1>

한스와 아이들이 도착한 다음날, 시끄러운 총소리에 잠을 깼다. 총을 쏘는 굉음이 내 꿈속까지 들어와서 내가 다시 이탈리아 언덕으로 돌아가 독일군과의 총격전을 듣고 있는 줄 알았다. 완전히 잠에서 깨어났는 데도, 총소리가 계속되기에, 나는 서둘러 옷을 입고 6월의 아침으로 나가보았다.

프란츠와 아노테엘리크, 그리고 한스는 오두막 위 산등성이에 앉아 강 건너편을 향해 소총을 계속해서 쏘고 있었다. 비탈진 남쪽 둑에는 모두 암컷으로 이루어진 거의 백 마리나 되는 사슴이 불안해하며 우왕좌왕하고 있었다. 총알이 바위를 쌩하고 스치며 회색 먼지가 이는 것을 볼 수 있었고, 총알이 살아있는 살점에 명중되며 둔탁하게 박히는 소리도 들을 수 있었다.

가장 가까이에 있던 사슴들은 빠르게 흐르는 갈색 강 속에 허리 깊이만큼 들어가 있었는데, 녀석들 뒤에서 밀고 내려오는 다른 사슴들 때문에 강기슭으로 돌아갈 수가 없었다. 아직 강을 건너지 않고 땅에 있던 암사슴들은 처음에는 동쪽, 다음에는 서쪽으로 의미 없이 이리저리 달려보다가 얼마간의 시간이 지나서야 강둑을 따라 길고 어색한 걸음으로 전속력을 다해 뛰기 시작했다. 머지않아 곧 새끼를 낳을 암사슴들의 크고 육중한 배는 강 상류로 향해 뛰는 동안 리드미컬하게 흔들거렸다.

일행에서 떨어진 마지막 무리가 강의 첫 번째 굽이 너머로 사라지자, 총소리가 멈췄고, 사냥꾼 셋은 강둑으로 뛰어 내려가 오두막 옆에 놓여 있던 카누의 녹색 용골 주위에 쌓여 있는 눈을 서둘러 치워내기 시작했다. 나도 그들을 도와, 몇 분 후에는 눈에서 벗어난 카누가 강 위로 뜰 준비가 되었다. 프란츠와 나는 카누를 고요히 흐르는 강 위로 밀었고, 물살이 우리를 만으로 휩쓸어 버리기 전에 반대편 둑으로 나아가기 위해 온 힘을 다해 애썼다. 그것은 힘들지만 나름 재미있는 일이었는데, 맹렬하게 노를 젓는 동안에도 강물이 완전히 갈색이 아니라는 것을 나는 알아챌 수 있었다. 길고, 가늘게 흐르는 시뻘건 것들이 강 아래로 흐르고 있었는데, 물살에 완전히 합류하면서 색이 옅어지더니 사라져버렸다. 반대편 강가에 도착한 우리는 강의 손아귀에서 카누를 뭍으로 끌어올리기 위해 물속으로 휙 뛰어 들었다.

총으로 사냥하는 것을 볼 때와 강을 건너기 위해 노를 저으면서 느낀 흥분은 갑자기 일어났던 것처럼 그렇게 갑자기 썰물같이 빠져

나가버리고 나는 비탈을 따라 놓인 거친 바위에 앉아 이미 죽었거나 죽어가는 사슴을 내려다보았다. 내 눈으로 강가를 따라 누워 있는 사슴 열두 마리가 보였다. 그들의 피는 강가의 거품이 이는 소용돌이 속으로 선명하게 꿈틀꿈틀 흘러들고 있었는데 그 중 두 마리만이 죽어 있었다. 나머지는 바위 위에 떨면서 앉아서는 무거운 머리를 들어 올려 우리를 멍하게 쳐다보거나, 발로 일어서기 위해 애쓰다가 다시 앞으로 고꾸라질 뿐이었다.

학살과 공포의 광경이었다. 그리고 이 죽어가는 짐승 한 마리 한 마리가 모두 새끼를 배어 배가 불룩한 것을 알고 나니 피로 물든 이 광경을 참아내기가 더 쉽지 않았다. 처음으로 피가 땅속으로 흘러들어가는 것을 본 나는 여전히 이방인의 눈으로 바라보며 그 광경에 구역질이 났지만, 프란츠는 꽤 평온한 모습이었다. 빠르게, 그리고 사슴처럼 날쌔게 바위 사이사이를 뛰어 다니며, 절름거리고 있는 녀석들에게 다가갔다. 그는 짧은 날의 칼을 가지고 있었는데, 부상을 당한 암사슴에게 다가가서는 녀석의 목 뒤쪽을 정확히 찔러 척추 안에 흐르는 척수를 깔끔하게 절단해 버렸다. 아주 효과적이었고 자비로울 만큼 빠른 방법이었다. 10분 만에 부상당한 사슴들이 전부 조용히 드러누웠고, 프란츠는 고기를 자르는 작업을 시작했다.

쩍 하고 배를 가르는 데는 길게 한 번만 찌르면 된다. 날카로운 칼날은 너무나 능숙하게 조절되어서 가죽을 벗겨내는 동안에도 사슴이 먹은 잎과 이끼가 발효하여 확장되면서 부풀어 오른 위장의 부드러운 살점도 하나 남기지 않았다. 그 다음에는 팔을 걷어붙이고 뜨거운 배 속에 손을 집어넣어 짐승의 내장을 단 한 번에 세게 끌어내었다. 간과 콩팥을 조심스럽게 제거한 프란츠는 칼을 큰 식칼처럼 사용해서 몸통으로부터 뒷다리와 궁둥이를 갈랐다. 앞다리는 건드리지 않고 턱 아래의 가죽을 뚫고 들어가 큰 혀를 잘라 내었다.

흥분과 역겨움 속에서 나는 그것을 지켜보았는데, 프란츠의 움직임이 너무나 분명하고 그의 손길이 아주 정교해서 그 광경이 풍기는 혐오스러운 기분이 무뎌지기 시작했다. 이 남자가 가진 기술에 나는 탄복하고 있었다. 그 당시에는 몰랐지만, 티럴이 말한 사슴 사냥꾼 한 명이 일을 하는 것을 내가 본 것이었다. 왜냐하면 프란츠는 이할미우트 사람들에게서 이 도축기술을 배웠는데, 사실 이 부족이 '사슴 부족 사람' 들이었다.

20분도 채 못돼서, 사체가 모두 분해되었고 우리는 뒷다리와 궁둥이를 강가로 운반했다. 30분 전만해도 살아 있는 사슴의 무리가 서 있던 곳에는 이제 오로지 녹아내리고 있는 눈 위로 부드럽게 흐르는 아무 형체도 없는 고기핏덩이만 있을 뿐이었다. 그 변화가 너무나 빨라 당시 나에게는 완전한 의미로 이해될 수 없었지만, 이러한 도축 뒤에 숨겨 있는 진실을 이해할 수 있을 만큼 충분히 그 땅에 살게 되었을 때는, 나 역시 북쪽 사람의 눈으로 그것을 보게 되었고, 죽음이 지닌 적나라한 유익을 깨닫게 되었다. 하지만 이때는 내가 튜드라 지방에서 맞이한 사슴들이 돌아오는 첫 번째 봄이었다. 그들이 돌아옴으로써, 한없이 이어지던 겨울 동안 생명을 가진 것들이 겪었던 긴 단절은 끝나게 됐다. 오두막 밖에서는 고기에 굶주린 개들이 뼈만 앙상한 고개를 들어 올리면서, 부드러운 바람이 방향을 바꿀 때마다 실려 오는 사슴의 강한 냄새에 긴 소리를 내며 열렬히 울부짖었다.

쿠니와 아노테엘리크는 환희에 빠져 있었다. 아노테엘리크는 물이 불은 강으로 무릎 깊이까지 들어와 우리가 상륙하는 걸 도우며, 아직도 따뜻한 고깃점을 잽싸게 잡아채서는 열띤 흥분 속에서 게걸스럽게 먹어치웠다. 이것은 몇 개월 만에 그가 처음으로 맛보는 신선한 고기였고, 우테크의 호수에서 겪었던 굶주림의 날들을 아직도 이 소년이 잊지 않고 있었다는 것을 나는 기억한다. 쿠니도 오빠 뒤로 멀리 있지 않았는데, 이 소녀아이가 한 손에는 칼을 들고 다른 손에는 핏물이 떨어지는 등뼈 고기 살점 큰 것을 쥐고서는 작은 얼굴 가득 씹어 먹으며, 엄청난 양의 식사를 한 후의 늙은 클럽 회원처럼 트림하는 모습을 지켜보았을 때 나를 가득 채웠던 그 감정을 나는 묘사할 수가 없다.

처음으로 한스는 어떤 활기를 보여주었다. 그가 웃었다. 그 웃음이 사냥에서 얻은 기쁨에서였는지, 아니면 신선한 고기를 먹는다는 기대 때문이었는지는 모르겠다. 그의 웃음은, 글쎄, 무표정이었다.

우리가 무거운 고깃덩어리를 내릴 때 프란츠 역시 미소를 띠며, 쿠니에게 불을 지피라고 외쳤다. 그들의 혈관을 통해 새로운 피가 내게 흘러 들어오는 것처럼 열정과 신선한 생명의 새로운 기운이 그곳에 넘쳤다. 심지어 나 또한 설명할 수 없는 감정에 휩쓸려 이전에는 결코 느낄 수 없었던 기분, 내가 살아 있다는 것을 느꼈다.

불이 막 지펴지고 사슴 혀가 담긴 냄비가 끓기 시작했을 때 개들이 시끄럽게 짖어대는 소리에 나는 밖으로 나갔다. 정확히 강 건너편을 바라보니 좀 전에 도살이 이루어졌던 곳에 새로이 나타난 거대한 암사슴 무리가 강줄기를 거슬러 올라오면서 이리저리 몰려다니고 있었다.

소총을 들어 올리고 싶은 욕구를 참는 걸 힘들어하긴 했지만 한스는 이번에는 사냥을 하지 않았다. 눈앞에 바로 보이는 곳에 서 있는 오두막은 무시하는 듯 사슴들은 순간 강을 따라 건너왔다. 몸이 무거웠기에 부력에 의해 힘 있게 강을 무사히 건널 수 있던 그들은 말 그대로 우리 앞마당으로 올라섰다.

개들은 미쳐 날뛰며 묶여 있는 기둥을 부서뜨리고라도 얼어붙은 땅으로 내려갈 위협적인 기세였다. 사슴 무리는 개나 우리를 거의 신경 쓰지 않았다. 두 무리로 갈라져 오두막을 지나가던 그들은 잠깐 동안 오두막을 휘감았다. 너무나 강한 악취를 풍기며 앞마당으로 지나간 그들은 곧 산등성이 너머로 사라져버렸다.

한 시간도 채 못 되는 시간 동안 너무나 많은 사슴 무리를 본 나는 세상이 마치 사슴으로 가득 찬 듯 느껴졌지만, 사실은 아직 아무것도 보지 못한 거였다. 오후에 프란츠는 나를 썰매에 태워 만의 썩어가는 얼음 연안을 따라 조심스레 나아가더니, 유령산에 이르렀다. 엄청나게 강렬한 열기로 한낮의 온도계는 섭씨 37도로 치솟았다. 그래서 우리는 얇은 바지와 면 셔츠만 입고 있었다. 얼음 위로 물이 가득 흐르고 있었고, 썰매는 육상 운반 수단이라기보다는 오히려 배와 같은 역할을 했다. 한 시간을 갔을까, 우리는 만의 북쪽 연안에 도착했는데, 그곳에 개를 묶어 놓고는 남쪽을 향하고 있는 길고 완만한 산등성이를 향해 올랐다. 우리 아래로 바람만이 펼쳐져 있었고, 그 너머는 유령산들의 불연속적인 비탈이 뻗어있었다. 그 장면은 회색빛 종이에 기록되어야 할 풍경이었다. 왜냐하면 자라나고 있는 것들은 계절의 급격한 변화를 쫓아가기엔 역부족이었고, 여름의 평야를 미묘하게 뒤덮을 색의 물결은 아직 흘러넘치지 않았기 때문이다. 썩어가는 얼음 표면은 어두운 색이었지만, 해안과 협곡, 골짜기 속에서 여전히 꾸물거리며 흘러나오는 상아빛 표류물로 둘러싸여 있었다. 암갈색의 언덕 꼭대기는 바위와 죽은 지 오래된 이끼로 덮여 있었고 언덕의 더 낮은 비탈을 따라서는 놀랄 만큼 새까만 키 작은 전나무 숲이 흩어져 있었다. 북쪽으로 향할수록, 평원은 흰색의 눈으로 덮인 계곡 아래로 꺼져 내려갔는데, 그 계곡에는 부드러운 이끼로 뒤덮인

연못들이 숨어 있었다. 그러다가 어떤 빛깔도 띠지 않은 납빛의 황무
지가 이어지면서 수평선까지 뻗어 있었다.

　사슴 무리가 다가오는 것을 기다리는 동안 우리 아래에는 무색의
세계가 거무스름하게 펼쳐져있었다. 우리는 오래 기다리지 않았다.
프란츠가 내 팔을 잡으면서 저 멀리 남쪽 언덕의 복잡한 비탈을 가
리키자, 나는 곧바로 하나의 선이 움직이고 있음을 알아챘다. 그것은
마치 언덕에서 튀어나온 셀 수 없이 많은 돌들이 갑자기 이리저리
구르면서 얼음을 향해 천천히 밑으로 움직이듯, 만을 향해 아래로 비
탈이 부드럽게 내려오는 듯 보였다. 나는 너무 자세히 살펴본 나머지
태양의 강렬한 빛이 내 눈에 영향을 주기 시작해 나를 속이고 있는
게 아닌지도 확신하지 못했다. 그러다 그 느린 눈사태 같은 움직임은
먼 해안에 이르렀고 만 위로 흘러 나왔다. 나는 그 작은 점들을 세어
보려고 해봤다. 열, 오십, 백, 삼백 …… 그러다 난 포기했다. 구슬로
꿴 한 다발의 밧줄과도 같은 끊어지고 꼬인 열을 지어, 사슴들은 얼
음 위로 밀려 내려오더니 몇 마일에 이르는 선을 가로질러 북쪽으로
움직였다.

　그렇게 멀리 있을 때는 사슴 무리가 움직이는 것이 잘 보이지 않
았지만, 몇 분 만에 그들이 만의 중앙에 이르자 그들의 모습이 드러
나기 시작했다. 쌍안경을 가지고 있었지만 아래에 펼쳐진 장관에 정
신이 팔린 나머지 쓸 생각도 하지 못했다. 이제야 나는 쌍안경을 눈
으로 가져다대었다. 그 긴 얽힌 밧줄 같은 것은 즉시 끝없이 이어지
는 사슴의 열로 드러났고, 각각의 사슴은 자기 앞에 가는 사슴의 발
자국을 따라 이동하고 있었다. 여기저기 열을 따라 새로운 새끼를 밴
불뚝한 배를 한 어미 사슴 옆 자리는 한 살배기 새끼들이 지키고 있
었다. 수사슴은 없었다. 이 모든 동물들이 다 임신한 암사슴이었고,

모두 이제 곧 새끼를 낳아야 할 땅인 북쪽의 평원을 향해 한 치의 주저함 없이 이동하고 있었다.

앞에서 길을 이끄는 사슴들이 우리가 있는 해안에 도달해 오르기 시작했지만, 만을 가로질러 쏟아지는 사슴의 무리는 점점 더 커지고 있었다. 만의 얼음 표면 위로 동쪽과 서쪽 6마일은 하나의 물결치는 동물 무리가 되었고, 그들은 여전히 계속 내려오고 있었다.

서두르지도 않았지만, 멈추지도 않은 채, 아무 생각 없이 곧바로 내몰린 그들은 얼음 위로 열을 지어 내려와서는 앞서 건너갔던 사슴들의 흔적을 따라 우리가 있는 해안으로 나아왔다. 사슴들이 만든 큰 길은 점점 넓어졌다. 짓밟히고 부서진 검은 얼음은 다시 깨진 얼음조각으로 하얘졌다. 만을 가로 질러 난 여러 개의 넓은 길들은 서로서로 합해지더니, 결국은 모든 길이 사라지고 얼음을 쓸고 가는 거대한 하나의 길이 되어버렸다.

그들은 이제 우리가 지켜보고 있는 곳을 지나서까지 밀려들었다. 우리와는 열 걸음, 다섯 걸음 차이였을까, 결국 우리는 자리에서 일어설 수밖에 없었고, 짓밟히지 않기 위해 팔을 흔들었다. 우리를 아무 호기심 없이 잠깐 응시한 암사슴들은, 금세 기세 좋게 몇 피트 멀어져 걸음걸이의 변화 하나 없이 북쪽을 향해 계속해서 나아갔다.

시간이 마치 분처럼 흘렀다. 그 흐름은 태양이 지평선 가장자리에 걸릴 때까지 계속되었다. 그리고 나는 서서히 위대한 무관심에 대해 깨닫기 시작했다. 삶, 나의 삶과 프란츠의 삶, 내가 알고 있는 모든 살아 있는 것들의 삶이 무의미하게 보였다. 왜냐하면 바로 이곳에 모든 이해를 초월하는 엄청난 크기의 삶이 있었기 때문이다. 그 광경은 내 사고를 마비시켜 마치 생명 없이 죽어 있는 이 땅이 신성하고 소중한 생명의 거침없는 풍부함으로 충만하다는 느낌을 받았다. 바람강 강둑에서 죽임을 당한 열두 마리의 사슴을 생각하니 더 이상 어떤 공포나 역겨움도 느껴지지 않았다. 평원을 가로질러 몰아쳐 가는 이 살아있는 피의 흐름 속에 있으니 기억너머로 휩쓸린 모든 죽은 것들에 대해 아무 느낌도 느낄 수 없었다.

몸을 일으켰을 때는 거의 땅거미가 내릴 무렵이었다. 썰매를 향해 조용히 걸어가면서 나는 약간 매스꺼웠다. 내가 본 장관이 실제였는지 의심이 들기 시작했다. 태양이 지자 얼음은 다시 얼어붙기 시작했고 썰매는 끝없이 펼쳐있는 발굽자국 위로 너무나 다루기 힘들 정도로 덜컹거렸기 때문에 어쩔 수 없이 나는 썰매 뒤를 따라 뛸 수밖에 없었다. 열두 번이나 우리는 뒤에 처진 사슴 무리를 가깝게 스쳐지나 갔는데, 그럴 때마다 개들은 프란츠의 명령을 무시한 채 사슴들을 뒤쫓기 시작해서, 그들을 멈추게 하기 위해서는 썰매를 뒤집어엎을 수밖에 없었다. 의심할 여지없이 내가 본 장관은 사실이었다.

그날 밤 나는 오두막 뒤에 있는 산등성이에 올라 담배를 피면서 그 장관에 대해 오랜 시간 생각해 보았다. 나는 아직 '사슴 부족'에 대해 아는 것이 거의 없지만 이제 그 사슴 무리들을 보고 나니, 내가 사슴에 대해서도 아는 것이 전혀 없다는 것을 깨달았다. 사람들과 사슴은 내 마음속에서 섞여 하나의 실체가 되었다. 한 쪽 없이는 다른 쪽을 생각할 수 없다는 것을 알고 나니, 이할미우트 부족을 만나기도 전에 그들이 가진 비밀을 우연히 발견하게 되었다. 배런스 지역에 사는 사람들과 순록 무리들의 불가분성에 대한 이 희미한 깨달음이 후에 에스키모를 이해하는 데 열매를 맺게 해 준 것이라고 나는 믿는다.

*　*　*

최초의 북극 탐험이 이루어진 이후로, 순록 무리는 인간의 호기심을 당혹케 했다. 인간 침입자의 눈에 그 습성이 다 드러나는 대초원에 사는 엄청난 무리의 버펄로와 달리, 순록들은 언제나 결코 꿰뚫을 수 없는 신비한 분위기속에 싸여 있다. 해마다 특정한 시간이면, 특정한 장소에서 이 사슴들이 갑자기 무리를 지어 나타나 그 땅을 덮어버린다는 것은 알려졌다. 그러다 며칠 후에 그들은 종적을 감춰버린다. 어디로 가버린 것이냐고? 글쎄, 북쪽, 남쪽, 혹은 동쪽과 서쪽이겠지만 목적지가 어디인지, 그곳으로 가는 이유는 무엇인지, 아무도 알 수 없었다.

하지만 시간이 흐름에 따라, 사슴 무리에 대해 전해지는 모든 모순되는 이야기에서 대략적인 패턴 하나가 나타났는데 그것은 거대한 무리 대부분이 사방으로 열려 있는 배런스 지역에서 여름을 지내고, 고지대에 있는 북극 삼림의 보호 속에서 겨울을 나기 위해 남쪽으로 향한다는 것이 밝혀진 것이다. 이 두 이동은 이미 사람들에게 알려졌지만, 배런스 지역에서 일 년을 지내고 나니 다른 이동에 대해서도 나는 알게 되었는데, 이것에 대해서는 나중에 자세하게 설명하겠다.

봄의 첫 여러 주 동안 숲에서 나와 바람만의 입구를 가로질러 이동한 암사슴들은 곧 사라지기 시작했고, 그 뒤를 이어 한 주간은 오로지 새끼를 배지 못하는 낙오자들로 이루어진 적은 무리만이 눈에 띄었다. 부푼 배를 가지고 새끼를 낳아야 한다는 억제할 수 없는 충동에 몰리지 않았기에 그 녀석들은 서두르지 않았다. 늙은 암사슴들과 임신을 하지 못한 사슴들은 천천히 지나갔지만 그들 바로 뒤로 새로운 물결이 밀려왔다. 수사슴들이 도착한 것이다. 며칠 동안 빼곡하게 무리를 이루어 건너는 녀석들 때문에 그 지역은 얼음은 전혀 보이지 않고 사슴들의 갈색 등으로만 촘촘히 덮였다. 그러다 갑자기 수사슴의 행렬마저 우리 캠프를 지나쳐, 북쪽으로 500마일 떨어진 평평한 지대에서 이미 출산을 하고 있을 암사슴들이 만들어 놓은 길을 따라가 버렸다. 수사슴들이 사라지자, 비록 여러 주 동안 낙오자들이 계속해서 나타나긴 했어도, 봄의 대 이주는 끝이 나버렸다.

그 해 봄, 내 눈 아래로 지나가던 그 짐승들을 아름답다고 말할 수는 없다. 거친 가죽은 털갈이를 하고 있었고, 때때로 빽빽한 숲속을 통과할 때면 그들의 검은 가죽에서 많은 부분의 겨울 털이 스쳐 벗겨지기도 했다. 암사슴의 불룩한 배와 봄철에 나는 뿔이 아직 생기지 않은 수사슴의 추한 소같이 생긴 머리는 '사슴'이라는 단어가 우리 마음속에 불러일으키는 우아한 이미지와는 전혀 닮지 않았다. 분명 이 순록들은 우아하지도 않고 재빠른 다리의 동물들도 아니었지만, 거대한 편평족의 길고 혹이 많은 그들의 다리는 놀랄만한 속도와 확실함으로 이 거친 땅을 건너갔다.

그렇다고 녀석들의 행동이 매력적인 것도 아니었다. 암사슴이나 새끼, 수사슴 가릴 것 없이 배에서 끊임없이 나는 시끄러운 소리로 하루 종일 이어지는 행렬에 활기를 불어넣었는데, 그로 인해 각 무리가 하나의 요란한 소화 작용을 하고 있는 시끄러운 집단처럼 보였다. 배에서 꾸르륵 거리는 소리는 발굽이 내는 캐스터네츠 같은 달가닥 소리에 반주를 맞춰주었는데, 이는 순록의 '발목'이 느슨한 연골로 이루어져 있어, 움직일 때는 마치 돌이 물속에서 서로 부딪칠 때 생기는 둔탁한 달깍거리는 소리가 났기 때문이다.

6월이 끝나갈 무렵에는 부상을 당한 놈들과 아픈 녀석들로 이루어진 마지막 낙오 대열이 바람만을 지나가면서 우리 캠프 주위의 땅은, 끊임없이 소리를 내며 작은 연못과 부드러워진 물이끼로 뒤덮인 소택지 주변을 오고가는 셀 수도 없이 많은 오리, 갈매기, 깝짝도요 새의 무리가 뒤덮어버렸다. 이때쯤 되자 눈은 사라졌어도, 사슴의 길은 여전히 흔적이 남았는데, 왜냐하면 사슴들의 발굽으로 심하게 짓밟힌 방대한 지역의 이끼로 덮인 저지대 소택지에서, 초콜릿 푸딩 같은 색깔의 오래된 토탄 덩어리가 얼어붙은 잠에서 떨어져 나와 잊혀졌던 태양이 내뿜는 열기에 녹아내렸기 때문이다. 이 지역에서는 헛간 앞마당의 심한 악취 같은 냄새가 여러 주 동안 풍겨났다.

심지어는 결빙으로 산산이 부서져 버린 바위가 덮고 있는 거대한 산등성이 위에도 사라지지 않는 사슴의 길이 선명하게 드러났다. 길은 사방에서 가로지르고 교차되었기에, 긴 시간에 걸쳐 사슴이 이동하여 깊게 흔적이 남은 길이 없는 땅은 거의 찾아보기 어려웠다. 심지어는 단단한 바위 위에도 길의 흔적이 분명하게 남아, 회색 편마암으로 이루어진 바위는 발자국으로 깊이 닳기까지 했다.

바람만의 땅이 새들의 차지가 되는 동안, 출산이 가까워져 불안해하던 암사슴들은 베이커 호수와 텔론 강의 남쪽에 자리 잡은 높은 평원을 골라 마침내 새끼를 낳았다. 갓 태어난 새끼들도 가만히 있지 못하는 자신들의 어미 곁에서 툴툴거리듯 기침을 하며 무리와 함께 있었다. 이 발달이 빠른 새끼들은 태어난 지 몇 시간 만에 사람보다 더 빨리 달릴 수 있고, 심지어 위대한 북극 늑대마저 녀석들을 쫓는 게 힘들 정도로 빨리 달릴 수 있다. 이렇게 금방 성장하는 것이 녀석들에게는 잘 된 까닭은 대다수의 어미들이 이상하게도 모성본능이 부족해서, 위험이 닥친 상황에서 새끼를 버리는 경우가 종종 발생하기 때문이다. 그래서 평원의 넓은 지역에서 혼자 헤매고 다니는 새끼사슴을 만나는 것이 보기 드문 일은 아니다. 길을 잃어버린 어린 사슴들은 사람에게 애착을 가지고 몇 시간이고 따라다니기도 하는데,

어른 순록처럼 내버려 둬야 좋은 것들에 대한 멈출 수 없는 호기심
을 새끼들도 가지고 있기 때문이다.

새끼를 다 낳고 나서도, 북쪽으로 이 무리를 이끌고 온 가만 있지
못하게 하는 충동은 여전히 남아 있다. 이제 이 거대한 무리는 작은
그룹으로 나눠져 영원히 이동하게 된다. 소용돌이처럼 이리저리로
몰려다니는 무리들은 며칠이고 아무 목적도 없이 툰드라의 수백 마
일을 일주한다. 사슴에게는 집이 없다. 겨울과 여름에 반드시 이동을
해야 하는 이유는 그렇게 많은 수의 사슴이 한 장소에 머물게 되면,
그들의 주된 먹이가 되는 이끼와 작은 버드나무 잎이 빠르게 고갈되
어버리고, 그래도 계속 그 장소에 남아 있으면, 자신들이 굶어 죽게
되기 때문이다.

따라서 무더운 7월 동안 작은 무리를 지어 회전초처럼 들판을 움
직여 다니는 가만히 있지 못하는 사슴 무리들로 북쪽의 평원은 가득
찬다. 하지만 7월 말이 되면 새로운 충동이 녀석들을 휘잡는데, 이것
이 바로 아직까지 분명한 이유가 밝혀지지 않았다고 내가 앞서 말한
그 이동이다. 몇 개의 작은 무리가 갑자기 남쪽으로 움직이기로 결정
한다. 그들이 이동하면, 점점 불어나는 산사태가 시작된 것처럼 보이
는데, 왜냐하면 만나는 무리들을 모두 모아 함께 이동하다보니 하루
하루가 다르게 빠른 속도로 그 행진의 힘이 증가하기 때문이다. 8월
초가 되면 이 이동은 하나의 홍수가 된다. 엄청난 무리의 암사슴과
새끼사슴이 이끄는 배런스의 피가 봄에 이동했던 길을 거슬러가는
것이다. 한 여름에 벌어지는 엄청난 속도의 이 이동이 남쪽을 향해
숲의 가장자리에 이르면, 화강암 절벽 아래로 부딪쳐 흩어지는 파도
처럼 그들은 무질서와 혼란 속에 멈추게 된다. 한 여름의 거대한 무
리는 흩어지고 또다시 사슴들은 어떤 목적도 없이 천천히 소용돌이

처럼 이동한다. 암사슴의 무리 뒤에서, 때로는 그들과 함께 뒤섞여, 이제는 벨벳으로 덮인 거대하게 뻗은 뿔을 가진 수사슴들이 우르르 내달린 길을 따른다. 그리고 나면, 천천히, 서로 주춤거리다가 또 다시 북쪽으로 흘러가버린다.

아무도 여름에 벌어지는 이 도주 뒤에 숨은 이유를 제대로 설명할 수가 없다. 왜냐하면 겨울은 여전히 한참 멀었는데도, 모든 사슴들이 봄 이동 때 도달하는 곳만큼이나 먼 북쪽으로 다시 이동을 하기 때문이다. 아마도 녀석들은 파리 때문에 여름 이주를 하는 것 같다. 툰드라 지대에서는 모기와 검은 파리가 너무나 많기 때문에, 현명한 사람이라면 급한 용무가 아닌 경우에는 몇 주 동안은 자신의 어두운 오두막에서 낮에는 꼼짝도 하지 않는다. 여름에 여행을 한다는 것은 날개달린 이 괴로운 벌레떼의 추격을 피하느라 고생하는 끊임없는 도주다. 여름의 툰드라 지대에서 하루를 보낸 사람들이 셔츠를 벗는 모습을 본 적이 있는데, 셔츠는 수없이 물린 자국에서 나온 피 때문에 살과 딱 달라붙어 있었다. 백인의 침략에서 오랫동안 이 땅을 지켜내는 데 큰 역할을 한 파리들은 배런스를 방어하는데 있어 결코 작은 역할을 하는 게 아니었다.

사람도 피를 빨아먹는 파리로부터 도망치는 게 힘들다면, 사슴들이 도망치는 것은 더욱 불가능하다. 파리가 가장 들끓는 계절이 되면 사슴들은 거의 먹지도 쉬지도 못해 수척해진다. 그들은 자신들의 피를 빨아먹혀 죽음에 이르는 이 역병에서 벗어나기 위해 제일 높이 솟아 바람이 가장 많이 부는 산등성이를 따라 헛된 노력 속에 도망을 친다. 그러나 피를 빨아먹고 살을 갉아 먹는 검은 파리가 사슴무리의 가장 두려운 대상은 아니다. 뒝벌처럼 커다랗고 화려한 생김새의 파리 두 종류가 또 있다. 이 화려한 침략자 중 단 한 마리만으로도 인간이나 늑대와도 비교할 수 없는 커다란 공포를 사슴 무리에 일으킬 수 있다. 한 번은 가파른 강둑을 따라 조용히 풀을 뜯어먹고 있던 조그만 수사슴 무리를 지켜보고 있었는데, 그 무리가 갑자기 미쳐 날뛰는 것이 아닌가. 흐트러진 무리는 머리를 쳐들면서 사방으로 거칠게 도망을 치기 시작했는데, 앞뒤를 가리지 않고 높이 뛰어 도망치다 보니 때로는 날카롭게 부서진 바위 위로 구역질나게 몸이 꽂히기도 했다. 한 수사슴은 강으로 방향을 틀었는데, 한 순간의 망설임 없이 가파른 둑 아래로 몸을 날리더니 얕은 물속으로 그대로 곤두박질 쳐 목이 부러진 채 죽어 나뒹굴었다.

아직도 몸을 떨고 있는 시체를 향해 내가 물을 가로질러 뛰어가 보니 그곳에서 아주 미세한 알을 낳기 위해 죽은 사슴 위에 내려앉은 날개가 달린 노란색의 무서운 살인자를 발견할 수 있었다. 이들이 낳은 알들은 부화하여 작은 애벌레가 되는데, 놈들은 가죽을 파고들어 핏속으로 따라 들어가 살을 빠져나와서는 곧 사슴의 등가죽 아래에 있는 작은 주머니로 들어간다. 다음 봄이 찾아 올 때까지 이 주머니들은 최고로 커지는데, 각 주머니마다 사람 손가락 끝 마디만큼이나 큰 물컹물컹한 굼벵이들이 들어있다. 나는 단 한 마리의 사슴 등가죽 밑에서 200개나 되는 흰색의 이 역겨운 기생충들을 세어 본 적이 있다. 6월이 되면 지나치게 살이 오른 애벌레들은 기관총이 발사된 것처럼 구멍을 만들며 가죽을 뚫고 나와서는 번데기가 되기 위해 땅으로 떨어진다.

이 악마 같은 두 마리의 파리 중 두 번째 놈은 더욱 악한 습성을 가지고 있는데, 이 파리의 애벌레는 가죽 아래에 사는 것이 아니라 조그마한 포도송이 크기의 빽빽하게 꿈틀거리는 덩어리를 이루어 사슴이 질식으로 사망할 때까지 코와 목의 구멍을 막아버린다. 한번은 단 한 마리의 암사슴의 콧구멍에서 각각 1인치 길이의 이 거대한 구더기들을 130마리나 꺼냈다.

비록 내 가정을 입증할 수는 없지만, 북쪽으로 멀리가면 멀리 갈수록, 파리의 계절이 더 늦게 찾아오기 때문에, 이른 봄에 사슴을 그렇게 먼 북쪽으로 내모는 것은, 아마도 바로 날개달린 이 다양한 벌레들의 무시무시한 위협 때문일 것이다. 그러고 나서, 물론 여전히 추측에 의한 것이지만, 여름이 진행됨에 따라 파리들이 북쪽에서부터 남쪽으로 죽어 사라지면, 사슴들도 고갈되지 않은 초지를 찾아 후퇴했던 길을 되돌아오는 것이다. 이것이 사실인지 아닌지는 모르지만, 내가 이 땅에서 머무는 동안 배런스 중부 지역으로 여름이 되어 사슴이 오는 시기는 마지막으로 갑작스럽게 파리가 소멸한 때와 정확히 일치했다.

이왕 파리 이야기가 나왔으니, 사슴을 먹이로 삼는 이 조그마한 벌레에 대해 자세히 이야기하는 것이 좋겠다. 거대한 파리 구더기는 순록을 아는 사람이라면 모두에게 잘 알려져 있다. 그렇지만 그들이 미음의 평화를 유지하는데 다행스러운 사실 하나는, 사슴 가죽 아래에 사는 다른 불쾌한 벌레들로 이루어진 집합소에 대해서 아는 북쪽 사람들이 별로 없다는 점이다. 내 연구를 통해 결론내린 바에 따르면, 기생충의 수가 너무나 많아서 다른 위험을 견디고 살아남은 사슴이라 할지라도, 모든 사슴의 일생에 한 번은 기생충으로 가득 넘쳐난 몸 때문에 하루 종일 먹기만 해도 철저한 굶주림에 죽게 된다는 것이다. 모든 다른 조건이 동일하다해도, 필연적으로 죽음을 끌고 오는 기생충과 포낭으로 벌집이 되기 전에 사슴이 12년 이상을 살 수 있을지 의심스럽다. 기록으로 남기기 위해, 그리고 언젠가 최상급 순록 고기를 대접 받게 될지도 모를 독자들이 경각심을 갖도록 늙은 수사슴 한 마리에서 내가 채집한 실제 기생충들의 목록을 알려주겠다.

몸통의 근육에서는 살점의 1세제곱 인치당 평균 두 개의 촌충 포낭이 몰려있었다. 근육의 어떤 조직에서도 이 혐오스러운 것이 없는 부분이 없었고, 그것에 더해, 선충의 포낭이 수없이 많이 산재해 있었다. 숙주가 죽어버린 허파에서도 기생충은 활발히 활동하고 있었다. 나는 17마리의 선충을 세어 제거했는데, 대부분 길이가 6인치가 넘었다. 간에서는 두 종류의 촌충 포낭들이 있었는데, 일부 포낭의 크기는 무려 테니스공만 했다. 내장에서는 거대한 길이의 늙은 촌충 한 마리를 발견했고, 심지어 심장 근육에서도 6개의 촌충 포낭을 찾았다. 그밖에, 가죽 밑에서 쇠파리 애벌레 190마리, 목과 콧구멍 안에 아늑하게 자리 잡은 말파리 애벌레 약 75마리도 발견했다.

이 수사슴만이 특별한 예외는 아니다. 단지 늙어서 너무나 많이 기생충이 살고 있을 뿐이었다. 갓 태어난 사슴과 한 살배기 사슴을 제외하고, 내가 조사한 모든 사슴들에서 각자의 나이에 따라 밀집정도가 다양한 상응하는 수의 기생충을 발견할 수 있었다.

여기서 흥미로운 점은 모든 선충과 촌충이 적어도 2단계의 발육 주기를 가진다는 사실이다. 즉, 자신들의 발육을 완성하기 위해서는 사슴 이외에 또 다른 숙주가 필요하다는 뜻이다. 포낭에 싸여 있는 기생충들은 자신들이 잠복해 있던 살점이 다른 동물에게 먹힐 때에만 완전히 발육하게 된다. 그 다른 동물은 종종 인간이다.

사슴에 기생하는, 혹은 나 자신에 기생하는 기생충들이 어떤 종류의 내부적인 구조를 가지고 있는지는 모른다. 알고 싶지도 않다. 이런 주제를 꺼내서 유감이다. 만약 사슴고기를 먹어 감염되는 기생충이 병원성 기생충이라면 에스키모는 한 명도 존재하지 않겠지만 사실은 그렇지 않다는 것이 나 자신을 위로해 주는 유일한 생각이다.

배런스 지역에서 사슴고기를 날로 먹었던 저녁 식사를 생각하면 빈약한 위로이긴 하다.

8월 말이 되자 새로운 분위기가 사슴 무리에게 엄습했다. 천천히, 그리고 작은 무리를 지어, 그들이 다시 북쪽으로 이동을 시작했는데, 발정기가 가까이 다가오는데다가, 긴장해서 지낸 상태가 길어지자 이미 이 짐승들은 침착하지 못한 채 불안해했기 때문이다.

이번에는 사슴들이 살이 올랐다. 파리한테서 자유로워진 사슴들은 통통한 이끼와 메마른 땅을 덮고 있는 작은 수풀의 이파리를 뜯어 먹을 수 있는 시간이 여유로웠기 때문이다. 발정기의 수사슴은 먹을 시간이 없기 때문에, 늦여름이 되면 수사슴은 등을 따라 3인치 두께의 지방층을 축적한다. 이제 반짝거리며 빛나는 사슴의 여름털은 짙은 갈색이다. 수사슴의 육중한 뿔은 하늘을 향해 활처럼 굽었다.

암사슴마저도 새끼를 낳고 키우는 힘든 시련에서 회복한다. 그들은 다시 매끈한 모습을 갖추는데, 열렬하게 바라지는 않더라도, 적어도 수동적으로는 발정기가 시작되는 10월을 위한 준비를 한다. 암사슴들에게도 뿔이 나는데, 수사슴 뿔에 비교했을 때 겨우 조그마하게 돌출된 뿔에 불과해도, 북미 대륙에 사는 모든 암사슴 중 유일하게 암순록에게만 뿔이 난다는 점이 흥미롭다.

발정기는 굉장한 광경과 소음의 시간이다. 화가 난 거대한 수사슴들이 승리자를 위한 상이 있든 없든, 쉬지 않고 싸움을 벌인다. 이 싸움은 낮이고 밤이고 쉬지 않고 이어지는데, 때로는, 뿔과 뿔이 충돌하는 소리가 끊이지 않고 시끄럽게 이어져서 발정기에 있는 무리 근처에 야영을 하는 사람들은 잠을 청하기가 불가능할 정도다.

하지만 싸움은 거의 의미 없는 소음일 뿐이다. 뿔을 지고 있는 주인을 왜소하게 만들 정도로 엄청나게 큰 뿔로 휘두르는 것은 결투 무기로는 거의 쓸모가 없고, 싸움에서 얻는 유일한 상처라는 게 보통 은 진 쪽의 추락한 자존심이다. 물론 두 개의 뿔이 서로 얽혀 꼼짝 못 하게 되는 무시무시한 위험은 언제나 존재해서, 죽어서도 여전히 얽 혀 있는 두 마리의 사슴 해골을 발견하는 게 그리 드문 일은 아니다.

이긴 사슴들이 몇 주 동안 무리를 인계해서 암사슴 무리를 보호한 다. 그러나 사타구니에서 올라오는 다급한 충동을 거의 소진하게 되 면, 나이가 많은 수사슴은 암사슴 무리를 떠나 본연의 분리된 삶으로 돌아간다.

북쪽으로 가는 이동은 겨울 첫눈이 내리기 전까지 계속된다. 그러 다 어느 날 어두워지는 북극에서 겨울이 포효하며 내려오기 전에 짧 은 경고의 의미로 첫 눈이 내리면 사슴은 공포에 휩싸인다.

일종의 발작이 녀석들을 사로잡게 되면, 거대한 광란의 무리로 합 체한 사슴 무리는 단 한 마리의 동물인 것처럼, 남쪽을 향해 맹렬히 달려온다. 무리가 다른 무리에게로 뛰어 들어가 너무도 완전하게 응 집된 사슴들은 이 땅에 있는 모든 사슴들과 하나의 거대한 물결을 이루어 남쪽 숲의 피난처를 향해 거칠게 밀고 내려오는 것이다.

1947년의 가을, 두려움에 휩싸여 도망치는 사슴 무리를 만났다. 땅 은 북쪽으로 끝없이 뻗어 있었고, 빛깔이 바래지는 하늘에서 느리게 원을 그리며 날고 있는 한 마리의 까마귀 말고는 어떤 움직임도 없 었다. 그러나 그 다음날 새벽이 밝아오자, 땅은 살아났다. 강 옆에 있 는 높은 언덕에서, 내가 볼 수 있는 것이라곤 사슴의 등뿐이었다. 가 파른 폭을 수영하는 수많은 사슴무리로 강은 들끓었고, 셀 수 없이 많은 발이 내는 딸깍거리는 소리는 따뜻한 여름 저녁 남쪽에서 우는 귀뚜라미의 울음소리보다 훨씬 고집스럽게 이어졌다. 하지만 3일이 지나자 그 땅은 다시 죽어버렸다. 썩고 있는 소택지 주위를 한가로이 돌아다니던 단 한 마리의 늑대만이 평원에서 움직이는 유일한 것이었다.

겨울 배런스 지역에는 살아 있는 것이라곤 단 하나도 없어 보이지만, 하얀 평원 위로 가문비나무가 작은 숲을 이룬 곳을 피난처로 삼아 널리 흩어져 살고 있는 적은 수의 고립된 사슴무리가 있다. 이 사슴들은 그 개체수가 너무나 적어 그들을 그림자처럼 따라다니는 여우나 늑대가 아니고서는 그 존재가 눈에 띄지 않는다. 본격적인 겨울이 찾아오면, 숲에서 겨울을 나는 무리들과 떨어진 이 고립된 사슴들은 눈 속의 이끼를 파먹으며 내일을 알 수 없는 툰드라 지대에서의 삶을 이어나간다. 두께가 몇 피트나 되는 나무같이 단단한 눈바람에 쌓여 사는 것은 결코 쉬운 삶이 아니다. 그럼에도 불구하고 그들이 직면하는 위험은 수목한계선 안쪽에서 겨울을 나는 수많은 사슴들을 괴롭히는 위험에 비하면 아무것도 아니다. 수많은 거대한 사슴무리가 겨울을 나는 북부 매니토바 숲 지역 호숫가에서 수년간 덫을 놓아 사냥을 했던 늙은 백인 남자를 한 번 만난 적이 있다. 10월의 어느 날, 그는 나를 데려가더니 그가 덫을 놓는 호수와 근접한 호수가 연결되는 좁은 지역을 보여줬다. 눈이 없는 투명한 얼음 아래를 내려다보니, 그 좁은 지역의 바닥에는 어지럽게 얽혀 있는 뼈들이 흩어져 있었는데 얼음 표면의 틈새까지 삐져나올 것 같아 보였다. 거대한 묘지에는 가지가 뻗은 뿔만 해도 수만 개가 될 듯싶었고, 그 납골당에 자신의 뼈를 기증한 사슴의 수는 그보다 몇 배는 더 많은 것이 분명하다.

그 좁은 지역을 보고 나자, 호수 근처에 자신의 오두막을 처음 지었던 시절의 이야기를 노인은 내게 들려주었다. 그 시절, 북쪽에서 도착한 사슴들은 두 개의 평행한 언덕을 좁은 통로로 삼아 묘지가 놓인 그 좁은 지역으로 들어왔다. 노인의 말에 따르면 밀려드는 사슴의 압력이 때론 너무나 강한 나머지 어린 사슴들이 발을 내딛지 못하고 휩쓸려 주위를 둘러싼 다른 사슴들에게 짓밟혔다고 한다. 밀려대는 힘은 전혀 줄어들지 않고 자그마치 2주 동안 이 빽빽한 사슴의 강이 흘러 들어왔다. 노인들의 기억이란 것이 종종 실제 일어난 일보다 부풀려진 경우도 있다 보니, 아마도 그가 과장을 했는지 모른다. 하지만 그래도 얼음 밑에는 수많은 뼈들이 있었다.

내가 사슴의 묘지에 대해 묻자, 그는 어떻게 그것이 생겨났는지 계속해서 말했다. 매년 가을이면 이드텐 엘딜리 인디언(Idthen Eldili Indians 사슴을 먹는 자들이란 뜻이다) 들이 강 사이의 좁은 지역으로 찾아왔는데, 그들은 모두 30구경 소총에 적어도 한 상자씩의 탄약을 챙겨서 가지고 왔다. 그 인디언들은, 탄약이 떨어질 때까지 아니면 사슴들이 지나갈 때까지(지나간 녀석들도 있었다) 그곳을 떠나지 않았다. 인디언들이 떠나고 나면, 좁은 지역과 호수에 새로 언 얼음은 그곳을 지나가다가 죽은 사슴의 무게가 얼음을 내리 누르는 소리로 삐걱거렸다.

봄이 되면 얼음이 녹으면서 사슴의 시체는 깊은 물로 빠지는데, 그 사슴들 대부분은 총에 맞은 상처와, 나중에 내가 설명하겠지만, 잘려나간 혀 말고는 사람들이 손도 대지 않았다. 그렇게 60년이 흐르면서 사슴의 통로는 뼈로 너무 가득 차 막혀버리는 바람에 카누를 타고 그곳을 안전하게 지나가는 것도 불가능해졌다.

그러나 이제는 그 거대했던 사슴강은 사라지고 졸졸 흐르는 작은 사슴 시내만 그 지역을 통과한다. 사슴이 그들의 길을 바꾼 것이 아니라, 간단히 말해 사슴이 사라져 버린 것이다. 그리고 사슴을 멸망시킨 소총은, 마치 자기 자신들에게 총구를 겨냥한 듯 그 소총을 사용했던 인디언들마저 멸망시켜버렸다. 그렇게 엄청난 수의 사슴 무리가 대학살을 견딜 수 없게 되자, 사슴의 행진이 줄어든 것처럼 '사슴을 먹는 자' 들도 대학살의 여파로 생겨난 기아로 그 수가 줄어들었다.

이것은 사슴이 겨울을 나는 전체 삼림 지대에서 거의 똑같이 일어난 일이다. 30년대 후반, 사슴 호수에서 매년 벌어진 학살에 희생된 사슴의 수는 거의 5만에 이르렀다. 오늘날 사슴 호수 지역과 많은 수의 사슴 때문에 그렇게 이름 붙여진 이 거대한 호수 근처 전 지역에 사는 사슴의 수는 많지 않다. 얼마 지나지 않으면, 그 호수는 이름만 남게 되어, 어떻게 호수의 이름이 생겨난 건지 사람들도 잊어버릴 것이다.

그래도 이드텐 부족을 비난할 사람은 아무도 없다. 그들은 언제나 척박하고 위험한 삶을 살았다. 사슴이야말로 기아와 망각에 맞서는 그들의 보루였다. 배런스 지역에 사는 에스키모들의 삶을 가능하게 해 준 것이 사슴뿐인 것처럼, 긴 겨울동안, 이 빈약한 삼림지대에 살고 있는 인디언들을 살아남을 수 있게 해 준 것도 사슴뿐이었다. 사실, 두 부족 모두 사슴 부족 사람들이었고, 백인이 등장하기 이전에는, 자신들에게 생명을 주는 이 동물과 균형을 이루어 살았었다.

그러나 교역소가 북쪽 삼림지대에 퍼지기 시작하면서, 소총은 이 부족의 옛날 무기를 빠르게 대체해버렸다. 탄약을 총구로 재서 한 번에 총알이 하나씩만 나가는 전장식 소총을 사용했을 때는 아마도 괜찮았을 것이다. 하지만 전장식 소총에 쓰이는 납과 탄약을 팔아 얻는 수익이 그리 높지 않았기 때문에, 교역자들은 이 부족에게 더 발전된 총에 대해 이야기 했다. 연발총이 그 자리를 차지해버렸다. 그러자 뛰어난 기술로 꾸준하게 다룰 때에만 효과를 발휘하는 무기로 사슴을 사냥하는 수 세기에 걸친 역사를 지켜오던 이 부족이 어떠한 제약이나 기술도 없이 파괴할 수 있는 무기를 사용하게 된 것이다.

이런 이야기는 전에도 들어 본 적이 있을 것이다. 아마도 남쪽 대평원지대에 사는 인디언과 버펄로에 대한 일을 들은 적 있겠지만, 그것은 100년 전의 일이다. 그때는 여러분 아버지의 아버지 시절이었다. 어쨌든, 내가 여러분에게 하는 이야기를 들어 달라. 왜냐하면 나는 여러분의 시대에 일어났던 일, 그리고 아직도 여전히 일어나고 있는 일에 대해 이야기하고 있기 때문이다.

이미 돈을 많이 번 교역 회사들은 더욱 돈을 많이 벌게 되었다. 1920년대에는, 세계적으로 유명한 한 교역회사 사무소가 가지고 오는 사슴 혀는 다 구매하겠다고 제안을 해서 북쪽 인디언들에게 판매하는 탄약의 양이 실제로 엄청나게 올랐다! 오로지 혀만 잘린 수천 마리의 사슴 시체가 봄이 되어 녹는 얼음 속에서 썩고 있는 동안, 수천 개의 사슴 혀 말린 것이 이 사무소로 들어갔다. 인디언만 심하게 비난하는 것은 결코 옳지 않다고 나는 생각한다.

(천 번을 발사할 수 있는) 탄약 상자를 가지고 겨울 사냥터로 나간 이드텐 엘딜리 부족의 사냥꾼들은 종종 봄이 되기도 전에 교역소로 와서 탄약을 더 가지고 나가기도 했다. 수익이 너무나 좋은 나머지, 탄약을 사는 구매자와 사슴의 유익을 위해서라도 탄약 판매를 제한해야 한다는 최근의 의견은 인간의 자유를 침해하는 것이라 비난을 받을 정도였다. 내 생각에는 무지로 인해 자기 자신을 파괴하는 인간의 자유권을 침해한 것이다.

사슴의 살육과 사슴 부족의 멸망은 계속되었고, 지금도 계속되고 있는데, 이 이중의 대학살을 멈추기 위해서 행해진 것은 다음이 전부다. 정부는 이드텐 엘딜리 부족의 생존자들에게 찾아가 '보호'의 기술을 배워야만 한다고 말하기 위해 사람을 보냈을 뿐이다. 이드텐 부족은 이 이상하고 낯선 이야기를 듣긴 해도, 자신들의 텐트로 돌아가서는 어떻게 백인 덫 사냥꾼들이 자신들의 땅에 침입해서 양심의 가책도 없이 제멋대로 이주하는 사슴을 죽이고 있는가를 생각한다. 그러다 이드텐 부족들은 사슴이 오로지 그들에게만 속한 것임을, 그리고 영원토록 속해 있는 것임을 기억한다.

그들의 생각은 옳을 뿐만 아니라 진실 이상이다. 나는 배런스 지역 변두리에서 살던 한 젊은 덫 사냥꾼이 가지고 있던 일기장의 일부를 가지고 있는데, 이 일기장은 매일매일 생활에서 일어난 일을 하나하나 상세하고 정확하게 기록하고 있다. 1939년 가을, 사슴이 그가 사는 지역을 통과해 남쪽으로 내려올 때, 자신과, 개, 그리고 덫에 놓을 미끼를 위해 겨울 동안 필요한 고기를 사냥하러 덫 사냥꾼은 소총을 들고 나섰다. 미끼로 쓸 사슴을 잡기 위해 사방에 있는 사슴에 총을 쏘았고, 총에 맞은 사슴은 빈터에 널렸다. 죽은 사슴들을 많은 청소동물로부터 지켜내려는 시도는 전혀 없었다. 대신에, 이 사내는 충분한 수의 사슴을 쏘아 죽였기에, 청소동물이 사슴들을 먹고 나서도 자신의 덫에 쓸 사슴 시체는 충분했다. 내가 가지고 있는 그의 일기는 겨우 5주 동안의 기록이지만, 이 기간 동안 267마리의 사슴이 죽었고, 그렇게 죽인 것을 덫 사냥꾼은 신중한 사냥이라고 생각한다. 이드텐 부족이 자신들을 돕기 위해 파견된 사람들의 그 경건한 '보호' 이야기를 거절한데는 이유가 있다고 나는 생각한다.

이제는 오로지 말로만 사슴과 부족의 학살을 멈출 것을 호소하고 있다. 1900년에는 거의 2천 명에 이르렀던 이드텐 부족이 이제는 수백 명의 생존자만 남아 높은 지위와 권력을 가진 백인의 충고로 그

밑의 백인이 저지른 어리석음에서 보호를 받게 될 것이다. 그러나 몇 년이 지나면 이 부족은 충고가 더 이상 필요 없을 것이고, 그들의 필요를 만족시켜줘야만 하는 정부 관리들을 당혹스럽게 하는 일도 더 이상 없을 것이다.

그러나 정부가 순록을 구하기 위해 행한 단 한가지의 '건설적인' 일에 대해 내가 말하지 않는다면 그것은 공평하지 못하다. 나는 사슴 멸망의 원인이 된 '진범'에 대해 이야기하는 것을 잊고 있었다. 그는 바로 인간 역사에서 가장 오랫동안 희생양이었던 늑대다. 북쪽에 살고 있는 백인 교역자, 덫 사냥꾼, 그리고 '수렵꾼' 모두가 거의 만장일치로 동의하는 의견은 바로 사슴의 수가 이렇게 엄청나게 감소한 데는 오로지 이 만족할 줄 모르는 사냥꾼인 북극 늑대가 자행하는 피에 굶주린 사냥 때문이라는 것이다.

그것에 대해서는 의심할 여지가 없다. 일 년에 5백 마리 이상은 사슴을 사냥하지 못하는 백인 덫 사냥꾼이라면 수만 마리씩 사슴을 죽여 버리는 늑대들에 대해 당신에게 이야기 할 때 완전히 격노해 버릴 것이다. 물론 그는 아무 증거도 가지고 있지 않지만, 그렇다고 해서 누가 늑대에 대한 증거가 필요하겠는가?

이런 사람들의 목소리는 시끄럽고도 쓸모 있는 소음을 일으켰다. 늑대에 대항하는 이 목소리에 깔려 정말 잘못된 일들은 대중의 눈 바깥 깊숙이 묻혀 버린다. 정부도 이 외침에 동참해 그것을 즐겁게 받아들여 사냥한 늑대머리 하나마다 25달러의 상금을 지불하고 있다. 정부는 적극적이고, 이 상황을 인식하기 위해 공교롭게 자극되긴 했어도, 대중의 관심이 다시 쏠리고 있다.

거짓 경보나 울리고 있다니, 이 양심도 없는 사람들아! 당신들은 사슴이 있으면 그곳에는 언제나 늑대가 있어왔고, 당신들이 침입하

기 전에는 늑대와 인간, 사슴이 우리가 생각하는 것 보다 더 긴 세월
동안 서로서로 상보적인 적응을 하며 살았다는 사실을 무시하고 있
다. 거짓 경보를 울려보라. 아무도 당신들이 거짓말을 했다고 해서
비난하지 못한다. 늑대들은 말을 할 수 없다. 사슴 부족 사람들의 마
지막 생존자들은 대답을 할 수 없다.

사슴들은 어떤가. 아직 얼음이 녹기 전인 봄인데도 초조한 암사슴
들은 북쪽으로 이동하여 거대한 무리를 만들 뿐이다. 그 무리가 여전
히 엄청나기에, 사슴들이 지나갈 때 그들이 절멸되고 있다고 말하는
것은 미친 짓으로 보일지도 모른다. 그러나 예전에는 수많은 넓은 길
로 이동했던 사슴들이 이제는 단 하나의 길을 따라 이동할 뿐이다.

저 바깥 얼어붙은 평원지대에서는 이할미우트 부족이 낮은 둥근
지붕의 집에서 굶주리며 기다리고 있다. 그리고 그들은 두려움을 안
다. 왜냐하면 남은 사슴들이 자신들의 캠프 범위 안으로 지나갈지,
아니면 백마일 떨어진 곳으로 통과해버려 굶주려 죽고 있는 사람들
에게 어떤 희망도 가져다주지 못하게 되는 건지 더 이상 말할 수 없
기 때문이다. 삼림 시대의 그 두 호수사이 좁은 지역에는 사슴의 뼈
가 물의 표면을 향해 위쪽으로 쌓여 있다. 그리고 배런스 지역의 얼
어붙은 강을 따라서는, 인간의 바위 무덤이 몰아치는 눈보라 속에서
위쪽으로 높이 쌓여간다.

6

그들이 사는 모습

우테크의 호수 기슭에 사는 그 사람들을 만나는 여행을 출발하기
도 전에 두 계절이 거의 하나인 것처럼 봄에 뒤이어 여름이 곧 찾아
왔다. 프란츠가 나와 동행하는 동안 한스와 아이들은 바람만에 남아
쉬면서 개들을 먹이고 캠프를 관리하기로 했다.

프란츠와 내가 북쪽을 향한 여행을 준비했을 때, 나는 흥이 나기
도 했지만 동시에 침울했다. 이할미우트 부족의 땅에서 그들을 만나
기를 간절히 바라면서도, 프란츠한테 들은 그 사람들의 삶에 대한 이
야기 토막들이 이제 곧 그들과 얼굴을 맞대고 직접 만난다는 생각에
강한 불안감을 안겨줬다. 자신들에게 비극이 일어난 이유가 어느 정

도 나와 같은 피부색을 가진 사람들 때문이라고 생각하는지 궁금했고, 북쪽의 인디언처럼 성미 까다롭게 아주 침울해 하며, 내가 함께 한다는 것에 화가 나서 그들도 의심하는 모습으로 대화하기를 꺼릴지 궁금했다.

설사 자신들의 집으로 나를 환영한다 해도, 나 자신이 어떤 반응을 보일지 여전히 두려웠다. 굶주림에 대해 내가 많이 알고 있는 만큼 그것을 몸으로 느껴 알고 있는 사람들을 만나 함께 지내야 한다는 생각, 죽어가는 부족의 얼마 남지 않은 이 쇠약한 사람들을 내 두 눈으로 보아야 한다는 생각은 거의 두려움에 가까운 감정을 불러 일으켰다. 툰드라 지대를 가로질러 흐르던 맹렬한 물줄기가 불과 몇 주 전에 조그만 시냇물로 줄어들어 군데군데 흩어진 바위까지 물의 흐름을 막고 있는 상황이었기에, 카누를 타고 북쪽으로 여행을 할 수는 없었다. 우리가 가고자 하는 방향으로는 어떤 큰 강도 흐르지 않았기에 물을 타고 가는 길은 소용이 없었다. 유일한 대안책은 땅위로 가는 것뿐이어서, 이할미우트 사람들처럼 우리도 걸어서 가는 여행을 준비했다.

하지만 차이점이 있었다. 이할미우트 부족은 가볍게 여행하기 때문에 그 부족 사람이 여름에 평원지대를 건널 때면 칼, 담배 파이프, 그리고 카미크라 불리는 가죽부츠 여벌만 챙긴다. 먹을 것은 찾아서 먹는다. 물줄기가 줄어든 개울에는 보통 서커(sucker잉어 비슷한 북미산 담수어의 총칭 - 옮긴이)가 살았는데, 손으로도 종종 잡을 수 있는 물고기들이다. 만약 찾아봐도 서커가 없다면 여행자는 가죽으로 된 줄로 덫을 놓아 모래가 많은 에스카 비탈에서 오렌지색의 얼룩다람쥐를 잡는다. 초여름에는 항상 새알이나, 날 수 없는 새들도 있었고, 만약 새알이 거의 부화할 시점이 되었다면 더 좋은 먹잇감이 되었다.

반면에 프란츠와 나는, 백인의 방식으로 여행을 했다. 우리는 다섯 마리의 개를 데리고 여행을 떠났는데, 한 마리 한 마리마다 1 평방피트 너비의 틀을 두 개의 가늘고 긴 장대에 붙들어 맨 조그마한 인디언 운반 용구를 끌게 해서, 거기다 침낭, 탄약, 조리 도구, 그리고 에스키모들에게 줄 선물인 밀가루와 담배에 이르는 거의 30파운드의 장비를 실었다. 이 작은 운반 용구 덕에 작은 텐트와 개먹이, 그리고 우리가 먹을 음식도 운반할 수 있었는데, 개를 위해선 사슴고기를, 우리는 밀가루와 차, 베이킹파우더를 준비했다. 우리는 기본적인 필수품보다 더 많은 것을 가지고 갔지만, 그것 때문에 엄청난 대가를 지불해야만 했다.

짐을 가득 싣고 움직이는 개 때문에, 이할미우트 부족이 1박 2일이면 갈 수 있는 60마일의 길을 우리는 일주일이 더 걸려서야 갈 수 있었다. 그 고문 같은 행군은 결코 금방 잊혀질 수 없을 것이다. 태양이 떠 있는 동안은, 그 열기가 열대 지방처럼 강렬했는데, 왜냐하면 북극의 청명한 대기는 태양광선을 부드럽게 걸러주지 않기 때문이다. 그래도 우리는 스웨터와 심지어 순록가죽 재킷까지 입어야만 했다. 게다가 파리까지 우리에게 달라붙었다. 발밑의 이끼에서 올라온 놈들은 우리 주위로 악한 안개처럼 달라붙었는데, 마치 낮게 깔린 구름 같았다. 밀루기아(검은 파리)와 키크토리아크(모기)가 너무나 많이 달려들어서 육체적인 공포마저 느낄 지경이었다. 그들을 피할 방법은 간단히 말해 없었다. 사방의 텅빈 땅으로 뻗어 있는 황량한 툰드라 지대에는 피할 곳도 없었고 그 벌레들을 멈추게 할 만한 것도 없었다. 식사를 하기 위해 멈추는 것은 고문이나 마찬가지였지만 엄청난 여름의 열기 속에서 행군을 계속하는 것은 더 끔찍했다. 때때로 일종의 광기가 우리를 사로잡아 모든 것을 던져버리고 지칠 때까지 어떤 방향으로든 마구 뛰쳐나갔다. 하지만 벌레들은 우리를 따라 계속 날아왔고 결국 이런 미친 짓을 해서 얻은 건 더 많은 모기를 꾀는 것처럼 보이는 땀줄기뿐이었다.

귀 뒤쪽과 턱 아래로 끊임없이 피가 뚝뚝 떨어져 우리 옷에 엉키면 만족할 줄 모르는 파리떼들이 달라붙어 우리 목 주위에는 녀석들의 뒤엉킨 몸으로 이루어진 검은 칼라가 생겼다. 파리떼들은 셔츠 속 허리띠 위까지 들어갔다. 그러면 옷이 말라진 피에 달라붙을 때까지 녀석들은 우리의 허리둘레를 먹이로 삼았다.

우리가 건너가고 있는 땅은 파리떼로 인해 겪는 괴로움을 달래줄 어떤 쉬운 길도 열어주지 않았다. 그 지역은 완만한 기복을 가진 땅이었고, 우리가 가는 길을 가로질러서는 언덕들이 연이어 서 있었는데, 그 등성이와 꼭대기에는 모가 난 바위들과, 큰 돌들 사이를 메우는 깨진 돌조각들로 가득 덮여 있었다. 이 돌 위를 걷느라 부츠는 찢어지고 갈라져서 다리에 멍까지 들다보니 걷는 것 자체가 고통이었다. 하지만 언덕사이에 놓인 넓고 습한 골짜기보다는 언덕이 걷기에 그나마 나았다.

각 골짜기에는 중앙으로 흘러드는 개울이 있었다. 비록 대부분의 개울 폭이 5피트가 못 되었지만 깊이는 5피트를 훨씬 넘었다. 골짜기의 바닥은 연이어서 이어지는 젖은 이끼로 이루어진 하나의 매트리스와 같았는데, 그 위를 밟으면 무릎 깊이까지 빠져 아래에 놓인 영구 얼음층까지 닿았다. 물이끼로 뒤덮인 소택지의 얼음같이 차가운 물을 비틀거리면서 건너거나, 개울이나 셀 수 없이 많은 못(못을 둘러싼 둑은 모두 가팔라서 완만한 경사가 없었다)을 허우적거리며 건너다보니, 상체는 땀으로 목욕을 한 지경이 되었어도 허리 아래로는 몸의 감각을 잃게 되었다. 여행 중 사흘 내내 내린 것처럼 비라도 오면, 끝없이 이어지는 소택지를 흠뻑 젖은 채 밤새도록 건너야 했다.

나 자신이 경험한 불편함을 강조하려고 여름 여행의 상황을 자세하게 설명하는 것이 아니라, 이할미우트 부족이 가진 완벽할 정도로 놀라운 여행자로서의 능력을 묘사하기 위해서이다. 이 사람들은 그러한 땅에서 60마일 이상을, 실제 걷는 기간은 이틀이 채 못 되는 시간으로, 물론 쉽게, 그리고 편안하게 이동할 수 있었다. 그들이 원래 불편함에 대해 둔감해서가 아니라 단지 자신들이 피할 수 없는 환경에 대해 육체적인 반응을 적응시켰기 때문이다. 그들은 자신들이 살고 있는 땅의 여기저기 흩어져 있는 장애물들을 우리가 하는 식으로 평평하게 만들지 않고, 그 장애물에 자신들을 순응시킴으로써 길을 냈다. 배런스 지역에서 이할미우트 부족과 백인 여행자를 비교하자면, 그것은 마치 모터로 가는 배와 바람으로 가는 배의 차이와도 같다. 기계에 대한 본능에 의해 조종되는 백인은 모터로 가는 배처럼 바람과 파도를 뚫고 나가지만, 자신이 타고 있는 복잡한 장비가 완벽하게 기능을 다했을 때만 성공할 수 있는 것처럼 자신의 환경과 항상 불화하며 산다. 그러나 배런스 지역에 사는 사람들은 그 환경의 구성요소이다. 범선처럼, 그들은 바람과 물과 함께 움직이는 것을 배우고, 자연력의 리듬에 자신들을 맞추어 반드시 해야 할 것들을 강제성 없이 부드럽게 이루어내는 것을 배운다.

작은호수들이 한눈에 보이는 곳에 이르렀을 때, 나는 광기에 가까운 절망감을 느꼈다. 이 땅과 이 땅으로 나를 데려온 그 덧없는 꿈을 저주했다. 프란츠를 저주했고, 만족할 줄 모르는 파리떼의 끊임없는 공격으로 퉁퉁 부어 거의 감겨버린 눈을 한 불쌍한 개들을 저주했다. 나는 너무나 지쳐서 피에 굶주린 이 지독한 날개달린 군단이 나를 평화 속에서 죽게만 해준다면 내가 살아남을 수 있을지에 대해서도 그렇게 신경 쓰지 않았다.

마지막 날은 반 마일쯤 뒤에서 내가 개들의 없는 힘까지 짜내려고 애쓰는 동안, 프란츠가 앞장을 서고 세 마리의 개가 그 뒤를 따랐다. 프란츠가 나를 부르는 소리를 듣고 앞을 보니 한사람뿐이었던 곳에 세 명이 보였다. 산등성이 꼭대기에 서 있는 프란츠 옆으로 다른 두 명의 남자가 서 있었고 모두 나를 향해 내려다보며 손짓을 하고 소리를 질렀다.

낯선 사람들이 눈에 보이자 일종의 희망이 솟는 기분을 느낀 나는 터벅터벅 걷고 있던 개들을 버려둔 채, 돌멩이에 미끄러지고 넘어지면서 언덕 위를 향해 힘겹게 뛰어 올라갔다. 꼭대기에 이르자, 프란츠와 다른 두 남자는 바위 위에 책상다리를 하고 앉아 있었고, 산등성이를 따라 부는 가벼운 바람이 파리를 쫓아 주며 그들의 땀을 식혀주고 있었다.

낯선 사람 중 한 명은 활과 화살처럼 보이는 작은 송곳을 다루고 있었는데, 화살같이 생긴 것은 땅에 놓인 나무 조각 속에 꼽혀 있었고, 화살자루를 줄로 두 번 감은 활이 땅과 평행을 이루어 앞뒤로 움직이고 있었다. 돌고 있는 이 송곳의 끝에서 조그마한 노란 연기가 맴돌며 피어오르자 털옷을 입은 이 사내가 불을 피우고 있다는 것을 나는 깨달았다.

우리가 가지고 있던 성냥은 그것이 담겨 있던 깡통의 뚜껑이 강을 건너는 동안 벗겨지면서 이미 오래 전에 젖어서 못쓰게 돼버렸다. 배런스 지역에서 백인들을 그나마 참고 견디며 살아가게 만들어주는 두 가지, 즉 담배와 차를 3일 동안 우리는 입에도 못 대었다. 이제 숨을 헐떡이며 언덕에 오른 나는 우리의 먼 조상들이 불을 피웠던 방식처럼 에스키모가 무심히 불을 피우는 것을 지켜보았다. 그 남자는 나를 올려다보며 미소를 지었는데, 그 미소는 불빛처럼 변화하여 그의 얼굴로 퍼져갔다.

프란츠는 양동이와 젖은 차 꾸러미를 꺼내며 내게 앉으라고 손짓을 한다. 이번에는 키가 작고 다부진 체격의 두 번째 에스키모가 앞으로 나와 양동이를 받아들더니 얼굴가득 환한 미소를 지으며 툰드라 못에서 물을 기르기 위해 언덕 아래로 달려간다. 프란츠는 물을 뜨러 간 사람을 향해 고개를 끄덕였다.

"오호토" 프란츠가 말했다. "가장 좋은 사람 중 한 명입니다. 그리고 이쪽은 헤크와우로 무리 중 최고의 사냥꾼이죠."

이번에도 프란츠의 방식 그대로 군더더기 없는 소개였다. 그들을 똑바로 바라보게 될 만큼 이 사람들과 아주 오랫동안 접촉을 해 온 프란츠는 문명인의 태도로 비스듬히 바라보고 있는 내게 이들이 얼마나 이상하고 신기하게 보이는지 이해하지 못했기에 그렇게 짧게 소개한 것이다.

그러나 프란츠가 이름 외에 다른 것은 이야기해주지 않더라도, 나 스스로 그들을 살펴 볼 수는 있다. 두 사람 다 털을 바깥쪽으로 나오게 만든 가을 사슴가죽의 홀리쿠크라는 파카를 입고 있었다. 불을 피우고 있던 헤크와우의 파카 어깨 부분에는 눈같이 흰 털을 덧댄 장식이 있었고, 옷의 밑단에는 가죽을 잘게 잘라 댄 술 장식이 달려 있었다. 오호토의 파카는 더 멋졌는데 목 부분과 소매끝동에는 구슬로 수가 놓아져 있었다. 그러나 구슬과 덧댄 장식에도 불구하고 두 사람의 전반적인 외모는 꾀죄죄했다. 털이 닳아 없어진 부분이 여러 군데 크게 있었고 찢어진 곳과 째진 곳은 분명 서툰 손길로 엉성하게 꿰매져 있었다. 남아 있는 두꺼운 털은 음식에서 흘러나온 즙과 기름으로 반들반들 윤이 났고 어디서 묻었는지 알 수 없는 오물이 털옷에 넓게 들러붙어 있었다.

두 사람이 맨 몸에 입고 있던 이 무거운 파카 아래로는 카일리크라는 짧은 털 바지가 무릎까지 덮고 있었고 반투명한 노란색 가죽 부츠가 무릎 아래로 보였다.

그들을 보고 냄새를 맡은 내 첫 반응은 일종의 역겨움이었다. 내 눈에 그들은 너무나 더럽게 보여, 도대체 왜 입을 옷 하나 깨끗한 걸로 찾지 못했는지 의아해 하며 속에서는 백인의 자존심이 본능적으로 솟구쳐 올랐다. 그 생각은 물론 아무것도 알지 못하는 사람의 피상적인 생각일 뿐이지만, 대부분의 백인, 특히 선교사들이 '혐오스러운 상태의 야만인'을 만났을 때 가지게 되는 전형적인 생각이다.

그러나 툰드라에서의 그 여름날, 나는 그들의 옷차림에는 그렇게 관심이 없었다. 그 사람들 자체에 매료된 나였기에, 그들의 옷차림에 대한 나의 호기심 어린 시선은 형식적인 것이었다.

다른 이들이 곰이라고 부르는 헤크와우는 거대한 산은 아니어도 작은 산과 같은 사내였다. 낡은 파카의 헐렁한 소매 아래로 그의 울퉁불퉁한 근육이 흐르고 있었고 불을 피우기 위해 돌리고 있는 송곳의 박자에 맞추어 그의 짧고 우람한 목의 힘줄이 고동쳤다. 길고 부드러운 그의 검은 머리털 아래에서는 끊임없이 땀방울이 맺혀 낮은 이마의 비스듬한 경사를 따라 굴러 내려오더니, 피부에 깊게 난 주름살을 따라 흘러 그의 반쯤 숨겨진 눈 주위의 넓은 면을 지나 납작한 코의 벌렁거리는 콧방울로부터 깔끔하게 떨어졌다. 넓게 부풀어 오른 입술을 가진 그의 크고 감각적인 입은 송곳의 리듬에 맞춰 같이 움직였고, 턱에 난 몇 가닥의 회색 턱수염도 빠른 박자에 함께 흔들거렸다.

그 얼굴은 코미디를 위해 왜곡된 패러디 같은 생김새였지만 거기서 풍기는 야생의 본질적인 특성에 나는 웃을 수가 없었다. 오로지 야만적인 본능만 있을 거라 예상한 얼굴에서 깊은 지혜가 풍겨 나왔고, 유인원같이 주름지고 비바람에 씻긴 이마와 넓고 평평한 뺨의 피부를 유머와 선량한 성품이 가려주었다.

헤크와우는 송곳을 치우더니 나뭇조각에서 연기가 피어오르는 부스러기 조금을 집어 말라 부스러지는 이끼더미 위로 던져 넣었다. 그러고는 그 앞에 무릎을 꿇고 앉아 두 눈이 팽팽한 피부의 주름 아래로 사라질 때까지 뺨을 크게 부풀린다. 그가 바람을 불어 넣자 불이 붙더니 조그마한 녹색 빛이 도는 연기가 피어오른다.

오호토가 물과 함께 연필두께보다 굵지 않은 푸른 버드나무 가지를 한 아름 안고 돌아왔다. 프란츠는 차를 끓일 때 필요한 우리의 소중한 막대기를 개가 끌고 있던 짐 꾸러미 하나에서 꺼내 이끼 더미 속에 쑤셔 넣어 양동이가 조그마한 불 위로 매달려 있을 수 있게 걸었다. 너무나 눈이 부실 정도로 날이 밝아 태양 때문에 불꽃이 보이지 않았지만 푸른 버드나무 가지로부터 이리저리 꼬여서 올라오는 연기로 물이 천천히 끓어오르고 있음을 알 수 있었다.

이제 오호토를 살펴볼 수 있는 기회가 왔다. 나이든 헤크와우같이 깊게 패인 주름이 없는 그의 얼굴은 젊었고 동그랬다. 그의 머리칼은 엉성하게 잘려져 있어 마치 어느 이교도 승려의 세련되지 않은 체발같아 보이는 데다가, 사슴의 털처럼 거칠었다. 잘린 머리털 아래로 높고 넓은 이마가 있고 그 아래 난 두 눈은 겨울눈이 발하는 강렬한 빛을 피하기 위해 아직 구멍 속으로 움푹 들어가 있지는 않았다. 두 눈은 검고 아주 밝았는데, 사향뒤쥐같이 조심스레 경계하는 호기심이 담겨 있었다. 오호토가 자신의 크고 가지런하게 난 흰 이빨 사이로 빈 돌 파이프를 물고 있는 걸 지켜본 나는 축축하게 젖은 데다 부스러기까지 묻은 약간의 씹는담배를 꺼냈는데, 그것을 본 오호토는 환하게 웃었다.

이제 긴 여행에서 느꼈던 불편함과 절망을 나는 잊어버렸다. 마침내 나는 그들의 땅 심장부에서, 그 사람들 가운데 있다. 그리고 적어도 내가 가지고 있던 예감의 일부는 터무니없는 것이었음이 명백해졌다.

양동이가 끓어 넘치자 조그마한 불길은 힘없이 쉿하는 소리를 내며 죽어버렸다. 프란츠는 한줌의 찻잎을 양동이에 넣었는데, 찻잎이 우러나는 동안 나는 높은 산등성이 꼭대기 밑에서 자라는 연약한 이끼에 앉아 휴식을 취했다. 그 순간 나는 그 땅의 무자비한 적대심에 대항하여 너무나 힘들게 싸워야만 했던 여행기간동안 나를 눈멀게 했던 상태에서 자유로워졌다.

여름의 평원을 내려다볼 만큼 자유로워진 나는 처음으로 그 땅의 어떤 아름다움을 느끼게 되었고 불모지란 모욕적인 이름을 그 땅에 붙인 것은 잘못이라는 것을 이해하게 되었다.

겨울에는 아마도 그 이름이 맞아 떨어지는지도 모르지만, 거대한 숲이나 깔끔하게 경작된 들판만 봐서 마음이 굳어져 버린 사람들에게나 일 년 사시사철 그곳이 불모지같이 보일 뿐이다. 그 땅에서 2년간의 시간을 보낸 나도 종종 나 자신이 그 땅을 정말 불모지라 생각하며 그 단어를 사용하곤 한다.

끝없이 뻗어있는 광대한 땅에서 내가 처음 본 것은 오직 황록색의 줄과 소용돌이로 가득 찬 완만한 기복이 이어지는 빛깔 바랜 갈색의 땅이었는데, 그것들을 하나하나 자세히 보려 하니 색깔 하나하나는 합쳐져 정체불명의 색이 돼버렸다. 그것은 메마른 풍경이었지만 그 사막 같은 표면은 백색 태양 아래 천개의 원천에서 솟아나는 아름다움을 숨겨놓고 있었다. 시내와 연못을 물들인 풍부한 세피아 색 물감이 깔린 짙은 초콜릿 색깔의 소택지는 에메랄드빛의 사초와 키 큰 풀로 이루어진 넓은 습지대로 둘러싸여 있었다. 이 푸릇푸릇한 풀밭 위로 솟은 광범위한 비탈에는 거멓게 윤이 나는 난쟁이 자작나무 덤불이 우울한 생명력을 띠며 아무렇게나 흩어져 있었고, 그곳을 환하게 밝혀주는 넓은 빈터에는 수천만의 작은 꽃들에서 뿜어져 나오는 빛이 세상 어느 곳 만큼 아름다운 작은 나비들을 불러 모으고 있었다. 바위들에게 자리를 내준 산산이 부서진 산등성이를 따라서도 보라색에서부터 벨벳으로 된 로제트처럼 새까만 색에 이르는 다양한 빛깔을 가진 땅을 기어 다니는 이끼들이 회색 돌덩이들을 덮어버렸다. 살아 있는 것들로부터 솟아 나오는 색은 부족함이 없었지만, 문제는 지붕도 벽도 없는 이 땅에서 너무 많은 것을 눈이 본다는 점이었다. 빛깔들은 함께 흘러가 눈으로는 도저히 품을 수 없는 먼 거리에서 흩어져버린다. 그래서 광대한 공간의 스펀지로 아름다움이 가늘게 흘러 들어가면 그 뒤에 남는 불모지만 우리가 볼 수 있는 것이다.

이 땅위에는 내가 보았던 살아있는 빛깔 말고도 볼 것이 너무나 많았다. 우리 아래 펼쳐진 깨져버린 거대한 유리 조각들처럼 보이는 호수들은 아무렇게나 뒤섞여 셀 수도 없었다. 반짝거리며 빛이 나는 물의 파편 사이로, 멀리서 보면 회록색 이끼로 덮여있는 산비탈과 검은색 바위로 얼룩덜룩한 꼭대기를 가진 아무렇게나 나지막이 이어진 산등성이의 작은 언덕들이 있었다. 북쪽의 지평선을 향해 바라보니 작은호수들 위로 사그라지는 빛이 태양을 붙잡아 갈색풀 위의 이슬처럼 반짝거렸다. 이 평원 어딘가에 인간의 강이란 뜻의 이누이트쿠의 구불구불한 강줄기가 놓여 있는 것을 알지만 나로서는 아무리

해도 아래에 펼쳐져 있는 물의 퍼즐 속에서 그것을 분간해 낼 수 없었다.

내가 바라보고 있는 동안 오호토가 다가와 내 옆에 쪼그리고 앉아서는 그 땅, 즉 자신의 땅을 내려다보았다. 나는 쌍안경을 내렸다. 그는 다시 미소를 지으며, 도시 친구에게 자신이 사는 곳의 풍경을 보여주는 작은 동네 사람이 풍기는 당당한 태도로 흥미 있는 것들을 가리키기 시작했다.

그가 내가 쓰는 말을 할 줄 모르고, 나도 그의 언어를 모른다고 해서 문제될 것은 없었다. 오호토는 단어를 사용하지 않고도 표현할 수 있는 힘을 가지고 있었다. 그의 손짓은 활자화된 영어처럼 분명하고 직접적이었다. 이제 그는 북쪽으로 겨우 몇 마일 떨어져 있는 조금 큰 호수를 향해 팔을 뻗으며, 이렇게 말했다. "우테크 쿠마니크!" 내 쌍안경으로 보니 우테크의 호수 기슭 주위로 회색빛을 띠는 작은 것 세 개가 솟아나 보여서 눈을 더 크게 뜨고 보니 가는 연기 줄기가 올라오는 것이 보였다. 그 사람들의 텐트였다!

오호토는 빠르게 북쪽을 가리켜 팔을 저으며 다른 호수들을 가리켰다. 할로 쿠마니크, 카쿠미 쿠마니크, 그리고 마지막으로 팅메아 쿠는 이누이트 쿠의 거대한 물살 속으로 이 호수들을 이끄는 작은 거위강[Goose River]이었다. 하지만 여전히 나는 인간의 강을 분간 할 수가 없었다. 그것은 수많은 다른 호수들 사이에 놓인 채 거대한 강 같은 장중한 흐름이라고는 전혀 없는 일련의 호수들로밖에 보이지 않았다. 나중에 그 강으로 여행을 하게 된 나는 강의 윤곽이 뚜렷하고 곧바르게 뻗은 모습에 놀라게 되었지만, 멀리서 보는 지금은 그저 물이 만들어놓은 혼돈 속으로 섞여 들어가 사라질 뿐이다. 강은 배런스 지역이 외부인들에게 보여주는 카멜레온 같은 모습의 일부였다.

우리는 언덕 꼭대기에서 차를 마시고 다시 짐을 꾸려 이할미우트 부족의 땅으로 내려가기 시작했다. 그 두 명의 에스키모 인들이 앞장섰는데, 거친 바위 위로 기운차게 걷는 그들의 민첩함은 순록을 부끄럽게 만들 정도였다. 우리는 한참 뒤에 떨어져서 고통스럽게 그들을 따라가다, 마침내 우테크의 호수 낮은 기슭에 도착하게 되었다.

우리는 강 건너편에 서 있는, 비바람에 씻긴 자갈투성이의 산등성이와 너무나 잘 어우러져 마치 언덕의 일부인 것 같은 세 개의 텐트를 선명하게 볼 수 있었다. 텐트에서는 사람들과 개들이 이리저리 달려 나왔고 두 개의 새로운 불도 지펴져 있었다. 먼 곳까지 볼 수 있는 그들의 시력은 낯선 사람들이 다가오고 있다는 것을 알아차렸고, 낯선 사람들이 도착하면 바로 음식을 대접해야 하기 때문이다.

나중에 알게 된 사실은, 어느 한 곳에서도 세 가족 이상의 음식을 조리하기에는 땔감인 버드나무 덤불이 충분하지 않았기 때문에, 이 사람들의 텐트는 여러 개의 호수기슭에 두 개 혹은 세 개씩 작은 무리를 이루어 배열되어 있었다. 여기 우테크 쿠마니크에는 헤크와우, 우테크, 그리고 오호토의 텐트가 있었고, 몇 마일 동쪽으로 떨어져서 할로 쿠마니크에는 할로, 야하, 미키의 텐트 세 개가 자리 잡고 있었다. 카쿠미 쿠마니크에는 세 개의 다른 캠프가 있었는데, 카텔로와 알레카하우가 한 곳에 자신들의 텐트를 세웠고, 오울이크투크와 오네크와우가 두 번째 장소에, 그리고 나이 많은 카쿨미의 텐트 두 개는 호수에서 멀리 떨어져 홀로 서 있었다.

따라서 남쪽에서 북쪽으로 5백마일 뻗어져 있고, 동쪽에서 서쪽으로 3백마일 뻗어져 있는 땅에 살아남은 모든 사람들이 반경 3마일 이내에 모여 살고 있었다. 그곳은 이할미우트 부족의 가장 오래된 캠프였고, 그리고 또한 마지막 캠프였다. 그리고 나는 작은호수들 옆에 텐트가 세워진 이후로 수 세기 만에 그곳을 처음 방문한 이방인이었다. 그 생각이 나를 흥분으로 가득 채운 것처럼, 난생 처음으로 백인을 만난다는 생각에 앞에 서 있는 텐트에 사는 여자들과 아이들은 똑같은 흥분에 휩싸였다.

우리는 호수를 돌아 캠프를 향해 다가갔다. 호수로 경사져 있는 이곳의 물가는 돌로 이루어진 것이 아니라 거의 뼈로 덮여 있었다. 이곳은 옛날부터 내려온 장소로, 나무나 뼈도 썩거나 사라지지 않는 이 툰드라 지역에서 여러 해 동안 쌓여 하얗게 변해버린 순록의 뼈 무더기는 흔들거릴 정도로 높았다. 큰 뼈는 개와 날씨에 의해 잘게 부서져 캠프까지 이르는 길을 평평하게 덮고 있었다. 하지만 개도 날씨도 두개골만큼은 거의 손을 대지 않아 거대한 뿔을 달고 있는 이 두개골 더미는 하얀 뼈로 이루어진 죽은 숲을 만들어 냈다. 나중에 나는 이할미우트 텐트 주위 백 야드 안에서 2백 개 이상의 두개골을 셀 수 있었는데, 이 숫자는 그 장소에 시체가 버려진 사슴의 총 수에 비하면 일부분에 지나지 않는다. 왜냐하면 바로 가까이에서 죽인 사슴의 머리만 캠프로 가져오기 때문이다.

어떤 방향으로 부는 바람이든 다 맞을 수 있는 비탈진 암반 위에 세 개의 텐트가 세워져 있었는데, 이는 파리를 쫓아낼 수 있는 유일한 보호책이 바람뿐이었기 때문이다. 각 텐트 가까이에는 거친 돌로 만든 화덕이 있었고 각 화덕 옆에는 엄청나게 많은 버드나무 가지가 쌓여져 있었다. 물론 이 가지들도 꽤 푸른빛을 띠고 있었고, 작은 모닥불에서는 거대한 연기가 꾸불꾸불 뿜어져 나오고 있었다. 가장 가까운 화덕에는 잡지 만화에 등장하는 식인종들이 좋아할 법한 냄비처럼 웃기게 생긴 거대한 쇠냄비가 놓여 있었다.

텐트를 살펴보자면, 각 텐트는 바닥의 직경이 약 15피트, 그리고 높이 약 10피트에 이르는 원뿔이었다. 거칠게 문지른 사슴 가죽을 이리저리 기워서 나무틀에다 얹어 놓은 텐트였다. 그 가죽들은 아직 마르지 않았을 때 함께 기워진 것이어서 가죽이 마르자, 꿰맨 부분이 서로 잡아 당겨져 결국 넓게 벌어진 틈이 가죽 하나하나의 윤곽을 드러내고 있었다. 텐트 바닥 주위로는 큰 알돌을 둘러놓아 고정 장치 구실을 하게했다. 이 땅에서는 나무로 된 말뚝이 있어도 땅에 박을 수 없는데, 왜냐하면 바위에 막혀 들어가지 않을 수도 있고, 그게 아니면 종종 땅에서 겨우 몇 인치 아래에 놓인 영구 결빙 층이 말뚝이 박히기도 전에 그것을 산산조각 내기 때문이다. 문은 사슴들이 돌아오는 방향인 북쪽을 바라보고 있었다. 문은 무두질을 하지 않은 한 장의 가죽으로 나무만큼이나 딱딱하게 말라 있었다.

어떻게 보면, 이할미우트 부족의 캠프가 북극 평원의 황량함과 공허함을 분명히 두드러지게 하는 듯 보일지도 모르지만, 텐트의 근접 지역은 인간이라고는 전혀 살지 않는 툰드라 한 가운데에 생명이 모여 사는 작은 주머니 같은 곳이었다. 비록 우리가 받을 환영에 대해 내가 약간 겁을 먹긴 했어도, 이곳에서는 더 이상 우리가 완전히 홀로이지 않기에 편하게 숨을 쉴 수 있을 것 같았다.

그것은 어리석은 두려움이었다. 헤크와우와 오호토는 우리보다 앞서 뛰어나가 달려가는 내내 소리를 크게 질렀는데, 그들이 소리 지를 필요가 없었던 것이, 이미 모든 남자, 여자, 아이들이 점점 다가오는 낯선 사람들을 향한 일종의 격렬한 희열감에 내몰려 불 주위로 나와 있었기 때문이다. 이 땅의 바위에 맞은 것처럼 등이 굽은 한 나이 많은 여자는 불 속의 숯을 향해 정신없이 바람을 불어 넣으며 푸른 나뭇가지를 쌓아올리다가 완전히 불을 꺼버리기까지 했다.

우테크의 아내, 호우미크는 여전히 물이 뚝뚝 떨어지고 있는 사슴의 뒷다리와 엉덩이 부분을 가지고 씨름하고 있었는데, 그 고기는 몹시 냉랭한 호수 속 차가운 저장고에서 저녁식사를 위해 그녀가 끌어내 온 것이다. 우리를 슬쩍 엿보랴, 여자들의 칼인 구부러진 울루로 고기 덩어리를 자르랴 정신없던 그녀는 하마터면 자신의 손가락까지 자를 뻔했다. 나무로 만든 머리 장식은 그녀가 서두를수록 살아있는 것처럼 이리저리 흔들거리며 뛰었는데, 파카 뒤 등에 업혀 있던 그녀의 아기 칼라크는 엄마의 땋은 머리가 흔들거릴 때마다 그것을 치며 기쁨에 비명을 질렀다.

개들마저 흥분에 휩싸였다. 나이든 개 두 마리가 시끄러운 싸움을 벌이자 강아지 세 마리는 동시에 자신들의 꼬리를 뒤쫓기 시작했다. 아이들은 드러낸 배로 개들을 부드럽게 치거나 쫓아내기 위해, 아니면 단지 우리가 다가가는 동안 무언가를 하기 위해 개 주위에서 서로 떠밀고 있었다.

프란츠와 나는 가장 가까운 텐트에서 백 야드 떨어진 곳에 걸음을 멈췄고, 우테크, 헤크와우 그리고 오호토 이렇게 세 명의 남자는 자신들의 집으로 우리를 정식으로 환영하기 위해 앞으로 나왔다. 오호토와 헤크와우는 마치 우리를 처음 만나는 것처럼 행동했다. 우리의 손가락 끝을 진지하게 만지는 그들은 아주 예의바르고 매우 엄숙했다. 그렇게 공식적인 인사가 끝나자, 우테크는 부족하나마 담배 대용품으로 자신들이 믿든 기가 직은 덤불 식물의 마른 잎사귀인 아타모자크를 돌 파이프에 담더니 내게 한 대 피울 것을 권했다. 여자들과 아이들이 미친 듯이 흥분해서 하고 있던 일을 멈추고 숨길 수 없는 기대감으로 우리를 지켜보는 동안, 우리는 함께 우테크의 텐트로 걸어갔다. 우리가 정식으로 환영을 받았기 때문에 호기심을 드러내도 이제는 예절 바른 행동이었는데, 방문객이 무안해 하지 않도록 그가 자리 잡기 전까지는 결코 호기심을 보여서는 안 되었다.

　우테크의 텐트로 비집고 찾아와 우리 뒤에 자리 잡은 캠프 전체에서 모인 모든 아이들과, 여자, 늙은이들에게서 아주 강렬한 냄새가 났지만, 이들이 또한 풍기는 좋은 느낌과 너무나 선한 성품에 냄새는 사라져버렸다.

　우테크가 우리에게 잠자리용 단 위로 앉게 했고, 그의 아내가 다른 여자들과 함께 식사를 준비하는 동안, 나는 이할미우트 부족의 집을 잘 살펴볼 수 있었다. 텐트는 비바람에 견디기에는 거의 역부족이었다. 가죽 사이의 이음새를 따라 바깥 하늘을 쉽게 볼 수 있었다. 텐트 안에는 이 가정의 모든 소유물이 거의 다 있었는데, 너무나 소박한 살림살이에 별로 있는 게 없었다.

　동그란 바닥의 반은 버드나무 가지와 이끼로 만든 잠자리용 단이 차지하고 있었고 무두질한 사슴 가죽 깔개가 그 위로 아무렇게나 놓여 있었다. 이 단은 모두 함께 사용하는 침대로 전 가족이 부드러운 가죽 이불 한두 장을 함께 덮고 잔다. 바닥의 나머지 부분은 반쯤 먹었거나, 먹기 직전이거나, 아니면 전혀 먹지 않은 순록 조각들이 엄청나게 흩어져 있었다. 상당히 많이 씹어 먹은 삶은 순록 머리가 보였고, 골수를 꺼내기 위해 부셔서 그 다음에는 소중한 기름 한 방울까지 짜내기 위해 삶아 놓은 다리뼈 무더기도 있었다. 텐트 한 쪽에는 거의 온전한 사슴 가슴고기가 가죽까지 붙어 놓여 있었는데, 오래 전에 먹었던 것이 틀림없어 보였다. 나중에 발견한 사실인데 이것은 일종의 간이식당으로 식사시간이 될 때까지 기다리는 배고픈 방문자들이 날고기이지만 부드러운 고기부위를 약간씩 잘라 먹을 수 있게 했다.

　텐트의 안쪽 면으로는 12개의 귀한 장대에 당장은 입을 필요가 없는 옷가지들이 여기저기 걸려 있었다. 몇 켤레의 딱딱하고 건조한, 반쯤 투명한 카미크도 주인이 신을 때를 기다리고 있었다. 그 근처에는 아티기에라는 실내용 파카 두벌과 새끼 사슴 가죽을 통째로 사용하여 만든 어린이용 덧옷이 놓여 있었다. 한 장대 밑으로는 어린 아이 칼라크가 사용할 수 있도록 물이끼 말린 뭉치를 가득 눌려 놓았는데, 자연이 더 효과적인 스펀지를 공급해 주는 툰드라에서는 기저귀를 사용하지 않기 때문이다.

이런 것들이 우테크 텐트에 있는 살림살이 대부분을 차지했고, 나머지 하나는 이 가정의 소중한 것들을 보관하는 오래된 나무상자로, 우테크의 부적 벨트, 뼈로 만든 바늘과 순록의 힘줄로 만든 실타래로 구성된 호우미크의 바느질 도구, 언젠가는 돌 파이프의 담배통을 장식해 줄 6개가 빈 44-40구경 황동 탄피, 보우드릴(bow drill불피우는 도구 - 옮긴이), 사향소 뿔로 만든 빗, 그리고 아이들 장난감 몇 개가 들어 있었다.

내가 환경에 익숙해지는 동안, 프란츠는 이할미우트 부족의 담배만큼 질이 나쁜 교역품용 씹는담배를 꺼내 모두에게 돌렸다. 내가 흥미롭게 관찰한 것은 이 귀한 것을 자신의 파이프에 채운 우테크는 아내가 먼저 담배를 필 수 있도록 파이프를 건네주는 모습이었다. 사실 우테크에게 다시 파이프를 돌려주기 전까지 그녀는 담배 대부분을 피워버렸다. 작은 행동이었지만, 이할미우트 남자들이 아내를 대할 때 보여주는 배려와 애정의 전형적인 모습이었다.

저녁 식사를 기다리면서 텐트에 앉아 있는 동안 엄청난 이야기가 오고갔지만, 대부분은 프란츠와 그 에스키모인 셋 사이의 대화였고, 나머지 사람들은 열심히 귀 기울이며 몇 마디를 불쑥 던지거나 웃음을 터뜨렸다. 프란츠가 대화 내용을 조금 통역해 주었는데, 항상 그렇듯이 대부분 사슴에 관한 이야기였다. 사슴 무리가 어디에 있을 까? 새로 난 사슴 길을 본 적이 있는가? 이들이 투크투라 부르는 사 슴이 북쪽에서 돌아오기까지 얼마나 더 시간이 걸릴까? 너무도 마음 을 사로잡는 주제여서 나도 대화에 끼고 싶었지만, 프란츠에게 겨우 무슨 이야기를 하고 있는지 물어봐서 얻은 내용만이 내가 얻을 수 있는 이야기의 요지 전부였다. 좀 있으니 이야기에 너무 빠져든 프란 츠가 나에게 통역해 주느라 시간을 낭비하려 들지 않았기 때문에, 나 만 따돌림 된 것 같아 지루해지기 시작했다. 나는 뭐라도 해야 하겠 기에, 공책을 꺼내 순록을 멍하니 그리기 시작했다. 내 주위로 이야 기는 커졌다가 작아졌고, 아무 생각 없이 나는 순록의 입에 파이프를 그려 넣고는 사람처럼 만족스러워하며 곁눈질을 하는 눈을 그렸다.

사람들이 나를 자세히 관찰하고 있다는 것을 나는 깨닫지 못했다. 내 뒤로 약간 떨어져 앉아 있던 헤크와우가 어깨너머로 나를 유심히 지켜보고 있었다. 처음에는 어리둥절해한 그였지만, 파이프 담배를 피우고 있는 익살스러운 순록 그림에 갑자기 얻어맞은 듯, 무슨 일이 일어나고 있는지 내가 깨닫기도 전에, 말 그대로 앉아있던 잠자리 단 에서 굴러 떨어져서 자지러지게 웃어댔다.

놀란 나는, 그가 실성을 했거나 발작을 일으키는 줄 알았다. 프란 츠와 내가 깜짝 놀라 자리에서 벌떡 일어섰다. 펼쳐진 면이 위쪽을 향하게 작은 공책이 바닥에 떨어지자, 오호토가 공책을 향해 달려들 어 잠깐 살펴보더니 갑자기 큰 소리로 웃어댔다. 그의 손에서 낚아 채인 공책은 그것을 보고 싶어 안달인 사람들에게 차례로 전달되었 고 지그재그 모양의 번갯불처럼 빠른 속도로 잇달아 웃음이 전염되 더니 텐트가 제정신이 아닌 아수라장에 빠질 때까지 웃음소리는 더 욱 커져버렸다.

이것은 전승의 춤도 아니고 단체로 얼이 빠진 상태가 아니라 내 재치 때문에 생긴 일임을 아주 천천히 나는 깨달았다. 주위에서 억제할 수 없는 완전한 즐거움에 비명을 지르며 눈물을 흘리기까지 하는 사람들을 향해 나는 수줍어하며 이를 드러내고 싱긋 웃어버렸다. 그런 후에 나는 깔깔대고 웃으며 문 밖으로 막 사라지려 하는 작은 아이의 손에서 내 공책을 건져냈다. 나는 내 그림을 바라보았다. 이상하게도 나 역시 그 그림에 얻어맞은 듯 너무나 재미있어 하며, 내 싱거운 그림을 향해 예절이라는 건 안중에도 없이 크게 웃음을 터트리기 시작했다. 숨이 막혀 갑작스런 경련이 찾아온 헤크와우를 고쳐주기 위해 누군가가 끌고 나갔다. 한 나이 많은 쪼그랑 할머니는 균형을 잃고 텐트 벽을 향해 쓰러졌다. 팽팽한 사슴가죽이 큰 소리를 내며 찢어지자, 미친 사람처럼 여전히 비명을 지르던 할머니는 바깥쪽에 있는 날카로운 돌멩이 위로 나동그라졌다.

나는 걱정이 되기 시작했다. 정말 내가 그렇게 웃긴 사람은 아니라는 것을 나는 알았다. 그러나 집단적인 흥분이 이 사람들을 사로잡아 어떤 것도 그것을 멈출 수 없는 듯했다. 어떤 것도, 물론 음식을 제외하고 말이다.

김이 모락모락 나는 사슴고기 덩어리가 수북이 쌓인 커다란 나무 쟁반을 들고, 무슨 일이 있었는지 아주 궁금해 하며 호우미크가 문으로 들어왔다. 모락모락 나는 김이 아단스럽게 웃어대고 있던 사람들을 덮치자, 그 진한 향기가 마술처럼 그들의 흥겨움을 가라앉혔다. 아직도 몸을 약간 떠는 헤크와우와 그 뒤를 따라 늙은 할머니가 들어오자, 모든 사람들은 바닥에 앉아 고기가 쌓인 쟁반을 설레는 눈길로 바라보았다.

정령들의 땅인 이노 카운티에 있는 강변, 서리 내린 바위 위에 서 있는 우테크.

미키 (1947년 여름에 촬영)

7

잔치와 굶주림

이 사람들과 첫 번째 식사를 하기 위해 바닥에 앉았다, 아니 쪼그려 앉았다. 호우미크가 텐트 바닥에 엄청 큰 쟁반을 내려놓자 우리 다섯 남자들은 주위로 둘러앉았다. 쟁반은 양 끝과 가장자리가 안쪽으로 굽은 길이 4피트, 폭이 2피트쯤 크기로 훌륭하게 만든 작품이었다. 배런스 남부 지역에서 자라는 난쟁이 전나무를 손으로 작은 판자 크기로 베어내 만든 이 쟁반은 분명 엄청 고된 일이었을 것이다. 적어도 30개는 될 조그마한 나무판자를 꼼꼼히 끼워 맞춰 사슴의 뿔로 만든 못과 장붓구멍에 이어 붙였다. 쟁반의 판자와 판자 사이의 이음새는 사슴 힘줄로 단단히 꿰매어 맞춰 물이 새지 않았다.

쟁반도 훌륭했지만, 쟁반 안에 든 음식물은 훨씬 더 인상적이었다. 살짝 데친 사슴다리 여섯 개가 지방과 사슴털이 같은 양으로 섞여 있는 듯한 진한 고깃국물 밖으로 뻗어 나와 있었다. 국물 속에는 열두 개의 혀가 떠 있었고 덜 잘린 고기를 가둔 새장처럼, 사슴 갈빗대 부분이 통째로 삶아 나왔다.

호우미크는 여기다 곁들일 만한 요리로 밖에 있는 저장소에서 얇게 잘라 말려 가죽부대에 넣은 고기를 부대째 가지고 와서는 내 옆 어질러진 바닥에다 툭 던져놓는다. 게다가 헤크와우의 부인도 이 잔치를 거들기 위해 김이 모락모락 나는 골수가 든 뼈 한 뭉치를 가지고 왔다. 뼈에는 말끔하게 금이 나 있어서 아무 어려움 없이 촉촉한 골수를 꺼낼 수가 있었다.

나는 매우 배가 고팠지만, 이렇게 엄청나게 많은 고기가 차려진 것을 보니 약간은 속이 불편했다. 그러나 속이 매스꺼운 사람은 나밖에 없었다. 다른 사람들은 손님인 내가 우선 음식을 들기를 몹시도 기다리고 있었다. 예의 있게 행동해야 할 것 같았다. 나는 칼집에서 칼을 꺼내 사슴다리에서 싱딩히 큰 덩이리의 고기를 조심스럽게 잘라서 고기에 붙어 있던 털을 긁어낸 다음, 사용할 만한 접시는 없었기에 내 무릎위로 가져갔다.

이제 프란츠와 이할미우트 남자 셋이 쟁반을 파헤치기(나는 이 단어를 심사숙고 끝에 골랐다)시작했다. 오호토는 다리를 통째로 집어 들었다. 왼손으로는 관절부분이 얼굴에서 비켜나게 잡고, 오른손으로는 칼을 들고 고기를 빠르게 베어내면서 다리의 육즙을 정성껏 빨고 나서는 고기의 거친 힘줄을 물어뜯었다. 나는 겁에 질린 채 넋을 잃고 바라보았다. 그는 자신의 평평한 코끝을 날카로운 칼이 스치고 지나가도, 칼이 어디를 스치고 지나가는지 보지도 않고 고기를 잘라 먹었다. 그래도 코는 멀쩡했고, 관절 주위에서 입 안 한가득 고기를 베어내서는 한두 번 씹더니 삼켜버린다.

헤크와우는 국물을 더 좋아하는 듯 보였다. 두 손을 모아 국물을 떠서 왕성한 식욕으로 기름진 액체를 빨아들이다가 이따금씩 사슴의 혀를 씹어 먹고는 식지 않게 하기 위해 다시 국물 속에 떨어뜨렸다.

내가 조금은 까다롭게 고기를 먹고 있다는 생각이 강하게 스쳤다. 그래서 나는 칼을 도로 칼집에 넣고, 크게 한 번 숨을 들이쉬고는 내 두 손으로 고기를 잡아 이빨로 물어뜯어 먹기 시작했다. 맛있었다.

그러자 좋은 주인으로서의 자부심으로 미소를 가득 띤 우테크가 골수를 먹어보라고 내게 재촉하면서 작은 돌멩이로 뼈를 어떻게 두드려야 길고 젤리같이 생긴 골수를 그대로 꺼낼 수 있는지 보여주었다. 물론 내가 미식가로써 음식을 판단할 자리에 있지 않다는 것을 알기에, 뜨거운 골수처럼 맛있는 것은 세상에서 먹어본 적이 없다고 내가 말하면 여러분들은 의심할 수도 있다. 그러나 기름기 없는 지방은 우리가 알고 있는 맛없는 소의 골수와는 비교가 되지 않았다. 사실 어떤 말로도 표현할 수 없을 정도로 그것은 훌륭했다!

이때쯤 되자 이할미우트 부족이 입고 있는 파카가 심하게 윤이 나는 이유가 식사 시간에 냅킨이나 턱받이로 사용되기 때문임을 알게 되었다. 육즙과 고깃국물이 헤크와우의 우람한 턱에서 끊임없이 뚝뚝 흘러내려 그가 입고 있는 홀이크투크(holiktuk사슴가죽으로 만든 파카 − 옮긴이)의 털로 흡수되었다. 나도 애는 써 보았지만, 고기에서 떨어지는 국물이 입고 있는 플란넬 셔츠를 빠르게 적시는 걸 어찌할 도리가 없었다. 잠시 후 "에라 모르겠다"고 생각한 나는 국물이 흐르는 걸 막아보려는 시도를 아예 포기해버렸다.

끊임없이 허둥지둥 바빠 보이는 호우미크는 이제 내가 밖에서 보았던 그 거대한 쇠 냄비를 다시 끌고 들어왔다. 다만 이번에는 고기로 가득 차 있지 않았다. 저녁식사를 요리했던 그 냄비는, 중간에 씻는 번거로움 따위 없이, 이제 차를 끓이는 양철주전자 역할을 할 차례였다. 차는 물론 우리가 제공했고, 영리한 이할미우트 사람들은 차를 끓이기 위해 자신들이 가진 그릇 중에 가장 큰 냄비를 꺼내온 것이다. 만약 욕조라도 있었다면, 욕조 통에다 차를 끓였을 수도 있었을 것이다. 왜냐하면 이 사람들이 가진 통제할 수 없는 악습 하나가 바로 차 마시기였기 때문이다.

차는 내가 여태껏 보아온 것보다 더 짙은 색으로 진했고, 거기에 남은 고기 조각에다 피할 수 없는 사슴털 찌꺼기까지 더해 있었다. 하지만 차는 인기 있었다. 다소 체구가 작은 우테크는 1파인트들이 머그잔에 차를 가득 채워 3잔이나 마셨는데 한두 번 트림할 때만 빼고 쉬지 않고 들이켰다. 그런 다음엔, 혀를 한 번 씹어 먹고는 다시 차 3잔을 마셨다.

다른 모든 사람들도 목이 밀렸기에, 대략 20분 만에 차는 동이 났고, 새로 끓이는 차의 맛을 더하기 위해 원래 있던 차 잎을 그대로 담아 냄비를 가지고 나갔다.

이렇게 엄청난 양의 액체를 섭취하게 되면, 그에 따라 필연적인 결과가 잇따르기 마련이라, 저녁 식사에 모인 모든 손님들은 쉬지 않고 자리에서 벌떡 일어나 텐트 뒤로 급히 달려 나갔지만, 그런 사소한 문제로 자리를 박차고 나가기엔 나이가 너무 많고 위엄 있는 헤크와우는 자리에 머물러 있었다. 그는 이 문제를 침대 근처에 놓여 있던 거대한 통을 사용하여 해결했다. 그는 볼일을 보고 싶으면 그 통으로 갔다. 통이 차면(물론 자주 그랬는데)그의 나이 지긋한 아내가 통을 가지고 나가 비웠다.

얼마 있지 않아 나는 너무나 배가 불러 골수가 가득 찬 뼈 하나도 더 이상 깨뜨릴 수가 없었다. 프란츠도 역시 나처럼 배가 불렀지만, 다른 남자들은 가득히 쌓여 있던 고기가 완전히 사라져 마지막 국물을 마실 때까지 계속해서 음식을 먹어치웠다. 그렇게 식사를 마친 남자들이 물러 앉아 연신 크게 트림을 하는 동안, 호우미크가 쟁반을 가지고 나가 다시 음식으로 채워 들어오자 여자들이 식사를 했다.

이것이 에스키모들과 같이 한 나의 첫 번째 식사였고, 어쩔 수 없이 마지막 식사는 아니었다. 매일 하루에 다섯끼씩 우리는 자리에 앉아 새로운 식사를 했고, 중간 중간에는 가벼운 점심을 먹었다. 이할미우트 캠프에 음식이 있는 경우엔 하루 다섯끼의 식사가 간신히 알맞은 것이었지만, 사슴을 추적하는 경우에는 세끼만으로 먹고 살아야 했다.

조리법은 약간씩 달랐지만, 음식은 변화가 없었다. 애피타이저로 나오는 몇 개의 잘 부패된 오리알을 제외하고는, 매 식사 때마다 오로지 고기만 먹는 것이 규칙이었다. 호기심에 나는 헤크와우가 하루에 먹어치우는 고기의 양을 대충 계산해보았다. 정말 배가 고픈 경우에는 10에서 15파운드의 고기를 처리할 수 있었지만, 그렇지 않은 경우는 그보다 적게 먹었다.

단백질을 이렇게 엄청나게 많이 섭취한다는 사실 때문에 아마도 에스키모들이 차가 없는 경우라면 물을 엄청 마시길 원한다는 것을 설명해 준다. 아주 많은 양의 고기를 섭취하여 독소가 생겨나면 몸의 신장이 최대한 기능을 발휘해야 하기 때문에, 매일 6~7갤런의 액체를 마셔주는 것만이 이할미우트 부족으로 하여금 그들의 놀라운 식단에 적응할 수 있게 해 준다. 그들의 몸 역시 신체적인 변형을 겪은 듯 보이는데, 벌거벗은 이할미우트 부족의 몸을 보면(방문객이라면 매일 밤 그들의 나체를 볼 수 있다) 허리를 기준으로 등 뒤에서 앞쪽까지 이르는 몸의 두께가 몸의 폭과 동일하게 거대하다는 것을 알 수 있을 것이다. 생각건대 몸의 구조가 이렇게 특이하게 된 것은 고기를 먹지 못하는 궁핍한 기간에 대비해서 글리코겐을 저장하고 또 완벽히 단백질로만 이루어진 그들의 식습관을 따르기 위해 간이 더 커졌기 때문인 것 같다. 분명 아무 이유 없이 그저 앉아만 있어서 '냄비' 모양인 것은 아니다.

배런스 전역에 걸쳐 '음식'과 '사슴'이라는 단어는 실질적으로 같은 것을 의미하고, 선택할 수 있는 음식의 종류도 한결같지만, 음식을 준비하는 데는 다양한 방법이 있다. 첫 번째, 고기를 있는 그대로 먹는 것인데, 나도 이렇게 날로 먹어봤지만, 날고기가 유독 맛이 없다는 것을 제외하고는, 불평할 만한 것이 없었다. 캠프에서 멀리 떨어진 곳에서 이할미우트 사냥꾼이 먹잇감으로 사슴을 쏘았다면, 불을 지피는 수고 따위는 거의 하지 않는다. 대개 그가 제일 처음 하는 행동은 사슴의 다리 아랫부분을 잘라내어 살을 벗기고 골수를 위해 뼈를 쪼개는 일이다. 골수는 지방으로 이루어져 있는데, 고기만을 먹는 식생활의 대가중 하나가 지방을 먹고자 하는 욕구가 끊이지 않는다는 점이다. 골수를 처리하고 나면, 사냥꾼은 사슴의 목을 째내어 피를 한 컵 정도 마신다. 소금을 사용 할 줄 모르는 그들이지만, 소금에 대한 갈망이 있기에, 염분의 농도가 아주 높은 피를 마심으로 그 갈망을 달랜다.

이렇게 특정한 욕구를 채우고 나면, 이 배고픈 사냥꾼은 사슴의 옆구리를 베어내어 조심스럽게 창자에 붙어 있는 지방을 떼어내 먹는다. 그래도 배가 고프면(보통은 늘 그렇지만) 잡은 먹이가 살이 많이 오른 경우에는 가슴고기 일부를 잘라낸다. 마지막으로 혀와 때로는 콩팥을 떼어먹고는 불을 지필 시간과 연료를 찾게 될 때까지 나머지를 운반한다.

지금까지 내가 언급한 이 부분들은 물론 요리해서 먹을 수도 있는데, 이할미우트 사람들도 좋아서 고기를 날 것으로 먹는 것은 아니기 때문에, 가능하다면 모두 요리해서 먹는다. 오직 야외에서 조리하는 경우에만 놀랄 정도로 간단하다. 고기를 그저 숯 속에 쑤셔 넣고는 겉 부분이 까맣게 탈 때까지 내버려 둔다. 고기를 꺼내서 탄 부분을 벗긴 후 안 쪽 부분이 1인치 깊이 정도까지 잘 익으면, 익은 부분을 먹고 다시 고기를 불 속에 밀어 넣어 기다리는 것을 반복하다 뼈가 보이게 되면 뜨거운 골수를 먹을 준비가 된 것이다.

캠프에서 고기를 요리할 때 연료만 충분하다면 보통은 끓이는데, 모두다 특별히 국물을 좋아하기 때문이다. 그리 오래 전 일은 아니지만, 이할미우트 부족은 원래 일종의 동석으로 만든 사각형모양의 거대한 돌 냄비를 사용했다. 이 냄비에 물과 고깃덩어리를 담고는 뜨거운 자갈을 넣어 물이 끓게 한다. 오래 걸리는 데다, 보통은 살짝 데치는데 그치지만 이제는 해안에 사는 에스키모와의 교역으로 구한 쇠 냄비가 생겨 고기 끓이는 일이 전보다 쉬어졌다.

삶은 요리 중 특별히 맛있는 것으로 어린 사슴의 머리를 꼭 말하고 싶다. 어떤 사슴의 머리든 삶으면 다 맛있지만, 어린 사슴의 머리가 그 중에서도 최고다. 보통은 그렇게 하지 않지만, 때로 어린 사슴은 요리하기 전에 껍질을 벗기는데, 사슴 중에서도 어린 사슴의 고기가 가장 맛이 있고, 어린 사슴의 눈 뒤에 있는 지방이 머리 중에서도 가장 맛있는 부분이다. 덧붙여 말하자면 여름이 되어 이따금씩 생선을 작살로 찔러 잡을 때도 삶은 생선 머리를 가장 맛있는 부분이라고 여긴다.

순록의 거의 모든 부분을 이런저런 방법으로 먹는다. 그러나 여러분도 알아차렸겠지만, 우리가 선호하는 스테이크나 구운 고기는 이할미우트 부족의 메뉴에는 자주 등장하지 않는다. 보통 개들이 궁둥이 부분이나 넓적다리 부분을 먹는데, 왜냐하면 순록의 이 부위에는 고기를 먹는 사람들이 필요로 하는 특정한 영양소가 결핍되어 있기 때문인 것으로 보인다. 이할미우트 부족은 사슴의 모든 부분을 먹어야만 더할 나위 없이 충분히 음식을 섭취한 것이라 믿는다. 그래서 심장, 콩팥, 내장, 간, 그리고 다른 장기도 중요하다 여기며 종종 먹는다.

사슴고기를 다루는 세 번째 방법은 바로 말린 고기인 니프쿠로 만드는 것이다. 이할미우트 부족은 이렇게 하지 않으면 단조로울 수밖에 없는 그들의 식습관의 다양성을 위해, 또한 사슴이 없는 시기를 극복하기 위해 쉽게 저장해 놓을 수 있기 때문에 이 음식을 만든다. 니프쿠는 지방 없는 살코기 조직을 종이처럼 얇게 자른 후, 캠프 근처의 버드나무 수풀에 널어 말린다. 그것은 마치 가루설탕이 드문드문 뿌려져 있는 판지처럼 생긴데다 맛도 판지 맛이고, 블레이저 요리처럼 질겼지만, 사슴을 추적할 때 먹기에는 최적의 음식인 것이 신선한 고기무게의 1/5밖에 되지 않았기 때문이다. 대부분의 이할미우트 음식과 다름없이 나는 그것의 껍질을 벗겨 먹으며 니프쿠를 좋아했지만 살아있는 파리 구더기가 이미 잔뜩 들어앉은 니프쿠 한 주머니를 오호토가 내게 주었을 때는 화가 나기도 했다.

의심할 여지없이 이할미우트 부족의 음식에서 가장 중요한 요소는 지방이다. 해안지방에 사는 에스키모들은 바다 포유류를 몇 마리 잡느냐에 따라 지방섭취가 제한될 뿐인데다가, 지나칠 정도로 심하게 사용된 극지방의 단어 블러버(고래기름)도 차가운 북극해에 맞서기 위한 단열재로써 두꺼운 지방층을 가지고 있는 바다표범, 바다코끼리, 일각고래 등의 수생 포유류에게서 엄청나게 얻을 수 있다. 해안지방에 사는 사람들은 너무나 많은 지방과 기름을 이용할 수 있기 때문에 음식물로 필요한 것을 모두 섭취할 수 있고 이글루의 난방과 불, 조리용 기름까지도 충분하다. 정말 그들은 운이 좋다. 내륙의 평원 지대에 사는 사람들은 사슴에서 얻을 수 있는 지방에만 의존해야 하는데, 기름을 얻는 데 순록은 바다표범을 대신할 수가 없다.

가을이 되면 발정기가 막 시작되기 전의 수사슴과 발정기가 막 끝난 암사슴의 몸이 가장 좋은 상태가 되고, 얼마라도 기름을 얻을 수 있는 시기는 일 년 중 이때가 유일하다. 가을에 잡은 수사슴 가죽 아래에는 순수한 흰 지방 30파운드 정도가 축적되어 있는데, 그 정도면 많은 것 같아보여도 실제로 녹여 정제하면 훨씬 양이 적어진다. 기름을 생산하기 위해 살찐 수사슴을 엄청나게 많이 잡아야 바다표범 한 마리와 맞먹는다.

가을 사냥 동안 이할미우트 부족 사람들은 일 년 동안 필요한 기름을 충분히 모아놓아야 하지만 연료와 요리, 난방에 다 쓸 만큼 충분한 양은 결코 모을 수 없다. 따라서 겨울의 이글루는 대부분 난방이 전무한 상태이고 지루하게 긴 겨울의 어둠 동안 등불도 거의 켜지 않는다. 그러나 이 사람들은 겨울 실내 온도가 섭씨 영하 10도를 내려가는 추위에서도 살아남을 수 있는데 왜냐하면 그들의 몸 안에서 지방이 타기 때문이다. 각자가 자신의 용광로가 되어 봄까지 견딜 수 있는 사슴 지방이 충분하게 쌓여 있는 한, 이 사람들은 인간의 삶을 유지하는데 완전히 불리한 환경 아래서도 살아남을 수 있다. 충분한 기름이야말로 배런스 지역에서 겨울을 살아남을 수 있는 답이자,

유일한 답이다.

그러나 연료로서 지방의 중요성은 일부에 지나지 않는다. 시원하게 지내야 하는 여름에도 지방은 그들의 삶의 안녕을 위해 절대적으로 필요하다. 프란츠와 내가 했던 긴 카누 여행을 통해 그것이 얼마나 중요한지 경험할 수 있었다. 우리는 가지고 있는 게 별로 없었는데, 사실 차 1파운드, 라드 반 파운드, 그리고 약간의 탄약 말고는 가진 것이 없었다. 그래서 우리는 소총에 의지해 사슴을 사냥하며 여행했다.

때는 늦은 여름이라 몇 개월을 파리에게 지독히 시달리며 보낸 사슴들은 아주 말라버려 우리의 식사도 거의 전적으로 살코기로만 이루어졌다. 처음 며칠 동안은 하루 세끼 살코기 식사만으로도 아주 잘 버텼지만, 그 주가 끝나기도 전에 나는 더 나은 이름으로 내가 부르는 카리부 멀미에 걸리고 말았다. 이 병이 카누로 여행할 때 생기면 무척 불쾌하다. 강은 빠르게 흐르고 급류도 많은데, 거품이 이는 급류 속에 있든 아니든, 나는 빈번히 강기슭으로 올라가야만 했다. 그럴때 미디 니 자신을 탐욕스러운 파리떼에게 노출시켜야 했기 때문에 볼일을 보기 위해 쪼그리고 앉는 것이 고통스러웠다.

그러나 멈추지 않는 설사는 순록 멀미 증상의 부분일 뿐이다. 나는 소름끼칠 정도로 권태감에 빠져서 카누를 젓고자 하는 의지도 점점 잃어버려 기의 쓸모없는 상태가 되어 버렸다. 나는 정말 걱정이 되기 시작했다. 시칠리아 섬에서 걸렸던 이질이 마음속에 불안하게 떠오르면서 가장 가까운 병원이 300마일이나 떨어져 있다는 사실은 내게 어떤 위안도 되지 못했다.

그때 프란츠가 의사로 변했다. 어느 날 저녁, 우리의 소중한 반 파운드만 남은 라드를 꺼내더니 그것을 프라이팬에 녹여 아직 굳지 않은 미지근한 상태가 되었을 때 나보고 마시라고 했다.

비록 지금은 미지근한 라드를 생각하면 속에서 구역질이 올라오지만, 이상하게도 그때는 그것이 너무나 먹고 싶었다. 그것을 많이 먹은 뒤 잠자리에 들면 다음 날 아침 완전히 나았다. 충격 요법처럼 들릴 수도 있지만, 사실 나는 지방 결핍증을 앓고 있었는데 그것을 알지 못했던 것이다.

영양가 말고 지방이 어떤 생리학적인 영향을 고기를 먹는 사람들의 신진대사에 미치는가는 내가 모르는 분야이다. 그러나 사람이 살코기만을 먹고서는 제대로 기능을 할 수 없다는 것을 나는 안다. 아마도 소화관에서 살코기에 작용을 하는 지방효소가 있는지도 모르고, 지방에는 특정한 필수 비타민이 들어 있는지도 모른다. 그 요인이 무엇이든지 간에, 지방은 극지방에서 겨울을 살아남기 위해 필수적인 엄청난 양의 칼로리를 제공해줄 뿐만 아니라, 어떤 필수적인 물질도 제공해주어 그것 없이는 고기만을 먹고 사는 것이 불가능하다.

물론 이할미우트 사람들은 언제나 이 사실을 알고 있었기에, 겨울이든 여름이든 살코기를 세 점씩 먹을 때마다 적어도 한입 가득 지방을 섭취했다. 이렇게 섭취하는 것이 이상적인 비율이지만 항상 그 정도의 양을 섭취하는 것이 불가능하기 때문에, 지방이 부족하게 될 때 이할미우트 부족이 질병에 가장 걸리기 쉽게 되고 저항력이 엄청나게 저하된 증상들도 보여준다.

그러므로 내가 분명하게 하고 싶은 점은 지방이 단지 추운 겨울을 보내기 위해 필요한 에스키모들의 연료인 것이 아니라 매일의 식생활에 있어 참으로 필수적인 요소라는 사실이다. 그런데 이 사실을 북쪽 원주민들의 복지를 맡고 있는 행정관리들은 놓치고 있다. 적어도 북극에서 일어나고 있는 현재의 흐름으로 볼 때 원주민들의 식사, 즉

동물의 고기나 단백질, 혹은 지방으로 이루어진 음식이 백인들의 음식, 즉 대부분 녹말로 이루어진 가공식품으로 변화될 것이다. 이 정책이 야기하는 소름끼치는 결과를 이 장의 뒷부분에서 이야기하겠다.

배런스 지역에 사슴고기만 항상 줄 것이 아니라 다양한 먹을거리도 제공해야 한다는 생각이 아마도 여러분에게 떠올랐을 것이다. 어쩌면 특히 사슴에만 의존하기 때문에 발생하는 아사현상이 일어날 때 이할미우트 부족이 어리석어 보일지도 모른다.

사실, 배런스 지방은 사슴고기만 제공하는 것이 아니다. 겨울이 되면 엄청난 수의 북극 토끼가 배런스의 북쪽 가장자리에서 아래로 이동하는데 이들의 고기도 맛이 있고 부드럽다. 그리고 뇌조도 있는데 봄과 가을에는 이 무리의 수가 엄청나서 언덕을 눈처럼 덮어버린다. 강과 호수는 문자 그대로 흰빛의 물고기와 송어, 살기(grayling, 연어과에 속하는 민물고기 - 옮긴이) 그리고 서커로 넘쳐나는 데 여름철 내내 그물로 엄청 잡을 수 있다. 대부분의 에스키모 문화에서 공통적으로 찾아볼 수 있는 징교한 작살로 이따금씩 물고기를 삽기도 하는 이할미우트 사람들에겐 이상한 일이지만, 그들은 그물도 없고, 그것을 결코 사용하지도 않는다.

으레 그렇듯이 정부 당국은 자신들의 통찰력을 발휘해 이것을 원시적인 생각에서 나온 게으름의 증거라고 여긴다. 분명 그들의 생각으로는 무지한 원주민들이 호수와 강에 먹을거리가 풍부하다는 사실을 전혀 알지 못하는 데다가, 발전 또한 너무나 늦어 그물을 만들어 사용하는 법을 배우지도 못했다고 여긴 것이다. 그래서 정부는 그물을 공급하여 배런스 지방의 기아 문제를 해결하려 했다.

이 계획은 정말로 어처구니없는 생각이었다. 1948년, 이할미우트 부족에게 나눠 줄 많은 양의 그물을 지원 받아 배런스 지역으로 돌아갔을 때, 나는 그들에게 그물 사용법을 알려줘서 다시는 겨울기아를 당하는 일이 없도록 하라는 지시를 받았다.

정부 사람들과 논쟁을 해봐야 아무 소용이 없기에 나는 그물을 받고 오래지 않아 이할미우트 부족에게 그물을 나눠주면서 어떻게 사용하는지도 보여주었다. 예의 바른 그들은 내게 감사를 전하면서, 더 나아가 내 카누를 빌려 그물을 치는 방법까지 배워 나를 즐겁게 해주었다. 분명 나는 지시사항을 달성했고 이것으로 오타와에 있는 정부 당국이 만족스러워 할 만한 일이 됐다는 데는 의심할 여지가 없다.

그러나 이 열정적인 관계자들이 간과한 몇 가지 사소한 문제들이 있다. 우선, 이할미우트 부족은 해안에 사는 에스키모들이 사용하는 우미악 같은 배가 아니라 카약을 가지고 있는데, 카약을 타고 그물을 쳐 물고기를 잡는 것은 그것이 불가능한 일이 아니라면 엄청나게 어려운 일이다. 두 번째로, 굶주림이 찾아오는 때는 겨울과 이른 봄인데 민물의 얼음에서 10에서 12피트 아래로 그물을 내린다는 것은 영리한 이할미우트 사람들도 당혹스럽게 할 만한 일이다.

하지만 이런 물리적인 문제는 상대적으로 덜 중요하다. 왜 이할미우트 부족이 그물을 만들고 사용하는 법을 결코 배우지 않았는지에 대한 한 가지 이유가 있다. 일단 그들은 음식으로 섭취할 수 있는 물고기를 잘 알고 있다. 그러나 엄청나게 많은 물고기를 낚는다고 해도 배런스 지방에서 사람의 생명을 부지하는데 도움이 되지 않는다는 것을 그들은 알고 있다. 이 모두는 다시 지방의 문제로 돌아간다. 이 점은 토끼나 뇌조에게도 해당되는데, 어떤 내륙 지방의 민물고기도 이 사람들에게 필요한 지방의 단 일부라도 제공해 줄 수가 없다. 음식이 풍부한 여름이라면 생선을 곁들여 먹는 것은 괜찮다. 겨울이 되어 장기간에 걸쳐 생선을 섭취하는 것은 이 사람들에게는 독이나 마찬가지로 엄청난 피해를 가져다 줄 것이며, 치명적인 결핍으로 인한 굶주림이 아무것도 먹지 못해 텅 빈 배를 엄습하듯, 생선으로 넓혀진 그들의 배를 사정없이 공격할 것이다. 잠시 후에 사슴고기에서 생선으로 음식을 바꿔야만 했던 한 북쪽 원주민에 대해 이야기해보겠다. 이들에게 생긴 비극이 높은 지위에 있는 관리들의 마음에는 아무런 주목도 받지 못했음이 분명하다.

이할미우트 부족은 사슴만을 먹어야 하고, 사슴만이 이들에게 생명을 줄 수 있다. 앞으로 다가올 미래에도 이할미우트 부족은 셀 수 없이 긴 세기동안 그들이 해왔던 것처럼, 그리고 그렇게 하도록 자신들의 몸이 계속해서 요구하기에 사슴고기를 먹을 것이다. 더 이상 사슴이 없는 시간이 만약, 그리고 언젠가 이른다면 최후의 이할미우트 부족은 자신의 이글루 안에서 목숨을 거둘 것이고, 그들이 우리 보호자들에게 제시하는 문제도 더는 문젯거리가 되지 않을 것이다. 물고기 그물은 작은호수들의 물가 바위에서 헤이져 희게 변하겠지만, 그것을 사용할 이들은 더 이상 존재하지 않을 것이다. 극도의 곤경에 빠진 사람들에게 우리가 어떤 도움을 주었는지 상징하는 존재로써 이들은 한동안 남아 있을 것이다. 이제 굶주림에 대해 좀 이야기해 보겠다. 백인들이 접근한 북극에 사는 원주민인 에스키모와 인디언들을 모두 덮친 파괴의 숨겨진 진짜 원인에 대해 여러분들에게 이야기 해주고 싶다. 듣기 좋은 이야기는 아니다.

아마도 질병이나 적응력 부족, 선천적인 게으름과 나태, 혹은 다른 원인에 의해 숲에 사는 인디언들 다수의 목숨을 앗아간 재난에 대해 들어 보았을 것이다. 그렇다 해도 여러분들은 결코 진실에 대해 들어

본 적이 없을 텐데, 이 모든 분명한 원인들은 진짜 파괴자인 굶주림의 징후일 뿐이기 때문이다.

매년 결핵으로 사망하는 수천 명의 인디언과 에스키모에 대해 여러분이 질문한다면, 지난 20년 동안 북쪽 원주민들 1/10 이상의 목숨을 앗아간 홍역과 천연두에 대해 묻는다면, 그리고 이 사람들이 또한 굶주림에 의해서도 목숨을 잃었는지 여러분들이 묻는다면, 그들이 그렇게 죽어나갔다고 나는 대답할 것이다. 여기 설명을 해 보겠다. 무엇보다 먼저, 북쪽의 부족들을 파괴로부터 지키지 못한 우리의 실패를 해명하는 가장 유명한 말 중 하나는 '후천면역' 이론이다. 만약 우리가 이렇게 선전하는 사람들의 말을 믿는다면 후천면역은 원주민들이 가지지 못한 것(가질 수 없는 것)이다. 그러나 권위있는 의학자 중 그 누구도 어떤 인종은 병에 대한 특정한 면역을 키울 수 있는 반면에 또 다른 인종은 그럴 수 없다는 이론을 펼칠 만큼 어리석은 사람은 없다. 우리에게는 있는 면역력이 에스키모와 인디언들에게는 없고, 앞으로도 항상 결핍되어 있을 것이라는 이론은 해마다 북쪽 인디언의 목숨을 엄청나게 앗아가는 결핵 혹은 다른 질병의 파괴력을 확인하지 못한 우리의 무능력을 변명하는 데 사용되어 왔다. 그러나 이 생각은 비 유대계 백인이 유대인보다 우월하다는 이론만큼 잘못되었다. 질병에 대한 면역은 후천적으로 습득되는 것이다. 그리고 면역을 습득하는 능력은 인간 모두에게 있다. 그런데 이것이 단순히 면역의 문제라면, 150년간이나 질병이 창궐한 매켄지 강 지역에 사는 인디언들은 자신들에게 필요한 모든 면역을 얻었을 것이다. 그러나 전염병이 강을 타고 내려와 떼를 지어 몰려 있는 정착지를 덮치면 오래전에 발생한 전염병에서 살아남은 생존자들의 자녀의 자녀도 여전히 수백 명씩 목숨을 잃는다. 이렇게 되면 '후천면역' 이론으로 해명을 하는 사람들이 옳은 것처럼 보이지만, 그런 식으로 보일 뿐이다.

통계를 싫어하는 나지만, 내 주장을 입증하기 위해서는 통계를 사용해야겠다. 1937년부터 1941년까지 캐나다 북서 지방에서 보고된 결핵으로 죽은 사상자 수는 캐나다 다른 지방의 10만 명당 50명과 비교했을 때 10만 명당 761명이다. 이 수치는 보건소 직원에 의해 확인된 원주민의 사망숫자만 포함하고 있다. 실제 사망자수는 1천 명이 훨씬 넘을 것이라고 믿을 수 있는 충분한 이유가 있는데, 백인들이 알지 못하는 가운데 북쪽 사람들의 상당수가 죽어 묻히기 때문이다. 이 지역에 결핵이 나타난 지도 150년이나 지났지만, 이상한 점은 원주민들이 그 병에 대한 저항력을 키우는 것이 상당히 불가능해 보인다는 사실이다.

기아가 이 모든 것과 무슨 상관이 있는가? 숫자 대신에 사람으로 설명해 보겠다. 매니토바 북쪽 사슴 호수에는 브로셰라는 정착지가 있다. 이곳은 자신들을 이드텐 엘딜리, 사슴을 먹는 사람들이라 부르는 치페우얀 인디인 분파의 생존자들이 사는 중심지이다. 교역소가 이미 브로셰에 들어섰던 1860년, 그곳에는 약 2천 명의 이드텐 부족이 있었는데 그들은 독특하고 힘겨운 삶을 살았다. 겨울이 되면 사슴들이 겨울을 나는 극지방 고지대 삼림의 가장자리에서 그들도 텐트를 치고 살았다. 봄이 되어 사슴들이 대평원 지역으로 이동을 하면 이드텐 부족도 그 뒤를 쫓아갔다. 그래서 이드텐 부족은 해마다 이할미우트 부족의 고향인 배런스 지역을 가로질러 1천 마일 이상의 여행을 한 것이다.

18세기에 유명한 탐험가 새뮤얼 헌은 처칠에서 코퍼마인 강까지 이 인디언 무리들과 함께 배런스 지역을 가로지르는 육로 여행을 했는데, 다른 많은 사람들도 증언한 것처럼, 새뮤얼도 이드텐 부족이 지닌 거의 초인적인 인내력과 체력에 대해 이야기했다.

1948년 겨울, 브로세에서 내가 이드텐 부족과 함께 살았을 때, 얼음이 녹아 강에서 끼니를 위해 물고기를 잡을 수 있을 때까지 추운 겨울을 얼마 안 되는 덫을 놓아 지내며 몇 달 동안 굶주리고 있던 그들의 수는 남자, 여자, 아이들을 합해 겨우 150명이 넘는 정도였다. 그들은 더 이상 툰드라를 향하는 사슴의 긴 여행을 따라가지 않았다. 대신에 멸종으로 향하는 사슴의 여행에 동참하고 있었다. 그들은 비참하게 죽음을 기다리고 있는 수동적이고, 지쳐빠진, 희망을 잃은 사람들이었다. 철저한 필요에 의해 조금이라도 더 살려는 노력을 하고자 하는 충동이 일 때만 깨어날 뿐, 하루하루를 무심하게 보내는 그들은 지저분하고 약해진 몸에 아프기까지 한 인간들의 캐리커처였다. 또한 그들은 백인들과 거의 1세기 동안 접촉했음에도 그 어떤 면역력도 가지고 있지 않았다.

이드텐 사람들이 굶주리기 시작한 지 이제 거의 100년이 되어 간다. 굶주림이 처음 찾아 온 것은 겨울동안, 이제는 거의 80퍼센트 이상, 흰 밀가루와 아주 소량의 라드, 그리고 베이킹파우더를 먹고, 여름에는 생선 말고는 거의 아무것도 먹지 않기 시작하면서부터다. 한때는 자신들의 유일한 음식이었던 사슴의 붉은 고기와 흰 지방은 이제 거의 먹지 않는다. 하루 세 끼 밀가루로 만든 빵과 생선을 먹고 차로 씻어 내리면서 그동안 3대에 걸친 사람들이 태어나고 살고 죽어 갔다. 세대가 흐를수록 더욱 약해진 그들은, 그 이전 세대보다 질병에 대한 '면역'도 더욱 약해졌다. 그들 중 일부는 딱딱하게 말라붙은 피부덩어리로 쪼그라들어 놀랄 만큼 선명하게 뼈까지 드러날 만큼 완전히 굶주려서 죽은 사람들도 있다. 그러나 대부분은 기침으로 피를 토해내면서, 아니면 그들의 목구멍을 막을 정도로 곪은 막, 또는 그들의 마른 몸에 생긴 거대한 종기 때문에 목숨을 잃었다. 그들은 또한 장기간에 걸친 기아의 희생자들이었다.

교역소가 열리기 전에는, 이할미우트 사람들처럼 이들도 사슴을 먹고 살았다. 허드슨 만 철도회사가 '고기 교역소' 즉, 버펄로가 이미 사라져버려 고기가 귀하게 된 대초원 지대로 사슴고기를 페미컨(pemmican, 말린 쇠고기 가루를 말린 딸기와 섞은 보존 식량 - 옮긴이)으로 만들어 공급할 수 있는 거점으로 삼은 브로셰를 세운 이후, 이드텐 부족들은 자신들의 식생활을 바꾸기 시작했다.

교역업자들은 이드텐 부족에게 사슴을 먹고 사슴과 함께 살기 위해 배런스로 떠나는 여름 여행을 그만두라고 했다. 대신에 그들은 생선과 외상으로 나누어주는 밀가루를 먹고 사는 법을 배웠다. 그러나 이로 인해 그들은 백인들이 원주민들과 교역할 때 사용했고 지금도 사용하는 악명 높은 '채무 조직'에 묶여버렸다. 이드텐 부족은 자신들을 위해서가 아니라 고기 무역을 위해 사슴을 살육하도록 부추겨졌고, 대규모로 살상되는 사슴은 필연적으로 버펄로에게 일어난 과정을 따라가기 시작했다. 이드텐 사람들로 하여금 자신들이 죽인 고기는 먹지 못하도록 교역자들이 말렸는데, 그렇게 하지 않으면 교역자들에게는 이익이 전혀 없었기 때문이다. 밀가루 한 부대 당 75달러의 이윤이 남았다. 설탕, 베이킹파우더, 그리고 쓸모없는 장신구를 늘어놓은 것에도 이윤이 남았지만, 이 사람들이 사슴을 음식으로 먹게 되면 어떤 이익도 얻을 수 없었다.

그리하여 오늘날, 질병과 사람들로 하여금 불확실한 미래를 바라보지 못하도록 막는 치명적인 무관심, 그리고 자신을 죽음에서 지켜내지 못하는 신체의 쇠약함, 이 세 가지가 이 땅에 현존하는데, 그들은 단 하나의 이름을 가지고 있다. 그 이름은 바로 굶주림이다.

사슴이라는 선물을 저버리도록 속고 뇌물을 받은 이드텐 부족들은 고지대 삼림에서 빠르게 사라지고 있다. 해마다 남자들의 힘이 약해져 그들이 사냥한 짐승의 털은 더 적다. 그들의 조상들이라면 경멸할 나무로 된 더러운 집에서 해마다 더 많은 여자들이 더러운 먼지 구덩이의 바닥으로 생명의 피를 기침으로 쏟아낸다. 겨울 텐트에서 따뜻한 사슴가죽 옷을 입지 않고 교역품으로 구한 싸구려 옷을 입은 그들의 품 사이로 영하의 추위는 마음껏 드나들고, 봄까지는 살 수 있을지도 모를 아이들을 먹이기 위해 여자들은 밀가루와 베이킹파우더를 섞는다. 여름이 되면 자신들이 배운 대로 그물을 들고 나가 잡은 생선을 매일 먹고, 가을이 되면 겨울밤의 추위에 무기력한 존재가 되어버린다. 굶주린 몸은 계속되는 질병의 맹공격에 저항할 힘이 없기 때문에 이러한 사람들이 우리가 가진 면역력을 가지지 못하는 것은 사실이다.

노오스 웨스트 준주 전역의 유사한 환경에 처한 많은 부족 중 하나인 이드텐 부족들은 굶주림에 죽어가고 있다. 더군다나 이드텐 인디언들의 고요한 캠프장과 우테크의 텐트는 그리 멀지 않은 곳에 있는데, 이드텐 사람들이 태어날 때부터 가지고 나오는 영혼과 마음의 빈곤에 아직 이르지 않은 사람들의 힘과 웃음소리 속에서, 우테크가 내 앞에 성대하게 차려준 만찬을 들기 위해 이곳에 나는 앉아 있다.

이할미우트 부족이 알고 있는 굶주림은 기아로 인한 직접적인 죽음이고, 그 때문에 그들의 수가 줄어들긴 했어도, 인디언들에게 찾아온 숨겨진 굶주림이 이할미우트 부족의 마음을 아직 파괴하지 않았기에 그들에게는 아직 갈 길이 조금 더 남았다. 이제 내륙에 살아남은 소수의 에스키모들을 우리가 돕기로 결정을 내렸으니, 그리 멀지 않아 이할미우트 사람들에게도 사슴을 먹는 사람들에게 일어난 일이 똑같이 발생할 것이다. 그렇게 되면 사슴을 먹는 사람들은 한 사람도 없을 것이고, 그러다가 얼마 지나지 않아서는, 이들 사슴 부족 사람들 또한 사라져 버릴 것이다.

과거가 아닌 현재의 관점에서 내가 이야기하고 있다는 것을 기억해 주길 바란다. 내가 인디언들과 함께 삼림지역에 있었을 때, 정부로부터 일 년에 두 번씩 파견되는 의사를 만나, 그 지역에서 결핵으로 죽어가는 인디언의 숫자에 관해 이야기를 나눈 적이 있다. 그들에게 자신이 해줄 수 있는 것은 거의 아무것도 없다고 의사는 대답했다. 병원은 환자로 가득 찼지만, 뭐라 해도 치료법이 그들에게 효과가 없는 듯했다. 그러나 의사는 북쪽 지역에 사는 원주민들의 질병을 치료하기 위한 병원을 짓는데 정부가 수백만 달러의 돈을 들이고 있다는 사실을 당연한 자부심으로 이야기했다.

분명 3대에 걸친 기아의 결과로 얻은 질병에 고통 받고 있는 사람을 치료하는 단 한가지의 방법이 있는데 그것은 바로 그들을 먹이는 것이다. 너무나 단순한 생각이라 실질적으로 타당성을 가지고 있지 않을 수도 있다고 나는 생각한다. 그렇지 않으면 이미 오래 전에 시도해 보았을 테니 말이다. 그러나 더는 문제될 것도 없는 것이, 좀 있으면 우리가 먹일 사람들도 존재하지 않게 될 것이기 때문이다. 오늘날의 이 무너져가고 있는 인디언들은 선교사들이 주장하는 것처럼 신이 창조한 사람들이 아니라 우리의 손이 빚어 낸 결과이다. 그들이 면역, 즉 굶주림에 대항하는 면역을 키울 수 없다는 것이 결국 어느 정도 맞는 말이기 때문에 훌륭한 병원도 필요 없을 것이다.

8

그들의 집과 언어

1947년의 여름을 작은호수들 지역에서 머물며 보냈지만, 그 기간은 그 사람들을 향한 호기심만 엄청나게 키우는 데 충분할 뿐이었다. 프란츠는 작은호수들에서 우리가 머무는 시간이 길어지자 참을성의 한계를 보여주기 시작했다. 표면상으로는 한스와 두 에스키모 아이에게 맡기고 온 바람강 캠프의 개들을 걱정하는 듯했다. 하지만 이할미우트 부족의 텐트를 떠나고 싶어 안달하는 그의 진짜 이유는 입양한 아이이자, 자신이 사랑의 전부로 알고 있는 쿠니를 향한 염려 때문이었는데, 숨기려 해도 뻔히 알 수 있었다.

그래서 나는 물이끼로 뒤덮인 소택지와 언덕을 넘는 내내 그 사람들과 운명을 같이 할 수 있는 근성이 있으면 얼마나 좋을까 바라면서 그와 함께 돌아왔다. 하지만 말의 장벽이라는 당황스러운 한계를 나 홀로 극복할 수 있다고는 전혀 생각하지 않았다. 그도 그랬던 것이, 프란츠가 통역 역할을 해줘도, 그들과 말로 접촉한다는 것은 힘든 일이었기 때문이다.

바람만으로 돌아온 프란츠를 쿠니와 아노테엘리크가 열광적으로 환영하는 동안 그의 동생 한스는 무덤덤했다. 오두막은 심각한 상황이었다. 썰매 개들에게 먹일 충분한 물고기를 잡아놓았어야 하는 그물은 썩어서 찢어져버려 거의 쓸모가 없게 되었다. 개들이 워낙 굶주린 상태라, 열흘 동안 프란츠와 함께 개먹이를 보충하느라 정신이 없던 나는 그 사람들의 캠프를 떠나온 것에 대해 후회할 시간이 전혀 없었다. 놓쳐버린 기회에 대해 후회할 시간도 없이 이번에는 에스키모 여러 명이 내 방문에 대한 답례로 찾아오는 바람에, 부분적으로나마 그들과 함께 할 기회가 다시 생겼다. 에스키모들은 우리 오두막 근처 언덕에다 여행용 캠프를 지었는데, 완연한 가을이 찾아올 때까지, 계속해서 나를 방문하면서 이 캠프를 자신들의 집으로 삼았다. 그러나 이번에도 그들과의 친밀감을 증대시킬 수 있는 완전한 기회를 놓치고 말았는데, 마지막 여름 달을 프란츠와 함께 남쪽에 있는 브로셰를 향해 600마일에 이르는 거리를 카누를 타고 갔다가 다시 바람만으로 돌아오는데 보내야만 했기 때문이다. 이 여행을 다녀와야만 했던 다급한 이유는 캠프에 식량이 거의 동났을 뿐만 아니라 프란츠가 전년도에 잡은 여우털을 처분하고 나서 겨울물품을 실어와야 했기 때문이다.

이 책에는, 이할미우트 부족이 여전히 강하고 그 수가 많았을 때 숲의 북쪽 경계에서 교역을 했던 아주 나이 많은 백인 남자를 내가 사슴 호수의 교역 정착지 브로셰에서 만났던 이야기를 제외하고는, 짐을 싣는 낡은 카누를 타고 길고 고된 항해를 한 이야기를 담지 않았다. 한 노인에게서 이제는 거의 잊혀져버린 세월들의 이야기를 들었는데, 한참 후에 그 이야기 중 많은 부분들을 그 사람들의 입으로 직접 듣게 되었다. 브로셰에서 그 이야기를 처음 들었을 때만해도, 배런스로 되돌아가고 싶다는 나의 욕망이 더욱 불타올랐지만, 1947년에는 그 바람을 실현시킬 수 없음을 나는 이미 알고 있었다. 거의 잊고 있었던 저 먼 남쪽에서 날아온 무전 소식을 브로셰에서 받았다. 멀리 떨어진 토론토로 조기 귀환을 요구하는 그 소식은 내 꿈을 즉시 깨트려버렸다. 동시에 조니 부라소가 배런스 서부에서 실종되었다는 소식도 접하게 되었다. 그 소식은 내가 내 힘만으로 평원지대를 나와야 한다는 것을 의미했다.

프란츠 홀로 집으로 가는 여행을 할 수 없었기 때문에, 여행이 끝나면 내가 배런스를 떠나는 것을 그가 도와주기로 하고, 함께 바람만으로 돌아왔다.

9월말, 그 땅을 향해 마지못해 작별 인사를 한 나는, 프란츠와 함께 동쪽으로 카누를 타고 나아갔다. 6주라는 긴 시간이 흐르고 나서야 우리는 처칠에 도착했는데, 이곳에서 나는 숲을 가로질러 남쪽으로 향하는 머스켓 특별열차를 탔다. 처칠에서 며칠을 보낸 후, 프란츠는 바람만으로 돌아갔지만, 그곳에 오래 머물 수 없게 되었다. 처칠에서 만난 그의 아버지가 아들들의 방랑생활을 막았기 때문이다. 프란츠는 할 수 있는 한 빨리 바람강 오두막을 폐쇄하고, 건설현장 노동자로 일하면 더 많은 돈을 벌 수 있는 처칠의 집으로 돌아오라는 명령을 받았다. 프란츠의 아버지는 툰드라에서 덫 사냥꾼과 교역 상인을 할 만한 시절은 끝났다는 결정을 내렸다. 어쩌면 오래전부터 이할미우트 부족의 운은 다했다고 생각했을지도 모를 그가 내린 결정은 합리적인 것이었다. 특히 흰여우털 시장이 또 다시 폭락했기 때문에, 몇 안 되는 살아남은 에스키모들한테 더 이상 돈을 벌 수 없는 상황이었기 때문이다.

침입자들이 그 불모의 땅을 모두 떠나고 새로운 해가 시작되었을 무렵, 바람강 오두막의 문은 바람에 또 다시 흔들리고, 백인이 사는 남쪽으로 내려온 이할미우트 사냥꾼을 반기면서 그들을 도와줄 이는 아무도 없었다. 프란츠와 그의 동생은 두 명의 에스키모 아이들을 데리고 처칠에 있는 집으로 돌아갔다. 그들 중 누구도 누엘틴 호수로 되돌아오지 않을 것이다. 인간의 강이 흐르는 땅을 이제 완전히 정리한 백인은 영원히 도망쳐버렸다. 그러나 강기슭의 바위 무덤 밑 말고는 그 어떤 곳에도 안식처가 없는, 땅의 저 깊은 곳에 사는 도망갈 수 없는 사람들이 그들 뒤에 남아 있었다.

그 땅에 대한 관심을 돈으로 측정했던 사람들은 땅과 함께 그곳의 사람들도 버렸다. 나의 관심은 구체적으로 측정할 수 있는 것이 아니어서 1947년과 1948년 사이의 겨울이 끝에 이르렀을 무렵 나는 또 다시 북쪽으로 여행을 떠났다. 이번에는 끊임없이 솟아나는 내 호기심을 함께 나누는 사람이자, 캐나다 해군과 함께 북극 여행하는 동안 북극의 덧없는 주문에 역시 걸리고만 동물학을 공부하는 앤드루 로리가 배런스로 돌아오는 여행을 함께 하기로 했다. 투크투를 일 년 동안 연구하여 사슴을 보호하는 효과적인 계획에 바탕이 될 만한 자료를 모으는 것이 우리의 포부였다.

1948년에는, 처칠과 누엘틴 호수 사이에 놓인 땅을 우리가 건너는 데 도움이 될 만한 튼튼한 비행기 앤선 호가 없었다. 조니 부라소가 마지막으로 변덕스러운 북쪽 하늘 사이로 자신의 낡은 비행기를 타고 날아가 버린 뒤로, 저 멀리 서쪽에 자리 잡은 물이끼로 뒤덮인 소택지에는 불에 타버린 비행기동체만 잊힌 채 있을 것이다. 그런데 이번에도 존 잉거브리스턴이 우리를 도와주었다. 공군 훈련을 받은 그의 아들 군나르가 작은 비행기 한 대로 처칠에서 운행하는 독립 '항공사'를 차린 것이다. 그 작고 비좁은 비행기를 타고 앤디와 함께 서쪽의 광활한 땅을 건넌 나는, 다시 한 번 바람에 밀려온 눈에 덮인 채 모습이 반쯤만 드러난 바람 오두막으로 향했다.

내가 처음 방문했을 때보다 훨씬 이른 계절에 우리가 도착한 탓에, 겨울이 그 땅을 봄에게 놓아주는 징조는 아직 나타나지 않았다. 비행기에서 내린 앤디와 나는 오두막을 향해 얼음 위를 걸어 나가기 시작했는데, 너무나 추운 나머지 내 숨으로 생긴 서리 때문에 바람강 오두막의 모습이 보이지 않았다. 갑자기 내 팔을 잡은 앤디가 눈으로 덮인 기슭을 가르쳤을 때, 우리를 향해 빠르게 달려오는 한 남자의 어슴푸레한 모습을 나는 볼 수 있었다.

유령산에서 부는 바람이 구슬프게 애가를 부르는 동안, 만의 빛나는 얼음 표면위에서 기다리고 있던 우리 앞으로 우테크가 다가왔다. 우리 앞에 선 그의 앙상한 얼굴로 미소가 점점 크게 퍼지더니 안도감의 웃음이 목에서부터 거침없이 터져 나왔다. 우테크에게는 사실 가장 행복한 만남이었다. 오두막에 도착한 우리 세 명이 바람에 밀려온 눈 사이를 파내고 마침내 안으로 들어가자, 우테크는 아마도 바람만으로 백인이 돌아왔을지도 모른다는 결사적인 믿음 속에서 작은 언덕들에서 이곳까지 왔노라고 손짓 발짓으로 설명을 했다. 오두막이 버려졌고 겨울동안 내내 그랬음을 그는 알았지만, 굶주림에 이곳까지 몰려 온 것이었다. 예전 기억 때문에 꺼지지 않고 살아있던 희망을 가지고 그는 남쪽까지 찾아왔고, 오두막 앞에 흔적 하나 없이 쌓인 눈을 보았을 때도 그 희망은 꺼지지 않았다. 식량이라고는 전혀 없이 이틀을 고집스럽게 기다리는 동안 하늘로부터 도움이 내려올지도 모른다는 맹목적인 믿음만이 그를 버티게 했다. 백인의 날개인 코네타이브의 기적 같은 울부짖는 소리를 들은 것은 사흘째가 되어 집으로 우울하게 발걸음을 돌리려고 했던 무렵이었다.

우리와 함께 식사를 할 만큼 충분히 오래 머문 우테크에게 소총에 쓰라고 약간의 탄약을 주었다. 사슴의 최선봉 무리가 이미 평원에 도착했기 때문에, 총에 탄약이 있는 우테크에게는 이제 봄의 기근이 끝난 것이다. 그러나 만약 우리가 돌아오지 않았다면, 혹은 한 달 후에나 돌아왔더라면, 쿠니와 아노테엘리크를 고아로 만들어버린 그 사악한 봄이 다시 한 번 되풀이되었을 것이다. 한참이나 뒤늦게 정부가 이할미우트 사람들에게 보낸 관심은 일시적이었을 뿐, 곧 시들어버린 것으로 보였다.

새달이 되자, 앤디와 나는 돌아오고 있는 사슴 무리를 연구하느라 대부분의 시간을 바람만 근처에서 보냈다. 우리를 떠난 지 나흘 만에 이할미우트 부속의 모든 남자들과 함께 우테크가 찾아왔기 때문에, 우리는 외롭지가 않았다. 마치 우리가 자비로운 하느님이라도 되는 듯 기뻐한 이누이트들 덕분에 그 시간은 신나고 유쾌한 나날들이었다. 우테크와 그의 동료들은 우리가 도착해서 얼마나 기쁜지는 표현할 길이 없었나보다. 나무를 하거나 물을 길러 가야 할 때면, 우리를 돕고자 이할미우트 부족은 즉각 응했다. 아주 드물게 보이는 살찐 사슴을 찾아 사슴 혀를 우리에게 가져다주려고 산을 넘어 특별한 사냥 여행도 다녀왔다. 밤이 되면 오두막이 가득할 정도로 모두 모였는데, 너무나 지친 우리가 잠자리에 들라고 공손하게 그들을 내보낼 때까지 머물렀다. 헤크와우와 오울리크투크는 우정의 표시로 흰여우 털을 가지고 와 우리에게 주었고, 우리의 답례 선물을 깊이 감사하며 받았다.

불행스럽게도 이 모든 인기에도 단점이 있었다. 앤디와 나는 교역 자가 아니었기에 우리에게 꼭 필요한 만큼의 보급품만 가지고 왔을 뿐이다. 이할미우트 부족의 긴급한 필요를 채워주고 나니, 가장 중요한 30구경 소총에 필요한 탄약을 비롯해 많은 물품들이 거의 바닥이 날 지경이었다. 우리가 선물을 나눠주는 것에 대해 아주 인색하게 변하자, 자신들이 가진 것은 어느 것이든 전부 우리에게 기꺼이 주고 싶어 안달이었던 이할미우트 부족은 이해할 수가 없었다. 나름대로의 이유를 바탕으로 백인들이라면 무제한으로 보급품을 불러낼 수 있다고 믿었던 것이다. 우리는 결코 교역상인이 아니며, 엄청난 호기심 말고는 더 값나갈 것이 전혀 없는 가난한 사람에 불과하다는 사실을 설명하느라 나는 무지 애를 썼다. 그러나 설명은 실패하고 말았다.

이전 해에 나를 괴롭혔던 언어의 장벽이 이제는 더욱 거대해져 나를 당황스럽게 만들었는데, 손짓으로만 우리의 설명을 전달하는 것은 불가능했기 때문이다. 이 사람들과 대화할 때 내 혀가 되어주는 것을 결코 내켜하지 않았던 데다가 항상 대충 통역해 주긴 했어도, 프란츠가 그리웠다. 그가 없으니 혼란의 그물은 점점 커져만 갔고, 현 상태로는 이할미우트 부족의 기억과 마음속을 깊이 파고드는 것은 결코 바랄 수 없는 일임이 분명해졌다. 이할미우트 부족의 언어를 배우지 않는 한, 배런스 지역에 살고 있는 이 사람들에 대해 거의 아무것도 모른 채 찾아온 것과 같은 상태로 나는 떠나야만 한다. 하지만 에스키모어를 배우기 위해서는 몇 년에 걸쳐 엄청난 노력을 반드시 해야 한다는 '북쪽 지방에 대한 낡은 고정관념'을 믿게 된 나는

제 때에 나를 도울 리가 만무한 일을 시작하는 게 너무나 싫었다. 결국 한 달 동안 앤디와 나는 귀로 알아야 할 필요가 있는 것을 눈이 말해주지 못하는 장님처럼 머뭇머뭇 거렸다. 그러던 어느 날, 우테크와의 관계가 막다른 골목에 이른 것에 분노한 나머지 결국 그 상황에 맞선 나는, 그가 속한 사람들의 언어를 틀림없이 배우고 말 것이라고 우테크에게 분명히 전달했다.

그가 어떤 반응을 보이길 내가 기대했었는지는 지금도 잘 모르겠다. 내키지 않아 하거나 주저하기를 바랐을까? 혹은 더 나쁘게 유치한 요구를 받은 사람처럼 그 제안에 대해 아무 생각 없이 대수롭지 않게 여기는 반응을 보이길 바랐을까?

하지만 이할미우트 부족은 이러한 반응 중 어떤 것도 보이지 않았다. 분명한 사실은 백인이자 이방인인 내가 그들과 나 사이에 놓인 혈연적인 장벽을 가로지르기를 기꺼이 바라면서 그 사람들이 내 언어를 배우는 것이 아니라 내가 그들의 언어를 배우고 싶어 한다는 점이었고, 이것이 그들의 마음을 여는 열쇠가 되었다 그들의 삶의 방식을 이해하고자 나 자신이 너무나 애쓴다는 것을 알아차린 그 사람들의 반응은 즉각적이며 열정적인데다가, 거의 압도적이었다. 이 일을 도와달라고 내가 부탁한 우테크와 오호토는 뜻밖에도, 평상시 백인 이방인들을 향해 자신들이 보여주었던 존경심으로 나를 대하는 것을 멈췄다. 그들은 내가 제안한 그 문제에 광적인 힘으로 전념했다. 그 시작으로, 우테크는 내게 이할미우트란 말의 뜻을 가르쳐주었다. 모래위로 구불구불하게 그린 그림을 통해 그렇게 해주겠다는 의미를 내가 이해하자, 우테크는 오호토를 한 장소에 세우고 나더니, 남쪽으로 몇 피트 떨어진 곳에 나를 세웠다. 이제 그는 오호토를 가리키면서, 놀라울 만큼 강한 감정을 자신의 목소리에 실어 '이할미우트'란 단어를 몇 번이고 반복해서 말했다. 마침내 그는 내게 다가오더니 팔을 잡고 오호토 옆에 세웠다. 자신들의 행동이 이해되기를 바라는 간절한 표정을 지으면서 두 사람은 내게 미소를 지었고, 다행스럽게도 나는 그들을 실망시키지 않았다. 내가 이해했던 것이다. 더이상 나는 이방인이 아니었다. 이제부터는 작은 언덕들의 비탈아래 살고 있는 사람들, 바로 이할미우트 부족의 사람이 된 것이다.

너무나 평이한데다가 극적인 제스처마저도 없는 입회식을 치른 나머지 그것의 깊은 의미를 나는 한동안 깨닫지 못했다. 우테크와 오호토가 보여준 이 단순한 의식을 통해 내가 그 땅의 양자로 받아들여졌을 뿐만 아니라, 두 사람 모두 나와 관계를 맺었다는 사실을 깨닫는 데는 얼마간의 시간이 지나고 나서였다. 노래 사촌이라는 무어라 정의내리기 어려운 관계를 나는 그들과 맺게 된 것인데, 그것은 우정이라는 가장 완벽하고 포괄적인 기초 위에서만 세워지는 것이다. 내가 원하기만 한다면 우테크와 오호토가 가진 것은 모두, 심지어 부인마저 내가 공유할 수도 있었는데, 그런 영예를 억지로 수행할 일은 없었다. 노래 사촌인 나는 나를 받아들인 두 사람의 다른 한 쪽이 되었다. 나는 그들을 반영하는 모습이었지만 완전한 육체를 입고 있는 셈이었다.

물론 법에 따르면, 나 또한 최대한으로 답례해야 했고, 만약 이할미오로 내가 태어났었다면 아무 생각 없이 그런 교환을 해야만 한다. 그러나 오호토와 우테크 모두에게 답례를 하는 것을 백인인 내가 셀 수도 없이 많이 무의식적으로 거절했음에도 불구하고, 아무 거리낌 없이 나와 맺은 관계로 발생한 특권 중 어느 하나라도 똑같이 받아내야 한다는 생각은 그들도 결코 하지 않았다.

이제 그들과 같은 사람이 된 내게 시급한 문제는 그들의 언어를 배우는 것이었다. 우테크와 오호토는 서로 머리를 맞대고 이틀이란 시간 동안 그 문제를 놓고 다각도로 토론을 벌였다. 마침내 더 이상 참지 못하게 된 내가 먼저 내 주위에 있는 물건의 이름을 묻는 것과 동작을 해 보이는 것을 통해 주도권을 잡아버렸다. 그때는 몰랐지만, 이것은 바로 그들의 계획이었는데, 선두에 먼저 나선 사람이 나 자신이라고 내가 믿기를 그들은 원했다. 이 사람 혹은 저 사람 아니면 대개는 나의 스승인 두 사람 모두가 정말로 진지하게 집중하여 내 노력에 동참해 주는 바람에 때로 우리 모두는 너무 심하게 애쓴 나머지 간단한 단어 하나를 배우는 것도 완전히 혼동되어 거침없이 터져버리는 폭소로도 그 난국을 넘어갈 수는 없었다. 그래도 나는 아주 빠르게 배워나갔는데, 그 속도가 너무 빠른 나머지 에스키모 언어가 어렵다고 들은 이야기가 사실은, 이누이트에 대한 수없이 많고 유명한 오해들처럼, 완전히 말도 안 되는 소리라고 나는 생각하게 되었다.

한 달이 지나자, 내가 하고 싶은 말을 할 수 있게 되었고, 그들이 말하는 말도 거의 이해할 수 있게 되었다. 꽤 잘난 체 하게 된 나는, 나 자신을 일종의 언어학자라고 생각할 정도였다. 거의 일 년이라는 시간이 흐르고 나서야 비로소 내가 빠르게 향상될 수 있었던 진짜 이유를 알게 되었다.

물론 그 비밀은 우테크와 오호토에게 있었는데, 부족 내 다른 사람들과도 힘을 합쳐 실제로는 가장 어려운 언어라 할 수 있는 자신들의 말을 내게 가르쳐주기 위해 특별한 방법을 고안했던 것이다. 대단한 통찰력을 가지고 이 문제에 접근한 그들은 우선 자신들의 언어가 가진 복잡함을 있는 그대로 배우기에는 백인인 내가 아마도 다소 열등한 두뇌를 가지고 있으리라 생각했다. 겉보기로는 내가 인도하는 것처럼 하게 하면서도, 계획은 그들이 세웠고 사실 내 개인적인 도움을 위해 특별히 고안된 지름길로 나를 인도해 준 것이다.

　어떤 물건의 이름을 내가 물어보면, 복잡하게 설명하는 것이 아니라 간단하게 답만 이야기해줬다. 예를 들어 사슴이 그들의 말로 무엇인지 물어보면 기억하기 쉽고 꽤 복잡한 문장에도 별 문제없이 사용할 수 있도록 그저 투쿠트라고만 알려줬다. 하지만 그 단어를 올바르게 사용하는 데는 상당히 제한적인 용법이 있다는 것을 나는 몰랐다. 투쿠트는 오로지 가장 넓은 의미에서 하나의 실체인 사슴을 의미한다. 가령 두 살 된 수사슴처럼 특정한 사슴을 지칭하기 위해서는 그 의미를 정확하게 정의하는 하나의 특별한 단어가 존재한다. 그러므로 이할미우트 부족의 언어에는 '사슴'을 구체적으로 의미하는 데 수십 개의 단어가 있는 것이다. 하나의 의미가 지닌 엄청나게 많은 미세한 차이를 내 충분치 못한 기억력에다 과도하게 집어넣는 것을 현명하게 자제한 우테크는 내가 사슴에 대해 말해야 할 때 가능한 모든 경우에 사슴의 총칭만을 사용하도록 해줬을 뿐만 아니라 그들도 나와 대화할 때는 다른 구체적인 단어를 사용하는 것을 자제해줬다.

　대부분의 명사에 대해서도 마찬가지였다. 무수한 접두사와 접미사 때문에 아마도 오늘날 사용되는 모든 언어를 능가할 정도로 섬세한 의미의 차이와 유연성을 가진 그들의 언어였지만, 그러한 접두사와 접미사는 빼버리고 한 단어의 어근만 가르쳐줬다. 사실, 나만 전적으로 사용할 수 있도록 특별히 고안된 '기초' 에스키모어를 만들어준 것뿐만 아니라 자신들도 그것을 배워 나와 이야기할 때는 물론이고 내가 듣는 동안에는 서로서로 그 말을 사용했다. 물론 이러한 혼성어를 개발하는 것이 전혀 새로운 일은 아니다. 하지만 대부분의 경우, 이러한 의사언어는 어떤 의식적인 노력 없이 수십 년의 시간을 거쳐 점진적으로 자라나 탄생된다. 그러나 이할미우트 사람들은 의도적으로 이러한 혼성어를 만들어낸 것이다. 그들은 오로지 한 사람을 위해 계획을 짜고 정성들여 가르쳐서 말할 수 있게 했는데, 바로 그 땅의 이방인 한 명을 위해 그렇게 한 것이었다.

이렇게 해서 나는 이누이트 단어를 배워나갔고, 그 단어가 지닌 모든 섬세한 소리를 숙달할 때까지 오호토와 우테크는 지치지 않고 반복적으로 나를 연습시켰다. 상당히 추상적인 주제도 이야기할 수 있게 됐다는 것을 나는 깨달았는데, 말이 난 김에 '원주민들이' 추상적인 언어로 생각하거나 자신을 표현할 수 없다고 말하는 사람들이 거짓말쟁이임을 폭로해야 하겠다. 내 훌륭한 솜씨에 꽤 으쓱해지긴 했지만 진실은 곧 드러났다.

이할미오가 된 지 일 년 후, 처칠 인근에 사는 해안 에스키모와 이야기할 기회가 생겼다. 태연하면서도 완벽한 자신감을 가지고 옆에 있던 몇몇 백인 친구들을 놀라게 할 요량으로 그에게 장황하게 말을 걸어보았다. 하지만 그 에스키모 얼굴에 빙글빙글 퍼져나간 마비된 듯 멍한 표정을 보는 순간 내가 말한 것을 눈곱만큼도 그가 알아차리지 못했다는 사실을 깨닫게 되자 나도 멍해졌다. 내가 사용한 단어가 단지 낯설어서 그런 것도 있었지만 (이할미우트 부족이 쓰는 단어 중 많은 것들이 해안에는 알려져 있지 않다), 내 딴에는 완벽히 확신하며 사용한 문장의 구조와 관용어가 그에게는 그저 횡설수설에 지나지 않았던 것이다.

내 어리석은 기대가 깨지는 슬픈 순간이었지만, 이할미우트 부족의 성품을 드러내는 빛이 환하게 비치는 순간이기도 했다. 이 세상의 어느 누가 자신들 가운데 우연히 발을 디딘 한 이방인의 편의를 위해 새로운 언어를 일부러 만들어낼 만큼 수고할 수 있을지 궁금하다. 내가 알기로는 한 명도 없다.

이윽고 나는 조금씩 조금씩 이 특별한 혼합어에서 벗어나 그들의 언어에 대해 더욱더 정확한 지식을 가지게 되었다. 그러나 솔직하게 인정하고 싶은 것은 이 사람들이 진짜 사용하는 언어를 내가 결코 말할 수 없었다는 점이다. 그럼에도 불구하고 이할미우트 사람들과 그들의 삶, 민간설화와 그들의 역사를 조금이나마 알게 되었다. 이 모든 것을 또한 진실되게 배웠다고 나는 믿는다. 강제적으로 받은 것이 아니라 서로를 향한 인간의 연민을 담아 이루어진 것이기에, 이것이야말로 이할미우트 부족이 내게 줄 수 있는 가장 소중한 선물이었다.

의사소통의 문제를 극복하게 된 내가 우테크에게 처음으로 물어본 질문 중 하나는 거의 끝없이 비슷비슷하게 펼쳐져 있는 이 광대한 평원에서 하필이면 왜 작은 언덕들이 이할미우트 부족의 고향이 되었는지 하는 질문이었다. 작은 언덕들을 처음 방문한 이후로 이 질문은 내 마음속에 자리 잡고 있었는데, 그곳에다 캠프를 지은 것이 그 사람들의 과거를 규명하는 데 시작점이 될 만한 역사적 중요성을 가지고 있을지도 모른다고 생각했기 때문이다. 하지만 우테크가 작은 언덕들에 위치한 캠프에 대해 이야기를 시작하자, 겉보기에는 단순하기만 한 이누이트의 삶 속에 깊이 숨겨 있는 복잡한 인과관계를 나는 하나하나 알게 되었다. 그것은 내게 하나의 교훈이었고, 소위 단순하다고 여겨지는 문화 속에서 그런 단순함을 찾는다는 것은 잘못된 어리석은 행동이라는 것을 배우게 되었다. 나는 이할미우트 사람들을 정말 이해하고 싶다면 문명화된 사회의 모든 것과 필연적으로 관련되어 서로 밀접한 관계를 맺고 있는 요인들을 이들의 사회에서도 찾아내 해결하고자하는 노력을 할 준비를 해야만 한다는 것을 배웠다.

일단 우테크의 설명으로, 영구적인 캠프 장소를 선택하는 데는 우선 세 가지 주요사항을 고려해야 한다는 것을 알게 되었다. 첫 번째 조건은 '우리의 생명인 사슴이 찬성할 것인가?' 이다. 쉽게 풀어쓰자면, 인간의 목숨에 필수적인 고기를 그 장소에서 얻을 수 있을까? 란 뜻이다. 사슴에 대해 내가 앞서 이야기한 것을 읽어본 여러분들이라면 추측하겠지만, 이 조건은 답을 얻기가 쉽지 않다.

그 다음으로 중요한 사항은 연료공급의 문제다. 요리와 난방을 위한 연료를 동물의 지방에서 얻을 수 없는 북극의 이 지역에서는 툰드라에서 충분히 얻을 수 있는 키 작은 관목나무를 찾을 수 있는 곳에 캠프를 세워야만 한다.

세 번째로 캠프 지역을 선택하는 데 가장 복잡한 요인은 죽은 자들과의 인접성에 관한 것인데, 무덤이 많은 곳에다 이글루나 텐트를 세우는 것은 현명한 일이 아니기 때문이다. 이 조건은 아주 광범위하게 세분화되기 때문에 이후의 다른 장에서 상세히 다루도록 하겠다.

작은 언덕들 아래 호수를 선택한 것은 아주 오래전에 이루어진 일로, 이제는 사라져버린 그 시절, 사슴 무리 중 가장 거대한 집단이 이 호수 주위로 지나다녔기에, 이곳이라면 언제든지 충분한 고기를 사냥할 수 있으리라 믿고 캠프를 짓게 된 것이다. 연료라면, 주위에 충분한 버드나무 관목이 있는데다가 충분히 빨리 자랐기 때문에, 비록 만족스러운 나무를 하기 위해서 캠프로부터 15에서 20마일 떨어진 곳까지 다녀오는 경우도 생기긴 했지만, 호수 근처에서 연료를 구하는 데는 부족함이 없었다. 죽은 사람의 경우에는 한때 번성했던 이할미우트 부족의 모든 캠프 중 이곳만 유일하게 끔찍한 전염병이 미치지 않았다고 한다. 그 땅 전체에 걸쳐 자리 잡고 있던 다른 캠프를 강타했던 죽음이 작은 언덕들의 그늘 아래는 가볍게 치고 지나갔을 뿐이다. 호수 기슭에 죽은 사람들의 공간이 생겨났어도 살아있는 사람들을 위한 텐트를 칠 공간이 충분히 남아 있었다.

이할미우트 부족이 살고 있는 집의 위치 때문에 내 호기심에 불이 붙었지만, 그들이 직접 지은 집을 연구할수록 그 호기심은 더욱 진지해졌다. 이 사람들을 알면 알수록, 그들의 지혜와 독창성을 대하는 내 존경심도 커져갔다. 그러나 그들이 지은 보잘것없고 초라한 거주지를 두고도 그 사람들에 대한 존경심을 잃지 않는 데는 긴 시간이 필요했다. 대부분의 에스키모들처럼, 이할미우트 부족의 겨울 집은 우리가 이글루라 부르는 둥근 천장을 가진 눈 집이다. (에스키모말로 이글루는 그저 '집'이라는 뜻이기에, 눈뿐만 아니라 나무나 돌로도 지을 수 있다) 그러나 대부분의 이누이트와 달리 이할미우트 부족은 비좁고 초라한 눈집을 만든다. 내 생각에 이 사람들은 해안에 사는 에스키모들로부터 비교적 최근에 이글루를 세우는 기술을 배운 것 같다. 물론 이들도 이글루를 좋아하지 않을 뿐만 아니라 가죽 텐트를 더 좋아한다. 이러한 선호도가 생기는 이유는 연료문제와 관련이 있다.

겨울이 되면 북극 지방에 있는 집이라면 어느 곳에서나 적어도 요리를 위해서라도 연료가 필요하다. 해안에 사는 사람들은 자신들이 잡은 바다 포유류에서 풍부한 양의 지방을 얻을 수 있기 때문에 지방을 이용한 등불을 사용할 뿐만 아니라 이글루에서 요리도 하고 난방도 할 수 있다. 그러나 이할미우트 사람들은 귀중한 사슴 지방을 낭비할 여유가 없어 빛을 위해서는 오로지 단 하나의 조그마한 등불만 간신히 태울 뿐이다. 버드나무도 연료로 이용할 수는 있지만, 연기가 나갈 수 있도록 꼭대기가 열려있는 텐트 안에서는 버드나무가 불에 잘 타도, 눈으로 만든 이글루 안에서 태우면 숨 막히게 하는 연기에 사람이 살수가 없다.

그래서 겨울이 더욱 깊어져 겉보기에 견딜 수 없을 것 같은 극한 과도 같은 영하 60도에서 심지어 70도의 강추위가 찾아올 때만 이할미우트 사람들은 가죽 텐트 대신 눈집을 사용한다. 그러한 추위 속에서 마지못해 텐트를 버리고 눈 오두막을 짓는 것이다. 그때부터 봄이 찾아올 때까지는 집안에서 어떤 불도 피우지 않는데, 요리를 할 경우 눈 폭풍우와 질풍이 부는 날씨라도 밖에서 해야만 한다.

그러나 이글루보다 텐트를 사람들이 더 좋아하긴 하지만, 여전히 그 이유를 이해하는 것은 어려운 문제다. 텐트의 틀 위로 덮인 가죽 하나하나의 윤곽을 선명하게 보여주는 갈라진 틈에 대해서는 앞서 이야기했다. 그러한 집이 잡목 숲보다 나을 것이 전혀 없는 까닭은, 끝없이 드넓게 펼쳐져 있는 평원 위로 바람이 불 때면 워낙 강한 나머지 가죽 벽은 존재하지도 않는다는 듯 텐트 속으로 단단한 눈이 바람에 쓸려 들어오기 때문이다. 그러나 이렇게 드센 바람이 증오를 품은 악마처럼 불어닥치고 강한 추위가 땅에 사는 모든 생명을 삼킬 듯 밀려온다 해도, 집이라고 지어 놓은 이 연약한 텐트 안에서 이 사람들은 수많은 낮과 밤을 보낸다.

텐트 안에서는 불을 피울 수 있을지 모른다. 하지만 이 불이란 것은 바람에 휩쓸려 쌓인 눈 속을 힘겹게 파내어 얻은 초록빛 가지 한 줌이 피워내는 연기에 불과하다. 그 굼뜬 나무 숲에서 타오르는 불로는 겨우 몇 인치 주위만 따스해지기 때문에 한두 시간을 끓여도 물 한 주전자 끓이기가 어렵다. 텐트 안으로 끊임없이 불어대는 바람은 냄비를 데우기에도 모자라는 열을 흩어버린다. 불이 타는 것을 눈으로 보는 것에서 이할미우트 사람들은 유일한 위로를 얻을 뿐이다.

　하지만, 불이라고는 전혀 없는 눈집보다는 희미하게 타오르는 조그마한 불이라도 있는 텐트가 훨씬 바람직한 장소다. 적어도 텐트에 있는 한은 이따금씩 따스한 스프 한 그릇씩을 마실 수 있지만, 이글루에서의 삶이 시작되면 거의 모든 음식을 돌처럼 딱딱하게 얼어붙은 채 먹어야만 하기 때문이다. 이따금씩 얼음을 가득 넣은 가죽 주머니를 잠자리에 넣어 자신의 체열로 녹여 마실 물을 얻는다. 이 사람들 중 몇몇이 이글루 밖에다 요리용 움막을 짓는 것도 사실이지만, 눈으로 만든 화덕에서는 불이 잘 타오르지 않는데다가, 그것도 바람 한 점 없이 잠잠할 때만 가능하다. 대부분의 경우 바람 때문에라도 야외에서 요리를 하는 것은 불가능한데, 어쨌든 늦겨울이 찾아오면 바람에 쌓인 눈 아래로 버드나무가 깊이 파묻히기 때문에 버드나무 땔감을 구하는 것도 거의 불가능하다.

　이할미우트 부족의 겨울 집에서 안락하게 지낸다는 것은 거의 불가능한 일임을 여러분들은 이제 이해할 수 있을 것이다. 이 땅에 봄이 찾아온다 해도 집의 환경은 그다지 개선되지 않는다. 봄에 텐트를 지을 무렵, 비가 내리기 시작한다. 회색빛의 비가 맹렬하게 퍼붓는 낮에는, 텐트가 차가운 빗물을 빨아들려 가죽이 텐트 기둥 밑으로 축 쳐진 나머지 텐트 안으로 빗물이 개울처럼 흘러들어 안에 있는 모든 것이 흠뻑 젖어버린다. 밤이 되면, 텐트 안에 서리가 생기기 쉬어, 이불용 덮개로 덮여 있지 않은 모든 것은 새벽녘이 되면 딱딱하게 얼어붙을 것이다.

　봄비가 끝나면 뜨거운 태양에 가죽이 말라 오그라들어 북처럼 팽팽해지긴 해도 시련은 아직 끝나지 않았다. 김을 내 뿜는 소택지 밖으로 나온 피를 빨아먹고 살을 갉아먹는 파리떼들은 걸리는 장애물

하나 없이 이할미우트 부족의 텐트로 쳐들어간다. 엄청난 파리떼가 사라지는 한여름이 올 때까지 사람들과 파리떼는 함께 텐트를 사용한다.

이 사람들의 집만 바라보면 그들을 향해 품고 있던 존경심에 구름이 드리워졌다. 때로는 내가 생각했던 만큼 그들이 현명하지도 않고 재치가 비상하지도 않다싶어 의심이 들기도 했다. 너무나 오랫동안 벽은 네 개여야 하고 지붕이 있어야 집이 된다고 생각해왔던 탓에 주거 문제를 해결하는데 이할미우트 부족이 사용하는 분명한 방법도 거의 일 년 동안 눈에 들어오지 않았다. 그렇게 오랜 시간이 걸리고 나서야 이 사람들이 좋은 집을 가지고 있을 뿐만 아니라, 하나의 완벽한 집을 고안해왔음을 깨닫게 되었다.

텐트와 이글루는 오로지 보조적인 역할을 하는 오두막에 불과하다. 자신의 등에 지고 다니는 것이 거북이 집인 것처럼, 이할미오의 참된 집은 거북이의 집과 아주 닮아 있다. 사실 그 집이야말로 툰드라라는 무자비한 평원에서 사람이 살아남을 수 있도록 해주는 유일한 집이다. 지방으로 이루어진 체내의 화로는 중앙 난방역할을 하고, 그 집의 벽은 우리 백인이 능가할 수 없고 감히 모방할 수도 없을 만큼 완벽하게 단열되어 있다. 무게도 가볍고 만들기도 쉬울 뿐만 아니라 수선하기도 쉬운 이 집은 완벽하다. 사슴을 통해 자연이 내려주는 선물이기 때문에 비용도 전혀 들지 않는다. 그 집을 생각하면, 이할미우트 사람의 기민함을 전혀 의심할 필요가 없게 된다.

우선, 이 집은 겹쳐 입는 두벌의 털옷으로 이루어지는데, 각각의 털옷은 입는 사람의 치수에 따라 세심하게 재단된다. 안쪽에 입는 옷은 피부에 가죽의 털이 닿도록 안을 향하게 입고, 겉에 입는 옷은 털을 밖으로 나오게 입어 날씨에 견딜 수 있게 한다. 두 옷 모두 후드가 달린 머리부터 뒤집어 입는 파카와 한 벌의 털 바지, 그리고 털장갑과 털 부츠로 구성된다. 두 벌의 옷을 겹쳐 입는 것은 손가락 끝에서부터 머리끝까지, 그리고 발바닥도 마찬가지여서 산토끼 털로 만든 부드러운 슬리퍼를 맨발에 신게 되어 있다.

겨울용 부츠인 목이 긴 신발은 무릎 바로 위에서 묶는데, 차가운 돌풍도 몸 안으로 뚫고 들어가지 못한다. 그럼에도 불구하고 파카에는 완벽한 통풍기능이 있다. 속에 입는 것과 겉에 입는 파카 모두 적어도 입는 사람의 무릎 길이까지 헐렁하게 닿을 뿐 겨울에도 벨트로 묶지 않는다. 차가운 공기는 위로 뜨지 않기 때문에 바람 때문에 땅에서 날리는 눈이라 해도 파카안의 맨살에 닿을 수 없는 반면에, 몸에 가까운 무겁고 축축한 열기는 파카와 바지 사이의 틈으로 가라앉아 밖으로 빠져나간다. 이할미오가 마음껏 땀을 흘리며 격렬한 신체 활동을 할지라도, 땀에 흠뻑 젖은 옷이 얼어붙어 갑작스러운 죽음을 맞을 위험은 전혀 없다. 가죽 안에 댄 부드러운 사슴 털 때문에 가죽은 몸에 직접 닿지 않는데, 털끝과 파카 가죽사이의 공간에는 지속적으로 이동하는 따스한 공기층이 땀을 모두 흡수해 밖으로 내보내준다.

겨울날 이렇게 차려입은 이할미오는 좁다란 달걀모양의 얼굴만 제외하고는 몸 전체가 안전하게 보호되는데, 이 또한 숨을 내쉴 때 발생하는 수분에도 달라붙거나 얼지 않는 유일한 털인 부드러운 울버린(족제비과의 포유류 - 옮긴이) 털을 후드 가장자리에 달아 얼굴을 보호한다.

여름철에 비가 오면 가죽이 젖을 수는 있지만, 사슴가죽과 피부사이의 공기층으로는 습기가 들어오지 않기 때문에 몸은 건조한 상태로 남고 빗물은 미끄러져 흘러내린다. 이제 무게를 생각해보자. 이누이트의 이 완벽한 사슴가죽 집의 무게는 약 7파운드가 나가는데 비해 극지방에서 겨울을 지내보려고 애쓰는 대부분의 백인들은 적어도 25파운드나 되는 무거운 옷을 입는다. 물론 이러한 무게 차이는 옷을 입는 사람의 이동성에도 엄청난 차이를 미친다. 몸에 꽉 끼는 옷을 입거나 지나치게 부피가 큰 옷을 입는 것은 거의 잠수복을 입은 것처럼 속수무책이다. 그러나 이할미우트 부족의 옷은 가벼울 뿐만 아니라 몸에 맞게 재단되기 때문에, 옷 아래 근육을 자유롭게 움직여야 할 때도 전혀 꽉 낌이 없이 느슨하다. 움직임을 제한하는 칸막이나 벽이 없기 때문에 이 집에 살고 있는 사람은 움직이고 숨 쉬는데 충분한 공간을 가진 셈인데, 거의 벌거벗은 것이나 마찬가지로 자유롭게 움직일 수가 있다. 오두막 없이 야외에서 잠을 자야 하는데 온도는 영하 50도라면, 팔을 파카 안에 집어넣고 자기만 해도 거의 무게가 갑절은 나가는 솜털오리깃털침낭 속에서 자는 것처럼 포근하게 잘 수 있다.

지금까지는 겨울에 관한 이야기였는데, 여름이 되면 어떻게 될까? 흡수력을 가진 사슴인데도 불구하고 우비 같은 역할을 한다고 앞서 이야기했다. 사실 그보다 더 많은 역할을 한다. 여름이 되면 겉옷은 벗어 버리고 옷은 한 벌만 입는다. 이 한 벌의 옷으로 이루어진 집은 열을 효과적으로 차단한다. 환기가 효율적으로 이루어지 때문에 놀라울 징도로 시원하다. 이 많은 장점 가운데서도 특히, 파리떼로부터 완벽한 보호를 제공하는 데 있어 가장 중요한 역할을 한다. 후드를 머리에 뒤집어쓰면 목과 귀가 보호되기 때문에 그 아래 몸으로 파리가 들어간다는 것은 거의 불가능하게 된다. 물론 파리와 더불어 사는 것을 오래전부터 배워온 사람들이라, 우리 백인들이 아주 흔하게 느끼는 이성을 잃고 좌절할 정도로 강한 파리에 대한 분노를 그들은 전혀 느끼지 않는다.

여자의 옷인 경우에 이 집은 두 개의 방을 가진다. 곱사등이한테 맞도록 만들어진 것처럼 파카 뒤쪽이 큰데, 아마우트라고 불리는 이 공간 속에 가족 중 젖을 떼지 않은 아이가 살게 된다. 엉덩이 밑으로는 놀라울 정도로 강한 흡수력을 가진 물이끼뭉치를 깔고 앉은 아기는 제약이 없는 즐거움 속에서 완전 벌거벗은 상태로 세상을 마주보며 자신이 사는 땅의 풍경과 분위기에 아주 어려서부터 친숙하게 된다. 아기는 입을 옷이 전혀 필요 없는데다가, 이끼의 경우라면 그 땅에서 부드러운 물이끼를 무제한으로 얻을 수 있어 즉시 갈아 끼우는 것도 가능하다.

만약 경쟁 상대가 태어나 이 안락한 보금자리를 억지로 비우게 되는 경우에는 백인 아이들이 겨울에 입는 방한복처럼 생긴 위아래가 통으로 연결된 가죽옷을 입는다. 차이점이 있다면 이 옷이 훨씬 더 가볍고 효율적인데다가 옷이 주는 제약도 적다는 것이다. 처음으로 가지게 되는 이할미오 아이의 집은 훌륭한 집이어서 그 옷의 참된 가치를 알아보는 백인 아이라면 질투하게 될지도 모른다.

이것이 바로 그 사람들의 집이다. 그 땅으로부터 이 집을 선물로 받긴 하지만, 대부분은 사슴으로부터 받는 선물이다.

9

문명의 배신

언어를 더욱 유창하게 구사할 수 있게 된 나는 그들의 이야기가 대부분 과거의 시간에 맞춰져 있음을 발견했다. 그것은 마치 죽어버린 그 시절을 되살아나게 하려는 이할미우트 부족의 신중한 노력이자, 내가 그들을 현재의 모습이 아닌 과거의 모습으로 봐주기를 바라는 소망 같았다. 나 역시 그 행복했던 시절을 함께 누리게 하려는 듯, 이제는 산산이 부서진 그 오래전 세월 툰드라에서의 생활모습을 다시 세우기 위해 그들은 천천히 그리고 주의 깊게 단어를 골랐다. 머지않아 그들의 노력은 바라던 효과를 얻기 시작해서, 언덕에 올라 동쪽을 보고 서쪽을 봐도, 북쪽이나 남쪽을 봐도 사방으로 보이는 유일한 것은 사슴뿐이라 자신이 서 있는 곳이 어디인지 알 수 없었던 이제는 세월에 사라져버린 이들의 삶에 담겨 있던 어떤 풍부함과 활력을 나 역시 마음의 눈으로 볼 수 있었다. 그 시절 들을 수 있는 소리란 사슴 발자국 소리뿐이었다. 그 시절 맡을 수 있는 냄새란 사슴의 향긋한 체취뿐이었다.

흘러가버린 그 시절, 숲에서 사슴이 쏟아져 나오는 봄이 되면 뱃속의 새끼로 암사슴의 배는 무거웠고, 새로운 생명에 대한 거친 욕구가 그 땅을 가로질러 울렸다. 그러면 겨울에 사용하는 버려진 이글루 옆에 세워놓은 텐트에서 사람들이 나오고, 노인들도 옆에 서서 치아가 빠진 입으로 투크투를 환영하며 미소를 지었다. 사냥꾼들도 텐트에서 나와 카약이 준비되었는지 꼭 확인한다. 카약 가죽이 찢어져 있으면, 여자들은 재빨리 얼음이 녹아내리고 있는 개울 속에 가죽을 담궈, 새로운 가죽을 사냥배의 날랜 뼈대위에 펴 바른다.

캠프 가까이 얼음이 풀리는 강을 가로질러 사슴이 건너기 시작하면, 남자들은 사냥을 나갔다. 그들은 사슴용 창을 들고 얼음으로 가득한 강과 호수의 물속으로 카약을 밀었다. 기슭을 따라 걸어가는 여자들은 이동하는 사슴무리가 사냥꾼이 기다리고 있는 장소로 몰리도록 만들기 위해 수 세대 전에 세워진 돌기둥들이 한데 모여 줄을 이룬 곳에 도착한다. 겨울의 강풍이 돌을 넘어뜨리거나 사슴들이 돌기둥을 사람처럼 착각하도록 보이게 만든 이끼로 씌워놓은 머리 부분을 찢어 내버리기 때문에, 여자들은 이 돌기둥으로 이루어진 담을 바로 세워놓는다.

이 사슴 담이 준비가 되면 여자들과 어린 아이들은 아직도 부드러운 봄눈으로 덮여있는 평원으로 나간다. 그리고는 사슴 무리가 다가올 때까지 바위사이나 이끼 속 움푹한 땅에 숨는다. 사슴이 지나가면, 망을 보던 이들이 소리를 치며 벌떡 일어나서 공포에 질린 사슴 무리를 돌담으로 몰아가기 위해 뒤를 바짝 둘러싼다. 사슴은 돌담의 좁은 틈 사이로 달려 내려가다가 강둑으로 나와 사냥꾼들이 기다리고 있는 지점까지 이르게 된다. 도망치는 사슴들이 물속으로 들어오면 카약은 그들을 향해 출발하고 이제 봄 사냥이 시작된다. 태양 속에서 창이 번쩍거리고 죽은 사슴들은 만 아래를 향해 흐르는 빠른 물살 속을 떠다닌다.

봄은 대규모 사냥이 벌어지는 때였지만 그 시절 사람들은 가을까지 필요한 양만을 사냥했다. 왜냐하면 봄 사슴의 가죽은 옷을 만드는 데 쓸모가 없고, 고기는 기름진 지방이 적기 때문이다.

말린 고기와 얼린 고기만을 겨울 내내 주식으로 먹는 것을 배가 더 이상 견디지 못하기 때문에, 태양이 다시 하늘 높이 뜨는 봄이 되면 사람들은 신선한 고기를 배가 터질 만큼 마음껏 먹는다. 만의 물이 강으로 역류하는 지점에서 노인들은 떠다니는 사슴시체를 물가로 끌어내고 여자들은 날카롭게 휜 칼을 가져와 그 자리에서 사슴 기죽을 빗긴다. 그런 후에 능에 진 신선한 고기와 골수가 든 뼈의 무게로 몸이 두 배로 굽은 그들은 캠프로 돌아온다. 그러나 사냥한 사슴 모두를 가죽을 떠 살을 발라내지는 않는다. 그 중 많은 사슴을 여름이 끝나는 마지막 날까지 신선하게 보관되도록 내장만 갈라낸 후 빠르고 차갑게 흐르는 물속에 돌을 매달아 담가놓는다.

사슴 무리가 북쪽으로 이동하고 나면, 다가올 파리떼의 습격을 오랫동안 부는 바람으로 피할 수 있도록 사람들도 언덕 기슭으로 캠프를 옮긴다. 이곳에서 사슴이 돌아오기를 기다리며 여름 중반까지 지낸다.

여름은 새알과 어린 새들의 시간이다. 아이들도 매일 장난감 고무

총과 활을 들고 평원으로 나가 툰드라에 사는 뇌조, 마도요, 오리, 심지어는 조그마한 명금의 새알과 새끼들을 찾아본다. 남자들도 자신들의 사냥기술이 녹슬도록 놔두지 않고, 거대한 북극 늑대의 굴을 찾아 깔개와 파카 장식으로 쓸만한 충분한 털을 얻는다. 그러나 남자들은 여름의 대부분을 새로운 카약을 건조하고, 썰매를 고치며, 사슴이 돌아올 것을 준비하며 보낸다. 저녁이 되면, 언덕 꼭대기로 올라가 사슴의 흔적을 찾아 기다리며 북쪽의 불타는 하늘을 응시한다.

여름 중반, 암사슴의 첫 번째 무리가 다시 사람들이 사는 땅으로 내려오면, 한 달 동안 평원에서는 사냥이 벌어진다. 해마다 이때쯤과 사슴이 다시 북쪽으로 가버릴 때까지 새끼사슴 가죽을 제외하고는 사슴의 가죽은 여전히 가치가 없기에 놈들을 많이 죽일 필요는 없다. 그래서 사냥꾼들은 사향소의 탄력 있는 뿔로 만든 활을 가지고 사냥을 나가 언덕위로 사슴에게 몰래 접근해서 가장 살찐 사슴 몇 마리만을 신중하게 골라 죽인다.

마침내, 늦가을이 되어 또다시 북쪽으로 기세 좋게 향하는 사슴이 이할미우트 부족의 땅을 지나간다. 이때야말로 일 년 중 가장 활발하게 사냥이 벌어지는 시기이다. 겨울이 오기 전까지 남쪽으로 달아나기 위해 사슴이 다시 돌아오는 시간은 단지 며칠 만에 짧게 끝나기 때문이다. 그리고 나서 봄이 오기 전까지는 사슴 무리를 다시 볼 수가 없다. 작은 언덕들 지역에 사슴이 마지막으로 찾아오는 이때는, 사슴들이 꾸물거리지 않고 홍수처럼 밀려왔다가 재빨리 지나가는 것으로 알려져 있다. 사슴이 오기 전에 모든 준비가 끝나 있어야 한다. 이 사람들의 목숨이 가을 사냥의 성공에 달려 있기 때문이다.

가을이 되기 전에 강과 대부분의 호수에 있던 썩은 얼음이 사라지고 나면 사슴들은 거대한 호수의 구부러진 기슭을 기세 좋게 걸어와 얼어붙지 않은 물 밑으로 혹은 위로 강을 가로질러 새로운 길을 따라 다가온다. 이할미우트 부족의 땅에는 호수나 언덕 때문에 오랜 세월동안 사슴들이 좁은 열을 지어 건너는 장소들이 많이 있다. 이곳으로 텐트를 이동한 사람들은 텐트 때문에 사슴들의 이동이 방해받지 않도록 사냥 캠프를 각각의 건널목에서 몇 마일 떨어진 곳에 세운다.

이할미우트 부족이 내게 들려준 옛 시절에는, 가장 유명한 일곱 개의 건널목 주위로 삼사십 개의 텐트가 세워졌고, 그밖에 흩어져있는 다른 지점에도 수십 개의 텐트가 세워졌다고 한다. 이 텐트에서 남자들은 카약을 소중하게 다듬고 구리로 된 창끝이 가는 면도칼처럼 날카로워질 때까지 얇게 갈았다. 여자들은 온 땅을 돌아다니며 사슴의 달콤한 지방을 녹여 정제하기 위해 일 년 중 가장 거대한 불을 지피는 날을 대비해 버드나무 가지 무더기를 쌓아올렸다. 젊은이들은 사슴이 다가오는 것을 지켜보다가 그 소식을 캠프에 전달하기 위해 북쪽으로 이삼일 노를 저어 올라가 언덕꼭대기에서 야영을 했다.

사냥을 하기에 나이가 너무 든 노인들은 신호를 지켜보았다. 여우와 늑내의 수가 갑작스레 늘어난다든지 사슴무리를 따라다니는 청소갈매기의 거대한 무리가 생겨나는지 지켜보았다. 그러나 대부분은 북쪽에서 날아오는 까마귀떼를 지켜보았는데, 왜냐하면 이 새들이야말로 사슴이 다가오고 있음을 알리는 분명한 전령들이었기 때문이다.

가을이 서서히 지나갈수록 캠프에는 흥분과 긴장이 쌓여갔다. 사슴의 본격적인 이주가 일어나는 것보다 앞서서 적은 무리들이 그 땅을 헤매는 경우도 있었다. 그러면 항상 지금이 사냥할 때가 아닌지 궁금해 하는 몇몇 사람들로 인해, 남쪽으로 이동하려는 사슴들은 끔찍한 적의를 품은 운명에 의해 가죽으로 지은 텐트가 기다리고 있던 건널목을 건너지 못하고 만다. 잠도 잘 수 없고 거의 쉬지도 못한다. 밤에는 북소리가 울리고 사냥꾼들의 목소리는 투크투를 사냥하는 노래를 부르거나, 뒤늦게 새벽이 하늘로 밝아올 때까지 자신들이 보거나 죽였던 사슴에 대해 이야기한다.

그러다가 10월의 어느 날, 공기 중에 눈이 날린다. 카약을 타고 북쪽으로 올라가 있던 남자가 신호를 삼아 창을 높이 들어올린다. "녀석들이 오고 있다!"란 외침이 캠프에 울리면 사냥꾼들은 각자의 장소로 달려가고 여자들과 아이들은 건널목의 북쪽 산등성이 꼭대기로 뛰어 올라간다.

이제 거대한 살육의 시간이 왔다. 헤엄을 치며 강을 따라 내려오던 사슴들은 사냥을 하는 카약을 끊임없이 만난다. 그리고 계곡과 협곡으로 내려오던 사슴들도 사냥꾼들을 만난다. 건널목마다 피가 넘쳐흐르고 사냥은 매일 밤 늦은 시각까지 계속된다.

캠프에서는 밤낮으로 거대한 불길이 타오르고 새하얀 사슴지방 덩어리들이 텐트에 쌓이기 시작한다. 우묵한 땅에 죽은 잎사귀를 떨구는 덤불 위로는 얇게 썬 고기를 널어말려 건널목 옆에 세운 캠프 주위의 계곡과 언덕은 지는 태양 빛 속에서 칙칙한 붉은 빛으로 빛난다. 이 땅 전역에, 그러나 특히 사슴 건널목 주위로 가장 빽빽하게 조그마한 돌무더기가 평원의 회색빛 얼굴에 돋은 물집처럼 높이 쌓인다. 이 돌무더기 아래에 사지를 찢은 사슴의 시체를 묻었다. 텐트 옆의 모래 기슭에는 수천 개의 가죽이 속살을 위로 드러낸 체 막대기에 꽂혀 놓여 있었는데, 여자와 아이들이 다듬어 얇게 문지르면서 가죽을 손질했다.

카약을 탄 남자가 사슴이 접근하고 있다는 것을 최초로 알린 첫째 날로부터 거대한 사슴의 무리가 사라져버리는 1주일도 채 안 되는 기간 동안 흥분은 열광적인 행동이 될 만큼 치솟는다. 살아 있는 사슴은 건널목에서 사라지고 오로지 죽은 사슴들만 남는다.

눈이 찾아오면 사람과 까마귀만 빼고 모든 것이 눈처럼 하얗게 변한다. 뇌조의 깃털은 하얗게 변하고, 여우와 족제비도 하얗게 변한다. 더 먼 북쪽으로 날아가 버리는 흰올빼미도 거대한 북극 늑대처럼 하얗게 변한다.

그러면 겨울이 찾아와 거대한 사슴 무리는 떠나버리지만, 이 황량한 겨울평원에도 사냥할 만한 사냥감은 여전히 남아 있다. 언덕의 보호를 받는 눈이 바닥에 두껍게 깔리지 않는 계곡과 바람으로 인해 눈이 쌓이지 않아 이끼가 눈에 깊이 묻히지 않는 높은 지대에는 겨울의 출현으로 무리들과 단절되어 붙잡혀버린 몇 마리의 사슴들이 여전히 있었다.

우연이든지 아니면 운이 나빠서든지 한 가족이 겨울동안 고기가 부족하게 되는 일이 생겨도 훌륭한 사냥꾼이라면 여전히 고기를 마련할 수 있다. 겨울에는 사슴 사냥이 더 힘들어지는데, 왜냐하면 사슴들이 작은 무리를 지어 여기 저기 넓게 흩어져 있는데다가 몹시 조심성이 있기 때문이다. 땅에서 부는 눈바람이 짙어지거나 눈보라가 일 때에만 사냥꾼들이 접근할 수 있다.

그래도 사슴을 사냥하는 것이 어려우면 녀석들은 쉽게 덫을 놓아 잡을 수 있다. 고기가 필요해서가 아니라 갓 잡은 고기를 먹고 싶은 마음에 사냥을 나간 사냥꾼은 바람에 날려 쌓인 눈 쪽에다 구덩이를 팔 수 있다. 이 구덩이는 때로 눈을 쌓아올려 벽이 높아지는데 한 쪽 면에는 단단한 눈뭉치로 비탈지게 경사를 만든다. 얇게 깔린 덤불위에 눈을 덮어 덫을 숨긴 뒤, 이끼 한주먹을 미끼로 쓰거나, 더 좋은 것으로는 사람이나 개의 언 소변을 사용하는 것이다. 이상한 사실이지만 사슴은 겨울에도 멀리서부터 소변냄새를 맡는데 소변의 소금기 때문에 그것을 먹기 위해 모든 주의력도 버린다. 이 사실을 늑대도 아는데, 놈들도 때로 오줌을 눈으로 덮인 언덕에 싼 뒤 근처에 사슴이 있다면 소변 미끼에 걸려들 것을 알고 가까이에서 숨어 기다린다.

이따금씩 구덩이를 파기에 눈이 충분히 깊지 않은 경우에는 산허리의 눈더미에다 딱 사슴이 들어갈 폭만큼 비탈진 도랑을 판다. 도랑의 끝에 사냥꾼이 미끼를 놓아두면, 비탈을 따라 내려온 사슴이 물러서거나 돌아설 수도 없어 결국엔 잡히고 만다.

간단히 말하자면 지금까지 설명한 것들은 모두 이할미우트 부족이 너무나 분명히 기억하고 거침없이 이야기하는 예전의 생활 방식이었다. 그러나 현재의 모습은 너무나 비참해서 그들에게 현재에 대해 이야기해 달라고 설득하는 것은 내게는 힘든 일이었다. 한동안 내가 직접 본 것이나 프란츠에게 들은 것 말고는 더 이상 알 도리가 없었다. 그러다 내가 현재 일어나고 있는 이야기들의 단편들을 조금씩 모으다 보니, 마침내 1947년 봄 작은 언덕들 아래에서 일어난 일이 보여주듯이 그들이 살고 있는 현재의 생활 양식을 재현해낼 수 있었다.

프란츠가 고아 쿠니와 아노테엘리크를 발견했던 그 파멸의 봄에 우테크 쿠마니크를 쓸고 간 것이 무엇이었는지는 이미 앞서 기록했다. 도움을 얻기 위해 동쪽으로 이동해 갔던 다른 세 가족에 대해서도 또한 언급했다. 이제 내가 와서 보았던 것처럼 여러분들도 평원의 새 삶의 방식을 볼 수 있도록, 그래서 왜 이할미우트 부족이 사슴들이 풍부하고 삶이 여유로웠던 옛 시절을 그리도 그리며 사는지 이해할 수 있도록, 그 세 가족의 이야기를 다시 시작하여 완성시킬까 한다.

일 년에 걸친 시간동안 짧은 사건으로 연결된 이 이야기를 주로 오호토가 내게 해주었다. 몇몇 상세한 내용과 보강되는 내용은 다른 이할미우트 사람들, 특히 우테크와 오울리크투크가 들려줬다. 그러나 어떤 부분에서는 관련된 사람들에 대해 내가 알고 있는 것과 그들의 땅에 대해 내가 알고 있는 것으로 사건이 연결되도록 채워 넣어야만 했다. 그러므로 여러분에게 들려주는 이 이야기는 모든 상세한 내용에 있어서까지 완벽한 사실은 아니다. 그럼에도 불구하고, 현재를 살고 있는 이할미우트 부족이 겪은 어느 봄날의 참된 역사다.

이것은 주로 오호토의 이야기이므로, 그가 전체 내용을 대표해서 이야기하도록 했다:

아버지가 젊으셨던 시절, 우리들은 창과 활을 백인들의 소총과 교환했습니다. 내가 젊었을 때 소총이 우리에게 필요한 고기를 주었고 비록 예전 방식이 약간 바뀌긴 했어도 이 땅에서 산다는 것은 여전히 유쾌한 일이었지요.

그러나 이제, 소총에 필요한 탄약을 구할 수 없을 때가 종종 생기는 게 나는 이상하다 생각됩니다. 백인들이 우리 땅의 가장자리에 처음 도착했을 때, 우리에게 총의 좋은 점을 이야기해 주었고, 우리는 그들을 빌었습니다. 그들이 우리에게 우리 사람들의 전통적인 사슴 사냥방식을 내려놓고 여우사냥으로 바꾸라고 말했을 때, 우리는 그들이 바라는 대로 했고 한동안은 모든 일이 잘 되어 우리는 번성했지요. 우리들의 대부분처럼, 나도 젊은 시절부터 좋은 여우사냥꾼이 되었고, 여우를 잡을 수 있는 모든 방법을 알았습니다. 그러나 내 아버지 시절 사슴을 사냥하던 방식을 나는 많이 알지 못했지요. 왜냐하면 내 소총에 탄약이 있는 한 그것을 알 필요가 없었기 때문입니다.

이제는 소총에 넣을 탄약이 없을 때가 많지만, 왜 그런지 나는 모르겠습니다. 왜냐하면 나는 여전히 그 백인들이 원했던 대로 많은 여우를 덫을 놓아 잡고 있기 때문이지요. 그러나 남쪽에 있는 나무 이글루에 내가 잡은 것을 가지고 가도 다람쥐 히키크 말고는 나를 반겨주는 것이 아무도 없답니다. 당신이 이 땅에 오기 여러 해 전 겨울에 그런 일이 처음 일어났었는데, 내가 그 겨울을 잘 기억하는 이유는 그 해에는 반드시 많은 여우를 잡아야 한다고 상인들이 우리에게 말했기 때문이지요. 여우를 잡아 백인들의 장소에서 음식으로 바꾸면 사슴고기는 거의 필요 없을 것이라 믿은 우리는 그들이 너무나 원했기에 가을마다 했던 큰 사슴사냥을 포기하고 우리의 기술과 우리의 힘을 모두 사용하여 덫을 놓아 여우를 잡는 일에 전념했습니다. 그러나 겨울이 한가운데 이르렀을 때, 여우 털을 가지고 남쪽으로 가보니 문이 열려 있던 나무 이글루에는 수년 동안 지워지지 않는 냄새만 남겨놓고 백인은 떠나고 없었지요. 캠프에는 죽은 것들만 있었습니다. 상자들은 비어 있었고, 음식도 없고 우리의 총에 넣을 화약도 없었기에 우리를 위한 고기를 사냥할 수도 없게 되었지요.

내 기억에서 그 겨울이 지워지길 바라지만, 사실 난 그 해 겨울을 기억합니다. 내 첫 번째 아내인 에피트나가 그때 죽었고, 내 두 아이들도 아내와 함께 세상을 떠났기 때문입니다. 우리들의 캠프에서 다섯 명 중 오로지 한 명씩만 살아남아 봄이 찾아오는 것을 볼 수 있었기에, 나 홀로 배고픔과 슬픔에 처해 있던 것은 아니었지요.

살아남은 사람 중 몇몇은 사슴 투크투로 살아가는 우리의 예전 방식으로 돌아가려고 해 봤지만, 필요한 예전 기술을 우리가 가지고 있지 못하다는 것을 알게 됐지요. 몇몇은 백인들이 곧 돌아오리라 바라고 믿었기 때문에 고집스럽게 여우 덫사냥에 매달렸습니다. 그 사람들은 이제 없습니다. 사슴에게 돌아가려 애썼던 사람들만 남았고 그 중에 소수만이 오늘까지 살아 있는 것이지요.

첫 번째 백인이 사라진 뒤 다섯 번의 겨울이 지나자 다른 백인이 왔습니다. 이번에는 백인이 확실히 남으리라 느낀 우리는 다시 사슴을 뒤쫓는 것을 버렸지요. 다시 한 번 총에 쓸 탄약을 가지게 되었고 모든 것이 좋아 보였지만, 지난 겨울 그 백인은 이 땅을 또 떠나버렸고, 또다시 우리는 백인과의 거래를 위해 덫을 놓아 잡은 여우가죽 말고는 먹을 것이 아무것도 없게 되었습니다.

왜 당신네 백인들은 한 번 왔다가, 한 번 머물고 나서는, 우리가 당신들의 도움이 가장 절실히 필요할 때에 갑자기 사라져버리는 것입니까? 왜 그런 거지요? 여우 털을 가지고 오면 탄약으로 바꿔준다고 가르쳐 준 것이 상인들인데, 왜 상인에게 여우 털을 가져갈 수가 없고 그 대가로 탄약을 받을 수 없는 것입니까? 이 불가사의를 나는 이해할 수가 없습니다 ……

탄약이 없던 우리에게 그 겨울동안 충분한 고기도 없었지요. 내가 이야기하고 있는 겨울과 우테크의 호수 기슭에 살던 쿠니와 아노테엘리크 부모가 죽은 이야기는 당신도 이미 들었지요. 그러나 새로운 상인이 등장했다는 소문을 듣고 동쪽을 향해 갔던 우리에게 어떤 일이 일어났는지는 듣지 못했을 것입니다.

우테크의 호수 기슭에 살던 네 명의 사냥꾼과 그들의 가족 이야기를 당신에게 해주겠습니다. 안글레얄라크와 그의 아내, 노모, 그리고 그의 자녀 파마, 쿠니, 그리고 아노테엘리크가 있었습니다. 우테크, 그의 아내 호우미크, 그리고 그녀의 뱃속의 아기와 아마우트에 있던 다른 아기가 있었습니다. 오울리크투크, 그의 아내 그리고 노모와 자녀들도 있었지요. 그리고 나와 내 아내 나누크, 늙으신 내 아버지 엘라이투트나, 그리고 내 아내와 지금은 죽은 그녀의 전 남편 사이에 낳은 아들인 알주트와 엘라이투트나가 있었습니다.

내가 말하고 있는 그 겨울이 끝나갈 무렵, 우리 네 가족이 가지고 있던 개 전부를 이끌고 우테크와 안글레얄라크가 우리의 절실한 필요에 대해 말하기 위해 프란츠의 캠프가 있는 남쪽으로 내려갔습니다. 그들이 가고 없는 동안, 나는 프란츠가 가을에 여우 덫 미끼로 쓰려고 잡아놓은 사슴고기가 숨겨져 있는 곳을 찾으러 눈 덮인 땅을 홀로 나가보았습니다. 눈이 나머지 은닉처를 숨겨버려 내가 찾은 곳은 오직 한 군데뿐이었지요. 그런데 내가 찾은 이 한군데도 이미 울버린이 뒤진 곳이라 내게 남겨진 것은 뼈와 씹다만 가죽뿐이었지요.

배런스에서 빈손으로 내가 돌아왔을 때, 우테크와 안글레얄라크가 남쪽에서 돌아와 있었습니다. 그들은 프란츠가 저장해 놓은 것마저 다 떨어져 우리에게 줄 음식이 거의 없다고 말했습니다. 긴긴 몇 주가 지나기 전까지는 사슴이 우리의 땅으로 돌아오지 않을 것이기에 그때 나는 아주 거대한 두려움을 느꼈습니다.

비록 우리에게 희망은 없었지만, 우리의 긴 썰매를 끌 수 있는 개들이 있는 한 눈으로 덮인 불모의 비탈로 사냥을 하러 나갔지요. 그러나 개들도 굶주림에 죽어나가기 시작하자, 우리는 평원으로 더 이상 나갈 수 없게 되었습니다. 하지만 사냥할 것은 아무것도 없었고 설사 있었다 해도 우리 총에 넣을 탄약이 없었기 때문에 문제될 것은 없었습니다.

어느 날 밤 이글루를 떠난 안글레얄라크의 노모가 아침이 되어도 돌아오지 않았다는 이야기를 들었습니다. 우리는 의무를 다해 애곡했지요. 안글레얄라크의 이글루에 다녀온 내 아내는 그의 아내의 폐에 들어있는 악마 때문에 거의 죽을 정도로 아프다고 내게 전했습니다.

죽음의 질병은 우리 모두에게 그리 멀리 떨어져 있지 않았지요. 우리 이글루에서도 아들 엘라이투트나가 할아버지처럼 가만히 앉아 있었는데, 내가 들어와도 아무 말 하지 않고, 이글루를 나가지도 않았습니다. 혹시라도 먹으면 힘이 될까싶어 내가 눈 밑에서 오래된 뼈를 파내는 것을 도울 만큼 어린 알주트는 아직 힘이 남아 있었지요.

자식들의 목숨에 너무나 절망한 아내 나누크가 어느 날 내게 속삭였습니다. 내 아버지인 노인을 죽여 우리 자신과 자식들의 굶주린 배를 위한 음식으로 먹어야 한다는 것이었습니다. 아내의 계획에 동의할 수가 없었던 이유는 아버지 엘라이투트나는 평생 동안 훌륭한 사냥꾼이었고 이제는 사라진 세월동안 나와 내 가족을 위해 자신의 힘과 자신의 세월을 아낌없이 주었기 때문입니다. 그러나 여자들이 그러하듯이 절박했던 나누크가 침대 구석에 앉아 있던 노인의 귀에 직접대고 말을 하자 그는 주름진 눈을 감았습니다. 그녀가 말할 때 엘라이투트나는 눈을 뜨지 않았고 오랫동안 내 아내의 다급한 목소리를 듣지 않고 있는 듯 보였지요. 그러다 마침내 그는 천천히 고개를 끄덕였고 그의 심장 속에 조금이라도 남아 있는 생명을 우리가 취하도록 하는데 기꺼이 따르겠다는 것을 우리는 알았습니다.

아내가 생가죽 끈을 가지고와 양 끝을 묶어 올가미를 만들려고 할 때 손가락이 떨려 매듭을 묶을 수 없었지만 나는 도와줄 수가 없었지요. 마침내 아내는 끈을 던져버리고 흐느껴 울면서 침대에 있던 두 아이 사이로 몸을 던졌습니다. 그래서 엘라이투트나는 좀더 살 수 있게 되었습니다.

고기를 먹은 지 세 주가 넘게 흘렀고, 우리가 먹는 유일한 것은 오래된 뼈와 캠프 근처에서 찾은 개와 사람의 배설물이었습니다. 마침내 내 이글루로 우테크와 오울리크투크가 찾아왔고 우리 캠프에서 동쪽으로 여러 날 거리에 떨어진 호숫가에 어떤 백인이 통나무 이글루를 짓고 있다는 소식을 지난 여름 들었다고 우테크가 우리에게 말했습니다. 그와 오울리크투크는 그들의 이글루를 버리고 그 백인을 찾기 위해 작은 언덕들의 땅을 벗어나 동쪽으로 여행할 것을 결심한 상태였지요. 머물러 있는 것은 곧 죽음임이 분명했기에 나도 그들과 같이 가는데 동의했습니다. 안글레얄라크에게 같이 가자고 물어보았지만, 죽어가고 있는 아내가 홀로 이 세상을 떠나도록 남겨둘 수 없다며 우리의 제안을 거절했습니다.

세 마리의 개가 우리 이글루에 살아 있었는데 녀석들을 잡아 내장과 가죽까지 모두 먹고 나자, 여행을 떠날 충분한 힘이 생겨났지요.

우리가 출발하는 날 환한 태양이 봄의 첫 번째 온기를 전해주었습니다. 천천히 걸음을 옮기면서 가장 힘이 센 남자들이 움막을 지을 몇 장의 가죽과 아이들을 데리고 이동했습니다. 여자들과 노인들은 자신들의 몸만 움직이는 것만으로도 충분했습니다.

우리가 할로 호수에 도착하니 할로와 미키 그리고 야하의 가족들만 남아 있었습니다. 헤크와우와 카텔로는 자신들의 이글루에 그들의 부인 이푸크와 오퀴누크의 시신을 남겨놓은 채 살아남은 가족들을 데리고 떠나고 없었지요. 저 먼 어떤 계곡에서 사슴 무리가 겨울을 나고 있을지도 모른다고 믿으며 무리를 찾길 바라는 마음으로 평원을 향해 헤크와우와 카텔로는 떠났던 것이었습니다. 그런데 할로 호수에 남은 사람들은 이들 중 어느 누구라도 살아서는 다시 만나지 못할 거라고 생각했는데 사슴을 찾은 그들은 몇 마리를 죽여 봄이 되기 전에 돌아왔습니다.

이곳에서 카쿠미 호수 캠프의 소식을 우리는 들었고, 카쿠미와 그 식구 모두는 살아 있으며 그들에게는 먹을 고기가 충분하다는 것도 들었습니다. 그러나 악한 사람인 그는 우리를 내쫓고 악마를 우리에게 씌우려고 할 것이기에 음식을 구하러 그 사내에게 가는 것은 소용없는 짓이라는 것을 우리는 알았지요.

도움을 청하러 동쪽으로 가는 우리의 계획에 대해 할로 쿠마니크에 남아 있던 세 가족에게 이야기하니 그들도 우리와 함께 가겠다고 결정을 했는데, 그들 역시 죽은 사람들과 같이 지내다보니 죽음이 함께 한다는 사실로 인해 그들 자신의 삶에 대해서는 거의 소망이 없었기 때문입니다.

그들이 우리와 같이 간다는 소식은 우리에게 좋은 일이었는데, 왜냐하면 미키에게는 사슴은 죽일 정도는 못돼도 뇌조나 산토끼를 죽일만한 벌처럼 작은 총알이 들어가는 스핏 소총이 있었기 때문입니다. 초겨울에 프란츠로부터 선물로 받은 작은 총알도 몇 개 가지고 있었습니다.

우리 땅의 언덕이 보이지 잃는 곳까지 이르는네 이틀의 시간이 걸렸는데, 튼튼한 남자라면 반나절 만에 걸어갈 거리였습니다. 그러나 우리는 힘이 없었고, 뱃속에서 느껴지는 무지근한 고통에 대해 불평하지 않으려고 애쓰면서 여자들과 노인들이 눈 언덕에 기대어 자신들의 여윈 몸을 쉬기 위해 몇 길음마다 멈춰서야 했습니다.

나흘째 되는 날, 우리는 숲의 가장자리에 이르렀는데, 정말 다행스럽게도 늑대들이 반쯤 먹고 남은 사슴의 시체를 발견했지요. 늑대보다 더 굶주린 우리들에게는 여전히 충분한 양이 남아 있었습니다. 우리는 뼈를 모두 쪼개어 야하가 가지고 온 양철냄비에 넣고 훌륭한 스프를 만들었는데, 우리가 도착한 땅에는 불로 태울 나무들이 있었기 때문입니다.

늑대 아모우가 우리에게 준 사슴고기를 머리뼈에 붙어 있던 마지막 남은 힘줄조각까지 먹어치울 때까지 그곳에서 우리는 이틀간 머물렀지요. 힘이 약간 돌아온 우리는 더 이상 앞으로 나갈 수가 없다는 것을 깨닫기 전까지 삼일 동안을 메마른 숲속으로 들어갔습니다. 우리가 멈춘 곳에는 뇌조도 보이지 않을 정도로 먹을 것이 없었지만, 그럼에도 우리는 움막을 세웠는데, 적어도 우리 몸을 불로 따뜻하게 해 줄 나무가 있었기 때문이지요. 우리는 눈을 녹여 따뜻하게 끓여서는 우리의 뱃속을 갉아먹고 있는 격심한 고통을 잠재울 때까지 엄청난 양의 물을 마셨습니다.

그 캠프에서 맞이한 둘째 날, 우리에게 또 한 번 행운이 찾아왔지요. 숲속의 깊은 눈 속을 걸어갈 힘이 없던 미키에게 우테크가 스핏 소총을 빌려 혼자서 사냥을 나갔습니다. 갑자기 산토끼를 만난 우테크는 눈 속에 무릎을 꿇고 앉아 과녁을 맞혀 숲의 가장자리에서 그를 지켜보고 있던 산토끼를 잡는데 성공했습니다.

그가 캠프로 산토끼를 가지고 돌아왔을 때, 나는 여자들도 고기를 먹을 이유가 있기 때문에 필사적으로 그것을 먹으려 할 것이라고 나는 생각했습니다. 우테크의 아내는 어린 자식을 먹일 젖이 말라 있었고 그녀의 자궁 속에도 굶고 있는 태아가 있었기 때문입니다. 내 아내도 알주트와 엘라이투트나의 목숨을 위해서라면 그 산토끼를 낚아채야만 했고, 다른 여자들도 고기를 위해 싸워야만 하는 상황이었습니다.

그러나 이런 일은 생기지 않았지요. 여자들은 더는 앞으로 나갈 수 없는 우리 무리의 모두를 위해, 굶주림의 피해를 가장 덜 받은 남자 세 명만이 그 고기를 먹고 기운을 차려 상인의 도움을 얻어와야 한다고 결정했습니다.

그래서 우테크와 오울리크투크, 그리고 나는 토끼고기를 요리한 냄새가 자신들의 몫을 포기한 이들의 코에 들어가지 않도록 수풀 속에서 먹었습니다. 고기가 요리되는 동안 기다리는 것은 끔찍한 고문이었습니다만, 날것으로 그것을 먹었다가는 우리의 배가 고기 때문에 구역질을 할 것이기 때문에 익혀서 먹어야 했습니다. 내 몫으로 주어진 약간의 고기를 급하게 먹으면서 캠프의 움막에 누워 있는 아이들을 생각하지 않으려 애썼습니다. 그런 후, 음식이 들어간 뱃속의 날카로운 고통을 느끼며 우리 세 사람은 상인의 교역소를 찾기 위해 얼어붙은 작은 강을 따라 내려갔습니다.

빨리 걷긴 했어도 이틀 동안 걸어서야 호수 기슭에 도착한 우리가 호수 건너편에서 본 것은 백인만이 가질 수 있는 통나무 이글루 벽이었습니다. 그 백인이 바로 상인이었습니다. 한참을 찾았어야 할 그 땅에서 그를 발견한 것은 참으로 놀라운 일이었습니다. 호수를 돌아 우리가 서둘러 다가가니, 백인의 개가 우리의 소리를 듣고 가까이 다가가는 동안 짖어댔습니다.

우리는 그때 이제 이 굶주림은 끝나서 사라졌다는 것을 알았습니다. 이미 나 자신은 작은 언덕들 아래 우리 사람들의 캠프에서 어떤 일이 일어났었는지 잊기 시작하고 있었지요. 근육에서 나오는 힘이 아니라 정신에서 나오는 힘은 더는 필요 없게 되었습니다. 내 다리가 꺾이면서 눈 속에 쓰러졌지만, 우리가 안전하다는 것을 알게 된 이상 신경 쓰지 않았습니다.

작은 키의 조그마한 몸을 한 상인이 이글루에서 나와 눈 속에 앉아 있거나 누워 있는 우리를 쳐다보았습니다. 그가 우리를 쳐다보자 우리의 나약함에 부끄러웠고 그의 언어를 우리가 할 수 없다는 사실에 부끄러워 난처해하며 우리는 웃었지요.

두발로 일어난 우리는 그곳에 서 있었지만 무엇을 해야 할지 몰랐습니다. 마침내 우테크가 자신의 홀쭉한 뺨을 가리키고 난 뒤 배에서 튀어나온 자신의 갈비뼈를 보여주었습니다. 백인 카블루나가 캠프에서 어떤 일이 일어났는지 알게 하려고 나는 다시 눈에 누워 죽은 사람처럼 눈을 감았지요.

그런데 그 상인은 이해하지 못했습니다!

그는 오두막으로 들어가서는 여우 털을 들고나와 한손에는 그것을 쥐고 다른 손은 우리를 향해 뻗었습니다. 그러자 우리에게는 바꿀 만한 여우 털이 없었기에, 엄청난 메스꺼움이 내게 밀려왔습니다. 굶주린 사람들은 덫을 놓아 여우를 잡지 못하기에, 거기서 여우 털을 요구한다고 해도 우리들은 어쩔 도리가 없었습니다.

우리에게는 여우가 없다는 것을 그에게 보여주자, 그 백인은 벌컥 화를 내었고 나는 우리가 왜 찾아왔는지 그가 아마도 이해를 못한 것이라고 생각했습니다. 또다시 우리는 우리에게 필요한 것이 무엇인지 보여주려고 애를 썼고, 우리 몸에 드러난 뼈를 그가 볼 수 있도록 또다시 우리는 파카를 들어 올렸습니다. 그러나 무언가가 잘못되었는지, 그는 알려고 하지 않았습니다.

이제 와서야 다시 생각해보니, 음식이 있는 사람이라면 그 누구라도 배고픈 사람을 외면할 수는 없는 것이기에, 우리가 그 상인에게 그렇게 열심히 이야기하려고 했던 것을 그가 이해할 수 없었음이 분명하다는 것을 나는 압니다. 그 사람의 개가 먹이를 잘 먹어 통통했기에 우리는 그에게 음식이 있다는 것을 알았고, 우리가 말하는 것을 그가 오해하지 않고 개가 먹는 먹이라도 우리에게 좀 나눠줬더라도 우리는 기뻐했을 겁니다.

아마 미키의 소총을 우테크가 여전히 들고 있었기에 이 낯선 백인은 우리 세 사람을 두려워했을 겁니다. 그가 오두막으로 돌아가 문으로 나왔을 때는 오른손에 사슴을 잡는 소총을 들고 왼손에는 밀가루한 부대를 들고 있었지만, 아이 한명이 운반할 정도로 너무나 작은 부대였습니다. 그는 우리에게 밀가루를 내던지며 문을 굳게 닫아버립니다. 그리고 우리는 두 번 다시 그를 보지 못했습니다.

미키의 소총을 잡아 이 사내를 쏴버리고 그의 작은 통나무 저장소에서 필요한 것을 꺼내야겠다는 분노의 찬 생각이 내게 떠올랐지요. 그러나 숨을 쉬고 있든 아니든 이제는 죽어버린 아들 엘라이투트나에 대한 기억 때문에 생겨난 생각이었습니다. 그 생각은 깜빡거리더니 사라졌지요. 그리고 우리 셋은 돌아서서 자신의 목숨을 우리 손에 의탁하고 있는 사람들을 향해 서쪽으로 돌아갔습니다.

모든 말이 사라진 우리 사이에서 아무런 말도 오가지 않았지요. 밀가루는 한 줌도 먹지 않았기에 약한 우리 몸으로 되돌아오는데 나흘이 걸렸고, 마지막 부분에서 나는 기어서야 모닥불까지 이를 수 있었습니다.

내 아버지 엘라이투트나는 세상을 떠났습니다. 그는 여전히 움막 문 옆에 앉아 있었지만, 얼어서 굳어버린 몸으로 생의 마지막을 보낸 그의 눈은 감겨있었지요. 나누크가 입을 열어 죽은 아버지의 시신을 먹어야만 한다고 이야기할까봐 나는 두려웠지만, 아내는 입을 열 수 없을 정도로 약해져 아버지의 시신은 그 자리에 그대로 있었습니다.

백인에게서 우리가 가져온 밀가루는 캠프에서 살고 있던 모든 이들이 적은 양으로 단 한 끼 식사를 할 만큼이었습니다. 많은 이들이 밀가루를 날로 먹지 못해도 죽음의 악마를 겨우 하루 정도 지체시킬 뿐이었기에 문제 될 것은 없었지요.

오울리크투크의 텐트에서는 그의 아내가 죽은 아이를 가슴에 물리고 있었는데, 이 아이가 오크틸로호크였습니다. 오울리크투크는 아내에게서 아이를 떼어낼 수 없었기에 아이의 시신은 그렇게 텐트에 머물렀습니다.

우테크와 호우미크의 텐트도 마찬가지였습니다. 아이 한명은 사슴 가죽 조각위에 죽은 채 누워 있었고, 호우미크의 뱃속에 있는 또 다른 한명은 거의 죽어가고 있었습니다.

그리고 이제 아이의 죽음을 애곡할 차례가 내게 돌아왔습니다. 내가 불러도 엘라이투트나가 깨지 않았고, 아이의 작은 손은 얼음보다 더 차가운 서리 옆에서 얼어 있었습니다. 그 아이가 죽고 나서는 아내의 아들 알주트도 죽어 떠나버렸지요. 그곳에서 죽음은 우리에게 어떤 의미도 없었습니다. 흐느낌도 없었고, 죽은 자들을 위한 애가를 통곡해서 부르는 여자들도 없었습니다. 그곳에서는 죽음도 우리에게 아무 의미가 없었던 거지요 ……

그러나 이제는 기억하고 싶지 않은 참으로 끔찍한 시절이었습니다. 그 시간들을 당신의 귀와 당신의 마음속에서 잊히게 해주십시오. 그때에 대해서는 더 이야기하지 않겠습니다.

백인에게서 우리가 돌아온 지 이틀이 지나서 마침내 사슴들이 돌아와 우리 나머지는 살게 되었습니다. 결국에는 사슴이었습니다. 사슴 홀로만이 이 모든 세상에서 우리 사람들의 필요를 알고, 우리 땅 전체에서 그 어떤 연민도 찾아볼 수 없었던 시절, 그 숲의 가장자리 옆에 있던 우리에게 유일한 연민을 보여줬지요. 사슴 속에 살고 있는 정령 투크토리아크는 우리 캠프에 거대한 수사슴을 보내주고 우테크의 모닥불가로 너무나 바보같이 가깝게 서 있게 해서, 미키의 작은 소총의 작은 총알로 우테크는 그 사슴을 죽일 수 있었습니다.

그때가 바로 올봄이었습니다. 늦은 봄 우리는 우테크 쿠마니크로 돌아왔고 거기서 울버린이 흩어놓은 안글레얄라크와 그의 아내, 그리고 딸의 뼈를 발견했지요. 우리가 죽은 자들을 낯선 숲의 땅에묻은 것처럼, 이 뼈도 우리는 묻었습니다. 그러나 악마가 쿠니와 아노테엘리크를 데리고 가버렸다고 우리는 오랫동안 생각했기에, 그들이 안전하다는 이야기를 들었을 때 우리 마음은 너무나 기뻐했지요.

단지 몇 십 년 전만 해도 이 땅의 평원을 해매고 다니던 수 천 명의 사람들 중 마지막으로 남은 마흔 명 중 열두 명의 목숨을 빼앗아간 1947년 올해 봄에 대한 오호토의 기억은 이렇게 해서 끝난다.

사슴 부족은 순록이 이동하는 시기인 가을이 오면,
키와틴 중부에 있는 이런 수많은 내륙호의 길목에서 순록들을 창으로 찔러 잡았다.

겨울을 대비하기 위해 늦가을에 사냥해 잡은 순록.
뿔에 머리를 받쳐놓은 것은 눈이 내린 다음에도 순록의 위치를 알아볼 수 있게 하기 위해서이다.

10

지금은 그들의 시간

이할미우트 부족의 다양한 기분을 여전히 좌우하는 것은 지금이
다. 그 중에서도 유쾌한 기분이 다수를 차지한다. 유쾌한 기분이야말
로 이 사람들이 즐겁게 향유하는 감정인데, 다른 감정들 같은 경우에
는 실감 있게 다가오지 않으면 마음속에서 지워버린다.

바람강 오두막에 서리가 내린 어느 가을날, 가지고 온 겨울 의복
을 나는 살펴보았다. 앤디와 내가 처칠을 떠나기 전에도 나는 옷을
꼼꼼히 확인했지만 그때는 벌써 여러 달 전 일인데다가, 그 이후로
나는 많은 것을 보았고 내 친족 같은 이 사람들의 시야로 나 역시 보
게 되었다. 이제 내가 가지고 온 양모로 된 긴 내복과 서너 개쯤 되는

두꺼운 모직 스웨터, 그리고 담요처럼 두꺼운 후드가 달린 긴 외투를 다시 살펴본다. 더 이상 이 옷들로는 보온과 보호를 받지 못할 것 같다.

잠시 후 옷을 모두 상자에 다시 담고는 노래 사촌인 우테크를 찾아 나섰다.

"니펠로 아콰코!" 내가 그에게 다가가자 우테크가 말한다. 내일 눈이 내립니다! 물론, 나는 그의 말을 믿고, 내가 그에게 간 것도 곧 닥칠 눈 때문이었다. 그것은 미묘한 문제였다. 우테크는 아마도 그 자리에서 옷을 벗어 줄 것이 때문에 가죽옷을 달라고 그에게 솔직하게 부탁할 정도로 나는 영리하지 못했고 게다가 우리가 노래 사촌이긴 해도 이 사내에게 느끼는 나의 친밀감이 여름 내내 그가 입고 살았던 옷을 입고 싶을 만큼 깊지는 않았다.

"우테크," 내가 말했다. "캠프 사람들 중 당신 어머니가 가장 훌륭한 옷을 만드신다고 들었습니다. 맞습니까?"

우테크는 나의 꼬임에 넘어가지 않았다. 천성적인 그의 겸손함은 자신의 어머니의 일에 관해서도 그랬다. 그는 유감스럽다는 표정으로 나를 쳐다보았다.

"그 노인은 사향소가 입어야 겨우 맞는 옷을 만들 뿐입니다! 누가 그런 끔찍한 거짓말을 당신에게 한 겁니까?"

나는 다른 방향으로 시도해본다. "내일이면 이곳에 눈이 올 겁니다, 당신이 말했듯이요." 나는 그에게 말했다. "당신에게는 아무 문제가 없는 일이지만, 그러나 이 땅에서 어떻게 옷을 입어야 할지 모르는 우리 불쌍한 백인들은 아마도 꽁꽁 얼어버릴 겁니다." 강조를 하기 위해 적당히 몸을 오들오들 떨면서 한 이 말을 우테크가 어떻게 받아들이는지 그를 쳐다보았다.

그는 환하게 웃고 있었다. 이러한 그의 대답을 있는 그대로 인용할 수는 없는 노릇이긴 해도, 그 요점은 바로 자신의 아내 호우미크가 그 문제를 즐거이 해결해 줄 것이니, 내가 추위를 걱정할 필요는 전혀 없다는 뜻이었는데, 그 해결책에 옷을 만드는 것까지는 포함되지 않았다.

나는 거의 포기할 뻔했지만, 마지막으로 시도해 보기로 결심을 한다. 나는 씹는담배 한 덩어리를 꺼내고는 솔직하게 말한다:

"새 겨울 모피 한 벌에 담배 몇 덩어리면 됩니까?"

우테크가 내 말에 상처를 받으리라 예상했는데, 더 환하게 웃으며 그가 하는 말이 오늘밤 눈이 온다면 옷은 2주안에 완성된다고 한다. (첫 눈이 내리기 전까지는 겨울옷을 만드는 작업을 아마도 시작하지 않는 것 같았다.) 담배 두 덩어리면 괜찮은 것 같았는데, 그 담배는 사람에게는 거의 맞지 않지만 사향소가 입으면 알맞을지도 모를 옷을 만드는 그의 어머니에게 드릴 것이다. 한 발의 생가죽 줄을 우테크가 꺼내더니 그것으로 허리, 신장, 팔의 치수를 확인하면서 내 몸의 치수를 잰다. 하나씩 잴 때마다, 줄에 매듭을 지어 표시했고, 치수를 다 잰 다음 우리는 주문을 하기 위해 그의 캠프로 출발했다.

겨울이 다가오자 하늘에서 자신의 자리를 잃어가고 있는 태양 때문에 작은 언덕들 아래 캠프에서 맞이하는 가을은 짧았다. 우테크의 캠프로 가는 오래된 사슴뼈가 깔린 길 위로 가을에 사냥한 수사슴 가죽이 카펫처럼 널려 있었다. 아마도 말뚝에 꽂거나 돌로 팽팽하게 늘여 이 가죽 중 50개를 널게 되면, 갓 벗겨낸 가죽의 푸르스름한 빛은 색깔이 바래져서 건조된 가죽의 백회색 빛으로 변할 것이다. 쇠파리 때문에 난 상처는 천연두가 돋은 것처럼 가죽에 점점이 찍혀있지만, 가을에 부풀기 시작하는 유충의 작은 주머니는 지방이나 조직과 더불어 세심하게 제거되어 있었다. 호우미크가 텐트에서 나와 거의 다 건조된 가죽 중 하나를 골랐다. 털이 잘 붙어 있는지 아주 세심하게 가죽을 살펴본다. 그런 다음에 가죽을 들고 텐트로 돌아가 연기가 나는 불 옆에 앉아 무두질할 준비를 한다. 옷을 만들기 위해 가죽을 무두질하는 것은 간단하다. 호우미크가 해야 하는 일은 뻣뻣하고 손질이 안 된 가죽이 부드러워질 때까지 자신의 단단한 두 손 사이로 만져주는 것이 전부다. 그러면 우테크의 어머니가 모양에 따라 가죽을 잘라 새 겨울 의복의 부분을 만든다.

모든 무두질이 그렇게 간단한 것만은 아니다. 이 사람들이 신는 부츠는 반드시 순록의 가죽으로 만들어져야 하는데, 부츠가죽으로는 수사슴 목 부분 가죽이 가장 두껍고 최상의 품질이다. 털이 가죽에서 썩어 문드러질 정도로 가죽을 장시간 물에 충분히 불려야 하는데 그렇게 불린 가죽을 구부러진 칼로 최상의 양피지만큼이나 얇게 여자들이 문지른다. 부츠의 밑창으로는 해안 사람들이 사용하는 바다표범 밑창만큼 튼튼하지는 않아도 사슴가죽 중 가장 튼튼한 이마 부분을 사용힌디.

사슴 등에 난 넓은 띠 부분의 가는 힘줄로 부츠와 옷을 여전히 꿰매서 만드는데, 호우미크는 아직도 사슴의 어깨뼈를 깎아내 매끈하게 다듬은 섬세한 바늘을 사용하여 바느질을 했다. 그녀의 바느질은 바라보고 있으면 경이로운 작업이다. 여름용 부츠는 반드시 방수가 되어야 하기 때문에 그녀는 오로지 자신의 바느질 솜씨로 꿰맨 솔기 부분 틈에 완벽하게 물이 스며들지 않도록 만들어야만 한다. 이렇게 꿰맨 부분이 너무나 섬세해서 육안으로는 전혀 바느질 땀수를 셀 수가 없는 경우도 있는데, 어떻게 호우미크가 이렇게 바느질을 할 수 있는지는 어느 누구도 말할 수 없는 부분이다.

내가 설명한 여름 부츠를 만드는 방식으로 모든 부츠를 만드는 것은 아니다. 겨울용을 위해서는 얼음 위에서 미끄러지지 않도록 밑창을 털이 있는 부분으로 뒤집어 댄다. 구석구석 털로 안감을 댄 것도 있고, 맨살에 바로 신을 수 있도록 곱고 섬세한 새끼 사슴이나 산토끼 가죽으로 만든 것도 있다.

이 모든 가죽을 손질하고 준비하여, 부츠와 옷을 만드는 것은 여자들의 일이다. 한창 부츠와 옷을 만드는 계절이 되면 며칠이고 해야 하는 일이다. 여자들이 반드시 만들어야 하는 것 중 몇 개만 나는 이야기했다. 전체 목록을 댄다면 거의 끝이 없을 것이다. 가방, 양동이, 장신구, 옷, 텐트, 카약 가죽, 그리고 길고 헐거운 겉옷은 사슴을 이용해 여자들이 반드시 만들어야 하는 많은 물건 중 몇 개에 지나지 않는다. 사슴 가죽이 더할 나위 없이 최상급이면 며칠이고 꼬박 만들어야 할 것들이 넘쳐난다.

내 '겨울 집'인 털옷을 만든 사람은 우테크의 노모 칼라였다. 시작할 때부터 완성할 때까지 나를 보지 않고도 옷을 완성했다. 그래도 우테크가 옷을 내게 가져왔을 때, 그 옷은 잘 맞았다. 담배 두 덩어리를 받고 자신의 기술을 보여주기 위해, 가장 뛰어나게 털을 고르게 섞어 우아함과 아름다움을 결합한 모양으로 파카 겉 전체에 순백의 사슴 뱃가죽을 댄 것을 보면 전혀 부당한 값을 그녀가 요구한 것도 아니다.

우테크의 캠프에서 지낸 시간 동안 나는 나이 많은 칼라가 보여준 것처럼 섬세하고도 훌륭한 여러 기술을 볼 수 있었다. 그 가족은 규칙이 잘 정해져 있어서, 할 일이 가장 많은 사람들에게도 일이 부담으로 여겨지지는 않았다. 한 가지 예를 들자면, 가족 중 가장 연장자인 칼라가 맡은 특별한 일은 연료를 충분히 준비해서 요리용 불을 꺼뜨리지 않게 지키는 것이었다. 이 나이 많은 여인은 날마다 캠프 밖으로 나갔는데, 때로는 필요한 만큼의 버드나무 덤불을 찾을 때까지 그 땅을 가로질러 10마일이나 걸어가기도 했다. 버드나무를 찾으면 가지를 자르고 묶어서 엄청난 양의 다발을 만들어 등에 지고 집까지 운반한다. 그래도 왕복 20마일을 걷는 것이 나이 많은 칼라에게는 어떤 일이었을까? 도중에는 즐길만한 것들이 많이 있었다. 언덕의 비탈진 높은 곳에는 매끄러운 벨벳 가죽의 아름다운 동물인 살찐 암사슴 무리가 풀을 뜯어먹는다. 혹은 오 이런, 바다꿩이 연못 가장자리에서 여자들끼리 하는 잡담을 시끄럽게 떠들어대기도 한다. 어쩌면 걷는 동안 먹을 즐거운 간식거리를 위해 잘 숨겨진 뇌조 둥지를 찾아 어미 새는 쫓아내고 반쯤 부화된 알을 찾을지도 모른다.

종종, 가까이에서 연료를 구할 수 없으면, 캠프의 아이들도 그녀와 함께 나간다. 우테크의 누이 아들이자 부모를 여읜 아트날리크는 조그마한 장난감 고무총을 가지고 나가 고집스럽게 산등성이에 사는 흰 멧새나 긴발톱새 같은 경계심 많은 새를 뒤쫓는데, 이따금씩 자신이 잡은 조그마한 새를 손에 높이 들고 나이 많은 칼라에게 자랑스러워하며 돌아오기도 한다.

만약 혼자 나무를 하러 나가는 경우에는 칼라를 행복하게 해줄 충분한 기억들이 있었다. 세 명의 남편과 열두 명의 아이를 낳고, 최초의 백인 티럴이 강으로 온 것을 보았으며, 3대에 걸친 사람들의 모든 이야기를 아는 나이 많은 칼라의 풍부한 기억 말이다.

연료를 모으고 아들을 위해 옷을 바느질하며 불이 꺼지지 않고 타도록 지키는 일 외에도 특히 아들과 며느리가 삶을 꾸려가는 방식에 대해 신랄하게 비판하는 일도 칼라는 맡고 있었다. 그것은 이할미우트 부족이 나이 많은 사람들에게 받기를 거절하지 않는 일로써, 나이 많은 여자의 특권이다. 만약 어느 날 우테크가 필요한 신선한 고기를 사냥하는데 실패했다면 이 나이 많은 쪼그랑할멈의 호된 꾸지람을 듣는 것을 각오해야만 한다. 그리고 어머니에게 화를 내는 것이 아니라 약간 부끄러운 듯 웃으면서 고개를 젓고는 이렇게 답할 것이다. "어머니, 내일은 더 잘하겠습니다. 그러면 근심을 날려버리기 위해 어머니의 오래된 치아로 신선하고 좋은 골수를 드실 수 있을 겁니다."

이 사람들의 여름 캠프에서는 나이 많은 여자의 하루생활이 꽉 차 있다. 그녀가 일을 하긴 해도 다른 곳의 노인들이 종종 그러는 것처럼 급하게 쫓기지는 않는다. 잡담을 할 시간도 있고 가까운 캠프를 방문할 시간도 있으며 그녀가 살아 있는 동안에는 자식들과 손자들의 사는 방식에 반대하여 이야기할 권리와 자유도 가지고 있다.

어쨌든, 그녀는 이러한 삶을 살아야 한다. 왜냐하면 겨울이 다가오면 이 나이 많은 여자의 삶은 체스 경기의 졸과 같이 아무 가치가 없어지기 때문이다. 극심한 겨울이 찾아와 굶주림이 가족을 덮치면 나이 많은 사람은 죽어야만 한다. 모든 사람들이 알고 있는 사실이지만 아무도 입 밖으로 크게 말하지 않는다. 여름에는 노인들이 젊은 사람들이 가지는 제약에서 벗어나 대부분 자유롭게 생활한다. 겨울에는 젊은 사람들이 노인들에게 도움을 청하며 밤중에 나가 결코 돌아오지 말라고 부탁할지도 모른다.

호우미크의 삶도 충분히 유쾌했다. 1947년 여름 그녀는 아기 칼라크를 낳았는데 이 아기가 태어난 것은 그녀에게 엄청난 행복이었다. 작은 돌무더기아래 묻혀 뼈로 남은 다른 세 아이들은 이 땅에서 태어나 한 해가 끝나는 걸 보지도 못했다. 그러나 분명 칼라크는 살아남아 잘 지낼 것이다. 겨울이 닥쳐도 캠프 주위의 저장소에 좋은 고기가 많이 놓여 있으리라 호우미크가 확신하기 때문에, 곱고 건강한 이 여자아이는 잘 먹고 통통하게 자라날 것이다.

여름에 호우미크에게는 할 일이 많았지만 삶의 기쁨을 누릴 충분한 시간도 있었다. 가을이 될 때까지는 옷을 만들 필요가 없었어도 주의를 기울여 언덕에 내어야 할 말린 고기 니프쿠가 많았다. 태양이 뜨면 파리들이 들끓기 전에 고기를 뒤집어놓아야 하고 비가 몰아닥칠 것 같으면 널리 펼쳐놓았던 고기 조각들을 재빨리 거둬들여 안전하게 저장해야만 했다.

자신의 식구와 오호토나 헤크와우 텐트에서 찾아오는 두세 명의 방문자들을 모두 먹이기 위해서는 하루에 다섯끼의 식사를 준비해야 한다. 지방과 골수를 충분히 넣어 하루에 스프는 서너 번 끌이고 다른 두끼의 식사로는 구운 고기 식은 것이나 찐 고기를 먹는데 이런 식사로도 모든 사람이 충분히 행복해한다.

여름 동안에는 호우미크가 개도 맡는다. 그러나 전년도 기근으로 인해 키우던 개 중 살아 남은 녀석은 하나도 없어 새 봄에 우테크가 마련한 개 세 마리가 선부라 일은 가볍다. 이 세 마리 강아지들은 아직 썰매를 끌지 않기 때문에 캠프 내에서 자유롭게 돌아다닌다. 훔치는 것을 탁월하게 해내는 강아지들이라 호우미크에게는 골칫거리여도 녀석들을 결코 묶어놓지는 않는다. 이할미우트 사람들은 개들을 거의 사람처럼 여긴다. 사람에게나 사람이 키우는 동물 모두에게 고난과 힘든 노동의 시간이 곧 다가온다. 이할미우트 사람들은 "강아지일 때, 이곳의 생활이 쉬울 때, 찾을 수 있는 즐거움은 누리게 해라. 모든 어린 것들이 반드시 그래야 하듯이 자유롭게 풀어주라"고 말한다. 그래서 녀석들이 반드시 배워야 하는 진짜 썰매를 끄는 것을 흉내 내서 아트날리크가 모형 썰매를 강아지 세 마리 중 하나에게 매게 하고는 그것을 끌게 할 때 말고는 녀석들은 할 일이 없다.

강아지들은 먹이를 잘 먹어 살이 퉁퉁하게 오른 무한히 성질 좋은 놈들이었다. 녀석들 중 한 마리가 등을 대고 바닥에 누워 있는데 발가벗은 아기 칼라크가 개의 배위로 기어와 그 작은 손으로 놈을 때리거나 한주먹 가득 모래를 녀석의 벌리고 있는 붉은 입속에 붓고 있는 것을 흔히 볼 수 있었다. 이 개들에게도 곧 변화는 찾아오겠지만, 지금만큼은 오로지 도를 너무 넘어서 행동할 때 우테크가 경고로 보내는 쉿 하는 소리에 복종할 뿐 녀석들은 자유로운 삶을 살고 있었다.

호우미크가 하는 주된 일은 그녀가 나은 아이를 돌보는 것이다. 매일 칼라크에게 많은 시간을 들이는 그녀는 아기와 놀아주고, 배고픈 기색이 보이기라도 하면 젖을 물리고, 젖은 이끼뭉치로 목욕을 시키거나, 아니면 엄마들이 아이들에게 하듯이 그저 딸에게 이야기를 건넨다.

어린 시절은 짧은데다 종종 비극이 잇따라 닥치기 때문에, 이 사람들의 캠프에서 아이는 왕이다. 개들에게도 그러듯이, 아이가 어릴 적에는 강제로 시키는 일이나 힘든 노동에서 자유로운데, 어른이 되었을 때 찾아오는 고통을 달래주는 아이의 기억 속에 이 시절이 항상 남아 있기 때문이다.

잘 알지도 못하는 사람들은 에스키모들이 그 자식을 잘 대해주는 이유가 자신들이 나이가 들어 더 이상 살아도 쓸모없는 존재가 되면 이제 자식들로부터 잘 대접받기 위해 그렇게 하는 것뿐이라고 말한다. 실제로는 인간에 대한 그들의 지식이 너무나 깊기 때문에 엄청난 동정심과 인내를 가지고 자신들의 아이들을 대하는 것이다.

한번은 2주 동안 우리와 머물기로 동의한 우테크가 그저 자신의 딸 칼라크가 건강하고 행복하게 잘 지내는지 확인하기 위해 바람강 캠프를 떠나 툰드라를 60마일이나 걸어갔던 것을 기억한다. 딸을 보고 나서는 다시 60마일을 되돌아온 그는 캠프를 떠난 지 닷새 만에 돌아왔다. 그가 다시 돌아왔을 때, 앤디와 나를 떠나야만 했던 것을 깊이 뉘우치며 딸자식에 대한 걱정으로 마음이 너무 약해져 그랬노라고 사과를 했다. 한번은 또, 아이들에 대해 그와 이야기를 나누는 중에, 이할미우트 아이들은 아무리 큰 잘못을 해도 절대로 체벌을 받지 않는 사실에 내가 놀라움을 나타냈던 것을 기억한다. 나는 무심코 말한 것이었지만, 아이들을 결코 때려서는 안 되는 이유를 내가 모른다는 사실에 정말로 곤혹스러워하는 듯 그는 격렬하게 응수했다.

"미치광이가 아니고서는 누가 자신의 피를 지닌 생명에게 손을 들어 올릴 수가 있습니까?"라고 그가 내게 물었다. "미치광이가 아니고서는 누가 어른의 힘을 가지고 연약한 아이를 때릴 정도로 비열해질 수가 있습니까? 나는 결코 미치지 않았고 호우미크도 역시 그렇습니다!"

이렇게 말하는 그의 복소리에는 모욕적인 부언가가 담겨 있었기에 나는 다시는 그 질문을 들추지 않았다.

그래서 이들의 아이들은 스스로 조심하는 것 말고는 모든 제약에서 자유롭게 지낸다. 그러면서도 적어도 다른 여느 곳의 아이들처럼 행농이 바르다. 태어난 지 세 해 동안 엄마의 젖을 먹는 아이가 젖을 뗄 때가 되면 이미 생활의 전반적인 모습을 알고 있다. 여러분에게 다섯 살밖에 안 된 나이에 이미 모든 일에 능숙한 여자가 된 쿠니에 대해 이야기 한 적이 있는데 그 아이는 자신이 해야만 하는 일을 결코 배운 적이 없다. 그저 대부분의 아이들이 그러는 것처럼 관찰하고 흉내를 내는 그 아이는 다른 사람들이 하는 것을 지켜보며 스스로도 그렇게 할 수 있기를 간절히 바란 것뿐이다.

아이들에게는 일이 곧 놀이였다. 밤이 되어 잠에 들거나 침대에서 쉬는 어른들이, 냄비 아래 불이 꺼지지 않도록 지키면서 장난감이 아니라 나중에 크면 실제 자신들이 가지게 될 살림도구를 가지고 묽은 스프와 스튜를 끓이느라 새벽까지 깨어 있는 여자아이들을 꾸짖기 위해 언성을 높이는 법은 전혀 없다. 어떤 지배나 엄격한 일과도 아이들에게는 부과하지 않는다. 졸리면 잔다. 배가 고프면 음식이 있는 한 언제나 먹는다. 말이나 훈련으로 배우는 것보다 놀이를 통해 인생에 대해 더 많은 것을 배울 수 있기 때문에 아이가 놀고 싶어하면 아무도 막지 않고 할 수 있는 소일거리를 준다.

가령 열 살 먹은 남자아이가 하룻밤 새 갑자기 훌륭한 사냥꾼이 되겠다고 결심했다고 해보자. 어리석기만 한 생각을 했다고 꾸중을 들은 아이가 뿌루퉁해서 잠자리에 드는 것도 아니고, 어린애 같은 환상에 부모들이 맞춰주지도 않는다. 대신에 아이의 아버지는 장난감이 아니라 크기만 작을 뿐 훌륭한 무기인 조그마한 활을 만드느라 오후를 진지하게 보낼 것이다. 사랑으로 만들어진 활을 아들이 받으면, 사향소를 잡기 위해 북쪽으로 두 달간의 여행을 출발하는 가장 힘센 사냥꾼에게 사람들이 해 주는 예로부터 내려오는 행운의 말을 아이도 똑같이 들으면서 백 야드쯤 떨어졌을까 한 산등성이에 있는 자신의 먼 사냥터로 출발한다. 사냥꾼과 아이를 결코 차별하지 않을 뿐만 아니라, 이러한 똑같은 반응은 어떤 위선이 아닌 더할 나위 없이 진실되다. 아이가 사냥꾼이 될까? 당연히 이제부터는 장난감 활을 가진 소년이 아닌 사냥꾼이다.

아이가 용감하다면 해질 무렵부터 동이 터오르는 여름의 어슴푸레한 시간동안 산등성이와 계곡을 찾아다닐 것이다. 마침내 뱃속을 갉아먹는 배고픔에 돌아오면 마치 자신의 아버지가 돌아올 때처럼 진지한 환영을 받는다. 전체 캠프가 아이의 사냥소식을 듣기를 바라는데, 실패를 하면 성인 남자가 받는 그에 상응하는 놀림을 받고, 작은 새라도 죽여서 가지고 왔다면 동등한 찬사를 받는다. 이렇게 아이는 부모의 반대라는 그림자나 두려움 속에 갇히는 것 없이 놀면서 배우는 것이다.

여름 캠프에서는 저녁 시간이 최고의 시간이다. 평원에서 사냥을 하다가, 또는 새로운 카약을 만들다가, 혹은 강의 급류에서 송어를 창으로 잡고 있던 남자들이 돌아온다. 배고픔이 흡족히 채워진다. 늙은 사람들은 뼈만 앙상한 엉덩이 밑으로 버드나무로 짠 잠자리 매트를 깔고 불 가 우대석에 자리를 잡는다. 남편과 아내는 낮 동안 있었던 일을 이야기한다. 구석에 있던 아이들은 혹시라도 이야기를 들을까 바라며 안쪽으로 다가온다.

우리가 '실뜨기'라고 부르는 '실 모양'의 새로운 것을 낮에 배운 아트날리크가 가족에게 그것을 이제 보여줘야만 했다. 아이가 실을 서투른 솜씨로 만지다가 우연히 실의 매듭을 짓자 그의 서부른 솜씨에 터져 나온 마음씨 좋은 가족들의 웃음에 아이도 웃는다. 그러나 이제는 모든 사람들이 실뜨기에 빠져 힘줄로 만든 실이 모든 사람의 손에 걸려 있다. 불 주위의 공간은 어린 손과 나이 든 손이 얇은 내장의 힘줄 실로 이 오래된 장난을 하면서 만들어낸 번쩍이는 거미술 모양의 그물로 덮여 버린다. 호우미크가 두 마리의 싸우는 올버린 모습을 만든다. 나머지 다른 식구들이 실로 된 두 마리 올버린이 싸우는 것을 보기 위해 멈추면, 보다 생생한 싸움을 만들기 위해 우테크는 두 마리 사이의 현실적인 음향효과를 준비한다. 마침내 실로 만든 고리가 망가지면서 두 마리 중 한 마리 모양이 사라지면, 승리한 올버린도 실을 따라 미끄러져 내려가면서 사라져버린다.

계속해서 우테크가 잠자고 있던 얼룩다람쥐 이야기를 하기 위해 실로 아주 멋진 모양을 만들어낸다. 심지어 나이 많은 칼라도 자신의 뻣뻣한 손가락을 고통스럽게 구부려 거대한 호수 쿠마니크 앙쿠니의 모양을 만든다. 실의 모양은 끝없이 이어지고, 새로운 모양에는 함성소리가, 오래된 모양을 서툴게 만드는데는 웃음소리가 터진다.

어쩔 줄 몰라 쩔쩔매며 실로 만든 모양을 지켜보고 있던 개 세 마리가 갑자기 나이 많은 헤크와우가 오고 있음을 알리며 강아지처럼 고음으로 짖는다. 바로 옆 텐트에서 온 방문객이라도 반드시 음식을 즉시 대접받아야 하기 때문에 호우미크는 불을 휘저어 스프를 데운다.

방문객이 없는 밤은 거의 드물다. 종종 모든 사람들이 하나의 불가로 모이는 날이면, 잠자코 있는 아이들의 검은 눈망울에서 끈기 있는 애원의 눈빛을 주목한 헤크와우가 이야기를 하나 들려줄 것이다.

내가 너희들에게 들려주는 이야기는 키비오크에 대한 이야기인데, 키비오크는 떠돌이였단다. 그는 사슴의 정령 투크토리아크의 손자여서 그렇게 떠돌아다니는 사람이었지.

키비오크가 한때 여기서 아주 먼 서쪽, 나도 한 번도 본 적이 없는 거대한 호수 옆 어딘가에서 살았다고 하는구나. 그때 키비오크는 젊은이였는데 부모님과 같이 살았었지. 그러던 어느 날, 사향소를 잡으러 떠나고 없는데, 북서쪽에 사는 반만 사람인 에자카 부족이 캠프에 와서 키비오크의 아버지와 어머니의 생명을 뺏어버리는 바람에, 키비오크만 홀로 남겨지게 되었단다.

그래서 키비오크는 자신의 카약을 타고 두 개의 거대한 산 사이

수로에 도착할 때까지 호수 기슭에서 남쪽으로 노를 저어 내려갔단
다. 그곳에 가까워졌을 때, 이것이 산이 아니라 거대한 곰의 두 턱이
라는 것을 알게 되었는데, 그 턱은 멈추지도 않고 열렸다 닫혔다 하
면서, 거대한 흰색 이빨이 부딪치는 소리가 카일라의 천둥소리처럼
아주 컸지 뭐냐. 하지만 키비오크는 두려워하지 않고 턱이 열리기 시
작하는 것을 기다렸다가 그 수로 속으로 카약을 타고 잽싸게 내려갔
지. 한순간에 닫혀 버린 거대한 곰의 턱이 카약의 뒷부분을 찍어내
버렸지만 키비오크는 탈출을 할 수 있었단다.

이제 키비오크는 남쪽에 있는 새로운 땅에 도착했는데, 어떤 여자
가 울라리크라는 딸과 함께 사는 텐트를 발견했지. 키비오크와 잠자
리에 든 딸은 그의 아내가 되었고 한 동안 모든 것이 좋았었지. 그러
나 나이 많은 딸의 엄마가 질투가 나서 키비오크가 자신의 남편이길
바라게 됐지 뭐냐. 그 여자는 키비오크가 사냥을 나갈 때까지 기다렸
지. 그러고는 딸의 머리를 땋아 주겠다고 말했단다. 여자는 딸의 머
리칼에 달린 나무 장식물인 투글리를 고치는 척했지만, 대신에 그 머
리칼을 딸의 목에 휘감고는 목 졸라 죽여 버렸단다. 그린 후에 자신
의 날카로운 울루를 가져다가 딸의 얼굴 가죽을 벗겨서는 자신의 늙
은 머리 위로 바로 그 가죽을 뒤집어 써버렸다는구나.

사냥에서 돌아온 키비오크는 이 늙은 여자가 자신의 부인이라 생
각하고 잠자리에 들었는데, 우연히도 낮 동안 몸이 젖어 있었던 키비
오크의 습기가 이 늙은 여자의 가짜 얼굴을 쪼그라들게 만들어 결국
그 가죽이 얼굴에서 떨어져 나왔다지 뭐냐. 자신이 속은 것을 안 키
비오크는 카약에 뛰어 들어 얼른 도망을 쳐버렸지.

그는 사향소가 사람처럼 말을 하는 곳에 도착했는데, 그 소가 하
는 말이 자신과 함께 있으면서 늑대로부터 자기를 지켜주면 그의 딸

을 키비오크에게 주겠다고 했지. 그러나 키비오크가 말하기를 "당신의 딸은 내 잠자리에 들기에는 털이 너무 많소!" 그리고는 다시 카약을 타고 도망을 쳐버렸다는구나.

계속해서 여행을 한 키비오크에게 많은 이상한 일들이 일어났고, 그는 또 많은 이상한 것들을 보았지만, 결국에는 부모님이 살았던 거대한 호수로 자신이 돌아온 것을 알았는데, 그가 뭍에 도착하면 죽이기 위해 강기슭에서 기다리고 서 있는 에자카 무리를 보았지 뭐냐.

카약을 그대로 탄 채 키비오크가 소리쳤지. "여, 거기! 너희 반인들아! 물속으로 들어와 싸워보자!"

에자카 부족은 너무나 화가 나서 호수로 뛰어들어 헤엄을 쳤는데 키비오크는 물속으로 잠수해서 녀석들 밑으로 다가가서는 놈들의 배를 모두 칼로 찔러 죽여 버렸지.

바로 떠돌이 키비오크의 이야기와 에자카 부족과 그가 싸운 이야기지. 그 사람에 대해 더 이상은 아는 게 없구나.

헤크와우가 이야기를 마치면 다른 사람이 다른 이야기를 해준다. 나이 많은 칼라가 자신이 가장 좋아하는 이야기인 다섯 명의 아내가 어느 겨울밤 나그네쥐로 변한 한 남자의 이야기를 해 줄지도 모른다. 이 사람들 마음속에는 이런 이야기들이 수백편이나 담겨 있고, 이 이야기들을 아무리 여러 번 해준다고 해도 듣는 사람들이 다시 듣는 것에 대해 결코 지루해 하지 않기 때문에 이런 식으로 이야기는 계속된다.

만약 예닐곱 명의 방문자가 찾아온 저녁이라면, 텐트의 기둥에서 자신의 거대한 북을 내린 우테크가 그것을 불에 쬐여 열로 인해 북의 가죽이 짱짱해지면 방문자 중 한 명에게 북을 권할 것이다. 겸손

한 손님은 그 북을 다른 사람에게 넘길 것이고, 그것을 받은 사람은 또 다시 다음 사람에게 넘겨 북이 전달되다가, 결국에는 그들 중 한 사람 아마도 오호토가 북을 받을 것이다. 쭈그려 앉은 사람들 사이에서 일어난 그는 모인 사람들의 중앙으로 걸어가 불 옆에 긴장해서 선다.

한동안 그렇게 쭈뼛거리며 서 있는 그를 향해 사람들은 그가 무슨 노래를 불러야 할지를 두고 소리를 치며 다툰다. 마침내 오호토가 말한다. "그러면 좋습니다. 크고 시끄러운 목소리를 가지신 여러분 모두에게 나 자신의 노래를 부르지요. 나 자신이 사냥꾼인 것을 기념하여 내가 지은 것입니다."

손잡이로 북을 잡은 그는 막대기를 가지고 북의 테두리를 따라 가볍게 치면서 빙글 빙글 북 표면을 만진다. 느린 박자로 시작되지만, 서커스의 훈련받은 곰처럼 보이는 오호토는 이런 저런 박자를 섞어서 두드리기 시작한다. 앞쪽으로 허리를 엄청 구부린 그가 갑자기 그의 노래를 부르기 시작한다. 노래는 다음 내용처럼 흘러나온다:

오, 실로 나는 힘센 사슴사냥꾼이라네
바위들이 있는 저 평원 밖으로.
그러나 나그네쥐처럼 작은 내 눈으로는,
바위와 사슴을 거의 구별할 수가 없네.
흰머리멧새처럼 약한 내 팔로는,
활에서 똑바로 화살을 쏠 수가 없네,
바위들이 있는 저 평원 밖으로.

그래도 나는 평원으로 나가네,

바위들이 있는 저 평원 밖으로.
바위에다 나는 화살을 쏘지,
언젠가는 바위 중 하나가 사슴일테니까.
그러면 실로 나는 위대한 사냥꾼이 될 거야,
바위들이 있는 저 평원 밖으로.

각 절이 끝날 때마다, 듣는 이들은 오랫동안 전해 내려오는 코러스를 이어받아 자기 자리에서 눈을 질끈 감고 몸을 좌우로 흔들면서 이런 후렴을 부른다:

아이 - 야이 - 야 - 야 아이 - 야 - 야 아이 - 야 - 야 - 야 ……

오호토는 더욱더 빠른 박자로 북을 두드린다. 어두침침한 불빛에 일그러진 그의 그림자가 불가의 돌 사이로 일렁이는 동안 그의 얼굴에서는 땀이 흐른다. 박자는 빨라져 노래의 모든 절을 다 부르고 나면 오호토는 털썩 자신의 자리에 주저앉고 다른 사람이 북을 이어받는다.

몇 시간이고 노래는 계속된다. 대부분의 노래는 스스로를 비웃는 내용이거나 소문난 겁쟁이나 게으른 사냥꾼에 대한 풍자적인 내용이었다. 아무도 자신을 칭찬하는 노래를 부르지 않았기에, 노래 속에 나오는 자신의 모습은 바보이거나 사냥 기술, 혹은 사랑에 능숙하지 못한 남자다. 열 살 먹은 아트날리크 마저도 자신의 노래를 가지고 있어서 사람들이 노래를 부르게 했는데, 어른들은 그가 노래를 하는 동안 신나게 후렴을 넣어줬고, 아이가 노래를 다 부르자 큰 박수를 보냈다.

여자들은 남자들이 있을 때는 노래를 부르는 것이 금기로 여겨져서 자신들의 노래를 부르지는 않았지만, 코러스로 후렴을 이어받아 부르는 그들의 고음 목소리는 정령이 부르는 이 세상 것 같지 않은 소리처럼 어둠속에서 울렸다.

밤은 빠르게 흘러간다. 놀이, 노래, 이야기가 밤을 채우다 보면 태양이 다시 배처럼 둥그스름한 새하얀 새벽하늘로 떠오른다. 사람들은 약간의 음식을 먹고 모두 함께 침대의 버드나무 매트자리로 올라 잠에 든다.

겨울이 되어 찾아오는 엄청나게 긴 밤도 이렇게 유쾌한 분위기속에서 흘러간다. 거의 끊임없이 계속되는 어둠과 추위로 사람들이 미쳐버릴 수도 있는 시간이지만, 동시에 최고의 노래 축제가 펼쳐지는 시간이기도 하다. 이때 노래 사촌들은 서로의 캠프를 방문하고 서로 값진 선물을 주고받는다. 노래 사촌들은 북 소리를 반주로 삼아 노래를 부르면서 사이좋게 시합을 한다. 겨울 이글루 안에서는 많은 새로운 노래를 만들고 부른다.

하지만 노래만으로는 그 밤을 채울 수가 없다. 다양한 종류의 놀이가 있는데, 그 중에서도 내기놀이가 가장 흥미롭다. 그들의 문화에서 발견되는 많은 것들처럼 이할미우트가 가장 좋아하는 내기놀이도 인디언 문화와 거의 구별이 안 된다. 놀이를 하기 위해서 두 명의 남자, 혹은 두 개의 편이 가운데에 겉옷을 넓게 펴고 서로를 마주본다. '술래'는 돌멩이나 다른 작은 물체를 손에 숨기고 있다가 재빨리 겉옷 밑으로 손을 집어넣은 다음에는 바닥에 쭈그려 앉아있기 때문에 엉덩이 밑으로, 그 다음에는 등으로 손을 가져간 뒤 마침내 상대편이 보는 가운데 꽉 쥔 주먹을 앞으로 내민다. 그러면 상대편은 재빨리 어디에 물건이 있는지, 손인지, 엉덩이 밑인지, 등 뒤 아니면 겉

옷 아래인지 맞춰야 한다. 그의 추측이 맞아 떨어져 물건이 있는 장
소에 자신의 손을 갖다 대면 그가 술래가 되는 것이다. 확률은 3대 1
이지만, 술래를 해보기도 전에 가진 것을 모두 잃을 수도 있다. 그러
나 보통은 덤까지 붙여 다시 따낸다. 이 놀이는 놀라운 속도로 진행
되기 때문에 술래의 움직임을 따라가는 게 거의 불가능하지만, 적어
도 눈은 놀라울 정도로 빠르게 움직이게 된다.

예전에는 치페우얀 부족이 자기들의 피의 원수인 이할미우트 사
람들과 영토의 경계인 좁은 지역에서 만나 내기 시합을 벌이곤 했다.
한 시합이 휴식도 없이 이틀 낮과 이틀 밤 동안 계속되었다는 이야
기를 나는 들었다. 이 시합은 인디언이 가진 모든 재산을 에스키모가
따내는 것으로 끝났지만, 피비린내 나는 싸움으로 번지는 것을 막기
위해 소총과 창을 시합에 진 인디언들에게 겨누고 있어야만 했다고
한다

자기들끼리 시합을 할 때 이할미우트 부족은 현실적인 눈을 가지
고 내기를 한다. 소총이나 썰매를 끄는 개 전체를 잃게 되는 사람은
아마 굶주림에 죽어버린다는 것을 그들은 잘 알고 있다. 그래서 놀이
가 끝날 때쯤에는 승자가 자신이 딴 것의 대부분을 되돌려주는 것이
관습이다. 그러면 진 사람은 어떤 곤란도 겪지 않게 된다. 때로는 하
룻밤 놀이에서 똑같은 소총을 다섯 번이나 잃게 되는 애매모호한 즐
거움을 누리게 될지도 모른다.

지금까지 언급한 것들은 이 사람들이 누리는 즐거움 중 몇 가지에
지나지 않는다. 그들에게 가장 오랫동안 즐거움을 주는 것은 창조의
노동이다. 새 카약을 만들기 위해 작업하는 나이 많은 헤크와우는 자
신의 일 속에 빠져 무아지경이 돼 버린다. 자신이 사랑하는 것을 창
조해낼 때 누리는 미묘한 즐거움을 그는 알고 있다. 카약의 날렵한

뼈대를 정교하게 만들면서 훌륭한 장인이 누리는 모든 미묘한 즐거움을 그는 누리는 것이다. 너무나 가벼우면서도 우아한 카약을 그가 완성해낼 수 있는 이유는 자신의 노동을 사랑하기 때문에 가능한 것이다. 그는 자신이 직접 만든 도구만을 사용한다. 작은 활과 나무 막대기, 그리고 뾰족한 금속으로 이루어진 활비비를 사용해서, 카약의 버드나무 뼈대에 조그마한 구멍을 내고 섬세한 생가죽 끈을 구멍에 넣어 뼈대에 단단히 졸라맨다. 헤크와우는 이 작은 배의 평범한 곡선을 길게 늘여 기다랗고 섬세한 뱃머리를 만들어내는데, 이 뱃머리를 지지하는 세로로 된 버팀대는 적당한 크기로 만들기 위해 복잡하게 장붓구멍을 파서 서로 끼워 맞춘 작은 가문비나무 수십 조각으로 이루어져 있다. 카약의 몸체가 완성이 되면 거대한 물고기의 더할 나위 없이 아름다운 섬세한 뼈대같이 보인다. 그것은 진정 예술 작품이다. 헤크와우는 가죽으로 카약의 몸체를 덮고 난 다음에는, 돌을 가루 내어 사슴기름을 섞어 만든 염료로 배의 갑판에 화려한 그림을 그려 넣는다. 오랜 시간 공들인 끝에 마침내 카약이 물속으로 들어가는 순간, 나이 많은 헤크와우의 손에서 그것은 살아날 것이고 그에게 기쁨을 줄 것이다.

그들의 삶 속에는 실용적인 가치가 없는 물건을 창조할 공간이 없기 때문에, 이할미우트 사람들은 그림을 그리기 위해 캔버스를 채우거나, 돌 위에 모양을 파 넣지도 않고, 돌이나 진흙에다 새겨 넣지도 않는다. 배런스 땅을 길고 힘들게 여행해야 할 때마다 아름다운 것을 내버려야 한다면, 그것을 창조하는데 무슨 목적이 있겠는가? 그러나 예술적 감각은 두드러지게 발달되어 항상 존재한다. 그들의 이야기와 노래 속에, 실로 만든 모양 속에 강하게 살아있을 뿐만 아니라, 자신들의 생활을 도와주는 물건을 만들 때에 이 예술적 감각을 사용하는데, 이런 경우에도 예술 못지않은 것을 만들어낸다. 이 땅의 특성상 추상적인 것을 창조하는 기쁨은 그들에게 대부분 없어도, 어떻게 아름다움을 만드는지는 여전히 알고 있다.

그들은 어떻게 아름다움을 만드는지 알고 있으며, 또한 그것을 어떻게 즐기는지도 안다. 왜냐하면 한 이할미오 남자가 언덕 꼭대기에 조용히 쭈그리고 앉아 한 번에 몇 시간동안 해질 무렵과 새벽하늘을 휩쓸며 빠르게 교차하는 색깔을 바라보는 것이 드문 일은 아니기 때문이다. 늘씬한 족제비의 아름다움과 눈부시게 빛나는 아주 작은 어떤 꽃 한 가운데를 몇 분이고 바라보기 위해 멈춰서는 이할미오를 봐도 별난 일이 아니다. 그리고 이런 행동은 역시 상당히 무의식적으로 일어난다. '아름다움' 같은 단어는 그들의 언어에 없다. 그들의 마음속에 그런 단어는 필요가 없기 때문이다.

저녁 무렵 바람강 오두막에서 음식을 나누며 노래와 북장단에 맞춰 춤을 추며 즐기고 있다.
왼쪽에서 오른쪽으로 보이는 사람이 각각 미키, 오호토(북을 치고 있는 사람),
오울리크투크, 헤크와우, 우테크이다.

사슴의 정령인 투크토리아크라는 끈인형을 만들고 있는 오호토

11

소년과 검은자

이 이야기는 몇몇 사람들과 많은 밤을 보내면서 주고받은 단편들을 모은 것이다. 나는 이 이야기를 역사가 아니라 치우침 없이 전설의 실타래와 현실의 실타래로 엮은 살아 있는 기억으로 말하려 한다. 여기에는 세 가지 기억이 있다. 이 기억들은 과거가 돼버린 어느 해의 사흘을 생각나게 한다. 시간의 경과와 검은자의 정신과 인간들의 회상으로 결합된 사흘이다. 이할미우트 부족이 과거에 대해 열거하고 싶어 하는 이야기들이 우리의 눈에는 분명 공상처럼 보일 테지만, 이할미우트 부족의 눈으로 보면 삶이 만들어낸 작품이다. 그 이야기들이 실제 그렇게 일어났는지 아닌지는 사실 중요하지 않다. 중요한 것은 내가 이야기하려는 그 사흘이 자신들의 기억을 소중히 여기는 이할미우트 부족에게는 좋았다는 것이다.

　9월의 첫 날은 구름 한 점 없었다. 쉼 없이 불어대는 남풍에 키 작은 버드나무의 잎들이 듬성듬성 핀 이끼들 위에서 간들거렸다. 갈가마귀 한 마리가 드넓은 하늘에서 저 홀로 인간의 강 위를 느릿느릿 선회하며 온기의 상승 기류에 걸려든 나뭇잎처럼 바람에 몸을 맡긴 채 둥실둥실 떠다녔다. 갈가마귀는 사람보다 더 많은 것을 볼 수 있지만, 헤크와우는 북쪽의 툰드라가 살아 있고 움직이고 있다는 것을 보지 않고도 알았다.

　헤크와우는 강가에 돌출해 있는 바위 턱에서 자신의 흔들거리는 카약으로 조심조심 기어 내려왔다. 길고 양날이 있는 노를 재빨리 몇 번 저어 물살이 느린 지대를 벗어나 물살이 빠르고 쉼 없이 흐르는 곳으로 들어섰다. 남풍이 소떼의 냄새를 싣고 왔고 우툴두툴한 강둑은 마치 목마른 소들이 먼 남쪽 땅 조용한 삼림지대의 진흙투성이 개울 기슭에 남겨놓은 발자국들처럼 깊은 홈이 파여 있었다.

　카약은 강어귀로 떠내려갔다가 그곳에서 카쿠트 쿠마니크로 흘러 들었는데, 싱그러운 거름 냄새가 공기 중에 더욱 짙게 퍼졌다. 갈색 강과 검은 바위들과 대조되게 바위와 물 사이에 그어진 순백의 넓은 띠처럼 기묘한 해안선이 강기슭을 따라 나 있었다. 이것은 털이 만들어 놓은 띠로, 한 주 동안 사슴들이 그 길을 지나오면서 강에 떨어뜨려놓은 단단한 털 뭉치였다.

　강어귀에서 백여 미터 못 미치는 곳에서 가파른 둑들이 쑥 꺼지더니 낮게 구릉진 평야가 헤크와우의 눈에 펼쳐졌다. 지금 그는 노를 밀어젖혔고 카약은 역류로 들어갔다가 그곳에 걸려 바위 모서리에 얇은 측면이 비비적거렸다.

헤크와우는 자신의 사슴 창 밧줄을 풀어 화살촉이 입술을 스칠 때까지 손잡이가 짧은 그 무기를 쳐들어 올렸다. 그런 다음 준비가 된 것에 흡족해하며 창을 자신 앞에 가로질러 놓았다. 그는 기다렸다.

삼 분, 사 분 …… 드디어 사슴이 나타났다!

그들은 마치 이상한 지질 현상에 이끌려 바위가 많은 강기슭에서 불쑥 나타난 것 같았다. 그들은 일렬종대로 물가로 재빨리 갔는데, 새끼 사슴 한 마리가 앞장을 서 음울하게 생긴 둥근 돌들 사이를 민첩하게 헤치고 나갔다.

헤크와우는 주변의 바위들처럼 꿈쩍하지 않았다. 돌출한 바위에 카약을 딱 붙여 놓고 새끼 사슴이 물가에 이르고 그 뒤로 사슴 백여 마리가 떼를 지어 비탈을 내려오는 모습을 계속 지켜보았다.

새끼 사슴이 강가에 멈춰 껄껄한 사초에 둘러싸여 빈둥빈둥 풀을 뜯는 사이 나머지 사슴들도 기슭에 도착해 어깨로 서로를 밀쳐대며 앞으로 나가려 했다. 새끼 사슴은 자신을 짓누르는 무리를 보고 화들짝 놀라더니 사초를 떠나 조심조심 강을 건너 물실이 빌을 쓸어내는 데까지 왔다. 그런 다음 머리를 쳐들고 아주 작은 꼬리를 빳빳이 세운 채 반대편 기슭으로 용감하게 걸어갔다.

여전히 헤크와우는 꿈쩍하지 않았다. 그는 사슴 무리의 반이 강을 건너고 뒤쪽에 있던 커다란 수사슴들이 물에 들어올 때까지 미동도 없이 기다렸다. 그런 다음 끈이 풀린 개처럼 카약을 빠른 물살로 띄워, 순식간에 헤엄을 치고 있는 사슴들 속으로 들어갔다. 왼손으로는 노를 끌며 헤크와우는 뒤집히기 쉬운 배를 안정시켰고 오른손으로는 창을 균형 있게 꼭 잡고서 높이 쳐들어 첫 일격을 가했다.

그의 등장이 워낙 갑작스러워 한동안은 사슴들의 대오가 흐트러지지 않았지만, 창이 적중하기 시작하자 사슴의 물결이 한데 엉기고 조각조각 해체되었다. 헤크와우가 뛰어들었을 때 강에는 오십여 마리의 사슴들이 있었는데, 이들은 공포에 빠졌다. 몇 놈은 기슭으로 헤엄쳐 갔다가 발이 바위에 거의 닿자 방향을 틀어 위험한 강 한복판으로 거슬러 나아갔다. 한 암사슴이 중심을 벗어난 채 빙글빙글 도는 사이 떼지어 몰려드는 수사슴들의 발굽에 치인 새끼가 맥없이 하류로 떠내려갔다. 수사슴들은 가지진 거대한 뿔로 허공을 긁어대며 방향을 틀어 만으로 떠내려가는 새끼를 쫓았다.

헤크와우는 달아나는 사슴들 쪽으로 카약을 몰았다. 그는 노를 여섯 번을 저어 그들에게 바짝 다가갔는데, 그런 다음에는 거리를 좁히기 위해 애쓰지 않았다. 대신에 능숙한 카우보이가 소떼를 붙들어 놓듯이 사슴들을 붙들어 놓았는데, 사슴들은 동원할 수 있는 힘을 모두 모아 그를 앞질러 헤엄쳐 가면서 머리를 반쯤 비스듬히 기울인 채 자신들을 뚫어지게 응시하며 쫓고 있는 자의 흰 눈을 힐긋 보았다.

마침내 1마일에 달하는 탁 트인 만이 나와 더는 안전하게 몸을 숨길 곳이 없어지자 사슴들은 자신들의 지친 몸뚱이를 강어귀 너머로 밀어내기 시작했다. 상황은 헤크와우가 바란 대로 되었다. 그는 힘들이지 않고 대열의 마지막 사슴에 접근했다. 녀석은 머리를 세차게 흔들며 벗어나려 했지만 날아드는 창끝을 피할 길이 없었다. 창은 그 짐승의 몸에 닿기가 무섭게 뒤로 빠졌고 카약은 불운한 사슴을 죽게 내버려둔 채 사라졌다.

헤크와우는 잘 훈련받은 도살업자처럼 쉽고 기민하면서 거의 힘들이지 않고 죽였다. 이내 살찐 사슴 무리는 더 이상 헤엄을 치지 않았고 만의 수면은 바람에 일렁이는 물결 외에는 잔잔하기만 했다.

한편 갈가마귀 한 마리가 하얀 하늘에서 쏜살같이 내려와 교차 지점에서 죽어가는 사슴 위를 느릿느릿 날아다녔다. 그러나 녀석의 허기는 남쪽 제방을 따라 다가오고 있는 세 개의 작은 형체에 의해 저지되었다. 녀석은 여자와 소년과 개의 접근을 인정하고 싶지 않다는 듯 성이 나 암사슴 위를 선회했다. 그들이 가까워졌다. 그러자 갈가마귀는 갑자기 화를 거두고 바위들 위로 훌쩍 날아올랐다. 그때 소년의 새총이 뇌조처럼 휙 소리를 내며 날아갔다. 매끄러운 돌멩이가 갈마가귀의 쫙 뻗은 날개를 때리자 갈가마귀는 미친 듯이 소용돌이치다 인간의 강으로 떨어졌다.

일을 끝낸 헤크와우는 다시 강어귀로 방향을 틀었다. 물에 떠 있는 사슴을 지나칠 때마다 그는 멈춰서 뿔 뒤로 앞다리를 노련하게 걸어 사슴의 콧구멍이 물 위로 올라오게 하여 사슴이 물에 잠기지 않게 했다. 산들바람이 카약을 살아 있는 존재처럼 넘실거리게 할 만큼 상쾌하게 불었다. 헤크와우는 몸을 앞으로 숙여 노를 휙휙 날렸다. 낡은 파카 아래서 그의 근육들이 씰룩거리더니 마침내 카약은 강의 지배에서 놓여나 빠른 물살을 타고 가볍게 떠올라 교차 지점이 있는 상류로 미끄러지듯 달렸다.

반쯤 왔을 때 그는 물에 빠진 갈가마귀가 허우적거리고 있는 것을 보았다. 헤크와우는 녀석을 재빨리 붙잡아 조타실에 밀어 넣고서 계속 달려 카약을 기슭에 대었다. 그곳에서 그의 아내가 기다리고 있었다.

그 날 나중에 헤크와우의 아들 벨리카리가 카쿠트의 호수 기슭을 돌며 수 마일을 걸었다. 물속 바닥에 박힌 사슴의 시체를 발견할 때마다 그는 물속으로 걸어 들어가 죽은 짐승의 내장을 빼내고 땅 위로 끌고 왔다. 사슴의 가죽이 최상이면 전문가다운 기술로 가죽을 벗겨냈다. 그런 다음 시체를 사등분해 가까운 능선에 있는 우묵한 곳에 놓아두었다. 오소리 무리의 접근을 막기 위해 벨리카리는 고기 주위로 커다란 돌들을 쌓아 요새를 세웠다. 가지진 뿔이 언제나 하늘을 배경으로 뻗어 있게 돌더미 위에 사슴의 머리를 올려두었다. 그래서 눈이 올 때도 죽은 사슴은 자신을 죽인 인간에게 자신의 소재를 늘 알리는 것이다.

벨리카리가 그날 밤 교차 지점 근처에 있는 캠프로 돌아와 보니 캠프 일은 거의 끝나 있었다. 그의 어머니 에푸트는 모닥불 앞에 웅크리고 앉아 우테크의 호수에서부터 삼십 마일을 등에 짊어지고 온 가마솥을 주의 깊게 지키고 있었다. 기름진 뼈에서 나온 두툼한 검댕과 살찐 고기 부스러기들로 솥은 시커멓게 변해 있었다. 솥 안에서는 사슴에서 나온 지방이 녹고 있었다. 지방이 부글부글 끓어 솥 가장자리로 올라올 때면 에푸트는 자신이 고기 덩어리에서 벗겨내고 있는 길고 가늘고 하얀 기름 조각을 새로 던져 넣었다.

헤크와우는 강가의 능선에서 산더미처럼 쌓인 고깃덩어리에 둘러싸여 앉아 있었다. 석양의 정력적인 핏빛을 받은 고기는 더할 나위 없이 붉고 활활 타오르는 석탄처럼 빨갛게 빛났다. 헤크와우는 벨리카리를 보고서 환호성을 질렀다.

"어서 와라, 아들아!" 그가 소리쳤다. "네가 강기슭을 기분 좋게 어슬렁거리며 오리알을 찾으러 다녔는데도 잘라낼 고기가 아직도 많다. 이 고깃덩어리들을 가지고 가서 버드나무 숲에 조심스레 흩뿌리고 땅을 깨끗이 치워라."

그 농담에 환히 웃으며 벨리카리는 아버지가 겨울을 대비해 마른 고기를 만드는 것을 도우러 갔다. 마침내 에푸트가 그들을 불가로 다시 불러들였고 하늘은 어두워졌다.

세 에스키모가 식사를 마치자 어둠이 깔렸다. 그들은 오늘 있었던 사냥을 이야기하며 웃음을 터뜨리고 나중에는 노래를 했다. 에푸트는 젖은 이끼로 싸서 식혀 딱딱하게 만든 지방 덩어리들을 자랑했다. 헤크와우와 벨리카리는 그녀의 솜씨를 바라보며 달콤한 냄새가 나는 매끈한 덩어리에서 작은 뼈와 잔가지들을 찾는 척했다.

불이 사위어 갔다. 벨리카리가 앉아서 석탄을 멍하니 보고 있을 때 아버지가 사냥 주머니에 손을 넣어 갈가마귀의 부리와 발톱을 꺼냈다. 헤크와우는 부리와 발을 묶어 작은 생가죽 자루에 넣었다. 에푸트가 주름진 얼굴에 두렵고 엄숙한 표정을 띤 채 지켜보노라니 헤크와우는 갈가마귀의 물건을 아들의 파카 뒤쪽에 꿰매 주었다.

벨리카리가 당황한 얼굴로 아버지를 돌아보자 늙은 사냥꾼은 죽어가는 불 옆에서 아들에게 조용히 말했다.

"에푸트의 아들아." 그는 아들의 얼굴 대신 북쪽으로 멀리 뻗은 어두운 평원을 바라보며 말했다. "에푸트의 아들아, 여기에 네 평생 기억해야 할 물건이 있다. 네 것이 되는 순간 너는 갈가마귀의 목소리를 듣기 위해 귀를 기울여야 할 것이다. 갈가마귀의 영혼이 밤에 울면 너는 그 소리에 귀를 기울여 그 영혼이 네게 하라고 말하는 것을 해야 한다. 오늘 너는 갈가마귀를 쏘아 떨어뜨렸고, 다른 새들이 죽더라도 검은자는 죽지 않는다. 지금껏 나는 하늘을 나는 검은자를 쏘아 떨어뜨릴 만큼 가까이 접근한 사람에 대해 들어본 적이 없다. 나는 이것이 갈가마귀의 영혼이 앞으로 너를 돕고, 너를 돕기로 결심한 징후라고 생각한다. 그러니 너는 앞으로 다시는 하늘의 검은자를 공격하지 말 것이며, 대신에 긴긴 어둠의 시간에 갈가마귀의 목소리에 귀를 기울여 그 목소리가 너에게 하라고 지시하는 것을 해야 한다."

헤크와우가 말을 마쳤지만 벨리카리는 대답하지 않았다. 그는 아버지가 자신의 파카에 꿰매준 작은 물건을 손으로 만져보며 약간 두려워했다. 그날 밤 늦게 세 사람이 약해져가는 모닥불의 온기 옆에서 생가죽을 덮고 누웠을 때 그는 아버지에게 다가들었다. 북극여우가 언덕에서 짖어댔을 때 벨리카리는 귀를 기울였고 심장이 두근두근 뛰었다. 하늘을 나는 검은자의 목소리를 들으려고 귀를 기울이고 있었기 때문이었다.

이 이야기의 첫 날은 이렇게 끝났다. 그 후 눈이 내리고 인간의 강이 하얀 얼음 덮개 밑에 숨어 버리는 때가 왔다. 사슴들은 남쪽으로 사라졌고, 헤크와우와 그의 가족은 우테크 호수에서 가죽 텐트를 버리고 알레카하우(절름발이)가 겨울 야영에 들어가는 강가 근처에 이글루를 지었다. 눈은 더 깊어지고 추위는 더 매서워졌다. 그러던 어느 날 헤크와우의 이웃인 알레카하우는 가족과 함께 북쪽 멀리 인간의 강가에 사는 부족의 캠프를 방문하러 길을 나섰다. 그 사흘 중 둘째 날이 그 여행 중에 일어난 일을 말해 준다.

짧은 겨울이 반쯤 끝나가자 알레카하우는 서둘렀다. 그가 개몰이 지팡이를 머리 위로 흔들자 지팡이에 달린 늑대의 꼬리뼈가 고요한 허공에서 큰소리로 덜걱거렸다. 개들이 그 소리를 듣고 앞으로 달려왔고, 길이 20피트짜리 코마티크(썰매)가 어떤 산마루의 노출된 검은 바위 위로 삐걱삐걱 소리를 내면서 눈 덮인 작은 협곡으로 질주했다.

알레카하우의 아내 칼루크는 여섯 살짜리 딸 코우투크와 세 살짜리 아들 켈라하루크드흐크와 함께 썰매에 앉았다. 알레카하우는 오르막에서는 개들 옆에서 달렸지만, 내리막에서는 썰매 뒷좌석으로 몸을 던졌다. 예전에 상처 입은 사향소들의 뿔에 찔려 한쪽 다리를 절게 되는 바람에 다른 사람들만큼 잘 달릴 수 없기 때문이었다.

썰매는 내리막으로 돌진했고 개들은 꼬리를 말아 올리고 궁둥이를 끌어당겨 그 길을 벗어나기 위해 날쌔게 달렸다. 눈은 포장도로처럼 다져져 있었고 반짝이는 하얀 표면 위로는 바람 한 점 불지 않았다. 해는 하늘 가장자리에 펜던트처럼 걸려 있었고, 하루 중 정점에 이른 시각이었는데도 차갑고 시들시들해져 있었다. 썰매에 간 짐승 가죽 밑에서 여자는 죽은 사람처럼 꼼짝 않고 있었다. 사방에서 몰려드는 추위로부터 자신과 아이들을 보호하려면 힘을 낭비해서는 안 되기 때문이었다.

전방의 한 계곡에서 개들이 시끄럽게 울부짖는 소리가 들렸다. 알레카하우의 썰매는 갑자기 속력을 냈고 썰매에서 남자가 뛰어내려 썰매와 나란히 절뚝거리고 달리면서 예부터 전해 오는 이할미우트 부족의 인사말을 목청껏 외쳤다.

"아이자!" 그가 소리쳤다. "부족 사람들아 나와서 우리를 보라! 우리가 오른편에서, 능선의 오른편에서 왔다!"

그러자 이글루 세 채의 둥근 지붕에서 남자들과 여자들이 엷은 빛 속으로 기어 나와 손님들에게 팔을 흔들고 기분 좋게 환호했다.

개들이 가죽끈을 팽팽히 잡아당겨 큰 썰매가 바람에 밀려 쌓인 눈 위로 사납게 튀려는 찰나 알레카하우가 썰매 뒷자리로 뛰어올라 브레이크를 걸었다. 브레이크는 순록의 뿔을 절단한 것이었는데, 순록의 뿔을 발로 눈 속에 밀어 넣으면 썰매가 멈추게끔 지른 것이었다.

칼루크의 오빠인 카텔로가 짐승 가죽을 걷어 내고 여동생을 끌어 내자 그녀는 기뻐서 비명을 지르며 눈 속에서 굴렀는데, 그러는 동안 그녀의 경직된 팔다리가 기운을 얻기 시작했다. 그녀의 두 아이들은 덮개에서 기어 나와 야외에서 사냥개들에게 걸려든 토끼들처럼 이글루의 입구로 뛰어들었다.

　말뚝을 박은 울타리로 두 번째 남자가 개들을 데리고 끌고 가는 동안 알레카하우는 카텔로와 함께 근처에 눈이 두툼하게 단단하게 다져진 기슭으로 갔다. 여기서 알레카하우는 길고 가느다란 탐사침을 눈더미 속에 찔러 넣어 눈의 단단한 정도를 알아보았다. 조사가 끝나자 그는 만족에 겨운 웃음을 짓고서 칼을 뽑아냈다.

　그곳은 무수한 소리들로 시끌시끌해졌다. 캠프에 있던 사람들이 방금 도착한 사람들을 환영하기 위해 모여든 것이었다. 오네크와우의 아내는 모두에게 어서 이글루로 들어와 식사를 하라고 소리쳤다. 알레카하우는 할 일이 있어서 조금 있다 먹겠다고 대답했다. 나머지 사람들은 오네크와우의 이글루의 낮은 지붕 밑에 모여 이런저런 세상 이야기들을 들었다.

　한편 오네크와우와 그의 처남은 눈여겨 고른 눈더미에서 구덩이를 둥그렇게 팠다. 알레카하우가 이 구덩이에 서 있는 동안 카텔로는 단단한 눈을 얇은 블록으로 잘라 그것의 위아래를 비스듬히 베어 알레카하우에게 건넸고, 알레카하우는 그것들을 이용해 둥근 벽에 첫 번째 층을 만들기 시작했다. 삼각형의 블록을 시작으로 두 번째 줄이 이 블록에 닿았을 때는 위로 비스듬히 기울며 작업은 나선형을 그려 나갔다. 일은 아주 빨리 진행되었고, 층이 올라갈수록 블록의 경사진 끝은 안쪽으로 기울어져 마침내 둥근 지붕 모양을 이루기 시작했다.

한 시간도 안 돼 알레카하우는 둥근 지붕 밑에 서서 중요한 블록을 조심스레 마무리해 이글루의 꼭대기 자리로 밀어 넣었다. 그 일이 끝나자 그는 칼을 가져와 지붕의 남쪽에 문을 내고서 기어 나와 카텔로가 부드러운 눈으로 틈새를 막고 문에서 블록으로 몇 장 떨어진 곳까지 긴 아치형의 터널을 만드는 일을 도왔다.

공중에서 높고 예리한 소리가 점점 커지고 있었고, 두 남자는 서둘러 일을 끝냈다. 그들은 이글루의 바닥을 반쯤 덮는 침대용 단을 설치하고서 알레카하우의 얼마 안 되는 소지품을 안으로 들였다.

해는 이제 기억으로만 남아 있을 뿐 황혼도 보이지 않았다. 머리 위로 오로라의 녹색 미광이 불안하게 깜박였고, 멀리서 강한 눈보라가 쳐들어오는 소리가 점점 커졌다. 희비한 윙 소리 외에 바람은 아무런 경고도 하지 않았다. 그러나 들이치자마자 바람은 대지를 미친 듯이 으르렁거리는 고통으로 변모시켰다. 바위들만큼이나 단단해 보이던 눈더미가 바람에 일어나 모래알처럼 변하더니 강풍에 등을 진 채 새로 지은 이글루 옆에 서 있던 두 남자를 맴돌며 후려쳤다.

하얀 어둠이 캠프에 몰려왔다. 두 남자는 바람에 맞서 허리를 반으로 굽힌 채 오네크와우의 이글루 터널 쪽으로 길을 냈고, 안으로 들어와 겉옷을 벗어 벽감에 두었다.

오네크와우의 널찍한 침대용 단은 사람들로 붐볐다. 캠프에는 세 가족이 있었고, 모두들 알레카하우의 가족을 환영하기 위해 모였기 때문이었다. 차가운 수프를 마시고 많은 애기를 나누는 동안 터널 입구 옆의 한 선반에서는 희미한 기름 램프가 깜박거렸다. 그러나 아직은 최고의 애깃거리가 나오지 않았다. 알레카하우가 위대한 사냥꾼 헤크와우의 캠프에서 며칠 동안 불모지를 달려온 탓에 놀란 만한 이야기를 하지 않고 있기 때문이었다.

사향소 뿔로 만든 수프 그릇을 무릎에 올려놓고 알레카하우는 침대용 단에 편히 앉았다. 이글루 밖에서는 강풍이 으르렁거리고 날카롭게 짖어댔지만, 이글루 안에서는 사람들의 머리 위로 드리워진 한 점 그림자에 불과했다. 애기와 웃음이 오고가던 중 마침내 알레카하우가 소리쳤다.

"할 애기가 있어!"

그러자 많은 목소리가 잠잠해졌고, 알레카하우의 목소리만이 이글루 밖에서 상스럽게 격분한 바람 소리와 다투었다.

"에, 이제 수프를 정말 잘 먹었다는 걸 내 배가 말해주겠어." 그는 이렇게 말하고서 그 말뜻을 보여주기 위해 큰소리로 트림을 했다. "나 같은 바보한테 너무 맛있는 수프였어. 하지만 들어봐, 이 바보에 대해, 오네크와우와 그의 아내의 멋진 침대용 단에 앉아 있는 알레카하우라는 바보에 대해 애기를 해주지." 그는 잠시 멈춰 이글루 주위를 보았다. 두껍고 희고 빛나는 얼음에 덮인 어둠의 영역을. 그는 이야기를 시작했다.

모두들 헤크와우의 아들 벨리카리가 지난해 가을에 하늘의 검은 정령을 어떻게 발견했는지 들었나? 에, 늙은 헤크와우한테서 그 애길 직접 들었는데, 여러분도 알다시피 난 인간보다 곰을 닮고 내가 생각하기에 그 어떤 새의 영혼보다 강한 아틴후이트라는 나만의 우세한 영혼을 가지고 있잖아.

여기 있는 내 아내 칼루크와 내가 여러분의 캠프인 북쪽으로 여행을 하겠다고 하자 늙은 헤크와우가 날더러 날씨의 신인 카일라가 호의를 베풀어 도와주기를 원하느냐고 물었어. 누가 그런 걸 거부하겠어. 그래서 헤크와우에게 그가 아는 영혼들을 통해 카일라에게 애기를 해달라고 부탁했더니 그 늙은이는 아들인 벨리카리를 불러 날 위해 카일라에게 애기를 하라는 거야.

내가 원체 바보라 난 그걸 대단하게 생각하지 않았어. 벨리카리는 아직 아비인 헤크와우 같은 샤먼(무당)이 아니었으니까. 그러나 난 예의바른 바보였고, 그래서 벨리카리가 아버지 일을 대신하게 되었지. 그 앤 이글루 한복판에 서서 하늘의 검은자인 갈가마귀를 큰소리로 불렀는데, 잠시 후 그 애가 바닥에 쓰러지면서 놀랍게도 갈가마귀의 크고 거친 음성이 그 애의 목에서 터져 나왔어. 그것도 다섯 번이나. 난 약간 두려웠지만 검은자가 나의 영혼인 아틴후이트 만큼 강하다고는 생각하지 않았지.

벨리카리가 정신이 들어 하는 말이 카일라에센 애기를 하지 못했다는 거야! 그 앤 갈가마귀의 영혼만 보았는데, 갈가마귀가 경고하길 닷새 동안은 평원을 여행하지 말라고 했다는 거야. 그렇지 않으면 카일라의 세찬 바람을 만나 다시는 이글루로 돌아오지 못할 거라고 말이지.

충분히 알아들었지만, 그때 난 바보였어. 난 그 애가 카일라에게 애기를 하지 못했다면 그의 영혼이 필시 약하다고 생각했지. 난 내 영혼인 아틴후이트를 믿었고, 그 날 바로 짐을 꾸려 북쪽으로 떠났어. 물론 늙은 헤크와우는 우리가 자기 아들의 말을 무시한 것 때문에 화를 냈지.

우리가 출발할 때 벨리카리가 내게 갈가마귀의 깃털을 하나 주면서 만약 문제가 생기면 깃털에게 도움을 청하라고 말했어. 그 앤 자신의 부적 띠를 내 두 팔 밑으로 통과시키면서 하늘에 대고 말했어.

"피를 나눈 형제인 이 사람을 지켜주소서! 도움이 필요할 때 바위만큼 꺼칠꺼칠한 당신의 목소리로 이분에게 말해주소서! 이분이 당신의 도움을 청하면 이분의 눈에 와서 가야 할 길을 보여주소서!"

그런 다음 우리는 북쪽으로 떠났지. 생명체라곤 없는 평원을 여행한 지 하루만에 갈가마귀의 영혼이 말한 대로 카일라의 세찬 바람과 맞닥뜨렸어. 야영을 하려고 했지만 이글루를 지을만한 눈이 없어 마침내 나는 바람이 들이치지 않는 쪽으로 개들을 돌려 곧장 달리게 했고, 그 동안 우리는 썰매에 앉아 몸이 얼어붙지 않게 서로 꼭 붙어 있었어.

그러나 바람은 정말 굉장했고 너무 자주 방향을 바꾸는 통에 어리석기 짝이 없는 나는 평원에서 길을 잃고 말았어. 마침내 우리는 썰매를 방패삼아 바람을 피해 어설픈 캠프를 세우지 않을 수 없었어. 먹을 것도 조금밖에 없어서 정말이지 두려웠어. 그러나 폭풍이 마침내 끝났을 때 여기 있는 내 아내가 벨리카리가 해준 말을 기억해내고서 날더러 언덕에 서서 검은자에게 도와달라고 부탁을 하라는 거야.

나는 두려워서 언덕으로 올라갔는데, 그 넓은 땅에 아무것도 보이지 않아서 더 두렵기만 했지. 아틴후이트는 도와주겠다고 말을 하지 않아서 난 이렇게 소리쳤어.

"들어주소서, 하늘의 검은자여! 길 잃은 바보의 외침을 들으시고 어두운 하늘에서 내려오셔 길을 보여주소서!"

세찬 눈보라 뒤의 정적만이 흐르는 땅에서 대답이 들려오지 않아 난 방향을 돌려 우리의 개들과 아내가 기다리고 있는 곳으로 내려갔어. 그런데 갑자기 칼루크가 내게 큰소리로 외쳤어. "네 어깨 너머를 보거라!" 그래서 보니 큼지막한 검은 날개를 가진 갈가마귀가 내가 서 있는 언덕에서 지평선 쪽으로 곧장 날아가는 거야!

흠, 우린 개들을 돌려 그 새가 날아간 길을 따라갔고 이틀 만에 여러분의 캠프가 있는 작은 언덕에 도착했어. 그러니 이 알레카하우란 사람이 얼마나 바보인지 알겠지! 그러나 사슴들이 다시 언덕에 나타날 때 갈가마귀들에게 작은 선물을 주는 것을 잊을 만큼 바보는 아니라고!

이야기가 끝나자 이글루에 있던 사람들은 그 일에 대해 장황하게 떠들었고, 다들 그 이야기를 좋아했다. 그리고 많은 이들이 봄이 와서 사슴들이 돌아오면 갈가마귀들에게 작은 선물을 주겠다고 속으로 다짐했다.

그리고 나서 오네크와우가 북을 꺼내자 누군가가 그것을 가져가 노래를 부르기 시작했다. 노래는 땅 위로 새날이 희미하게 밝아올 때까지 계속되었다. 강풍은 멈추고 잊혀졌고 태양이 겨울 하늘가에 다시 차갑게 걸렸다. 내가 말한 둘째 날은 그렇게 끝났다.

그 해 첫 겨울이 오자 벨리카리는 혼자 힘으로 여우잡이 덫을 놓았다. 그의 아버지가 그에게 직접 설치해 보라며 다섯 개의 덫을 주었던 것이다. 덫 사냥꾼으로서 처음 맞는 겨울이라 그는 실수를 많이 했다. 이 실수들 중 최고봉은 겨울이 지났는데도 그가 너무 늑장을 부린 바람에 봄이 되어 땅이 녹고서야 덫을 수거했다는 것이다.

매서운 겨울이었다. 봄이 되기 전까지 몇몇 캠프에서는 죽음이 따랐지만, 헤크와우의 이글루에는 식량이 충분히 있었다. 늙은 헤크와

우의 아내 에푸트에게는 특히 더 힘들었다. 식량이 가장 부족할 때 그녀가 벨리카리의 동생인 아들을 낳았기 때문이었다.

출산은 힘들었다. 벨리카리는 그것을 지켜보며 두려움에 떨었다. 그는 에푸트가 이글루 침대에 누워 출산의 고통을 겪으며 시어머니가 내민 팔을 움켜쥐는 모습을 보았다. 보조 산파가 에푸트의 커다란 배 주위를 잡고 아직 태어나지 않은 아기를 자궁 밖으로 밀어내는 모습을 지켜보았다.

출산 후 에푸트는 한 달을 씻지 못했다. 벨리카리도 그의 아버지도 이글루에 들어갈 수 없었다. 한 달 동안 에푸트는 눈벽으로 둘러싸인 감옥을 떠날 수 없었고 음식은 문 밖에서 준비되어 다른 사람들은 감히 사용할 수 없는 특별한 그릇에 담겨 어미와 아기에게 전해졌다. 아버지와 아들 벨리카리는 그 해 겨울에 진짜 배고픔이 어떤 건지를 알게 되었다. 그러다 마침내 날이 갑자기 바뀌더니 따뜻해지고 남쪽에서 봄이 찾아들었다.

이제 겨울은 끝났다. 내 이야기의 셋째 날에 벨리카리는 덫을 회수하러 갔는데, 그는 덫을 빼내고서 이듬해 겨울이 왔을 때 찾을 수 있도록 언덕 위 높은 곳에 숨겼다.

6월에 그는 강의 북쪽으로 굽이치듯 길게 뻗은 언덕들을 걸어서 넘었다. 벨리카리는 일주일치 식량을 휴대했다. 다시 말하면 말린 고기를 한줌 휴대한 것이었다. 그러나 그것으로도 충분했다. 이미 새들이 평원으로 모여들고 있었고, 소택지의 작은 개울들은 산란기에 접어든 살찐 서커들로 들끓었기 때문이었다. 벨리카리가 여행을 한 지 나흘째 된 날이었다. 개들이 겨울에 반나절이면 갈 수 있는 거리를 그가 걸어서 가는 데는 그렇게 오랜 시간이 걸렸다. 두 개의 작은호수 사이에는 특히 암석이 많은 산등성이가 있었는데, 이곳의 둥근 돌들은 어찌나 큼지막한지 옆에 있는 이글루가 작아 보일 지경이었다. 이 큰 암석들 사이로 사슴들의 발자국이 구불구불 나 있었고 이 발자국들 옆에 벨리카리가 덫을 몇 개 설치해 놓았었다.

그가 강렬한 햇빛을 받은 산등성이의 뜨끈뜨끈한 비탈을 오르는 동안 그의 눅눅한 가죽 부츠가 바위 위로 미끄러졌다. 그의 뒤로는 젖은 평원이 열기를 받아 너울거리고 흔들렸다. 녹색 이끼들이 둥근 돌들 위에서 눈부시게 빛났고 있었다.

벨리카리가 첫 번째 덫에 이르니 덫이 튀어나와 있었다. 하얀 털이 한줌 있는 것으로 보아 여우가 걸려든 모양이었으나 모래 위에 난 발자국이 배고픈 늑대가 지나는 길에 덫에 걸린 녀석을 해치웠다는 걸 말해주고 있었다.

두 번째 덫은 소년이 설치해 놓은 그대로 있었다. 그는 덫을 벗겨내 꾸러미에 넣고 길을 계속 갔다. 그의 앞에서 큰 암석들이 갈라져 깊은 협곡을 이루고 있었다. 벨리카리가 협곡 입구로 들어서자 큰 북극 토끼 두 마리가 어떤 바위 밑에서 어둠을 뚫고 튀어나와 회색 유령처럼 달아나 소년의 시야에서 사라졌다. 벨리카리는 자신이 미처 대비를 하지 못한 것에 화가 나 활통에서 활을 슬그머니 빼내 화살을 끼워 앞으로 나갔는데, 그 순간 더운 침묵을 뚫고 검은자의 목소리가 들려왔다.

그 영혼은 새의 음성으로 말했다. 거칠고 겁먹은 깍깍 소리는 불안으로 가득 차 있어서 굳이 말을 하지 않아도 그 두려움이 소년의 마음속으로 전달되었다.

벨리카리가 협곡의 깊은 그늘 속에 잠시 가만히 서 있으니 그의 가슴이 달아나고 있는 토끼의 심장처럼 마구 뛰었다. 그는 두려웠고 확신이 서지 않았다. 갈가마귀의 영혼이 앞에 놓인 길에 위험이 있음을 그에게 경고해주고 있다는 것은 의심의 여지가 없었다. 그러나 어떤 위험이란 말인가? 그렇다면 어떻게 해야 한단 말인가? 협곡의 끝에 도사리고 있는 것은 바위들의 유령인 이누아였을까? 사람의 피를 먹고 사는 외다리 악마 파이자였을까? 벨리카리는 알 길이 없었고, 이제 그는 바위투성이 협곡을 조심스레 돌아서 왔던 길을 되돌아갔다. 화살을 여전히 줄에 걸어놓고 사향소 뿔로 만든 활을 반쯤 구부린 채로.

그는 협곡을 돌아 나와 어두운 골짜기를 에워싼 바위들 중 한 꼭대기로 조심스레 기어올라 유리한 위치에 서서 시야에 가려져 있던 협곡의 출구를 볼 수 있었다. 그곳을 보니 피가 거꾸로 치솟는 듯했다. 그도 그럴 것이 거기 산등성이에, 그가 협곡을 빠져나왔더라면 엎어지면 코 닿을 만한 곳에 불모지의 큰곰인 아클라가 있었기 때문이다!

아클라는 북극의 백곰보다 키가 두 배나 더 큰 무시무시한 갈색곰이다. 아클라는 백인들은 거의 들어본 적조차 없는 불가사의한 괴물이다. 아클라는 모래에 찍힌 발자국이 인간의 팔뚝만한 짐승이다. 아클라는 사람들의 말에서 '공포'라는 말과 직결되는 이름이다.

워낙 희귀해서 이할미우트 부족 사람들조차 놈의 발자국을 본 적이 거의 없을 정도였고, 그 점에 대해 사람들은 고마워한다. 그러나 사실 불모지의 이 회색곰은 엄연히 존재한다. 벨리카리는 놈의 모습을 보고서 아클라가 얼마나 사나운지에 대해 전에 들은 적 있는 이야기를 떠올렸고, 갈가마귀의 영혼이 자신에게 무엇을 경고한 것인지를 알았다. 그러나 젊음의 무모함으로 벨리카리는 활시위를 당겨 가는 화살을 날렸다.

검은 정령은 화살이 곰의 갈색 몸뚱이에 훨씬 못 미치게 할 만큼 소년에게 정말 친절했다. 그래서 아클라는 바위에 선 청년의 자그마한 형체를 알아차리지 못했고 육중한 우아함으로 산등성이를 천천히 올라 소년을 못 보고 가던 길을 계속 갔다.

꼭 한 시간 만에 벨리카리는 바위에서 내려올 용기가 생겼다. 협곡을 우회하여 마침내 자신의 세 번째 덫이 있는 장소에 도착할 때까지 그는 벌벌 떨었다. 세 번째 덫은 고정 장치에서 뽑혀져 있고 사슬이 푸른 버드나무 가지처럼 뚝 부러져 있었다. 주위에는 검은 깃털이 둥그렇게 떨어져 있고 선명한 피가 덫과 바위에 묻어 있었다. 그러나 큰소리로 경고를 해준 덫에 걸린 갈가마귀의 흔적은 발톱 하나와 부리 윗부분 외엔 아무것도 남아 있지 않았다. 이것은 벨리카리가 여우를 잡으려고 놓아둔 미끼에 접근했다가 덫에 걸려든 새였다. 아클라가 접근했을 때 공포로 소리를 질렀던 새였다. 벨리가리가 그 경고를 듣고 그것이 알려준 대로 갑자기 곰에게 다가가지 않았던 것이다. 그리하여 소년은 살았지만 갈가마귀는 죽었다.

벨리카리는 이 여행을 끝까지 마쳤지만 무척 두려웠다. 그는 잽싸게 움직였고 일을 질질 끌지 않았다. 마지막 덫이 발견되었을 때 그는 돌아섰고, 달린다고는 할 수 없어도 대단히 빨리 걸었다. 그러나 잠시 멈춰서 갈가마귀의 발톱과 부리를 집어 들어 자신의 어깨에 벨트처럼 둘러맨 작은 부적 주머니에 넣었다.

캠프까지 아직 반나절 거리가 남았을 때 그는 갈가마귀들의 소리를 다시 들었지만, 이번에는 그 의미 때문에 당황하지도 두려워하지도 않았고 몹시 흥분만 했다.

갈가마귀들은 검은 구름이 날아오듯 남쪽에서부터 왔다. 2백 마리쯤 되는 갈가마귀들이 열두 마리 정도씩 떼를 지어 있었다. 그들은 하늘 높은 곳에서 북쪽으로 꾸준히 날아갔다. 무리의 선두들은 행렬의 앞에서 광대들처럼 공중제비를 하고 몸을 굴렸다. 사실 이 갈가마귀들은 진짜 거대한 행렬을 이끌고 있었다.

가까이 있는 한 언덕에서 벨리카리는 갈가마귀들이 회전하는 모습을 지켜본 다음 가까이 오고 있는 무리를 내려다보았다. 남쪽 멀리로 땅의 암갈색 표면이 움직였다. 너울거리는 그것은 모락모락 피어오르는 열기가 아니라 사슴들의 흔들거리는 몸뚱이였다!

아클라도 두려움도 겨울도 잊은 채 벨리카리는 미친 듯이 언덕을 뛰어 내려갔고, 캠프의 모습이 보이자마자 아주 큰소리로 외쳐대 텐트에 있던 사람들이 무슨 일인지 알아보려고 달려 나왔다.

"투크투 미에! 그들이 오고 있어요!" 그가 큰소리로 외쳤다. 이 소리를 들은 사람들은 사슴들이 그 땅에 다시 돌아왔다는 것을 알았다.

그렇게 셋째 날 즉 세 번째 추억은 끝이 났다. 이것은 이야기로 전해진 수많은 날들, 그래서 인간의 강으로 물이 흘러들어가는 평원들을 밝히는 모닥불 주위에서 사람들이 지루함을 달래던 날들 중에 선택된 삼일에 불과할 뿐이다. 과거에 관한 이 이야기들은 수많은 목소리와 기억이 그 땅에 남아 있는 한 잊히지 않을 것이다.

12

그들에게 법은 없다

1948년 6월, 내내 우리가 바람만의 오두막에 머무르고 있을 때 앤디는 과학의 명목으로 너무나 성실하게 순록을 추적해 나 또한 생물학자 비슷한 사람이 돼버린 것을 기억하지 않을 수 없다. 나는 평원의 이끼와 지의류에 사는 작은 포유동물들을 수집함으로써 내 양심을 달랬다. 내가 모으고 있는 장비는 널리 흩어져 다시 찾을 수 있도록 붉은 천으로 작은 깃발을 만들어 표시해둔 서른 개쯤 되는 평범한 쥐덫으로 구성돼 있었다.

어느 날 나는 별생각 없이 우테크에게 나머지는 내가 살펴볼 테니 덫 몇 개를 점검해 달라고 부탁했다. 한 시간 후 내가 맡은 곳을 끝내고 오두막으로 향하고 있을 때 그가 내게 돌아왔다. 그는 짐승 가죽 배낭을 들고 있었는데, 툰드라를 느릿느릿 걸어가는 동안 속에 든 물건이 부딪치거나 흔들리면 안 되는 아주 귀중한 물건이라도 되는지 배낭을 옆구리에 부딪히지 않게 조심스럽게 다뤘다.

내가 호기심에 그에게 뭘 발견했냐고 묻자 이번만은 입을 다문 채 대답을 거부하고 소리 죽여 꿍꿍대기만 할 뿐이었다. 그가 배낭에 정신이 팔려 있는 듯해서 나는 더 이상 추궁하지 않았다.

오두막에서 내 표본 자루에서 생쥐와 나그네쥐 여섯 마리를 꺼내 탁자 위에 펼쳐 놓는 동안 우테크는 난색을 표하며 날 지켜보았다. 마침내 나는 그가 맡은 덫에는 어떤 것이 걸려 있었는지를 물었다. 그는 갑자기 생기를 띠며 배낭을 열어 잠깐 동안 자루 깊숙이 손을 넣어 뒤적거리다 이끼에 조심스럽게 싼 작은 꾸러미를 꺼냈다. 그는 이것을 아무런 말없이 내게 건네고는 내가 풀어헤치는 모습을 열심히 지켜보았다. 그 꾸러미 속에는 늑대의 발자국이 의심할 여지없이 선명하게 나 있는 초콜릿색의 큼지막한 토탄 조각에 놓인 쥐덫이 하나 있었다.

약간 당황하여 나는 우테크를 돌아보고 이 이상한 조합물이 뭘 의미하는 거냐고 물었다. 그러나 우테크는 몹시 난처해하며 입을 열기를 거부했다. 내가 괜히 엄숙해지자 그는 말을 더듬기 시작하더니 끝내는 돌아서 자기 텐트로 내뺐다.

나중에 이할미우트 사람들 중 가장 솔직하고 태연한 오호토가 날 찾아왔다. 나는 그에게 우테크의 이상한 전리품을 보여주며 이 의미를 설명해 달라고 부탁했다. 그 또한 말문을 여는 데 약간 힘들어하는 듯했지만, 마침내 내가 알고 싶어 하는 것을 말해주었다.

굳이 표현을 하자면 그것은 '에스키모의 완곡한 마음'을 보여주는 훌륭한 예였다. 그러나 내가 보기에 그것은 오감보다는 재산이 더 많은 — 불쌍하여라 — 백인에게 충고를 해주어야겠다고 느낄 때 이누이트 사람들이 보여줄 수 있는 대단한 세심함의 최고 예였다. 나의 쥐덫을 본 우테크에게는 내가 여우나 늑대를 한 마리도 잡지 못하게 될 거라는 사실이 가슴 아프게 뻔히 보였다. 게다가 그는 백인들이 나그네쥐와 생쥐를 소중히 여긴다거나 내가 이 작은 짐승들을 일부러 잡고 있다고는 꿈에도 생각지 못했다. 그래서 우테크에게는 덫을 놓는 기술에서 내가 미숙하기 짝이 없게 보였을 것이다. 나의 노래사촌인 그는 내가 화를 내거나 바보 같다고 느끼지 않을 방식으로 내 덫 놓는 방법의 무용성을 일러주는 것이 자신의 의무라고 느꼈다. 우테크는 내가 그 큰 늑대의 발자국이 부서지기 쉬운 작은 덫 옆에 찍힌 것을 보고서 굳이 설명을 듣지 않고도 자신의 뜻을 파악하기를 바랐던 것이다.

오호토가 이 모든 것을 설명해 주었을 때 나는 화가 났다. 내가 어쩐지 지진아 취급을 받고 있는 느낌이 들었기 때문이다. 우테크의 이름을 소리쳐 부르면서 나는 내가 왜 늑대가 아닌 쥐를 잡는지를 설명하기 위해 그의 오두막까지 갔다. 내 분노를 감지한 우테크는 내가 박물관과 과학과 백인의 생활방식에 대한 불가해한 현상을 설명하려고 애쓰는 동안 진지하게 집중해서 들었다.

내 설명이 끝나자 우테크는 내 덫을 한 다발 집어 들고는 그 불모지로 횡하니 가버렸다. 다음날 아침에 보니 내 가죽 탁자 위에 다섯 마리의 쥐가 놓여 있었지만, 우테크는 내 쥐덫 사냥에 대해 두 번 다시 언급하지 않았고 내 덫 놓는 기술에 대해서도 더 이상 관심을 보이지 않았다. 비록 에둘러 표현하긴 했지만 내가 하는 일에 간섭함으로써 그는 자기 부족의 기본 규칙을 무시했던 거였고, 그래서 자신이 저지른 일을 부끄러워했는지 모른다.

이것이 이 세계의 제일 규칙이다. 한 사람의 일은 침해할 수 없는 영역이고, 공동체에 위협이 되지 않는 한 어떤 식으로든 간섭하는 것은 이웃의 의무를 저버린 짓이다. 그렇다고 해서 도움이 필요한 때에도 삼가라는 뜻은 아니다. 사실 이 세계의 두 번째이자 어쩌면 가장 중요한 규칙은 다른 사람의 텐트에 있는 식량이나 장비나 육체적 힘을 어느 누구도 탐내서는 안 된다는 것이다.

이러한 믿음은 실재적으로 모든 물질의 공유화로 이어졌다. 그런데도 캠프에서는 개인 소유가 여전히 존재하기 때문에 이러한 모순을 이해하기 힘들지 모르겠다. 이렇게 말할 수 있다. 각각의 장비는 한 사람이나 한 가족의 개인 재산이다. 그러나 창이 필요한 외부인이 이곳에 와서 아무 창이나 가져가도 무방하다. 그는 굳이 주인의 허락을 받을 필요가 없고(보통은 허락을 받지만)보답을 하지 않아도 된다. 창을 다 썼으면 돌려주기도 하고 돌려주지 않기도 한다. 이제 그 창은 그 사람의 재산이고 단지 빌린 물건이 아니기 때문이다.

분명한 것은 이런 방식이 남용되지 않는다는 것이다. 진짜 필요할 때에만 신중하게 이용되기 때문에 이 방식은 사람들이 배런스지역에서 생존하는 데 큰 보탬이 되어왔다. 창이 필요한 사람은 시간과 재료만 있다면 언제든 만들어 쓸 수 있다. 그러나 창이 다급하게 필요한 사람은 이웃의 것을 가져가는데, 그러면 그 창은 흔쾌히 그의 것이 된다.

소유권에 대한 이런 식의 이상한 접근은 내가 그 의미를 파악하기 전까지 내 화를 돋우는 원인이 되었다. 내가 이할미우트 부족에 처음 왔을 때 백인들에 대해 아는 바가 얼마 없는 그들은 나를 자기네 사람처럼 대했다. 그들은 우리를 갈라놓는 규칙과 관습의 차이를 알지 못했다. 예를 들면, 내게는 전쟁 때 입수하여 보물처럼 소중히 다루는 소총이 하나 있었다. 사슴 사냥에 쓰는 뛰어난 총이라 나는 밖에 나갈 때면 가지고 다녔고 밤에는 옆에 두고 잤다. 나는 재미나 오락으로 사냥을 하지는 않는 데다 에스키모인들이 늘 배급을 잘해줘서 앤디와 나는 고기가 필요한 경우가 거의 없어 그 총을 좀처럼 사용하지 않았다.

어느 날 이할미우트 부족 남자 다섯이 바람강가에 있는 우리 캠프를 방문하기 위해 작은 언덕들 지역에서 걸어 내려왔다. 날씨가 유별나게 안 좋아 그 여행은 거의 사흘이나 걸렸다. 이 남자들은 탄약이 없어서 총을 가지고 오지 않았다. 그 사흘간의 노정에서 그들은 어떤 개울에서 손으로 잡은 작은 서커 두 마리로 생활했다. 그 어느 때보다 생지옥 같았던 60마일을 걸어 그들은 마침내 완전히 지치고 허기진 채로 우리 캠프에 도착했지만 먹을 것을 요구하지 않았다.

대놓고 요구하는 것은 예의에 어긋나는 일이었다. 불모지에서는 음식을 요구하지 않는다. 손님이 도착하면 음식은 자연스레 제공이 된다. 그러나 나는 사소한 허드렛일로 바빴다. 내가 멍하니 손님들을 맞이하고서 내 일을 하러 간 사이 배고픈 다섯 남자는 앉아서 그야말로 참을성 있게 기다렸다.

그러다 오울리크투크가 강 건너 비탈에 서 있는 사슴을 보고서 오두막 한쪽에 있던 내 소총을 잽싸게 쥐고서는 그 짐승을 붙잡으러 뛰쳐나갔다. 그는 장장 한 시간이 넘게 있다 돌아왔는데, 나는 총이 없어 얼마나 허전했는지 모른다. 생각 없이 나는 벌컥 화를 냈고 기다리고 있는 이할미우트 사람들에게 내 총을 즉각 돌려달라고 고래고래 소리를 질렀다. 그런 행동이 그들로서는 터무니없이 예의 없고 어린애 같은 분노로 보였을 텐데도, 그들은 내 비위를 맞추었다. 우테크가 날 안심시키듯 미소를 지으며 오울리크투크는 다들 배가 너무 고파 사슴을 죽이려고 내 총을 잠시 빌린 것뿐이라고 설명했다. 충분히 설명이 되었다고 믿었는지 그는 나쁜 날씨에 대해 기분 좋게 떠들어대기 시작했다. 그러나 나는 흔쾌히 떠들 기분이 아니었다. 나 자신의 날씨가 나빴다. 만약 에스키모가 우발적인 충동으로 내 소중한 총을 겨드랑이에 낀 채 총총걸음으로 가버린다면 그야말로 죽을 맛이 아니겠는가.

오울리크투크는 자신이 쏘아 맞춘 사슴의 식용 부위를 매단 채 내 총을 막대기처럼 어깨에 걸치고 마침내 돌아왔다. 총신은 피에 흠뻑 젖어 있었고 개머리는 바위에 부딪쳤는지 여기저기 긁혀 있었다. 오울리크투크는 짐을 땅에 털썩 내려놓고는 사슴의 상급 부위인 혀와 가슴 부위를 가지고 오두막으로 들어왔다. 그는 문에다 총을 세워놓고 내게 고기를 건네면서 쾌활하게 웃었다. 그 다음 나는 그를 몹시 나무랐다.

불쌍한 오울리크투크! 내가 아는 한 그 후로 그는 나와 있을 때면 결코 마음을 놓지 못했다. 그 날 이후 그는 마치 내가 끊임없이 비위를 맞추고 달래주어야 할 위험한 동물이라도 되는 듯이 내게 접근했다. 나중에 나는 내가 준 나쁜 인상을 지우기 위해 최선을 다했지만 완전히 성공하지는 못했다. 지금은 이할미우트 부족 사람들이 이런 사소한 일에 대해 어떻게 느끼는지를 생각해 보면 내가 실수한 이유를 이해할 수 있다.

이할미우트 사람들은 나를 용서해 주었다. 아니 오히려 그들은 내 어린애 같은 이기성의 폭발로 나를 판단하지 않았다. 그러나 그 후로는 나란 사람이 암컷 늑대가 자기 새끼를 소중히 지키듯 내 물건에 몹시 집착하는 불행한 미개인쯤으로 이해되었다. 보복 같은 것도 없었고, 나는 필요하다 싶을 때면 그 부족의 물건을 자유롭게 빌려 쓰고는 내가 가졌다. 그리고 내가 그 불모지에서 행해지는 대로 행동하고 싶어 하지 않는다 해도 그것은 나의 특권이었고 그에 대해 아무도 날 벌할 수 없었다.

지금 언급한 이 두 가지 불문율은 이 세계의 다른 모든 법칙과 느슨하게 결합하여 생존 법칙이라는 행동 규약이 된다. 이 규약을 구성하는, 미묘하게 균형을 이룬 자잘하고 중요한 제약들은 유연성이 있지만, 이할미오가 절대 넘어서는 안 되는 장벽이 있다. 우리가 '범죄'로 알고 있는 것이 이할미우트 부족의 캠프에는 없다는 놀라운 사실로부터 그들의 법에 대한 유연성, 독자적 해석에 대한 개방성, 개별적 상황에 맞추는 적응력을 알 수 있을 것이다.

이누이트를 뭉뚱그려 문자화한 기록들을 보면, 병적인 자기만족으로 백인들이 발전시켜온 도덕률을 일탈한 에스키모 이야기가 대다수다. 식인 풍습, 부인 공유, 살인, 영아 살해, 학대와 절도에 관한 이야기가 북극 설화에 자주 되풀이해 등장하는데, 그 이야기들은 선정적인 요소를 제공할 뿐 아니라, 그 땅에는 존재하지 않는 다른 무엇으로 대체하기 위해 에스키모인의 법과 믿음을 파괴하려는 독선적인 백인들의 침입을 널리 정당화시켜 주기도 한다.

살인을 예로 들어 보자. 지난 20년 동안 캐나다 기마경찰대 보고서를 검토하여 에스키모인들이 저지른 살인의 수와 캐나다의 지방, 즉 이 연방국가의 주에서 같은 기간에 기록된 살인의 수를 비교해 보면 이누이트 캠프에서 일어난 살인이 드물고 진기한 현상임을 발견하게 될 것이다. 게다가 이른바 에스키모 '살인'의 대다수는 진짜 살인이라기보다 시급한 필요에 따른 안락사였다. 남아 있는 살인행위들은 살인자들이 방문자들로부터 받는 은근하거나 직접적인 위협,

다시 말해 이누이트 부족에게는 이치에 맞지 않는 공포를 초래하는 위협에 처했을 때 마음의 안정을 얻고자 백인들을 죽이는 것과 관계가 있다. 그런 위협들은 에스키모의 사고방식으로는 이해할 수 없는 위협들이기 때문이다. 나는 복수욕이나 탐욕으로 백인을 죽이는 에스키모인에 대한 사례는 알지 못하며, 실수든 진심이든 자기방어의 필요성에 의한 것만 알 뿐이다. 그러한 살인의 근본 동기는 언제나 공포였다.

드문 살인의 다른 동기로 피의 복수도 언급되어 있지만, 북극 지방의 연대기에서 그런 살인의 믿을 만한 예는 거의 없다. '극지 히스테리'라고 불리는 이상한 병에 걸린 '정신착란' 살인자의 예도 있다. 이런 형태의 일시적 광기는, 당연한 일이지만 에스키모인에게 금지되어 있지 않다. 지난 몇 년 사이 미국과 캐나다에서는 다수의 '정신착란' 살인이 있었는데, 많은 경우 광신에서 비롯되었다. 그러나 에스키모들 사이의 그러한 정신착란은 이누이트의 고유한 신앙에 기인하지 않는다. 에스키모들 사이에서 집단 살인의 가장 악명 높은 예는 한 원주민 마을에 선교사가 방문하면서 일어났다. 이 마을의 살인 소문을 조사하러 나온 R.C.M.P(기마경찰대)는 우리의 그리스도 교리를 어렴풋이 이해하고 잘못 해석하여 마음이 흔들리고 두려워진 한 남자가 극도로 침울해져 마침내 미쳐 버렸다는 사실을 알아냈다. 그는 자신이 그리스도의 화신이라고 믿었고, 그가 이 사실을 공표했을 때 히스테리의 물결이 마을을 휩쓸었다. 그 미친 남자는 일곱을 죽이고 나서야 백인의 종교에 무관심한 채 거의 혼자 지내왔고, 그래서 살인자를 처단할 수 있을 만큼 온전한 정신을 지켜온 늙은 이누크의 손에 처형되었다.

내가 말하고 싶은 요지는 탐욕, 다시 말해 자신의 냉혈한 같은 성격 때문에 살인은 이할미우트 부족의 사고방식과는 맞지 않는다는 것이다. 그들에게는 살인이 다른 사람들의 삶이 위협을 받는 상황의 해결책으로서만 인정된다. 이할미우트의 역사를 보면 살인행위는 조금밖에 등장하지 않으며, 그마저도 부족을 위협하는 내부의 위험을 제거하기 유일한 수단으로서 일어날 뿐이다. 예를 들어, 북극의 긴긴 밤 사이 미쳐서 자신의 두 형제가 자신을 죽일 음모를 꾸미고 있다고 믿고서 형제들을 죽인 남자가 있었는데, 그는 캠프 전체에 위협이 되었다. 그 남자는 극지 히스테리의 희생자였고, 남아 있는 사람들의 협의를 통해 그를 죽이는 것이 집단을 위한 길이라는 결정이 난 후에야 살해되었다.

영아살해는 선교사들이 좋아하는 또 하나의 악령이자 선정주의 작가들의 지지를 받는 요소이다. 비극은 이런 일이 반드시 일어난다는 것이며, 필요성이 있을 때면 계속 일어날 것이라는 점이다. 핵심은 이렇디. 때때로 영아살해에 대한 불가피한 필요가 생기고, 우리는 어떠한 말로도 그 필요를 바꿀 수 없다. 이누이트 사람들에게 아무리 설교를 해댄다 해도 그런 비극적인 필요성은 경감되지 않을 것이다.

영아살해에 대한 필요는 에스키모인이 대처해야 하는 가장 끔찍한 상황을 만들어낸다. 모든 에스키모인들, 특히 이할미우트 사람들은 자신의 아이들을 열성적으로 좋아하기 때문이다. 어린 아이들은 더 극진한 애정을 받으며, 백인 가족들의 많은 아이들이 알고 있는 것보다 더 많은 관용과 친절을 누린다. 아이들을 낳아 성숙할 때까지 키우는 열정은 우리 백인들보다 이할미우트 사람들이 훨씬 더 강하다. 그것은 그 부족이 가진 종의 번식에 대한 원초적 욕구가 우리보다 더 짙기 때문이다. 그러나 자식들을 향한 사랑과 아이들이 혈족의 한 어른으로 자라는 모습을 보고 싶은 절실한 욕구에도 불구하고, 더 필사적인 감정이 부모들을 압도할 때가 있다.

배런스 지역에서 벌어지는 영아살해의 진정한 의미를 이해하기 위해서는 이런 험악한 땅에서는 모든 인간의 생활이 감상을 현실에 대비할 여유가 있는 우리에게는 무정하게 보일지 모를 확고한 우선 체계에 따라 평가된다는 사실을 먼저 이해해야 한다. 관습적인 생존 서열은 어른, 특히 사냥꾼을 가족 집단에서 가장 없어서는 안 되는 구성원으로 수석에 놓는다. 그는 가족의 부양자로, 그가 죽으면 나머지 가족이 당장의 위기를 버텨내느냐 아니냐는 중요하지 않다. 부양해 주는 사냥꾼이 없으면 나머지 가족도 오랫동안 살아남을 수는 없기 때문이다.

사냥꾼 다음은 그의 아내이다. 아내가 한 명 이상이면 가장 어린 여자가 남자 다음에 온다. 여자의 자궁으로부터 새로운 삶이 계속 지속될 테니까 말이다. 그러나 여자는 얼마든지 대체할 수 있다. 많은 남자들이 매일 분투하는 과정에서 목숨을 잃는 이런 땅에서는 여자들이 남아돌기 때문이다. 늙은 아내들은 재빨리 우선권을 잃는다. 자궁이 메말라져 그들은 대를 이을 후손을 거의 낳을 수 없기 때문이다.

아이들은 남자와 아내 밑에 놓이게 된다. 정말로 잔인한 일이지만, 이 잔인함은 부모의 소행이 아니다. 잔인함은 아이들보다 부모를 더 무겁게 짓누른다. 그러나 새로운 생명이 아들과 딸을 대체할 수 있어서 아이를 잃는 것은 감정적 차원에서만 비극이다. 자궁이 비옥하고 남성이 성적 능력만 있다면 아이들은 다시 태어나게 마련이다.

노인들은 서열의 가장 하위에 놓인다. 더 이상 팔 힘이 세지 않은 남자들과 다산의 능력의 없는 여자들은 언제나 죽음을 앞에 놓고 얼마 남지 않는 시간의 끄트머리에서 산다. 생존과 죽음의 선택이 부족의 캠프를 덮칠 때, 굶주림이 죽음의 도래를 알려올 때, 그때는 다른 식구들이 조금이라도 더 오래 버틸 수 있도록 노인들이 자발적으로 죽음을 찾아 먼저 갈 준비를 해야 한다. 노인들은 좀처럼 자연사하지 않고 종종 자신들의 손으로 죽음을 맞는다. 우리의 시각에서는 자살이 법에 어긋나지만 여기 부족에게는 위대한 일이고 대단히 영웅적인 희생이다. 노인이야말로 죽음을 가장 두려워하고 죽는 것이 가장 힘들다는 것을 알기 때문이다.

냉정하게 말하면, 남자들과 여자들과 아이들의 삶에 매겨진 등급이 가혹하고 몰인정한 것처럼 보이겠지만, 달리 어쩔 도리가 없다. 아들과 딸이 떠나 버리면 무력한 노인들을 누가 돌본단 말인가? 늑대들 말고 누가 있는가? 어머니가 떠나 버리면 젖도 떼지 못한 아이들을 누가 돌본단 말인가? 바람과 눈밖에 없다. 사슴고기를 가져다 줄 남자가 없다면 아내는 식구들에게 무엇을 먹이겠는가? 눈물과 죽음의 쓴맛뿐이다.

배런스에서는 죽음의 서열 논리가 죽음 자체보다 더 냉혹하지만 불가피한 일이다. 그러나 결정의 시간이 닥쳤을 때 사랑하는 사람이 겨울의 어둠 속으로 들어가는 공포에서 달아나려고 필사적으로 애쓰지 않는 사람들은 거의 없다. 사랑은 논리를 이긴다. 사랑이 너무 강한 나머지 몇 사람의 목숨이라도 구할 수 있는 논리를 따르지 않아 많은 가족들이 죽어 나갔다.

그렇다, 영아살해는 일어난다. 나는 우테크가 넷째 아이 칼라크와 함께 있는 것을 본 적이 있다. 그의 다른 세 아이들은 일 년도 못 채우고 죽었다. 나는 우테크가 칼라크에게 느끼는 압도적인 애착도 보았으며, 위험이 그 아이를 위협할 때면 그를 휘감는 광적인 절망도 보았다. 그러나 자신에게 가해진 냉혹한 죽음에 직면하여 제대로 돕지도 못하고 아이들이 죽어가는 모습을 지켜보면서 우테크가 무엇을 느꼈는지는 알고 싶지도 생각하고 싶지도 않다.

도덕군자들이 이누이트를 자기 자식을 죽이는 야만적이고 짐승 같은 부족이라고 생각하는 사람들에게 그런 소문을 퍼뜨리고 다니는 일 따위는 그냥 내버려 둬라. 이누이트의 어둡고 미개한 마음에 백인의 사랑을 심어 주어야 한다고 설교하는 것도 내버려 둬라. 그러나 우테크와 그의 부족 사람들의 귀에는 그들이 신성한 체 떠들어대는 말을 들어가게 하지 말라. 우테크는 자신의 일터에서 죽음을 거드는 것이 무엇인지를 아는 것뿐이다.

드넓은 평원에는 죽은 아이의 호수라고 불리는 장소가 있는데, 이 호수의 곳에는 작은 돌무덤이 하나 있다. 돌의 갈라진 틈 사이로는 아이의 작은 뼈들이 있고, 무덤 위에는 많은 썩은 유물들, 최고의 사슴 가죽 겉옷, 육고기, 나무토막으로 새긴 장난감들, 아이의 발에 맞게 아주 정성들여 꿰맨 카미크 부츠가 있다. 산자들 ― 심지어 죽은 자들 ― 에게 필요한 모든 것이 있다.

그 무덤은 오래 전 어느 겨울 그 호숫가에 세 식구만 살던 한 가족의 이야기와 관계가 있다. 어느 해 아버지가 이상한 병에 걸려 가을 사냥을 완수하지 못하고 겨울을 버틸 수 있을 만한 큰 짐승을 잡지 못했다. 눈보라가 일찍 닥쳐 굶주림이 찾아왔다고 한다. 개들을 잡아먹은 뒤 마침내 여자는 자신이 열흘 동안 겨울 불모지를 걸어서 친척들의 캠프까지만 가면 가족을 살릴 수 있을 거라고 생각했다고 한다.

이할미우트 사람들은 그 여자가 그런 결정을 내려야 했을 때 무슨 생각을 했는지에 대해서는 말하지 않는다. 그녀는 자신이 혼자 가야 하며, 아이를 데려갈 수 없다는 것을 알고 있었다. 그렇다고 아이를 두고 갈 수 없다는 것도 알았다. 남편이 병들어 아이를 돌볼 수 없을 뿐더러 아이가 아직 젖을 떼지 못해 줄 수 있는 음식도 없었기 때문이었다. 무슨 생각을 했는지는 전해지지 않지만, 그녀는 결심을 한 후 캠프를 떠났다고 한다. 침대에 누워 있는 남편 옆에 얼마 남지 않은 음식을 놓고 아이는 눈 밑에 두었다.

그녀가 친척들의 이글루에 도착하는 데는 거의 두 주가 걸렸고, 그 중 닷새는 눈보라 속을 걸었다. 그녀는 먹을 것도 없이 거의 백 마일을 걸었지만, 친척들의 이글루에 무사히 당도했다. 며칠 뒤 여자의 오빠가 그녀를 개썰매에 태워 죽은 아이의 호숫가까지 데려다 주었다. 아픈 남자는 구조되어 살아남았다. 세월이 흘러 이 부부는 많은 아이를 낳았고 그들 중 몇 명은 지금도 그 땅에 살고 있다. 그러나 해마다 여자와 남편은 살아 있는 동안 봄 초입이면 이 먼 호숫가로 돌아와 자신들의 첫 아이의 무덤에 새 옷과 음식과 장난감을 놓고 갔다.

사실을 말하자면, 영아살해는 에스키모의 땅에 실제로 존재한다.

또한 난잡한 성행위 같은 죄도 있다. 이것은 여기저기 입소문을 내고 다니는 백인들이 살인죄만큼이나 혐오하는 것이다. 그러나 에스키모인과 함께 살아온 나의 경험으로 볼 때 이누이트의 세계에서 난교는 우리 땅에서 널리 행해지는 추잡함과는 비교가 되지 않는다. 사실, 아이들 사이에서 성애 놀이가 자주 일어나지만 결코 은밀하지도 않으며, 더럽고 음란한 짓으로 발전하지도 않는다. 이것과는 별개로, 이른바 아내 공유가 불모지에서 행해지는 난교의 유일한 예다. 매춘부들, 은밀한 성경험들, 교회와 연결된 사람들의 금방 탄로 나는 불륜 관계들, 이 모든 것은 우리 백인에게 속한 것이지 이할미우트 부족에게 속한 것이 아니다. 이할미우트의 생활방식에서 아내 거래는 그 땅의 고난을 완화하기 위한 자발적인 장치이다. 우선, 대개는 노래사촌이나 다른 친한 친구들만이 아내 교환을 고려한다. 에스키모에 대해 널리 보급된 평판과는 달리, 이방인은 주인의 아내와 침대에 뛰어들 수 없다. 사실 그것은 근거 없는 바보 같은 거짓말이다…… 흠, 어쩌면 근거가 있는지도 모르겠다. 왜냐하면 이 땅을 찾는 많은 백인들이 그런 협상을 요구해왔고, 이누이트는 손님의 요청을 최대한 맞추어 주고자 했기 때문이다.

남자는 사향소 사냥이나 멀리 떨어진 친척을 방문하기 위해 긴 여행을 떠나야 할 때, 아니면 먼 교역소로 물건을 교환하러 갈 때 길이 위험하여 아내를 종종 집에 두고 간다. 아이들이 있을 경우 아내나 아이들을 필요하지도 않은 위험으로 내모는 것은 어리석다. 그래서 남자가 목적지에 당도할 때 그의 노래사촌이 그 집에 머물며 아내의 충분한 동의하에 자진해서 그의 아내를 공유하는 일이 벌어진다.

이것은 백인의 관례에는 어긋나지만, 내가 보기에 이것은 지극히 건전한 합의다. 무엇보다 불모지에서는 사생아의 문제도, 부권의 질투 같은 것도 없기 때문이다. 이할미우트 부족에게 아이들은 그 자체로 중요하며, 누구의 자식이든 캠프의 다른 모든 아이와 똑같이 환영받는다. 부권은 중요하지 않다. 부자 관계를 의심하는 사람은 미친 것으로 간주된다. 어떤 아이든 존재하는 것에 감사해야 한다는 것이 그곳 사람들의 생각이다. 방문자가 낳은 아이도 그 가족의 아버지가 낳은 아이들과 똑같은 아들이다.

지금 이것은 미개한 행동일지 모른다. 그러나 이것이 한평생 자기 부모가 저지른 '죄'의 낙인을 지니고 살아야 하는 사생아들을 부인

하는 것만큼 야만적일까?

도둑질과 사기의 경우, 백인들이 오기 전까진 이할미우트 부족은 이런 말의 의미를 알지 못했다. 앞서 내가 묘사한 소유권이 지배하는 땅에서는 도둑질이 거의 일어날 수 없다.

유감스러운 일이지만, 식인풍습도 영아살해처럼 종종 일어난다. 그러나 죽음이 산 사람들의 목숨을 빼앗지 못하게 하려고 죽은 사람들의 살을 먹는 것이 범죄라고 한다면, 우리 백인과 모든 인류가 그런 죄를 범해 왔다. 북극으로 들어선 많은 백인 탐사대가 이누이트가 겪은 것과 똑같은 섬뜩한 궁핍에 이르게 되었고, 이들 탐험대의 적지 않은 사람들이 죽은 자들의 희생으로 살아남았다. 그러나 우리는 다른 종족을 식인종이라 비난하면서도 우리 종족에 속한 이 사람들은 동정하고 그들의 행위를 인간이 불사하는 궁극적인 용기라고 생각한다. 한 인간이 어쩔 수 없이 죽은 사람을 먹기 위해서는 우리 백인은 거의 가지고 있지 않은 용기를 내야 하기 때문이라는 것이다.

나는 지금 해안가에 살고 있고 젊은 시절 굶어 죽은 부모님의 인육을 먹으면서 혹독한 겨울을 이겨낸 할머니와 얘기를 해본 석이 있다. 삼십 년이 지난 과거의 일이지만 그때의 경험은 그녀에게 또렷이 남아 있다. 그녀는 현재 부족 사람들의 동정의 대상이며, 그 무서운 이야기를 들은 모든 사람들로부터 보살핌과 도움을 받는다. 그 할머니의 경우, 자신이 직면했던 그 정신적 시련에서 결코 벗어나지 못했다. 몸은 여전히 살아 있었지만, 그녀의 가슴속에는 30년 내내 죽음이 살고 있었다.

식인풍습은 비록 드물지만 실제로 일어난다. 놀라운 것은 그 일이 자주 일어나지 않으며 일부러 사람을 죽여서 그 고기를 먹는 게 아니라는 것이다. 죽은 사람의 살을 먹는 것은 우리와 마찬가지로 이할미우트 부족에게도 혐오스러운 생각이라는 것은 의심의 여지가 없다. 차이가 있다면 이할미우트 부족이 때때로 맞닥뜨릴 수밖에 없는 그런 섬뜩한 결정을 우리 백인은 용케 면한 것이다.

지금까지 나는 한 종족으로서 이누이트가 그 부족의 생활방식을 간섭하기 위한 구실을 찾는 백인들로부터 비난 받는 많은 '범죄'에 대해 언급했다. 이런 비난을 받아야 하는 이할미우트 부족도 결국은 사람일 뿐이며, 잘못이 없다고도 할 수 없다. 그 땅에도 법으로부터의 일탈이 있고, 범죄도 있다. 그런 것에서 자유로울 수 있는 인류는 아무도 없기 때문이다. 그러나 그 부족이 통제하고 또한 사람들의 행동을 지도하는 힘이 있으며, 이런 힘 때문에 범법 행위가 정도를 넘지 아니한다. 이러한 힘을 이해하게 되면 이할미우트 부족이 그들의 생활방식을 유지하는 데 굳이 우리네 법이 필요하지 않다는 것을 알 수 있다.

부족에 대한 권위를 유지하기 위한 내적 조직은 전혀 없다. 어떤 사람도, 어떤 육체도 마술적인 것 외의 다른 감각적 힘을 가지고 있지 않다. 장로회도, 경찰도 없다. 입법 기관 같은 것도 없으며, 엄밀히 말하면 이할미우트 부족은 무정부 상태로 산다고 할 수 있다. 그들은 법이라는 경직된 규약을 가지고 있지 않기 때문이다.

그런데도 이 부족은 서로 사이좋게 사는데, 이것의 비결은 인간의 의지와 인내의 힘에 의해서만 제한 받는 협동이다. 이것은 맹목적인 복종이나 공포에 의해 조장된 복종이 아니다. 오히려 이런 규칙으로 살아가야 하는 사람들에게 이치에 맞는 간단한 규약에 재치 있게 복종하는 것이다.

때로는 불문율의 경계를 제멋대로 넘어서는 사람도 있다. 자신이 죽인 사슴을 불운한 이웃과 나누어 가지기를 거부하는 사람도 있다.

그 결과를 한 번 보자.

굶어죽어 가는 사람은 분배를 거부한 자를 죽여서 복수를 하고 자신이 죽인 남자로부터 필요한 것을 취할까? 전혀 그렇지 않다. 그는 도움을 청하러 다른 곳으로 가며, 말로든 행동으로든 자신의 청을 묵살한 사람에게 어떠한 공공연한 적의나 화를 표출하지 않는다.

이것은 불모지 사람들이 공존을 위해 금지해 놓은 몇 가지가 있기 때문이다. 그 중 첫 번째가 화다. 이할미우트 부족은 화가 살의만큼 위험할 수 있다고 생각한다. 화는 한 인간이 법을 뛰어넘어 자신뿐 아니라 공동체 전체를 위험에 빠뜨리게 할 수 있기 때문이다. 화는 자신을 에워싼 위험들을 무시하게 만들어 결국 자신을 파멸에 이르게 할 수 있다. 화는 이 부족이 감히 빠지지 않는 사치이며, 화의 부재에 대한 이런 물리적 이유 이외에 이할미우트 부족은 언제나 화를 야만, 미성숙, 비인간성의 표시로 간주한다.

아이들만이 짧게나마 감정 폭발을 허락받는다. 아이는 자기 행동에 대한 책임을 지지 않기 때문이다. 그러나 어른이 화를 참지 못하면 그것은 보는 사람들에게 가장 수치스러운 일이 된다. 화는 이 세계에서 정말로 가장 상스러운 행위이기 때문이다.

그래서 법을 어기는 사람일지라도 화 때문에 벌을 받지는 않는다. 동료에게 고기를 거부한 사람이 불만을 품은 사람의 캠프를 방문한다면, 그는 대접을 잘 받을 것이다. 그자에게 느끼는 분노를 노골적으로 드러내 물리적 폭력을 촉발시켜서는 안 된다.

그러나 처벌법도 존재하기는 한다. 만약 어떤 사람이 삶의 법칙을 계속해서 무시한다면 그는 조금씩 공동체에서 소외되고 제외된다. 불모지 같은 외로운 황야에서는 이보다 더 강력한 벌도 없으며, 사실 살아남기 위해 인간과 인간이 친밀하게 일해야 하는 세계에서는 확실히 치명적인 벌이다. 약간의 배척이 대개는 죄인에게 자신의 결함을 예민하게 인식하게 해줌으로써 그는 더 이상 법을 어기지 않는다. 그래서 재판이나 복수 같은 공공연한 행위가 없는데도 목적이 달성되며 범법자는 자신의 이름에 영원한 낙인을 찍히지 않은 채 거의 항상 공동체로 복귀한다. 이 세계의 법은 눈에는 눈을 요구하지 않는다. 가능하다면 범법자는 캠프의 인재가 되어 돌아온다. 그의 의무불이행은 조용히 잊혀지고, 사실상 그런 일은 결코 일어나지 않는다.

대부분의 중죄는 그런 식으로 처벌 된다. 경범죄는 조롱이라는 강력한 무기를 사용하여 처리되는데, 이할미우트 부족은 그 방면에서 대가들이다. 자신이 사냥을 할 수 있는데도 게으르거나 단지 무관심해서 다른 사냥꾼들에게 가족의 부양을 맡길 경우, 그 자는 북춤 노래의 대상이자 신랄한 웃음거리가 된다. 아주 무감각한 사람만이 그런 매서운 조롱을 오랫동안 견딜 수 있다. 그러나 당사자는 자신이 의무를 다하면 그 노래가 사라질 것이고, 시간이 지나면 그 일에 대한 모든 기억이 부족 사람들의 머리에서 만장일치로 씻겨 내려갈 것을 안다.

반면에 다리를 절거나 손에 닿기만 하면 뭐든 망쳐 놓는 타고난 무능력자여서 일을 못하는 사람의 경우엔 예외가 적용된다. 우리 사회라면 그런 약자들은 한층 더 비참해지거나 자신들이 받는 부당한 취급에 심지어 위험해질지도 모른다. 이할미우트 캠프에서는 육체적으로나 정신적으로 생계 문제에 대처할 수 없는 사람들은 무진장한 인내와 이해를 받는다. 예를 들어, 가난하고 우둔한 오네크와우는 내가 그를 알고 지내온 동안 사슴 사냥을 나가 단 한 번도 성공한 적이 없었다. 그는 충분히 애썼지만, 오네크와우의 가족이 굶어죽지 않게 먹여 살리는 건 언제나 다른 사람이었다. 그러나 내가 아는 한, 부족

에게 짐이 된다며 오네크와우를 진지하게 비난하는 사람은 아무도 없었다. 사실 모두가 대단한 사냥꾼이 돼보려는 그의 노력을 놀려대긴 했지만, 이것은 선의의 장난이었고 오네크와우 자신도 그런 농담에 동참했다. 심지어 그는 다른 사람들에게 오락거리를 제공할 수 있다는 데서 일종의 부상을 얻으려는 것 같았다. 그는 아주 기분 좋은 농담의 표적이었지만, 법을 지킬 수 있는데도 거부하는 사람들이 당하는 벌인 신랄한 조롱을 받은 적은 결코 없었다.

배런스에서 행해지는 유일한 체벌은 죽임이지만, 사형도 우리와 같지 않다. 사형의 의도는 사회적 복수나 심지어 잠재적인 범법자에 대한 경고도 아니다. 사형은 단지 도전해온 땅에서 살 수 없는 사람을 해방하는 수단으로서나, 부족의 삶에 더해진 위험에서 부족민을 해방하는 수단으로서만 존재한다.

사람이 미쳐서(그리고 미친 사람만이 부족의 신념에 따라 살해를 하고) 주변 사람들을 죽이거나 죽이겠다고 위협할 때, 그때, 그때만이 사형 선고가 내려진다. 재판도 없으며, 공식적인 판결 절차도 없다. 서너 명이, 대개는 살인자와 가장 가깝거나 가장 관계가 있는 사람들이 모여 공동체가 직면한 문제를 넌지시 이야기한다. 그들 중 한 명이 보통 사형집행인으로 임명된다. 그러나 그는 우리가 알고 있는 정의의 도구가 아니다. 그의 임무는 벌을 주는 것이 아니라 더 이상 끌게 되면 육신의 고통으로 끝나버릴 수 있는 삶에서 미친 사람을 해방하는 것이기 때문이다. 사형집행인은 재빠르게 인도적으로 의무를 다한다. 이할미우트 부족은 육체적·정신적으로 고문하는 것을 알지 못하기 때문이다. 일이 끝나면 사형집행인은 영혼법에 따라 죽은 사람의 유령에게 용서를 구한다. 운이 좋아 백인들의 귀에 들어가지 않으면 문제는 그것으로 끝난다. 그러나 적지 않은 경우 다른 사람들을 살리기 위해 형제나 아버지나 아들을 죽이는 끔찍한 책무를 다한 에스키모인들은 백인의 법정으로 불려와 목매달려 죽음으로써 자신들이 견뎌온 정신적 고통에 대한 보답을 받는다.

카잔 강가에서 순록의 가죽을 벗긴 칼을 씻는 야하.

파들리에무이트 부족 젊은 여성이 아마우트 속에 아이를 안고 여행용 눈집 밖에 서 있다.
겨울용 옷으로 중무장하고 있다.

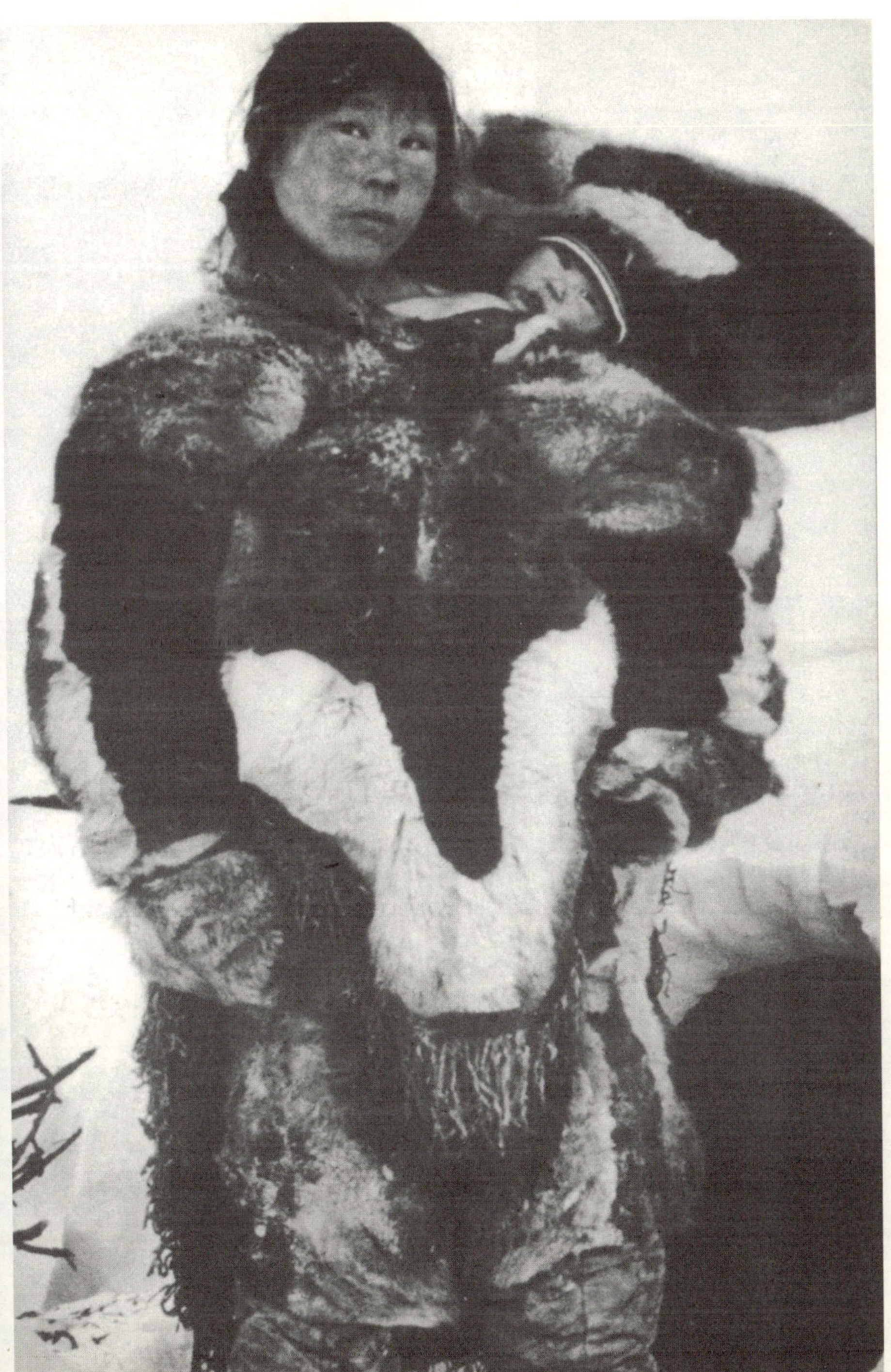

13

늙은 샤먼 카쿠미

부분적으로 그의 인생이 그의 부족의 축소판이기 때문에, 또는 부분적으로 또다른 이유들 때문에 나는 배런스의 늙은 샤먼인 카쿠미(카쿠미는 진짜 이름이 포멜라이고 이 책의 후편인 『절망적인 사람들』에 서술된 대로 1958년에 죽은 남자의 가명이다)에게 그 누구보다 많은 지면을 이 책에서 할애한다. 그의 이야기는 분열과 타락의 이야기이고 또한 그의 부족의 이야기이다. 그의 삶은 단지 그만이 아니라 그의 부족의 비극이기도 하기 때문에 더욱 쓰라리고 비극적이다.

내가 그의 이야기를 알게 되기까지는 오랜 시간이 걸렸다. 카쿠미라는 이름은 이할미우트 부족의 말에 의하면 금기이기 때문이다. 그에 대해 어쩌다 말을 하게 될 때도 그들은 혀에 두려움의 고삐를 단채 짧게 끝낸다.

내 노래사촌인 우테크조차 내가 사정을 할 때에만 카쿠미에 대해 말해 주었고 내가 그 늙은 샤먼의 이름을 언급할 때면 그는 확연히 불안해했다. 아무것도 두려워하지 않는다고 자칭하는 건방진 남자 오호토 또한 카쿠미에 대해서는 말을 삼가며 교묘하게 화제를 바꿔 사슴이나 땅에 대해 이야기하곤 했다.

프란츠는 그를 잘 알고 있었지만, 프란츠가 해주는 이야기에서도 나는 긴장과 불안이 저변에 흐르는 것을 간파했다. 그러자 번뜩 떠오르는 것이, 백인들이 원주민들보다 우월하기 때문에 자신이 더 유능하다고 믿는 프란츠였다. 결국 프란츠도 카쿠미를 두려워했던 것이다!

이할미우트 부족이 그 노인을 두려워하는 이유를 나는 처음에 막연한 단서들로만 추측할 수 있었기 때문에 궁금증은 커져만 갔다. 결국 나는 1948년 초여름에 북쪽에 있는 카쿠미 쿠마니크 기슭으로 가는 여행을 준비하기 시작했다. 그곳에는 그 샤먼의 텐트 두 개가 부족민들과 동떨어진 채 있었다. 준비는 할 필요가 없었다. 이 땅에 극도의 두려움을 일으킨 이 남자는 부족의 몇몇 사람들로부터 앤디와 나에 대해 많이 들었고, 우리를 자신의 영향권에 들어오게 할 준비를 해두고 있었기 때문이다.

어느 여름날 우연히 바람강 캠프 창문으로 밖을 보니 낯선 사람이 오고 있었다. 그는 오두막까지 와서는 다른 에스키모인들이 으레 그러듯이 초대를 받지 않아 들어오려 하지 않고 문 옆에 서 있었다. 그래서 나는 그를 맞이하러 나갔다.

그는 키는 크지 않았지만 늙은 헤크와우보다 체격이 훨씬 건장했다. 큼지막한 두 다리는 활처럼 약간 굽은 채 폭과 길이가 거의 같은 정사각형의 몸통을 지탱하고 있었다. 그러나 내 관심을 계속 끈 것은 그의 얼굴이었다. 나는 카쿠미의 얼굴을 결코 잊지 못할 것이다.

그를 생각할 때면 이로쿼이 부족이 악마의 얼굴을 묘사하기 위해 새기곤 했던 장엄하되 소름끼치는 탈이 떠오른다. 카쿠미의 얼굴은 수세기에 걸쳐 비바람과 햇빛에 풍화되고 갈라진 오만한 벽사탈 같았다. 그 얼굴은 단순한 시간으로 환산할 수 없는, 인류의 기억에서조차 가물가물할 정도로 긴 세월이 흐른 것처럼 늙어 보였다.

헝클어진 머리카락 두세 뭉치가 불룩한 아랫입술 바로 가까이 있는 뾰족한 염소 턱 아래 걸려 있었다. 그 큰 입술은 아래로 처져 있어 깨지고 튀어나온 거무죽죽한 이빨들이 보였는데, 각각의 이빨은 어떤 화석의 턱에서 빼낸 이빨처럼 큼직했다. 윗입술에는 막을 수 없는 콧물 때문에 짧은 머리카락 몇 가닥이 항상 들러붙어 있었다. 그의 두 눈은 이마에 떠밀려 쑥 들어가고 팽팽한 피부 아래 접힌 자그마한 검정 차돌 같았지만, 큰 거미의 검은 눈이 바위들 아래 어두컴컴한 동굴에서 빛나듯이 안쪽에서부터 반짝거렸다. 이마는 풍파에 의해 수천 개의 균열이 생긴 커다란 바윗덩이였다. 그의 얼굴 위로 난잡하게 얽히고 꼬인 텁수룩한 회색 머리칼은 야생의 갈기였다.

그것이 우리의 첫 만남이었지만, 카쿠미가 앤디와 내게 부족 사람들과 등을 돌리게 하려고 자신이 알고 있는 온갖 잔꾀를 부린 까닭에 더 많은 일들이 따랐다.

그는 내가 만난 에스키모인들 중 계획적으로 거짓말을 하는 최초의 인간이었는데, 잠깐이었지만 나는 그가 우리에게 우테크와 다른 사람들을 중상모략하는 말을 거의 믿을 뻔했다. 그도 그럴 것이 나는 진실을 말하지 않는 이할미우트 사람을 만날 준비가 되어 있지 않았기 때문이었다. 카쿠미는 우리와 다른 사람들을 이간시키기 위해 거짓말보다 더한 짓을 했다. 그는 부족민들을 바로 협박했고, 우리를 넌지시 위협했다. 부족민들이 대담하게 우리의 친구로 남아 있었던 것은 단지 우리가 협박당하려 하지 않고 그에게 대항했기 때문이었다. 카쿠미는 나를 감언이설로 유혹하고, 뇌물을 쓰고, 거짓말을 하고, 위협하고, 날 화나게 했다. 그럼에도 불구하고 나는 그 인물에 점점 매혹되었고, 그 밖의 모두의 기억에서 사라진 나날들에 대해 그가 가진 놀라운 지식 창고가 더욱 탐이 났다.

그는 에둘러 말하는 데 대가였고, 그의 미묘함은 종종 나로서는 당해낼 수가 없었지만 얼마 후 나는 그를 조금 이해하게 되었다. 또한 시간이 흘러 부족민들이 알고 있는 그에 관한 이야기들 중 몇 가지를 겨우 알아냈다.

카쿠미는 부족민들이 지금 살고 있는 작은호수들 지역에서 멀지 않은 인간의 강에서 태어났다. 그의 아버지는 아주트였고, 평원의 경계 밖에까지 명성이 자자하고 멀리 바닷가에 사는 사람들에게도 이름이 알려진 샤먼이었다. 어린 시절에 카쿠미는 강변을 끼고 살거나 그 부근의 호숫가에 사는 천 명이 넘는 이할미우트 사람들 가운데 한 명이었다.

아주트의 세 명의 아내는 각자 아들을 낳았고 그들 중 장남이 카쿠트였는데, 그는 훌륭한 남자로 자라 카쿠미의 적수가 되었다. 카쿠미가 태어난 1880년 무렵에는 백인이 이 부족 땅에 들어오지 않았다. 그러나 1894년 봄에 두 대의 카누가 최초의 백인 이방인을 싣고 남쪽에서부터 강을 따라 이 땅으로 들어왔다. 그 남자의 이름은 티럴이었으며, 카쿠미는 당시 고작 소년이었지만, 그때의 일을 상세히 기억해

낼 수 있었다.

티럴은 앞날이 걱정되어 그 캠프에 하루만 머물렀고 강이 어디로 이어지는지 알지 못했다. 선량한 주인으로서 아주트는 티럴을 하류까지 바래다주면서 그에게 이할미우트 부족의 생활상을 보여주는 책임을 맡았다. 아주트와 그의 장남 카쿠트의 카약을 따라 백인의 카누도 출발했다.

아주트와 카쿠트는 거의 한 달 만에 집으로 돌아왔는데, 그 백인이 자신이 카누에 싣고 다니던 굉장한 물건들을 본 것에 대해 황당한 이야기를 늘어놓았다. 카쿠미는 그 이방인의 부에 관한 이야기를 열심히 듣고서 마음에 새겼다.

이할미우트 부족의 모든 사람이 아주 놀라워하며 이 이야기를 했다. 그러나 그들은 티럴이 가진 물건의 가치를 보고 인정은 했지만 그 백인을 부러워하지는 않았다. 이할미우트 부족 사람들은 변화를 갈망하지 않았고 자신들이 인간의 강가에서 항상 알아온 삶에 만족하며 지냈다. 몇 년이 흐르자 티럴이 그들에게 만들어준 작은 선물은 없어지거나 부서졌고 그 백인의 부에 대한 기억도 희미해졌다. 단 한 사람을 제외하고 이할미우트 부족의 모든 사람이 그랬다.

카쿠미는 잊지 않았다. 그는 그 백인의 물건들을 마치 자신의 것인 양 기억했다. 그는 생생한 꿈을 꾸었고 이 꿈들은 낮에도 종종 출몰하곤 했다. 그는 자신으로서는 표현할 수 없는 커다란 갈망으로 가득 찼다. 이할미우트 부족의 언어에는 물질적인 것을 소유하고자 하는 그의 탐욕스러운 갈망을 표현할 말이 없었기 때문이었다. 그러나 그는 자신의 꿈을 누구에게도 누설하지 않았는데, 그 땅의 삶의 법칙에 따르면 그의 꿈이 사악하다는 걸 알고 있었기 때문이었다. 그래서 그는 자신의 마음 깊은 곳에 숨어 있는 몽상에 대해 아무 말도 하지 않았다.

티럴이 그 강을 지나간 그 해 겨울에 아주트는 자신의 장남이 유년에서 성년의 문턱을 넘었다고 결정했다. 그 해 겨울 동안 카쿠트와 카쿠미는 조상 대대로 전수되어온 샤먼의 비밀에 대한 교육을 받기 시작했다. 오래 전부터 샤먼의 이 두 아들은 늙은 아주트의 길을 따르기로 되어 있었다.

아주트는 두 아들에게 자신이 땅의 정령들에 대해 알고 있는 모든 것을 알려주고 고대의 언어로 말하는 주문을 가르쳤다. 그는 하늘의 바람이자 모든 인간들의 위대한 신인 카일라에게 부탁하는 방법을 설명해 주었다. 그는 두 젊은이에게 파이자, 아포파, 그리고 다른 해로운 영혼들의 위험에 대해 경고했고 그들이 이 존재들을 어떻게 지배할 수 있는지를 설명했다.

봄이 오기도 전에 아주트는 두 아들에게 더 이상 가르칠 것이 없게 되었다. 이제 남은 것은 그들이 자신의 길을 찾는 것뿐이었다. 샤먼이 되고 싶은 젊은이는 사람들로부터 격리된 장소를 찾아 그곳에서 좋은 정령인 토른라크를 만나는 고통을 경험하는 것이 관습이었다. 토른라크는 수련자가 눕거나 앉아서 황홀경에 들 때 말을 걸 것이다. 그때 토른라크는 새로운 샤먼의 안내 정령이 되고 샤먼이 미래에 도움을 요청할 수 있는 가장 강하고 힘센 힘이다.

장남인 카쿠트가 먼저 캠프를 홀로 떠났다. 그는 거의 2주를 떠나 있다 먹을 것도 없이 돌아왔는데, 그 동안 먹지도 못했다. 폭풍이 심한 시기였고, 세찬 바람을 피할 곳도 없었지만 카쿠트는 살아남아 아버지의 캠프로 돌아와서 자신이 본 것을 이야기했다.

캠프를 떠난 후 닷새 동안은 강한 눈보라에 발이 묶여 눈 밖으로 나온 바위에서 바람을 피해 웅크리고 있었다. 그는 그렇게 얼마나 있었는지 말하지 못했고 움직이지도 먹지도 않았다. 닷새쯤 됐을 때 그는 자신이 죽었다고 생각했는데, 죽음 속에서 자신의 발치에 눈을 비집고 나온 거대하고 굽은 지팡이를 보았다. 그는 두려움에 떨며 그 지팡이가 이상한 말을 하는 것을 귀담아 들었다. 그러자 지팡이는 팔로, 길고 마디가 많은 팔로 변했고, 아래쪽에서는 거미줄 같이 얽힌 다리들이 뻗어 나왔다. 카쿠트는 두려움에 가득 찼지만, 동시에 눈칼을 꺼내 그 존재를 찔렀다. 칼이 손에서 자꾸 씰룩거려 그는 그 존재에 매달렸고 몸부림치는 나무줄기를 꼭 붙들어 마침내 그것을 진압했다. 그런 다음 그는 일어나 말했다.

"카이토라크야, 숲의 정령아! 이제 너는 나의 것이다! 너는 무엇이든 내 말을 따라야 할 것이며, 이 땅의 남쪽 먼 곳까지 숲에서 결코 자유롭지 못할 것이다!"

카쿠트는 정령의 등에서 잔가지를 하나 꺾어 자신의 부적 혁대에 단 다음 캠프로 돌아왔다. 그렇게 해서 카쿠트는 자신의 토른라크를 찾아냈다.

이번에는 카쿠미의 차례였다. 다음은 그가 토른라크를 탐색하러 나선 일에 대해 들려준 이야기이다.

＊＊＊

나는 동이 트기 전 새벽에 캠프를 출발해 북쪽으로 걸어갔다. 추웠지만 추위가 느껴지지 않았다. 시장한데도 시장기가 느껴지지 않았다. 얼마 후 나는 눈 위에 여우 발자국조차 찍혀 있지 않은 곳에 홀로 있었다. 얼어붙은 호숫가에 이르러 호수 한가운데다 눈으로 은신처를 대충 만들어 앉아서 기다렸다.

바람 외에는 며칠 동안 아무것도 오지 않았는데, 어느 날 밤 얼음 저 밑에서 아주 요란한 소리가 들렸다. 그 즉시 나는 호수에 산다고 하는 거대한 물고기를 떠올렸고 기슭으로 달려가려고 일어났는데, 두 다리가 경직되고 쥐가 나면서 내 의지대로 따르려 하지 않았다. 그래서 나는 얼음 위로 쓰러져 죽은 사람처럼 누워 있었다.

내 밑의 얼음이 우지직 부서지고 덜컹거리며 쪼개지더니 갈라진 틈 사이로 차가운 물이 쑥 올라와 내 입과 코를 덮었다. 그런데도 나는 그곳에서 움직일 수가 없었고 마침내 내 밑의 얼음이 물속으로 가라앉으며 나를 싣고 내려갔다.

한순간 눈앞이 캄캄해지더니 조금씩 어떤 물체가 녹색 안개 같은 물에서 모습을 갖추기 시작했다. 그것은 물고기가 아니라 몸통은 없고 팔과 다리만 머리에서 곧장 솟은 사람의 머리였다. 그러나 가장 이상했던 것은 이것이 백인의 머리였던 것인데, 내가 지난해 여름 강에서 보았던 그 백인이 아니었다.

하늘색의 차가운 눈에 턱수염이 수북한 이상한 얼굴이었다. 나는 내가 물에 빠지고 있다는 걸 알았기에 물의 악력에 맞서 싸웠는데, 그러는 내내 그 거대한 머리는 내 주위를 맴돌며 내 귓속으로 부글거리는 끔찍한 소리를 내며 웃어댔다. 나는 그것이 토른라크이고 내가 그것과 맞붙어 싸워 이겨야만 그것이 앞으로 나를 도와줄 거라는 걸 알았지만, 차가운 물이 폐에 가득 차 나는 익사하고 있었다.

얼음 밑에서 얼마나 오래 버텼는지는 모르겠지만 내가 죽어가고 있다고 여겼다. 모든 것이 머리에서 점점 사라졌기 때문이었다. 정신을 차렸을 때는 내가 얼어붙지 않기를 바라던 물로 가득 찬 커다란 검정 구덩이 옆에 있는 얼음 위에 누워 있었다. 그러나 물에 흠뻑 젖은 옷이 꽁꽁 얼어서 얼음과 딱 붙어 있었다. 나는 몹시 추웠다. 옷을 벗으려 해보았지만 옷은 쇠처럼 딱딱했다. 나는 손과 몸에서 살점을 뜯어내며 딱딱한 얼음 모피를 뚫고 나가려 했는데, 마침내 헤어났을 때는 알몸뚱이로 호수 위를 달렸고 혹한도 느껴지지 않았다.

나중에 부족 사람들이 내게 말해 주길, 그들은 하루 종일 내 발자국을 추적해 평원을 다녔는데, 내 맨발 자국이 눈 속에 선명하게 찍혀 있었다고 한다. 그들은 호수에 와서 그 커다란 구멍과 죽은 사람처럼 보이는 내 언 옷이 얼음 위에 놓여 있는 걸 보았다. 그러나 30미터 두께나 되는 단단한 얼음이 어떻게 뚫리게 되었는지 모를 일이었기 때문에 아무도 접근하지 않았다.

카쿠미가 이 이야기를 아버지 아주트에게 했을 때 노인은 대단히 두려워했다. 그는 그것이 무엇을 뜻하는지 이해할 수 없었다. 그가 이해한 것은 카쿠미가 자신이 만난 정령을 정복하지 못했고 오히려 그 정령이 카쿠미를 사로잡아서 아들이 두려워했을지도 모른다는 것뿐이었다. 그러나 확신을 할 수 없어 그는 아들에게 아무 말도 하지 않았고, 부족 사람들에게는 카쿠미가 굉장한 토른라크를 붙잡았다고 믿는다고 말했다.

그 해 여름 아주트는 죽어서 서리가 땅을 덮지 않은 곳의 바위 밑에 묻혔다. 그는 자신의 활과 돌 파이프와 샤먼 지팡이를 가지고 갔지만, 자신의 주술은 두 아들에게 남겼다.

카쿠트는 자신이 받은 유산에 만족했고 얼마 후 아버지의 자리를 채우기 시작했다. 정신이나 몸에 병이 든 사람들이 그에게 찾아왔다. 누구는 낫고 누구는 죽었지만, 명성은 부족 전체로 꾸준히 퍼져 그는 좋은 사람이자 탁월한 주술사로 알려졌다.

카쿠미의 사정은 딴판이었다. 호수 얼음에서 수련을 거친 후로 그의 어린 시절의 불안하고 형언할 수 없는 욕망은 억누를 수 없는 재앙이 되었다. 그의 이상한 꿈은 점점 생생해지고 아주 포악해져 그의 명령을 따르는 친숙한 정령들조차 그를 멈추게 하지 못했다. 종종 그는 호수 아래 사는 백인의 몸뚱이 없는 머리를 불러 볼까 생각했지만, 자신이 그것을 제어할 수 있을지 모르겠기에 두려웠고 그것이 자신을 붙잡아 물속으로 다시 데려가 죽게 할까봐 무서웠다.

카쿠미의 사냥은 잘 되지 않았고, 그는 무엇이든 해보려고 하지도 않았다. 사냥을 하고 있던 어느 날, 그는 자신의 멋진 사향소뿔 활에 대해 참을 수가 없었다. 왜냐하면 삼백 보나 떨어진 불가능한 사정거리에서 사슴을 죽이려 했기 때문이었다. 결국 그는 활에게 벌컥 화를 내며 어떤 바위에 내리쳐 박살을 냈다. 그는 자신이 왜 이런 짓을 하는지 몰랐다. 삼백 보 떨어진 곳에서도 죽일 수 있는 그 백인의 권총을 기억하고 있다는 사실도 몰랐다.

그는 부족 사람들이 만든 것들, 도구든 무기든 하나도 만족스럽지 않았고, 세월이 흐를수록 그런 불만을 점점 더 드러냈다. 만약 샤먼이 아니었다면 그는 조롱의 대상이 되었을 것이다. 무기가 사냥에 적합하지 않다고 하는 것은 종종 무능한 사냥꾼의 변명이기 때문이다. 그러나 그에 대한 두려움은 부족 사람들의 마음에도 꾸준히 자라고 있었다.

아주트가 죽고 난 후 다섯 번의 겨울이 이렇게 흘렀다. 그러던 어느 날 카쿠미가 신부를 맞이했다. 그가 지금 스물두 살이고 대부분의 이할미우트 남자들이 그보다 훨씬 전에 여자를 구하는 걸 볼 때 이것은 이상한 일이었다. 그동안 그는 자신의 꿈에 사로잡혀 있느라 여자를 원하지 않았다. 이제 그는 젊은 처녀를 아내로 맞이했고, 소문이 정확하다면 그는 아내를 사랑했고 자신을 괴롭혀온 좌절에서 어느 정도 풀려났다. 그는 아내를 사랑해서 어느 날 밤 이글루의 침대에 알몸으로 누웠을 때 자신이 호수 밑에서 만난 백인 악마와 싸운 일에 대해 진실을 말했다. 아이라 할 수 있을 만큼 어린 아내는 카쿠미가 꿈의 압박에서 벗어나기 위해 털어놓는 이야기와 큰 부에 대한 망상을 까닭도 모르고 들었다. 그녀는 듣긴 했지만 이해하지는 못했는데, 어느 날 다른 사람들이 있을 때 남편에게 달려들어 다 들리게 공공연히 그를 조롱했다.

"당신은 몽상가예요!" 그녀가 소리쳤다. "헌데 나는 임신 중이고, 난 당신의 머리와 마음을 채우고 있는 그 꿈으로 아이를 기를 수 없어요. 그러니 내가 어른이자 사냥꾼과 결혼했다는 걸 알 수 있게 이 부드러운 가슴을 채워줄 뭔가를 보여줘요."

그때 카쿠미의 머리에서 무슨 일이 일어났는지 누가 알겠는가? 나는 토끼가 화살에 맞아 몸이 쪼개지며 죽듯 아내를 향한 사랑이 죽었다고 생각한다. 겨울의 캠프로 먼동이 다시 트기 전에 카쿠미는 그 땅에서 사라졌다. 아침까지 쉴 새 없이 휘몰아치는 눈빛이 그의 개썰매 자국을 덮어버려 아무도 그가 어디로 갔는지 알 수 없었다. 그는 누구에게도 자신의 계획을 말하지 않았다. 자신이 대평원의 얼어붙은 황야를 가로질러 그 백인이 살고 있는 곳을 혼자 찾아 가겠다고 하면 자신의 아내조차 그를 미쳤냐고 여길 것이있기 때문이었다.

그 백인이, 상인들이 있는 곳은 그 세기의 전환기에는 이할미우트 남자들에게 알려져 있지 않았다. 그곳은 하얗고 부드러운 달 표면처럼 멀고 비현실적인 곳이었다. 부족 사람들은 티럴의 방문을 통해서만, 한때 그들의 땅을 횡단했고 해안에 살았던 안그얄라라는 사람의 과장되고 왜곡된 이야기를 통해서만 백인들의 존재를 알았으며, 그 백인에 관한 것은 소문으로 알았다. 그는 백인 상인들이 살고 있다는, 이글루 우자리크(벽돌집)라고 하는 곳에 대해 말했다.

이글루 우자리크는 처칠을 말하는데, 프랑스와 북구 전쟁을 치를 때 새뮤얼 헌이 세운 요새의 유물인 음침한 잿빛 돌더미를 일컫는 에스키모 이름이다. 그리고 이글루 우자리크는 카쿠미가 얼마나 먼지도 모르면서 남쪽으로 긴 썰매를 몰면서 목표한 곳이었다.

그것은 장엄한 여행이었다. 사흘을 부지런히 달려 그는 이할미우트 땅을 벗어나 숲에 들어섰다. 이 땅은 이할미우트 부족에게는 금지된 곳이었다. 이 땅이 옛적부터 내륙 에스키모인들과 철천지 원수로 지내온 적대적인 인디언들의 고향이고 숲에는 이 인디언들을 편드는 악마와 정령으로 가득 차 있기 때문이다.

그렇지만 카쿠미는 눈이 단단하게 다져진 평원을 떠나 숲으로 들어갔는데, 배런스의 얼음 같은 눈에 맞춰 길고 좁은 날을 단 썰매가 이제는 걸림돌이 되었다. 가문비나무의 검은 지붕 아래 부드러운 눈 속에서 썰매는 가로대 깊이까지 빠져들었고 개들은 썰매를 끌지 못해 마침내 계속 가려면 길을 내야 했다.

평원의 단단한 눈에서는 눈신이 필요하지 않았기 때문에 카쿠미는 눈신에 대해 알지 못했지만, 숲에서 개들이 다닐 길을 내려면 눈신을 신어야 한다. 이제부터는 카쿠미의 끈기와 머리에 달려 있다. 보통 인디언 부족이 새로운 도구를 개발하여 숙달하기까지는 여러 세대가 걸리지만, 카쿠미는 눈신의 문제를 해결했을 뿐 아니라 하루만에 한 켤레를 만들었다. 비록 엉성하긴 했지만 목적을 달성하는 데는 충분했다. 그가 만든 쇠테 같은 이 물건은 쓸모가 있었고, 개들과 사람이 먹을 사슴고기를 한 짐 실은 무거운 썰매는 숲 속 깊이 들어갔다.

숲은 불길하다고 하고, 몇몇 이할미우트 사람들은 나무들이 살아 있고 에스키모인들이 출현하면 분개한다고 생각한다. 이누이트가 숲을 돌아다니고 숲에서 자면 무사할 수 있는 닷새간의 유예를 가지게 되지만, 나무 그늘 아래서 더 이상 지체하면 나무들이 침입자를 죽일 공모를 할 것이다.

카쿠미가 숲에 머무른 지 거의 닷새가 되었는데, 이제 그는 자신을 몰아치는 그 강박 덕분에 숲이 그의 마음에 불러일으키는 엄청난 공포를 이겨내고 있었다. 닷새째 되는 날 오후에 카쿠미는 나무는 없고 바위섬들이 많은 커다란 호수에 이르렀고, 이 바위섬들 중 한 곳에 캠프를 만들었다. 불을 지필 나무가 없어 그는 낮은 벽처럼 눈덩이가 쌓인 피난처에 앉았다. 그는 공포와 추위로 와들와들 떨었고, 절망이 그를 엄습하기 시작했다. 마침내 그는 일어나 자신이 불모지의 그 먼 호수의 물속에서 만난 정령을 미친 듯이 불렀다.

카쿠미는 공간과 공포에 빠져 있었다. 사슴고기는 거의 동났고 그는 세속 가는 것이 두려웠지만 돌아갈 수도 없었다. 많은 것들이 무서웠지만, 무엇보다 여행자의 살을 먹는 웬디고라는 인디언 귀신이 무서웠다. 그 땅의 유령들과 귀신들이 호수를 둘러싼 숲에서부터 어둠을 가르며 목소리를 냈다. 닷새가 지났기에, 카쿠미에게는 그것이 마치 검은 가문비나무들이 더 비싹바싹 붙어 안 그래도 불안한 길을 방해하는 것처럼 보였다. 그는 어느 순간 가문비나무들이 뚫고 지나갈 수도 없을 만큼 가까워져 자신을 물러나게도 해주지 않을 것이고, 그래서 웬디고가 자신의 목숨을 빼앗을 때까지 짐승처럼 함정에 갇혀 있게 될 거라고 생각했다.

그는 이글루 우자리크가 얼마나 멀고 어느 쪽에 있는지도 몰랐고,

언제 인디언(자신을 죽일지 모르는)캠프를 예기치 않게 만나게 될지 몰랐다.

이런 생각들이 머릿속을 지나가는 동안 그는 썰매 옆에 서서 와들와들 떨면서 자신이 물속에서 한 번 본 정령에게 어둠을 뚫고 나타나 달라고 소리쳤다. 대답은 없었지만, 오로라가 갑자기 깜박거리더니 황량한 땅을 보랏빛으로 물들였고, 카쿠미는 이것을 신호로 받아들였다.

그날 밤은 불을 피우지 못했지만 그는 온기와 보호를 위해 자신의 등에 기대 웅크리고 자는 개들과 함께 썰매 옆에서 잠을 잘 수 있었다.

더 모자랐거나 더 분별 있는 사람이었다면 돌아갔을 것이다. 용감하거나 굽힐 줄 모르는 미친 사람만이 어둠만이 뻗어 있는 미지의 세계로 계속 갈 수 있는 것이다. 숲에서 엿새째 되는 날 동이 트기 전에 카쿠미는 개들을 썰매에 매고 다시 남쪽으로 달렸다.

그는 그 사실을 몰랐지만, 그는 지금 진로에서 200마일이나 벗어나 있었다. 이글루 우자리크는 동쪽 멀리 있었고, 그곳에 도착하려면 훨씬 전에 바다로 이어지는 거대한 강들 중 하나를 따라 동쪽으로 방향을 틀었어야 했다. 그러나 그가 지난 길은 너무 먼 내륙이어서 그는 이 강들을 보지 못했고, 대신 지금 그는 숲과 만나는 남쪽의 거대한 얼어붙은 강에 이르렀다. 그는 강이 이어진 곳은 다닐 수 있었다. 숲은 너무 빽빽하면 자신이 나무 밑의 불길한 어둠에 용감히 맞설지라도 길고 엉성한 썰매가 들어가지를 못하기 때문이었다.

열흘째 되는 날 오후에 그는 강에서 만곡부를 돌다 어떤 백인의 판잣집을 우연찮게 발견했다. 3제곱미터밖에 되지 않는 오두막이었지만, 카쿠미에게는 거대하고 위협으로 가득 차 보였다.

그곳은 조용하고 주위의 눈은 그대로 쌓여 있었다. 굴뚝 구실을 하는 양철 들통에서는 연기가 올라오고 있지 않았다. 들리는 소리라곤 강 표면의 서리 낀 얼음이 쪼개지고 있는 우르릉거림뿐이었다. 카쿠미는 굶주려 있는 개들을 세우고서 자신의 부적 띠를 만지작거리며 두려움에 떨며 오두막을 보았다. 마침내 그가 경직된 채 문으로 걸어가 보니 문이 조금 열려 있었다.

창문이 없는 오두막 안으로 눈이 수북이 쌓여 있었지만, 오두막 한쪽 벽에 있는 높은 나무 침대에는 눈이 미치지 못했다. 카쿠미는 그 침대에 무언가가 조용히 누워 있는 것을 보았다. 심장이 몹시 떨렸지만, 그의 용기는 아직 식지 않았다. 겁에 질려 눈을 크게 뜨고서 오두막 안으로 걸어 들어간 그는 무시무시한 광경을 목격했다.

극도로 흥분한 카쿠미에게는 이 얼굴이 자신이 수련 기간에 보았던 얼굴로 보였다. 그는 자신이 보고 있는 것이 단지 시체라는 것을 믿을 수가 없었다. 오히려 그는 그것을 자신이 호숫가에서 불러냈던 정령으로 보았다. 끔찍하리만치 무서웠지만, 그는 이 섬뜩한 만남에서 지난번 자신을 벗어난 토른라크와 맞붙어 싸울 두 번째 기회라고 생각했다.

머릿속에서 말들이 갑자기 떠오르며 입에서는 알아들을 수 없는 말들이 쏟아져 나왔다. 그는 앞으로 껑충 뛰어 그것의 뻣뻣하고 서리 낀 머리카락을 잡았다. 이제 그는 그 정령과 격투를 벌이며 그것을 정복하려 애썼다. 오두막 안은 소리로 윙윙거렸다. 희미하지만 카쿠미는 자신의 목소리가 자신이 싸우고 있는 송장에 대고 절규에 가까운 질문들을 해대는 것을 들었다. 그때마다 그것은 뚫어지게 보는 그의 눈앞에서 쳐들리고 흔들렸다. 뭐라 말할 수 없는 천둥 같은 소리들이 아주 또렷한 형체를 띠는 것 같더니 마침내 방은 어둠보다 더 어두워지고 갑자기 그 에스키모의 시야에서 사라졌다. 백인의 머리는 점점 더 커져 우주 만해졌고 얼어붙은 입술이 갑자기 벌어지며 지축을 뒤흔드는 소리가 파열하여 말이 되어 흩어졌다!

카쿠미는 자신의 토른라크의 말을 들었지만, 귀로 들은 것은 아니었다. 그 말은 그에게 숲이 있는 남쪽으로 계속 가야 한다고 말했다. 더 이상의 말은 없었고, 카쿠미의 기억에는 그 날에 관한 다른 기억은 없다. 다만 개들이 강의 울퉁불퉁한 얼음을 부지런히 나아가는 동안 자신이 썰매에 누워 있었다는 사실만 안다. 그는 자신이 본 토른라크가 단지 이 지역에 처음 들어왔다가 겨울 사이 병에 걸려 죽은 젊은 백인 덫 사냥꾼, 교역소에서는 지금도 기억되고 있는 그남자의 시체일 뿐이었다는 사실을 결코 알 수 없었다.

카쿠미는 그 후의 여정을 거의 기억하지 못한다. 자신의 썰매가 거대한 호수의 만을 씽씽 달리던 날까지는 희미한 섬광으로만 남아 있을 뿐이다. 멀리, 만 건너편에서 많은 개들이 갑자기 짖어댔는데, 카쿠미는 모닥불 연기와 많은 건물과 텐트의 윤곽을 보았다.

그의 여정은 끝이 났다. 그의 앞에는 당시 그 지역에서 백인들의 최북단 교역소가 있었다. 백인들은 이미 그의 이상한 썰매를 보고 그를 맞이하기 위해 호수 기슭의 높은 둑을 달려왔다.

카쿠미의 도착을 목격한 사람들 중 인디언 한 명과 백인 두 명은 아직까지 살아 있다. 백인들 중 한 명은 목사고 다른 한 명은 오래 전 은퇴한 상인이다.

목사와 상인은 각자 미지의 땅에서 북쪽에 도착한 이방인을 중시할 동기를 가지고 있었다. 목사는 카쿠미와의 만남을 아직까지 하느님의 부름을 듣지 못한 사람들과의 접촉으로 간주했다. 상인은 툰드라의 황량한 오지에 엄청난 값어치가 있는 흰 북극여우로 가득한 땅에서 지금까지 알려지지 않은 에스키모 사냥족이 살고 있다는 사실을 금방 눈치챘다.

두 사람 다 카쿠미가 그의 부족에게 안전하게 돌아가 사람들을 설득해 이곳 기지를 방문하게 하거나, 아니면 적어도 그가 그 기지와 불모지 사이의 연락원 노릇을 해주기를 원했다. 상인은 한때 그 연안에 산 적이 있어서 이누이트 말을 조금 알았다. 이제 그는 카쿠미의 이상한 사투리를 배우려고 무지 애썼다. 또한 그는 그 에스키모인을 환대했다. 카쿠미를 자신의 오두막으로 데리고 가 그에게 많은 귀중품을 선물로 주었는데, 그리하여 그토록 오랫동안 에스키모를 괴롭혀온 모호한 꿈이 마침내 결실을 맺었다.

상인은 카쿠미가 자신의 가게와 창고를 마음대로 돌아보게 해주면서 북극에서 온 남자의 반짝이는 눈앞에 끝이 없는 물건들을 과시해 보였다.

목사 또한 카쿠미에게 작업을 걸었다. 그는 비록 이누이트 말은 몰랐지만 그 에스키모가 위대한 힘의 부적으로 받아들일 만한 작은 성상들을 선물로 주고서 그 주술사의 어깨띠에 달아 주었다.

이제 겨울이 막바지에 이르고 있었고, 카쿠미 앞에는 먼 길이 놓여 있었다. 목사와 상인 둘 다 그의 출발을 학수고대했다.

카쿠미는 또 다시 상인의 창고로 불려가서 다량의 교역품을 받았다. 그가 받은 것들은 그를 욕망에 병들게 했다. 하지만 그는 그것들이 자기 것이 아니라 부족 사람들의 모피와 바꾸기 위한 것이라는 말을 들었다. 이듬해 겨울에 그 모피를 가지고 돌아오면 그의 썰매에 훨씬 더 많은 물건이 실리게 되리라는 게 분명해졌다.

교역소의 장부에는 '카흐-쿰-미' 라는 이름과 이어서 '에스키모 땅의 토착민 상인으로 고용되었음' 이라는 말이 기입되었다. 그리고 목사의 머리에는 카쿠미의 이름과 '북쪽에 사는 많은 불쌍한 이교도들 중에서 내가 최초로 개종하게 한 사람'이라는 생각이 새겨졌다.

두 백인은 앞으로 일할 계획을 세우면서 열심히 일했다. 그러나 그들이 계획은 실패했다. 그들은 인간 카쿠미는 고려에 넣었지만 샤먼 카쿠미는 고려하지 않았던 것이다.

얼음이 깨지기 고작 3주 전에 그 에스키모인은 기지를 떠나 북쪽으로 향했다. 그는 영양이 좋은 개들을 강으로 몰았고 새로운 상품의 44-40구경 소총을 등에 묶고 갔다. 썰매에는 짐이 너무 많아 그는 썰매를 타지도 못하고 앞서거니 뒤서거니 걸어가야 했다. 이 사소한 일로 그 남자의 깊은 속내를 조금 알 수 있다. 에스키모인은 짐을 일부 버리는 한이 있더라도 걷지 않고 썰매를 타는 것이 거의 자명하기 때문이다.

카쿠미는 아무것도 버리지 않았다. 그리고 걸었다.

무거운 썰매는 호수의 울퉁불퉁한 얼음 위에서 심하게 삐걱거렸고, 개들은 마구를 쭉 늘여 머리가 발밑 얼음에 닿을락 말락하게 앞으로 뻗었다. 전진은 지독하게 느렸지만, 카쿠미는 전혀 신경 쓰지 않았다. 그는 더는 두렵지 않았고, 심지어 숲의 유령들조차 두렵지 않았다. 만약 그가 턱수염 난 백인의 부적들을 지니고 있지 않았다면? 그는 인디언들도 두렵지 않았는데, 등에 멋진 소총을 메고 있지 않았다면? 그는 북쪽으로 걸어가면서 샤먼의 노래를 불렀는데, 지난 날 부를 향한 격정이 그의 마음속에서 타올랐던 만큼 격렬한 환희가 그의 심장에 들어앉아 뜨겁게 타올랐다. 그의 악마 즉 토른나크는 정말로 대단한 악마였고, 남자는 그의 악마만큼 대단했다.

인디언들이 그 후의 일에 대해 언급한 적이 없기 때문에 며칠간 카쿠미를 쫓아 북쪽으로 간 터보건 같은 다섯 대의 썰매를 사악한 목적을 가진 남자들이 운전했는지는 아무도 확실히 모른다. 그럴 것 같지는 않다. 왜냐하면 이들은 백인 목사의 착한 목자들이었고 에스키모인을 다치게 하지 말라는 그의 경고를 유념하고 있었을 것이기 때문이다.

그렇다 해도, 그 다섯 명의 젊은 인디언들이 빈손으로 그들의 땅에 들어왔다가 심지어 이드텐 엘딜리의 추장들보다 더 부자가 되어 돌아가는 이 외지인의 재산을 얼마쯤 빼앗으려 했을 가능성은 있다. 그들이 속으로야 끝장을 보았을지 몰라도 손수 살인을 저질렀다고는 믿지 않는다. 왜냐하면 두 부족 간의 유혈의 불화는 사람들이 아는 것보다 더 오래되었기 때문이다.

나는 그들의 의도를 짐작만 할 수 있을 뿐이다. 그러나 이것은 실제 일어난 일이다.

카쿠미는 상류로 걸어가 선명한 발자국을 남겼다. 그는 밤에 큰 불을 피웠고 썰매에 신고 온 생소한 음식을 배불리 먹었다. 그는 그 땅도, 땅의 정령이나 사람들도 두렵지 않았기에 전혀 조심하지 않고 여행했다.

교역소를 떠난 지 열흘째 되는 날 그는 인디언 말로 사람처럼 자는 섬의 호수라는 뜻의 누-엘틴-투아(우리는 누엘틴이라고 부른다)의 남쪽 기슭에 당도했다. 카쿠미는 아주 작은 섬의 메마른 바위가 아닌 나무가 우거진 물가에서 야영을 했다. 잠을 자기 위해 눕기 전에 그는 가문비나무 가지들로 개들을 위한 침상을 정성껏 만들었다. 자신의 엄청난 부를 운반할 힘이 그 짐승들의 안녕에 달려 있었기 때문이었다. 그런 다음 불기운이 죽을 때 그는 자신의 겉옷을 덮고 큰대자로 누웠다. 심지어 자면서도 그는 짐승 가죽 밑에 있는 소총의 딱딱하고 강력한 존재를 의식했다. 그것은 여자보다 더 훌륭했고, 카쿠미의 만족은 마치 그가 아내를 안고 자는 것처럼 컸다.

불에서 아직 연기가 나고 있을 때 개 다섯 마리가 어둡고 푸른 그늘이 진 호숫가로 내려갔다. 카쿠미의 개들이 무슨 기척을 듣고 불안하고 놀라 컹컹 짖어댔지만, 괴상한 꿈들의 환상적인 소동에 빠진 남자는 개들이 짖어대는 소리를 무시했다. 그는 개들이 늑대를 보고 짖어대는 것이라고만 생각했다.

그가 깬 것은 다섯 마리의 개들이 끄는 썰매가 얼음 위로 기울어지면서 낮은 기슭으로 접근해 캠프에 들어섰을 때였다. 피부색이 검고 몸이 유연한 다섯 남자가 그 썰매에서 뛰어내려 재빨리 불가로 왔다. 한 명만 소총을 가져왔는데, 그들은 남자 하나쯤은 문제도 아니라고 생각한 것이었다.

카쿠미는 일어나 앉아 그 낯선 사람들을 응시했는데, 그들이 자신에게 하는 쉰 소리를 이해할 수가 없었다. 그는 움직이지 않고 얼어붙은 시체처럼 앉아 있었고 인디언들은 그 자의 눈에서 아무것도 읽지 못했다.

인디언들 중 한 명이 그의 개들을 풀어놓는 동안 나머지 네 명은 에스키모인이 개들을 위해 만들어 놓은 가문비나무 침상으로 걸어가 인디언들의 야윈 잡종개들이 누울 수 있게 하려고 이누이트의 개들을 한쪽으로 밀어냈다. 잠깐 동안 카쿠미를 지켜보는 눈이 없었고, 그 순간 그는 행동을 취했다.

인디언들이 미처 보기도 전에 44 - 40구경 소총이 발사되었고 빨간 불꽃이 총구멍에 붙었다. 인디언들 중 세 명은 무슨 일이 일어났는지도 모른 채 눈 위로 거꾸러졌다. 소총의 무거운 납 탄환이 그들이 움직일 새도 없이 그들을 맞혔는데, 그런 소총의 무거운 탄알에 맞은 사람은 두 번 다시 움직이지 않는다.

운 좋은 두 남자는 미친 듯이 자신들의 썰매로 뛰어가 곧바로 그 호숫가에서 멀어졌는데, 그들의 귓전에는 소총의 둔탁한 굉음과 호수의 얼어붙은 정적을 찢어놓는 납 탄알의 날카로운 핑 소리가 여전히 울려댔다.

아침에 카쿠미는 계속 이동했다. 가볍게 짐을 실은 세 개의 터보건과 개들이 그의 뒤를 따랐다. 그러나 사람처럼 잠을 자는 섬의 호수인 누-엘틴-투아 기슭의 시커먼 숲덩이 옆에는 세 남자가 잠들어 있었다. 그들의 몸뚱이 위에는 매끄러운 금속으로 다듬은 서너 개의 작은 성상이 아무렇게 던져져 있었다. 죽은 사람들 모두 목에 그런 상을 달고 있는 것을 알아챈 카쿠미가 목사가 자신에게 준 부적들을 가죽 띠에서 떼어내 시체들 위로 야멸차게 던진 것이었다. 목사의 부적들은 에스키모 샤먼의 토른라크의 선물인 분노로부터 이 남자들을 보호해 주지 않았던 것이다.

카쿠미는 계속 달렸고, 그 날 숲을 뒤로 하고 기복이 진 평원으로 떠났다. 그는 자신의 목숨이 아니라 재산을 잃을지 모른다는 두려움에 살인을 저지른 것을 개의치 않았다.

이할미우트 부족 최고의 샤먼인 카쿠미. (1948년 촬영)

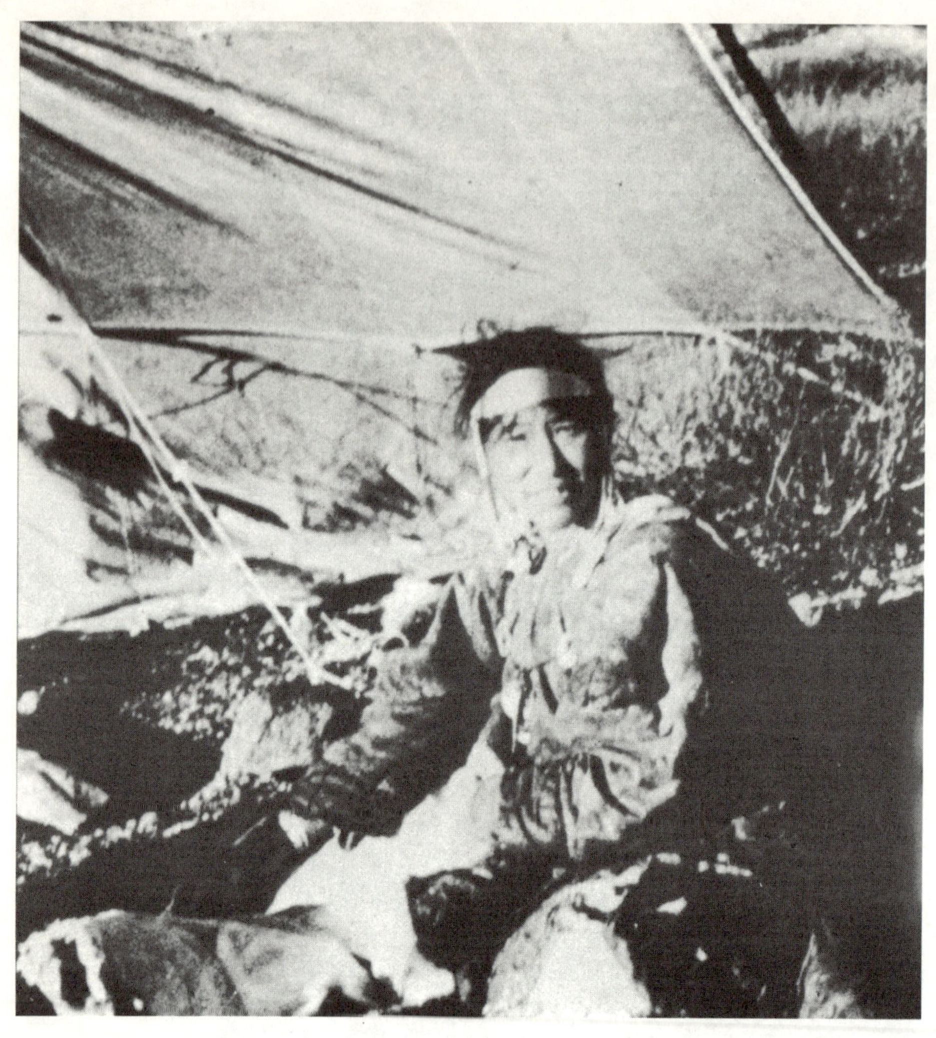

카쿠미의 여러 아내 중 하나인 우트누유크가 툰드라에 있는 저자의 여행 캠프에서 순록 가죽을 닦고 있다.

14

죽은자의 영혼

카쿠미와 그의 개들이 다시 인간의 강에 당도하기 전 며칠 사이로 해빙이 시작돼 땅이 젖었다. 그는 강의 오래된 얼음 위로 생긴 차가운 지표수를 건너 자신이 몇 달 전 두고 간 이글루들이 보이는 곳까지 왔다.

한 아이가 그를 처음 보고는 소리를 지르며 이글루로 뛰어 들어갔다.

"이트킬리트! 이트킬리트 키야일"(인디언들이 온다!)

그것은 예로부터의 경고였다. 한 세대 동안이나 그 말을 쓸 일이 없었지만, 이트킬리트 무리가 고립된 이할미우트 캠프를 급습하여 사람들을 학살하곤 했던 시절의 살벌한 이야기는 여전히 보존되고 있었다.

지금 그 왕년의 외침으로 남자들이 화살을 활에 끼우고 사슴창의 뾰족한 끝에 생가죽 모자를 찢긴 채로 이글루를 급히 나왔다. 그들은 큰 위험과 불시 공격에 대처하러 나온 것이었다. 그들이 본 것은 이트킬리트 무리가 아니라 자기네 부족의 짐승 가죽 옷을 입은 사람 한 명뿐이었는데, 자신들에게 다가오고 있는 위험이 이트킬리트의 공격보다 더 무서울지 알 수가 없었기 때문에 그들은 활을 낮추었고 창은 땅 쪽으로 기울였다. 그러다가 그 낯선 인간이 내지르는 친숙한 말에 조금 안도했다.

"나는 오른쪽에서, 능선 오른쪽에서 왔다!" 몇몇 사람들은 겨울 초입에 돌연 사라졌던 카쿠미의 목소리를 알아들었다. 카쿠트는 그때 카쿠미의 토른라크가 그날 밤 그를 덮쳐 삶 너머의 삶으로 데리고 갔다고 말했었다. 지금 그 목소리를 알아들은 사람들은 두려워졌고, 강이 내려다보이는 높은 둑에 올라선 사람들은 더욱 긴장했다. 한 명이 모두의 생각을 작은 소리로 밀했다.

"이노! 유령이 강으로 온다! 죽은 자의 영혼이다. 우리는 어찌 할 것인가?"

카쿠미는 무장한 남자들의 무리를 보고서 소리쳤다. "아이! 둑에 선 여러분! 카구미 혼자 오고 있소! 카블루나이드의 땅에서 여러분을 위한 선물을 가지고 돌아왔소!"

이것은 그가 따낸 위대한 승리의 순간이었다. 그처럼 긴 여행의 형언할 수 없는 공포를 무릅쓴 자가 이곳 강가를 방문했던 백인이 카누에 싣고 왔던 것보다 훨씬 더 많은 물건을 싣고 돌아오고 있었던 것이다.

몇 번이고 그가 소리쳤지만, 사람들은 둑에 조용히 서 있을 뿐 아무도 카쿠미의 환호에 답하지 않았다. 여자들은 얼음이 녹아 이글루에 생긴 구멍으로 몰래 내다보았다. 허스키들은 주위에 빙 둘러서서 목구멍 깊은 곳에서 나는 소리로 으르렁거렸다. 그도 그럴 것이 인디언 개들의 낯선 냄새를 맡고 녀석들도 놀랐기 때문이었다.

그때 카쿠트가 다른 이글루들과 떨어져 있는 자신의 이글루에서 나왔다. 샤먼인 카쿠트는 비록 나이가 들었어도 여전히 젊었다. 그래도 캠프에서 어떤 나이 든 사람들보다 더 현명했다. 그는 기슭에 서서 그곳에서 백여 미터 떨어진 곳에 서 있는 자신의 형제를 침착하게 보았다. 마침내 그는 벼랑에서 지켜보고 있는 사람들에게 돌아서서 그들의 두려움을 꾸짖었다.

"이는 사람이고, 나의 형제입니다, 그의 영혼이 아닙니다! 인간의 강까지 개들을 몰고 온 유령에 대해 들어본 적이 있습니까?

긴장이 풀렸다. 여자들과 아이들이 이글루에서 쏟아져 나왔다. 그들은 허둥대며 눈 위의 무르고 죽은 갈색 이끼 덩어리를 바스락거리고 지나갔다. 개들은 캠프가 활기를 띠자 목소리를 떨면서 길게 짖어댔다. 카쿠미가 기슭 가장자리에 이르자 열두 명의 남자들이 개들을 풀어주려고 뛰어 내려왔고, 카쿠미는 앞으로 나와 자신의 형제인 카쿠트와 엄숙하게 코를 맞댔다.

사람들은 죽음에서 돌아온 남자 주위에 모여들어 그가 가져온 물건들을 안정감 있게 지탱하고 있는 짐승 가죽에 덮인 긴 썰매를 호기심에 차서 힐끔거렸다. 카쿠미는 짐을 덮은 가죽의 끈을 잘랐다. 그의 최고의 순간이었고, 부족 사람들이 썰매 위에 있는 엄청난 물건들을 보았을 때 놀라서 내지르는 탄성들이 카쿠미의 귀에는 감미롭기만 했다.

소총 다섯 자루, 흑색 화약 한 통, 사각 탄알 한 상자, 엽총 한 자루, 차 세 통, 밀가루와 소금과 흰 설탕 자루들, 명주 망사, 도끼, 눈칼, 주전자, 이것들은 짐의 일부일 뿐이었다. 믿기 어려운 부였다. 잠깐 동안 사람들의 마음에 다시 두려움이 찾아들었다. 고작 한 인간이 그만한 물건들을 어떻게 얻을 수 있었는지 이해가 되지 않았던 것이다.

그러나 살과 피는 만져볼 수 있을 만큼 실재했다. 카쿠미는 의심할 여지없이 실재했다. 그의 썰매에 있는 물건들도 실재했다. 그러자 부족 사람들로부터 두려움이 썰물처럼 빠져나가고 대신 흥분과 호기심이 넘쳐났다. 남녀노소 모두 가까이 빙 둘러서서 자신들을 강하게 끌어당기는 매혹에 몸을 맡기기 시작했다. 그들은 썰매에 몰려들었고, 그들의 호기심에 찬 손들은 자신들이 본 것을 쥐어 보고, 찢고, 집어 들었다가 버렸다. 물건들이 이 사람 저 사람 손으로 옮겨졌고, 사람들은 상자 속을 엿보다 물건들을 눈 속에 엎지르고 떨어뜨렸다. 밀가루 부대가 엎질러진 것은 부주의해서였다. 사람들이 소총을 만지작거린 것은 시샘이 나서가 아니었고, 손잡이가 짧은 도끼의 날카로운 강철 날에 환호한 것도 소유하겠다는 생각에서가 아니었다.

카쿠미도 이 모든 것을 분명 알았을 것이다. 그가 이 강가를 떠났던 것은 고작 다섯 달 전이었으니까. 그러나 자신의 썰매가 이런 습격을 당하는 것의 진짜 의미를 그도 알고 있었을 테지만, 그런 이해만으로는 그 속의 악마의 불안을 억누를 수 없었다.

그는 흥분한 무리의 중심으로 비집고 들어가 자신의 물건을 썰매에 도로 싣기 시작했다. 그러나 물건을 되돌려놓자마자 누군가가 그것을 쥐고 옆으로 돌리곤 했다. 불가능한 일을 하던 카쿠미는 자제심을 잃기 시작했다. 그는 찢어진 밀가루 부대 속에 손가락을 찔러 넣은 아이를 걷어찼다. 그러나 다들 지나치게 흥분해 있어서 이 용서할 수 없는 행위는 문제가 되지 않고 넘어갔다. 카쿠미의 마음은 점점 필사적이 되었다. 그는 이 물건들이 모피와 바꾸기 위한 것이라는 사실을 잊었다. 그는 다른 사람들의 손이 자기 것 — 자기 것! — 을 움켜쥐고 있다는 것만 알았다. 백인 상인과의 거래는 영원히 잊혀졌다. 그는 부족 사람들의 무성의한 귀에 대고 저주를 퍼부었고, 그의 얼굴에는 결코 떨어지지 않을 분노의 가면이 씌워졌다.

그때 그 일이 일어났다.

몇 발치에서 조용히 지켜보고 있던 카쿠트가 앞으로 나와 소총을 집어 들었다. 그는 흡족하게 총을 보았고, 법을 알고 존중하는 사람의 태연함으로 썰매에서 돌아서서 한쪽 팔꿈치로 총을 쥐고서 자신의 이글루로 걸어가기 시작했다.

그것은 단지 그의 권리였다. 카쿠미의 아내와 아이 때문에 더욱 불어난 가족을 부양하고 있는 그에게는 소총이 큰 도움이 될 터였다. 카쿠미에게는 소총이 하나 있었다 — 사실은 다섯 자루나 있었다. 사람은 자신이 사용할 수 있는 것보다 더 많은 것을 가질 필요도 없고 가지려 하지도 않는다. 자신이 가진 것을 이웃과 나누어 가지는 것이 이 부족 사람들의 신조였다.

카쿠트가 열두 걸음도 채 떼지 않았을 때 카쿠미는 무슨 일이 일어난 건지 알았다. 그는 아무도 막았을 수도, 감히 막으려 하지도 않았을 법한 속력으로 행동했다. 그는 도끼를 움켜쥐고서 그의 형제를 얼른 쫓아가 도끼의 예리한 날로 형제의 어깨를 맹렬하게 내리쳤다.

카쿠트가 돌아서 한손으로 상처 난 팔을 꽉 잡고 있는 동안 그의 손가락 사이로 피가 흘러나왔다. 그는 형제의 얼굴을 뚫어지게 보았고 한참 동안 무서운 침묵이 흘렀다. 썰매 주위에 있던 무리는 불길한 조짐으로 가득한 정적에 휩싸여 있었다. 카쿠미의 씩씩거리는 숨소리 외에는 아무 소리도 들리지 않았다.

잠시 후 그는 부족 사람들 전체가 들을 만한 큰 목소리로 외쳤다. 그가 한 말은 이랬다.

"내가 가진 이 모든 것은 내 거야. 나만의 거라고! 내 말 잘 들어, 카쿠트. 만약 이 문제에 대해 너와 논의를 해야 한다면 난 죽은 사람과 논의를 할 거야!"

이제 지켜보고 있던 사람들은 모독감에 사로잡혔다. 그들은 아주 오래된 법을 극악하게 거스르는 장면을 보고 있었다. 이런 일은 이할미우트 부족의 역사상 전례가 없었다. 그러나 물질적인 것에 대한 법이 공공연히 조롱당했을 뿐 아니라 카쿠미는 또 하나의 법을 어겼다. 그가 분노로 사람을 친 데다 그 사람은 그의 형제였기 때문이다. 이것은 광기였다!

카쿠트는 용감한 사람이었고 위험에 위축되지 않는 사람이었다. 그가 그렇게 행동했던 것은 카쿠미의 광기를 알았기 때문일지 모른다. 아니면 그가 샤먼이어서 자기 형제의 눈에서 빛나고 있는 악마의 진정한 힘을 알았기 때문일지도 모른다. 카쿠트는 총을 눈 위로 스르르 내려놓고 자신의 이글루로 천천히 걸어 들어갔다. 악마가 이겼다. 이제는 카쿠미의 얼굴 뒤로 숨을 필요가 없어졌다. 인간의 강가에 사는 부족민들에게 자기 뜻을 이루는 것은 자유였다.

카쿠미는 총을 가지고 돌아왔을 때 부족 사람들이 모두 사라졌고 강기슭이 황량해졌다는 사실을 알아차리지 못한 듯했다. 그는 조심조심 흩어진 물건들을 모아서 원래 자리에 올려놓았다. 그는 개들을 썰매에 매었고, 준비가 끝났을 때 선두 개를 얼음 위로 내보내고서 강 상류로 개들을 몰았다. 그의 뒤로 조용한 캠프에는 공포가 불붙기 시작했다.

살아 있는 것들 중에서 이할미우트 부족은 미친 사람을 가장 무서워한다. 그런 사람은 죽어야 하고, 살아 있는 입술이 그 이름을 절대 내뱉지 않는 것이 규칙이었다. 그러나 카쿠트의 캠프에서는 미친 사람의 위험에서 놓여나기가 그렇게 쉽지 않았다. 카쿠미는 인간의 손으로는 쉽게 해칠 수 없는 샤먼이었다. 게다가 그는 한동안 캠프를 떠나 있었고 카쿠트조차 카쿠미가 추적자에 맞서 풀어 놓곤 하는 악령들을 쫓아가 대면할 용기가 없었다.

그러나 사람들은 쫓아갈 수 없었지만 말은 그렇게 할 수 있었다. 다음 날 일찍 개들이 카쿠트의 캠프를 떠났을 때 강 위아래로 말이 전해지기 시작했다. "아주트의 아들 카쿠미가 돌아왔다. 그는 광기에 가득 차 있다!" 이 말은 곧 그 샤먼을 추방자로 낙인찍는 것이었다. 불안의 물결이 카쿠미의 귀환 소식을 듣고 그가 저지를지 모를 악행을 두려워하는 남자들, 여자들, 그리고 아이들이 천 명 넘게 사는 캠프들을 휩쓸었다.

그러한 공포가 현실화되는 데는 두 주가 채 걸리지 않았다. 카쿠트의 캠프에서 이상한 병이 발생했다. 여자 세 명이 동시에 병이 들어 가슴을 압박하는 '격심한 고통'을 호소했고 폐로 산소를 들이지 못했다. 카쿠트의 마법도 이 새로운 병에는 소용이 닿지 않았고 얼마 안 있어 여자들은 죽었다. 그 후 격심한 고통은 이름에 걸맞게 강 상류로 계속 이어져 호숫가의 숨은 캠프들과 그 땅의 온 지형을 휩쓸었다.

그 해 봄이 끝나기 전까지 부족민의 삼분의 일이 죽었고, 그 병은 부족을 망가뜨렸다. 강가의 많은 캠프에서 죽은 사람들을 묻어 줄 산 사람들이 남아 남지 않았다. 울버린(오소리 무리), 여우, 심지어 개들까지 이할미우트 사람들의 살을 먹고 뚱뚱해졌다. 소규모 도망자 무

리들만이 살아남았고, 그들은 자신들로서는 방어할 수 없는 살인자
로부터 달아나기 위해 평원의 사방팔방으로 흩어졌다. 그러한 고립
지에서 생존자들은 형제들과 관계를 끊은 채 죽음을 기다리며 카쿠
미의 이름을 저주했다.

격심한 고통이 찾아들기 전의 그 해 겨울은 힘들었다. 겨울이 오
래 갔기 때문이었다. 그러나 비록 약해지고 힘이 떨어지긴 했어도 이
할미우트 사람들 중에 봄이 오고 카쿠미가 그 땅에 역병을 가져오기
전까지 굶어 죽은 사람들은 없었다. 그런데 카쿠미가 백인들의 지역
에서, 어쩌면 그가 자기 자신의 악마의 얼어붙은 얼굴을 보았다고 믿
었던 그 작은 오두막에서 가져온 살인자가 배런스의 배고픈 형제들
을 때려눕힌 것이었다.

여름이 무르익었을 때 그 땅은 봄 초입에 이미 비참해졌기 때문에
더는 비참해질 것도 없었다. 인간의 강은 버려졌고, 강기슭에 순식간
에 생긴 무덤들만이 사람들이 살았던 흔적으로 남아 있었다. 그 뒤로
강은 이할미우트 부족의 큰 캠프를 다시는 보지 못했다. 이제는 땅의
속성이 변해 유령들의 강이 되었기 때문이다.

모든 캠프에서 사람들이 병들어 죽었는데도 격심한 고통을 가져
온 당사자인 카쿠미는 병들지 않았다. 그는 아주 잘 먹고 아무것도
부족한 게 없었기 때문이었다. 그런 일을 보고 모든 사람들이 그 책
임을 자신에게 씌우는 것을 알았을 때 카쿠미는 자신이 삶의 승리자
라고 여기는 야만적인 오만으로 가득 찼다. 그는 은신처에서 나와 유
령처럼 죽어가는 사람들의 텐트들을 지나다녔다. 죽음의 악취가 코
를 찌르는 캠프들 속으로 눈 하나 까딱하지 않고 들어갔다. 그곳을
지나면서 그는 자신이 갖고 싶은 모든 것을 취했다. 심지어 생존자들
이 새로운 무덤들 위에 놓아둔 죽은 사람들의 소지품들까지도. 그는

세 여자를 데리고 갔는데, 여자들은 군말 없이 그와 함께 갔다. 그에
대한 두려움이 저항할 생각마저 짓눌러 버렸기 때문이었다. 카쿠트
에게 가버렸던 카쿠미의 아내는 그 병으로 죽은 첫 타자였는데, 카쿠
미는 그렇게 된 것을 기뻐했고 새로운 아내들에게 자신의 토른라크
인 악마의 힘에 관한 노래를 불러주었다.

새로운 세기로 막 접어든 그 해는 이할미우트 부족 역사상 가장
흉악한 해였고, 또한 그 불모지에 사람이 살아 있는 한 결코 잊히지
않을 해였다. 그러나 안 좋은 일은 엎친 데 덮친다. 이후로도 잇따른
병이 격심한 고통에서 살아남은 사람들을 덮쳤기 때문이었다.

그 역병이 돈 후 세 번째 겨울에 히프트업 리브 본스라는 거대한
호수로 이어지는 작은 강인 툴레말리구아크 쿠 주위에는 다섯 개의
이글루가 있었다. 그러나 봄이 올 무렵 그 이글루들은 모두 텅텅 비
게 되었다. 그 해 가을에는 사슴들이 그 길을 지나지 않았기 때문이
었다. 소문에 따르면 봄이 오기 며칠 전 한 남자가 형을 방문하러 그
곳에 왔다고 한다. 그가 발견한 것은 사람들의 얼어붙은 알몸뿐이었
고, 이 시신들은 이글루에서 멀리 흩어져 있었다고 한다. 이것은 굶
주림과 죽음 사이의 마지막 간격에 다리를 놓기 위해 때때로 끼어드
는 자비로운 광기 때문에 일어난 일이었다. 죽어가는 사람들은 자신
들의 옷을 찢고서 죽음을 재촉하고 긴긴 고통을 끝장내기 위해 마지
막 안간힘을 다해 눈 속으로 뛰어든다.

이 에피소드는 평원 전역에 걸쳐 해마다 되풀이되었다. 사람들이
서로 흩어져 살아 위험에 처한 캠프에 도움의 손길을 뻗을 수 없었
다. 그들이 위험을 알았을 때는 손쓸 수 없을 만큼 늦어버린 뒤였다.

그러나 기아와 역병에도 불구하고 이할미우트 부족은 조금씩 수
를 채워가기 시작했다. 운명이 그들의 소생에 화를 내지만 않았더라

면 그들은 시간이 흐른 만큼 자신들의 손실을 회복했을지 모른다.

카쿠미는 백인들의 교역소로 결코 돌아가지 않았지만, 그의 방문은 잊히지 않았다. 상인들은 기억해 두었고, 광부들이 산 속 깊이 숨겨진 풍부한 광맥을 생각하듯 그 불모지의 개발되지 않은 부에 대해 생각했다. 천천히 그들의 기지는 불모지의 경계까지 들어왔고 여기서 마침내 그들은 평원의 에스키모들과의 잃어버린 접촉을 되찾았다.

사슴을 찾아 남쪽으로 내몰려 삼림지 끝으로 온 이할미우트 부족의 한 무리가 백인 상인들의 최북단 교역소에 도착한 것은 이 세기의 20년대였다.

이제 그 접촉은 재개되고 확대되어 에스키모인들과의 교역이 시작되었다. 그들 중 많은 사람이 총을 얻고 밀가루와 라드를 샀고, 잠간이었지만 백인 상인들의 작은 교역소를 찾은 사람들은 기아를 면했다. 그러나 숨은 굶주림을 면할 수는 없었고, 백인들과의 접촉이 늘어날수록 점점 심해져가는 병을 면할 수도 없었다.

백인 종족 간의 1차 세계대전이 닥치기 전 몇 해 동안 흰여우 모피의 가치는 급속도로 치솟았고, 무역회사들은 이할미우트 사람들이 거의 모피만 구해 다니게 하려고 최선을 다했다. 전쟁이 터지자 모피 가격은 뚝 떨어졌고, 불모지의 경계지에서 벌어지던 상인들의 활동도 갑자기 중단되었다 백인 상인들의 갑작스런 철수와 탄약 보급의 중단으로 이할미우트 부족의 짧은 회복도 끝이 났다.

1926년까지 이할미우트 사람들 중 삼백 명만이 살아남았다. 하나씩 하나씩 작은 캠프들이 사라졌다. 해마다 새로운 무덤들의 수는 늘어나는 반면 기아 캠프에서 태어나는 아이들의 수는 줄어들었다. 생존자들이 해마다 혹독한 도전에 대처하지 못할수록 그들의 살려는 마음도 의지도 없어졌다.

그러다 극심한 외로움이 예로부터 내려온 작은 언덕들 아래로 소수의 살아 있는 사람들을 모아 들였다. 외로움은 얼마나 깊었던지 심지어는 카쿠미마저 이할미우트의 호수로 돌아와 자신이 파괴한 부족의 생존자들로부터 몇 마일 떨어진 곳에 캠프를 세울 정도였다.

그러나 전후 경기 회복으로 런던과 몬트리올과 뉴욕에서는 흰여우 모피 가격이 다시 올랐고, 이번에는 최고치를 경신했다. 상인들은 다시 평원에 사는 사람들을 기억해내고 돌아왔다. 1926년에서 1930년까지 일곱 개나 되는 임시 교역소가 불모지의 경계에서 그 변화무쌍한 기간 동안 운영되었다. 또 다시 백인 상인들은 소통과 탄피, 밀가루와 차를 이할미우트 부족에게 나누어 주었다. 또 다시 생존자 무리는 상인들이 바라는 대로 했다.

이번에는 타격이 좀더 빨리 찾아왔다. 상인들은 또 다시 철수했고, 1938년까지 부족의 캠프에는 거의 백 명도 남지 않았고 1947년에는 마흔 여섯 명만이 남았다.

이것이 카쿠미가 남쪽에서 그 땅으로 돌아온 날로부터 일어난 삶과 죽음의 양상이었다. 이 시기 동안 이할미우트 부족은 우리가 쓰레기 더미에 출몰하는 쥐들에게 손길을 뻗치지 못한 것처럼 우리의 도움을 받지 못했다. 1947년이 되어서야 그 불모지를 휩쓴 사정을 조사하거나 완화하려는 진짜 노력이 이루어졌다. 1947년이 되어서야 그 부족의 캠프에서 죽음의 진통으로 인한 필연적인 멸망을 미리 막으려는 조치가 취해졌다. 1950년에야 우리는 우리의 소홀함을 실제로 바로잡고자 했지만, 그 시도는 일시적이었다. 스무 명만이 현존해 있고 이할미우트 부족에게 새로운 생명을 줄 만큼 나이 든 여자들은 거의 남아 있지 않은 지금에 이르러서야 우리는 우리의 태만의 죄를 별충할 준비를 하고 있다고 말한다. 그러나 사실 내가 이 글을 쓰는 동안에도 우리는 이할미우트 부족을 위해 우리가 할 일에 대해 떠들어대는 것 외에는 거의 아무 일도 하지 않았다.

나는 우리가 왜 이렇게 될 때까지 기다렸는지 모르겠다. 우리가 이할미우트 부족의 존재에 대해 몰랐던 것이 아니다. 캐나다 정부의 공무원인 티렬은 1894년에 우리에게 그들의 존재를 이야기했다. 상인들은 허가증을 가지고 있고, 허가증은 정부가 발행하는데, 그렇다면 당국도 적어도 1912년에는 이할미우트 부족의 존재에 대해 알고 있었던 게 틀림없다. 모르긴 해도 그 연안에 살고 있던 많은 사람들 — 백인과 원주민 둘 다 — 이 배런스를 휩쓸고 있던 재앙에 대해 들었을 것이다. 1921에 이미 처칠에 있는 연안의 한 선교사가 어느 해 겨울에 그 오지에서 5백 명 가까운 사람들의 죽음에 대한 소문을 보고했지만, 그 보고는 망각의 구렁으로 빠지고 무시되었다. 아니, 이누이트의 복지를 책임지고 있는 사람들은 이누이트가 그렇게 오랫동안 세상 사람들의 일반적인 시야에서 벗어나 있었다 해도 그 사실을 완전히 모르고 있지는 않았을 것이다.

격심한 고통이 도래한 이후의 암흑기에 사람들은 배런스에서 많은 곤란과 싸워야 했는데, 특히 샤먼인 카쿠미가 그 가운데 하나였다.

기근이 판치던 동안에도 카쿠미에게는 늘 식량과 총과 탄피가 있었다. 행여 고기가 떨어지기라도 하면 그는 개들을 몰고 운 좋게 사냥을 한 운 좋은 사람의 캠프로 가서 자신이 원하는 것을 가져갔다. 아무도 저항하지 못했다. 이 세계가 아닌 악마들과 유령들의 세계에 사는 사람에게 어떻게 저항을 하겠는가?

카쿠미는 아내를 여럿 두고서 모두 잘 먹였지만 아무도 그의 자식을 가지지 못했다. 그래서 그는 자신이 불임이라고 믿는 사람의 잔혹한 절망을 알게 되었다. 비통함이 그를 따라다녔고, 그 비통함은 그의 악마성에 새로운 힘을 더해주었다. 그는 심지어 아이들을 훔쳐 자기 자식이라고 일컬었다. 몇 번 굶주린 사람들이 카쿠미의 집을 찾아와 자존심을 꺾고 두려움을 억제하며 그에게 고기를 부탁하곤 했다. 그러나 아주트의 이 아들은 베풀줄을 몰랐다. 그는 굶주린 사람들을 그냥 돌려보냈고, 그들은 자신들의 캠프로 돌아가거나 가는 길에 죽었다. 나중에는 아무도 그의 캠프 근처로 오지 않았고 카쿠미는 여자들과 자신이 훔친 아이들하고만 살았다. 살아 있는 사람들은 다들 그를 증오하고 두려워했다.

카쿠미는 만족이나 필요뿐 아니라 순전히 악의로도 훔쳤다. 나는 우리가 안가라고 이름 지은 남자가 총과 탄피를 구할 생각으로 겨울에 그 연안으로 간 이야기를 들은 적이 있다. 그는 용감한 이할미우트 부족이고 완강한 사람이었으며, 운명의 명령에 굴복하지 않는 사람이었다. 그래서 먼 여행을 떠났고 거의 두 달 만에 여행을 마쳤다. 그는 총과 탄피 두 상자를 가지고 돌아왔는데, 한동안 그의 가족과 작은 언덕들 아래 있는 모든 가족들이 고기를 충분히 먹었다. 그러던 그 해 겨울의 어느 날, 카쿠미가 그의 개들을 몰고 안가의 집으로 와서 이글루로 들어왔다. 그는 안에 옹기종기 앉아 있는 사람들에게 아무 말도 하지 않고 그 귀중한 총을 집어 들고는 어두워지고 있는 눈 속으로 사라졌다.

다음 날 안가는 아내의 만류와 이웃들의 충고에도 아랑곳없이 카쿠미 쿠마니크의 연안으로 출발했다. 그는 자신의 썰매에 총을 무사히 싣고 돌아오겠다고 맹세했다.

눈안개가 언덕들 위로 내려앉고 있어서 날이 어두웠다. 안가와 그의 개들은 이글루 밖에 서서 그에게 행운을 빌어 주는 사람들의 시야에서 재빨리 사라졌다. 안가의 아내는 눈물을 흘렸고, 여자들이 죽은 사람을 애도할 때처럼 투글리로부터 머리카락이 내려와 있었다.

봄이 왔을 때 안가가 발견되었다. 그의 시신은 카쿠미 쿠마니크의 남쪽 끝 근처 어떤 바위의 갈라진 틈에 있었고, 파이자라는 여자 악마에 의해 죽었다고 했다. 그러나, 그의 가슴뼈를 관통한 탄알이 하나 있었다.

내가 그 지역에 머문 마지막 해의 며칠 동안 카쿠미는 나의 단골 방문자가 되었다. 그는 자신이 적어도 나의 맞수임을 보이는 명성이 이할미우트 부족에 대한 그의 영향력을 높여줄 것이라 믿었다. 그러나 아마도 그에게 더 중요했던 것은 우리의 소유물이 그의 심장에 살고 있는 악마에게 끼친 거부할 수 없는 매력이었을 것이다. 어느 날 오호토는 앤디와 나에게 우리가 가진 부 때문에 그 악마 파이자의 손아귀에서 죽음을 자초하게 될 거라고 경고했다. 그러나 그것은 사실이 아니었다. 비록 카쿠미가 우리의 죽음을 환영했을지는 모르지만, 그는 우리를 죽일 만큼 용기가 없었을 것이다.

내가 그를 내치기 않은 이유는 부분적으로는 그의 존재감에서 느껴지는 싸늘한 냉기를 완전히 극복하지 못해서였지만, 주된 이유는 그가 이할미우트 부족에 관한 풍부한 이야깃거리를 가지고 있었기 때문이었다. 그러나 우리가 그 땅에 머문 마지막 몇 주 동안 우리는 그의 캠프를 방문했고 그곳에서 우리가 본 것은 나와 늙은 카쿠미와의 관계를 변화시켰다.

그의 두 텐트 — 하나는 그와 젊은 아내의 것이고, 다른 하나는 늙은 아내와 입양하거나 훔쳐온 아이들의 것 — 는 엄청 컸지만 불결

했고 손질도 잘 되어 있지 않았다. 우리는 본관 텐트로 초대되었는데, 텐트 속의 내용물은 마치 우리가 불모지의 한복판에서 전당포를 만나기라도 한 것처럼 믿을 수가 없었다. 그곳은 녹슬고 쓸모없어진 백인들의 물건들로 가득했다. 소총과 엽총이 못해도 열두 자루나 있었는데, 한두 개 계속 쓰는 것을 제외하고는 모두 녹슬어 있었다. 양철 깡통은 셀 수도 없었고, 밑면과 윗면이 없는 오래된 무쇠 난로 하나, 더 이상 물을 담을 수도 없는 양철 들통들, 금속과 천 조각들이 담긴 상자들, 구식 에디슨 축음기, 녹슬고 깨진 도구들과 다른 헤아릴 수 없는 물건들이 있었는데, 대부분이 시간과 방치로 못 쓰게 되어 있었다. 게다가 부족 사람들이 만든 연장과 무기, 심지어 장난감까지 수북이 쌓여 있었다.

나는 소스라치게 놀랐다. 거기에 산더미처럼 쌓인 채 한 인간의 열정을 충분히 만족시키고서 썩어가고 먼지로 변해가고 있는 것들은 단지 내가 아는 한 인간의 물질적인 부가 아니라 한 부족의 부였기 때문이었다. 무엇보다 시간의 흐름 속에서 이할미우트 부족의 사멸을 지연시켜 주었을지 모를 쓸모없는 잡동사니들이었다. 카쿠미의 텐트들은 그의 부족의 무익한 부로 가득 차 있었던 반면, 그 부족의 텐트들은 조용했고 사람이 없었다.

몇 주 후 카쿠미가 나를 보러 바람강 오두막을 찾았다. 그는 우리가 곧 떠난다는 것을 알고 있었고 우리가 그에게 설득당해 남겨두고 갈지 모를 물건들을 가지고 싶었기 때문이었다. 나는 그를 보는 것이 기쁘지 않았다. 그에게 심지어 죽은 사람들조차 약탈하게 만든 그 엄청난 탐욕에 마침내 넌더리가 났기 때문이었다. 나는 그를 쫓아내며 다시는 오지 말라고 쌀쌀맞게 말했다. 그때 그 부족의 다른 사람들이 함께 있었는데, 카쿠미의 명성이 분명 심한 타격을 입었을 것이다.

그러나 그는 몇 백 야드 떨어진 곳에 쳐둔 자신의 여행용 텐트까지만 가서는 우리가 떠날 준비를 마치는 동안 머물렀다.

그러나 체류 마지막 날 나는 카쿠미를 더 선명한 관점으로 보기 시작했다. 그러지 그 남자의 명백한 악의 밑바다에 깔려 있고 그 악의를 일부 설명해주는 비극이 얼마간 이해가 되기 시작했다. 화가 사라지면서 뜻밖에도 동정이 일었다. 카쿠미를 망토처럼 덮고 있는 악의 커튼은 닳아 해어져 있었다. 나는 오래 전 그를 덮쳤던 재난의 깊은 곳을 들여다보기 시작했다. 그래서 나는 그의 텐트로 갔고, 그의 이별의 말에서 내가 진작 헤아렸어야 할 것을 깨달았다.

카쿠미는 어둑어둑한 텐트에서 잠자리 덮개 위에 웅크리고 있었다. 마침내 그는 입을 열었는데, 머리를 내게서 돌린 채 텐트의 한 솔기를 따라 보이는 하얀 빛에 눈을 고정시켰다. 그는 자신의 부족이 행복했던 시절과 많은 것에 대해 억세게, 야만스럽게 말했다. 그런 다음 내 쪽으로 얼굴을 돌렸다.

"여긴 내 부족이 있는 곳이오, 백인 양반? 인간의 강가로 내려갔을 때 우리 부족 사람들을 보지 못했소? 평원에 솟아 있는 산들만큼이나 많은 죽은 사람들의 무덤이 사방팔방에 있는 걸 보지 못했소? 자신들이 어떻게 죽었는지 말하는 그들의 목소리에 귀 기울여봤소, 그 목소리를 들어 봤소?

그 유령들은 이 세상의 온갖 것을 가지고 있는데도 더 많은 것을 탐내 우리의 목숨인 사슴도 가져가고서는 우리에게는 가슴에 격심한 고통만 안긴 채 죽게 내버려둔 카블루나이트, 백인들에 대해 많은 것을 말한다오!

당신들은 부자요! 당신들은 아주 부자요, 백인 양반! 차와 총과 탄피에서는 우리 부족보다 더 부자요. 그러나 우리도 부자요! 무덤과 유령에서는 우리가 더 부자요. 이것이 당신들의 소행이오."

이것이 내가 아주트의 아들의 입에서 들은 마지막 말이었다. 그때서야 나는 카쿠미의 악마가 발휘한 막강한 힘을 이해했고 그것이 그에게 꾸민 기만의 크기를 알게 되었다. 나는 그 늙은 남자 자신은 결코 알지 못할 사실, 그를 조종한 악마의 교활함이 어느 정도인지를 이해하고서 텐트를 떠났다. 백인들의 선물이었던 해악들은 이할미우트 부족의 한 남자의 몸과 마음에 깃들어 그 땅과 부족 사람들에게 온 것이었다.

샤먼인 카쿠미가 리틀 호수 카운티에 있는 여름 캠프에서 순록 뿔로 활을 만들고 있다.

사슴부족의 겨울 캠프. 여름에는 눈집을 만들 눈을 충분히 모을 수 없기 때문에
원뿔형 여름 텐트(토파이)는 지금도 여전히 사용되고 있다.

15

죽어버린 땅의 주인

1948년 6월 말에 이르러 봄이동을 하는 사슴의 낙오된 무리가 마지막으로 바람강 지역을 지나가자 앤디의 카리부 연구는 일시적으로 중단되었다. 배런스 북부 지역으로 사슴을 따라가기로 결정한 우리는 두 가지 이유 때문에 인간의 강 아래 중간쯤 자리잡은 앙쿠니 호수(거대한 호수, 현재 지도상의 앙기쿠니. 나는 에스키모들이 부르는 원래 이름을 사용한다.)를 목적지로 정했다. 우선 그곳은 한때 이할미우트 사람들에게 알려진 최대의 사슴 집결지여서 앤디에게는 방문할 가치가 있는 곳이었다. 두 번째로는 그 호수가 내륙 평원 심장부에 있기 때문에 내륙 사람들의 역사를 계속 연구하는데 훌륭한 밑받침이 될 수 있다.

1894년 앙쿠니 호수에 백인으로는 최초로 티럴이 도착한 이후, 그곳을 찾은 백인은 오직 두세 명에 불과하다. 호수의 복잡한 해안선은 극히 일부만 지도로 담겨져 있어 실제 호수의 크기는 아무도 알지 못하지만, 적어도 그 길이가 40마일은 될 것이라 나는 생각한다.

그 호수를 건너는 동안 티럴은 약 200명의 에스키모가 살고 있는 캠프를 보았지만 방문하지는 않았는데, 그 캠프는 호수의 만과 후미를 따라 자리한 많은 캠프 중 하나에 지나지 않았다. 헤크와우와 오호토가 전해준 이야기를 통해 생각해보면, 금세기로 바뀔 무렵 앙쿠니는 아마도 극지방 전체에 걸쳐 알려진 최대의 에스키모 캠프 지역이었을 것이다. 그 캠프들이 이제는 모두 사라지고 그 누구도 앙쿠니 호숫가 근처에 살지 않지만, 그곳을 방문함으로써 이 사람들의 지난 시절에 대한 많은 풀리지 않는 수수께끼의 답을 얻을 수 있으리라 나는 희망했다.

한참을 주저한 끝에 오호토는 안내자로써 우리와 함께 가기로 했지만, 여행을 깊이 생각할수록 그의 기분은 복잡해졌다. 30년도 더 된 시간동안 거대한 호수를 방문한 이할미오는 한 명도 없었으며 그 누구도 강을 타고 여행을 해볼 엄두를 내지 못했는데, 그 지역은 더 이상 살아있는 사람들의 흔적을 찾을 수 없는 곳이었기 때문이었다. 오로지 얕은 무덤과 편히 쉬지 못하는 영혼들만 호수 기슭을 따라 남아 있을 뿐이다. 앙쿠니 사람들의 가장 큰 캠프 중 한 곳에서 오호토와 그의 돌아가신 아버지 엘라이투트나가 태어났기 때문에, 자신의 유년시절을 보낸 소중한 그 땅에 오호토는 마음이 끌리기도 했지만, 동시에 죽어버린 땅과 그곳에 사는 눈에 보이지 않는 사람들에 대한 두려움 때문에 다가가지를 못했다.

거대한 호수 위로 나 있는 강이 비록 200마일이나 뻗어 있긴 해도 무덤과 급류, 폭포만 계속해서 이어지기 때문에 강에 대해 장황하게 써내려가는 것은 지루할 것이다. 우리가 앙쿠니에 간 이야기는 호수의 서쪽 입구를 지키고 있는 키네투아라 불리는 유명한 산이 보이는 곳에 카누가 도착한 날부터 시작해 보겠다. 그날 뱃머리에 앉아 있던 오호토가 어렴풋이나마 웅장하게 나타난 그 거대한 산을 알아보는 순간, 적어도 호수를 찾고자 하는 우리의 목표는 마침내 이루어졌다는 것을 알았다. 키네투아를 향해 우리가 밀고 나가려 하자 바위로 울퉁불퉁한 협곡을 흐르는 강이 성이 난 듯 카누를 좌우로 밀쳐냈지만, 우리를 대항해 벌였던 싸움을 포기하더니 괴롭게 으르렁거리던 물소리도 멈춰버렸다.

물살은 잠잠해지면서 키네투아 만의 고요한 물속으로 흩어져갔다. 우리 위로 우뚝 솟은 키네투아 산이 지고 있는 태양을 가려버려, 먼 북쪽 기슭에서는 앙쿠니에 살던 이할미우트 사람을 가리켜 붙인 이름인 키네투아미우트의 오래된 캠프 지역 위로 선명한 노란빛의 태양이 비치고 있었지만, 우리는 그림자 속을 이동했다. 우리 앞에 수평선으로 펼쳐진 앙쿠니 호에서 초록빛 긴 구릉지역이 모습을 나타냈다. 잔잔한 물 위로 카누는 목적 없이 떠다녔고 그 넓은 세상 속에서 움직이거나 살아있는 것이라고는 우리 세 명의 침입자들과 한 마리의 흰색 날개를 가진 갈매기 외에는 아무것도 없었다. 키네투아미우트 사람들은 없었다. 살아있는 사람은 모두 사라져 버렸다. 그런데도 그다지 인적이 끊긴 것처럼 보이지는 않았다.

키네투아 기슭에 상륙한 우리는 산더미처럼 쌓여 있는 그 거인의 등 위에 설 때까지 완만한 비탈을 올랐다. 꼭대기에서는 물에 잠긴 소택지 너머로 멀리까지 볼 수 있었는데, 산등성이를 지나, 에스카

(비탈)와 작은호수들, 그리고 가장 멀리로는 앙쿠니 호수의 남쪽만의 반짝이는 물결이 눈에 들어왔다. 하나의 기념비처럼 움직이지 않고 사방으로 서 있는 사람모양의 형상을 재빨리 발견한 우리는 죽어버린 땅이지만 버려진 땅은 아닌 그곳을 내려다보았다.

그들은 사람이었다. 그러나 돌로 만든 사람이었다! 평평한 돌을 서로 서로 위험스럽게 쌓아올려 만든 아무런 감각이 없는 작은 기둥들로, 자신들을 만들어 이누코크(사람모양)라고 부른 사람들이 긴 세월동안 서 있어 온 것처럼, 모든 언덕 위에 그리고 모든 호수와 강 옆에 서 있었다. 공허함속에 외로이 살고 있는 이 석상들은 아주 보잘 것없는 기념물이라, 이름도 없는 바위비탈로 넘어져 다시 바위 무더기사이로 돌아가는 것이 당연해 보였다. 그러나 그들은 쓰러지지 않을 것이다. 겨울의 돌풍과 지나가는 세월도 아랑곳 하지 않고 변함없이 서 있는 그들에게는 얼굴이 없는 형태임에도 불구하고 사람을 닮은 것 이상의 본질적인 특성이 담겨 있었다. 이 형태 없는 돌무더기들이 우리의 거대한 박물관에 있는 차가운 눈을 가진 조각상보다 더 현실적이고 생생하다. 그 까닭은 어떤 것을 잊지 않고 기억하기 위해서거나, 조각가의 손에 숨겨진 열정을 표현하기 위해 이들을 만든 것이 아니기 때문이다. 측량할 수 없는 외로움에 대항하여 살아있는 사람을 지켜주는 수호자의 역할로 창조되었기 때문에 이누코크는 생명력을 가지고 있는 것이다.

낯선 땅을 불안해하며 탐험하다가 이 길로 처음 들어선 사람이, 자신 앞에 펼쳐져 있는 미지의 땅으로 모험하기 전에 언덕 위에 올라 멈춰 서서 이누코크 모양을 세웠다. 그렇게 하면 끝없이 펼쳐져 있는 공간속으로 나아가면서도 점점 작아지는 사람모양의 석상을 알아볼 수 있는 한 익숙한 세상과의 희미한 연결고리나마 가질 수 있게 된다. 자기 뒤로 석상이 사라지기 전에, 여행자는 멈춰서 다른 이누코크를 세우는데, 여행이 끝나 돌아올 때까지, 혹은 자신을 현실과 삶에 묶어 줄 석상이 더는 필요 없게 될 때까지 그렇게 하나하나 석상을 세워 나간다. 대부분의 백인들이 생각하듯이 이누코크는 단순한 경계표인 길잡이가 아니다. 그들은 사람의 유한한 마음을 미치게 만들 정도로 무한한 공간이 불러일으키는 정체를 알 수 없는 위협에 덤덤히 저항했고, 지금도 저항하고 있는 수호자들이다. 키네투아 꼭대기에서 이 생명이 없는 석상들을 보니 그들이 그곳에 서 있다는 사실에 위로가 되었다.

움직이지 않는 파수병을 곳곳에 세워 둔 앙쿠니 구릉 너머를 우리 셋은 오랫동안 아무 말 없이 바라보았다. 빛은 사라지고 우리 아래 놓인 호수에서는 아무 움직임이 일지 않는데, 마침내 오호토가 우리의 생각을 중단시켰다.

"여기가 그 장소입니다," 그가 말했다. "이곳에 내 아버지의 캠프가 서 있었는데, 아버지가 다시 내게 찾아 와도, 그래서 지난 두 번의 겨울동안 침묵했던 아버지의 목소리를 내가 다시 듣게 된다 해도 이상할 게 없을 것 같습니다."

그의 예언은 나중에 진짜로 이루어졌지만, 당시 앤디와 나는 거의 관심을 기울이지 않았다. 언덕을 내려간 우리는 키네투아 만을 가로질러 노를 저어 북쪽 기슭을 따라 자리 잡은 선반모양처럼 비탈진 곳에 텐트를 세웠다. 앤디와 나는 매우 피곤했지만 그날 밤 우리는 거의 쉬지 못했다. 오로지 죽은 자의 귀에만 불러주는 가냘프고 애처로운 노래를 바깥의 어둠속에 앉아 부르고 있는 오호토의 목소리를 들으며 몇 시간이고 잠을 이루지 못한 채 누워 있었다.

아침이 되자, 신선하고 명랑한 바람이 우리의 작은 여행용 텐트사이로 불었다. 지난밤의 분위기는 사라졌다. 텐트 바깥에 앉은 나는 눈부신 태양아래 훤히 드러난 채 누워 있는 그 땅의 광활하고 초연한 아름다움을 바라보았다. 북쪽으로는 덧없이 사라지는 푸른빛이 희미하게나마 물들어 있는 새하얀 하늘 속으로 벌거벗은 구릉지대가 흘러들어갔다. 계곡과 높이 솟은 산꼭대기 아래로 바람이 불어 내려오면, 이끼와 풀이 우거진 습지대의 수수하면서도 넘치는 빛깔은 마치 움직일 것처럼 자세를 취하는 듯했다. 바람은 생명 없는 땅에 생명의 노래를 실어왔다. 바람이 부는 동안은 그 땅의 외로움도 다가오지 못했다.

캠프 아래로는 앙쿠니의 맑은 물이 바람결에 살랑거리며 남쪽 기슭의 희미한 산마루를 향해 물결이 일어 밀려갔다. 우리 발밑에 놓인 거대한 지협의 낮고 넓은 길은 호수를 가로질러 가면서 저 멀리 환하게 빛나는 곳으로 사라져버렸다.

땅위로 부풀어 오른 부드러운 곡선이 끊임없이 이어지는 그 땅의 형세를 비집고 들어서 있는 나무나 눈에 거슬리게 위로 솟아오른 물체는 없었다. 하지만 작은 '숲이' 몇몇 특혜를 받은 계곡 속에 숨어 있었는데, 열두 그루 정도의 아주 앙상한 가문비나무로 이루어진 그 숲의 키는 1야드를 넘어 자라지 않았다. 초라하고 추하게 생긴 이 작은 나무들은 낮은 계곡의 등성이 높이에 이를 만큼 머리를 하늘로 내밀어 보지만 바람에게 붙잡혀 그것이 휘두르는 낫에 베여버린다. 보이지 않는 바람의 벽이 억누르는 가운데 유리창 아래에서 자라나는 식물처럼 이 나무들은 바깥쪽을 향해 뻗어 있었다.

그 땅의 주인인 바람이 불면 안개같이 올라오는 파리떼도 이끼 속 피난처에서 무기력하게 지낼 수밖에 없기 때문에 우리는 그 바람을 찬양했다. 앙쿠니에 도착한 첫째 날 아침식사를 자비롭게도 파리떼에서 벗어나 먹을 수 있었던 우리는 식사를 마친 후 친절한 바람이 부는 틈을 타 탐험을 하러 나갔다. 황무지를 자세히 살펴보며 사슴의 흔적을 찾고자 하는 표면상의 이유로 제일먼저 오호토가 캠프를 떠나 그 땅의 안쪽으로 걸어 들어갔다. 그의 모습이 멀리 작아지는 것을 멍하니 바라보고 있던 나는 그가 멈추는 것을 보았다. 쌍안경을 들고 살펴보니 산등성이 위에 작은 돌무더기를 쌓아올리고 있었다. 몇 분 만에 돌을 다 쌓아올린 그는 산언덕 너머로 내 시야에서 사라져버리고, 툰드라의 하늘을 등지고 선 또 하나의 이누코크만 남아 있었다.

우리는 티럴이 간략하게 그린 지도의 사본을 가지고 왔다. 이 지도는 앙쿠니를 나타낸 현존하는 유일한 지도이다. 오래전에 죽은 사슴의 뿔을 조사하고 측정하러 앤디가 떠나자, 티럴이 50년 전에 보고 기록해 둔 에스키모의 캠프 장소를 찾아보기 위해 나도 키네투아 만의 기슭을 따라 출발했다. 반마일쯤을 가니, 티럴의 지도에서 '에니 티호의 캠프'라고 이름이 붙어진 울퉁불퉁한 바위로 이루어진 지점에 이르렀다. 지도 위에 표시된 작은 삼각형은 티럴이 왔을 때 이곳에 서 있던 세 개의 텐트를 의미했다.

이리저리 찾아본 나는 마침내 이끼 틈에 반쯤 숨겨져 있던 바윗돌로 이루어진 세 개의 원을 발견했다. 텐트를 둥그렇게 두르고 있던 원 중 하나를 골라 한 가운데로 걸어 들어가 보니, 화로를 찾을 수 있었고, 그 속에는 불에 타다 남은 새까맣게 된 재가 있었는데 바로 얼마 전에 꺼진 것만 같아 깜짝 놀랐다. 짧은 순간이나마 바로 어제 캠프를 철수했고, 주인이 언제라도 곧 돌아올 것만 같았다. 그러나 눈을 들어 빛나는 호수면 위를 바라보았지만 움직이는 것은 하나도 찾을 수 없던 내게 그 착각은 사라져버렸다.

그제야 나는 배런스에서는 부식과 부패가 거의 드물다는 것을 기억했다. 깨끗한 태양과 바람이 존재하는 이 세계에서는 돌무더기 속에서 영원한 안식을 하게 된 순간의 모습 그대로 수세기 후에도 여전히 남아 있도록, 나무와 뼈가 기이한 영속성을 가지고 있는 듯하다. 마지막 남은 자작나무가 자라고 있는 북쪽으로 약 300마일 떨어진 숲에서 자작나무 껍질 한 뭉치를 찾았던 것이 특히 기억이 난다. 인디언의 카누를 고치기 위해 벗겨진 그 껍질은 적어도 3세대가 흐르는 동안 굶주린 세월에 버텨왔는데, 내가 발견했을 당시에도 썩지 않은 채 온전한 상태였다. 오래 전 과거의 비밀을 캐내어야 하는 사람들에게는 부패가 비교적 전무하다는 사실이 중요하다. 텐트와 이글루에 살았던 배런스 사람들은 그들이 지나갔다는 것을 표시할 정도로 어떤 흔적을 거의 남기지 않지만, 부패에 대해 승리한 물질 때문에, 아무리 적은 것이 남았다 할지라도 분명한 언어로 자신의 이야기를 전해 줄 수 있을 만큼 기적적으로 보존되어 있다.

에니타흐의 캠프를 좀더 자세히 조사하던 나는 짙고 거친 머리카락 위에 놓여 있는 인간의 두개골 조각을 발견했다. 한때 눈과 태양으로부터 두개골을 지켜주었던 그 작은 머리카락 뭉치가 이제는 세월의 무게를 버티게 해 주고 있다. 근처에 무덤이 없다는 것을 알게 된 나는 이 캠프로 찾아든 죽음이, 격식을 갖춰 제대로 매장 할 수 있는 사람을 단 한 명도 남겨놓지 않은 채, 모든이의 목숨을 빼앗아 갔다는 것을 그 해골을 통해 할 수 있었다. 갑작스럽게 찾아온 비극에 대한 증거는 더 있었는데, 바로 가까이에 한때 텐트를 지탱하기 위해 사용되었던 귀중한 장대들이 놓여 있었다. 텐트는 이미 오래 전에 쥐와 울버린의 뱃속으로 사라져버렸지만, 장대는 남아 있었다. '작은 막대기'만 있는 그 땅에서는 사용할 사람이 살아남아 있는 한, 텐트 장대를 결코 버리는 법이 없다.

둥그렇게 원을 그리고 있는 바윗돌 안에 두껍게 깔려 있는 이끼는 구리 낚싯바늘, 사향소 뿔로 만든 국자, 그리고 한때는 백인의 실을 감고 있었을 나무실패와 같은 것도 덮고 있었다. 우리 시대에 유일하게 속해 있는 실패는, 키네투아 아래서 여러 대의 카약을 타고 나와 자신을 반기던 이 사람들에게 티럴이 남기고 간 선물 중의 하나일지도 모른다. 자기 안에서 침묵하고 있던 이 모든 것들이 내 마음속에서 목소리를 찾았다. 백인이 최초로 찾아온 이후부터 교역자의 상품이 이 땅에 흔하게 사용되기 이전 사이, 에니타흐의 캠프로 죽음이 덮쳤다고 그 물건들은 내게 말해주었다. 티럴이 다녀간 지 이십 년도 채 안돼서, 그리고 배런스의 경계에서 이누이트들이 교역 상인들을 만나기 전에, 카쿠미가 말한 격심한 고통이 이 땅에 들어왔다는 것을 알고 있던 내게, 햇빛에 바랜 나무실패와 몇몇 도구 조각들은 에니타흐를 죽인 범인이 누군지 말해주었다.

에니타흐의 갬프를 띠닌 나는 이제는 세성을 떠나버린 아이들이 놀면서 만들어놓은 애처로운 작품인 조그마한 이누코크가 줄지어 서 있는 곳을 지나 해안을 따라 서쪽으로 걸어갔다. 잠시 후에는 육중한 벼랑이 뒤쪽에 자리 잡고 있는 얕은 후미에 들어섰는데, 외부로부터 숨겨진 이곳에서 풀이 우거진 부드러운 초록빛의 습지대가 뻗어나가 앙쿠니 호수에서 내가 본 유일한 모래가 깔린 물가까지 이르는 것을 발견했다. 이곳은 따스하고 온화한 하나의 오아시스 같은 장소로 그 무성한 풀밭 속에서 거대한 캠프를 이루었던 텐트의 둥그스름한 고리 모양의 흔적을 찾을 수 있었다.

여기저기에서 대략 30개의 고리를 발견했는데, 그중 적어도 18개는 이곳에 맨 마지막으로 살았던 사람들이 사용한 것들이었다. 하지만 에니타흐의 캠프처럼, 이곳 역시 갑작스럽게 버려졌다. 고리 안과 주위로 오호토 사람들의 도구를 발견했다. 여기서는 여성의 머리 장식인 나무로 된 투글리도 있었는데, 이 소중한 장신구가 이끼 속에 버려져 있었다. 오래된 실로 만든 줄을 아직도 달고 있는 활의 일부분도 놓여 있었다. 근처에는 사용되지 못한 채 썩어버린 여러 마리 사슴의 뼈와 털로 가득한 돌로 된 고기저장소가 있었다. 모래기슭 아래로는 항상 배고픈 썰매개들이 물어뜯지 못하게 겨울동안 카약을 보관하는 네모난 모양의 커다란 돌 받침대가 세워져있었다. 개들은 카약을 찾아내지 못했지만, 세월이 대신 찾아냈다. 살점은 모두 발라진 채 해골만 남은 늘씬하고 우아한 동물처럼, 카약을 덮고 있던 가죽은 벌거벗은 뼈대만 남겨놓은 채 사라지고 작은 배의 연약한 뼈대만 온전히 남아 있었다.

알 수 없는 비극으로 남겨진 이 우울한 유물 사이를 걸어 다니다 보니 태양이 비치던 풀밭이 음침하게 보였다. 내가 그곳에 울리는 파멸의 이야기에 귀를 기울이려 하자, 이렇게 사랑스럽게 숨겨진 장소를 지나간 것이 무엇인지 필사적으로 내게 말해주려고 애쓰는 듯, 소리 없는 목소리의 혼란스러운 재잘거림이 내 귀를 채웠다. 너무나 포악하게 이 캠프로 덮친 무시무시한 적 때문에 자신들의 가장 소중한 물건을 뒤돌아볼 틈도 없이 도망쳐야 했던 사람들을 이야기했다. 그러나 과연 그들이 도망을 쳤을까? 도대체 어떤 공포였기에 기나긴 세월동안 여름의 뜨거운 태양 속에 갈라지고 색이 바래도록, 영원한 가치를 지니고 있는 이렇게 정교하게 조각된 고기 쟁반을 버려둔 채 여자들이 도망을 갔을까? 자신들의 카약과 겨울 썰매는 이 인적이 끊긴 캠프에 남아 있는데 어떻게 남자들이 도망을 칠 수 있었을까?

거대한 텐트 중 다수가 바닥의 폭이 20피트가 넘는 것으로 보아, 이 캠프의 목숨이 다하던 순간, 분명 많은 사람들이 이곳에 살았음이 분명하다. 오늘날 이할미우트 부족의 텐트는 그 크기가 반으로 줄어든 작은 원뿔 모양으로 변했지만, 여전히 일곱에서 여덟 명, 때로는 그 이상의 가족들이 그 안에서 지낸다. 앙쿠니에 세워진 이 거대한 텐트 하나하나에 열두 명의 사람들이 편안히 지낼 수가 있었을 테고, 그렇다면 이 하나의 캠프에서만 100명의 영혼들이 시간 밖으로 수수께끼처럼 사라져버린 것이다. 그렇다, 사라져버렸다. 하지만 어디로 사라졌단 말인가?

그 질문에 대한 답은 곧 찾을 수 있었다. 캠프 뒤로 몇백 피트 떨어진 곳에 검은색 바위가 깨진 채 드러나 있었는데 그곳에서 내가 찾고 있던 사람들을 발견했다. 이글루 모양의 돌로 된 굴속에, 살아 있을 때 사용했던 몇 가지 도구로 둘러싸인 사람들이 자신의 영원한 집속에서 한 명씩 누워 있었다. 무덤을 만들기에 충분한 공간이 한정되어 있는 곳이라, 각 무덤들이 빽빽이 들어서 있어 많은 무덤들이 겹쳐져 있었고, 어떤 무덤에는 한 명 이상을 어지로 반기도 했다. 동시에 혹은 적어도 몇 주 안에 모두 서둘러 지어진 서른일곱 개의 무덤을 한 장소에서 세어볼 수 있었다. 엉성하게 지어놓은 이 돌무덤과 그 안에 놓여 있는 몇 안 되는 도구들은 죽음 때문에 장례식마저 정성들여 지낼 수 없었음을 증명해 주었다. 분명 캠프 내 전체 가족들이 동시에 비명횡사한 탓에, 한 가족이 가지고 있던 몇 개 안되는 도구와 무기를 하늘의 신 카일라의 세계로 향하는데 필요한 많은 영혼들에게 조금씩 분배한 것이다.

아직 공포에 완전히 질리지 않았던 나는 더 멀리 나아가보았는데, 이 주된 묘지 너머로 공포에 살아남은 얼마 안 되는 사람들이 망자

에게 정당한 대우를 다하고자 하는 노력마저도 저버린 곳을 발견했
다. 이끼 속을 파낸 얕은 구멍 속으로 뼈가 묻혀 있었는데, 이 영혼들
이 영원을 향한 여행을 떠날 때 필요로 하는 도구를 준비해 주는 수
고는 아무도 하지 않았다. 이 발가벗은 시신들이 묻혔을 때 공포는
아마 극에 달했음에 틀림없으며, 그때쯤에는 캠프 전체가 버려진 것
임에 분명하다. 죽은 자들이 영원한 안식에 들어간 곳 근처에는 결코
텐트를 세워서는 안 된다는 확고부동한 규칙이 있기 때문에, 이렇게
무덤들이 증가하는 가운데 살아 남은 사람들이 있었다면 분명 재빨
리 도망을 쳤을 것이다. 살아 남은 몇몇의 키네투아미우트 사람들이
탈출을 시도하는 동안, 이곳은 죽은 자들의 차지가 되어 캠프는 그들
에게 넘어가버렸다.

내가 이 캠프를 떠나기 전에, 죽은 자들이 그 공포에 대해 이야기
해주었다. 거칠게 부는 바람소리 말고는 아무 소리도 들리지 않았지
만, 그 목소리들은 내가 이해할 수 있는 방식으로 이야기했다. 키네
투아미우트 사람들이 어떻게 죽게 되었는지 나는 알았다. 많은 무덤
속에 선물로 놓인 4분의 1 토막 난 사슴의 몸통이 있었기 때문에 굶
주림이 원인은 아니었다. 죽은 자들의 뼈가 아무런 흉터도 없고 온전
했기 때문에 폭력에 의한 것도 아니었다. 키네투아미우트 사람들은
우리의 선물을 받았기 때문에 죽은 것이다. 그것은 바로 카쿠미의 이
야기에 등장했던 격심한 고통 때문이었다.

몇 사람은 살아남아 도망을 쳤을지도 모른다고 나는 생각했다. 그
러나 그들은 어디로 갔으며, 그들의 최후 운명은 무엇이었을까?

햇살이 비치는 풀밭을 지나 멀리 그 땅의 안쪽으로 뻗어있는 갈색
빛의 거무스름한 평원으로 들어섰을 때, 이 질문에 대한 답 역시 찾
을 수 있었다. 물가에서 몇 마일 떨어진 곳에서 가장 약한 텐트를 지

탱하는 데도 간신히 필요로 한 열두 개의 돌로 이루어진 조그마한 텐트 고리에 발부리가 채인 나는 비틀거렸다. 그런데 이 원 가운데는 공포에서 도망친 한 사람이 누워 있었다. 울버린들이 그가 필요한 장례를 치러줬다. 그곳에서 두 배정도의 거리를 나아가니, 날씨와 짐승으로부터 보호받을 수 있도록 돌의 갈라진 틈 사이로 대충 집어넣은 사람들의 시신을 발견할 수 있었다. 이 사람들이 바로 키네투아 후미의 옆 캠프에서 도망친 사람들이었지만, 그들은 탈출에 성공하지 못했다.

호수 기슭으로 다시 돌아와 강의 입구까지 걸어가 보니 10마일의 거리였다. 그리고 전염병에 죽은 세 개의 다른 거대한 캠프도 발견했다. 이 캠프 중 마지막 캠프 너머로는 격심한 고통이 찾아오기 전부터 오랫동안 있었던 고대의 묘지가 있었는데, 죽음이 시간을 허락해주는 경우라면, 어떤 방식으로 키네투아미우트 사람들이 자신들의 망자를 묻어주는지 확인할 수 있었다. 키가 큰 회색 장대가 무덤 하나를 표시하고 있었는데, 그 무덤의 지붕은 무덤주인의 길다란 겨울 썰매로 만들어졌다. 틈새미디 돌로 끌끔하게 막혀 있었고 버드나무로 이엉이 이어져 있어, 전체적으로 잘 만들어진 무덤은 거의 손상되지 않은 채 남아 있었다. 무덤 옆에는 사슴을 잡을 때 쓰는 창과 눈칼, 활비비, 활, 그리고 다섯 개의 놀라울 정도로 훌륭하게 만든 돌 파이프로 이루어진 돌 램프와, 많은 다른 필요한 것들이 놓여 있어, 무덤의 주인이 다음 세상을 만날 준비를 잘 하고 이 세상을 떠났음을 보여주고 있었다. 이곳은 평화로운 무덤이었고, 전염병이 휩쓸고 간 캠프 근처의 무덤과는 놀라운 대조를 보여주었다.

거기서 돌아선 나는 나 자신이 몹시 서두르면서 살아있는 사람을 다시 만나고자 하는 거의 병적인 갈망을 느끼고 있음을 발견했다. 캠

프로 이르는 마지막 몇 야드는 거의 뛰다시피 했는데 그곳에서 오호
토가 나를 맞이하자, 나도 그 에스키모가 놀랄 정도로 기쁜 감정을
표현하면서 그를 반겼다. 사슴은 한 마리도 발견하지 못했다고 그는
말했지만, 북쪽으로 난 땅은 지금까지 사슴이 사용해온 가장 거대한
길 중 하나로 보인다고 말했다. 앙쿠니에서는 사슴을 발견할 것이라
고 우리가 기대해왔기에, 그리고 북서쪽 미지의 땅으로 탐사를 계속
할 수 있도록 고기를 비축해온 우리에게 그의 이야기는 작은 위로가
되었다. 바람 캠프에서 가져온 식량은 거의 바닥이 났지만, 사슴이
결코 가보지 않았을지도 모르는 배런스의 먼 지역으로 출발하는 바
람에 사슴을 놓치는 모험 따위는 하고 싶지 않았다.

그래서 며칠에서 몇 주까지 이어지는 시간을 우리는 기다렸다. 사
슴을 기다리던 허기진 파리떼들이 사슴 대신 우리를 기꺼이 먹어치
우고자 달려들기 때문에, 사슴을 기다리던 우리의 참을성은 곧 바닥
이 드러나 버렸다. 며칠씩이고 연달아 모기와 검은 파리의 끈적끈적
한 덩어리들이 모기장 밖에서 살아있는 태피스트리처럼 매달려 있
으면, 우리 셋은 꼼짝없이 텐트 안에만 머물러 있어야 했다. 텐트 안
에 있으면 피에 굶주린 벌레떼를 불완전하게나마 피할 수는 있어도,
다른 고통과 또 싸워야만 했는데, 태양은 조금의 연민도 없이 내리쬐
고, 우리의 조그마한 텐트 안에 갇혀서 미동도 하지 않는 공기는 종
종 양동이에 담아놓은 물을 깜짝 놀랄 만큼 뜨겁게 달굴 정도로 기
온이 올라갔다. 그런 날은 결코 유쾌한 시간이 아니었지만, 사흘 중
하루는 바람이 불어와 어떤 자비로운 마술처럼 파리떼가 사라져버
리고 감옥같이 갇혀 있던 우리는 잠시나마 풀려나게 된다. 그렇게 보
내던 나날 중 어느 하루, 살아있는 것의 흔적을 찾으려 앙쿠니의 기
슭을 나는 20마일이나 돌아다녀보았지만 새 한 마리 동물 한 마리

보지 못했다. 다른 날에는 풀밭에서 반쯤 자란 뇌조무리를 놀라게 만들기도 했고, 한번은 큰 매의 거대한 회색 날개 그림자가 언덕 꼭대기 위로 낮게 스쳐 날더니 귀청을 찢는 듯 울어대고는 재빨리 사라지는 것을 보기도 했다. 하지만 사슴도, 북극토끼도, 얼룩다람쥐나 여우도, 어떤 다른 종류의 새도 없었다.

텅 빈 채 버려진 앙쿠니의 평원은 내게 아주 진귀한 선물을 주었는데 오호토와 오랫동안 나눈 이야기 속에서 그 선물을 발견했다. 어쩔 수 없이 아무 일도 하는 것 없는 생활이 지루하게 계속되자 오호토는 거의 수다스러울 만큼 말을 많이 하게 되었고, 나 또한 흔하지 않는 분별을 가지고 그의 말을 귀담아 듣게 되었다.

어느 날 땅거미가 내리기 바로 전 강한 바람이 남쪽에서 불어왔다. 오호토와 나는 감사해하며 우리 감옥을 박차고 나와, 사슴을 찾기 위해 먼 평원을 살펴볼 수 있는 언덕 높이 꼭대기까지 올라갔다. 보통 때처럼 사슴의 흔적은 전혀 볼 수 없었지만, 쾌적한 저녁 무렵이라, 언딕 꼭내기의 부서진 바위 가운데 앉아 파이프 담배를 피면서 낮게 걸린 태양이 눈에서 보이지 않게 될 때까지 기다렸다. 바로 그때 오호토는 이할미우트 부족의 기원에 대한 이야기와 태곳적 사람들이 살던 시절에 관한 것을 내게 들려주었다.

"모든 것이 당신이 지금 보는 것만 같지는 않았습니다," 이렇게 입을 연 오호토는 파이프담배를 뻑뻑 빨아들이기 위해 말을 멈췄다……

제일 먼저, 카일라는 산토끼와 뇌조를 만들어 어둠 속으로 내보낸 뒤, 컴컴하게 숨겨진 세상의 모든 언덕과 계곡에 그들의 발자국이 찍힐 때까지 번성하라고 명령했습니다. 그래서 뇌조와 산토끼는 어둠 속으로 들어가 명령대로 했습니다.

산토끼와 뇌조가 많아지게 된 것을 본 카일라는 이제 땅이 준비가 되었다는 것을 알았습니다. 그래서 최초의 여자와 최초의 남자를 취한 카일라는 그들을 받아들일 준비가 된 세상으로 이 두 사람을 보냈습니다.

그러나 눈이 없어도 어둠 속에서나 빛 속에서나 볼 수 있는 카일라는 사람은 어둠속에서 아무것도 볼 수 없다는 것을 잊어버렸습니다. 어쩔 수 없이 아무것도 볼 수 없던 최초의 사냥꾼인 남자는 앞을 볼 수 없어 사냥을 못했기에, 산토끼와 뇌조가 많았는데도 굶주림이 최초의 남자와 여자에게 닥쳤습니다.

그러자 여자가 높은 곳에 서서 도움을 구하며 카일라에게 외쳤습니다. 그 외침을 들은 카일라는 어둠속으로 불을 보냈고, 그렇게 해서 볼 수 있는 빛과 요리할 수 있는 열이 생겨났습니다.

카일라가 여자에게 보낸 선물이었기 때문에 불을 지키는 것은 여자의 일이 되었습니다. 그런데 남자가 빨갛게 타오르는 숯 속에 집게손가락을 넣자, 손가락에 불이 붙으면서 활활 타오르는 횃불이 되었습니다. 이 횃불로 자신의 길을 밝힌 최초의 남자는 언덕을 돌아다니면서 자신의 손안으로 많은 토끼와 뇌조를 잡아들였습니다.

그래서 오랫동안 남자와 여자는 평화 속에서 배불리 살았습니다. 그러나 마침내 사냥꾼의 횃불에 조심하게 된 산토끼와 뇌조가 땅 속과 하늘위로 도망을 쳐버렸습니다. 최초의 남자와 여자에게 또다시 굶주림이 찾아왔습니다. 다시 한 번 여자는 높은 언덕에 서서 자신의 슬픔을 외쳤고, 다시 한 번 카일라는 그녀의 슬픔을 듣고 답을 해주었습니다. 그녀의 외침을 들은 그는 땅에다 아무도 그 바닥을 볼 수 없을 정도로 깊은 거대한 구멍을 파라고 여자에게 말했습니다.

여자가 구멍을 파자, 카일라는 산토끼의 힘줄을 많이 땋아 튼튼한 줄을 만들고 뇌조의 날개 뼈에서 날카로운 갈고리를 만들라고 명령 했습니다. 이것역시 카일라가 하라는 대로 그대로 되었습니다.

그러자 카일라는 여자에게 깊게 파놓은 구멍에 갈고리와 줄을 던 져 자신이 가진 기술을 시험해보라고 말했습니다. 옆에 선 남자가 자 신의 거대한 횃불로 일렁일렁 춤추는 그림자를 구멍 속으로 비추는 동안, 여자는 줄을 쥐고 구멍 옆에 앉아 있었습니다. 그러자 갑자기 줄이 세게 당겨졌습니다. 재빨리 여자는 줄을 세게 잡아당겨 땅의 뱃 속에서부터 최초의 늑대를 끌어냈습니다. 하지만 늑대는 고기를 먹 는 놈이었지 고기를 만드는 놈이 아니어서, 늑대에게 땅 전체에 번식 하여 많아지라고 말한 여자는 녀석을 풀어주었습니다. 여자의 말을 들은 늑대는 그 말대로 순종했습니다.

계속해서 다시 또 다시 구멍 속에 갈고리를 던져 넣은 여자는 줄 이 당겨질 때마다 그것을 끌어냈습니다. 이런 식으로 여자는 땅에 있 는 모든 동물을 삽았습니다. 흰 늑대 아모우, 회색 울버린 카크이크, 거대한 갈색 곰 아클라, 붉은 털의 다람쥐 히키크, 털이 덥수룩한 사 향소 오밍무크, 그리고 이 세상을 걸어 다니는 모든 다른 동물을 말 이지요. 하지만 이들 중 그 어느 것도 여자가 바라던 것이 아니었기 에, 늑대에게 했던 말을 이 동물들 하나하나에게 해 준 다음 모두 풀 어주고 다시 줄을 던졌습니다.

땅의 짐승들이 다 나오자 이번에는 하늘의 동물들이 나왔습니다. 흰 기러기 팅메아, 바다꿩 우이니크, 그리고 모든 하늘의 작은 동물 들이었습니다. 하지만 이 새들 중 어느 것도 여자가 구한 것은 아니 었기에, 늑대에게 했던 말을 해주면서 새들도 어둠 속으로 풀어주었습니다.

하늘의 짐승들이 다 나오자, 이번에는 물의 짐승들이 나왔습니다. 붉은 송어 이츨로아, 부드러운 서커 아툰주, 그리고 물 속의 모든 작은 동물들이 나왔습니다. 하지만 여전히 이것들 중 어느 것 하나 여자가 원하는 것은 없어, 늑대에게 처음 해준 이야기를 해주면서 강과 호수로 그것들을 풀어주었습니다.

이제 어떤 새로운 힘도 줄을 잡아당기지 않자, 남자는 구멍 곁을 지키고 있는 것에 지쳐버렸습니다. 세상이 많은 종류의 사냥감으로 가득차자 만족한 남자는 잠이 들었습니다. 그러나 여자는 그 이후로 태어난 자신의 딸들이 모두 그렇듯이 고집이 센데다, 자신이 구하는 그 한 가지를 아직 찾지 못했기에 남자를 비난했습니다.

당시에는 겨울도 여름도 없고, 낮도 밤도 없는 때라, 구멍 옆에서 얼마나 오랫동안 여자가 머물렀는지는 모릅니다. 하지만 마침내, 어떤 것이 강하게 줄을 잡아당겨 여자의 손에서 줄이 끊어질 뻔했습니다. 남자는 여자를 돕기 위해 벌떡 뛰어들었고, 구덩이에서 두 사람은 힘줄로 만든 줄을 잡아 당겼습니다. 그것은 힘든 싸움이었지만 남자와 그의 여자가 이겨서, 마침내 모든 사슴의 첫 번째 사슴인 투크투의 머리를 볼 수 있었습니다!

기쁨의 소리를 내지른 여자가 갈고리를 집어 던지자, 그 깊은 구덩이는 닫히면서 사라졌습니다. 그런 후에 여자는 최초의 사슴에게 이렇게 말했습니다.

"땅으로 나가서 물과 땅, 하늘에 살고 있는 모든 다른 것처럼 많아지렴. 왜냐하면 나와 내 아이들, 그리고 앞으로 다가올 내 아이들의 아이들을 항상 먹이는 것은 너와 네 무리들이기 때문이란다."

여자의 말을 들은 최초의 사슴은 그대로 하였고, 이렇게 해서 많은 사슴들이 나오게 되었습니다 ……

오호토가 이야기를 멈추자, 우리는 함께 자갈과 이끼 위로 많은 사슴의 흔적이 새겨져 있는 넓은 지협 위를 내려다보았다. 그 길들이 너무나 많아 모든 땅을 덮고 있는 촘촘하게 짜인 그물과도 같았다. 조용히 바라보다가 마침내 내가 물었다. "최초의 여자와 그녀의 남자는 어떻게 됐습니까?"

내가 아는 것보다 더 오랫동안 [오호토가 계속 이야기를 이어나갔다], 최초의 남자와 여자는 암흑의 세상 속에서 살았습니다. 투크투가 있었기 때문에 가뭄은 사라져버렸지만, 남자의 성기는 말라 있었고, 여자의 자궁은 태곳적 해골처럼 비어 있었습니다. 새로운 생명을 주는 태양 헤켄주크 덕분이 아니었다면 영원히 그렇게 있었을지도 모릅니다. 그런데 이제는 지나버린 지 한참 된 오래전 과거에 늑대와 울버린 사이에서 거대한 싸움이 벌어졌기 때문에 헤켄주크가 우리에게 찾아온 것입니다.

땅에 있는 모든 짐승 중, 울버린 카쿠이크가 가장 강하고 영리했습니다. 아주 영리한 탓에 카쿠이크는 어둠 속에서도 사냥하는 법을 배웠습니다. 하지만 결코 그것을 배울 수 없던 늑대 아모우는 종종 무턱대고 사슴을 추적하나가 바위에 부닞히기노 하는 바람에, 사슴은 그런 늑대를 비웃으며 도망을 쳤습니다.

그 시절, 카쿠이크와 아모우는 바위 속으로 깊이 파인 동굴에 함께 살고 있었는데, 한 번은 동굴의 벽을 파내다가 태초에 카일라에게 매장되었던 눈부신 부족 헤켄주크를 우연히 발견하게 되었습니다.

기쁜 나머지 비명을 지르며 아모우가 말했습니다. "태양을 자유롭게 하자, 그러면 어둠속에서 빛이 생길 것이고, 앞을 볼 수 있게 되어 사냥을 잘할 수 있게 될 거야." 하지만 늑대가 위대한 기술을 가진 사냥꾼이 되는 것을 전혀 원하지 않던 카쿠이크는 흰 늑대의 생각에 동의하지 않고 환하게 빛나고 있던 태양 위로 흙을 다시 덮어버렸습니다.

이것이 그 싸움의 시작이었는데, 그 시절 모든 동물들은 사람이 하는 말을 똑같이 했기 때문에, 싸움을 할 때도 말로만 싸웠습니다. 그래서 카쿠이크는 최초의 늑대와 싸웠고, 그 싸우는 소리가 모든 언덕 위로 퍼져나가 천둥소리처럼 커졌습니다. 아모우도 영리했지만, 카쿠이크는 더 영리해서, 마침내 싸움에 진 늑대는 동굴 속으로 도망치고, 카쿠이크는 사냥을 하러 나갔습니다.

카쿠이크가 사냥을 나간 사이, 아모우는 재빨리 헤켄주크를 덮고 있던 흙을 파헤쳐, 돌 사이에 붙잡혀 있던 그를 풀어주었습니다. 활활 불타오르는 태양이 깜깜한 하늘 꼭대기로 올라가자 모든 어두움은 사라져버렸습니다. 너무나 화가 난 카쿠이크 때문에 높이 떠 있던 헤켄주크마저 벌벌 떨었습니다. 울버린을 달래주기 위해, 태양은 매일 일정 부분 동안은 숨어 있는 것에 동의했습니다. 그래서 밤이 낮으로 변하는 일이 생긴 것입니다.

태양이 나오자 계절이 생겨났고, 이제 여름이 되어 사냥이 힘들지 않게 되자 늑대가 강해지면서 낮도 길어졌습니다. 하지만 겨울에 사슴 사냥이 힘들어 카쿠이크가 강해지면, 태양은 숨어야만 했고 그래서 낮은 짧아집니다.

이제 자신도 모르는 사이에 태양 헤켄주크가 풀려나게 된 것을 알게 된 카일라는 엄청나게 분노했습니다. 그의 번개로 하늘이 쪼개지고 그의 폭풍우에 땅의 숨결이 멈춥니다. 급류에 이는 포말처럼 성이

난 하늘에서 비 니펠로가 처음으로 세상에 떨어집니다. 그렇게 해서 눈과 얼음인 아푸트와 히코와 함께, 긴긴 겨울밤을 사는 심한 눈보라도 나타났지요.

그리고 이 모든 것 때문에, 오늘날까지 카일라는 모든 날씨의 신으로 알려져 있습니다. 오늘날까지도 그의 분노는 살아있어서 우리의 세계는 그의 손가락으로 부서뜨릴 수 있는 장난감에 불과합니다.

오호토가 다시 이야기를 멈췄다. 저녁하늘 위로 어두워진 카일라의 분노가 밀려들면서 태양이 그 앞에 움츠러든다. 짙은 연기가 구불구불 말려 있는 것처럼 지평선에서 솟아나는 분노한 검은 구름 속으로 사라지려는 듯, 하늘 꼭대기에서 불타는 노을빛이 으르렁 거리며 내려와 하늘의 핏기 없는 얼굴위로 퍼져나간다. 그러자 어디선가 폭풍에 어두워진 산에서 흰 늑대가 슬프게 울부짖고, 모든 늑대의 첫 번째 늑대가 태양을 잃어버리는 것을 애통해하는 소리처럼 호수 위로 메아리치는 울음소리가 울려나간다. 오호토가 또 다시 이야기를 이이나가자 그 긴 메아리는 사라졌나.

생명을 주는 신 헤켄주크의 등장으로 인해, 여자의 배는 얼마 후에 커지기 시작했고, 남자의 성기도 씨로 가득 차게 되었습니다. 여자는 아이를 낳았는데, 세상에, 우리가 아는 것처럼 사람이 아니라 개들이었답니다!

그녀의 자궁에서 강아지가 나왔습니다. 하지만 그 시절에는 모든 동물들이 사람과 같은 똑같은 말을 했기에 모든 것들은 형제여서, 개들도 역시 사람의 형제였습니다.

그 시절 남자와 여자는 서쪽으로 한참 떨어진 곳에 자리 잡은 거대한 내륙의 바다 옆 캠프에서 살고 있었습니다. 그러나 곧 단맛이 나는 바다 옆에 있던 이 캠프에는 여자가 끝없이 낳는 아이들로 가득 차 버리고 말았습니다. 마침내 너무나 아이가 많이 생기는 바람에 남자는 모두를 위해 사냥을 할 수가 없게 되었습니다. 남자는 지쳐갔고, 아이들의 어머니인 여자마저도 지쳐갔습니다. 그러던 어느 날, 마침내 그녀는 자신이 신고 있던 사슴가죽 부츠를 벗어 그 안에 바람을 넣더니 자신의 마술로 부츠를 거대한 배로 만들었습니다. 그런 다음 단맛이 나는 바다의 물 위로 배를 띄운 다음, 그 안에 자신이 낳은 아이들 대부분을 실었습니다. 북쪽에서 바람이 불어오자, 여자는 배를 밀어냈고, 그녀의 시야에서 벗어날 때까지 배는 바람에 떠밀려 남쪽으로 나아갔습니다.

우리 사람이 살고 있는 땅을 지나 숲이 세상을 덮고 있는 그리고 깊숙이 숨겨져 있는 땅에 도착할 때까지 배는 남쪽으로 내려왔습니다. 여기서 강의 입구로 들어선 배는 여울에 좌초하고 맙니다.

배가 고프고 물만 보는 것에 진절머리가 난 배에 타고 있던 많은 개들은 기슭으로 헤엄쳐 나와 숲으로 들어간 뒤, 그곳에서 영원히 살게 되어 인디언 사람들인 이트클리트가 됩니다.

하지만 여전히 북쪽에서 부는 바람 덕분에 여울에서 마침내 벗어난 배는 남쪽으로 떠내려 갑니다. 얼마나 멀리까지 갔는지는 아무도 모르지요. 마침내 배가 멈추었을 때, 남아 있던 개들은 미지의 땅으로 들어서고, 이곳에서 그들은 바로 당신과 당신 무리의 아버지이자 조상인 카블루나이트가 됩니다.

모든 개들이 배에 실려 떠내려 간 것은 아니어서, 내륙의 바다 옆에 있던 캠프에는 몇몇이 남아 있었는데, 여자는 이 개들을 모든 다른 개들보다 좋아했습니다. 시간이 흐르자 이 개들이 나와 내 무리의 아버지이자 조상이 되었고, 그들이 바로 첫 번째 이누이트, 즉 첫 번째 사람들이었습니다.

오호토의 이야기가 끝날 무렵, 거대한 호수 위로 어둡고 음침한 폭풍이 몰려들고 있었고 멀리 있는 늑대의 울부짖음 위로 다가오는 바람의 길고 긴 울부짖는 소리가 일어났다.

우리 아래 놓여 있는 황량하고 바위투성이인 강기슭을 따라 이누이트의 옛날 캠프가 자리 잡고 있었지만, 그 땅의 죽은 영혼처럼 고요했다. 텐트가 세워져 있던 곳을 표시하며 둥그렇게 놓여 있는 돌이 어렴풋이 보였는데, 그 한가운데는 이끼가 높이 자라나 있었다. 돌로 이루어진 고리 너머 산등성이 위로는, 서리 내리는 추위 속에 산산이 부서진 비탈진 곳 바위들이 지진으로 어지럽혀진 묘석처럼 거꾸로 서 있는 곳에 그 사람들이 있었다.

돌로 된 표면 위로 이 땅의 뼈에 난 회색빛 종기처럼 자그마한 바위더미가 올라 서 있다. 어두워지고 있는 모든 물가를 따라서도 이 작은 무더기들이 서 있다. 그리고 그 무더기 하나하나마다 자신이 평생 동안 사용했던 도구를 옆에 둔 채 최초의 여자의 아들이 잠들어 있다.

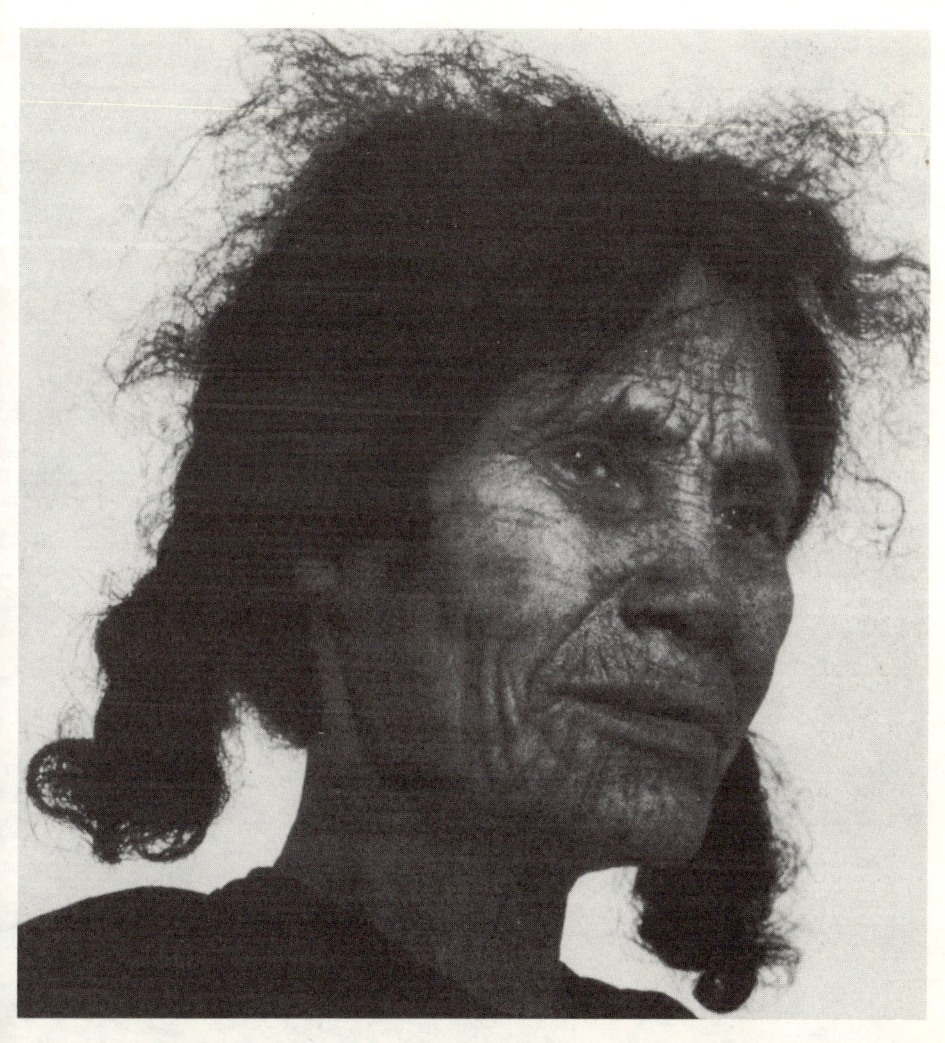

1948~49년에 발생한 기근으로 인해 굶주린 파들리에르미우트 부족 여인.
여인은 얼굴에 문신을 했는데 이는 1940년대까지도 부족의 풍습이었다.

배런스의 한 능선에 줄지어 서 있는 이누코크(사람 모양을 한 돌탑).
돌탑들 사이에 서 있는 이누이트 사냥꾼의 모습에서 탑의 크기를 짐작할 수 있을 것이다.

16

내륙의 바다에서

앙쿠니에서 여러 날을 보냈지만 사슴의 흔적은 보이지 않았다. 녀석들이 도착하기만을 초조하게 기다리는 동안, 바람이 심하게 부는 날을 이용해 호수 북쪽에 자리 잡은 높은 고원을 탐사했는데, 자갈로 이루어진 산등성이 사이 많은 장소에서 사라져버린 사람들의 흔적을 더 발견할 수 있었다. 그러던 어느 날, 이상하게 생긴 나뭇조각을 발견한 나는 오호토에게 그것이 무엇인지 물어보았더니, 그가 답하길 석궁조각이라는 것이다.

내가 아는 한 에스키모 사람들은 이 무기를 전혀 사용한 적이 없기 때문에, 이것은 아주 놀라운 발견이었다. 오호토에게 좀더 자세하게 물어보니, 이전 세대의 이할미우트 부족의 조상들은 탄력이 있는 사향소의 뿔로 석궁을 만들어 투크투 사냥에 널리 사용했다는 것이다. 앙쿠니 호수에서 찾은 석궁의 흔적은 그의 말이 옳다는 것을 증명해 주었는데, 사실 오늘날에도 이할미우트 사람들은 아이들이 뇌조나 작은 동물을 사냥할 때 쓰도록 가문비나무를 이용해 이따금씩 석궁을 만든다.

석궁이 이 사람들만큼이나 오래된 것이라는 데는 의심할 여지가 없지만, 그들은 어디서 이런 무기를 만드는 기술을 얻었던 것일까? 저 먼 아시아의 대초원 지대에서였을까? 만약 그렇다면, 모든 다른 에스키모 사람들은 분명히 잊어버린 이 기술을 왜 이할미우트 사람들은 간직할 수 있었던 걸까?

이할미우트 부족의 고대 역사는 수수께끼로 둘러싸여 있지만, 오호토가 내게 전해준 그들의 기원에 대한 전설에 따르면 이 수수께끼에 대한 많은 힌트를 찾을 수 있다. 최초의 여자가 살았다는 '내륙의 바다'를 오호토가 이야기한 것도 호기심을 끄는데, 아마도 그곳은 우리가 그레이트베어 호수(캐나다 노스웨스트 주 서부에 있다 - 옮긴이) 라 알고 있는 실제로 존재하는 내해를 가리킬 것이다. 이 그레이트베어 호수가 한때 이 사람들의 고향임을 알려주는 많은 이할미우트 신화가 있지만, 툰드라에 사는 이 사람들이 대양을 끼고 산 적이 있었다는 내용은 전혀 없다. 이할미우트 부족의 입에서 입으로 전해져 내려오는 역사는 전적으로 바닷가에서 살아본 기억이라고는 전혀 없는 무리의 역사다. 내륙에 사는 이 사람들의 언어와 관습도 먼 옛날 원시 에스키모 부족에서 광범위하게 분파되었다는 더 자세한 증거를 제시한다. 왜냐하면 거의 모든 종교적이면서도 신비적인 이할미우트 부족의 금기들이 투크투 사슴만을 유일하게 기저로 삼는 내륙 문화를 독특하게 담고 있기 때문이다. 언어 역시 바닷가 민족들이 사용하는 언어와는 상당히 다르다. 몇몇 사소한 차이뿐만 아니라, 바다에 대한 특정한 지식과 관련된 어휘도 이 사람들의 언어에는 존재하지 않는다.

1921년부터 1924년에 걸쳐 행했던 다섯 번째 툴레 탐사의 대장이자 에스키모 혼혈이었던 크누드 라스무센은 해안에 사는 에스키모들과 평원에 사는 에스키모 사이의 이 일련의 차이가 의미하는 가능성에 대해 추측했었다. 베이커 호수 입구에서 인간의 강 상류로 조금 더 거슬러 여행을 한 라스무센은 예전에는 해안에 살았던 에스키모들이 전염병 때문에 북쪽으로 도망쳐와 살아남은 소수의 내륙 에스키모들을 만나 서로 동화되어 이룬 내륙의 무리를 만나게 된다. 이 혼혈 무리가 가진 신화는 해안에 살았던 에스키모 신화가 지배적이었지만 실생활은 내륙 에스키모들의 삶이었다. 그러나 예민한 관찰력의 소유자였던 라스무센은 다른 이누이트에게서는 전혀 찾을 수 없는 고대 종족의 독특한 흔적을 그들에게서 알아냈다. 비록 짧은 기간이었지만 집중적인 접촉을 통해 이들이 모든 현대 에스키모들의 조상인 원시 에스키모의 조상과 연결된 마지막 살아남은 무리라는 결론을 내린 것이다. 그러나 라스무센은 이할미우트 부족을 결코 만난 적이 없기 때문에, 그들의 존재를 짐작해내지 못했다.

이제는 전혀 기록되지 못할 역사의 빈자리로 돌아가 앙쿠니 호수의 거대한 산등성이에서 발견한 석궁이 어떻게 그곳에 있게 되었는지 여러분에게 설명해 보겠다.

예수가 태어나기 몇천 년 전 이제는 오래전에 잊힌 시대에, 끊임없이 변화하는 북동 아시아지역 종족들 사이에서 일어난 새로운 움직임이 시베리아 반도 동쪽 지역에 살고 있던 사람들에게 저항할 수

없는 압력을 넣었다. 그 압력은 천천히 밀려왔지만 결코 굽힐 수 없
는 것이었기에, 후에 이누이트의 조상이 된 이 무리는 동쪽과 북쪽으
로 떠밀리게 되었다. 시베리아의 북극해 연안에 그들 중 일부가 이르
게 되었는데, 이들이 바로 지금까지 그곳에서 사는 추크치 부족으로,
해안에 사는 우리 에스키모들과 많이 유사하다.

그러나 계속해서 동쪽으로 피난을 가던 아시아인들은 결국 오늘
날의 추크치 반도의 좁아지는 땅 끝에 자신들이 몰린 것을 알았다.
당시에 북 아메리카로 이르는 완벽한 육지 길이 있었을 수도 있지만
그 점이 별로 중요하지 않은 이유는, 분명 베링 해협을 가로지르는
열도가 당시에도 있었기에, 오늘날 이 섬에서 저 섬을 거쳐 아시아에
서 알래스카를 건너는 것처럼 쉽게 건널 수 있었기 때문이다. 이제
시베리아까지 미친 압력으로 인해 피난민들은 결국 이 해협을 건너
가게 된다.

아마도 알래스카라는 새로운 땅은 이미 인디언 조상들의 차지가
되어버렸고, 해안 지역마저도 일찍이 시베리아 연안으로 밀려간 아
시아 사람들이 자리 잡고 바다 문화를 발전시켜 동쪽으로 퍼트리고
있었을 것이다. 서쪽에서 온 이 새로운 이주자들은 아무도 차지하지
않은 땅을 발견할 때까지 내륙으로 깊숙이 이동해야만 했다. 아마도
그들은 그레이트베어 호 가까이에 있는 진정으로 평평한 배런스 지
대에 이르기까지 지독히도 황폐한 알래스카 북부의 브룩스 산맥의
배런스를 걸어서 통과했을 것이다. 그레이트베어 호 북쪽과 동쪽의
배런스는 시베리아 북쪽의 나무가 없는 평원과 너무나 유사하기 때
문에 이곳의 완만한 평원은 방랑자들에게 고향처럼 보였을 것이다.
아메리카 대륙의 이 배런스 땅에 도착한 서쪽 사람들은 자신들에게
익숙한 바위, 물이끼로 뒤덮인 소택지, 그리고 이끼를 발견했다. 그리

고 땅뿐만 아니라 그곳에 살고 있는 동물들도 친숙했을 것이다. 많은 다른 동물들과 더불어 북극여우, 나그네쥐, 늑대는 시베리아와 북부 캐나다 지역 모두에서 사실상 동일하게 분포한다. 투크투 사슴의 경우, 그 먼 옛날 사슴의 가까운 친척 카리부가 북아메리카의 배런스 지대를 돌아다닌 것처럼 야생으로 혹은 길들여진 순록의 엄청난 무리가 아시아의 평원을 돌아다니고 있었다. 그러므로 과거에 순록을 먹고 살았던 이주 부족에게 카리부를 먹으며 사는 새로운 삶은 어떤 심각한 어려움이 되지 않았을 것이다. 당연히 그들은 그들이 배운 기술로 아시아에서 사용했던 똑같은 무기를 사용했기에, 석궁은 원래 아시아의 무기였다.

그레이트베어 호에서 넓게 뻗어나가면서, 두 개의 새로운 영향을 그들이 받기 시작했음을 느끼게 된다. 아마도 이천 년이라는 기간 동안 해마다 봄이면 북쪽의 북극 연안으로 카리부는 이동을 했는데, 계절에 따라 이동하는 이 사슴을 쫓기 위해 내륙에 살던 사람들 일부도 연안까지 따라가야만 했다. 이 사람들은 바다에 대한 지식을 얻었을 테고, 아마도 오늘날 바스러스트 후미 지역의 에스키모들에게 남아 있는 바다와 카리부가 혼합된 문화 같은 것을 발전시켰을 것이다. 여름에는 카리부가 삶의 양식이 되었고 겨울에는 바다표범과 여타 해양포유동물이 나는 바다를 그들은 의지했다.

그레이트베어 호의 생활을 훼방하는 두 번째 원인은 보다 최근에 일어났을지 모른다. 수세기 전 일어난 인구 증가의 중심지가 캐나다 삼림 남쪽에 자리 잡은 대초원 지대로 알려져 있다. 인구증가로 인한 이주 압력은 북쪽으로 연속적으로 영향을 미쳤다. 비교적 최근에 들어서는 원시 크리 부족 인디언들이 이 평원을 벗어나 고지대 삼림지역으로 쫓겨나게 되면서, 그곳에 원래 살고 있던 아타파스카 인디언의 남부 부족들이 밀려나게 됐는데, 그 중에 하나가 치페우얀 부족이다.

아타파스카 사람들이 밀려들어오는 크리 부족 인디언들에 대항할 수 없었던 까닭은 그들의 사회조직이 형편없었거나 아니면 어떤 조직도 갖추고 있지 못해서였다. 그들은 재빨리 기습공격을 하거나 매복공격을 하는 것밖에는 싸울 방법이 없었기에 북쪽으로 도망을 칠 수밖에 없었다. 마침내 배런스 지역으로 이동하게 된 그들은 곧 자신들의 생활방식을 사슴에게 맞추게 되어 사슴 무리처럼 거의 이동하며 지내는 부족이 되었다.

그레이트슬레이브 호 근처 내륙 에스키모의 땅을 이들은 필연적으로 침범했을 것이고, 이로 인해 피를 흘린 것은 피할 수 없는 결과였다. 1771년 카퍼마인 강을 조사했던 새뮤얼 헌은 오늘날 피의 폭포라 불리는 지역에서 아타파스카 인디언들이 에스키모 무리를 학살한 것에 대해 이야기했다. 유명한 이 이야기는 그러나, 너무나 오랫동안 이어졌던 소모전이자 생존을 위한 싸움으로써 19세기 말까지 이어졌던 전쟁에 대한 단 하나의 사건에 지나지 않는다.

크리 부족 인디언들의 침략에 대항할 수 없었던 아타파스카 인디언들처럼, 호전적이 아닌 내륙의 에스키모들은 계속되는 인디언들의 침입에 더욱 저항할 수가 없었다. 마침내 평원에 살던 이들은 이 거대한 민물바다에서 멀리 동쪽으로 떠날 수밖에 없었다.

이트글리트가 뚫고 들어올 수 없는 새로운 땅을 찾고자 나선 길고 힘든 여행에 대해서 이할미우트 부족 사이에 전래되는 기억들이 있다. 아마도 카리부 무리를 뒤쫓아 바다까지 나가본 피난민 중 일부는 북동쪽을 향해 도망쳤을 것이고, 이 사람들이 아마 코로네이션 만에서 챈트레이 후미를 향해 북극 해안으로 나왔을 것이다. 북쪽으로 도망친 이 사람들은 또한 바다생활에 적응한 새로운 문화를 발전시켰다. 그러나 평원에 살던 나머지 사람들은 더욱더 넓어지는 툰드라 동쪽으로 계속 나아가 내륙 부족으로 머물렀다.

해양문화는 변화, 이주, 지역 무리 간의 혼합이 여러 층 이루어져 생긴 복잡한 구조를 가지게 된다. 바다에서 사는 것을 배웠던 원시 에스키모 혈통에서 분파된 원래 부족들은 동쪽으로는 멀리 그린란드까지 뻗어나갔고 서쪽으로는 다시 시베리아까지 되돌아갔다. 그러나 북아메리카 대륙에 도착한 이래 평원지역에서 확고히 남아 있던 사람들은 계속 평원 지역에 머물렀다. 동쪽으로 도망을 쳐 가장 깊숙한 툰드라에 이르게 되었을 때도 그들은 고집스럽게 예전 것을 고수했다. 이 내륙의 사람들이 마침내 허드슨 만 서쪽 연안에 자리 잡은 키웨이틴 테리토리(키와틴 지역 – 옮긴이)의 넓게 뻗은 평원에 이르게 되는데 북쪽에서 남쪽으로 광대하게 뻗어있는 이 툰드라지역은 인디언의 침입을 피할 수 있는 마지막 장소였다. 그리고 바로 이 새로운 땅으로 도망쳐 온 최초의 에스키모 혈통 후손들에게 행운이 찾아온다.

백인들이 일제히 북부 캐나다의 대초원과 삼림으로 들어오자 배런스로 밀려드는 인디언의 압력은 끝나게 된다. 1780년 경 엄청난 수의 이드텐 엘딜리가 질병으로(주로 천연두였다)죽게 되자, 에스키모들은 삼림 바로 가장자리에 최남단 캠프를 세울 때까지 인간의 강을 따라 남쪽으로 밀고 내려올 수 있었다. 이제 이누이트 쿠 강(인간의 강)이 흐르는 전체 지역이 그들의 땅이 되었고, 더욱 더 많은 캠프가 들어서게 되었다.

그들이 번성하던 시절인 19세기 초, 얼마나 많은 이누이트들이 내륙의 배런스 평원에 살았는지는 아무도 확실히 알 수 없다. 분명 천명 이상, 그리고 남쪽에서 그들에게 다가온 새로운 재난이 지난 이천년 동안 행하지 못했던 파괴를 자행하기 전인 1880년 경에는 아마도 그보다 두 배 많은 사람들이 살았을 것이다.

앙쿠니 언덕에서 발견한 석궁의 흰 조각을 나는 분명히 기억한다. 그러나 그것을 발견한 당시에는 단지 궁금해 하며 만져보다가 내려놓아야 했던 또 다른 슬픈 유물에 지나지 않았기에 내게는 석궁이 별 의미가 없었다. 우리 자신의 임박한 미래에 대한 걱정이 점점 증가함에 따라 오래전 역사를 생각하는데 별 관심이 없었던 것이다. 사슴이 아직 오지 않은데다가, 앙쿠니의 툰드라 언덕으로 생명을 주는 그들의 물결이 흘러들어오는 것을 더 이상 기다리고만 있을 수는 없었다. 다른 음식을 찾기 위해 우리가 적극적으로 조치를 취해야 할 때였다.

호수의 기슭을 따라 몇몇 장소를 골라 그물을 내려 낚시를 해 보았지만 우리는 아무것도 잡지 못했다. 배런스 지역에 있는 모든 거대한 다른 호수들이 흰빛의 물고기, 호수산 송어, 창꼬치떼로 들끓기 때문에 어떤 물고기도 잡지 못한 결과는 이상할 뿐만 아니라 약간은 무섭기까지 했다. 설명할 수 없는 일이지만 오로지 앙쿠니만 우리에게 물고기를 내주는 것을 거절했다.

물고기가 안 잡히면 새라도 남아 있었기에, 뇌조를 잡기 위해 끊임없는 사냥을 해보았어도 일주일에 우리가 잡은 거라곤 오로지 서너 마리밖에 되지 않았다. 참으로 앙쿠니 주변의 땅은 말 그대로 죽어 있었다. 먹을 수 있는 것은 어떤 것도 살아있지 않았고, 파리떼와 우리만 있었다.

거의 8월이 다 되어갔기에, 더 기다릴 것이 아니라, 이 꾸물거리는 사슴을 찾으러 떠나기로 마침내 결심했다. 비탈진 언덕에 깔린 녹회색 이끼의 뻣뻣한 머릿결에 물결을 일으키는 바람 한점 없는 매우 이른 아침, 눈부신 하루가 밝아오는 시간, 우리는 카누에 장비를 싣고 투크투를 찾으러 출발했다. 앤디와 나를 점점 더 힘겹게 했던 앙쿠니의 기후가 오호토에게는 더욱 뿌리 깊고 불길한 영향을 미쳤기 때문에, 우리 모두는 떠나는 것을 기뻐했다. 키네투아 만에서 서쪽으로 노를 저어가다가 거대한 지협으로 보이는 것에 길이 막혀버렸다. 여기저기를 살펴본 후에 매우 얕긴 하지만 막힌 곳 너머 물이 있는 곳으로 카누를 끌고 갈 정도의 깊이가 되는 물이 흐르는 길을 발견했다. 여기서부터는 티럴의 지도도 쓸모가 없게 되었다. 지도에 나와 있는 표지물이나 길을 전혀 구별할 수가 없었는데, 아마도 다른 길을 통해 이 지협을 통과했기 때문인 것 같았다. 티럴이 탐험했던 지역의 좁은 길을 우리는 이제 벗어났다. 대신에 티럴이 놓쳤던 앙쿠니의 또 다른 거대한 만을 향해 서쪽으로 저어나갔다.

하늘에는 구름 한 점 없었고 태양은 맹렬하게 이글거렸다. 호수의 차가운 물은 내려쬐는 열기 속에서 안개로 피어올랐다. 언덕 아래 저 지대는 굽이치며 이어지면서 주마등같이 변했는데, 우리 눈앞에서 끝없이 깜박거리는 신기루 같았다.

노가 물결을 치는 소리와 카누의 뱃머리 밑으로 물이 조용하게 일렁거리는 소리 말고는 만질 수 있을 것 같은 절대적인 고요가 내려앉았다. 호수는 이세상 것 같지 않은 완벽한 고요 속에 죽은 듯 얼어붙어 있었다.

소리 없이 다가온 바다 괴물이 수면에 떠오르듯이 우리 앞에 갑자기 섬들이 나타났다. 그것들은 수평선 위로 보이기 시작하다가 그들의 신기루가 흩어지면서 하늘 속으로 희미하게 떠올랐다. 호수의 기슭이 우리한테서 멀어지며 일그러져버리자 이 느리고 불확실한 여정이 기슭에서 1마일 떨어진 건지, 아니면 10마일이나 떨어진 건지 분명하게 알 수가 없게 되었다. 앙쿠니는 현실과 구체적인 형상의 모든 허울을 없애버렸다. 그 호수의 기슭과 섬은 사람의 눈을 좌절시켜 카누 뒤쪽으로 사라진 것이 무엇인지 마음에 어떤 선명한 기억도 남지 않게 하는 어떤 무정형성을 가지고 있었다.

최면에 걸리게 만드는 이러한 분위기로 인해 우리의 모든 노력이 흐릿하면서 끊임없이 바뀌는 꿈으로 변화하는 듯했다. 그런데 갑자기 오호토가 우리 아래의 물을 가리켰다.

"쿠토이프" 그가 외쳤다. "여기 작은 강이 흐릅니다!"

만으로 약하게 흘러들어오고 있는 눈에는 보이지 않지만 존재하는 어떤 흐름을 그는 우리가 알지 못하는 어떤 감각으로 감지해냈다. 그의 방향에 따라 우리는 희미하게 반짝이면서 눈에 선뜻 잡히지 않는 기슭을 향해 카누를 돌렸다. 우리는 땅에 가까워졌는데, 그곳은 산산 조각난 바위들이 아무렇게나 뒤엉켜있었다. 우리는 카누가 마음대로 흐르게 했다. 그러다 노로 바닥의 돌이 닳을 정도로 우리가 헤치면, 찾고 있던 물줄기가 흐르는 소리가 들렸다.

강이라 할 수 없는 이 비밀스러운 흐름은 고요한 호수의 깊은 물속으로 사라지기 전까지 순간적으로 나타났다. 그러나 오호토가 쿠위라 이름붙인 이 흐름은 친절하고 즐거운 존재였다. 어떤 백인도 여행해 본 적이 없는 툰드라의 심장부에서 북서쪽으로 흘러나온 이 흐름은 사슴이 다가올 방향으로 흘러나갔다. 이러한 사실 때문에, 그리고 또한 이 흐름 속에서 물고기를 잡을 수 있다는 희망으로 우리는 잉쿠니를 뒤에 남겨두고 쿠위를 거슬리 올라갔다.

쿠위는 거의 깊지가 않았다. 배런스에 있는 대부분의 강처럼 물살로 강바닥을 파지도 않은 채 돌이 깔린 땅을 그저 제멋대로 흘러갈 뿐이었다. 우리는 기어 올라갔는데 얕지만 빠른 물살과 끊임없이 싸우면서 나아가야만 했다. 우리가 막다른 길로 가고 있는 건 아닌지 확실히 알 수 있기 위해서는 구불구불한 이런 길을 며칠씩 헤매며 나가봐야 했기 때문에 여행의 첫날, 우리는 좌절감에 시달렸다.

첫째 날의 저녁이 다가올 무렵, 갑작스럽게 꺾이는 강을 돌아 나온 우리는 강기슭에 서 있는 사람모양을 한 석상 두 개를 우연히 만나게 되었다. 그 석상에게서 우리가 받은 비할 데 없는 안도감을 묘사할 수 없지만, 처음으로 이누코크의 진정한 힘을 나는 느낄 수 있었다. 그제야 난 왜 그 석상들이 이 땅을 가로질러 모든 곳에 세워져 있는지 알았고, 그들이 하는 침묵의 역할을 이해했다. 우리의 존재가 무가치하다고 느껴지는 중압감과 더불어 생명의 범위 밖 어딘가 죽어있는 진공상태로 우리가 빨려 들어가고 있다는 사라지지 않는 두려움은 사람 모양의 석상이 나타나자 곧 사라져버렸다. 우리는 석상 하나하나를 보며 미소를 지었고 생명의 선물을 받지 않았어도 생명력을 가지고 있는 그 조용한 존재들을 향해 기운차게 노를 저어나갔다.

이튿날 정오쯤 되자 우리는 서쪽을 향해 땅의 깊숙한 곳까지 나아갔고, 우리가 거슬러 갈수록 쿠위는 더욱 강하게 흐르면서 모습을 선명하게 드러냈다. 상류로 나아갈수록 일반적인 강이 흐름이 약해지는 것을 생각했을 때, 이것은 이상했다. 마침내 그 작은 강은 한 호수로 통했고, 우리는 산등성이에 올라가 그 호수로 난 후미를 발견할 수 있는지 찾기 위해 물가로 올랐다.

산등성이에서 보니 구불구불하게 난 어두침침한 기슭에서 후미를 발견할 수는 없었지만, 멀리 서쪽으로 떨어진 언덕위에 또 다른 이누코크가 조그맣게 솟아나 있었다. 얼음이 얼지 않은 수면 지역으로 우리가 향하고 있다는 완벽한 자신감을 가지고 멀리 서 있는 그 석상 인간을 향해 우리는 방향을 맞췄다.

기슭에서 우리가 단지 1마일 떨어졌을 때 갑자기 아무런 경고도 없이 대포가 날아오는 것처럼 그 잔잔하던 호수는 격변하는 바다로 쏟아져 들어갔다. 바람 한 점 '일지' 않은 채, 그냥 바다가 된 것이다. 잠이 오게 한 나머지 다소 무섭기까지 했던 며칠 동안의 고요함은 깨졌다기보다는 그저 순식간에 사라져버렸다. 아무 변화 없는 하늘 위 어느 곳에도 구름 한 점 없는데, 어딘가에서, 마치 카누가 움직이고 있는 바로 그 장소에서 생성된 것처럼 허리케인같이 센 바람이 일어났다. 얕은 물의 호수는 순식간에 우리를 들어 올려 고의적으로 포악하게 다시 내동댕이치면서 백색의 포말을 일으키며 부서지는 파도 속으로 우리가 휩쓸려 들어가게 만들었다. 미친 듯이 움직이는 카누를 가장 가까운 해안에 닿게 하기 위해 앤디와 내가 노를 젓고 있는 사이, 오호토는 거침없이 밀려들어오는 물을 찻주전자로 정신 없이 카누에서 퍼내고 있었다.

이전의 어떤 자연의 힘도 내게 불어넣지 못한 거대한 공포를 불러 일으킨 그 바람은 격렬한 적개심을 거침없이 드러냈다. 지금 생각건 대 갑작스런 공격을 가한 그 바람은 이유도 없는 폭력으로 너무나 빨리 우리를 덮쳤기에, 그 폭풍우로 우리가 가라앉을 수도 있다는 위 협을 느끼기 전까지는 현실을 거의 깨달을 수도 없었다. 우리는 살아 남았지만, 눈에 보이진 않아도 복수심을 품고 있는 그 존재를 완전 무방비 상태로 깨닫지 못하는 일이 두 번 다시 내게 일어나지 않도 록 어깨 뒤를 자세히 살피며, 일종의 노수부가 가지는 콤플렉스 없이 는 나는 두 번 다시 툰드라를 걸어 다니거나, 평원의 호수와 강으로 카누를 저어 갈 수 없었다.

우리는 암초를 피난처 삼아 피했는데, 설명할 수 없이 갑자기 일 어났던 바람이 그렇게 갑자기 사라지기 전까지는 카누가 지독하게 물결에 쓸려 흔들렸다. 그런 후에 우리는 전심을 다해 해안을 향해 허둥지둥 노를 저었고 넓은 방 벽에 꼭 달라붙어 있는 쥐처럼 해안의 바위를 끌어안았다.

강을 따라 닷새 동안을 더 올라갔는데, 강의 기울기가 너무 심한 곳에서는 주변의 평평하고 습한 땅 위로 우리의 장비를 운반해야만 했다. 산과 산등성이는 모두 사라져 소택지 속으로 가라앉아 버려 검은 등 부분만이 눈에 들어왔는데 마치 버펄로가 늪지에서 뒹굴고 있는 모습이었다. 그 지역을 마치 하나의 거대하게 흔들리고 있는 수렁 속으로 삼키기 위해 땅의 껍데기 위로 물이 솟구쳐 올라온 듯 보였다. 사람이 살 장소는 아니었지만 파리떼들을 위해 만들어진 곳이었는데, 굶주림의 움직임이 최고조로 이른 녀석들은 우리 몸 위로 살아 있는 옷처럼 기어다녔다.

급류를 만날 때마다, 오호토는 반짝이는 양철 조각을 미끼로 단 낚싯바늘과 짧은 길이의 꼰 실을 이용해 낚시꾼의 재능을 보여줬다. 급류가 흐르는 자락 가까이 바위에 서서 낚싯바늘을 머리 위로 돌려 가장 깊은 물속으로 던지고는, 붉은 살을 가진 거대한 호수산 송어를 정확하게 잡아 끌어냈다. 밤이 되면, 연료로 삼을 나무를 충분히 찾을 수 있을 때 모닥불을 피워 둘러 앉아 끓인 송어머리를 먹었다. 단단한 붉은 살을 날것으로 먹을 수 없을 만큼 우리가 까다로운 사람들이 아니었기에 불을 지필 수 없을 때는 날로 송어를 먹었다. 우리의 부족한 식량은 거의 동이 나버렸기에, 생선으로만 배를 채웠다. 그러나 엄청난 양의 생선을 먹었음에도 불구하고 이 먹을거리로는 어떤 체력도 힘도 지구력도 짜낼 수 없는 듯했다. 북극 평원에 사는 사람들이 섭취해야 하는 음식으로 생선이 맞지 않음을 몸소 체험한 경험이었다.

닷새째 되는 날, 우리는 작은호수들 지역을 강이 거의 이등분한 저지대 지역에 이르게 되었다. 거기서 우리는 사라진 사람들이 남겨놓은 캠프의 흔적인 텐트 고리를 발견했다. 그러나 이 고리는 아주 작은데다가 그다지 둥글지도 않았다. 더 당황스러운 것은 근처에 남겨진 배의 뼈대였는데, 카약의 뼈대라기보다는 우리가 타고 온 카누의 뼈대와 훨씬 닮아 있었다.

오호토가 중얼거렸다. "인디언들이 이곳에서 야영을 했습니다. 보세요. 그들의 카누 우이아크가 여기 있습니다."

삼림 지역의 인디언들이 적의가 넘치는 이누이트의 땅을 통과해 그렇게 먼 거리를 지나 이곳까지 이르렀다는 사실은 거의 믿어지지 않았다. 그러나 오호토의 말이 맞았다. 왜냐하면 그곳은 사실 우리가 지금 사슴을 따라가듯 이 사슴을 먹는 사람들이 사슴무리를 따라 북쪽으로 오던 시절, 이드텐 엘딜리가 오래전에 세운 캠프였기 때문이다. 우리에게는 기운을 북돋아주는 발견이었다. 그 캠프와, 우리가 일찍이 보았던 이누코크로 미루어 보았을 때 쿠위가 분명 사슴을 발견할 수 있는 주된 강의 흐름이나 호수로 향하고 있음에 틀림없었다. 그러나 그것은 또한 당혹스러운 발견이어서, 나의 상상력은 먼 옛날 자작나무로 만든 이드텐 엘딜리의 카누가 배런스를 관통하던 그때, 그리고 많은 호수와 강에서 도살과 학살이 일어났던 그때를 그리고 있었다.

쿠위는 그 작은호수들 지역을 떠나 북쪽을 향했다. 하루를 더 가자, 우리는 거대한 급류의 육중하고 굼뜬 굉음을 들었고 큰 소용돌이로 빠져들기 전에 기슭에 올라 주위를 살펴보았다.

아래로 비탈진 강의 표면에서 올라와 기슭의 높은 둑에 오르자, 작렬하는 태양아래 얼음이 얼지 않은 선명하고 검푸른 수면이 서쪽 수평선으로 펼쳐져 있는 것을 보았다. 그곳은 바로 어떤 백인도 이전에 결코 내려다 본 적이 없는, 이름도 없고 지도에도 나와 있지 않은 거대한 호수였다. 수평선 아래로 서쪽 기슭이 놓여 있던 이 호수는 우리의 끊임없는 호기심의 저항할 수 없는 자석이었던 것이다. 지도에 이 호수가 나타나야만 하는 부분에는 텅빈 흰종이만 놓여 있었다. 지도위에 넓게 드러난 인적미답의 공간에 조잡하게나마 검은색 테두리를 그려 넣고 싶은 욕망은, 내가 생각하기에, 육체로든 정신으로든 대부분의 사람으로 하여금 알려져 있는 경계 너머까지 몹시도 밀고 나가고 싶도록 만드는 갈망의 정수였다.

그러나 오호토는 우리의 갈망을 함께 하지 않았다. 오랜 시간동안 그는 반짝이는 물 너머를 침울하게 바라보았다. 마침내 그가 입을 열었을 때, 우리는 처음으로 그에게서 두려움의 기미를 볼 수 있었다.

"이제 돌아간다면 좋겠습니다," 그가 말했다. "사람들이 결코 와보지 않은 이곳으로 위험을 무릅쓰고 나서는 것 보다는, 우리가 아는 죽은 사람들 사이에서 야영을 하는 게 좋습니다."

그에게 질문을 던진 우리는 우리가 서 있는 이곳에 대해 그가 아무것도 모르고 있다는 사실을 알았다. 오호토의 두려움은 충분히 자연스러운 것이었지만, 우리가 앞으로 나아가야 한다고 주장하면서 이누코크가 친절하게 존재하고 있다는 것을 그에게 상기시켰을 때, 그는 그 두려움을 억눌러버렸다. 그러나 급류를 돌아 호수의 울퉁불퉁한 기슭으로 이동하고 나서 우리가 카누에 오르기 전, 오호토는 조그만 조약돌을 한 주먹 모으기 위해 멈췄다. 카누에 올라탄 그는 이 조그만 돌들을 긴 생가죽 끈에 묶었다. 반투명한 물 위로 노를 저어나가 호수의 바닥이 깊어지면서 시야에서 사라졌을 때, 오호토는 조심스럽게 조약돌이 묶인 줄을 물속으로 미끄러져 들어가게 하더니 그것들이 깊은 물속으로 소리 없이 빠지게 했다.

그것은 호수의 눈부신 수면 아래 숨어 있을지도 모르는 정체모를 존재를 달래기 위한 그만의 몸짓이었다.

17

귀신, 악마, 그리고 정령

사람, 사슴과 더불어 툰드라 지역을 공유하고 있는 귀신과 악마에 대해서 이제 이야기할 때다. 왜냐하면 이름 없는 그 호수를 발견한 이후로 우리의 경험 속으로 이것들이 불안하게 다가왔기 때문이다.

이할미우트 부족의 세계에서는 관습이 사람의 사회적이며 영적인 삶을 지배하고, 절대적인 현실뿐만 아니라 초자연적인 비현실적 관념에까지 균등한 힘으로 적용된다. 사람과 더불어 군단이라 불리는 유령의 존재들에게는 단 하나의 법이 존재한다. 이 '다른 존재들'은 수가 너무나 많고 모습도 아주 다양해 이할미우트 사람들은 그것들 전부를 각각의 이름과 생김새로 알지 못하고, 자신들이 알고 있는 존재의 완전한 잠재력을 측정해 내는 것도 거의 불가능하다. 그러므로 그 사람들은 알려진 것과 알 수 없는 것 모두에게서 자신을 유일하게 지켜주는 관습이 제시하는 극히 사소한 것 하나까지 철저하게 주의를 기울여 지켜야 한다.

생명의 법이 가진 미세한 그물을 통해 배런스에 있는 악령의 세계가 지닌 계급에 대해 나는 제한적으로나마 이해하게 되었다. 카쿠미의 가르침을 통해 주로 알게 되었는데, 많은 귀신들과 가깝게 지내는 그는 자신이 말하는 것에 대해 알고 있었다. 그는 거리낌없이 이러한 것들을 나와 이야기했는데, 아마도 그런 것을 질색으로 싫어하는 백인들에게는 자신들의 믿음을 숨겨야만 한다는 말을 아직 이들이 듣지 못해서였을 것이다.

영적인 존재들이 가지는 계급의 최정점에는 정형화된 모양이 없는 자연의 힘이 자리를 잡고 있다. 그 중에서도 으뜸은 날씨와 하늘의 신인 카일라로, 창조자인 카일라는 이 사람들에게는 최고의 신이다. 최고로 강력한 신이라면 당연히 그래야 하듯이 그는 무관심한 존재이고 사람은 그의 발아래 먼지보다 못한 존재다. 자신이 창조한 것들의 겸손이나 찬양도 요구하지 않는다. 카일라는 자연의 힘으로 일어난 모든 것이고, 절대적으로 공명정대한 자연이 불공평할 수 없기 때문에 그는 공평한 신이다.

카일라에게 간청하는 것은 가능한 일이나 카일라가 인간의 날벌레 같은 목소리로 표현하는 기도를 듣거나 응답한다는 절대적인 믿음은 없다. 이할미우트가 믿는 이 신이 가진 냉담함과 초연함은 그가 지닌 힘의 위엄을 강화시킨다. 카일라는 인간의 마음에서 일어나는 일시적인 생각과 환상에 속박된 상상력으로 만든 단순한 창조물이 아니다. 이 사람들에게 카일라는 어떤 실재다. 두려움이나 사랑이라는 말로 카일라를 설명하지 않는다. 카일라는 카일라이다. 그것으로 충분하다. 사람이 무엇을 하고 무엇을 하지 않는가는 이끼아래 개미가 오고가고 하는 것만큼 카일라에게 직접적으로 중요하지 않다. 이 할미우트 사람들에게는 도덕적인 법을 통치하는 영적인 지배자가 필요하지 않기 때문에 카일라는 도덕적인 힘도 아니다. 그는 평원 위로 부는 바람이며, 그는 하늘이자, 하늘의 명멸하는 빛이다. 카일라는 흐르는 물과 내리는 눈의 움직임 속에 있는 힘이다. 카일라는 모든 것이기 때문에 아무것도 아니다.

카일라의 이러한 무정형성 때문에 이할미우트 부족이 자신의 신에 대해 가지는 참된 관념을 이방인들이 이해하는데 어려움이 따르지만, 카일라와 관련된 하위의 신들은 더 쉽게 이해할 수 있다. 이들 중 가장 중요한 신은 태양인 헤켄주크와 달 타크틸크이다. 세계가 실제인 것처럼 이들도 실제이며, 무아지경의 상태에 들어간 샤먼이 타크틸크를 방문해서 그곳이 배런스와 다르지 않다는 것을 발견하기도 한다.

비록 이들이 구체적인 존재를 가지고 있다고 해도, 타크틸크와 헤켄주크는 또한 카일라를 드러내는 원시적인 힘으로 존재한다. 이러한 이중적인 개념 때문에 늑대 아모우에 의해 땅속 깊이 갇혀있던 헤켄주크가 풀려난다는 우화가 존재할 수 있다. 이 우화는 아담과 이브에 대한 우화만큼이나 현대의 종교적 사고와 조화시키는 것이 어렵지 않다. 사실 인류학자들이 원주민들의 민간전승 신화에서 찾아낸 대부분의 영적인 믿음은 우화에 지나지 않는다. 이 점은 우리가 원주민 부족들의 종교에 대해 피상적인 판단을 내리는 경우가 있을 때마다 기억할 가치가 있다.

정령과 귀신, 악마의 세계는 훨씬 더 이해하기 쉽다. 이러한 영적인 존재들은 선을 위해 혹은 악을 위해, 아니면 이 두 개념이 혼합된 것을 위해 존재한다. 명료한 설명을 위해 상당히 자의적이긴 하지만 세 부류로 이들을 내가 나눠보았다. 악을 위해 전념하는 영적인 존재인 첫 번째 부류는 기이하면서 종종 무시무시한 환영들로 어떤 면에서는 사람 속에 존재하는 궁극적인 악이나 동물이 가지는 절대적인 파괴의 힘을 정교하게 발전시킨 것에 지나지 않는다. 인간의 모습을 한 것들은 인간적 방법으로 죽임을 당하고, 동물을 닮은 것들은 이빨과 사나운 발톱으로 죽임을 당한다.

파이자는 이러한 악한 정령 중 으뜸으로, 거대한 여자 악령이다. 그녀는 자신의 생식기에서 튀어나온 다리 하나만을 가진 거인으로 흩날리는 검은 머리칼 외에는 어떤 옷도 걸치고 있지 않다. 겨울밤이면 파이자가 여기저기를 활보하고 다니는데, 그녀가 걸어간 길이 이따금 새로 내린 눈 위로 거대하게 일그러진 사람 발 하나의 모양으로 발견된다.

파이자를 만난다는 것은 곧 그녀의 형상이 마음속에 동결된 채 죽는 것이기 때문에, 사람의 말로는 영원히 설명할 수 없어, 소문으로 들은 것 말고는 어느 누구도 여러분에게 파이자에 대해 자세히 이야기해주지 못한다. 한번은 허드슨 만 기슭에 가까이 살았던 주타라는 남자가 파이자를 만난 이야기를 들었다. 그가 자신의 덫을 확인하고 집으로 돌아오던 어느 겨울밤, 거센 눈보라가 그의 얼굴로 불어 닥쳤다. 회색 눈이 휘몰아치며 만들어내는 구름은 칠흑같이 어두운 밤 희미한 달빛 속에 보이는 그림자 같았다. 이글루 안에 있던 그의 가족들이 윙윙거리는 바람 소리 너머로 주타가 비명을 지른 것을 들은 때는 그가 이글루로 다가와 막 멈췄을 때다. 비명을 내지르다가 단 한 마디 그가 내뱉은 말은 바로 "파이자!"였다.

어느 누구라도 위험을 무릅쓰고 무슨 일이 일어났는지 확인하기 위해 밖으로 나가는 데는 몇 시간이 흐른 뒤였다. 일종의 샤먼인 주타의 형이 부적 허리띠를 차고 창을 손에 들고서는 어둠 속으로 나갔다. 주타가 썰매 옆에 서 있는 것을 발견했다. 땅에서는 눈바람이 끊임없이 일어 눈은 거의 주타의 무릎까지 쌓였고, 그는 죽어 있었다. 꽁꽁 얼어붙은 상태였지만, 그는 여전히 서 있었고 그의 눈은 뜬 채로 뿌연 눈바람 속을 응시하고 있었는데, 그의 두 눈 속에 바로 파이자의 모습이 서려 있었다. 결국 주타의 형은 어떤 누구보다 가깝게 파이자를 보게 됐으면서도 살아남은 유일한 사람이었는데, 그가 본 것도 눈 속에서 죽은 남자의 두 눈에 서려 있는 공포뿐이었다.

이것은 유명한 이야기이며, 내가 이 이야기를 들은 강 주위 지역에서 주타와 그의 형은 잘 알려진 사람들이었다.

파이자는 모든 악령 중에서 가장 두려운 존재이긴 하지만 그녀는 그 중 하나에 지나지 않는다. 그 달갑지 않은 존재중 하나는 털 없는 거대한 배를 땅에 끌고 다니는 트롤이다. 이 도깨비의 손가락 끝에는 살에서 자라나는 사악한 칼이 달려 있다. 사람들의 말에 따르면 이 도깨비는 높은 언덕에서 사람을 기다리며 누워 있다가 아주 정교한 솜씨로 희생자의 몸에서 살점을 잘라내기 때문에 몇 시간동안 희생자는 살아 있다고 한다.

웨니고라 불리는 또 다른 악령이 있는데 숲에서 출몰하는 악명 높은 식인귀신이다. 북부 인디언들도 웨니고를 잘 알고 있는데, 그들의 땅에서 가장 두려워하는 악령으로 웬디고로 불린다. 이 두 악령이 하나이자 같은 것이라는 데는 의심의 여지가 없으며, 이것은 매우 흥미로운 일이다. 왜냐하면 이것은 인디언과 이누이트, 즉 서로 철천지원수 지간인 이들의 문화 사이에 사실은 밀접한 관계가 있음을 보여주기 때문이다. 웨니고는 이할미우트 부족이 이드텐 엘딜리 인디언에게 학살을 당할지도 모르는 위험을 무릅쓰고 울창한 삼림 지역 깊숙이 들어가지 못하게 하는데 아주 강력한 영향을 미친다. 파이자는 거센 눈보라가 이는 겨울밤 사람들이 불필요한 여행을 하지 않도록 막는데, 그런 위험한 여행에서 많은 사람들이 돌아오지 못했기 때문에, 좋은 경고가 된다. 언덕에 사는 트롤 역시, 이 악령이 사는 위험한 바위더미 사이로 사람들이 통과하려고 애쓰는 것을 제지시키는 역할을 한다.

우테크를 데리고 바람만 근처 유령산들을 통과하는 여행에서 이 귀신의 가치가 내게 한 번 나타났다. 우테크는 함께 가는 것에 대한 두려움을 수긍하기보다는 가는 것을 그저 싫어했다. 가슴이 터질 정도로 엄청 노력을 기울여야 앞으로 나아갈 수 있었는데, 왜냐하면 광대하게 뻗어 있는 빙하암석은 너무나 무거운 짐이어서 산을 오르는 것보다 수평으로 이동하는 것이 더 끔찍했기 때문이다. 나는 밑창이 고무로 된 부츠를 신고 있었지만 바위에서 바위로 뛰어 이동하다가 몇 번을 넘어져 고통스러워했다. 우테크는 매끈하고 이끼가 덮인 바위에서는 전혀 움켜쥐는 힘이 없는 사슴가죽으로 된 카트니크를 신고 있었다. 겨우 3마일을 나아간 두 시간의 여행 끝에 우테크가 미끄러져 두 바위 사이에 다리가 껴버렸다.

고통에 울부짖지는 않았어도, 내가 그에게 다가갔을 때 눈가에 눈물이 맺혀 있었던 우테크는 서 있는 것도 거의 참아낼 수 없었다. 소총을 목발로 삼아 몸을 부축하면서 고통 속에 절뚝거리는 우테크를 데리고 우리가 갔던 길을 되돌아오는 데는 일곱 시간이 걸렸다. 만약 우테크가 혼자였다면 바위들 투성이의 지독한 미로 속에 아직도 갇혀 있을 테고, 그랬다면 트롤은 또 다른 희생자를 얻어냈을지도 모른다. 그러나 사실은, 옆에서 내가 온 힘을 다해 도와 그는 쓰러지지 않고 바람강의 기슭으로 간신히 돌아올 수 있었다. 그런데 그가 고통당한 이유는 그저 심하게 멍이 든 발목 때문이었다!

귀신들이 존재하건 아니건, 그 점을 논하자는 것이 아니라, 현실적이고 잠재적인 위험의 징후를 이 귀신들이 상징하기 때문에, 그들의 가치가 없는 것은 아니다.

내가 마음대로 분류한 두 번째 무리는 자신들의 기분에 따라 자비로울 수도 있고, 활발히 나쁜 짓을 벌이거나, 아니면 중립적일 수도 있는 예측 불가능한 귀신들이다. 이들 중 가장 흥미로운 귀신은 아포파다. 아포파는 툰드라의 장난꾸러기 요정 퍽인데, 사람처럼 생겼지만 정말 흉하게 생긴 난쟁이 도깨비다. 이 도깨비는 사람들에게 심술궂은 장난을 치지만, 그 장난이 모두 못마땅한 것만은 아니어서 이할미우트 사람들도 장난이 도가 지나치게 넘지 않는 한은 이 도깨비를 참아준다.

이 땅에서 보내는 두 번째 해 가을 오후, 차를 마시고 이야기를 나누며 앤디와 나는 바람만의 오두막에 조용히 앉아 있었다. 그런데 어떤 경고도 없이 마치 화난 개가 입에 물고 있는 쥐를 심하게 흔들어대는 것처럼 그 작은 오두막이 격하게 흔들렸다. 분명 지진이 일어난 것이라 확신한 우리는 둘 다 자리에서 벌떡 일어나 문밖으로 나갔다. 하지만 강둑에 우리가 이르자 어떤 것도 잘못되어 보이지 않았다. 저 먼 기슭에는 수가 적은 사슴무리가 평화롭게 쉬고 있었고 9월의 낮은 꾸벅꾸벅 졸리는 듯 고요했다.

약간은 불안하고 당황한 우리는 차를 마시기 위해 다시 돌아왔다. 그런데 우리가 간신히 자리에 앉았을 때, 다시 오두막이 흔들리는 것이 아닌가! 양철 컵은 테이블에서 튀어 오르고 서까래에 걸려있던 선반은 쿵하며 떨어졌다. 우리는 완전히 흥분했다. 또다시 밖으로 달려 나갔지만 오두막이 갑자기 흔들린 이유를 전혀 찾을 수 없었다.

우리를 찾아온 몇몇의 이할미우트 부족이 바로 가까이에서 야영을 하고 있어, 나는 이 이상한 진동에 대한 답을 찾기 위해 그들의 텐트로 가 일어난 일을 설명했다. 그들은 그저 멍하게 나를 쳐다보았는데 전혀 이해를 하지 못한다는 표정이었다. 나는 약간은 화가 나서 진동을 같이 느끼지 못했냐고 물어보면서, 그들이 백인에게 장난을 치고 있는 거라고 말해버렸다. 그러나 사람들은 전보다 더 곤혹스러워 하는 표정이었다. 그때 오호토의 얼굴이 약간 환해졌다. "카쿠미가 언덕 바로 너머에 야영을 하고 있습니다," 그가 말했다. "아마 그는 무슨 일이 일어난 건지 알 겁니다. 왜냐하면 도깨비장난같이 들리기 때문입니다."

내가 카쿠미의 텐트로 가 그에게 질문을 했을 때, 그는 마치 내가 찾아올 것이라고 예상했으며 그 답을 알고 있다는 듯 즉시 대답을 했다.

"그것은 아포파입니다," 그가 말했다. "아포파는 아주 짓궂은 놈입니다. 녀석이 이곳으로 날아온 겁니다. 놈이 지나갈 때 하늘이 흔들리는 것을 내가 보았지요. 그래서 놈이 근처에 있는 것을 나는 알았습니다. 그 도깨비가 당신의 이글루를 내려다보고는 백인 두 명이 차를 마시고 있는 것을 본 것이 분명합니다. 예민한 유머감각을 가지고 있는 녀석이 그런 웃긴 장면을 보았으니 웃었을 겁니다. 그래서 당신도 알다시피 놈이 웃으면서 벽과 바닥을 흔들었고 그것을 당신이 느낀 겁니다."

그게 다였다. 문제는 해결되었고, 카쿠미는 순전히 백인을 보고 시끌벅적하게 즐거워 한 아포파의 예민한 유머감각에 약간 킬킬거리며 웃는 것 말고는 더 이상 관심을 기울이지 않았다. 어쨌든, 이 땅에서 유머감각을 유지한다는 것은 힘든 일이기 때문에 아포파도 가치가 있는 녀석이라 나는 생각한다.

아포파와 다른 한 두 귀신 말고 내 두 번째 분류에 속하는 거대한 귀신 무리를 모두 이누아라 부를 수 있다. 이 귀신들은 죽은 사람의 영혼으로 이루어졌을 뿐만 아니라 어느 정도는 강, 바위, 식물과 같은 무생물의 영혼으로도 이루어져 있다. 이누아의 크기는 두 가지인데, 하나는 작은 귀신인 이누아 미키쿠니, 다른 하나는 큰 귀신인 이누아 앙쿠니이다. 이들 둘 다 사람을 향해 적극적인 적대심에서부터 적극적인 친절에 이르는 다양한 태도를 가지고 있다. 위험한 이누아는 죽은 자들의 땅에서 찾아온 귀신들로 무덤에 올바로 묻히지 못했거나, 자신들이 저지른 범죄 때문에, 혹은 죽을 때 마음속에 품고 있던 악한 마음 때문에 되돌아온다. 이 귀신들은 죽은 자들의 땅에 머무른 것에 만족하지 않는다. 대신에 그들은 살아있는 자들의 땅을 관통해서 되돌아오고 실제 사람의 모습으로 나타날 수도 있다. 그들은 거친 야산 지대를 좋아하기에, 사람들이 울퉁불퉁한 야산을 피할 또 하나의 좋은 이유가 된다. 그러나 이 귀신들은 야산에만 사는 것이 아니라, 살아 있는 사람을 찾아 평원지역을 배회하며 다니면서 속임수나 두려움을 사용해 사람에게 달라붙어 살아있는 자들의 땅에 완전히 돌아오기도 한다.

툰드라에서 내가 겪은 가장 생생한 경험 중 하나는 내 노래사촌인 우테크를 이누아의 한 명인 이노가 공격했을 때다. 일어난 그대로 이야기해보겠다. 내가 직접 이노를 본 것은 아니지만, 우테크에 관한 한, 이 이노가 불쾌하게 생긴 구체적인 모습으로 존재한다고 나는 확신한다.

또 다시 바람강 오두막에서 이 사건은 일어났는데, 이번에는 밤은 전혀 오지 않고 어스름한 빛만 오고 가는 6월의 어느 날이었다. 아주 늦은 시각이었는데, 앤디가 오두막 안쪽에서 몇 가지 소소한 일을 하고 있는 동안, 나는 내 기록을 정리하려고 애쓰고 있었다. 우리와 함께 지낸 우테크는 이날 저녁 검은 가문비나무 조각으로 새로운 파이프를 조각하느라 바빴다.

달이 떠올랐는지 보기 위해 우테크는 무심코 창문을 올려다 보았다. 그는 두 눈으로 똑똑히 보았다. 우테크는 공포로 발작을 일으켰다. 애를 낳는 여자처럼 비명을 지르더니 그는 두발로 펄쩍 뛰면서 오두막의 문 밖으로 총알같이 달려 나갔다.

고요한 한밤중에 설명할 수 없이 갑작스럽게 일어난 일에 앤디와 나는 둘 다 너무나 놀랐다. 우테크에게 무슨 일이 생긴 건지 살펴보기 위해 기운을 차리는데도 시간이 필요할 정도였다. 우리가 마침내 움직여서 나가보았을 때, 우테크는 계단참에 서서 유령산들의 비탈을 뚫어지게 바라보며 영문도 모를 말을 정신없이 지껄이고 있었다. 그는 우리에게 자신이 본 것을 설명하려고 애썼지만, 그의 입에서 나온 것이라고는 혼란스러운 소리와 벌벌 떨고 있는 턱밑까지 질질 흘러내리는 침뿐이었다. 내가 두 손에 쥔 소총을 위로 젖혀서 주위를 살펴보는 동안 앤디는 우테크를 데리고 안으로 들어갔다. 강 아래로 쌩하고 내려오는 늦은 시간의 오리떼 말고는 움직이는 것이 아무것도 없었다.

내가 들어갔을 때 우테크는 바닥에 쭈그리고 앉아 있었다. 다소 통제력을 회복한 그는 자신이 본 것은 완벽한 겨울 옷차림을 한 이노였고, 죽은 사람의 두 눈을 가진 그것이 자신을 가만히 지켜보고 있었다고 우리에게 설명했다. 이제 이 귀신이 자신에게 씔 거라고 확신한 우테크는 당연히 그 생각 때문에 공포에 질려 있었다.

그가 본 것은 창 옆을 지나가던 퍼덕이는 새의 날개였을 뿐 아무 것도 아니라고 우리가 말했지만 우테크는 듣지 않았다. 그를 사로잡고 있는 것이 결코 상상의 공포가 아니라는 사실을 마침내 우리는 깨달았다. 그래서 우리는 방법을 바꿔서 이노를 가까이 오지 못하게 하는 어떤 강력한 카블루나 약을 조제해 주겠다고 내가 제안했다. 그 제안에 감사해하는 우테크가 애처로워보였다. 나는 테이블로 가서는 해롭지 않은 약물 몇 가지를 섞어 유리병에 넣고는 내 형편없는 상상력을 더해 〈하느님 국왕을 지키소서〉의 첫 번째 구절을 종이쪽지에 적어 병 속에 함께 넣었다.

우테크에게 그것을 가져다주었을 때, 앤디가 그를 대충 살펴보았다. 앤디가 걱정스러운 목소리로 말하길, 우테크의 맥박이 정상보다 거의 두 배나 빠르다고 했다. 게다가 이 에스키모는 땀을 너무나 많이 흘려서 옷이 다 젖어 있었다. 그는 극심한 육체적 충격으로 나타나는 증상은 거의 다 가지고 있는 듯 보였는데 심지어 숨도 제대로 쉬지 못했다.

내가 유리병을 전해주자, 그는 딱하기 그지없는 간절함으로 그것을 쥐어 잡았지만, 그로 인한 반응은 우리가 기대한 것과는 전혀 달랐다. 갑자기 그의 눈이 뒤집히면서 눈동자가 보이지 않았다. 그는 한 번 헐떡거리더니 옆으로 쓰러져버렸는데, 호흡을 완전히 멈춰버렸는지 입술이 파랗게 변하기 시작하면서 사지를 주체하지 못할 정도로 흔들어댔다.

우리 캠프에 찾아온 그의 친구들에게 우테크의 시신을 설명하는 일 따위는 전혀 바라지 않았기 때문에 이 상황에서 우테크만큼 우리도 땀을 흘리고 있었음에 분명하다. 그리고 만약 앤디가 순전한 직감으로 꽉 다물고 있는 우테크의 턱을 간신히 벌려 문자 그대로 그가 자신의 혀를 삼켜버렸음을 발견하지 못했다면 분명 그는 시체가 돼버렸을 것이다! 손을 물리긴 했어도, 내 친구는 용케 손가락을 혀 주위로 구부려 넣어 혀를 원래 자리로 되돌려 놓을 수 있었다. 막 우테크의 목숨을 끝낼 수 있던 찰나의 이노에게는 운이 나쁘게 돼 버린 일이었지만 말이다.

그 이후로 우테크는 빠르게 회복했다. 우리가 그에게 준 부적의 첫효과에도 불구하고, 부적을 믿는 그의 마음은 끝이 없었기 때문에, 한시간만에 거의 정상으로 돌아왔다. 나중에 나는 우테크에게 예전에도 이러한 종류의 발작을 일으켜 본 적이 있는지 물어보았는데, 그것이 일종의 간질발작일지도 모른다고 나는 의심했기 때문이다. 그러나 그가 맹세코 말하기를 이번이 처음이었으며, 이 발작이 처음이자 마지막이라면 자신은 정말 행복하겠다고 넌지시 말해주었다. 그의 상황이 극심한 공포로 발생한 심각한 충격 상태였음을 나는 의심하지 않는다. 이노 때문이었을까? 글쎄, 그것이 정말 귀신이었든 아니든, 그 결과만큼은 참으로 진짜였다.

우테크는 자신의 부적 벨트에 우리가 준 약병을 꿰매어 달았는데, 그곳에서 지내는 남은 시간동안 그것은 내게 무언의 질책을 퍼부었다. 왜냐하면 원주민들에게 미신적인 속임수를 저지르는 사람들을 탐탁하게 여기지 않던 나 역시 그들과 똑같은 범죄를 저지르게 되었기 때문이다.

부적 벨트를 생각하니 내가 분류한 세 가지 종류의 귀신 중 마지막 무리를 설명해야겠다. 이 부류에는 우리가 일찍이 만났던, 사람이 자연의 힘과 사나운 악마에 대항해서 싸울 때 많은 도움을 주는 토른라이트 그리고 초자연적인 존재라기보다는 단순히 힘으로 설명하는 것이 더 알맞은 포괄적인 이름도 없는 착한 영혼들의 하위종류가 있다.

후자에 속하는 이 존재들은 사람이 가지고 있는 부적 덕분에 특히 젊은 시절에 그에게 붙어 지낸다. 아이가 태어나면, 그의 부모들은 즉시 그 아이의 평생에 걸쳐 도움이 될 특정한 동물의 힘을 얻는데 힘쓴다. 선택된 영혼의 표시인 이 부적은 '땅에 속한 것'이어야 바람직하다. 따라서 심지어 작은 벌레까지도 그것이 땅에서 나온 것이기 때문에 효험이 있다고 믿는다. 딱정벌레와 곤충은 땅 속에 사는 난쟁이와 이보다 더 무시무시한 트롤에게서 보호해 주는 특정한 효능을 가지고 있다고 여겨진다. 부적 벨트에 착용되는 다른 부적들로는 새의 발톱과 부리, 족제비와 나그네쥐 같은 작은 포유동물의 말린 가죽, 늑대와 여우 같은 더 큰 포유동물의 이빨과 귀, 그리고 심지어 어떤 경우에는 물고기의 비늘도 해당한다. 이러한 것들이 가진 물리적인 특성까지 사람이 반드시 획득하는 것은 아니라고 나는 덧붙이겠다. 예를 들어 족제비 타페크나 부적이 그것을 소유한 사람에게 자신이 가진 힘이나 빠르기를 주는 것이 아니라, 그 대신에 악한 어떤 존재를 막아주는 특정한 방해물의 역할을 한다. 이할미우트 부족 중 더욱 광범위하게 초자연적인 은혜를 받고 있다고 주장하는 할로는 자신의 부적 벨트에 조그맣게 만든 파카와 카미크 한 켤레를 달고 있는데, 이것들은 추위에 얼거나 물에 빠지게 되어 갑작스럽게 당할지도 모르는 죽음에서 그를 지켜준다.

선물로 받거나 직접 구입해서 부적을 얻는 것이 가장 좋다. 멀리서 온 것일수록 힘은 더 강하다. 할로는 동쪽에 사는 파들리에미우트 부족한테 바다표범 이빨 부적을 구입했는데, 이것은 그들이 해안에 사는 드하에오미우트에게서 구한 것이다. 먼 길을 온 이 이빨은 그런 과정을 거쳐 강해지며, 할로가 그것을 샀을 때 최종 구입가격은 새로 만든 카약 한 대였다. 좋은 부적의 가치는 결코 시시한 것이 아니다.

아마도 이 부적들과 관련된 것이 페우히투라 불리는 특정한 금기다. 이 금기는 아이가 태어날 때부터 적용되는데, 대게는 아이가 특정한 종류의 음식을 먹지 못하게 한다거나, 특정한 동물을 죽이지 못하도록 금지시킨다. 그래서 오호토는 커다란 창꼬치의 살을 먹을 수 없고, 아노테엘리크는 물새의 일종인 아비를 쏴서도 먹어서도 안 되며, 헤크와우는 절대로 사슴의 간을 만질 수 없고, 타블루는 결코 나그네쥐를 죽일 수 없다. 이것을 어겼을 경우 그 벌로 죽어서 이노가 될 가능성이 있다. 이러한 금기의 실질적인 가치는 우리가 가진 종교적인 금지사항처럼 순전히 훈계적인 것이다.

토른라이트는 부적에 깃든 영혼처럼 그렇게 쉽게 얻어질 수 없는데, 그 이유는 툰드라 지역에서 선을 행하는 가장 강력한 힘이기 때문이다. 이들은 자신의 소유자를, 소유자라기보다는 친구를, 악에서 보호해줄 뿐만 아니라 적극적으로 공격해서 위대한 일을 성취해내는 긍정적인 존재들이다. 다양한 방법으로 토른라이트를 획득할 수 있을지는 몰라도 그것을 얻기 위해서는 반드시 육체적인 고난을 참아내야만 한다. 그래서 샤먼들은 무아지경에 빠질 때까지 날씨와 굶주림, 목마름에 자신들을 내던진다. 그리해야만 비로소 참으로 위대한 토른라이트가 나타나는데, 그 결과로 사람의 의지력과 토른라이트 중에서 특정한 하나의 토른라크는 싸움을 벌이게 된다. 사람이 이기면 그 토른라크가 평생 동안 봉사하게 된다. 만약 사람이 지면, 자신이 겪는 고난에서 거의 돌아오지 못한다.

그러나 약한 힘을 가진 토른라이트라면 우연히 마주치게 될 가능

성도 있다. 그런 일이 바로 어느 날 사냥을 하러 나간 하나에게 일어
났는데, 그는 악마라고 생각되는 무엇인가를 만났다. 하나는 이 존재
를 다소 땅딸막하고 동물처럼 생긴, 주둥이는 엄청난 털이 덮고 있
고, 몸 전체 길이 절반에 해당하는 발을 하나 가진 것으로 묘사한다.
이 귀신이 하나를 공격하자, 그는 용감하게 자신의 활을 내던지고는,
이 괴물같이 생긴 것과 맞붙었다. 기진맥진할 때까지 싸운 후에, 그
토른라크는 정해진 대로 싸움을 포기하고 그 이후로는 계속 하나에
게 유리한 개인 토른라크로 섬겼다.

도움을 주는 영혼과 사람 사이에 유지되는 관계에 대해서 토른라
이트와 이할미우트 부족 모두 유념하는 부수적인 사실도 있다. 이따
금씩 발생하는 일이지만, 만약 토른라크가 자신의 친구를 도울 능력
이 없다면, 사람은 이 영혼이 그저 매우 게으른 존재라 생각하고 더
이상 벌리는 바보 같은 짓 없이, 그 영혼을 짐을 꾸려 내보내는데, 이
러한 실수투성이 영혼은 일에서 쫓겨나 평원으로 흐느껴 울면서 사
라지게 된다.

샤먼에 대해 말하지 않고, 이할미우트 부족의 귀신과 악마에 대해
이야기한다는 것은 불가능하다. 이할미우트 사람들에게는 이 헌신된
사람들이야말로 악한 귀신에 대항하기 위한 주요한 물리적 보호책
이기 때문에, 이들은 특히 강해야 하고 잘 무장되어 있어야만 한다.
거의 변함이 없는 규칙에 의해 그들은 각 세대에서 가장 똑똑한 사
람들이어서, 흐릿하게나마 이할미우트 사회 속에서 지도력을 발휘한
다. 대다수 선교사들의 말 때문에 우리는 그들을 마법사로 알고 있지
만 그것은 사실이 아니다. 왜냐하면 이들은, 카쿠미는 예외지만, 악한
일을 행하는 것이 아니라 적어도 이할미우트 사회 속에서 사람들의

행복을 위해 그들을 돕는데 집중하고 있기 때문이다. 게다가 그들은 터무니없는 주장은 거의 하지 않는다. 자유의지를 선물로 가지고 있는 모든 동물의 움직임이 사람이 소망한다거나 신들이 원한다고 해서 변한다고 믿는 이할미우트 사람들은 아무도 없기에, 어떤 샤먼들도 사냥에서 좋은 결과를 얻게 해주겠다고 말하지 않는다. 더군다나 날씨를 변화시킬 수 있다고 주장하는 샤먼도 없는데, 이는 카일라의 영역이고, 참을성 있게 인간이 애원하는 목소리를 듣는 카일라가 아니기 때문이다.

그러나 샤먼들은 사람들이 가지는 특정한 문제를 도울 수 있고, 또 돕는다. 무아지경의 상태에 빠져 자신들의 토른라이트와 의논하는 샤먼들은 위험한 겨울 여행을 시도해야 할지 말지에 대한 충고를 줄 수 있다. 수수께끼 같은 질병에 걸린 사람의 고통을 덜어주고, 가정에서 일어나는 실질적인 모든 문제에 대해 충고해 줄 수 있다. 이런 것들이야말로, 초자연적인 수단을 이용하든 아니든, 자신들이 가진 경험과 지혜로 사람들을 직접적으로 돕는 그들의 힘이다. 동시에 이들은 나머지 이할미우트 부족의 머리와 어깨 위에 올라설 만큼 좀처럼 전능하지도 않다. 지나치게 실력이 있고 강한 사람들을 좋아하지 않는 이누이트의 방식은 샤먼들에게도 적용되어, 사람들을 다스리기 위한 것이 아니라 돕기 위해 이들이 존재한다.

샤먼의 무아지경은 어느 종교에서나 필수적이고도 심리적인 배경 역할을 하는데, 때로는 지켜보는 이가 백인에다 회의적인 사람이라 할지라도 그것을 지켜보는 것은 무시무시한 일이다. 최소한의 의식과 준비만 필요할 뿐이다. 텐트 바닥 주위로 사람들이 원을 지어 앉으면, 반쯤 눈을 감은 샤먼이 고대 샤먼의 언어로 노래를 부르면서 자신의 북을 두드릴 것이다. 둘러앉은 사람은 북춤을 추며 아주 부드러운 소리로 노래를 함께 부른다.

마침내 드럼 소리가 멈추고 바닥에 놓여 있는 더미 위로 샤먼이 쓰러지면 몇 분 동안 손으로도 만질 수 있을 것 같은 침묵이 따라온다. 그러다 목소리가 들릴 것이다. 샤먼의 목소리를 따라 사람의 목에서는 나올 수 없을 듯 보이는 이상하고도 괴기스러운 토른라크의 목소리가 흘러나온다.

각성의 순간은 종종 엄청나게 격렬하며 자극적이다. 샤먼은 두 발로 펄쩍거리며 다분히 설명하기 불가능한 육체적 힘에 붙잡히기도 한다. 사내 여섯 명도 전혀 제지시킬 수 없는 그는 텐트 벽을 뚫고 어둠속으로 사라진 뒤에 피를 흘리며 돌아오기도 하며, 무아지경으로 인해 극도로 지친 마지막 단계에 이르면 평범한 사람에게는 치명적일 수도 있는 신체적 해를 자신에게 가하기도 한다. 그러나 스스로 입힌 부상에서 샤먼은 언제나 회복한다.

그러나 각성의 순간이 언제나 피가 낭자하고 폭력적인 것은 아니다. 대부분의 경우, 현실로 조용하게 돌아온 샤먼이 자신이 보고 들은 것을 자리에 있던 사람들에게 조용히 이야기한다. 그 캠프 내에 문제가 있었다면, 금기를 깬 누군가가 있음을 자신의 토른라크가 알려줬다고 샤먼은 이야기할 것이다. 그러면 집단으로 자백이 잇따른다. 모든 지켜보고 있던 사람들이 자신의 죄를 자백하고 양심의 짐을 널게 된다.

특정한 몇몇 샤먼들은 기이한 힘도 선물로 받는다. 그들 중 한명은 열아홉이나 스물쯤 된 젊은이인데 한때는 이할미우트 부족이었지만, 지금은 해안 가까이에 산다. 그가 유명한 샤먼인 이유는 강신술 모임이 열린 텐트를 사슴, 늑대, 곰, 심지어 해마와 바다표범 같은 해양 동물로 채우는 최면 능력이 있기 때문이다. 특수한 경우에 이런 동물들을 주문을 외어 불러내면 당장에 사람들로 텐트는 가득 찬다. 그가 있는 에스키모 캠프 가까이에는 한 자영 교역 상인이 살고 있었는데, 자신의 교역소를 이 젊은 샤먼이 방문했을 때, 상인은 그의 능력을 일부러 의심해보았다. 윙크를 하듯 재빨리, 이 젊은 에스키모는 작전용 선박인 스텔라 폴라리스 호의 무시무시한 강철 뱃머리를 주문으로 불러내어 소름이 끼칠 정도로 현실감 있게 그 뱃머리가 오두막의 벽을 부수고 들어서게 만들었고, 교역상인은 소스라쳐 놀라 비명을 지르며 목숨을 구하기 위해 도망을 쳤다.

이 이야기는 드하에오미우트 부족 사이에서 아주 신나고 재미있게 전해지지만, 불행히도 내가 직접 그 광경을 목격하지는 않았다. 그러나 샤먼의 다른 임무 중 하나인 악한 영을 내쫓은 일을 카쿠미가 행하는 것을 나는 직접 보았다.

이노가 우리를 찾아왔던 바로 그 여름의 어느 밤이었는데, 그 일은 우리가 카쿠미를 비롯한 몇몇 다른 이할미우트 사람들을 툰드라에 세운 우리의 텐트에서 지내도록 대접하는 동안 발생했다. 카쿠미를 제외한 에스키모 모두가 갑자기 깜짝 놀라서는 침낭과 담요나 텐트에서 찾을 수 있는 모든 것 밑으로 숨기 위해 급히 달려드는 바람에, 우리가 나누고 있던 저녁시간의 조용한 대화를 방해받기 전까지는 결코 누가 무엇을 보았는지 나는 발견하지 못했다. 그러나 그때쯤에는 앤디나 나도 그러한 엉뚱한 행동에 적당히 익숙해져서, 산만한 마음에 당황함 없이 무슨 일이 발생한 것인지 지켜볼 수 있었다.

카쿠미는 텐트 한 가운데에 서서 늑대의 냄새를 맡은 나이든 개처럼 중얼거리며 문 쪽을 바라보고 있었다. 다른 이들은, 적어도 밖으로 노출된 그들의 일부는, 눈에 보일 정도로 부들부들 떨고 있었기에, 우리는 근처에 다른 귀신이 있다고 추측했다.

첫 번째 충격이 거의 모두 사라지고, 부끄러워하면서도 겁에 질린 표정으로 숨어있던 사람들이 자리에서 기어 나왔다. 그들을 자신 주위로 원을 지어 앉게 한 카쿠미는 한 명 한 명에게 손을 뻗어 내밀었다. 사람들은 각자 샤먼에게 담배를 손가락으로 집어 주거나, 놋으로 된 텅 빈 탄피, 또는 성냥 한 개비 같은 작은 물건을 주었다. 우리는 설탕 조금과 0.22 구경의 총알을 건넸다.

이제 엉덩이를 대고 바닥에 쭈그려 앉은 카쿠미는 자신의 파카 밑자락에 이 선물들은 죽 펼치더니 이 물건들이 모두 사라졌음을 보여주면서 자리에서 일어섰다. 그것은 간단한 요술이었고, 그다지 효과적이지도 않았지만, 분명 샤먼이 진지하게 본격적인 일을 행하기 전에 반드시 행해야만 하는 의식의 일부였다.

카쿠미가 취한 다음 과정은 내게서 소총을 빌려 텅 빈 탄피로 총을 장전하는 것을 거창하게 보여주는 일이었다. 그런 다음에 그는 총미를 닫고 문 쪽으로 걸어가서는 어둠속으로 총을 겨눠 방아쇠를 당겼다. 어떻게 일이 진행되는지 알고 있던 에스키모들과 달리 우리는 아는 것이 없었기에, 실탄이 발사되는 소리를 들은 우리는, 카쿠미와 다른 이할미우트 부족이 아주 만족할 정도로, 공중으로 몇 인치 튀어올랐다.

이것으로 쇼의 준비 단계는 끝났다. 이제 길고 못생긴 무기인 자신의 칼을 뽑은 카쿠미는 밖으로 나갔다.

그는 족히 삼십 분은 돌아오지 않았다. 이따금씩, 이해할 수 없는 말로 그가 중얼거리는 것을 들을 수 있었다. 마침내 되돌아온 그가 엄숙히 선포한 말에 따르면, 한 명도 아닌 두 명의 이노를 그가 만났고 한 놈은 칼로, 다른 놈은 목을 졸라 죽음에 이르게 했다는 것이다. 모두들 엄청 환호했지만, 어쨌든 이 모든 일이 사실로 들리지는 않았다. 충분히 좋은 쇼이긴 했어도 효과가 부족했다. 몇 주가 지난 후, 오호토가 시인하길, 백인들의 호기심을 만족시키기 위해 전부 꾸며낸 일이었단다. 오호토의 말에 의하면, 우리를 즐겁게 해주기 위해 진짜 귀신을 불러내는 것은 용납되지 않기 때문에, 아무도 위험에 빠지지 않으면서도 우리에게 요령을 보여주는 모의 귀신 사냥을 에스키모들이 사려 깊게 준비한 것이다.

샤먼들의 도구는 거의 전무하다시피 간단하다. 그는 중간에 타페크를 묶은 짧은 몽둥이 길이의 나무막대기를 지니며, 전 세계의 모든 원주민 부족들에게 알려진 어떤 도구도 가지고 있다. 과학자들은 그것을 의식용 악기 '불 로러 bull-roarer' 라 부르고, 이할미우트 사람들은 메메오라고 부른다. 이것은 톱니모양의 칼날을 가진 타원형의 얇은 나무칼인데 한 쪽 끝에는 끈이 묶여 있다. 머리 위로 재빠르게 그것을 빙글빙글 돌리면, 굵은 목소리로 으르렁거리며 중얼거리는 소리를 내는데, 불과 몇 야드 떨어진 곳에서도 소리가 나는 곳을 찾을 수 없을 정도로 복화술 같은 특징을 가지고 있다. 질병에 괴로워하는 사람이나, 심각한 금기를 깨고 자신이 위험에 처했음을 느끼는 사람의 몸에서 악마를 쫓아내는데 주로 사용한다.

이할미우트 부족이 가지고 있는 많은 금기사항 중에는 땅에 눈이 내리기 전에는 가죽으로 옷을 만드는 것을 금하는 법, 천둥이 치는 폭풍우가 지나간 후에는 철을 가지고 일하는 것을 금지하는 법, 귀신을 본 후로 스물 네 시간 동안은 어떤 음식도 먹어서는 안 되는 법, 그리고, 임신한 여성의 활동에 대한 것과 사람이 죽은 경우 캠프 내에서의 행동을 통제하는 수많은 금기사항이 있다. 분명 말도 안 되는 이러한 제약들 중 놀랄 정도의 많은 수가 사리에 맞는 현실적 바탕을 가지고 있으며, 초자연적인 것을 위한 단순한 의식적인 행위에 불과한 것은 아니다.

　　이할미우트 부족이 가진 것 중 특히 가치가 있는 소유물은 이린젤로라 불리는 강력한 영의 노래다. 이 노래들은 부모에서 아이에게로 전해져오는데, 캠프 내의 어느 누구라도 돕기 위해서 사용될 수는 있지만, 노래의 소유권은 철저히 지켜진다. 이 노래 중 대부분은 사람을 향해 악한 의도를 품은 귀신들 때문에 생긴 것이라 믿어지는 특정한 병을 치료하는 것을 돕는데 특효약이다.

　　배런스 지역으로 우테크와 함께 했던 여러 차례의 여행 중 한 번은, 내게 너무나 심한 복통이 찾아와 죽을 정도로 아팠다. 맹장염일까 두려웠지만 텐트에 조용히 누운 채 고통으로 끙끙거리지 않으려 애쓰는 것 말고는 나 자신을 돕기 위해 할 수 있는 일이 아무것도 없었다. 우테크는 염려스러워했다. 그는 몇 분마다 뜨거운 차를 내게 가지고 와서는 상태가 어떤지 계속 물어보았다. 그러나 그는 어딘가에 정신이 팔려 있는데 그것에 대해 주뼛주뼛하는 듯보였다. 몇 시간 동안 주저한 끝에 마침나 자신을 괴롭히던 문제에 관해 이야기했다. 매우 망설이면서, 배가 아픈 나를 위해 자신만이 가지고 있는 이린젤로의 효험을 혹시라도 시도해 볼 수 있을지 내게 물어보았다. 그가 주저했던 이유는 백인이기 때문에 더 우월한 부적에 통달한 내가 그의 제안을 경멸하며 거절할까 두려웠기 때문이었다. 사실 나는 그의 부적에 어떤 믿음도 가지고 있지 않았지만, 그의 친절을 물리칠 마음은 전혀 없었기 때문에 그의 도움에 나는 감사할 뿐이라고 말했다.

　　그는 양철 컵에 신선한 물을 채우더니 두 손으로 조심스럽게 컵을 쥐고는 내가 누워 있던 텐트 바깥을 천천히 걷기 시작했다. 그렇게 걸으면서 그는 단조음에 변화가 없는 애도가인 자신의 이린젤로를 불렀다. 때때로 노래 부르기를 멈추고는, 악마가 나를 떠나고 선한 것이 내게 들어오기를 재촉하면서 물 컵을 향해 말을 했다. 이 모든 것이 약 5분에서 10분간 계속되었다. 그런 후에 텐트로 돌아온 우테크는 들고 있던 컵을 내게 주면서 물을 삼키라고 말했다.

비록 아프긴 했어도, 내가 웃어버리거나 물을 내던져 버릴까봐 그가 거의 비참할 정도로 두려워하는 것을 나는 알아차릴 수 있었다. 그는 정말 간절히 나를 돕길 바랐으면서도, 또한 자기 자신과 자신이 가진 믿음이 내 웃음거리가 되는 건 아닌지 진심으로 두려워하고 있었다.

어쨌든, 나는 물을 받아 모든 예의바른 엄숙함을 갖춰 물을 마셨는데, 그 즉시 소변을 누고 싶다는 욕구가 날 격렬하게 사로잡았다. 나는 간신히 텐트를 빠져나와 소변을 볼 수 있었는데, 그것이 너무나 뜨겁고 고통스러워, 우테크가 분명 물에다 어떤 자극제를 탔음에 분명하다고 내가 거의 확신할 정도였다. 그러나 나는 그렇게 하는 것을 보지 못한데다가, 어떻게 그렇게 빨리 자극제가 기능을 발휘할 수 있는지도 이해가 되지 않았다.

사타구니는 불같이 화끈거리고 나는 그 문제에 빠져 정신이 없는데, 갑자기 배의 고통이 완전히 사라졌다는 사실을 깨닫게 되었다. 문에 서 있던 우테크가 긴장한 웃음을 띤 채 나를 바라보았다. 내가 그에게 답례의 웃음을 지어보였더니, 그 즉시 바보처럼 환하게 웃으며 내게 저녁을 지어준다고 급하게 요리를 시작했다.

나는 그것을 단지 다행스러운 우연이었다고 생각하는데, 분명 나를 치료한 것은 믿음이 아니었기 때문이다 … 적어도 내 믿음은 아니었다. 나를 도와준 것에 대해 우테크에게 감사하면서, 어떻게 된 일이냐고 그에게 물었는데, 아름다울 정도로 단순하게 물속에 좋은 것이 들어오고 물과 함께 나쁜 것이 나간 것뿐이라고 대답해주었다.

늦은 밤, 나를 고쳐주기 전에 앞서 보여줬던 반쯤은 수상쩍은 태도가 다시 우테크에게 나타났다. 무엇 때문에 고민하는 것인지 이번에는 내가 그에게 묻자, 당황해하는 듯하며 그가 말하기를 닷새 동안은 절대 내가 사슴을 죽여서는 안 되며, 만약 그렇게 되면 배에 총을 맞은 사슴이 느끼는 똑같은 괴로움을 나도 느끼게 될 것이라고 했다. 다행히도 그 후 닷새 동안은 사슴을 죽일 필요가 없었고, 우테크의 명령을 불필요하게 시험해 볼 필요도 느끼지 못했다.

이 장에서 나는 이할미우트 부족의 영적인 믿음에 대해 밝혀보려 했지만 거의 시작도 못했다. 더 많은 것이 남아 있고, 그 모든 것이 이 사람들의 일상생활과 복잡하게 얽혀 촘촘하게 짠 직물무늬를 이룬다. 회의적인 이방인의 눈으로 내가 바라본 이 이야기 때문에 배런스 사람들의 믿음이 자신들의 삶을 그늘지게 하는 상상의 악마를 만든다는 인상을 여러분이 당연하게 받을지도 모를 일이다.

그러나 나는 자신들의 미개한 마음의 산물인 악마와 귀신에 그들이 붙잡혀 산다고 느껴본 적은 단 한 번도 없다. 이 사람들을 더 가깝게 이해하게 되고 그들과 하나를 이루게 될수록 그러한 이성적인 결론은 더 비상식적으로 보이게 되었다. 이 사람들은 자신들의 세계에 속해 있으며 우리와 우리의 세계에 대해서는 전혀 모른다는 사실을 항상 유념해야 하고, 그렇기 때문에 또한 우리에게는 말도 안 되는 비현실적인 것으로 보이는 것이 그들에게는 의심할 여지없는 현실적인 것으로 남아 있을 수 있다. 그들의 믿음은 오랜 세기를 통해 만들어진 산물이며 자신들의 삶의 필요와 살고 있는 땅의 형편에 적합하다.

그들은 믿는다! 그 사실이 중요하다. 또한 이것은 원주민들에게 우리의 종교를 강요하기로 결정했을 때 우리가 거의 고려하지 않는 사실이다.

북극의 심장부인 사우샘프턴 섬에 한때 살았던 늙은 백인 덫 사냥꾼을 나는 알고 있었다. 이제는 이 세상을 떠난 그가 아마 지옥에서 썩고 있을지도 모르지만, 에스키모를 우리의 종교로 개종시키는 문제를 논하면서 그가 했던 말을 떠올려본다.

"빌어먹을!" 거의 무의식적으로 불경스런 욕을 그가 내뱉었다. "어쨌든 이 성직자 놈들은 도대체 무슨 좋은 일을 한다고 이지랄 인 거요? 일단 에스키모들 지역을 박살을 내고나서 그들에게 지난 이천년 동안이나 우리가 싸우고 다퉈왔던 그 잘난 위대한 책을 먹입니다. 그래서 얻은 결과가 뭐요? 왜 이 불쌍한 에스키모 놈들은 가장 질 나쁜 우리의 믿음과 뒤섞여버린 자신들의 미개한 믿음에서도 가장 나쁜 믿음에 매달리게 되냔 말이죠, 게다가 그 결과로 그들은 어떤 것도 믿지 않게 되고 이해는 더 못하게 된다 말입니다!"

아마도 입버릇이 상스러운 내 늙은 친구는 종교문제에 대해 논할 권리가 없는지도 모른다. 그러나 에스키모들은 그 권리를 가지고 있다.

선교사의 열렬한 지도를 받으며 일주일을 보낸 해안에 사는 한 에스키모가 우리의 종교에 대해 말한 내용을 소개한다. 곤혹스러웠을지도 모르지만, 그가 솔직하게 원주민들에 대해 연민을 느끼고 있는 지적인 지역 교역 상인에게 털어놓은 이야기다.

"당신들은 정말 엄청난 삶을 살고 있습니다! 목사님 이칼루아가 몇 시간동안 당신들이 믿고 있는, 당신의 하느님, 날개가 달린 악마,

하늘과 땅에 살고 있는 귀신과 영혼에 대해 이야기해 주셨습니다. 참으로 나는 놀랍고 두렵습니다. 당신들의 믿음 때문에 생겨난 이 모든 두려움에서도 살아남을 수 있는 유일한 이유는 당신이 백인인데다 위대한 힘과 재산을 선물로 받았음이 분명하기 때문입니다. 당신들의 신들이 가진 법은 그들의 백성의 마음에 전혀 관심을 기울이지 않습니다. 당신들이 하는 모든 일을 지켜보고 죽음이라는 끔찍한 잣대로 당신을 판단하는 이 악마들과 영혼들, 이것들 때문에 나는 공포로 벌벌 떨게 됩니다! 그러나 내게는 이것이 비록 두렵긴 하지만, 이러한 그림자 속에 살아야만 하는 당신들을 생각하니 마음이 안쓰럽습니다. 왜냐하면 당신들도 태초의 어머니의 아들들이자 이누이트의 형제들이기 때문입니다. 당신이 지옥이라 부르는 곳에서 탈출하기 위해 부디 잘 싸우기를 나는 바랍니다!"

그 교역상인은 이 대화를 상세히 기억하고 있었다. 이교도가 자신을 불쌍하다고 여긴 사실에 대해서 그는 그다지 달가워하지는 않았다.

만약 여러분이 이교도인 에스키모도, 이단적인 덫 사냥꾼도 이야기를 할 자격이 없다고 느낀다면, 적어도 자신이 처음 도착했을 때는 모두 이교도였던 인디언 사람들 사이에서 52년의 세월을 보낸 아주 위대한 믿음을 대표하는 한 선교사의 말에는 귀 기울일 수 있을 것이다.

나는 그를 잘 알게 되었고 그를 존경하면서 커다란 애정을 느끼게 되었는데, 무엇보다도 그가 올바르고 정직한 사람이었고, 하느님과 그의 교회의 영광을 위해 이렇게 열심히 일한 사람을 내가 한 번도 본 적이 없었기 때문이었다.

내가 그를 알게 되었을 때, 그는 생을 거의 마감하는 단계였고, 그가 사는 작은 정착지를 내가 떠난 뒤, 몇 달 후 그는 임종을 맞이했다. 자신의 임무를 완성하기 위해 사랑과 믿음 그리고 엄격함으로 열심히 일했다. 이제 그의 임무는 완성되었다. 그가 살고 있는 지역의 모든 인디언들이 교회에 정기적으로 출석하면서 자신들을 기독교인이라고 불렀다. 그러나 그 땅의 실질적인 힘으로 자신이 머무른 50여 년의 세월동안, 거의 3000명에 육박하던 강건한 부족이 줄어들어 열정이 사라져버린 200명도 채 못 되는 사람들로 남게 된 것을 이 늙은 남자는 지켜보았다. 남아 있는 사람들은 게으르고 무기력하며 정신적으로 그리고 육체적으로 무능력해진 남자들과 더러움 속에 살면서 그 속에서 죽어가는 여자들이었다.

그의 임무는 끝났다. 크리스마스를 축하하기 바로 전날 밤에, 나는 그의 조그마한 통나무집에 앉아 있었다. 우리의 대화는 끝에 이르렀다. 이 늙은 노인은 나를 지나쳐 어두운 창문을 바라보고 있었는데, 길고 고통스러운 수고의 세월동안 태양아래 쭈글쭈글해지고 서리로 고생한 그의 뺨 아래로 눈물이 천천히 흘러내렸다.

감지될 정도로 너무나 무거운 침묵 속에서 나는 정말 불편했다. 그곳에 살고 있는 사람들의 돼지우리 속에서 하루를 보내면서 되풀이해도 상관없는 몇몇 이야기를 들은 터라, 마음속에 노인을 향한 격렬한 분노를 품고 나는 그날 저녁 그의 집을 찾아왔다.

퉁명스럽고 잔인하게 말한 나는 노인에게 공정하지 못했고 경솔했다. 그래도 그는 나를 비난하지 않았다. 내 얼굴에 책을 집어던지며 나를 쫓아내지도 않았다. 비난에 가득 찬 분노의 말을 그는 조용히 듣다가 내가 말을 마치자, 정확한 목적도 없이 그 땅에서 보낸 자신의 생활을 두서없이 이야기했다. 앞뒤가 맞지 않는 노인들의 단어로 자신의 긴 세월에 대한 기억을 이야기했다. 그러다 말을 멈추더니 이렇게 흐느껴 우는 것이다.

오랜 세월동한 그가 한 일에 대해 내가 맹렬히 비난한 것을 생각하니 부끄러움에 역겨웠던 나는 그곳을 떠나고 싶었지만, 내가 방을 나가기 전에 조용히 그의 목소리가 흘러나왔다. 그것은 부드러웠지만 이제껏 내가 들은 목소리 중 가장 늙은 소리였다. "차라리 나았을까요?" 그가 조용히 묻는다. "내가 이곳에 오지 않았다면, 그래서 내가 사랑하는 이 사람들이 내 목소리를 듣지 않았다면, 그래서 내가 애초부터 오지 않았더라면 차라리 나았을까요? 당신은 그렇게 생각하는 거지요. 그렇다면 나는? 나는 무슨 생각을 하고 있지요? 때때로 내가 이곳에 보내진 것이 이들에게는 나쁜 일이었다고 나는 생각합니다 ……"

그리고 나는 그를 떠났다. 평생을 들여 수고한 것에 대한 보상을 남겨두고 그 노인을 떠났다. 분명 죽음이 깃든 얼굴과 늙어버린 세월은 자신에게나 나에게나 거짓을 말할 필요를 남기지 않았다. 그러나 나는 그가 한 말이 거짓이었기를, 그래서 그의 거짓말을 내가 도와 부추겼던 것이길 절망적으로 바랐다.

18

죽어가는 자의 노래

앙쿠니 호수에서 지내는 동안, 그리고 쿠위를 따라 북쪽과 서쪽으로 여행을 하는 동안 오호토는 온전한 자신이 아니었다. 텐트가 세워져 있었던 흔적만 남은 텅 빈 터와 뿔뿔이 흩어져 있는 바위무덤을 보면서 우리 백인 두 사람이 느꼈던 침울함보다 더 큰 극심한 두려움의 그림자가 그를 덮고 있었다. 사슴이라고는 한 마리도 보지 못한 우리가 발견한 유일한 것이 그들이 오래전에 남긴 흔적뿐이라는 사실은 사슴이 잠시 동안 이 땅에 없을 뿐인 것 이상의 의미로 오호토에게 다가왔다. 그는 자신이 일종의 이할미우트 지옥으로, 사슴은 한 마리도 없으며 앞으로 어떤 사슴도 없을 것이라는 상상할 수 있는 최악의 지옥으로 옮겨졌다고 느꼈다.

이할미우트 사람들에게 천국과 지옥은 이 세상과 공존하는 실제적인 장소다. 따라서 '천국'은 말하자면 사람들이 필요할 때면 언제든지 사슴을 항상 찾을 수 있는 땅과 비길 수 있다. 이 낙원을 실제로 잠시나마 힐끗 볼 수 있는 기회가 거대한 사슴의 무리가 그들의 땅을 통과하는 때 그들에게 주어진다. 그러므로 '지옥'은 사슴에 대해서는 아무것도 모르는 곳이고, 이 지옥 역시 평원에 사슴이 한 마리도 없는 시간동안 현실 속에 존재한다.

필연적으로 오호토는 지옥에 대한 이할미우트 부족의 불명료한 개념과 앙쿠니 지역의 비현실적인 상황을 혼동했다. 그러므로 생명이라고는 전혀 없는 이 땅은 우리보다 그에게 훨씬 거대한 영향을 미쳤고, 우리도 그 사실을 충분히 강하게 느꼈다. 실체가 없어져버린 존재하지 않는 것으로 자신을 여기는 오호토의 생각을 우리도 공유하고 있었다. 때때로 모든 현실이 우리한테서 달아나고 있다는 느낌이 들었다. 우리 두 명의 백인도 더욱더 무겁게 짓누르는 헤아릴 수 없는 공허 속을 우리가 지나가고 있음을 짜증이 날 정도로 잘 알고 있었다.

생각건대, 이 모든 것은 북쪽과 서쪽으로 우리가 탐사여행을 하던 기간 동안 오호토에게 일어났던 충격적인 두 사건을 설명하는데 도움이 된다.

쿠위를 거슬러 가는 여행 동안, 오호토의 뺨에 종기가 생겼다. 날이 지날수록, 종기는 더 커지면서 염증이 심해졌지만, 자신만의 우울한 생각에 너무나 몰두해 있던 그는 종기에 대해서 거의 불평을 하지 않았다. 내가 몇 번 종기가 난 부위에 고약을 바르긴 했지만 나흘째가 되자 너무 심해져서 그것을 짜내버렸다. 그러나 종기는 여전히 자리를 잡고 있었다. 처음에는 오호토가 고기 없이 여행을 떠난 적도 없고, 이렇게 오랜 시간동안 백인의 생기 없는 음식을 먹으며 지내본 적도 없어서, 영양상의 문제로 탈이 생겨 종기가 계속 남아 있는건지도 모른다고 나는 생각했다.

쿠위 상류에 도착했을 때쯤에는, 종기의 뿌리가 너무나 깊어지고 커져서 앤디와 나는 심각하게 걱정을 하게 되었고, 심지어 극기심이 대단한 이 에스키모마저 염증에 대한 신체적인 반응을 보여주기 시작했다. 바로 식욕이 떨어지기 시작했는데, 이것은 음식이야말로 거의 어떤 모든 것보다 중요한 이누이트가 보일 수 있는 가장 심각한 증상이다.

쿠위의 흐름이 미지의 호수를 벗어난 장소에서 그리 멀지 않은 곳에 적당한 야영장소를 잡은 우리는 종기가 치료되고 있다는 신호를 보일 때까지 이곳에 머물러 있기로 결정했다. 오호토는 우리의 결정을 무관심하다는 듯 받아들였다. 자신의 조그마한 여행용 텐트를 친 뒤, 안으로 기어들어간 오호토에게는 어두워질 때까지 아무런 인기척이 없었다. 텅 빈 배를 쥐고 힘든 여행을 하는데서 온 오랜 기간의 피로에 우리는 모두 지쳐버렸고, 모기장 밑으로 기어들어가자마자 나는 곯아떨어졌다.

자정쯤 되었을까, 피를 얼어붙게 하는 비명소리에 나는 잠에서 깼다. 단지 고통 때문에 내지를 수 있는 비명을 훨씬 넘어선 무자비한 소리였는데, 너무나 절망적인 공포마저 함께 깃든 그 소리에, 이런 무시무시한 비명을 내지르는 것이 무엇인지 알지도 못한 채 나는 식은땀부터 났다.

잠시 누워 있었지만, 귓속까지 파고드는 날카로운 비명소리를 모른 체할 수가 없었다. 침낭에서 일어나 앉은 앤디가 나를 부른다.

"맙소사! 도대체 무슨 일인 거지?"

"내 생각에는 오호토인거 같아." 내가 답했다. 그러고는 옷도 안 걸치고 완전히 발가벗은 채 모기장에서 기어 나와 소총을 쥐고 깨진 바위 위를 달려 오호토가 누워 있는 조그만 텐트로 갔다.

내가 도착하기 전에 비명소리는 멈췄다. 대신에 내 귀로 꺽꺽거리며 흐느껴 우는 소리가 밀려들었는데, 마치 완전한 공포에 굴복한 나머지 그 사내의 목소리는 사라지고 동물적인 소리의 흔적만 남은 듯했다. 너무나 세게 텐트의 출입문을 열어젖힌 나머지 그것이 찢어져 일부는 텐트 기둥에서 떨어져 나가버렸다. 조그마한 텐트 공간을 거의 다 차지한 채 웅크리고 있던 오호토는 죽은 황소의 눈처럼 어떤 표정도 담겨있지 않은 눈으로 가는 기둥 중 하나를 응시하고 있었다. 축 늘어진 그의 입술 사이로는 크고 하얀 이빨이 별빛 속에서 무시무시하게 빛나고 있었다.

나는 그의 이름을 소리쳐 불렀지만, 깔개 위에서 움씰거리기만 할 뿐 내게는 어떤 기색도 하지 않았다. 두려움의 흐느낌이 여전히 그의 목에서 부글부글 일어났다. 사람에게 그러한 두려움을 불러일으킬 만한 어떤 위험한 신호도 나는 볼 수 없었기 때문에, 원인을 알 수 없는 갑작스러운 공포가 내게 느껴졌다. 잠시 동안 나는 오호토가 미쳐버려, 제정신인 사람도 미친 살인마로 만들어버리는 무시무시한 극지방의 히스테리 손아귀에 붙잡힌 것이라고 생각했다. 이 텅 빈 광야에서 미친 에스키모와 오도 가도 못할 상황에 처할지도 모른다는 생각에 마음은 달갑지가 않았다.

나는 본능적으로 행동했다. 총을 내려놓고, 오호토의 머리채를 쥐어 잡고서 내가 너무나 세게 흔든 나머지, 그는 약한 텐트 벽으로 고꾸라졌다. 그러자 다행스럽게도 간신히 힘을 내 몸을 일으킨 그는 무륺을 꿇고 앉아, 텐트 기둥 하나 너머로 쳐진 텅 빈 천을 부들부들 떨리는 손으로 가리켰다.

눈을 내 얼굴에 고정시킨 채로, 침묵의 애원을 하고 있는 손짓이었다. 하지만 그가 가리키는 곳에서 내가 본 것이라고는 어린 나무의 껍질을 매끈하게 벗겨낸 기둥과 빛깔이 바랜 텐트 천뿐이었다.

여전히 그를 공포로 몰아넣은 것이 무엇인지 나는 전혀 알 수 없었다. 마침내 어떤 조리 있는 생각도 없이, 나는 소총을 집어 들어 총의 개머리판으로 늘씬한 텐트기둥을 내가 할 수 있는 한 세게 내리쳤다. 내게는 오로지 긴장을 해소하기 위한 행동이었지만, 정말 우연히 소 뒷걸음치다 쥐 잡는 행운으로 더할 나위 없이 알맞은 일을 내가 한 셈이었다.

바람이 빠지는 풍선처럼 갑작스럽게 오호토는 긴장이 풀어졌다. 눈이 감기더니, 그의 불규칙하던 숨소리는 길고 깊은 숨소리로 가라앉았다. 그는 개처럼 몸을 동그랗게 웅크렸는데, 순식간에 그 밤의 반전이 내게 일어났다. 오호토가 시끄럽게 코를 골기 시작하는 게 아닌가!

그는 코를 골고 또 골았다. 수많은 모기떼가 내 벌거벗은 몸에 달라붙어 있다는 사실을 깨달은 나는 서둘러 잠자리로 돌아와 걱정하고 있던 동료에게 내가 본 것을 아무렇게나 전했다. 그런 후에 몇 시간을 누워 있었지만, 오호토의 코고는 소리가 마치 그날 밤에 일어났던 일을 부정하는 것처럼 들려 나는 잠을 이룰 수가 없었다.

그러나 그것은 분명 일어난 사실이었기에, 잠에 취한 사람에게는 악몽이 아니었지만, 깨어있는 사람에게는 악몽이었다. 새벽이 밝아오자 우리는 옷을 입고 오호토를 보러 갔다. 깊이 빠져 있던 잠에서 멍하게 그가 깨어날 때까지, 조용히 자고 있는 그를 나는 발로 쿡쿡

쑤셨다. 지난 주 내내 얼굴의 고통 때문에 잠마저 사라져버린 오호토는 잠시 낮잠을 자는 것 말고는 도통 잠을 자지 않던 터라 이것도 이상한 일이었다.

잠시 가만히 누워 있던 그가 눈을 크게 뜨더니 지난 밤 나를 뚫어지게 바라보던 것처럼 그렇게 쳐다보았다. 그의 입이 다시 일그러지자 나는 이렇게 생각했다, "오, 하느님! 다시 시작이군요!" 하지만 그는 내가 소총 개머리판으로 휘둘렀던 텐트 기둥을 보기 위해 몸을 돌린 것뿐이었다. 그러면서 그가 입을 열었다.

"이노!" 그가 외쳤다. "이제 사라졌습니다!"

그가 망가진 텐트에서 기어 나와 몸을 일으켜 세워 우리 쪽으로 돌아 옆으로 섰을 때, 얼굴의 종기가 거의 모두 나은 것을 본 우리는 엄청 놀랐다. 어젯밤만 해도 고름이 흘러내리던 상처가 이제는 말라 새로 살이 오르면서 딱지가 앉아 있었다. 오호토가 조심스럽게 뺨의 구멍을 만져보더니 며칠 만에 처음으로 미소를 지었다. "보세요!" 그가 우리를 보며 말했다. "이노가 사라지니까 내 얼굴의 고통도 사라졌습니다. 곧 종기가 나아서, 언제 아팠는지 벌써 기억나지 않는 것처럼 이 종기도 잊게 될 것입니다."

설명을 들어야 할 때 같았다. 내가 물어보자, 오호토는 내게 감사의 빚을 진 것처럼 흔쾌히 답을 해준다. 그의 말을 들으면서 내게는 두 가지 미음이 일어났다. 환하게 밝은 아침의 태양아래, 그가 하는 말은 너무나 불가사의한 영문 모를 말이었지만, 그러나 완전히 설명할 수 없을 정도로 말끔히 가라앉은 종기를 내 눈으로 직접 보면서 그 증거를 부인할 수는 없었다. 그의 말에 귀를 기울이면서도 무엇이 진짜고 무엇이 순전한 환상인지 구별하지 못했다.

첫 번째 사실은 악마가 종기를 나게 했다는 것이다. 오호토를 죽이려고 찾아온 사악한 이노의 첫 작업은 종기를 나게 하는 거였는데, 오호토의 자세한 설명에 따르면 그 악마는 올바로 땅에 묻히지 않아 늑대에게 시신이 먹힌 남자의 영혼이었다. 그러나 일을 좀 미뤄 온 이 악마는 바로 어젯밤이 돼서야 자신의 목적을 달성하기 위해 결심을 했다는 것이다. 악마는 어둠과 함께 찾아왔다. 고통에 시달려 잠들어 있던 오호토가 위를 보니 텐트 기둥에 달라붙어 자신을 향해 아래로 내려다보면서 사악하게 미소를 짓는 그 악마가 있었다. 내가 개입한 것에 대해 오호토는 하염없이 감사해 했다. 그의 말에 따르면 무의식적으로 내가 저주를 내뱉으며 아무렇게나 소총을 휘두르는 바람에 이노는 자신이 붙을 수 없는 월등한 상대를 만났다고 생각했다고 한다. 얼굴에서 고통은 즉시 사라졌고, 아침이 되자 종기는 거의 다 나아가는 상태가 됐다.

솔직히 털어놓는 말이지만, 오호토가 믿은 것을 나는 믿지 않는다. 그러나 종기가 삼일 만에 완전히 나았고, 그것은 일반적인 자연치유보다 엄청나게 빠른 속도였다는 것을 나는 안다.

이노 사건이 있은 지 일주일도 못되어, 우리가 앙쿠니 호수를 처음 보았을 때, 자신의 아버지가 돌아올 것이라고 말한 오호토의 예언이 현실로 일어났다. 오호토의 눈과 귀로 엘라이투트나가 돌아와 아들에게 이야기를 했다.

종기가 말끔히 나은 후 며칠 동안은 오호토의 천성적인 활기가 되살아났지만 오래가지 못했다. 하루하루가 지나가도 우리가 사슴을 만나지 못하게 되자, 그의 기분은 또다시 어두워졌다.

여행초반에 우리를 거의 죽일 뻔했던 그 불가사의하고 매우 위험한 바람을 잊지 않고 있던 우리는, 얼음에 잘려나가 기슭으로 내팽개쳐진 우뚝 솟은 바위벽의 바람이 닿지 않는 곳 아래를 찾아 조심스럽게 머물면서 미지의 호수 북쪽 기슭을 따라 천천히 이동했다. 아주 낮은 저지대인 주변 지역을 바위벽이 계속해서 막아버려 호수에서는 보이지 않았다. 수평선에 낮게 걸려 있는 섬들은 그곳이 본토일 것이라는 믿음으로 우리를 애타게 했지만, 우리를 둘러싸고 있는 바위벽에 섞여 사라져버렸다. 우리가 단 카누는 목적 없이 움직이며 거대한 접시 속을 헤매며 앞까지 보지 못하는 하나의 미세한 원생동물 같았다.

우리의 눈이 닿는 범위는 물이거나 접시 가장자리를 둘러싼 바위였다. 불안하기만 한 바위벽 아래를 따라 아무 계획 없이 느리게 이동하면서 우리가 고른 장소가 아닌 엉뚱한 곳으로 상륙하는 일이 생기지 않기를 기도했는데, 쥐죽은 듯 조용한 것 말고는 무시무시하기만 한 대부분의 기슭으로 카누를 끌어올렸다가는 분명 산산조각 날 것이기 때문이다.

사흘을 여행하는 동안 상륙하기에 안전한 장소를 겨우 다섯 군데밖에 찾을 수 없었다. 물가에 올라갔을 때마다 내륙을 살펴본 우리는 움찔해졌다. 바위벽 너머로는 저 멀리 물에 잠겨 습한 회색빛 땅이 끝없이 펼쳐져 있었다. 절망적으로 펼쳐진 광경 속에서 가장 무서웠던 것은 사슴이 지나간 흔적이라고는 전혀 볼 수 없다는 점이다. 거의 모든 툰드라 지대에 표시되어 있는 복잡하게 연결된 사슴 길이 그곳에는 완전히 없었다. 멀고도 먼 옛날 투크투의 발자국이 만든 것일지도 모르는 땅이 꺼져 들어간 부분만 희미하게 여기 저기 흩어져 있을 뿐이었다.

이런 풍경을 며칠 동안 보고나니, 오호토는 어떤 것도 위로해 줄 수 없는 우울 속에 빠져들었다. 살아있는 사람의 땅을 우리가 지나온 것뿐만 아니라, 그의 눈이 닿는 한 자신이 알고 있는 세상마저 우리는 완전히 벗어나버린 것이다. 왜냐하면 이곳에는 사슴이 전혀 없는데다가, 과거에도 사슴은 아예 없었다는 것을 그가 확신했기 때문이다.

어느 날 밤, 강기슭을 두르고 있는 바위벽의 좁은 틈을 비집고 펼쳐진 자갈로 된 몇 야드 길이의 물가를 힘겹게 찾아냈다. 감사한 마음으로 카누를 기슭으로 끌어올린 우리는, 근처에 나무가 없었기 때문에 불은 피우지 못한 채 야영을 했다. 오호토는 식사하는 내내 조용했고, 우리 역시 너무나 긴장한 나머지 그에게 말을 붙일 수 없었다. 분명 며칠 동안 그에게서 점점 커지고 있는 기분을 깨려고 할 수도 없었다. 식사가 끝나자, 에스키모는 내게 오더니 조용히 소총을 달라고 부탁했다.

그가 사냥할 만한 사냥감이 없다는 것을 나는 알고 있었는 데다가, 늦여름만 되도 밤은 이미 길어지기 때문에 날이 이미 어두워지고 있었나. 왜 총을 필요로 하냐고 오호토에게 묻자, 그는 이렇게 대답했다. "내게 당신의 총을 주세요. 그리고 아침에 내가 당신을 위해 했던 일들을 생각해 주세요. 당신이 내 몸에 필요한 것을 해줄 것이라 나는 압니다. 왜냐하면 반드시 행해야 하는 것들을 당신은 알고 있기 때문입니다. 당신은 이할미우트 부족의 남자이기 때문에 나를 여우와 늑대에게 남겨놓고 떠나지 않을 것입니다."

앤디는 폭발해 버렸다. "자살하겠다는 겁니까?" 그가 외쳤다. "이 소풍을 진정 행복하게 만들기 위해 필요한 것이 바로 그것이란 말이군요!"

분명 죽음이 오호토의 생각을 가득 채우고 있었고, 그 사실을 내가 깨닫는 순간, 이 여행을 오랫동안 내리 누르고 있던 긴장감이 견딜 수 없을 정도로 최고조로 치닫고 있는 듯 보여 참다못한 나는 결국 화를 터트리고 말았다.

총은 절대 줄 수 없다고 말하고는, 마음속에서 이 생각을 깨끗이 지워내지 않으면, 그를 위해서 내가 저질러 버리겠다고 말했다. 그는 우리가 소총과, 도끼, 칼 전부, 심지어 오호토의 칼마저 끌어 모아 우리 텐트의 침낭 밑으로 숨기는 동안 우리한테서 떨어져서 기슭 옆 바위 위에 앉아 있었다. 미지의 장소로 향하고 있는 우리의 여행이 맞게 될 결과를 이미 어둡게 만들고 있는 숨막히는 불안감에다, 마치 의도적으로 이 견딜 수 없는 마지막 무게를 그가 더한 것 같아 우리는 그 사내를 증오했다. 이 불안감으로 인한 긴장에 너무나 짓눌린 우리의 정신력은 쇠약해진 나머지 지치고 지쳐 날카로워져버린 상태였고, 우리의 생각 역시 더는 온전하게 이성적이지 않았다. 오호토에게 무슨 일이 생겨도 전혀 상관하지 않는다고 우리는 입 모아 말했는데, 바로 곁에 죽은 사람이 있다는 생각에 불쾌하다 못해 화가 났기 때문이다. 무기를 숨긴 후에, 오호토에게 간 나는, 이누이트 말로 내가 할 수 있는 가장 잔인한 말을 그에게 퍼부었다. 그는 나를 쳐다보지도 않았고, 대답도 하지 않았다. 잠시 후에 나는 일종의 비열함과 자기혐오를 느꼈다. 이 사내가 필요로 한 것은 우리가 그에게 줄 수 있는 동정심과 이해라는 사실을 나는 어렴풋이 깨달았다. 우리 자신이 만약 공허 속에 외롭게 떨어져버린 존재라면, 그는 3배로 외로운 상대였기 때문이다.

솟구치는 분노를 다시 마음속으로 붙잡아 넣은 나는, 깊이 미안한 마음과 더불어 결코 그가 죽으면 안 된다는 것을 설득하려고 애쓰며, 오호토에게 부드럽게 말했다.

그가 내 말에 시늉도 하지 않자, 내게서는 분노가 새롭게 활활 솟구쳤다. 나는 영어로 저주를 퍼부으면서 텐트로 화난 발걸음을 옮겼다.

에스키모를 향한 분노가 머리끝까지 치솟은 앤디와 나는 잠자리에 들었다. 그를 내 생각에서 밀어내보려 했지만, 잠을 청하는 것도, 잊어버리려 애쓰는 것도 불가능했다.

텐트에 누운 지 몇 분도 지나지 않았는데, 흰부리아비 한 쌍이 무겁게 내린 적막 속을 날카롭게 꿰뚫으며 미친듯이 울어댄다. 며칠 만에 처음으로 들어보는 살아 있는 것의 소리였다. 그러나 살과 피를 가진 생명체에게서 그 아무도 기대하지 못할법한 그런 미치광이같이 재잘거리는 소리가 울려 퍼지는 바람에, 우리속의 긴장감을 덜어주기보다 오히려 그것을 더 심하게 만들어버렸다.

미처 새들의 울부짖는 후렴구가 다시 되풀이되기도 전에, 오호토의 목소리가 그들과 함께 섞인다. 자신이 죽어가는 것을 아는 이할미우트 부족만을 위해 특별히 부르는 고음의 단조로운 노래를 오호토가 읊조리기 시작하자, 흰부리아비의 울음소리는 광기어린 코러스로 어우러진다!

침낭을 너무 세게 쥐어 잡아 내 손톱이 거친 천에 부서져 금이 갈 때까지, 그 노래는 밤이 깊도록 끝없이 계속되었다. 결국 극도의 피로감에 굴복해 버린 나는 소름끼치는 악몽과 씨름하며 잠에 들었는데 새벽이 다가오기 바로 직전 잠에서 깨어났다. 모기장에 어린 희뿌연 안개를 노려보며 한동안 그렇게 누워 있던 내게 노랫소리가 멈춰버렸다는 생각이 스쳐지나갔다. 그러자 나는 토할 것 같았다. 오호토가 죽었다고 생각하며 자리에 누워 있는 동안 메스꺼움이 나를 뒤흔들었다.

새벽이 밝자 오호토의 텐트로 나는 향했다. 그는 거기 없었다. 그를 찾아보았지만 보이지 않자 자갈돌 사이를 비틀거리면서 필사적으로 뛰어다녔다. 마침내 나는 물가 근처의 두꺼운 이끼에 얼굴을 박고는 엎드려 누워 있는 그를 발견했다.

움직이지 않는 그를 한참동안 내려다보고 서서는 그의 낡은 파카 털을 만져볼까 주저했지만, 내가 그를 내려다보는 동안 햇볕이 강해지면서, 얕으면서도 규칙적인 잠결의 박자에 맞추어 그의 파카가 올라갔다 내려가는 것을 보게 되었다.

엄청난 안도감에 나는 그에게 소리를 쳤고, 그가 일어나 앉아 눈을 문지르기 시작하자, 담배주머니와 내가 쓰는 파이프를 그에게 건네주었다. 그가 만약 일어섰더라면, 나는 아마 그의 목을 얼싸안았을지도 모른다.

그날 아침 우리와 함께 아침 식사를 한 에스키모는 자신의 잘못을 뉘우치면서도 차분히 가라앉은 모습이었다. 반대로 우리는 그가 여전히 함께 있다는 사실에 너무나 안심이 된 나머지 유쾌하다 못해 수다까지 떨었다. 그러나 이노 때문에 힘들어하던 때와는 달리, 전날 밤 자살을 하고 싶게끔 만든 이유에 대해 설명하는 것을 오호토는 그다지 하고 싶어하지 않았다. 하지만 그를 용서한 우리는 그것을 아는 것이 우리의 권리라 느꼈다.

모든 자초지종을 듣는데 며칠이 걸렸다. 이제 그 내용을 옮겨보겠다. 계속해서 이어나가긴 해도, 내용은 오호토의 것이다.

내가 누더리크 [아직 아이]였을 때, 내 아버지는 자주 인간의 강을 여행하셨습니다. 재난이 닥치기 전 시절 앙쿠니 캠프에서 생활하셨던 터라 그 땅을 잘 알고 계셨던 내 아버지 엘라이투트나는 그 강을 따라 한참 내려가 히콜리구아크라 불리는 호수까지 모험을 하곤 했습니다. 내 아버지는 강하진 않아도 샤먼이었습니다. 대다수의 남자들보다는 영혼에 대한 두려움이 적었고, 바로 그 때문에 사람들이 떠나버린 뒤로도 몇 년 동안 그 강을 여행한 것입니다. 그곳에서 엄청난 죽음이 일어난 후에 앙쿠니를 다시 방문한 거의 유일한 이할미우트 부족이 바로 우리 아버지입니다.

그는 거대한 호수 주변 지역에 대한 사랑을 가지고 있었습니다. 그리고 그 사랑을 유일하게 진정시킨 것은 흔적만 남은 텐트 고리와 가득 널린 무덤에 대한 두려움뿐이었습니다. 어린 시절 처음으로 사슴을 보았던 그 땅, 다가올 모든 시간동안 자신의 영혼이 머무를 그 땅 앙쿠니로 자신은 돌아갈 것이라고 엘라이투트나는 여러 번 맹세했습니다.

여기서 동쪽으로 멀리 떨어진 그 교역자의 호숫가 내 텐트에서, 아버지가 죽었을 때, 그의 무덤에 여행에 필요한 모든 것을 함께 묻었습니다. 왜냐하면, 아버지는 그것을 모두 가지고 자신이 죽은 낯선 땅을 떠나 키네투아 아래 놓여 있는 캠프로 다시 돌아가실 것을 내가 알았기 때문입니다.

이 모든 것을 내가 알았기 때문에, 우리가 처음으로 키네투아에 올라 거대한 호수 주변의 죽어버린 땅을 바라보았을 때, 나는 아버지 엘라이투트나에 대해 이야기했던 것입니다. 나는 그 언덕을 알았고, 그 땅을 알았습니다. 나는 또한 어딘가 가까운 곳에서 엘라이투트나의 귀신이 떠나지 않고 남아 있다는 것도 알았습니다. 엘라이투트나는 내가 사랑했지만, 귀신은 사랑하지 않기에, 그 생각은 내게 두려움이 섞인 행복감을 주었습니다.

엘라이투트나가 나를 발견했다는 것을 안지 며칠 만에 키네투아 만 기슭에서 우리는 야영을 했습니다. 그때 나는 그를 볼 수도 없었고 들을 수도 없었지만, 그가 그곳에 있다는 것을 알았고, 죽은 자의 땅을 거니는 동안 그가 존재한다는 사실은 내게 두려움과 더불어 위로를 가져다주었습니다.

우리가 앙쿠니를 떠나 쿠위를 거슬러 올라갈 때, 엘라이투트나는 가까이 다가왔고, 무덤이 있던 장소를 떠났을 때는, 아버지의 영혼이 더 강해져서 이따금 아버지의 목소리를 어렴풋이 듣고 있다는 것을 알게 되었습니다. 마침내 우리가 이 이름 없는 호숫가에 도착했을 때, 우리 앞에 펼쳐진 텅 빈 땅에서 되돌아가야만 한다고 내가 당신에게 한 말은 엘라이투트나가 속삭인 것이었습니다.

하지만 여러분은 돌아서지 않았고, 그래서 우리는 이상한 물의 땅으로 들어가게 됐는데, 그곳은 내 아버지가 속한 땅이 아니었기 때문에 엘라이투트나가 힘을 잃어버리게 되는 일이 생겨버렸습니다. 여러분의 마법이 아니었으면, 이 강에 출몰하는 그 악마가 내 얼굴에 달라붙어 나의 목숨을 앗아갈 뻔했었던 때도, 아버지는 나를 위해 어떤 것도 해줄 수가 없었습니다. 이제 엘라이투트나의 목소리가 강해졌는데도 여러분은 돌아서지 않았고, 그래서 나는 그의 땅인 영혼들의 세계로 내가 통과하고 있다는 것을 알았습니다. 하루 종일 나는 그의 목소리를 들었고, 오랜 시간동안 자신의 젊은 시절과 이 땅의 젊은 시절의 이야기를 내게 해주며 그는 오랜 시간 내게 말했습니다.

우리 사람들의 텐트가 대낮의 하늘을 굴러다니는 하얀 정령의 구름처럼 많았던 시절에 대해 엘라이투트나는 이야기했습니다. 나의 아버지는 내게 사슴의 수가 너무나 많아 이할미우트 부족이 '배고픔' 이라는 단어를 사용하지 않았던 시절에 대해 전해주었습니다. 그는 또한 나무를 구하고 우리와 교역을 하려고 우리 땅 가장자리로 찾아오는 해안의 이누이트를 만나는 아킬링네아라 불리는 높은 산마루로 가기 위해, 엄청난 수의 카약이 북쪽으로 긴 여행을 떠났던 시절에 대해 이야기했습니다.

내 아버지의 기억은 저 너머 시간의 깊은 곳까지 뻗어가, 이할미우트가 된 모든 사람들이 서쪽으로 50일을 행진하여 우리가 결코 본 적이 없는 참으로 거대한 호수 기슭까지 나아갔던 시절에 대해 말해주었습니다. 엘라이투트나는 어떻게 이트킬리트가 남쪽과 서쪽에서 그 호수로 올라와 그곳에 있던 이누이트들을 공격했는지, 그리고 이트킬리트의 공격을 피해 동쪽으로 도망친 살아남은 많은 이들이 어떻게 평생의 시간을 들여 천천히 동쪽으로 나아가 마침내 오늘날의 이할미우트 부족의 땅을 발견하게 되었는지도 이야기해주었습니다.

그러나 무엇보다도 엘라이투트나는 사슴에 대해 이야기했습니다. 사슴이 유명한 건널목으로 통과하기 위해서는 한 달이 꼬박 걸려야 지나갈 수 있던 시절에 대해 말했습니다. 그리고 나의 아버지가 이야기하는 동안, 여러분의 카누 너머로 이 땅에는 살아있는 것이 하나도 없음 을 본 나의 마음은 연약해지고 멍해져서, 사슴이라고는 전혀 없는 곳, 사슴이라곤 사방 어디에도 없는 사슴을 찾아 배고픈 영혼들이 평원을 다니면서 흐느껴 우는 곳에 나도 죽어서 이미 도착한 것은 아닌가란 생각이 들 정도였습니다.

엘라이투트나의 목소리가 점점 더 강해지는 것을 듣긴 했지만, 나의 아버지를 한 번 더 보게 된 것은 이 캠프에 도착하고 나서였습니다. 아버지는 기슭 근처에 있던 내 곁에 서 계셨습니다. 그는 여러분을 볼 수 있어도, 카블루나이트인 여러분은 이리저리 다니면서도 그를 보지 못했습니다.

바로 그때 이 장소에서, 엘라이투트나가 내게 한 말로 인해 나는 당신의 소총이 필요하게 되었고, 내가 영원히 쉴 수 있는 길을 찾고 싶었습니다. 아버지는 예전 시절에 대해서는 더는 이야기하지 않고, 오늘날의 우리 사람들과 우리 땅에 대해서 이야기했습니다. 아버지는 굶주림과 격심한 고통에 대해 이야기했습니다. 아버지는 그 고통보다 힘이 약한 살인자들에 대해서, 그리고 여자들과 아이들을 덮치는 토혈에 대해 이야기했습니다. 아버지는 내게 여러분을 보라고 하면서 이렇게 말했습니다:

"보아라, 오호토야, 우리가 최초의 여자의 자궁에서 나온 것과 마찬가지로, 이들도 그녀의 아들들이었던 카블루나이트란다. 그러나 그녀는 그들을 자신에게서 내보내면서 우리의 것일 뿐만 아니라 그들의 것이었던 이 땅에서 내보냈지. 그 오래된 옛날, 그녀는 그들에게 잘못을 범했지만, 그들은 그 사실을 잊지 않았을 뿐만 아니라, 우리 공통의 어머니에게서 사랑을 받은 사람들이 우리였다는 것도 잊지 않았다. 그들이 다시 돌아왔어. 그들은 복수를 하기 위해 돌아왔고, 돌아오는 자신들의 행렬 속에 최악의 고통과 토혈을 가지고 왔지. 우리가 굶주림의 의미를 깨닫도록, 그들은 우리에게서 사슴을 뺏고 그것들을 숨겨버렸구나. 영리한 그들은 한때 우리의 것이었던 이 땅의 권리를 요구하기 위해 찾아온 것이야.

그런데, 내 아들아? 이제 나와 함께 죽은 자들의 땅에 내가 서 있게 된 것은 좋은 일이다. 작은호수들 기슭 위에 네가 남겨놓고 온 텐트에는 오로지 재난만 있을 뿐이고, 네가 되돌아갔을 때 너를 반기기 위해 남아 있을 사람이 아무도 없을 것이야. 네가 알고 있는 그 얼굴들이 너의 귀환을 보기 위해 여전히 미소 짓고 있게 된다한들, 그들의 시간이 얼마 남지 않았음을, 그리고 나는 진실을 이야기하고 있음을 기억해라. 네가 수포로 돌아가 버린 사냥에서 돌아왔을 때 너를 반기기 위해 남아 기다릴 얼굴이 더 이상 없게 되는 날이 곧 올 것이야.

나는 샤먼 앙게오코크이다, 오호토야, 그리고 네 눈이 보지 못하는 모든 것을 보는 영혼이지. 내가 젊었을 때 우리 사람들은 사람의 목소리로 그 넓은 평원을 가득 채운 얼마나 위대한 민족이었던지. 너는 현재 우리 사람들이 누구인지 알지. 그러나 네 앞에 뻗어있는 겨울의 끝에 이들이 어떤 사람들이 될지 아느냐? 이 땅을 가로질러 흐르는 강가에 몇 개의 새 무덤만 생겨날 것이야.

그리고 내 아들 오호토는 이 모든 일이 일어나는 동안 어디에 있게 될 것인가? 카블루나이트가 머물러 있는 동안은 그도 남아 있겠지만, 그들에게 더 이상 오호토의 도움이 필요 없게 되면, 내 아들은 어디로 갈까? 내 아들이 죽는 시간이 올 것이고 그의 뼈를 묻어주기 위해 그의 사람들 중 남아 있는 이는 한명도 없는 때가 오게 되겠지. 늑대들이 내 아들의 남은 시신을 먹어치울 것이고, 내 아들은 이 세상 어느 곳에서도 평안을 찾지 못하게 되겠지.“

이렇게 내 아버지 엘라이투트나는 말했습니다. 그리고 나는 그의 말이 사실임을 알았고 당신의 총을 빌려 그 기다림에 종지부를 찍기를 원했습니다.

그러나 총은 숨겨졌고, 내 칼을 찾아보았을 때는 그것마저 없어졌습니다. 그래서 나는 물가에 앉아, 내 아버지 엘라이투트나의 힘이 내게 죽음을 가져다주리라 믿으며, 어둠 속에서 죽어가는 자의 노래를 불렀습니다. 그러나 아침이 되기 전, 그가 나를 떠나버렸기에, 내가 바위 옆에서 찾아보았지만 그는 사라져버렸고 나는 살아 있었습니다.

그러자 나는 빈껍데기가 되어버렸습니다. 그리고 이제 혼자라는 사실을 알게 된 나는 이끼 위에 쓰러져 흐느껴 울었습니다.

19

아버지의 시절

오호토가 죽기로 결심했던 날 다음날, 야영을 했던 곳을 나선 우리 앞에 놓인 땅은 모습이 바뀌어 있었다. 태양은 반투명한 하늘 위로 높게 떠올랐고, 너무나 오랫동안 우리를 에워싸고 있던 바위벽 위로 산이 솟아니 있는 것을 보았다. 서쪽과 남쪽으로 거대한 구릉지대가 뻗어 있었다. 호수의 기슭은 이제 남쪽으로 구부러져 이 이름 없는 호수의 끝에 우리가 도달한 것을 알려줬다.

멀리 보이는 구릉지대의 풍경은 항해의 끝자락에 부두에 서 있는 친구들의 모습을 보는 듯해서, 우리는 새로운 힘을 얻어 그곳을 향해 노를 저었다. 오호토가 맨 먼저 멀리 울퉁불퉁한 산마루 비탈 사이사이로 군데군데 컴컴하게 달라붙어 있는 것을 발견했는데, 뛰는 가슴을 안고 내가 망원경으로 살펴보니 그것은 나무들이었다.

남쪽으로 우리가 힘차게 나아갈수록, 바위벽들은 무너져 내려 가라앉아 사라져버렸다. 이제 호수 기슭에서 낮은 산기슭 줄기를 향해 재빠르게 경사진 진짜 땅이 나타났다. 산기슭 측면 아래서 노를 젓고 있던 우리는 어린아이 같은 즐거움으로 수많은 사슴길이 그물모양처럼 덮여 있는 것을 보았다.

구릉지대를 가르고 있는 낮은 계곡 사이로는 가문비나무 숲이 많은 곳에 흩어져 있어, 단순히 모닥불을 지피는 즐거움에 우리는 그날 아침 여러 번 기슭에 오르기도 했다. 먹을 것이라고는 밀가루 조금밖에 없었지만, 커다란 장작더미 옆에 앉아 있으니 즐거웠고, 모기와 파리들이 불에 타는 것을 보며 우리는 웃었다.

한번은 모닥불 곁에 우리가 앉아 있는데, 갑자기 호수 위로 회색빛의 흐릿한 안개가 피어나더니 우리가 지나온 음침하게 황량한 길을 순식간에 덮어버렸다. 겨우 1분에서 2분 머물렀던 안개가 사라지기 전 완벽한 무지개가 떠올랐는데, 하늘 꼭대기까지 솟아 반대편으로 떨어지면서 호수의 북쪽에서 남쪽기슭까지 하나의 장엄한 호를 그리며 걸쳐 있었다. 그것은 단지 무지개에 지나지 않았지만, 오호토는 그것이 분명 하나의 징조라고 주장했다. 우리는 기슭에서 일어나 이 이름 없는 호수 속으로 한 번 더 카누를 밀어냈는데, 앞에 놓인 것이 무엇인지 알기 위해 바람의 냄새를 킁킁거리며 맞아보는 개처럼 오호토는 뱃머리에 앉아 약하게 부는 바람의 냄새를 맡아보았다.

기슭을 따라 노를 저어간 반대쪽 구릉들 사이에 뻥하니 뚫린 구멍과 마주쳤다. 이 구멍 사이를 바라보니 이상한 기분이 들었는데, 마치 이 낮게 뻗어 있는 구릉지역이 실제로 우리를 세상의 가장자리로부터 단절시켜버린 것 같았다. 카누에서 바라보니 우리 눈높이를 따라 평평하게 뻗은 구릉너머를 바라볼 수 있었는데, 그 너머에는 아무것도 없었다. 이제는 바위벽도 구릉지대도 우리를 에워싸고 있지 않았다. 세상의 거죽에 난 구멍사이를 우리가 바라보고 있는 듯했고, 마치 무한한 허공 속을 내다보고 있는 기분이었다.

주위의 땅이 친근하고 온화했기에 우리는 두렵지 않았다. 그래서 땅에 상륙한 우리는 구릉의 틈 사이를 지나 서쪽으로 걸어 나갔다. 그러자 왜 세상이 그곳에서 끝나버렸다는 기분이 들었는지 그 이유를 알게 되었다. 우리가 노를 저으며 따라왔던 구릉지역은 이름 없는 호수와 서쪽에 자리 잡은 훨씬 더 큰 호수를 나누는 길의 척추역할을 하고 있었던 것이다. 북쪽에서 이어져 내려온 구릉지대는, 땅의 길고 좁다란 한 지역으로 모여들었다. 우리가 서 있던 지점에서는 그 폭이 4분의 1마일쯤 될 정도로 좁아졌는데, 가장 좁은 이곳에서 구릉지대가 잠깐 멈춘 셈이었다. 우리로부터 남쪽으로 다시 솟아 힘을 얻은 구릉은 길이 다시 넓어지면서 남쪽으로 뻗어나가는 거대한 깔때기 모양의 땅이 되었다. 지협의 좁은 통로를 건너간 우리는 두 호수를 연결하는 것이 아무 것도 없다는 사실에 놀랐다. 마치 세상의 끝에 도달한 것 같은 섬뜩한 기분이 들었던 이유를 우리가 가로질러온 호수 수면높이에서 족히 30피트는 아래로 놓여 있는 더욱 거대한 이 새로운 호수가 설명해주었다.

새롭게 나타난 내륙의 바다의 담청색 물 위로 끝없이 뻗어 있는 서쪽을 바라보며 우리가 서 있는데, 오호토는 호수 저 깊은 곳에서, 그리고 자신의 마음 깊은 곳에서 무엇인가를 찾고 있는 듯했다. 다른 어떤 호수에서도 내가 한 번도 본 적이 없는 깜짝 놀랄만한 투명한 군청색 빛이 그 물에 어려 있었다. 오호토가 그 빛깔을 기억하고 있었는데, 왜냐하면 이누이트는 평원을 가로질러 자신의 길을 찾을 때 사용하는 정교한 방법을 가지고 있기 때문이다. 마침내 그가 입을 열었다.

"이곳은 툴레말리구에트나라고 불리는 호수입니다. 내륙에 있는 호수 중 가장 큰 툴레말리구아크로 나아가며 북쪽에 있는 얼음 바다로 향하는 길입니다!"

우리가 그에게 몇 가지를 물어보니, 오호토 자신도 이 호수를 직접 본 적은 단 한 번도 없었음이 밝혀졌지만, 그럼에도 불구하고 호수의 미묘한 특징으로 그것의 이름을 알 수 있었다. 왜냐하면 남아 있는 이할미우트 부족의 텐트에서도 여전히 모두에게 전해져 내려오고 있는 여행에 대한 전설의 일부이기 때문이다. 오호토가 옳았다. 이 호수가 실제 툴레말리구에트나였고, 우리가 서 있던 그 좁은 길이 중앙 툰드라 전체 지역에 자리 잡은 두 개의 주요한 호수를 나누고 있었다.

모두 길이가 족히 300마일이 넘는 이누이트 쿠라 불리는 카잔 강과 두바운트 강은 각자 평원을 따라 흐르다가 바다와 맞닿은 가장자리에 자리 잡은 카마네루아크(우리는 베이커 호라고 부른다)로 흘러 들어간다. 그러나 우리가 서 있는 이곳, 툰드라의 심장부 한 가운데에서 이 두 강은 북쪽으로 각기 다른 길로 다시 나아가기 전에 서로간의 거리가 돌 하나 던지면 닿을 만큼 가깝게 만나게 되는 것이다.

그러므로 사슴의 이주 경로에는 앙쿠니 호수의 동쪽 기슭에서부터 툴레말리구에트나의 서쪽 기슭까지 이르는 동서를 연결하는 물의 장벽이 놓여 있어, 그 폭은 거의 100피트에 이르며, 이 물의 장벽을 관통할 수 있는 유일한 길은 바로 1/4마일 너비의 좁은 지협뿐이다.

***

　카누로 되돌아오기 위해 그 지협을 걸어 나오면서 우리 발밑을 내려다보니, 아무리 거센 이끼도 살아남을 수 없을 정도로 수많은 사슴의 흔적이 자갈위에 새겨져 있었다. 길고 긴 세월동안, 수백만 마리의 사슴이 봄과 가을, 북쪽과 남쪽으로 향하는 이주 기간 동안 이 좁은 지협으로 모여들었음이 분명하다. 이곳이 바로 모든 사슴의 길 중 가장 중요한 사슴의 길이었다. 그리고 땅의 흔적을 보니, 봄에 이 길을 따라 사슴이 북쪽으로 이동했음이 분명했다.

　우리는 또한 이 지협을 가로질러 대각선 방향으로 한 줄로 세워져 있는 사람 모양의 석상을 발견했는데, 그것들은 마치 행군을 하는 군인처럼 깔끔하게 일직선으로 정렬해 있었다. 각각의 석상은 이웃하는 석상과 카누 길이만큼 떨어져 있었고, 비록 우리에게 발견될 정도로 원래 의도된 역할과는 사뭇 다르긴 했지만, 북쪽에서부터 밀려들어오는 사슴의 침입으로부터 이 지협을 보호하기라도 하는 듯 하나의 연속적인 전선을 형성하고 있었다. 이누코크 하나하나는 높이가 약 3피트였고 머리에는 갈색 이끼뭉치를 쓰고 있었다. 지협을 가로질러 보초를 서고 있던 털이 많은 갈색머리의 땅딸막한 그 회색 석상들은 우리가 이 장소를 최초로 방문한 사람이 아니라는 사실을 침묵 속에서 증언하고 있었다.

　오호토는 사람모양의 이 석상을 보고 환하게 웃었다. 이 좁은 사슴의 길로 피할 수 없이 흘러들어야 하는 사슴의 무리가 바로 지금 북쪽 어딘가에서 모여들고 있다는 것을 그는 알고 있었다. 그날 밤 잠자리에 드는 그는 행복한 사내였는데, 다가올 사슴에 대한 어떤 조바심도 보이지 않았다. 우리 눈에는 숨겨져 있는 투크투에 대한 것을 사슴으로 사는 이 사람들은 감지할 수 있기 때문에, 마치 그 사슴들이 언제 도착할지 그는 알고 있을지도 모른다.

그날 밤 사슴의 길의 동쪽 기슭에서 우리는 잠을 청했지만, 새벽녘 들려오는 오호토의 목쉰 소리에 잠에서 깨고 말았다.

"투크투! 녀석들이 오고 있습니다!" 그가 낮은 목소리로 중얼거렸다. 우리가 졸린 눈으로 새벽을 맞이할 무렵 오호토는 갑자기 사라져버렸다.

사슴이 도착하기 바로 하루 전, 마치 우연처럼 시간을 꼭맞춰 우리가 이 지협에 도착한 것은 기적과도 같은 일이었다. 사슴을 찾아 죽은 땅을 가로질러 수 마일을 여행한 우리였지만, 시간과 식량의 제약탓에 서쪽 경계에 이르러서야 우리가 구하던 것을 찾게 된 것이다.

텐트 밖으로 기어 나온 우리는 어슴푸레한 빛 속에 서 있는 이누코크의 실루엣을 볼 수 있었다. 팽팽히 긴장된 기대감으로 온통 휩싸인 듯 보였다. 자신들의 머리에 쓰고 있던 마른 이끼위로 아침이 되어 처음으로 인 바람 한 줄기가 나부끼자, 오랜 최면 상태에서 석상들이 깨어나 몸을 움직이는 듯했다.

오호토가 보이지 않자, 우리는 석상들에게서 남쪽으로 반마일 떨어져 있는 지협의 한 가운데로 나아갔다. 너무나 빠르게 밝아오는 빛 덕분에, 저 멀리 북쪽 산의 비탈에서 흘러내리고 있는 희미한 모습들이 차츰차츰 눈에 들어왔다. 더 빨리 빛이 퍼져 마침내 진주 빛처럼 하얀 하늘 아래 그 희미한 것들이 구체적인 모양을 띠어 한데 모인 사슴의 벨벳으로 덮인 뿔인 것을 알아보게 될 때까지 우리는 바위에 앉아 기다렸다.

평생 매년 이 길을 지나다닌 데다가 그러는 중에 어떤 적도 만나 본 적이 없었기 때문에 녀석들은 천천히 그리고 여유롭게 접근해왔다. 갑자기 눈앞에 펼쳐진 울퉁불퉁한 광경 속으로 더욱 강해진 햇살 덕분에, 지도자 역할을 하고 있는 젊은 수사슴이 가장 가까운 석상에서 겨우 몇 야드 떨어진 곳에 이를 때까지 천천히 길을 따라 오는 것을 볼 수 있었다. 바람이 순간 강하게 일면서, 이누코크 머리에 있던 이끼가 생명력을 얻어 바람의 손아귀속에서 짧게나마 일렁거렸다. 수사슴은 갑자기 걸음을 멈추고 앞다리를 넓게 벌린 채 가장 가까운 곳에 놓인 석상을 응시했다. 그를 향해 부는 바람결에는 어떤 위험의 냄새도 담겨 있지 않았고, 그 이상하게 생긴 돌도 더는 움직이거나 위협하지 않았다.

그러나 수사슴은 이제 경계를 하며 신중해졌다. 바위 위 높은 곳으로 발걸음을 옮긴 녀석은 석상의 동쪽으로 길을 나아가면서 대각선으로 놓인 이누코크와는 평행하게 거리를 유지한 채 움직였는데, 분명 석상 때문에 불안해졌기 때문이었다.

무리의 나머지는 수십 마리의 수사슴이었는데 아무 생각 없이 그 뒤를 따르고 있었다. 그 길 아래로 중간쯤 내려왔을 때, 지도자역할을 하는 사슴이 멈춰서는 잠시 주위를 둘러보더니, 갑자기 석상들이 눈에 거의 띄지 않을 만큼 자신에게 다가온 것을 깨닫자, 빠른 걸음으로 급히 움직이기 시작했다. 녀석의 꼬리가 들어 올려지자, 다른 수사슴들도 위험을 의미하는 흰색털이 갑자기 일어선 것을 보고 같이 달렸다.

이제 이 작은 사슴 무리는 자갈길 위로 내달렸고, 곧 석상의 긴 열은 마지막 석상과 호수사이로 스무 걸음의 간격만 남겨둔 채 끝에 이르렀다. 사슴 무리는 자신들 옆에 서 있는 이누코크에게서 달아나고자 하는 것밖에는 어떤 것에도 주의를 기울이지 않은 채, 그 틈 사이로 몰려들었다. 그리고 녀석들이 안전한 곳으로 빠져나가고 있는

그때, 입구 근처 돌로 잘 가려놓은 잠복처에서 오호토의 소총이 발사
되었다.

세 발이 발사되었는데, 가장 큰 세 마리의 수사슴이 이끼와 바위
위로 털썩 쓰러졌다. 그 사이, 대장 노릇을 하던 젊은 사슴은 살아남
은 녀석들을 이끌고 자갈돌 위로 잽싸게 도망쳐서는 지협의 끝자락
인 남쪽 산등성이의 비탈 위로 올라섰다.

오호토는 잠복처에서 뛰어나와 잡은 사슴을 향해 달려갔다.

우리도 재빨리 그를 돕기 위해 뛰어갔고, 몇 분 만에 캠프로 황급
히 돌아온 우리 셋은 불을 피우고는 뱃속에서 그렇게 갈망하던 고기
로 배를 가득 채웠다.

그 뒤를 이은 여러 날 동안, 지협을 건너는 사슴의 무리는 점점 더
거대해지다가 마침내 하나의 끊임없는 흐름으로 밀려들었는데, 더욱
더 빽빽하게 몰려드는 바람에, 예전에 내가 보았던 누엘틴 호수의 유
령산들을 건너던 사슴 무리보다 훨씬 엄청난 광경이었다. 이 좁은 지
협을 너무나 많은 사슴들이 빽빽하게 모여 건너려 하는 바람에 이누
코크의 '사슴 담장' 만으로는 더 이상 그 흐름을 감당할 수가 없게
되었고, 이 길을 따라 건너는 중심 흐름 외에 석상 사이사이로도 사
슴들이 흘러나왔다.

사슴들이 흘러내려오자, 바람만에서 내가 훨씬 더 작은 규모로 보
았던 죽음에서 생명으로의 변화가 이 땅에서도 일어났다. 살아서 날
개 치는 것이라고는 하나도 없던 핏기 없는 그 넓은 하늘은 이제 창
공을 가로질러 나는 갈가마귀들의 검은 날갯짓으로 얼룩덜룩해졌다.
이 검은새들은 한 마리씩 두 마리씩 날아온 것이 아니라 길고 긴 떼
를 지어 날아들었는데, 북쪽 지평선에서 갑자기 모습을 나타낸 매들
과 함께 창백한 하늘을 메웠다. 어느 날 아침에는 세 마리의 거대한

큰 매가 지협 위로 낮게 날면서 떼지어 몰려있는 사슴들의 등 위로 가까스로 통과해 날아갔다. 큰 매가 지나간 뒤로 느린 행렬을 지어 날아온 다리에 털이 난 매가 사슴의 물결 위 남쪽하늘로 높게 솟아 한가하게 퍼덕거렸다. 사슴행렬의 측면으로는 무리와 보조를 맞추어 나는 갈매기 떼가 하얗게 뒤덮었는데, 독수리처럼 썩은 고기를 먹기 위해 기다리고 있었다.

땅에서는 암갈색의 북극 여우들의 깽깽대는 소리가 소용돌이치는 사슴무리 속을 유령처럼 가로지르는 흰 늑대들의 울음소리를 따라 울렸다. 심지어 화려한 얼룩다람쥐도 긴 동면에서 깨어난 것처럼 모래로 된 빙퇴구에서 갑자기 튀어나온 듯 보였고, 구슬프게 울리는 휘파람 같은 녀석들의 소리는 긴 비탈과 구릉사이로 울려 퍼졌다. 족제비 테리가니크는 기슭 근처 돌무더기에서 나와 무모한 저항을 한답시고 떠들어대고, 울버린 카크이크는 이동하고 있는 사슴무리의 선두를 유유히 따라가고 있었다.

그러나 이 변화는 그 땅 너머까지 뻗어나가 오호토의 마음에도 찾아왔다. 사슴이 온 첫째 날, 불 주위로 둘러앉은 우리가 조그마한 붉은 숯 위로 신선한 고깃덩어리가 새까맣게 구워지는 것을 배고파하며 기다리고 있을 때, 오호토는 우리가 알았었고, 물론, 우리가 사랑했던 그 얼굴을 보여주었다. 그 속에서 일어난 이 변화는 단지 고기를 배불리 마음껏 먹을 수 있다는 생각 때문에 생겨난 것이 아니었다. 오히려 그것은 마치, 끝없이 이어지는 사슴의 행렬이 오호토에게 그들 자신들이 지닌 어떤 측량할 수 없는 생명력을 나누어주었기 때문인 것 같았다. 이할미우트 사람들과 사슴 간의 이 친밀한 관계는 단순한 물리적인 유대감 이상의 것임을 나는 다시 한 번 마음 깊이 되새기게 되었다. 이 사람들은 사슴이 이 땅에 오면 존재했다가 사슴들이 사라지면 함께 사라지는 덧없는 존재인 투크투의 영혼을 먹어야 할 의무가 있는 듯했다.

이제 그 영혼은 우리와 함께 있고, 우리가 보았던 이 땅의 황량한 흉포함이 더 이상 두려움과 함께 오호토를 휘감지 못했다. 그와 내가 오래 전에 텐트를 세웠던 동그란 흔적을 지협에서 우연히 발견했을 때, 오호토는 앙쿠니 호수의 인적이 끊긴 캠프 흔적을 보고 자신이 느꼈던 우울한 기분으로 다시 가라앉지 않았다. 그는 이제 태양 아래 모든 주제에 관해 끊임없이 이야기했고, 그가 이야기를 하지 않을 때는 웃을 때, 아니면 내가 충분히 웃지 않고 너무 시무룩한 얼굴을 하고 있다고 불평을 할 때뿐이었다. 그는 우리를 즐겁게 해 주려고 몇 시간이고 익살맞은 행동을 했다. 대단히 재치 있게 백인과 이할미우트 사람 흉내를 냈는데, 우리가 너무나 거침없이 웃은 나머지 지협을 건너던 사슴들이 호기심어린 얼굴을 돌려 우리 캠프가 있는 방향을 바라보기도 했다. 귀신에 대해서는, 심지어 엘라이투트나와 그의 어두운 예언과 경고에 대해서도 다시는 이야기 하지 않았다.

어느 날 밤 오호토와 나는 캠프 가까이의 둥근 언덕에 앉아 있었다. 땅거미가 내린 어둑어둑함 속에서 사슴의 길을 지나고 있는 보이지 않는 무리들의 캐스터네츠처럼 딸각거리는 끊임없이 단조로운 소리를 듣고 있었다. 나는 오호토에게 엘라이투트나가 살던 그 예전 시절의 이야기를 좀 해 줄 수 있는지 물어보았다. 기꺼이 승낙한 그는 자신의 아버지 엘라이투트나가 젊었던 시절로 거슬러 올라갔다.

내 아버지가 젊었던 시절 [오호토가 시작했다], 우리 가족은 한 동안 호수 중 가장 큰 툴레말리구아크에서 북쪽으로 흘러나오는 강에 살았었습니다. 그 강 주위로 우리의 텐트가 있었는데 그 수는 60개가

넘었습니다. 거기에 살고 있던 사람들은 키크토리아크토르미우트(
모기가 사는 땅의 사람들)이라 불렸는데, 그 시절에는 모든 캠프가
이할미우트 부족에게 속해 있었어도 자신만의 이름을 가지고 있었
기 때문이지요.

우리 부족 중 키크토리아크토르미우트 부족은 가장 북쪽에 살던
무리로 이할미우트 중 유일하게 우리 부족이 아닌 사람들과 접촉하
며 살았습니다. 그 시절에는 거대한 평원으로 들어올 수 있는 유일한
입구가 북쪽뿐이었습니다. 남쪽으로는 강하고 험악한 이트킬리트가
있었는데, 우리에게서 자신들의 땅을 막고 있었고, 동쪽으로는 바다
와 그곳에 사는 사람들이 있었는데 당시 우리는 그들에 대해 전혀
알지 못했습니다. 서쪽으로는 우리가 아주 두려워했던 이트킬리트의
다른 부족이 살고 있었는데, 아주 먼 옛날 그들 때문에 우리 부족이
피를 흘리며 서쪽의 평원으로 쫓겨났기 때문입니다.

그래서 우리는 북쪽의 사람들과만 유일하게 왕래를 했습니다. 키
크토리아크토르미우트 부족은 우리 땅의 입구에 자리 잡고 있었고,
우리 아버지의 부족은 평원으로 이르는 북쪽 문을 지키는 사람들이
었습니다.

그곳은 또한 사향소 오밍무크의 땅이어서, 해마다 겨울이면 남쪽
에 사는 이할미우트 부족이 사향소 사냥에 함께 하기 위해 내 아버
지 사람들의 이글루로 찾아옵니다. 어떤 겨울에는 남쪽에서 백 개나
되는 썰매가 찾아와, 이 땅 입구에 자리 잡은 캠프에서는 놀라운 일
과 아름다운 춤과 놀이가 벌어졌다고 들었습니다.

키크토리아크토르미우트 부족 사냥꾼들은 두 사람이 함께 겨울
사냥을 나설 수 있도록 자신의 노래사촌들 중 한 명이 남쪽에서 도
착하기를 기다립니다. 내 아버지의 노래사촌은 이 땅의 작은 언덕들

아래에서 아직도 살아 있는 헤크와우였습니다. 그리고 내 아버지 엘라이투트나와 헤크와우 모두에게서 그들의 사냥이야기를 나는 들었습니다.

겨울이 한가운데 이르러서야 헤크와우는 북쪽의 캠프로 도착합니다. 사슴고기와 털 선물이 높이 쌓인 자신의 거대한 썰매를 끌고 그는 찾아옵니다. 손님을 반가이 맞이한 엘라이투트나는 사촌을 위해 노래 잔치를 크게 벌린다는 것을 알리기 위해 다른 이글루로 사람을 보냅니다.

그날 밤 엘라이투트나의 큰 집은 한가운데에 춤을 추는 사람이 발을 내딛을 자리만 간신히 남겨놓고 남자와 여자로 가득 찰 정도로 사람들이 모입니다. 언제나 엘라이투트나는 헤크와우를 높이는 노래를 부르며 춤을 추기 시작했습니다. 그리고 그의 노래가 끝날 무렵, 헤크와우에게 귀중한 선물을 증정했는데, 자리에 모인 모든 사람들이 그 선물을 보며 감탄하는 소리를 외칩니다.

그러면 헤크와우가 춤을 추면서 엘라이투트나의 한없이 아낌없는 마음씨에 대한 노래를 부르고, 그 역시 자신의 노래사촌인 그 사냥꾼에게 선물을 주는 것으로 자신의 노래를 끝마칩니다. 그런 식으로 노래 축제는 밤이 깊어지도록 계속되는데, 이 두 사람은 각자 선물을 주는 것을 통해 상대방을 이기려 하고, 이글루에 모인 사람들은 선물이 쌓여갈수록 더욱 더 신나게 됩니다.

여자들은 계속 바쁘지요. 이글루 밖은 죽음처럼 어둡지만, 그럼에도 불구하고 그들은 눈 속에다 특별한 불을 계속 지피면서 연기가 모락모락 나는 사슴고기가 가득 쌓인 접시를 안으로 들입니다. 마침내 근처에 있는 눈 집으로 북춤의 소리가 퍼져나갈 때까지, 멀리 떨어진 지역에서 새로운 방문객들이 계속해서 도착합니다. 엘라이투트나와 헤크와우는 이글루에서 이글루로 다니며 각각의 이글루에서 새로운 노래를 부르고 서로에게 새롭고 더 훌륭한 선물을 줍니다. 아침이 될 때까지 이 흥분이 더욱 더 고조된 나머지 그들은 자신이 가지고 있는 모든 것을 주게 되어, 날이 밝으면 서로는 노래사촌이 가지고 있는 모든 소유물을 가지게 되는 것이지요.

때로 춤과 노래는 이틀에서 사흘이나 계속되는데, 잠을 잘 수 있는 짧은 휴식 기간 동안, 헤크와우는 내 어머니와 잠자리에 듭니다. 그것이 바로 법이기 때문이지요. 오밍무크를 찾아 북쪽으로 오는 사냥꾼은 그 힘든 여행에 자신의 가족을 데려오지 않는 것이 법입니다. 그래서 저 먼 남쪽에서부터 그 땅의 입구에 도착한 남자에게 자신의 노래사촌의 아내와 잠자리에 드는 것이 허용되는데, 이러한 호의를 그가 거절한다면 전체 캠프에 엄청난 치욕이 될 것입니다. 그러나 당신은 이것을 반드시 기억해야 합니다. 어떤 남자도 여자가 원하지 않는 한 다른 남자의 아내와 잠자리에 들지 않습니다. 최종 결정을 내리는 사람은 언제나 여자입니다. 물론 여름이 되어 엘라이투트나가 남쪽의 작은 언덕들 지역으로 여행을 떠날 때는, 카약을 타고 오기 때문에 아내가 탈 자리가 없습니다. 헤크와우의 텐트에 그가 도착하면 그 역시 자연스럽게 노래사촌의 아내와 잠자리에 드는데, 왜냐하면 그곳에는 자신의 여자가 없기 때문입니다.

엘라이투트나 캠프의 축제는 며칠이고 계속되고, 종종 축제가 끝나기 전에 남쪽에서 도착한 새로운 사냥꾼들이 모든 것을 다시 시작합니다. 결국 겨울 대부분의 시간 내내 춤과 노래, 내기놀이가 크게 일어났다가 가라앉습니다.

마침내 헤크와우와 엘라이투트나는 사냥할 시간이 이르렀다고 결정합니다. 그러면 자신들의 썰매 두 개와 썰매 개, 그리고 약간의 음

식만을 싣고는 어떤 사람도 이제껏 살아본 적이 없는 툴레말리구아
크 서쪽 지역의 황무지로 출발합니다.

때때로 깨진 바위 언덕을 지나 2주를 여행하면 이끼를 찾기 위해
사향소가 앞발로 눈을 긁어내어 맨땅이 드러난 곳에 그들이 도착합
니다. 이런 신호를 발견한 그들은 작은 여행용 이글루를 만들어 캠프
를 설치한 다음 두세 마리의 사냥개만 데리고 걸어서 앞으로 나아갑
니다.

그때는 밤에 사냥을 해야 하는데, 왜냐하면 위쪽 지역에서는 겨울
동안 낮이 겨우 한 두 시간 지속될 뿐인데다가 대낮에는 사향소에게
접근하는 것이 힘들기 때문이지요. 그래서 사냥꾼들은 하늘의 빛이
보내는 긴 광채나 달의 정령 타크티크가 떠올라 어둠이 흩어지는 밤
에만 이동을 합니다.

마침내 개들이 팽팽히 긴장한 몸으로 앞장을 서는데, 녀석들은 오
밍무크의 냄새를 맡아도 짖지 않도록 훈련을 받았기 때문에 조용히
나아갑니다. 그들이 낮은 야산을 올랐을 때 앞에 놓인 골짜기의 짙은
푸른빛 눈 속으로 검은 그림자를 보게 되면, 그것들이 바로 사향소라
는 것을 알게 됩니다. 놈들은 털이 많은 거대한 짐승으로 그들의 긴
털은 발굽까지 내려와서 거대한 꼬리처럼 눈 속으로 끌려 다닙니다.
그들의 무거운 몸은 검은 이끼로 뒤덮인 네모난 바위처럼 생겼는데,
오로지 녀석들의 머리만 우리가 알고 있는 동물의 생김새를 닮아 있
습니다.

오밍무크가 어디에 서 있는지 확인한 사냥꾼들은 그들의 개를 각
자 서 있던 두 곳의 장소에서 즉시 풀어줍니다. 헤크와우나 엘라이투
트나 둘 중 한 명은 사향소 무리의 반대편으로 크게 돌아갑니다. 여
우처럼 떨리면서 울리는 소리가 그들이 사용한 신호였는데, 반대편

으로 돌아나간 사람이 자리를 잡으면 이 신호를 보낸 뒤 개들을 풀어줍니다.

개들은 조용히 사냥을 합니다. 소리 없는 늑대처럼 녀석들은 사향소 무리를 향해 나아가는데, 개들이 다가오고 있다는 것을 알자마자, 사향소들은 틈 하나 없이 꽉 짜인 원으로 된 대형을 만들어 원의 가장자리는 견고한 뿔의 성벽을 세웁니다.

수컷 사향소들은 치명적인 성벽을 만듭니다. 어떤 개나 늑대도 그것을 공격했다가 살아남지 못합니다. 하지만 오밍무크는 사람에 대해 거의 알지 못합니다. 단지 단단히 원 모양을 이루기만 하면 대부분의 위험에서 안전하다는 것만을 녀석들이 알기 때문에, 두 명의 사냥꾼이 언덕에서 내려와 조심스레 접근할 때도 그 대형을 깨고 도망을 치지 않습니다. 사냥꾼들은 그림자처럼 다가와서는 필요한 경우 피할 수 있는 바위 무더기가 자신들의 길에 있는지 꼭 확인합니다.

이제 밤의 깜박이는 어둠 속에서 사냥꾼이 여우울음소리를 한 번 더 지르면 신호를 알고 있던 개들은 물러나 사향소 무리가 만든 원으로부터 멀리 떨어진 곳에서 넓은 원을 이루어 이동합니다. 이 모든 일은 조용히 이루어지는데, 왜냐하면 소리가 날 경우 사향소 무리는 대형을 깨고 언덕 위로 우르르 달아날지도 모르기 때문입니다. 오로지 하늘의 빛을 타고 있는 정령들의 속삭이는 목소리만이 이 고요함을 깨뜨릴 뿐입니다. 그 소리와 더불어 오로지 수컷 사향소들의 성이 난 거센 콧김소리만 울리지요.

그러다 갑자기 활시위에서 세게 횡 소리가 나면서 화살이 어둠속을 가로질러 눈에 안 보일 정도로 빠르게 날아갑니다. 화살에 맞으면 이 털이 덥수룩한 거대한 짐승이 고통으로 뛰어오르지만, 목숨이 붙어있는 한 수컷 사향소들은 자신들의 열을 망가뜨리지 않습니다.

원의 중심에 있는 암소들이 활에 맞아 그 중 어리석은 놈들이 공
포에 질리게 되기 전까지는 원 대형이 깨지지 않지요. 그렇게 되면,
수컷 사향소들은 미친 듯이 돌진해대는 암소들 때문에 자신의 자리
에서 밀려나게 되고 오밍무크의 철벽방어는 깨지게 됩니다. 이제 수
컷들마저 공포에 사로잡히게 되는데, 방어벽이 돌파되게 되면 떼지
어 몰려다니는 사향소무리 한가운데로 뛰어 들어가는 개들이 여전
히 철저히 소리를 내지 않기 때문에, 그들의 공격이 더욱 끔찍할 정
도로 고요한 까닭입니다.

바위 더미 사이로 안과 밖을 드나들며 여우처럼 재빠르게 뛰어다
니는 사냥꾼들은 활 대신에 이제는 짧은 창을 사용하여 사향소를 찌
르다가, 상처를 입은 거대한 황소가 닥치는 대로 돌진하는 것을 피하
기 위해 숨는 곳으로 뛰어들기도 하고, 도망치는 암소를 죽이기 위해
낮은 산등성이를 따라 달리기도 합니다. 그러나 얼마 있지 않아 이
모든 것은 끝이 나지요.

주인의 소리에 다시 모여든 개들은 사냥꾼들이 죽인 짐승을 부위
별로 발라내는 것을 마칠 때를 기다리며 꼼짝 않고 참으며 앉아있습
니다. 그런 후에 개들에게 먹이를 준 사냥꾼들은 살점을 잘라낸 오밍
무크의 귀한 뿔을 쌓고, 두껍고 털이 많은 가죽을 둥글게 말아 올립
니다.

이렇게 해서 사냥이 끝나면, 한 번 사냥한 것에서 얻은 수확물을
가지고 캠프로 되돌아오는데 3주에서 4주가 걸립니다. 이것이 오밍
무크를 사냥하는 방법이고, 그것의 뿔로 우리는 숟가락, 국자, 그릇을
만들며, 그중 가장 좋은 것은 우리 조상들이 옛 시절에 사용하던 훌
륭한 석궁입니다. 오밍무크의 고기는 투크투 고기처럼 좋고 더 기름
지지만, 그 가죽은 입기에는 너무 무거워 그다지 쓸모가 크지 않기

때문에 이글루 잠자리 밑에 매트로만 사용합니다.

살면서 오직 두 번만 나 오호토는 살아있는 오밍무크를 보았습니다. 왜냐하면 키크토리아크토르미우트 부족이 이 땅의 입구에서 떠나게 될 시간이 찾아 왔을 때는 사향소들이 이미 사라지고 난 뒤였기 때문입니다. 백인들의 소총으로 서쪽의 이트클리트가 무장한 뒤 얼마 있지 않아 툴레말리구아크 주변 땅에서 오밍무크는 곧 자취를 감추었습니다.

그런데 나는 툴레말리구아크에서 일어난 다른 이야기도 들었는데, 그 중에 내가 잘 기억하고 있는 이야기는 그 호수에 살고 있는 거대한 자 안게오아에 관한 이야기입니다.

어느 해, 헤크와우는 개썰매를 타고 자신의 집으로 돌아가지 않고 봄이 되기를 기다렸다가, 물을 타고 남쪽으로 돌아가기 위해 내 아버지의 도움으로 카약을 만들었습니다. 이 두 사람이 카후트나라 불린 다른 한 남자와 함께 카약 세 척을 타고 출발한 것은 늦은 7월이었습니다. 호수로 이르는 강을 따라 자신들의 가벼운 탈 것을 타고 이동한 그들은 어두운 골짜기 사이로 강물이 깊이 떨어지는 거대한 폭포에 이르자, 카약을 옮겼습니다. 툴레말리구아크의 북쪽 만에 도착한 그들은 여름이 반이 지난 그때에도 호수가 여전히 얼음으로 덮여 있는 것을 알았습니다.

다른 때 같으면 늘 호수의 서쪽 기슭으로 이동했을 그 세 사람은 이 날은 동쪽 기슭을 따라 난 길로 이동했습니다. 동쪽 기슭의 얼음은 녹아서 깨어져 있었고 덕분에 얼음과 육지 사이에 물길이 나 있었고 그래서 세 척의 카약은 마치 반짝이는 강 표면을 가르는 사루기(연어과에 속하는 민물고기, 차가운 물에서만 산다 - 옮긴이)처럼 그 틈을 따라 미끄러져 나아갔습니다.

우리 사람들은 툴레말리구아크에게 언제나 이상한 이름을 붙여주었는데, 수북한 갈빗대의 호수라고 부릅니다. 그 이름은 이제는 희미하게 기억되는 먼 옛날, 호숫가에서 사람들이 발견한 어느 짐승의 뼈가 너무나 거대한 나머지 남자 혼자서는 자신의 양팔로도 뼈 한 개를 들어 올릴 수 없어 붙여진 이름이라고 합니다. 호수 중 가장 큰 이 호수에게 그 이름말고도 더 많은 이름이 붙여진 이유는 지나간 옛날 시절, 호수의 한 가운데로 모험삼아 나갔다가 그곳 깊은 물에 살고 있던 거대한 짐승 때문에 땅으로 돌아오지 못한 사람들을 두고 많은 이야기가 있기 때문입니다.

헤크와우와 엘라이투트나가 젊었던 시절에는 툴레말리구아크의 기슭 쪽으로 가깝게 붙어서 여행하는 것이 관습이었습니다. 그래서 여러 세대가 흐르는 동안 어느 누구도 호수 한가운데로 가로질러 여행한 이가 없었기에, 그 오래된 이야기들은 아이들에게 들려주고자 하는 이야기일 뿐이라고 사람들은 생각하게 되었습니다.

내 아버지와 헤크와우, 그리고 카후트나는 동쪽 기슭 아래로 빠르게 나아갔습니다. 사흘째 되는 날 그들은 얼음이 거의 없는 깊은 만에 도착하게 되었는데, 툴레말리구아크에서 빨리 벗어나고 싶은 나머지 갑에서 갑으로 만을 가로질러 건너가기로 결정했습니다.

더없이 맑고 환한 여름날이어서 차가운 물이 하늘로부터 모든 푸른색을 다 흡수해버린 나머지 하늘은 새로 내린 눈처럼 흰빛이었습니다. 푸른빛은 물속에서 반짝이고 있었는데, 그 물이 너무나 맑아 폭풍우 이는 구름 아래서도 열 개의 노가 아래로 내려갈 깊이까지 들여다볼 수 있을 정도였습니다.

헤크와우가 세 척의 카약을 인솔했고, 모두다 남쪽으로 여전히 멀리 떨어져 있는 갑에 어서 도착하기를 열망하고 있었기에 힘을 다해 노를 저었습니다. 땀을 흘린 엘라이투트나는 목이 말라 자신의 노를 곧바로 위를 향해 들어 올려 물방울이 그의 입으로 똑똑 굴러 떨어지게 했습니다. 그런 다음 다시 물속으로 노를 집어넣은 그는 그것을 따라 바라보다가 갑자기 공포로 떨리는 목소리를 내질렀습니다. 왜냐하면 그의 카약 아래로 언덕의 그림자만큼 긴 거대한 물체가 움직이고 있는 것을 보았기 때문입니다.

엘라이투트나가 외치는 소리를 들은 다른 두 명은 그가 내지르는 소리가 무엇인지 알아듣기 위해 잠시 멈췄습니다.

"안게오아!" 그가 외쳤습니다.

즉시 세 남자들 모두 노를 들어 올린 다음 기슭을 향해 자신들의 카약의 방향을 틀어 잔잔한 수면을 거의 스치지도 않을 정도로 빠르게 노를 저어 나아갔습니다. 그러나 미처 몇 십 번을 젓기도 전에 헤크와우와 카후트나 사이의 물이 부글거리기 시작합니다. 급작스럽게 솟구친 물이 카후트나의 카약을 움켜쥐고 순간적으로 기울어지게 하는 바람에 카후트나는 균형을 잃어버렸습니다. 그는 자신의 긴 노를 필사적으로 휘둘러보았지만 빙빙 회전하는 카약은 그를 호수 속으로 내동댕이쳤습니다.

남은 두 사람의 귓속으로 급류의 소용돌이처럼 포효하는 굉음이 울리더니, 그 사이로 카후트나의 비명소리가 들리자 그들은 카후트나를 돕기 위해 방향을 틀었습니다. 왜냐하면 그는 좋은 사람이었으니까요. 방향을 튼 그들은 그러나 그를 향해 노 한 번 저을 수가 없었습니다. 거대한 거품이 터지듯 물의 표면이 갈라지면서 검은색의 매끈하게 긴 짐승이 솟아올랐기 때문입니다!

우리 사람들의 이야기로는 그 모습을 당신에게 설명해 줄 수 없지만, 그것을 직접 본 내 아버지는 그것의 길이가 카약 스무 대 만큼이나 길고, 너비는 카약 다섯 대 만큼 넓었다고 말했습니다. 한쪽 끝에는 지느러미가 달려 있었는데 그 지느러미는 텐트만큼 컸습니다. 내 아버지도 헤크와우도 그것의 머리는 보지 못했지만, 그 짐승이 머리가 있으리라고는 생각하지 않았습니다.

안게오아라 불리는 그 거대한 자가 물속에서 솟구치자, 카약을 타고 있던 그 두 사람은 한 번 더 기슭으로 방향을 틀어 카후트나를 버릴 수밖에 없었는데, 화살로도 창으로도 호수의 그 깊은 곳에서 이 괴물을 무찌를 수 없다는 것은 명백한 사실이었기 때문입니다.

헤크와우와 엘라이투트나는 카약이 기슭의 바위를 들이받을 때까지 노를 젓는 것을 멈추지 않았습니다. 카약의 얇은 가죽은 바위에 부딪혀 찢어져버렸지만 그들은 신경 쓰지 않았습니다. 너무나 지친 나머지 몸을 일으킬 수도 없던 그들은 카약에서 기어 나와 물가로 몸을 끌어올려 햇볕 속에서 한참을 누워 있었는데, 기진맥진한 그들의 사지로는 전혀 움직일 수 없었기 때문입니다.

나의 아버지가 제일 먼저 정신을 차렸습니다. 물가에서 비틀비틀 걸어 올라와 거대한 바위에 몸을 기대고는 저 멀리 눈부신 푸른 빛 너머로 떠 있는 얼음을 바라보았습니다. 모든 호수 중 가장 큰 그곳은 아주 잠잠했습니다. 얼음에서 올라오는 회색 안개가 유빙위에 미동도 없이 떠 있었습니다. 바람 한 줄기도 푸른 물을 일렁이지 않았습니다. 어떤 것도 움직이지 않았고, 어떤 것도 물 위로 떠오르지 않았습니다! 카후트나가 사라진 것처럼 그의 카약도 사라져버렸고, 물 밖으로 솟구쳤던 그 괴물 또한 자취를 감춰버렸습니다.

당신에게 말하지만, 나의 아버지와 헤크와우는 그들이 상륙한 곳에다 카약을 내버렸는데, 자신들의 목숨이 걸려있다 해도 두 번 다시는 툴레말리구아크로 나가는 일이 없을 것이었기 때문입니다. 게다가 그들은 거의 죽을 뻔했습니다. 카약으로 이레를 이동한 거리를 육지로는 스무날이 걸려 걸어갈 준비가 되어 있지 않은 그들이었지만, 그 길을 모두 걸어 사람들의 집으로 돌아왔고, 이것이 바로 안게오아를 두고 하는 사람들의 이야기입니다.

그리고 그 이후로는 이할미우트 남자 중 어느 누구도 배를 타고 툴레말리구아크로 모험을 하는 이는 없습니다.

그 뒤부터는 우리 땅 북쪽 입구 너머 아킬링네아라 불리는 유명한 모임 장소로 가기 위해 여름에 여행하기를 원하는 사람들은 툴레말리구아크의 남쪽 끝으로만 카약을 타고 올 뿐입니다. 그곳에다 자신의 카약을 내버려두고, 호수를 돌아 키크토리아크토르무이트 캠프까지 걸어간 다음, 그곳에서 북쪽으로 가는 여행을 완성하기 위해 다시 카약을 빌립니다.

엘라이투트나는 종종 아킬링네아로 향하는 여행에 대해 내게 이야기해주었는데, 나도 그곳에 가 보았으면 하고 때때로 바라기도 합니다. 그곳은 우리 땅의 북쪽과 서쪽으로 뻗어 있는 인디언의 강인 이트클리트 쿠 (백인들은 텔론이라 부릅니다) 옆에 놓인 거대한 산등성이입니다.

이트클리트 쿠는 먼 남서쪽에서 흘러나와 숲을 지나쳐 가장 서쪽의 평원으로 흘러들어가다 동쪽으로 나와 마지막으로는 카마네루아크 호수에 이르러 그곳에서 바다로 나갑니다. 인간의 강 또한 카마네루아크 호수로 흘러 들어오고, 키크토리아크토르무이트 부족이 사는 툴레말리구아크에서 북쪽으로 흘러 나가는 강도 그곳으로 들어갑니다.

북쪽 멀리까지 뻗어 있다고 전해지는 언제나 얼어 있는 소금바다의 기슭에서부터 거의 이트클리트 쿠까지 이르는 강들도 있습니다. 또한 먼 북서쪽에서부터 이상하고 무시무시한 사람들이 사는 구리의 땅까지 이른다고 전해지는 많은 호수들이 길게 사슬처럼 늘어서 있습니다.

이 강들이 흘러가는 길 때문에 이트클리트 쿠 어귀 가까이에 있는 그 산등성이가 세상에서 그렇게 유명한 장소가 된 것입니다. 이 모임 장소를 향해 카마네루아크에서는 콰에르네르무이트 부족이, 동쪽의 바다에서는 드하에무이트 부족이, 북쪽의 얼어붙은 바다에서는 우트쿠히기알링무이트 부족이, 북쪽 방향에서는 또한 하닝가조르무이트 부족이 오고, 그리고 우리의 사촌인 하르바크토르무이 부족과 팔렐르무이트 부족은 남동쪽에서 올라옵니다. 남쪽에 있는 이할미우트 부족의 많은 캠프에서도 사람들을 보내고, 북서쪽의 바다에서는 우리가 반인이라 부르는 에자카 부족이 옵니다.

이 모든 사람들이 교역을 할 물건들을 가지고 옵니다. 에자카 부족은 자신들의 땅에서 발견되는 구리를 가지고 옵니다. 우리는 파이프, 그릇, 요리용 냄비를 만들 수 있는 부드러운 돌과 몇 가지 모피, 그리고 나무로 만든 물건들을 가지고 갑니다. 북쪽 바다에서 오는 이누이트들은 희귀한 부적과 바다표범의 가죽, 그리고 바다에 사는 어떤 물고기의 이빨인 하얀 뼈를 가지고 옵니다. 동쪽에서는 드하에오미우트 부족과 함께 처칠에 사는 백인들한테 얻은 몇 가지를 가지고 옵니다.

그러나 그곳에 오는 모든 이들이 교역을 하러 오는 것은 아닙니다. 동쪽, 서쪽, 그리고 가장 먼 북쪽에서 오는 사람들은 또한 나무를 구하기 위해서도 옵니다. 이 모든 사람들이 나무라고는 전혀 보이지 않는 땅에서 살기 때문이지요. 그런데 우리가 이해할 수 없는 어떤 이유로 이트클리트 쿠는 동서쪽의 어디 먼 곳에서 나는 거대한 나무를 아킬링네아 호수의 기슭까지 운반해줍니다. 바로 이 나무를 구하기 위해 바다에 사는 사람들이 이곳으로 오는데, 짧은 여름의 몇 개월 동안 죽은 나무들을 잘라 썰매 활주부, 창 손잡이, 카약의 뼈대 그리고 많은 다른 귀한 것들을 만듭니다. 나의 아버지 시절, 그들은 다른 어떤 도구도 사용하지 않고 자신들이 직접 돌에 문질러 날카롭게 만든 돌만 이용해서 나무의 단단한 몸통에서 이런 것들을 잘라냈습니다.

이 산등성이로 온 그들은 모두 우리의 형제들이었는데, 북서쪽에서 찾아온 에자카 부족 외에는 모두 이누이트였기 때문입니다. 그들은 잔인하고 믿을 수 없는 사람들이었는데, 비록 이누이트에 속하는 말을 한다 해도 우리말과는 달랐고 우리가 알지 못하는 많은 단어들이 있었습니다. 어떤 면에서는 그들이 인디언인 이트클리트 같았는데, 위험한 부족인데다가 그들의 법은 우리의 법이 아니었기 때문입니다. 그들은 종종 싸움을 일으켰고, 화가 나면 서로에게 창을 사용했으며, 우리 사람의 캠프에서 온 사람들에게도 종종 창을 던졌습니다.

이제 오로지 에자카 부족을 제외한 모든 낯선 사람들이 호수의 남쪽에서 각지의 방법으로 아킬링네아로 찾아왔습니다. 에자카 부족은 언제나 야산의 북쪽에서 내려왔는데, 이 때문에 오늘날까지도 어떤 캠프에 도착하면 우리가 하는 인사가 "네! 저는 오른쪽에서 왔습니다! 산등성이의 오른쪽에서 말이죠!"로 된 것입니다. 왜냐하면 오랜 옛날, 아킬링네아 산등성이 남쪽에서 도착한 방문객은 자신이 북쪽에서 도착하는 위험한 에자카 부족이 아닌 것을 이런 인사를 통해 알렸기 때문입니다.

　자, 지금까지 내가 이야기한 것은 내 아버지와 헤크와우에게서 들은 이야기 중 몇 개에 지나지 않습니다. 곧잘, 나는 그 시절에 내가 어른이었으면 얼마나 좋았을까 바라기도 합니다. 그때는 할 수 있는 위대한 일과 방문할 많은 캠프가 있어 밤이 와도 평원에 사는 이누이트들은 춤과 노래로 많은 시간을 보낼 수 있었습니다. 아킬링네아 산등성이에서 보내는 그 시절은 훌륭한 시간이자 굉장한 시간이었습니다! 이제 그곳에는 오로지 갈가마귀와 갈매기만 살 뿐이고 기슭에는 이제 캠프가 없습니다. 왜냐하면 내 아버지의 시절은 끝이 났기 때문입니다. 그의 시대는 끝이 났고 내 시대도 역시 곧 그의 뒤를 따라가게 되므로, 이제 내가 알고 있는 세상에 속하지 않은 카블루나이트인 당신에게 이야기해 줄 것은 아무것도 없습니다.

누엘틴 호수, 바람강에 있는 바람 캠프에 선 야하와 오울리크투크와 미키
(왼쪽에서 오른쪽 순). 이 사진은 폐기처분된 군복 바지를 지급받은 직후에 찍은 것이다.

작은 호수들의 땅 인근 키와틴에 있는 가문비나무숲의 오아시스.
앞쪽에 이리저리 나 있는 자국은 순록이 남긴 자취이다.

20

마지막 나날들

8월이 막바지로 접어들 무렵, 우리는 그곳을 떠나 바람만으로 돌아 왔고, 이누코크도 이제 쓸쓸한 불침번 생활로 되돌아갔다. 사슴무리의 선봉은 벌써 우리를 앞질러갔고, 사슴의 길에 대한 앤디의 연구도 끝에 이르렀다. 오로지 죽은 자의 목소리로만 이야기할 수 있던 앙쿠니 주위의 낯선 땅들도 자신들이 알고 있는 모든 것을 내게 말해준 터였다. 나는 이할미우트 부족의 살아 있는 목소리를 듣기 위해 돌아갈 준비가 되어 있었다.

무사히 집으로 돌아가는 여행을 한 오호토는 자신의 아버지가 불길하게 말한 예언이 아직 이루어지지 않은 것을 발견하고는 행복해

했다. 비록 총알이 없어 굶주려 있긴 했어도, 사람들은 여전히 살아 있었다. 우리는 나누어 줄 수 있는 한 총알 대부분을 그들에게 주었는데, 그 땅에서 보내는 우리의 시간도 거의 끝에 다다랐기 때문이다. 한 달의 시간이 남았다. 그 기간 동안 우리는 사슴과 그리고 그 사람들과 더불어 지냈는데, 언제나 그렇듯이 이 두 무리가 함께 있는 한 그 시간은 행복했고 모든 사람들의 마음속에는 만족이 넘쳐났다. 그 땅에서 보낸 마지막 나날들을 행복한 시간으로 이제 기억할 수 있어 마음이 기쁘다……

임박한 겨울 공격을 피하기 위해 남쪽에 있는 삼림지대로 사슴무리가 서둘러 이동하는 시간이 오자 우리도 툰드라에 작별을 고할 준비를 했다. 밤은 이미 길어지고 낮은 짧아져 분노한 카일라의 계절이 이르렀다. 햇빛도 별빛도 거의 보지 못했다. 동쪽에서부터 회색구름이 쏜살같이 날아들고 세상의 지붕은 우리 머리 위에 너무나 가깝게 느껴져, 산등성이의 칙칙한 이끼 위에 서 있으면 우리 얼굴로 밀려드는 차가운 안개의 유령을 느낄 수 있었다. 그 땅은 죽어가고 있었고, 이제 우리의 세계로 돌아갈 시간이 이르렀다.

오랜 여행의 무게로 낡아버린 우리 카누는 옆으로 무력하게 물가에 누워 있었다. 카누 옆에는 그 땅을 떠날 때까지 우리에게 필요한 얼마 안 되는 물품더미가 놓여 있었다. 비가 내렸다. 시신의 얼굴에서 스며나오는 회색 물기처럼 차갑고 음산한 엷은 안개가 우리를 덮었다.

오호토와 우테크가 얼마 되지도 않는 우리 짐을 험하게 망가진 카누에 싣는 것을 돕기 위해 찾아왔다.

오호토는 조그맣고 맵시 좋게 다듬은 반쯤 투명한 돌을 오래된 황동탄피로 솜씨 좋고 멋들어지게 이어붙인 자신의 작은 돌 파이프를 피우고 있었다. 나는 백인의 방식으로 그에게 작별인사를 하고 악수를 했는데, 그는 아무 말 없이 입에서 파이프를 빼내더니 내게 그것을 건네주었다. 파이프는 하찮은 작별선물이었다. 그러나 얼마나 하찮다고 할 수 있을까? 그것이 오호토의 아버지 엘라이투트나의 파이프로 이제는 사라져 버린 지난 한 세기동안 전해 내려온 것임을 나는 알고 있었다. 그 파이프는 어떤 살아 있는 사람이 했던 것보다 또는 할 수 있는 것보다 더 많이 그 땅과 그 땅에 있는 것들을 보았다. 그것은 오호토가 생의 마지막 때에 이르게 되면 들어가야 할 내세에서 여전히 낯익은 물건으로 남아 있기 위해, 그와 함께 무덤에 묻혀야만 하는 것이었다. 그런데 그 대신에, 내가 카블루나이트의 세계에서도 이할미우트 부족의 목소리를 들을 수 있다면, 내가 말해야 할 것들을 기억할 때 내 손바닥에서 따사로이 연기를 피우려고, 파이프는 이제 나와 함께 그 땅 밖으로 나간다.

내 노래사촌 우테크가 약간 울었다고 나는 생각하지만, 어쩌면 차가운 동쪽바람이 언덕너머로 낮게 포말을 몰고 오면서 우리 얼굴 전체를 덮어버렸던 습기의 얇은 막이었을지도 모른다. 아무튼 그가 울어야 할 이유가 어디 있겠는가? 그 땅을 자신들에게 남겨두고 백인이 떠나는데 말이다. 그리고 겨우 한줌으로밖에 남지 않을 세월이 지나면 그 거대한 평원으로 우리를 다시 불러들일 그 어떤 것도 남아 있지 않게 될 것이기에 우리는 되돌아오지 않는다.

빠른 물살이 카누를 끌어당겨 강의 어귀로 우리가 흘러내려갈 때, 나는 뒤를 돌아다보았다. 마지막으로 바라본 그 순간 내가 기억할 만한 것은 없었다. 짙은 안개가 유령산과 기슭에 있던 오두막의 짙은 색 지붕 꼭대기를 희미하게 가려버렸다. 그래서 나는 방향을 돌려 낡은 카누가 만의 긴 입구를 타고 내려가 거대한 누엘틴의 확 트인 구역으로 향하고 있는 전방을 바라보았다.

거의 일주일 동안 누엘틴 기슭을 따라 여행을 한 우리는 그 호수의 최북단에 가득 몰려있는 음침한 작은 섬들의 미로 사이로 들어섰다. 한참을 찾은 후에야, 바다로 흘러들어가는 텔위아자(거대한 물고기 강)로 이르는 구불구불한 길을 찾을 수 있었다. 그 강에서 다시 한 번, 우리는 너무나 분주해져서 작은 언덕들의 땅을 생각할 수 없었다. 첫 번째 급류에 접어 든 카누는 겁에 질린 동물처럼 튀어 오르고 뒷걸음치며 깜짝 놀랐다. 강의 입구에서 쏜살같이 내려가긴 했지만 지금껏 서너 명의 백인만 통과해 본 적이 있는 그 강 아래로 내려가기 전에 우리의 놀란 가슴을 진정시키기 위해 멈춰야만 했다. 최소한의 휴식을 가졌을까, 급류는 다시 우리에게 포효를 내지른다.

텔위아자는 그 사람들의 땅에서 흘러나가 동쪽의 해안가로 이르는 유일한 강이다. 그 강은 자신을 타고 내려가려는 사람들도 거의 참아주지 못하고, 게다가 그 땅의 심장부로 가기 위해 강을 거슬러 올라가는 사람이 있으면 잔인하게 몰아낸다. 그 강은 흐르는 것이 아니라, 어떤 거대한 지하 제련소에서 토해낸 거대한 화산암재 더미처럼 생긴 주변 땅으로 미친 듯이 흘러넘친다. 만약 지옥의 불길이 꺼질 수 있다면, 불이 꺼진 지옥의 모습이 그런 모습일 것이다. 강은 이러한 혼돈의 세상 위를 성난 듯 포효하면서 자신이 다다를 수 있는 한 가장 멀리까지 퍼져 울퉁불퉁한 암석 부스러기를 공격하기 위해, 땅위로 마음껏 자신의 분노를 쏟아 부었다.

닷새 동안 백 마일을 지나왔다. 우리는 곧 급류를 세어보려고 했던 어떤 시도도 포기해버렸다. 연속해서 몇 마일씩이나 계속되던 급류를 타고 내려오다가 잔잔한 물을 만나기란 깜짝 놀랄 정도로 아주 드문 일이어서 이제껏 만난 어떤 강의 급류보다 강한 인상을 우리에게 남겼다.

비록 카누를 타기에는 계절이 너무 늦어버렸지만, 비가 오나 짓궂은 진눈깨비가 내리나 다른 방법으로 여행할 길이 없었다. 처음에는 얼마 되지 않는 식량이 충분하지 못할까 걱정을 했지만, 우리는 곧 무게가 별로 나가지 않은 것에 감사했다. 몇 번씩이나 얕은 급류의 광포함 속에서 파괴되지 않고 우리가 살아남을 수 있었던 이유는 오로지 아주 가벼운 카누 덕분에 삐죽삐죽 솟아난 바위에 부딪히지 않고 그 틈으로 피할 수 있었기 때문이다.

산더미처럼 밀려오는 물과 바위가 위험스럽게 뒤섞인 그 끔찍이도 고생스러웠던 일과 관련되지 않은 것을 나는 딱 두 가지만 기억하고 있다. 그 중에 하나는 발정기가 된 거대한 수컷 순록 두 마리가 잔뜩 긴장을 하고는 언덕 꼭대기에 서서 결투를 하기 위해 침묵 속에서 반항적으로 서로를 바라보고 있던 장면이었다. 그러나 언제나 일어나는 돌풍이 큰 비를 몰고 와 우리 머리 위로 휘갈기듯 쏟아지면서 그 거대한 두 마리의 짐승을 감춰 보이지 않게 하기 전에 아주 잠깐 녀석들을 볼 수 있었을 뿐이다.

내가 기억하는 것 중 두 번째는 우리가 사람 모양의 석상이라고 착각한 기슭에 서 있던 돌무더기였다. 강을 여행한 지 첫 닷새 동안은 사람이 이 급류를 타고 내려갔다는 흔적을 그 어디에서도 찾을 수 없었다. 그 이누코크를 본 우리는, 가까스로 급류에서 벗어나 그것을 더 자세히 살펴보기 위해 뭍으로 올랐다. 그러나 그것은 사람 모양의 석상이 아니라 어린아이의 무덤 위에 조그맣게 쌓아올린 평평한 돌무더기에 지나지 않았다. 늑대나 여우가 바위 옆을 주둥이로 파헤치는 바람에 하얀 뼈가 자갈 주위로 흩어져 있었다.

오로지 이 두 가지의 기억만이 남아 있다. 나머지는 휘몰아치는 컴컴한 물결과 하얗게 밀려오는 물보라, 그리고 카누 밑으로 슬쩍슬쩍 보였던 어둡고 사악한 바위들이 뒤섞인 악몽 같은 기억뿐이다.

텔위아자는 우리를 툰드라에서 벗어나게 했지만, 다시 되돌아가려는 그 어떤 시도도 용납하지 않겠다는 분명한 경고와 포악함을 보이며 그렇게 해 주었을 뿐이다.

9월 말, 카누는 허드슨 만의 육중한 물결에 움츠러들면서 자신의 망가진 틈 새로 쿡쿡 찔러대는 소금물을 느끼기 시작했다. 거의 끝에 이르렀다. 앞바다를 향해 부는 사나운 바람과 시야를 덮어버리는 눈보라에 싸우느라 하루 낮과 하루 밤이 걸리긴 했지만, 우리 목숨을 놓치지 않고 카누에 꼭 달라붙어 있을 수 있었던 까닭은 암초를 발견해 조류가 바뀌고 바람이 가라앉는 그 긴 시간동안 시리도록 차가운 초록빛 물속에서 허리깊이까지 잠긴 채 서 있을 수 있었기에 가능한 일이었다.

북쪽으로 방향을 돌린 우리는 마침내 에스키모 포인트의 길고 노란 모래언덕 뒤로 피난처를 찾을 수 있었다. 암초에서 하룻밤을 보내는 동안 우리의 망가진 카누를 타고는 처칠까지 이르는 백여 마일을 항해하리라 바라는 것은 불가능하다는 사실을 명백히 알게 되었다. 에스키모 포인트에서 일주일을 보낸 우리는 운항 중이던 캐나다 공군 비행기에 탈 수 있었고, 그때 마지막으로 변함없는 툰드라의 얼굴을 내려다보면서 내가 깊이 있게 알게 된 그곳의 사람들과 더불어 그 땅이 멀어지는 것을 바라보았다.

여행이 끝이 난 후에도 여전히 툰드라와 묶여 있었던 나는 단순한 기억의 그물로가 아니라 보다 강력한 어떤 것으로 그곳에 연결되어 있었다. 그 평원의 남자들과 여자들에 대한 변치 않는 애정이 내 마음속에는 지금도 존재한다. 그 사람들은 자신들의 눈을 내게 빌려주어 암흑과 같은 공허 속을 뚫고 죽어버린 세월을 뒤돌아 볼 수 있도록 해주었다. 그래서 잊혀져버린 시간의 자취만 살펴보는 것이 아니라 그 시대를 살았던 사람들의 마음과 생각까지 볼 수 있는 특권을 내게 허락해주었다. 그것은 내가 그들로부터 받은 위대한 선물이자 다시 갚아야 할 자격이 있는 선물이었다.

도시로 돌아온 이후로 몇 년 동안, 이할미우트 부족의 진척상황에 대한 정보를 계속 알고자 나는 노력했다. 이따금씩 툰드라지대에서 외부로 조금씩 흘러나오는 뉴스 토막들을 열심히 모은 나는, 내가 떠난 이후 그 사람들의 역사를 추적하기 위해 그것들을 한데 이어 붙였다. 그렇게 해서 발견한 것을 통해 이루 말할 수 없을 정도로 강한 충격을 나는 받았다. 툰드라를 떠날 때만해도, 이할미우트 부족이 더 이상 암흑의 시절을 보내지 않을 것이며 우리의 도움 없이 홀로남아 자신들의 암울한 운명과 싸우게 되지는 않을 것이라고 순진하게 나는 믿었다. 프란츠와 앤디, 그리고 나 자신이 행한 작업과 정부에 제출한 우리의 세심한 보고서 때문에 반세기 동안이나 이어져 내려온 터무니없는 방치가 계속되는 것은 불가능할 것이라 나는 확신했었다. 나는 틀렸다.

이제 이할미우트 부족 이야기의 에필로그를 이야기할 차례다.

1949년에서 1950년 겨울과 이른 봄 사이, 전혀 기가 꺾이지 않은 굶주림의 광포함은 그들을 또다시 강타한다. 우연한 일이 일어나지 않았더라면 그 굶주림은 치명적인 사건이 되었을지도 모른다. 1950년 3월 한 프리랜서 사진가 겸 신문기자가 우연히도 북부 툰드라지대를 돌아다니다가 기아로 인한 절망적인 곤경에 빠진 이할미우트 부족의 북쪽 사촌들인 파들리에르미우트 부족을 발견하게 된다. 그의 이야기가 몇몇 영향력 있는 신문에 대서특필되어, 4월 말경 캐나다 공군은 이할미우트 부족과 파들리에르미우트 부족에게 비상보급품을 운송하라는 지시를 받는다. 음식이 공급된 후 얼마 있지 않아 곧 정부관계자들이 발표한 보도내용은 이 인도주의적인 노력을 너무나 번쩍번쩍하게 묘사하는 바람에 그것을 읽은 어느 누구도 왜 이런 극적인 구조가 필요했는지 의문을 제시할 생각을 하지 못했다. 그누구도 이할미우트 부족이 다시 한 번 버려진 채 죽음과 싸움을 벌여야 했던 그 긴 겨울에 대해 생각하지 않았다. 왜 그러한 고통이 다시 한 번 잔인하게 되풀이될 수밖에 없었는지 아무도 질문을 제기하지 않았다.

1949년 여름 유행성소아마비가 이할미우트 부족을 강타했을 때, 정부당국이 작은언덕들을 뒤늦게 방문했지만, 이미 그 질병으로 인해 큰 피해가 일어나는 것을 예방하기에는 늦은 시기였다는 사실을 비추어본다면, 그러한 고통이 앞으로 일어날 수밖에 없었다는 것이 기가 막힐 정도로 믿기 어려운 지경이다.

우선, 그 해 이들에게 태어난 유일한 아이, 미키의 아들이 죽었다. 카쿠미의 가장 나이 어린 아내 이트쿠트도 죽었다. 어린 이노티의 어머니 호우미크와 나이 많은 훌륭한 사냥꾼 헤크와우는 불구가 되었고, 헤크와우의 아들 오투크는 죽었다. 헤크와우와 호우미크는 치료를 위해 처칠로 이송되었다. 그들은 살아남았지만, 얼마나 상황이 나쁜지 정부대표자들이 자신들의 눈으로 직접 보았음에도 불구하고 이할미우트 사람들은 또 다시 버려진 것이다.

그러다 1950년 봄, 한 어업회사가 처칠에서 비행기로 공급품을 받아 누엘틴 호수로 옮겨갔다. 사업이 성공하기 위해 그 회사에 필요한 유일한 한 가지가 있었는데 (누엘틴 호수는 송어와 흰 연어류 등의 물고기가 넘쳐나는 곳이었다.) 그것은 바로 값싼 노동력이었다. 캐나다 정부가 북극 지역으로 산업이 확산되도록 장려하는 데 이제 가장 열심인 마당에, 남아 있는 이할미우트 사람들을 넘겨줌으로써 그 회사를 도와주는 것만큼 더 자연스러운 일이 어디 있었겠는가? 여름이 되자, 왕립캐나다기마경찰대는 비행기를 타고 작은 언덕들까지 날아가 애써 이할미우트 부족이 저항했음에도, 그들을 비행기에 태워 어업회사의 그 자비로운 손에 넘겼다. 한 언론보도는 백인의 도움으로 에스키모들이 이제 미래의 재난에서 자신들을 보호할 수 있도록, 오로지 그들의 유익을 위해 이 일이 행해진 것임을 강조했다.

그 이후로 일어난 모든 상세한 내용을 나는 찾을 수 없었지만, 그 어업회사가 망했다는 것과, 그 땅과의 본질적인 싸움을 다시 한 번 포기한 이할미우트 부족들은 또다시 할 수 있는 한 전 능력을 다해 예전 방식으로 돌아가 적응을 하기 위해 일 년 동안의 시간 속에 풀어 놓아졌다는 것을 나는 안다. 30년대 교역업자들과 에스키모들의 관계가 다시금 반복된 것이지만 이번에는 정부의 후원아래 되풀이 된 것이다. 1951년, 자신들의 깊은 땅 속에서 이할미우트 부족들은 또다시 그리고 아마도 마지막이자 가장 치명적으로 잊혀지게 된다.

이 사건의 첫 번째 부분을 다루는 공식적인 정부 발표가 아주 흥미로워 전체 내용을 다 옮겨보겠다.

굶주린 에스키모 비행기로 130 마일 후송계획

오타와, 4월 25일 (CP통신) — 노스웨스트 준주 에나다이 호수 지구에서 기아에 직면한 일단의 원시 에스키모족이 130마일 떨어진 누엘틴 호수까지 비행기로 후송될지도 모른다.

오타와에 있는 노스웨스트 준주 의회 관리들은 오늘 카리부를 먹는 에스키모 중 최후 생존 무리로 여겨지는 이 소규모 집단을 완전히 재건하는 계획을 고려중이라고 발표했다.

약 30명이 조금 넘을 것으로 추정되는 이 에스키모들이 겪고 있는 기아소식이 몇주전 오타와에 처음 보고된 후로 식량을 실은 캐나다 공군 비행기가 그 지역으로 파견되었다.

매니토바 주, 처칠 항의 군의관인 모 소령은 오늘, 이 에스키모들이 아사 직전에 놓여 있다고 발표했다. 소령은 처칠에서 치료를 받은 한 에스키모 여성을 돌려보내고자 그들이 사는 지역으로 함께 날아가 검진을 했다.

모 소령의 말에 따르면 에스키모들의 불충분한 음식 섭취가 피부질환을 포함한 다양한 질병으로 나타났다고 한다. 그들이 음식을 얻는데 도움을 줄 적절한 설비가 부족한 가운데, 차선책으로 처칠에서 북서쪽으로 300마일 떨어진 그 지역으로 소령은 의약품을 보내고 있다. 이 에스키모들은 필요한 시설이 부족한 접근하기 어려운 지역에 살고 있다.

이 기사는 북극 원주민들을 돕고자 펼친 노력에 대해 이 땅에 사는 우리 백인들이 보여준 전형적인 홍보내용이므로 자세히 살펴볼 필요가 있다. 그러나 그렇게 자세히 살펴볼수록 에스키모들의 수호자이자 보호자의 역할을 하고자 우리가 들인 자비로운 열정에 대한 인상은 재빨리 사라지고 만다. 오히려 그 열정은 우리의 양심을 쉽게 하려는 노력이며, 거대하고 지속적인 재난에 대한 비난을 피하고자 하는 뻔뻔스러운 노력으로 보이는 듯하다.

이 보도의 두 번째 단락에서 언급된 '계획'이 누엘틴의 어업에 대한 것임을 여러분은 알지 못했고, 더군다나 그 계획들은 수포로 돌아갔으며, 내가 이 글을 쓰고 있는 1951년 12월 현재, 이할미우트 사람들을 '재건'시키고자 하는 그 어떤 후속적인 시도도 시행되지 않고 있다는 것을 여러분이 알고 있지 못하다면 이 기사는 훌륭한 읽을거리가 될 것이다.

세 번째 단락은 더 깜짝 놀랄만한데, 1950년 봄이 돼서야 이할미우트 부족의 기아가 처음으로 보고되었다고 언급하고 있기 때문이다. 앤디와 내가 직접 작성해서 1947년과 1948년 에스키모 행정업무에 책임이 있는 정부지부에 직접 제출했던 보고서가 어떻게 잊혀질 수가 있는지 정말 이해하기 어려운 일이다. 그러나 1947년 봄 프란츠의 보고서가 무시된 것처럼 그리고 그 해 정부가 직접 취했던 수단도 망각된 것처럼, 우리의 보고서도 무시된 것이 분명하다.

그러나 이러한 모순이 밝혀지는 경우에 대비해서, 마지막 단락은 하나의 설명이자 변명을 제시한다. '이 에스키모들은 필수 시설이 부족한 접근하기 어려운 지역에 살고 있다.' 그렇다면 우리의 모든 선한 의도가 실패한다고 해도 그것이 우리의 잘못은 아닌 것이다. 최선을 다했다는 생각에 우리의 양심은 편히 쉬는 것이 가능할지도 모른다.

이마도 그럴지도 모른다. 그러나 내 양심은 쉴 수가 없다. 그 사람들에게 내가 진 빚에 대해 앞서 말했는데, 그 빚만으로도 나는 우리의 원주민 부족들을 기다리고 있는 운명이 어떤 것인가에 대한 답으로 망각을 택할 수 없다. 그러한 답을 받아들이는 것을 거부하면서, 나는 키네투아 아래 회색빛으로 바라던 돌무더기에서 내게 말했던 그 목소리들에게 구체적인 형식과 내용을 입혀주기 위한 노력으로 이 책을 쓰고 있다. 백인들이 보지 않으려고 애썼던 것을 내가 볼 수 있도록 그 사람들은 자신들의 눈을 내게 빌려주었다. 이번에는 내가, 이할미우트 부족이 자신들을 위해 직접 말할 수 없는 것들을 백인들이 들을 수 있도록, 내 목소리를 빌려주는 것이다.

어쩌면 내가 너무 늦게 입을 열었는지도 모른다. 그래서 이제는 사라져버린 한 부족의 위대한 시절을 되돌아보는 것 말고는 아무것도 할 수 없을지도 모른다. 그러나 이할미우트 부족의 이야기가 그들만의 것이 아닌 이유는 바로, 내가 쓴 그들 이야기가 대부분 이 대륙 전역에 걸쳐 사는 수천 명의 인디언과 에스키모들에게도 해당되는 진실이기 때문이다.

만약 내가 이할미우트 사람들을 위한 비문만을 썼다고 해도, 그럼에도 불구하고, 그들의 비극은 비록 쓰디 쓴 열매일지언정 열매를 맺을 수 있다. 아마도 그것을 통해 숨겨진 강과, 얼어붙은 해안가, 그리고 숲 속 깊은 곳에서 살고 있는 사람들의 삶을 새로운 정직함을 가지고 우리가 들여다볼 수 있는데 도움을 얻을 수 있을 것이다. 만약에라도 이런 일이 현실로 이루어진다면, 그때서야 내 빚을 갚게 되는 것이리라.

어떤 사람들의 멸망에 대한 연대기적 기록만으로는 충분하지 않다. 내가 속한 바로 이 사회를 엄하게 비판하고 우리 책임이 분명한 어리석음과 태만의 범죄와 부당한 조치에 대해 설명하는 것만으로는 충분하지 않다. 이할미우트 부족의 비극이 북쪽의 추운 지역에 살고 있는 모든 사람들에게도 치명적으로 반복해서 일어나지 않도록 하기 위해서는 무엇을 행할 수 있는가에 대한 문제가 남아 있다. 이 문제를 해결하기 위해서는 복잡할지 모르지만 어떤 해결책이든 첫째가는 단 한 가지 행동에 반드시 기초를 둬야 할 것이다.

무엇보다도 먼저, 그리고 즉시 우리는 현재 에스키모와 인디언에게 만성적으로 퍼진 영양실조와 더불어 심지어 명백한 기아 상태에서 탈출할 수 있도록 도와야 한다. 이를 위해서는 구호품을 통해서가 아닌 자신들이 직접 먹고 살 수 있는 방법으로 도와야만 한다. 문명화된 사람들에게도 마찬가지로 원시 부족들에게도 자선은 파멸을 초래한다. 지속적으로 공급되는 기본적인 식량 때문에 영혼에게는 종종 치명적인 의존성이 생겨날 뿐이다. 더 나아가 우리가 지금까지 원주민들에게 제공해온 식량은 음식이 아니라 오히려 영양결핍을 통해 신체를 서서히 파괴하는 독약과 같은 것으로 명백한 기아 상태에 처한 것과 거의 유사하다. 안 된다, 결코 '음식'을 줘서는 안 된다. 우리는 반드시 원주민들에게 그들의 땅에서 나오는 자신들의 음식을 마련할 수 있는 방법을 줘야 한다.

밀가루와 베이킹파우더가 더는 대체음식이 될 수 없다는 사실은 충분히 확실하다. 북쪽의 땅은 이런 종류의 음식을 결코 제공하지 않는다. 그 땅이 공급할 수 있는 음식은 바로 고기다. 이에 대해 제시할 수 있는 질문은 바로 어떻게 북쪽 사람들로 하여금 충분히 많은 고기를 확보하게 할 것인가이다.

한때는 엄청난 양의 붉은 고기가 공급되었던 북쪽에서 어떤 일이 일어나고 있는지 살펴보자. 사슴의 운명은 모든 것의 운명이 되어 버렸다. 사향소, 일각고래, 그리고 참고래 같은 가장 중요한 동물 중 일부는 이미 거의 자취를 감췄다. 나머지 동물의 경우도 모두 끔찍할 정도로 그 수가 줄어들고 있어, 그 땅과 바다가 사람들을 위해 한 때 생산해냈던 음식을 더 이상 길러낼 수가 없다. 그 땅에서 흘러넘친 피가 너무나 많아 이제는 불모지란 불길한 이름만이 그곳에 어울릴 뿐이다. 바다도 역시 엄청난 양의 피를 흘렸고 지금도 피를 흘리고 있다. 동쪽 연안을 따라 바다표범을 잡는 선단들이 엄청난 양의 바다표범을 잡아들이고 있고, 포경선은 이미 오래전 그 거대한 포유류를 파괴시켜 한때는 허드슨 만으로 들어와 상류의 좁게 흐르는 강까지 거슬러 올라갔던 고래들은 사라졌고, 고래의 소멸로 인해 에스키모 전체 부족원 또한 사라져 가고 있다.

이러한 유혈 사태는 아직 끝나지 않았다. 해안에 사는 에스키모들에게 가장 중요한 바다동물로 여겨졌던 바다코끼리를 주로 왕립캐나다기마경찰대, 교역상인들, 그리고 선교사들이 해마다 터무니없이 많이 사냥해 썰매 개에게 먹여 개의 크기가 필요한 덩치보다 서너 배는 더 거대하게 크도록 만드는 바람에 바다코끼리의 개체 수는 위험할 정도로 줄어들었다. 처칠에는 필요한 정부의 허가를 모두 얻은 민간인 회사가 흰돌고래 고기를 가공할 수 있는 공장을 바로 지난 1949년에 세웠다. 이 동물들의 고기는 우리의 모피 농장에서 키우는 여우를 먹이기 위해 남쪽으로 운송되거나 우리 정원의 비료로 공급될 것이다. 북극 섬 지방에 사는 에스키모들은 바다 포유동물의 소멸로 대부분 어쩔 수없이 생선을 먹고 살아야 했는데, 최근에는 이 생선마저 빼앗기고 있다. 1949년, 노바스코샤 어선들은 새로운 어장을 형성했는데 그곳은 바로 대부분의 에스키모들이 전적으로 생선을 의지해서 사는 지역이었다. 몇몇 북극 전문가들의 거센 항의에도 불구하고 정부가 역시 전적으로 허가를 내준 극악한 약탈행위에 준하는 이 어장에 대해 굳은 결심으로 반대했던 군인들이 없었다면, 그 지역에 살고 있던 에스키모들은 굶주림에 시달려야 했을 것이다.

북극 전역에 걸쳐 똑같은 그림이 반복된다. 북쪽 사람들의 피를 말리는 일일지라도 금융상의 어떤 이익을 볼 수만 있다면, 우리는 서슴지 않고 그렇게 한다. 정부 관리들이 '보존'을 이야기하는 동안에

도, 사냥꾼들에게 수천 달러를 받은 다른 정부부처는 카리부가 사는
땅의 심장부로 관용 비행기에 그들을 태워 보내고, 사람들은 오로지
스포츠를 위해 그곳에 사는 사람들의 음식을 사냥한다. 정부당국은
순전히 육체적인 생존을 위해 원주민들이 동물을 사냥하겠다는 건
의사항은 잘도 거절하면서, 스포츠와 사슴의 뿔 같은 기념물을 얻고
자 '여가' 사냥을 하는 백인을 위해서는 고기를 얻을 수 있는 야생동
물의 점차 감소하고 있는 개체수를 보호하겠다며 수렵법을 제정하
고 있다.

북쪽의 포유동물을 무참히 죽이는 행위를 지지하기 위해 어떤 전
문가들은 장기적으로 에스키모와 인디언들이 우리가 사는 삶의 방
식의 일원이 되기 위해서는 반드시 우리의 음식에 길들여져야 한다
고 주장한다. 이러한 주장은 북극의 식량을 무자비하게 파괴하는 것
을 정당화해준다. 그러나 정말 그런가? 에스키모와 인디언들은 주로
북극 지방에서 언제나 살 것이기 때문에, 만일 먹을 고기만 존재한다
면, 현재 그대로 자신들의 식습관을 항상 유지할 수 있다. 더욱 중요
한 사실은, 지방과 고기에서 얻을 수 있는 특정한 영양분이 항상 필
요하다는 사실이다. 북쪽 원주민들에게 그들의 식단을 바꿔야만 한
다고 말하는 것은 아주 먼 지역에서 수입한 이상한 식품을 위해 우
리 땅에서 생산되는 기초 생산품을 버려야 한다고 제안하는 것처럼
몰상식한 이야기다.

제기해야 할 질문은 우리가 북쪽 사람들의 입에서 훔쳐낸 그 음식
을 어떻게 되돌릴 수가 있는가이다. 그리고 그 답은 바로 필요한 모
든 것을 우리가 할 수 있다는 사실이다. 무엇을 행할 수 있는지에 대
한 분명한 예가 바로 카리부다. 만약 백인들의 이기적인 욕심을 지배
할 수만 있다면, 툰드라의 평원에 사는 사람들이 살아남는데 반드시

먹어야 할 음식을 그 땅이 다시 생산하도록 만드는 것은 비교적 쉬운 일이 될 것이다. 바로 지금, 정부의 암묵적 허가 하에, 사슴의 숫자가 치명적인 수위에 가깝게 이르렀는데, 그 수위를 넘어서 개체수가 더 파괴된다면 사슴은 멸종 위기에 처하게 된다. 그러나 아직은 사슴의 개체수가 영원히 회복되지 못할 지점에는 이르지 않았다. 그들은 아직 보존될 수 있고, 현장에서 그 문제를 연구하며 2년을 보낸 과학자로써 그것이 분명 사실임을 나는 안다. 충분한 사슴이 남아 있기 때문에, 철저한 보호만 이루어진다면 그 동물은 빠르게 개체수가 회복될 것이며, 사슴이 부활하면 안 된다는 그럴듯한 논리도 없다. 카리부의 참된 가치는 툰드라에 사는 에스키모들의 안녕에 이바지하는 공헌에서뿐만 아니라, 약 4천명에 이르는 고산지대의 인디언들과 캐나다 극지방 전체에 걸쳐 살아남은 8천명의 에스키모 대다수에게도 똑같이 중요하다는 사실에서 찾을 수 있다. 비록 많은 이누이트들이 현재 바다에서 나는 동물에 크게 의존하고 있어도, 모든 현대 에스키모는 카리부를 사냥하는 조상의 자손들이다. 사실 우리 시대에 살고 있는 거의 대다수의 에스키모는 사슴만 잡을 수 있다면, 자신들을 도와줄 사슴에게 자진해서 그리고 기꺼이 되돌아갈 것이다.

우리가 몹시도 탐냈던 땅을 두고 싸움을 벌여야 했기 때문에 멸종될 운명이었던 버펄로와는 달리, 어느 정착민도 차지하고 싶어 하지 않는 땅에 사슴들이 산다. 툰드라에서는 밀이나 소도 키울 수 없다. 툰드라에서는 오로지 한 가지 작물만 키울 수 있다. 바로 사슴이다. 거의 5백만 마리나 되는 엄청난 수의 사슴을 툰드라는 수용할 수 있다. 일단 사슴의 개체수가 그 정도로 늘어나면, 그리고 그렇게 하기 위해 필요한 것은 오로지 보호뿐이다. 늑대나 원주민들의 합법적이고 정상적인 식욕에서 보호하는 것이 아니라 바로 우리에게서 보호

받아야 한다.

직접적으로는 백인 덫 사냥꾼들과 사냥꾼들로부터, 그리고 간접적으로는 천문학적인 양의 탄약과 소총을 지속적으로 판매하여 상당한 이익을 챙기고 있는 제조업체로부터 보호를 받아야 한다. 만약 백인이 사슴을 죽이는 것을 절대적으로 금지하는 법을 세운다면, 그리고 원주민에게 화약과 무기를 판매하는 것을 제한한다면 나머지는 사슴들이 알아서 할 것이다. 더 나아가서 어떤 종류의 동물이든 원주민들의 안녕에 공헌한다면 그 동물들이 살고 있는 지역에서 스포츠로 사냥하는 것을 철저히 금지해야만 한다. 물론 인디언과 에스키모 사냥꾼들은 제한된 사냥에 적응하느라 더 어려움을 겪는 시기가 발생하기도 하겠지만, 그들은 어리석은 바보가 아니므로 합법적인 사냥을 하는데 적응하게 될 것이다.

현재 우리가 옹호하고 있는 효과 없이 비용만 높은 임시방편책도 더는 필요없어지게 되고, 늑대 한 마리당 포상금을 지불하는 비상식적인 체계도 더 이상 필요하지 않게 될 것이다. 북쪽 지방에 사는 자연 포식자 개체수가 지나치게 증가할 경우 개체수를 확 줄이기 위해 주기적으로 발생하는 전염병이 여태껏 해왔던 대로 우리를 위해 그 일을 계속 할 것이다.

자연은 이러한 조절을 아주 잘 할 수 있고, 또 그렇게 하고 있다. 우리야말로 자연이 조절할 수 없는 유일한 포식자다. 우리 스스로는 우리가 통제해야만 한다.

많은 정부 대표들은 유감스럽게도 인디언과 에스키모들이 현대 사회에 적응할 가능성이 거의 없어 보인다고 불평해왔다.

매켄지 강 어귀에 사는 아클라비크 에스키모는 예외다. (우리의 직접적인 도움이 아닌) 뜻밖의 상황 덕분에, 그들은 우리의 생활 방식에 적응할 수 있는 좋은 기회를 얻었고, 자신들에게 주어진 기회를 최대한으로 활용했다. 그런데 왜 북쪽 원주민들은 모두 성공하지 못했을까? 굶주린 몸을 가진 사람들에게는 어쩔 수 없이 굶주린 마음이 있기 때문에 그런 것이다. 굶주린 지성은 어려운 문제에 답을 잘할 수 없는데, 원시 종족이 우리 문명에 적응한다는 것은 극도로 어려운 문제다. 그러나 영양이 충분한 사람들은 유능한 이해력으로 새롭고 낯선 문제도 잘 다룰 수 있다. 에스키모는 기계적으로나 다른 분야에 대한 새로운 사고를 흡수하는데 특히 놀랄만한 능력을 가진 적응력이 아주 뛰어난 사람들이다. 영양실조의 압박과 그로 인해 생겨난 질병에서 벗어난다면, 아클라비크 부족이 충분히 증명해 줬듯이, 우리 에스키모도 백인의 사회 환경에 빠르고 온전하게 적응할 수 있는 능력을 갖추고 있다.

설령 그들이 하고 싶어 한다 해도, 하룻밤 새에 이글루에서 나와 사무실로 들어간다는 것은 물론 불가능하다. 북쪽 원주민 전체가 우리의 체제 한 부분에 속할 수 있는 유일한 방법은 그들을 짐승 같은 노동력('노예 노동력'이 더 나은 용어일 듯하다)의 수단으로 고용하는 것인데, 많은 사례에서 우리가 시도해왔던 것이 이 방법이다. 더 좋은 해결책은 현재 이 사람들이 가진 지식이나 경험과 모순되지 않고 양립하는 일종의 경제적 독립이라는 탄탄한 바탕위에 기초를 둔 점진적인 변화에 있다.

무리한 요구로 들릴지도 모르지만, 이미 지난 30년 동안 미국과 캐나다 정부는 이 문제에 대한 해결책을 알고 있었으며, 사실 이 해결책을 개발한 것도 그들이다! 내가 지금 말하고 있는 그 해결책은 바로 '순록방목계획'인데 원래 알래스카에서 시작된 것을 캐나다에서 모방한 것이다. 간략하게 말하자면, 이 계획은 카리부와 아주 유사한 아시아산 순록을 수입해서 그 사슴을 키우도록 원주민을 훈련시키는 것이다. 각 원주민 마을마다 자신들의 무리를 가지게 될 것이며, 이 사슴 무리로 인해 필요한 단백질을 충분히 공급받을 수 있을 뿐만 아니라 사슴 판매를 통해 현금도 벌어들일 수 있게 된다.

이 계획은 다소 이상하게 발전되었다. 알래스카에는 몇몇 백인의 손으로 떨어져 그들의 이익만을 버는데 악용되고 있다. 캐나다에서는 순전히 실험용으로 시작되었는데, 매켄지 삼각주 인근에 사는 극히 소수의 에스키모에게만 그 효과가 제한된 실험적 상태에 지나지 않고 있다. 그럼에도 불구하고 이 계획은 캐나다에 살고 있는 모든 에스키모의 경제적 독립 문제에 대한 답이 될 수 있음을 보여준다. 이 계획이 확장되지 못한 확실하고 유일한 이유가 있다. 주요 이해관계를 가진 사람들이 맹렬하게 반대해 왔는데 그들의 목소리를 고위층 관료들은 분명히 들어주었다. 이 반대자들 중 가장 강력한 사람들은 쇠고기 산업과 관련되어 있는데, 캐나다는 순록 산업을 감당할 수 없다는 점을 자신들의 논점으로 삼아 유리한 위치를 차지하고 있다. 그러나 순록 산업을 확장하는데 드는 초기 비용이 (그리고 이 산업은 충분히 '산업'이 될 것이기 때문에) 직접적인 이윤이든, 현재 우리가 자선활동으로 에스키모를 돕느라 맹목적인 노력을 하는데서 엄청나게 소비하고 있는 돈을 절약함으로써 생겨나는 간접적인 이윤이든 즉시 회수할 수 있을 것임은 쉽게 증명될 수 있다.

순록을 키우는데 완벽한 환경을 가지고 있거나 대부분의 환경이 들어맞는 땅은 북극 지역에서 대략 200만 평방 마일에 이른다. 카리부가 이 지역 대부분을 차지하고 있긴 하나 전부는 아니다. 하지만 순록을 도입하는데 야생사슴 보존이 심각한 걸림돌이 되지는 않을 것이다.

북극 지역 전체에 순록 방목을 하나의 사업으로 도입하게 된다면,

두 가지를 성취할 수 있다. 우선, 북쪽 사람들이 필요로 하는 종류의 음식을 생산하는데 카리부와 바다 포유류가 하는 일을 도울 수 있다. 두 번째로, 북쪽 사람들이 반드시 겪어내지 못하면 멸망할 수밖에 없는 피할 수 없는 변화에 대한 올바른 경제적 기초를 제공하게 된다. 에스키모들(그리고 많은 북쪽 인디언들)은 수요가 있는 상품을 생산하게 될 것이다. 오늘날의 세계는 고기에 굶주린 세상이며, 우리가 예견할 수 있는 한 앞으로도 그러할 것이다. 알래스카에서는, 순록고기가 백인들에 의해 널리 소비되고 있으며, 한때는 남쪽 시애틀까지 운송되어 고급 음식으로 유통 판매되기도 했지만, 미국 육류업계의 로비로 인해 중단될 수밖에 없었다.

캐나다 북극 지방에 살고 있는 에스키모도, 처칠에 위치한 대양에 접한 항구로 접근 할 수 있다면 (비록 우리에게는 심각한 재정적 곤란을 일으킬 정도로 현재 그 이용도가 너무나 낮지만), 그들처럼, 아니 그보다 더 잘 할 수 있다. 처칠에서 유럽까지는 최단거리의 해로가 나 있는데다가, 유럽은 동물 단백질이 몹시 필요하다. 만약 순록무리가 번성한다면, 여우사료를 위해 흰돌고래를 가공할 것이 아니라, 외국 수출용으로 순록과 카리부 고기를 가공하는 정육업 공장을 처칠에 설립하는 것이 아마도 경제적으로 옳은 일로 판명될 것이다. 이 계획이 타당하게 보이는 이유는 바로 지금 이 순간에도 중앙 캐나다 대초원지역에서는 말고기 통조림을 생산해 기차로 1000마일을 운송한 뒤, 호수와 바다 화물 수송선으로 옮겨 실어, 사람이 먹기 위해 좋은 가격에 판매되고 있는 유럽으로 보내고 있기 때문이다.

그보다도, 막심한 손해를 입으면서도 남쪽으로 향하는 기차를 운행하고 있는 허드슨 만 철도회사를 이용해 처칠에서 남쪽으로 고기를 수송하면 캐나다 전역이 냉장육을 이용하게 할 수도 있다.

아마도 현재 목축업과 어느 정도 경쟁해야 할지도 모르지만, 전체 인구에게 많은 골칫거리를 일으키지는 않을 것이라 나는 생각한다.

허드슨 만 연안 서쪽에 자리한 툰드라 내륙지역은 최소 20만 마리의 순록을 수용할 수 있는데, 그 정도 크기의 무리로부터 연간 얻을 수 있는 고기의 양은 현재 중앙 북극지역에 살고 있는 모든 에스키모들이 경제적으로 독립하는데 부족함이 없는 분량이 될 만큼 충분할 것이다.

경제적 안정성에 대한 논의를 마치기 전에 한 가지 사실을 반드시 언급하고 싶은데, 지난 수년 동안 툰드라 지방에 솜털오리 산업이나 흰여우 모피 목장 같은 계획을 제안해온 정부당국은 이러한 조건이 필요하다는 것을 분명히 원칙적으로 받아들이고 있다는 사실이다. 다른 것과 더불어 이러한 계획을 지난 이십년간 제안해왔지만, 이 계획 중 어느 하나를 실행하고자 하는 어떤 진지한 시도도 이루어지지 않았다. 이 계획들은 순전히, 그리고 간단하게 말해 '구실책'에 불과했다. 나는 순록과 카리부 계획이 모든 필요조건을 분명히 만족시킨다고 정직하게 보증할 수는 없다. 그러나 정부가 지금껏 너무나 자주 성취하기를 바란다고만 주장했던 결과를 달성하는데 있어 어쩌면 효과적인 방법이 될 것이다.

튼튼한 경제를 세우는 것과 더불어, 원주민들의 세계에서 우리의 세계로 통하는 길이 열리게 되면, 그리고 우리 자신들이 간절히 원하기만 한다면, 지금까지도 그들을 우리와 단절시키고 있는 틈을 건널 수 있을 것이다. 최근까지 우리는 이 틈을 연결하기 위해 오로지 단 한 가지 방법만을 시도했는데, 그것은 바로 단 한 번의 거대한 도약으로 그 사람들을 우리의 복잡하고 낯선 생활로 데리고 오는 것이었다. 예를 들어, 북극 지방으로 가서 순교자처럼 고난을 겪는 선교사

들은, 일년이나 십년 만에, 어떤 미개 종족을 기독교인으로 공언하도
록 만들어낸다. 그것은 너무나 지나친 도약이다. 소위 개종자로 불리
는 그 사람들은, 신의 눈 이면에 무엇이 놓여 있는지 우리가 모르는
것처럼, 자신들이 뱉어내는 그 개념들 이면에 무엇이 놓여 있는지 전
혀 모른다. 용감한 사람들이지만 위험한 사람들인 선교사들은 또한
정부로부터 북극에서 빈약하게나마 행해지고 있는 거의 모든 교육
업무를 위임받았다. 대부분의 교회학교에서 에스키모들은 찬송가를
부르고 기도하는 것은 배우지만, 그 밖의 것을 거의 배우지 못하고
있고, 그들이 배운 것은 자신들이 살고 있는 세계의 현실 생활에 적
용될 수 없기 때문에 쓸모없는 것에 불과하다. 자신들을 '교육' 시키
고자 하는 이 시도 속에 혼란스럽고 당황해하며 그들이 고통 받고
있는 까닭은 어떻게 하면 필요한 변화를 이끌어낼 수 있는가에 대한
이해 없이, 희미한 불만족을 느끼는데 필요한 것만 그들이 배웠기 때
문이다. 그러나 선교사들의 학교 제도가 우리에게 이로운 점이 있는
데, 정부로 하여금 이 계획을 위해 세금을 사용할 필요를 덜어주며,
우리의 헌신적인 선교사들의 자아를 버린 노력에 대해 감히 비난하
거나 비난하고 싶어 하는 사람은 거의 없기 때문에, 이 계획에 대한
일반적인 비난의 여지가 없다는 점이다.

　　분명 필요한 것은 이성적으로 그리고 지적으로 훈련받아, 건강하
고 속박을 벗어난 사람들에게로 돌아가 자신들이 배운 것을 가르칠
수 있는 원주민 교사를 마련하는 것이다. 이 문제의 핵심은 어떤 폭
력도 사용하지 않는데 있다. 북쪽의 원주민 자신들이 원한다면 자발
적으로 그리고 이해를 가지고 백인의 종교와 경제적이고 정치적인
신념을 받아들일 수 있는 위치에 그들이 있어야만 한다. 그러면 북쪽
에 있는 교회들은 적어도 새로운 신도들이 현재 원주민 기독교인들

이 대표하는 어리벙벙해서 속이기 쉬운 사람들이 아니라 앞서 말한 그런 위치에 있는 사람이라고 주장할 수 잇을 것이다. 이것이야말로 분별 있는 관점이라 나는 생각하지만, 이 교육계획을 각 선교단체에게 나눠주면 안 되는 까닭은 북쪽 원주민들의 교육을 자신들의 손에서 뺏기지 않으려고 선교단체들이 싸워왔고 지금도 싸우고 있기 때문이다. 자신들의 생소한 싸움 속에 원주민들의 영혼과 몸을 인질로 잡고서는 가장 비기독교적인 다툼에 종종 휘말려드는 반대되는 종교 단체사이의 격렬한 경쟁 때문에, 이러한 싸움은 에스키모들에게 더욱 위험하다.

분명 북쪽에 사는 부족들에게 필요한 순수한 물질적인 시설을 우리가 제공해 주지 않는 한 우리 문명에 그들이 익숙해질 수 있는 기회는 사실상 거의 없다. 알맞은 학교, 원주민 의사가 있으면 더 바람직한 병원, 그리고 공정하고 정직한 경제적 대우야말로 반드시 필요한 것들이다.

죽어가는 사람에게 물 한잔을 주는 것은 칭찬할 만한 일이지만, 우리가 막을 수 있는 힘이 있는데도 불구하고 그 사람을 죽도록 내버려두는 것은 비열한 행위다. 사실 우리는 북극지방에서 죽어가고 있는 사람들에게 물 한 잔씩을 조금씩 베풀어 주며, 이러한 자선행위를 두고 스스로를 마음껏 찬양해왔다. 우리 땅에서 우리 자신이 계속해서 묵과해온 잔인한 행위로부터는 우리의 눈을 돌리면서, 다른 나라에서 자행되고 있는 잔혹한 일에 대해서는 고결한 체하며 비난하는 우리는 분명 기묘하게 잘 돌아가는 마음씨를 가지고 있음에 분명하다.

우리가 자행한 해악으로 에스키모와 인디언들만 피해를 입은 것이 아니라 우리 자신에게도 그 피해가 가해진 것이기에 우리는 분명 어리석고 근시안을 가진 사람들이다.

21

사슴 부족 사람들의 잊혀진 미래

앞선 장에서 제안한 생각들은 결코 이상주의적 공상가의 흐릿하기만 한 장밋빛 환상이 아니다. 게다가 그 생각들 중 대부분은 내 독창적인 것도 아니어서, 우리가 대면하고 있는 북극지역의 이 딜레마를 이해하는데 있어 나보다 더 유능한 사람들이 이미 제안해온 것들이다. 그리고 다행스럽게도 이 생각들이 실제적일 뿐만 아니라, 실현되기를 진심으로 바라기만 한다면 금세 실행될 수 있다는 증거도 나는 가지고 있다. 북극 원주민들을 위해 내가 요구한 모든 것을 그들에게 제공한 곳에 대한 이야기를 여러분에게 해 줄 수 있다. 그곳은 바로 덴마크 정부가 수년 동안 원주민 행정을 위한 계몽된 정책을 펼치고 있는 이누이트들의 동쪽 변경 그린란드로, 이 정책은 캐나다의 서투른 노력이 속이 뻔히 들여다보이는 엉터리 속임수에 불과하다는 것을 가차 없이 보여준다.

오늘날 그린란드에서 에스키모라 불리는 사람은 아무도 없다. 오로지 그린란드 사람들이라 불릴 뿐이다. 어떤 이들의 혈관에는 순수 에스키모 피가 흐르고, 어떤 이들의 피는 섞여 있으며, 또 어떤 이들은 순수 덴마크인의 피가 흐르지만 모두가 한 민족이다. 그 땅에는 모든 혈통의 아이들을 위해 지어진 교실에서 그들을 가르치고 있는 에스키모 출신 사람들이 있다. 그린란드 원주민들은 가르칠 뿐만 아니라 가르침도 받는데, 그들의 교육을 막는 어떤 제한도 없다. 순수 혈통의 에스키모가 그린란드의 학제를 마친 후 덴마크로 가서 (정부 비용으로) 대학 교육을 마치는 것도 물론 가능하다. 그렇게 해서 그린란드로 돌아오면 그들은 고향에 남아 있는 사람들의 교사가 되고, 이런 식으로 해서 머나먼 과거와 우리가 사는 현재의 틈은 빠르게 이어진다. 게다가 만약 에스키모들을 우리의 학교가 있는 남쪽으로 데려올 경우, 그들 모두 우리가 가진 질병에 감염돼 죽고 말 것이라는 여전히 진지하게 받아들여지는 그릇된 생각을 이 시점에서 타파하는 것도 가치 있는 일이다. 덴마크에서도 그런 일은 없었을 뿐만 아니라, 무엇보다 에스키모 여행자들이 건강했던 때에는 북미 대륙에서도 그런 일이 일어나지 않았다.

배핀 만의 유빙군 위에서 바다표범을 작살로 잡던 사람들의 후손은 이제 학교에서 가르칠 뿐만 아니라, 짐승 같은 노동자가 아닌 모든 다른 사람들과 동등한 지위를 가진 사람으로서 산업에서도 점점 더 많은 분야에서 중요한 자리를 차지하고 있다. 이들은 거대하고 효율적이며 이윤이 많은 수산업을 한다. 기상관측소 같은 복잡한 과학 장치를 운영하는 것을 돕고 있다. 모두 국영화되어 운영하는 가운데, 서비스 유지에 있어 필요한 비용의 가격만큼 원주민들과 거래하는 교역소의 운영도 돕고 있다. 원주민들이 완전히 관리를 할 수 있는 시점이 될 때까지 덴마크 행정가의 감독을 받고 있긴 하지만, 사실상 오늘날 그린란드 사람들의 경제는 그들의 것이다.

그린란드 사람들은 극지방의 목을 조르고 있는 상업 착취에서 엄격히 보호받고 있다. 원시 종족의 가슴에서 나온 피를 착취하여 부유한 삶을 산다는 것이 얼마나 쉬운지 아는 백인 부류는 그린란드 입국이 금지되어 있을 뿐만 아니라 그곳에서 어떤 힘도 가지지 못한다.

자연식량자원도 온전한 법 집행에 의해 보호받고 있는데다가, 그린란드 에스키모가 살고 있는 가장 외떨어진 지역으로 기아가 찾아오는 일은 사실 거의 드물다. 나쁜 계절 탓에, 혹은 다른 재해로 인해 힘든 시간이 찾아오면, 미루는 바람에 망신을 당하거나 행동을 취하는데 누려워하는 일 없이, 행정부는 전력을 다해 즉각 조취를 취한다.

우리의 극지방처럼, 그린란드 땅 대부분이 유럽인이 거주하기에는 불리한 자연그대로의 땅이다. 그러나 그린란드 사람들이 그 땅의 일부인 까닭은 그 황폐한 지역에서 어떻게 살아남아 번성하는지 오래 전 배웠던 에스키모의 육체적, 정신적 유산을 그들이 소유하고 있기 때문이다. 따라서 오늘날 그린란드 사람들은 자신들의 땅에 살면서 행복할 수 있는 종족이다. 병들어 있는 이 시대와 앞으로 맞이할 시간 속에서 세계의 다른 이들에게 공헌할 무언가를 그들은 아마 가지고 있을 것이다.

그리고 이 사실 하나는 분명히 하고 싶다. 그린란드 원주민들은 백인의 경제적 욕심을 위한 농노가 결코 아니다. 그들은 정치가들에게 투표권을 박탈당한 거추장스러운 정부 수용소가 아니다. 오히려 점점 더 많은 활력과 힘, 이해력을 가진 새로운 민족이다. 한 인도적 인 백인 종족이 미래를 멀리 내다보았기에, 오늘날 그린란드의 에스 키모들은 그 미래에 속하게 되었고, 그 미래는 그들의 것이 되었다.

여러분이 보다시피 이렇게 될 수 있다.

오늘날, 캐나다의 극지방은 주요 천연자원이 아직도 얼음과 빙하 암석 아래 묻혀 있는 야생의 처녀지이다. 그러나 더는 처녀지로 남아 있지 않게 될 시간이 다가오고 있다. 러시아 사람들이 이미 경험하고 있듯이, 우리에게 남아 있는 유일한 변경 지방에서 살고 일하면서 우 리 자신을 살찌울 시간이 다가오고 있는 것이다. 현재 이루어지고 있 는 것처럼, 표면 자원들만 그때그때 개발하는 것이 아니라, 하나의 장기적인 발전이 될 것이다. 그리 멀지 않은 그때가 왔을 때, 황량한 북극 도처에 살고 있는 사람들이 우리에게 속해 있다는 사실이 어떤 이익이 될지 생각해보라. 에스키모가 그런 종족이 될 수 있다. 그들 은 아마 가장 유익한 동반자가 될 것이다. 왜냐하면 그들은 지능과 능력을 갖춘 데다가, 심각한 불편 없이, 게다가 똑같은 상황에서라면 백인 주위에 세워야만 할 값비싼 보호물도 필요 없이, 자신들의 황량 한 세계에서 생활하고 일할 수 있는 유일한 사람들이기 때문이다.

우리가 그들에게 씌워놓은 악몽에서 자유롭게 벗어난다면, 에스 키모는 이 세상에서 우리처럼 고귀한 시민이 될 수 있다. 더 이상 에 스키모의 미래를 그들의 바위투성이 황무지에만 제한시킬 필요가 없다. 이할미우트 부족의 끔찍했던 시절은 사람들의 기억에서 사라 질 수 있고, 수많은 곳에서, 심지어 지금은 잊힌 유령들의 목소리만 들리는 인간의 강을 따라서도 활기찬 웃음 속에서 새로운 목소리가 울려 퍼질 것이다.

이 모든 것이 이루어질 수 있고, 그렇게 된다면 우리에게 이롭게 될 것이다.

우테크의 한 살배기 아들 이노티에게는, 겨울이 끝나려면 아직 한참 남았는데 먹을 음식이 떨어져 어두운 눈 속에 자신의 자녀를 묻어야 하는 그런 일이 다시는 벌어지지 않는 시절이 다가올 것인가? 이노티가 한겨울의 어둠 속으로 걸어나가 돌아오지 못하게 될 일이 앞으로는 없을 것이며, 그래서 이노티의 아이들은 이글루의 차가운 지붕 아래서나마 조금은 더 오래 살 수 있게 되리라는 것을 알며 이노티의 어머니는 안식을 취하실 수 있을 것인가?

아들 이노티의 시절이 오면 이 위대한 사람들의 힘은 다시 한 번 되살아 날지도 모른다. 그것은 결국 우리의 힘이 될 것이고 그들은 우리의 사람들이 될 것이다.

그렇게 될 때, 인간의 강 지역에 있는 카블루나이트의 기록에서 핏빛의 그 어두운 흔적은 마침내 깨끗이 지워질지도 모른다.

옮긴이의 말

북극 지방 하면 무엇이 떠오를까?

빙산, 북극곰, 매서운 추위, 이글루, 에스키모… 아마 여기까지가 우리네 보통 사람들이 떠올릴 수 있는 것일 게다.

이 책 『잊혀진 미래』는 극지방이라는 척박한 환경에서 살아온 그리고 앞으로도 살아갈 사람들에 관한 이야기이다. 그 지방 사람들은 자신들을 이누이트라고 부른다. 책에서 설명한 대로 이누이트라는 말은 그들 말로 그저 '인간'이란 뜻이다.

이 책은 인류학적 보고서로도, 혹은 여행담으로도, 혹은 소설로도 읽힐 수 있을 것이다. 독자가 어떻게 읽든 이 책은 슬픈 책이다. 그리고 슬픈 건 이 책에서 다룬 사람들의 처지 때문만은 아니다. 바로 문명인들 즉 우리들 자신의 모습을 이 책이 정면으로 직시하게 만들기 때문이다.

우리 문명인들은 우리와는 다른 방식으로 사는 사람들에 대해서 제대로 알지 못한다. 아니 그들에 대해서 거의 관심이 없다는 것이 맞을 것이다. 옮긴이 역시 이 책을 읽기 전까지만 해도 이누이트하면 그저 날고기를 먹는 사람들, 추운 겨울을 이기기 위해 동물 가죽으로 두꺼운 옷을 만들어 입고, 이글루에서 사는 사람들이란 이미지 말고는 아는 것이 없었다. 간혹 그들의 삶을 다룬 텔레비전 다큐멘터리를 볼 때도 별다른 호기심조차 일지 않았다. 그들이 왜 날고기를 먹는지, 그들이 척박한 환경을 이기기 위해 어떤 삶의 양식을 가지고 있는지 등에 대해 생각해 본 적도 없었다.

이 책을 통해서 나는 이누이트들이 왜 날고기를 먹는지, 그리고 사슴이 그들에게 얼마나 중요한지를 알게 되었다. 그리고 그들의 생활상도 알게 되었다. 하지만 지은이가 우리들에게 진정으로 들려주고 싶었던 이야기는 그런 것이 아니었을 것이다.

저자 팔리 모왓은 그들과 함께 오랜 시간을 보내면서, 자신이 겪은 일들을 이방인의 시선이 아니라 그들의 시선으로 적어나갔다. 모왓은 그들의 삶에 끼어든 이방인들(문명인들)이 그들의 삶을 어떻게 파괴했는가에 대해 때로는 담담하게 때로는 격정적으로 이야기하고 있다. 모왓에 따르면 처음 그들의 삶에 끼어든 문명인들은 경제적 이익과 탐욕 때문에 그들의 삶을 돌이킬 수 없을 정도로 망가뜨렸다고 한다. 그리고 이후에 그들을 도와준답시고 나선 정부 관리들 역시 그 선의에도 불구하고 사태를 더 악화시켰다. 그들에 대해 사실 아무 것도 아는 것이 없었던 것이다.

이 책을 옮기면서 아주 오랜만에 많은 생각을 하게 되었다. 나는 다른 문화에 속한 사람들에 대해서 얼마나 알고 있었던 것인가? 언젠가 BBC에서 제작한 〈지구〉라는 다큐멘터리를 보면서 북극곰의 운명에 대해 짠한 서글픔과 함께 분노를 느낀 일이 있었다. 이 책을 읽으면서도 사슴 부족의 운명에 대해 같은 감정이 생겼다. 하지만 이번에는 분노의 강도가 더 심했다. 그리고 그 분노의 대상에는 나 자신도 포함되어 있었다. 어쩌면 이렇게 무지했을 수 있을까? 텔레비전 다큐멘터리에 나온 이누이트들의 생활을 그저 신기한 볼거리 정도로만 여겼던 나를 되돌아보게 된 것이다.

아는 만큼 느낄 수 있다고 했던가? 이제 나는 그들에 대해 좀 더 많이 이해할 수 있게 되었다. 물론 그렇다고 해서 달라질 것은 없을 것이다. 내가 지금 당장 그들을 위해서 할 수 있는 일은 거의 없기 때문이다. 그들이 사는 배런스와 이곳 한국의 거리만큼이나 여전히 그들과 나 사이에는 많은 거리가 있을 것이다. 하지만 이 책을 통해서 그 거리가 조금이나마 줄었다고 생각한다. 그리고 그것은 이누이트들이 아닌 다른 사람들에 대해서도 마찬가지일 것 같다.

"우테크의 한 살배기 아들 이노티에게는, 겨울이 끝나려면 아직 한참 남았는데 먹을 음식이 떨어져 어두운 눈 속에 자신의 자식을 묻어야 하는 그런 일이 다시는 벌어지지 않는 시절이 다가올 것인가?" 저자는 말한다 "이 위대한 민족의 힘은 다시 한 번 되살아날지도 모른다. 그것은 결국 우리의 힘이 될 것이고, 그 민족은 우리 민족이 될 것이다."

2009년 10월

장석봉

잊혀진 미래
사슴 부족 이누이트들과 함께 한 나날들

팔리 모왓 지음 장석봉 옮김

초판 1쇄 찍음 2009년 11월 7일
초판 1쇄 펴냄 2009년 11월 12일

펴낸이 김영조
펴낸곳 달팽이출판
등록 2002년 2월 28일 제 22-2112호
주소 121-841 서울시 마포구 서교동 458-20 푸른감성빌딩 2층
전화 02-523-9755   팩스 02-523-9754
ecohills@hanmail.net

ISBN 978-89-90706-25-6 03840
책값은 뒤표지에 있습니다.